Jana Denole

Gaunerinnen

Kriminalroman

In der Untersuchungshaft in
Deutschland und der Schweiz geschrieben

novum pro

Dieses Buch ist auch als
e-book
erhältlich.

www.novumverlag.com

Bibliografische Information
der Deutschen Nationalbibliothek:

Die Deutsche Nationalbibliothek
verzeichnet diese Publikation in
der Deutschen Nationalbibliografie.
Detaillierte bibliografische Daten
sind im Internet über
http://www.d-nb.de abrufbar.

© 2021 novum Verlag

ISBN 978-3-99107-157-0
Lektorat: Mag. Elisabeth Pfurtscheller
Umschlagfoto: Jana Denole
Umschlaggestaltung, Layout & Satz:
novum Verlag

Gedruckt in der Europäischen Union
auf umweltfreundlichem, chlor- und
säurefrei gebleichtem Papier.

www.novumverlag.com

Inhaltsverzeichnis

Würden Frauen für Geld alles tun?

Die Autorin schreibt über das Privatleben von russischen und ukrainischen Frauen im Ausland. Es sind Geschichten von Mädchen, deren Schicksal Sie absolut verblüffen wird.

Aus der Provinz zum Millionär der Schweiz!

In diesem Buch werden Begriffe verwendet, die auf manche Leser beleidigend wirken können oder die als rassistisch gelten. Diese Redewendungen geben keineswegs die Meinung oder Einstellung der Autorin wieder, sondern dienen zur Charakterisierung der Hauptfigur, da der Roman auf wahren Begebenheiten sowie realen Personen basiert.

Vorwort der Autorin

Liebe Leserinnen und Leser! Ich heiße Jana Denole und lebe in der Schweiz, in Zürich. Hier spielen sich auch die Ereignisse ab, die in meinem Buch beschrieben sind. Vielleicht wundern Sie sich, wenn ich sage:

Ich bin der einzige Mensch auf der Welt, der stolz darauf ist, dass er im Gefängnis saß. In den drei Monaten, die ich in schrecklichen Strafanstalten verbrachte, traf ich nämlich unglaubliche Menschen, die mich so beeindruckten, dass mir keine andere Wahl blieb, als darüber zu schreiben.

Ich bin sicher, dass mein Text Sie nicht gleichgültig lassen wird.

„Gaunerinnen" ist keine frei erfundene Geschichte, sondern es handelt sich um die Bekenntnisse eines Mädchens, dessen Schicksal Sie zum Lachen und zum Weinen bringen wird. Von einem Extrem ins andere. Was ist Geld wirklich wert, und wohin führen die Wege, die man geht, um es zu erwerben? Was wird im Leben bestraft und was bedeutet es, begnadigt oder verurteilt zu werden?

Viel Vergnügen beim Lesen!

Ihre frischgebackene Autorin Jana Denole

Rendezvous eines Schmetterlings

In einer Stadt in der Nähe von Kiew, der Hauptstadt der Ukraine, wurde ein Mädchen geboren. Es erhielt den Namen Natalja. Es schien, als hätten in jener Nacht alle Einwohner der Stadt das herzzerreißende Stöhnen der Mutter und das erste schwache Wimmern des blauäugigen, blonden Kindes gehört. In solchen Orten wissen gewöhnlich alle, wer wann auf die Welt kommt und diese verlässt. Man kann nicht sagen, dass die Stadt Belaja Zerkow klein war. Sie war sogar ziemlich weitläufig. Berühmt ist dieser Ort nicht unbedingt für die schöne weiße Kirche, die am Flussufer neben hohen Weiden steht, die sich malerisch ins Wasser neigen. Vielmehr kennen die Ukrainer diesen Ort als furchterregende Hochsicherheitsstrafkolonie, um die sich verschiedenste Geschichten aus dem Leben der Sträflinge ranken. Das Gefängnis gab den Menschen Arbeitsplätze, kettete aber die freien Bürger dadurch ebenso an diesen grauenvollen Ort wie Verbrecher, die dort hinter Gittern saßen. In Wirklichkeit unterscheiden sich die Menschen, die jahrelang im Gefängnis arbeiten, durch nichts von Insassen.

Das blonde Mädchen Natalja wuchs in einem Haus mit großem Hof und Landwirtschaft auf, mit Hühnern, Schweinen und Schafen. Es waren drei Kinder: Natalja, der ältere Bruder Iwan und die jüngere Schwester Oletschka. In der Familie herrschten Ordnung, kirchliche Erziehung und Liebe. Die Eltern waren eifrige Diener der Kirche, die ihren Kindern das gleiche Familienglück wünschten, wie sie es selbst unter Schwierigkeiten und nach vielen Lebenswirren erreicht hatten. Der Vater liebte seinen Sohn Iwan über alles und wollte, dass dieser die Familientradition im Dienst Gottes fortsetzen würde. Aber Iwan sträubte sich gegen den Willen des Vaters und träumte davon, Polizist zu werden. Die jüngere Tochter Oletschka, ein liebes Kind mit großen braunen Augen, hatte den Traum, ihren Platz in einem Kloster zu finden, wo sie Menschen helfen könnte, den rechten

Weg zu finden. Die Mutter indessen wollte gar nicht, dass die Kinder sich um ihr weltliches Vergnügen brachten, indem sie den Traditionen der Familie folgen. Als Natalja dreizehn Jahre alt wurde, entdeckte sie in sich einen unwiderstehlichen Hang zu älteren Männern. In der Schule war sie bei ihren Klassenkameradinnen nicht beliebt, diese hielten sich sogar fern von ihr. Die Blonde meinte, das sei einfach der Neid. Sie hielt ihr Doppelleben vor allen geheim, denn sie wollte ihrer Musterfamilie mit ihren merkwürdigen Neigungen ganz sicher keine Schmach antun. Deshalb wurde ihr erstes Opfer der Sportlehrer der Schule, ein attraktiver verheirateter Mann, dessen ahnungslose Frau ruhig ihr erstes Kind austrug und darauf wartete, dass ihr geliebter Mann von der Arbeit nach Hause kam. Er war schön wie ein Gott! Ein hochgewachsener, durchtrainierter, blonder Macho mit einem strahlenden Lächeln, der für kurze Zeit das Herz der Bestie gewann. Sie kannte alle Schliche, wie sie das Gewünschte erreichen konnte, in diesem Fall ihn …

Er hatte panische Angst davor, dass ihre Beziehung bekannt werden könnte, und verfluchte sich selbst wegen seiner Unvorsichtigkeit, aber nur so lange, bis sein Engel auf Erden ihn umarmte. Sie duftete nach frischer Milch, die Linien ihres Körpers machten ihn verrückt. Er wusste nicht, dass er einer Betrügerin in die Falle gegangen war, denn sie sagte ihm, dass sie in die neunte Klasse gehe und schon sechzehn Jahre alt sei. Als er die Wahrheit erfuhr, war es zu spät, sich darum Sorgen zu machen: Getan ist eben getan. Es hatte ihn erschüttert, aber kaum ein Mann ist in der Lage, so einer Verlockung standzuhalten. Für das Mädchen war er der Erste, deswegen glaubte sie, dass er sie anbeten und auf alle ihre Launen eingehen sollte. Sonst drohte sie ihm, seiner lieben Frau einen unerwarteten Besuch abzustatten. Mit der Zeit bekam der Sportlehrer Angst vor Natalja und versuchte, seine Frau zu überreden, in die Hauptstadt zu ziehen. Den Umzug begründete er mit dem höheren Gehalt in Kiew. Nach einigen Monaten wurden die Einwohner des Viertels vom merkwürdigen Verschwinden des Sportlehrers mit seinem vor kurzem geborenen Baby überrascht. Diese Nachricht schien Natalja nicht weiter aufzuregen, sondern im Gegenteil sogar zu erheitern.

„Feigling!", dachte sie. „Macht nichts, ich habe noch alles vor mir! Auf der Welt gibt es jede Menge Männer, die für Größeres bereit sind! Mein mit frischer Milch ernährter Körper wird mir Millionen bringen! Da bin ich mir sicher!"

Die Zeit verging, allmählich entwickelte das Mädchen prächtige Brüste, ihr Haar wuchs üppig. Glänzende Strähnen flossen über ihren Rücken bis zur schmalen Taille. Ihre breiten Hüften betonten eben jene Gitarrensilhouette, von der sie wusste, dass sie Männer lockt und anzieht. Das kindliche Lächeln auf den vollen roten Lippen und ihre Augen, blau wie Wellen der Ostsee, machten es schwer, den Blick von ihr abzuwenden. Nach dem Schulabschluss musste sie ihre Heimatstadt verlassen, denn sie stand in einem eindeutigen, so gut wie jedermann bekannten Ruf. Vermutlich hatten nur ihre Eltern keine Ahnung davon, und zwar aus einem einfachen Grund: Niemand traute sich, beim hochwürdigen Herrn Priester über sein Töchterchen zu tratschen. Ihr Bruder, der tatsächlich Polizist wurde, schenkte den Gerüchten keinen Glauben. Er verhaftete die Klatschmäuler schlichtweg und verabreichte manchen von ihnen im Untersuchungsgefängnis eine Tracht Prügel. Seine Schwester hatte mit fast allen wohlhabenden verheirateten Männern der Stadt geschlafen. Sie interessierte sich nicht für ihre Altersgenossen, mochten diese auch echte Hengste sein. Nur reife und vermögende Männer weckten ihre Aufmerksamkeit. Sie schaffte es, von jedem etwas Geld zu erpressen. Natalja hatte gute Kleidung, fuhr nach Kiew auf der Suche nach neuen Sponsoren und fasste den ernsthaften Plan, später in die Hauptstadt zu ziehen. Das Publikum hier war viel zu klein für einen Star wie sie! Auch die Männer entsprachen nicht mehr ihrem Maßstab!

Sie bekam ihr Abschlusszeugnis und machte sich auf, um neue Gipfel zu bezwingen …

Kiew empfing sie mit grellen Lichtern.

„Wie riesig!" Sie genoss die Aussicht aus dem Autofenster, als sie zur Universität fuhr, um sich immatrikulieren zu lassen.

Nach einem Treffen mit dem Dekan wurde sie nicht nur an der Fakultät für Wirtschaftswissenschaften eingeschrieben, sondern bekam auch ein Zimmer im Studentenwohnheim. Der alte Narr war begeistert von Nataljas zarter Stimme. Der Frechling starrte ununterbrochen auf den Ausschnitt ihres Kleides.

Sie strich seine Haare akkurat zurecht, die sich, mit einer Gelschicht bedeckt und seitlich gekämmt, kaum auf der Glatze hielten, streichelte leicht seinen Hals und lächelte nett. Saweli Rodionowitsch wurde auf der Stelle schwach und blickte verlegen auf die atmende Brust dieses Engels. Zwei schön geformte kleine Hügel hoben sich unwillkürlich bei jedem Atemzug.

Wie ein Vulkan brach rosige Haut hervor. Für einen Augenblick fühlte er sich wieder jung. Er wollte mit ihr in den Wahnsinn der Leidenschaft und Schlüpfrigkeit eintauchen. Natalja nutzte den Augenblick. Plötzlich fiel ihr wie zufällig die Dokumentenmappe auf den Boden. Mit geschmeidigen Körperbewegungen beugte sie sich nieder, biss sich unschuldig auf die Unterlippe und begann, ihre Papiere einzusammeln. Es schien ihm, als ob ein kalter Schweißtropfen über seinen Rücken liefe. Er war so unschlüssig hinsichtlich der Situation, in der er sich befand, dass er entschied, sich nicht von der Stelle zu rühren, bis seine bewährte, von kalter Logik gehärtete Vernunft ihm sagte, was er tun soll. Mehrere Minuten stand er wie versteinert und starrte auf die prallen, schwankenden Brüste des Mädchens, das die weißen, wie ihm schien, leeren Blätter auflas. Er schüttelte ruckhaft den Kopf, beugte sich über sie und machte sich gleich daran, ihr zu helfen. Es war der entscheidende Moment, auf den sie gewartet hatte!

„Jetzt habe ich dich erwischt!", schoss es Natalja durch den Kopf.

Sie bedankte sich für die Hilfe und küsste ihn kindlich auf die Wange. Er errötete vor Glück und hörte nicht, was diese schöne Nixe sagte. Gleich, was sie ihn fragte, seine Antwort klang eindeutig: „Ja!"

Dieser Tag erwies sich nicht nur als wahrer Festtag im Nataljas Leben. Sie war jetzt Studentin an einer prestigeträchtigen hauptstädtischen Universität! Sie rief zu Hause an und erfreute ihre Familie mit dieser überraschenden Nachricht. Damit beseitigte sie alle Zweifel und widerwärtigen Gerüchte. So ein kluges Köpfchen konnte unmöglich eine billige Hure sein, wie böse Zungen gelästert hatten.

„Nein, so was muss man erfinden!", zeterte ihr Bruder. „Wie können Leute bloß so falsch sein! Ins Gefängnis sollte man sie alle stecken!"

Das Mädchen lachte und verteidigte die Intriganten.

„Ach, mach dir keinen Kopf! Lass die Leute reden, was sie wollen. Das Leben wird schon sein Urteil fällen und zeigen, wer was wert ist."

„Du bist viel zu gut für diese Welt", antwortete der geliebte Bruder.

Natalja freute sich in der Seele über ihren Sieg.

Gott sei Dank hatte sie dieses Kaff zur rechten Zeit verlassen.

Nach den Abendvorlesungen flatterte Saweli Rodionowitsch Rudkow wie eine Lerche in der Innenstadt umher und hatte keine Lust, nach Hause zu gehen. Er ging in ein Café, um eine Tasse Tee zu trinken. Kaffee war ihm schon längst wegen seines Gesundheitszustands verboten.

„Ach! Ich pfeife auf die Vorschriften der Ärzte und trinke ein Kognäkchen!", murmelte er verbittert in seinen Schnurrbart. „Ihr seid selber krank! Ich bin gesund! Und fühlen tue ich mich wie ein Dreißigjähriger!", rief er und bestellte, ohne weiter zu überlegen, einen Kaffee mit Kognak.

Am selben Tag erhielt Nata die Schlüssel zum besten Zimmer im Wohnheim.

Ihr Zimmer lag ganz am Ende eines Korridors. Der alte Perversling sorgte sich wohl darum, dass niemand sah, wie er sich aus dem Dekanat zu ihr schlich, bemerkte das Mädchen. In ihrer Studentenbude gab es zwei Fenster, was sehr erfreulich war. Sie ging auf den Markt, um Vorhänge und eine grellgrüne Tischlampe zu besorgen, und fing eifrig an, sich in ihrer neuen Behausung einzurichten. Abends hatte sie vor, ein paar Stripclubs zu besuchen, die inserierten: „Job mit Tanzausbildung". Damit wollte sie ihrem Traum – reichen Bonzen – möglichst nahekommen.

Sie wusste, dass alle Männer unzüchtig sind und in ihrer Freizeit gerne Bordelle besuchen.

Verdammte Routine! Die schwammigen Frauen zu Hause langweilten sie! Wer von denen konnte sich schon mit einem jungen, frischen Körper vergleichen? Bei diesen Gedanken bekam sie Lust, mit sich selbst Sex zu haben.

Sie liebte ihren prallen Körper, ihre zarte, rosige Haut. Während der „Paarung", wie sie es oft nannte, schaute sie meistens auf sich selbst, auf ihren Körper, der sich in Krämpfen wand. Manchmal dachte sie, was für ein Glück er mit seiner „Besitzerin" habe, die es so gut verstand, ihn seinem Zweck entsprechend zu nutzen und dabei in vollem Maße zu genießen. Liebe wollte sie immer und überall! Je mehr, desto besser. Sie stellte sich selbst eine richtige Diagnose – Nymphomanie.

Ein eng anliegendes rückenfreies Kleid betonte alle ihre Reize. Ohne besondere Anstrengung ihrerseits wurde sie als Tänzerin in einem Nachtklub mit einem jämmerlichen Lohn angestellt, aber so richtig froh war sie darüber nicht. Sie überblickte die Gäste der Location und stellte fest, dass diese bei Weitem nicht die Gesellschaftsschicht repräsentieren, die sie erreichen wollte. Sie lechzte nach Parlamentsabgeordneten, Botschaftern oder Scheichs. Das Publikum hier war dagegen nur ein verächtliches Schulterzucken wert.

In den String hatte man ihr bloß je 20, höchstens 30 Dollar gesteckt. Aber sie ließ sich Zeit und kündigte nicht sofort. Schließlich brachte man ihr völlig kostenlos Poledance bei, oder genauer gesagt, man zog den Unterricht von ihrem virtuellen Lohn ab.

Eines Tages nach der Arbeit bekam sie Lust, ein Stück des Weges zu Fuß zu gehen. Sie genoss den Sonnenaufgang, sah mit Vergnügen auf das morgendliche Getümmel, Menschen, die zur Arbeit eilten und ihre Kinder im Genick gepackt in die Kindergärten schleppten. Plötzlich schoss ihr der Gedanke an ein normales Leben, an Kinder durch den Kopf. Sie stellte sich ihren Ehemann vor, einen Millionär, wie er auf der Terrasse eines riesigen Hauses irgendwo in der Schweiz beim Kaffee sitzt und die Morgenzeitung liest.

Sie rüttelte sich aus diesen Träumereien auf und ging zu einem Kiosk, der gerade öffnete und wo eine böse, unausgeschlafene Oma herumwurstelte und ihre Waren auslegte. Das Mädchen blickte auf die druckfrische Presse und eine Anzeige fiel ihr auf: „Elite-Escort-Service". Sie spürte ein Kribbeln im Bauch, ihre Brustwarzen schwollen an, ein warmes, feuchtes Gefühl pulsierte so stark in der weichen Höhle des Paradieses, als ob ihr Herz in diese intime Zone ihres wunderbaren Körpers gerutscht wäre. Sie bekam einen Orgasmus davon, dass sie genau das fand, wonach sie sich so sehnte.

Sex und Geld! Wie hatte sie nur früher nicht verstehen können, dass sie genau für dieses eine Ziel auf diese Welt gekommen war: Priesterin der Liebe zu werden.

Diese Kombination hatte sich das Mädchen selbst so lange nicht enträtseln können. Sie begab sich eilig in Richtung Wohnheim. Sie musste alles gut überlegen, denn sie hatte nicht viel Zeit für dieses unerwartete Hobby. Das Studium und die Arbeit im Nachtklub dreimal in der Woche nahmen jede Menge Zeit in Anspruch. Auch Gerüchte verbreiteten sich schnell an der Uni. Sie war fast nie in den Vorlesungen zu sehen, und wenn doch, schlief sie einfach in der Bank. Im Studienbuch hatte sie natürlich immer „bestanden" stehen, dank ihrem ergebenen Diener Rudkow.

Natalja machte sich darum keine besonderen Sorgen, sie verkehrte mit so gut wie keinem ihrer Kommilitonen, sie lebte still und zurückgezogen. Sie hatte kein Interesse an Studentengelagen der Art: „Eine Flasche Wodka für den ganzen Haufen", bevor man in die Disco geht.

Sie strebte nach den echten gesellschaftlichen Höhen und den Millionen. Sie hatte eine Vorahnung, dass sie eine reiche Dame werden könnte! Wenn Natalja das Wort „Schicksal" in den Mund nahm, stellte sie sich darunter immer etwas Großartiges vor. Diese Gedanken bereiteten ihr ebensolche Befriedigung wie das intime Zusammensein mit Männern. Ihr Gang wurde geschmeidiger, ihr Rücken gerader, die Hüften öffneten sich, die rosigen Brustwarzen wurden prall und rau.

Saweli, verliebt oder verhext, machte sich keine Gedanken darüber, dass ihre Beziehungen bekannt werden könnten. Er fühlte sich wie verjüngt und färbte sich die Haare. Während der romantischen Abende mit seiner Geliebten gönnte er sich ein Glas Sekt und erzählte von seiner stürmischen Jugend. Ihm gefiel, wie sie, die Oberlippe fast kindlich aufgeschürzt, seinen Geschichten mit wachem Interesse zuhörte und am Ende vergnügt krähte. Sie mochte Erdbeeren. Bei ihren langen Gesprächen aß sie immer wieder eine nach der anderen. Es schien, als ob die Röte auf ihren vollen Wangen von diesen paradiesischen Früchten käme. Er war bereit, zu jeder Jahreszeit auf der Suche nach Erdbeeren durch die ganze Stadt zu rennen und jeden Preis für das Kilo zu zahlen. Er stellte sich vor, wie sie statt einer Erdbeere sein Glied in den Mund nahm und den ganzen Saft seiner Atomladung einsaugte. Es brachte ihn auf den Gipfel der Glückseligkeit. In diesem Fall war ihm die Meinung seiner Mitmenschen merkwürdigerweise gleichgültig, so unwiderstehlich zog Natalja ihn an.

Saweli hatte eine heimliche Affäre mit einer Studentin an der Universität in Winniza gehabt, an die er sich nicht gerne erinnerte.

Der arme Kerl wurde damals vor die Wahl gestellt: Entweder sollte er die Universität verlassen, oder die Affäre würde an die Öffentlichkeit gebracht.

Saweli teilte seiner Ehefrau mit, er sei nach Kiew versetzt worden, und verließ seine Heimatstadt für immer. Aber Natalja war mit jener ungeschliffenen dummen Gans gar nicht zu vergleichen, die in der ganzen Stadt verbreitete, wie cool sie doch war, weil sie mit dem Lehrer schlief.

Natalja war etwas ganz Besonderes!

Die Heldin der derbsten und süßesten Romanze seines Lebens, die Muse seiner unzüchtigen Fantasie. Er bekam von ihr alles in voller Höhe, seine Wünsche wurden vollkommen befriedigt. Saweli war kein großzügiger Mensch, eher ein geiziger, narzisstischer Egoist und Fetischist. Er war es nicht gewöhnt, zu geben. Er hielt nichts von Menschen, die er nicht für seine Zwecke ausnutzen konnte, und verachtete sie.

Er liebte es, an Frauenschlüpfern zu riechen, er nahm die Unterwäsche von Prostituierten, die er sich einmal in der Woche, gewöhnlich freitags, nach den schweren Arbeitstagen holte. Er feilschte mit dem Mädchen um jede Hrywnja, dann einigten sie sich meistens darauf, dass er die Unterwäsche als Geschenk behielt. Viele Straßennutten kannten den Dekan persönlich und hatten billige, fertig vorbereitete stinkende Schlüpfer dabei.

An einem solchen außergewöhnlichen Abend, als Saweli auf dem Weg nach Hause zu seiner Frau und Kindern war, roch er so heftig an einem Schlüpfer, dass er Nasenbluten bekam. Dann schmiss er den Fetzen in die Mülltonne, die am Hauseingang stand. Am folgenden Morgen rannte er wie ein geölter Blitz aus dem Haus, spielte den musterhaften Familienvater und trug als Erster den Mülleimer raus, um wenigstens flüchtig ein Auge auf den Boden der Mülltonne zu werfen. Er atmete die frische Morgenluft ein und erinnerte sich erregt an seine Umtriebe von gestern.

Seine Frau begrüßte ihn immer mit einem Lächeln und plagte ihn nicht mit Fragen. Maria war ihrem Aussehen nach um die fünfzig Jahre alt. Anders als ihr Mann färbte sie sich die Haare nicht, sondern frisierte ihre klassischen grauen Haare zu einer stolzen, mit Haarlack bedeckten Haube. Ihr Gesicht strahlte Ruhe und Zuversicht aus, sie war überzeugt, dass ihr Ehemann der Beste auf der Welt war, der ihr ein angenehmes Dasein als Hausfrau und Mutter dreier Kinder geschenkt hatte.

Vor dem Schlafengehen schickte Saweli ein paar witzige SMS mit Bildern von tanzenden Waschbären an Natalja und stellte sich vor, wie sie herzlich und laut lacht, dass es im halben Wohnheim zu hören ist. Mit diesen Gedanken schlief er vergnügt ein.

Sie aber hatte zu dieser Zeit gar nicht die Absicht, schlafen zu gehen. Sie hatte ihren Zeitplan endlich erstellt und beschloss, die Rufnummer des Escort-Service zu wählen. Der Hörer wurde von einer Frau abgehoben. Das Mädchen war etwas erstaunt. Nach einer kurzen Pause sagte sie:

„Guten Abend! Ich heiße Natalja. Ich rufe wegen der Arbeit an."

„Ja, ja", erwiderte die freundliche Stimme am anderen Ende der Leitung. Das entspannte sie ein bisschen.

Sie erfuhr, dass die Auswahl der Kandidatinnen auf Basis eines Wettbewerbs stattfinde und die Firma reiche Kunden habe. Ihre Finger drückten den Hörer immer fester, aufmerksam hörte sie jedes Wort. Es gebe vielfältige Kunden und mehrere von ihnen seien Ausländer. Englischkenntnisse seien erforderlich.

„Englischkenntnisse sind vorhanden", antwortete Nata sicher. Das Basisniveau hatte sie ja schon.

„Sehr gut. Warten Sie auf unseren Rückruf!"

In Kiew herrschte Frost, trotzdem war das Wetter mehr widerlich als kalt. Kein Schnee, aber viel Eis auf dem trockenen, schmutzigen Asphalt. Bei solchem Wetter wollte man nur warme Socken anziehen und die Serie „Santa Barbara" bis zum Ende anschauen, ohne einen Fuß vor die Tür zu setzen. Natalja hatte keine Lust, das Wohnheim zu verlassen, dazu noch in ihrer kurzen Daunenjacke, in der sie bis in die Knochen fror. Deshalb kniete sie sich in ihr Studium. Es gab viel zu lernen und das Mädchen schaffte es nicht, alles rechtzeitig zu erledigen. Sie fragte einen Kommilitonen, der abends in der Bar arbeitete, warum bei ihm alles so rechtzeitig funktionierte, und fand heraus, dass viele Studenten Amphetamin nahmen. Das half ihnen, sich tagelang aufs Lernen zu konzentrieren, und vor allem beim schnellen Lesen. Erfreut beschloss sie, dieses Wundermittel auszuprobieren. Natalja hatte noch nie zuvor Drogen konsumiert, das war ihr erstes Mal. Es gefiel ihr sehr gut! In diesem Zustand verschwindet der Appetit, der Mensch denkt, liest und läuft viel schneller. Sie entwickelte ein neues Lebenstempo. Parallel zum Studium schrieb sie jeden Tag hundert neue englische Wörter aus dem Wörterbuch heraus und bemühte sich, sie alle im Gedächtnis zu behalten.

Endlich erhielt sie den lang ersehnten Anruf. Ein Mann rief sie an, sie vereinbarten ein Treffen.

Natalja zog ein grellgrünes Kleid aus feinem Stoff an, ähnlich dem, aus welchem Leggins hergestellt. Das Kleid hatte einen Rückenausschnitt bis zur Taille und war für kleines Geld in einer Marktschneiderei genäht worden. Einige Minuten zweifelte sie: „Das Kleid passt eindeutig nicht zu dieser Jahreszeit, dafür ist es sehr sexy und grell. Nein, es ist genau das, was ich brauche!"

Sie zog über das Kleid eine Bluse und die Daunenjacke an und ging hinaus. Sofort wurde sie vom beißenden Frost gepackt.

„Brrr! Oh, du Frost! Lass mich los!"

Ihr rosiger Körper wurde bläulich, die Knie weinrot. Sie stieg in die warme U-Bahn, alle ihre Gedanken drehten sich um den „Traumjob".

Im Innersten war Natalja ruhig. Sie wusste, dass sie den Job ohne besondere Anstrengung und ohne Wettbewerb bekommen würde. Es war ja genau das, was sie konnte und mit Leib und Seele wollte. Sie glaubte immer daran, dass sich gutes Geld ausschließlich mit einer Arbeit verdienen ließ, die einem richtigen Spaß machte. Sie verstand die Menschen nicht, die morgens gähnend jammerten und sich aus dem warmen Bett zwangen, um zu einer Arbeit zu gehen, die sie hassten und verfluchten.

Das war nicht richtig! Sie war sich dessen ganz sicher.

Als sie zum Gesprächstermin kam, sah sie einen kleinwüchsigen Mann mit einer Goldkette um den Hals und in einer Lederjacke. Sie hatte den Eindruck, dass seine Halsmuskeln gerade durch das Gewicht der Kette so gut entwickelt waren. Sein Blick war wie der eines Hundes. Es schien, als wollte er sie gleich beschnuppern. Aber nein. Sein Blick fiel auf Nataljas Busen, der bläulich und mit Gänsehaut überzogen war, weil sie sich entschlossen hatte, ihn sogar bei Frost für den vollen Effekt zu entblößen. Er betrachtete das vor Kälte blau angelaufene Mädchen wie eine Puppe im Schaufenster einer Boutique und presste beifällig lächelnd die schmalen bläulichen Lippen zusammen. Für sich bemerkte er, dass die Kleine dem Aussehen nach wohl einen Überschuss an Originalität mitbrachte. Natalja fiel ein Stein vom Herzen, sie fühlte sich rundum wohl.

„Artschik", stellte sich der Mann vor und reichte ihr die Hand.

„Natalja. Sehr erfreut", erwiderte sie kokett und zähneklappernd vor Kälte.

„Ist Ihnen nicht kalt in diesem Outfit?"

„Es gibt niemanden, der mich wärmen könnte!"

Der Mann lachte.

„Ich sage kurz was zu den Arbeitsbedingungen. Sie können zu jeder Tageszeit angerufen werden, zwei Stunden vor Abfahrt. Dabei sind Sie immer frisch gewaschen und schön frisiert. Benutzen Sie bitte regelmäßig Parfüm. Vorerst werden Sie als Callgirl beschäftigt. Sie haben zwei Monate, um sich zu profilieren und von der besten Seite zu zeigen. Pünktlichkeit ist sehr wichtig in unserer Arbeit. Die Kunden sind launisch und anspruchsvoll. Um Geld zu bitten, ist verboten. Alkoholgenuss in begrenzten Mengen. Männer wollen keine Frauen, die eine Fahne haben."

„Mich wollen alle! Egal mit oder ohne Fahne!"

Er lächelte übers ganze Gesicht.

„Ich will die reichsten Kunden!"

Artschik war nicht erstaunt über die Forderungen und Bestrebungen des Mädchens vom Land. Gerade solche Frauen brachten es meistens zu Erfolg. Sie gingen durch dick und dünn in ihrem Streben nach Glück. Und brachten dabei den Zuhältern gute Gewinne.

„Können wir uns vielleicht duzen? Ich bin doch nicht in einem Vorstellungsgespräch für eine Position als Bibliothekarin."

„Hm, natürlich, einverstanden! Ab jetzt per du, Schnucki! Die nächsten zwei Monate wirst du meistens Anrufe von Touristen und Bestellungen aus Saunas und Privathäusern bekommen. Danach sehen wir weiter. Alles hängt natürlich von dir ab. Eine Frage noch, Natalja: Was hältst du von Oralsex?"

„Finde ich großartig!"

„Gruppensex?"

Nataljas Augen leuchteten auf. Es fiel ihr schwer, über diese Themen ohne Erregung zu sprechen.

„Nichts dagegen", antwortete sie schwer atmend. Der Mann erkannte ihre Begeisterung und fuhr fort:

„Mit Frauen?"

„Nur Frauen nicht so gern. Aber wenn wenigstens ein Schwanz mit im Spiel ist, auf den man sich ein paar Mal niedersetzen kann, passt das schon", erklärte sie.

„Mit Hunden?"

„Das habe ich noch nie probiert, denke aber, dass es eine interessante Erfahrung sein könnte. Weißt du, welche Hunderasse den längsten Penis hat?"

„Ich glaube, sie haben alle einen kurzen", schmunzelte Artschik.

„Dann besser mit Pferden. Wie Katharina die Große", scherzte Natalja, zwinkerte ihm zu und brach in Gelächter aus.

Es war nicht leicht, Artschik zum Lachen zu bringen, aber sie hat es geschafft.

„Sie wird mein Brillant", dachte er. Sein Glied begann anzuschwellen bei seinen lasterhaften Gedanken. „Dann will ich keine Zeit verlieren und das neue Pferdchen heute noch einreiten! Ich ficke diese nasse Fotze so, dass sie alle Pferde vergisst."

Natürlich wusste Artschik, dass er seine Möglichkeiten leicht übertrieb, aber er war daran gewöhnt, dass die Frauen ihn mit Komplimenten überschütten. Mit ihm ins Bett gingen nur die Frauen, die Arbeit brauchten. Diese Lebenslage kam ihm sehr zupass und steigerte sein Selbstvertrauen.

Plötzlich vibrierte das Handy in seiner Hand.

„Ja, gut", antwortete er. „Ich komme in zehn Minuten."

„Entschuldige, Natalja, ich muss gehen. Ich habe noch einen Termin hier in der Nähe. Wollen wir heute vielleicht zusammen zu Abend essen? Wir können die Fragen bezüglich Ihres Honorars in einem der besten Restaurants der Stadt besprechen. Welche Küche bevorzugen Sie? Mediterran? Traditionell?"

„Bist du wieder per Sie mit mir?"

„Berufliche Gewohnheit. Entschuldigung!"

„Ich bin nicht wählerisch. Meistens esse ich Würstchen. Ich brate sie selbst!"

Er brach in Gelächter aus …

Er senkte den Kopf und bemerkte, dass sein eigenes Würstchen aus der Hose ausbrach und gar nichts dagegen hatte, von einer geschickten Köchin gebraten zu werden.

Sie teilten einander ihre Rufnummern mit und Natalja verschwand unauffällig aus dem Gebäude.

Sie wusste, dass Prostitution in der Ukraine illegal war, und wollte nicht, dass man sie einmal zu oft in Gesellschaft verdächtiger Personen sah. Zumal Artschik wie ein echter Zuhälter aussah.

Natalja ging einige Häuserblocks weit zu Fuß und überlegte sich, wie der heutige Abend zu gestalten sei. Sie hatte den heutigen Abend schon früher geplant, eigentlich hatte sie Saweli einen „Erdbeerabend" versprochen und sollte sich auf langweilige Geschichten aus seiner Jugend einstellen, die sie ohnehin an sich vorbeiziehen lassen würde. Sie musste nur am Ende jeder Geschichte laut lachen und so tun, als ob er ein echter Eroberer von Frauenherzen gewesen wäre.

Sie nahm die Rolle des sterbenden Schwans an, rief Saweli an und sagte mit heiserer Engelsstimme ihr Treffen ab. Als Grund gab sie an, sie habe die Grippe. Sie wusste, dass er Angst vor Mikroben hatte.

Dafür bereitete sie sich mit umso größerem Enthusiasmus auf das Treffen mit dem Helden ihres eigenen Erotikromans vor.

Sie wählte ein rotes Kleid aus und beschloss, keine Unterwäsche anzuziehen. Den Schlüpfer würde sie heute doch kaum brauchen. Sie nahm ein duftendes Schaumbad. Entspannt im warmen Wasser liegend, rasierte sie sich vorsichtig die Beine. Sie führte den Rasierer bis ganz oben und berührte sanft die zarteste Stelle. Weiße Schaumblasen liebkosten weich ihren Busen. Sie streichelte sich am Unterleib und verspürte den unwiderstehlichen Wunsch, ihren Körper abzulecken. Ihr Finger glitt nach unten und begann über ihre seidige Muschi zu streichen.

Sie drehte die Dusche auf und richtete den lauwarmen Wasserstrahl auf ihre rosigen Schamlippen. Sie schloss die Augen und stellte sich vor, wie ein dickes pralles Glied in ihre heiße, hungrige Liebeshöhle eindrang.

Ihr Körper bebte, aber sie geriet nicht in Ekstase. Sie war allzu sehr mit der Vorbereitung auf den Abend beschäftigt. Lebhafte Träume von Geld ließen ihr keine Ruhe. Sie hatte noch gar keine Ahnung, um welche Summe es gehen würde.

Ein edles Restaurant direkt in der Mitte der Stadt empfing sie freundlich. Die Innenausstattung des prächtigen Lokals war im Stil von Picasso gestaltet. Ein angenehmer, ruhiger Ort. Ihre besondere Aufmerksamkeit erregte die Decke, an der eine vergrößerte Nachbildung des Gemäldes „Schlafende Bauern" angebracht war.

Die Wahl des Restaurants erfreute sie. Sie interessierte sich schon lange für Kunst und die „verrückten" Maler hatten es ihr meisten angetan. Sie kannte viele Bilder und deren Titel. Unbeirrt, graziös, mit einem milden Lächeln trat sie in den Saal und suchte nach dem Zuhälter. Der Mann erwartete sie an einem Tisch ganz in der Ecke des Raums. Es schien, als ob er sich absichtlich vor den Menschen versteckte. Sie setzte sich mit einer herausfordernden Drehbewegung der Hüfte. Ihre Augenlider waren halb geschlossen, die Lippen leicht gespitzt. Sie schaute ihm direkt in die Augen.

„So eine Gaunerin! Das kannst du aber gut! Würstchen für Mademoiselle?", fragte Artschik scherzhaft mit einem Funkeln in den glühenden Äugelein.

„Später … es ist nicht eilig."

Während des Abends war Nata ganz auf der Höhe. Sie erzählte dem beschränkten Zuhälter von Kunst und bewunderte seinen feinen Geschmack bei der Auswahl des Restaurants. Er hörte mit Vergnügen die Komplimente. Besonders aus ihrem Mund klangen sie aufrichtig und irgendwie unschuldig. In Wirklichkeit mochte er in diesem Restaurant einzig und allein die Bratkartoffeln. Von der Schmiererei an der Decke hörte er zum ersten Mal. Er hätte nie gedacht, dass dieses Zeug so berühmt war. Aber er war ganz zufrieden mit der Reaktion seiner knusprigen Gesprächspartnerin.

„Ich kann ihr ewig zuhören", dachte er, aber der Sinn ihrer Rede entging ihm. Er wandte kein Auge von ihren vollen Lippen. Das Luder aß mit Absicht langsam. Natalja verführte ihn, aber mit jeder Minute wurde auch ihre eigene Erregung stärker. Sie hielt es kaum noch aus und schlug impulsiv vor, sich gemeinsam zurückzuziehen. Ohne lange zu überlegen, verlangte er die Rechnung. Das heiße Pärchen verließ das Lokal und ging zum Taxistand.

„Frei?", fragte Artschik und öffnete die Tür.

„Für Sie immer frei!", erwiderte der Taxifahrer und blickte mit Interesse auf Natalja. Der Zuhälter war ihm anscheinend bekannt.

„Zu den Zarenbädern, bitte!"

Im Taxi war es warm und gemütlich. Das Mädchen entspannte sich, legte den Kopf auf Artschiks Schulter und begann, sein angeschwollenes Glied mit den Fingern zu streicheln. Dabei steckte sie liebkosend ihre zarte Zunge in sein Ohr.

Das Taxi hielt vor einem schönen Gebäude. Natalja war so erregt, dass ihr Unterleib brannte.

„Komm rein, Süße!"

Als sie das Zimmer betrat, wurde sie überrascht. Dort saßen noch zwei Männer. Etwas erstaunt begriff sie, dass dies eine Art Prüfung ihres verschlagenen Zuhälters war, und beschloss, hier und jetzt die Geldfrage zu besprechen. Artschik las die Frage in ihren Augen und erwiderte sofort, noch bevor sie es schaffte, den Mund aufzutun:

„Für Gruppensex zahlen wir gewöhnlich 300 Dollar, aber weil du neu und keine Professionelle bist, kriegst du 200."

„Selbst schuld, wenn du immer noch meinst, dass es auf der Welt jemanden gibt, der professioneller ist als ich!"

„Du traust dir ganz schön viel zu! Du bist doch bloß eine einfache Hure! Nimmst du 200, dann zieh dich aus! Wenn nicht, verschwinde!"

„Erst zeige ich euch, was guter Sex ist!", sagte sie mit sicherer, sogar erhobener Stimme und zog sich aus.

Die drei Männer wechselten fliegend die Kondome und stürzten sich auf Natalja, die wie in Agonie verfiel. Sie lutschte ihre Schwänze und steckte sie sich in alle Löcher. So wohl wie jetzt hatte sie sich noch nie gefühlt. Die Männer spürten das und verdrehten die Augen vor Lust. Artschik hatte so was schon lange nicht mehr erlebt, schon gar nicht mit einer käuflichen Frau, einer Nutte. Die Kurtisanen machten ihre Arbeit gewöhnlich halbherzig, nur für Geld. Aber sie! Der liebe Gott selbst hatte sie zu ihm geschickt!

Die Männer schrien in Ekstase: „Oh, Gott, Baby! Du bist megageil!"

Und Natascha überlegte sich währenddessen, bei welcher Bank sie ihre erste Beute einzahlen sollte. Es war doch ein guter Batzen Geld!

Zur damaligen Zeit war es ein ordentlicher Monatslohn für einen Arbeiter, vielleicht sogar zwei.

Sie war sehr zufrieden mit ihrem Triumph und lutschte die Geschlechtsteile der Männer, als ob es Gummibärchen wären.

Nach diesem Abend hatte die Sexbombe keine Geldprobleme mehr. Artschik schleppte seinen Brillanten überall mit wie eine Visitenkarte und ging auf alle Bedingungen ein, die sie bezüglich ihrer unregelmäßigen Arbeitszeiten stellte. Irgendwo im Inneren war er sogar eifersüchtig auf sie wegen der Kunden, aber beruhigte sich damit, dass sie bloß eine einfache, billige Schnalle war wie alle Frauen auf der Welt. In seiner Welt gab es keine anderen Frauen. Natürlich verdarben diese Gedanken die Laune des Zuhälters. Ihm wurde klar, dass dieses Mädchen einem Mann nie ganz gehören konnte.

„Nimmersatte Bestie, getarnt als Kuscheltier! Ich hasse diese Schlampe!"

Natalja ihrerseits wurde verstimmt, wenn sie die Pärchen sah, die eng umschlungen in der Stadt herumspazierten, Eis aßen, sich die Eisreste mit den Zungen von den Gesichtern schleckten und ansteckend lachten. Sie konnte die Ursache dieser Verstimmung nicht in sich finden. Es war doch alles bestens und problemlos. Sie begriff dieses gemischte Gefühl nicht, das sie nie vorher hatte.

Scheinbar hatte sie doch den Weg zum Glück gefunden! Was brauchte der Mensch überhaupt im Leben? Geld, Sex, Essen und Schlaf! Das alles hatte sie. Trotzdem machte sie etwas traurig, und zwar, dass sie weder Theater noch Kino oder Zirkus besuchte. Sie wollte einfach zu einem Date gehen – kein bizarres, ausgeklügeltes, sondern ein gewöhnliches, echtes, menschlich fröhliches. Aber natürlich nicht mit einem armen Studenten!

Es fehlte ihr an Zeit für ein herzerwärmendes Vergnügen, und dazu kam noch Saweli, der sie mit seiner aufdringlichen Romantik nervte. Sie mochte keine Spinner, die glaubten, dass eine junge Frau sich tatsächlich in einen alten Mann verlieben konnte. Sie sah ihre Zukunft irgendwo auf den Kanarischen Inseln im warmen atlantischen Ozean mit einem kühlen Cocktail in der Hand und frischem Obst neben der Liege, mit einem millionenschweren Ehemann an ihrer Seite. Mit bezaubernden, vielversprechenden Plänen ließ sich der Anblick glücklich aussehender, sich küssender Pärchen leichter ertragen. Sie war sich sicher, dass ihr schlichtes Frauenglück noch vor ihr lag, und dieser Gedanke wärmte ihre Seele. Schon im zweiten Studienjahr lag ein hübsches Sümmchen Geld auf ihrem Bankkonto. Sie ging nicht ins Restaurant, kaufte ihre Kleidung in billigen Läden oder auf dem Markt. Sie aß sehr einfach und sparte an allem. Selbst eine Tasse Kaffee in ihrem Lieblingscafé gönnte sie sich sehr selten. Ihre merkwürdige Neigung, Vorräte jeder Art anzulegen, wurde zur Gewohnheit. Im Schrank unter ihren Kleidern, die auf Bügeln hingen, lagerten Graupen, Grieß, Grütze und allerlei Konserven. Es schien, als ob sie sich auf den Ausbruch eines Krieges vorbereitete. Eines Tages, bei einem Auftrag, traf Natalja ihre erste Liebe, soweit sie zu diesem Gefühl überhaupt fähig war. Er war hochgewachsen und gemischter Herkunft, wobei der georgische Anteil überwog, was die Form seiner Nase vermuten ließ. Ansonsten war er ein ganz gewöhnlicher Mensch, fast wie ein Russe, aber mit kaukasischem Pfiff. Ihm gehörten drei Privatbanken. Sein stolzes georgisches Profil, ein Anzug von Armani und Schuhe von Dolce & Gabbana verliehen ihm einen edlen Look. Ein paar Schläger begleiteten ihn überall hin und führten alle seine Befehle aus. Das Herz der heißen Braut schmolz beim Anblick dieses Prachtkerls mit einem Haufen Kohle. Dabei war er trotz aller oben genannten Vorteilen ein starker Mann. Er eroberte sie durch seine besondere Überlegenheit und sein wildes, tierisches Wesen. Zum ersten Mal spürte sie eine fremde Macht über sich und fühlte sich wie eine zarte Blume in den starken Pranken eines Tieres. Er bat sie, sich nicht zu bewegen, die Arbeit zu vergessen und abzuschalten. Sie sollte das Ritual der Liebe genießen. Er mochte es nicht, wenn die Frau wie eine Ziege sprang und versuchte, den Mann, der wie ein Klotz liegen blieb, zu befriedigen. Er wollte selbst der Frau Vergnügen bereiten. Er rieb ihren Körper mit unparfümiertem Öl ein, streichelte die prallen Brüste mit den Händen, führte seine Finger in ihre Vagina ein, die voll von süßem Ausfluss war, und ließ sie dann sie seine Hände ablecken. Sie wartete, zählte jede Sekunde, bis zu dem Moment, in dem der schwarze Teufel sein Glied in sie stieß. Aber er bevorzugte lange Vorspiele, besonders mit so einer heißen Frau. Er sah, wie sie die Augen verdrehte, und hörte die Schreie, die ihren Orgasmus begleiteten, als er endlich in sie eindrang. Natalja bebte vor Lust, als er die angenehm riechende, ein wenig salzige Flüssigkeit ausströmte. Es war ihr etwas peinlich, aber gleichzeitig sehr wohl zumute. Früher hatte sie nie ein solches Vergnügen erlebt. Neue Gefühle überwältigten sie, trafen sie mitten ins Herz. Und es waren genau jene, auf die sie so sehnlich wartete – warme und echte.

„Was ist das? Habe ich gepisst?", fragte sie sich mit Schrecken. Aber Schakro drang stürmisch in sie ein, wieder und wieder. Wassertropfen flogen in alle Richtungen und so hoch, dass sie dann wie ein Platzregen nach unten fielen. Plötzlich fiel ihr auf, dass er ohne Kondom fickte.

„Oh Gott!"

Das war gegen ihre Regeln und gegen die der Firma. Sie hatte keinen Sex ohne Kondom, nur mit Saweli. Erstens, weil sich kein Gummi auf seinen schlaffen Schwanz ziehen ließ, und zweitens, weil sie wusste, dass er noch eine Liebschaft kaum stemmen konnte. Seine Gesundheit hätte es nicht erlaubt, das Herz war zu schwach.

Schakro drehte sie in verschiedene Stellungen, packte kräftig ihren Po, wie eine süße Wassermelone, und machte mit dem Schwanz schmatzende Geräusche, als er ihn in ihr nach warmem Sex riechendes Loch schob. Endlich schoss sein Sperma direkt in ihr Gesicht und er schrie:

„Du gehörst mir! Du hörst auf zu arbeiten und ziehst in eine bewachte Mietwohnung ein!"

Natalja lächelte müde und gehorchte. Sie wollte mit ihm leben, wollte genau solch einen Traummann haben!

Aber in diesem Moment konnte sie sich nicht vorstellen, auf was sie sich eingelassen hatte.

Ein paar Tage später mietete er eine Wohnung in der Stadtmitte für sie und versorgte sie mit allem, was notwendig war. Und dieses Notwendige übertraf ihre kühnsten Erwartungen um ein Vielfaches.

Mit Tränen in den Augen und einer tragischen Note in der Stimme erzählte sie Saweli, dass sie sich entschieden hatte, zu heiraten und Kinder zu bekommen. Das sei ein Gesetz Gottes und Ehen würden im Himmel geschlossen, betonte sie.

Zähneknirschend, aber mit edlem Gesichtsausdruck wünschte er ihr viel Glück. Das Mädchen zog aus dem Studentenwohnheim aus. Ihr neues, königliches Leben begann.

Die Freude überwältigte sie. Mit kindlicher Neugier erkundete sie jede Ecke der riesigen Wohnung.

„Oh je! So eine schicke Bude!", krähte das Vögelchen im goldenen Käfig.

„Das reibe ich euch jetzt allen unter die Nase! Ihr neidischen Schlampen!"

Sie erstellte im Kopf eine Liste ihrer Feinde, die sie einladen würde.

Eine riesengroße Terrasse mit einem Sofa und lilafarbenen Sitzkissen, die Küche mit Bartresen, erst recht die Weingläser, die über der Bar hängen, luden gleich dazu an, sich sinnlos zu betrinken.

„Baby, mach eine Einzugsparty!"

Und an diesem schönen Abend tat sie das. Nach dem Anruf von Schakro, der sagte, dass sein Mädchen heute nicht auf ihn warten sollte, war sie sogar erfreut.

„Geh du ruhig auf Geschäftsreise! Ich werde die Zeit ganz gut allein verbringen. Ich skype mit der Verwandtschaft, gebe mit meinen triumphalen Erfolgen an und trinke jede Menge Wein!" Die Veränderungen in ihrem Leben heiterten sie auf. Sie stellte sich ein glückliches Familienleben mit dem reichen Banker vor.

„Mein Gott! Unfassbar, so ein Glück! Endlich kann ich sagen, dass ich die Glücklichste von allen bin!", schrie das Mädchen, hüpfte vor dem Spiegel auf und ab und schnitt Grimassen.

Sie wusste noch nicht, dass es dem Hinterwäldler völlig fernlag, mit ihr zu leben. Sie passte ihm im Bett, es war bequem, diesen Vogel im geschlossenen Käfig zu haben. Er wollte ständig jede Menge Sex mit ihr, und darum sperrte er sie in ein paradiesisches Nest, das keinen Ausgang hatte. Er war nicht verrückt oder krank, er war einfach ein wildes Tier, das nur an sich selbst dachte. Diese Puppe war nichts als ein schönes Extra in seinem Terminkalender – dreimal in der Woche.

Natalja wachte am Morgen mit schrecklichen Kopfschmerzen auf. Im Kühlschrank fand sie eine Dose Bier. Okay, dieses zuerst, der Kaffee konnte warten. Sie öffnete die kalte Dose, zündete sich eine Zigarette an und wählte die Nummer ihres Liebsten.

„Hallöchen", sagte sie und zog an der Zigarette.

„Was, du rauchst schon so früh?", erwiderte er irgendwie rau.

„Na ja, wieso nicht? Bist du schlecht gelaunt, Schatz? Komm einfach schnell nach Hause, ich beruhige deine Nerven."

„Ich bin ruhig. Schmeiß die Zigaretten weg und mach was Vernünftiges!"

„Wann kommst du?"

„Morgen oder übermorgen, kann's nicht genau sagen. Viel zu tun in der Stadt."

„In welcher Stadt bist du?"

„In Kiew. Wo denn sonst?"

„Wie in Kiew? Ich habe gedacht, du bist auf Geschäftsreise, verdammt noch mal!"

„Schatzi, denk bitte nicht so viel. So wird es für alle einfacher."

„Was? Komm sofort nach Hause! Ich muss mit dir reden!"

Biep … biep … biep …

„Hallo? Hallo?

So ein Schwein! Legt einfach auf! Läuft in aller Ruhe durch die Stadt! Ohne mich! Wo wohnt er überhaupt? Gute Frage! Warum bin ich nicht früher draufgekommen? Vielleicht ist er verheiratet? Hat einen Stall voll Kinder? Jede Menge Geliebte? Sitzen genauso weggesperrt wie ich, die Doofen. Was bin ich für eine Idiotin! Was habe ich mir alles eingebildet! Was soll ich denn jetzt Mama sagen? Und Saweli, scheiße … Gut, ich rede mit ihm, wenn er kommt. Dann sehe ich weiter. Also, ich gehe jetzt zur Uni und gucke, was dort Interessantes los ist."

Als sie abends nach Hause kam, sah sie Schakro auf dem Sofa liegen. Erfreut stürzte sich Natalja auf ihn. Sie vergaß für einen Moment ihre Unterhaltung am Morgen und machte Liebe. Ein Gefühl der Glückseligkeit durchströmte sie.

Danach lagen sie müde im Bett, tranken Sekt mit Erdbeeren und plauderten friedlich. Bei diesem Gespräch erfuhr sie, dass er gar nicht vorhatte, mit ihr zusammen zu leben. Er habe viel zu tun, seine Gewohnheiten seien solcher Art, dass er sie mit niemanden teilen könne. Und es sei nicht sein Stil, voreilige Entscheidungen zu treffen, die sein Leben beeinflussen können. Er bat das Mädchen, etwas abzuwarten, um einander besser kennenzulernen und sich aneinander zu gewöhnen. Er ließ sie hoffen, dass eine Familiengründung in Zukunft möglich wäre. Seine Worte über die große und reine Liebe klangen süß.

Natalja war nicht begeistert von dieser Lösung der Familienfragen. Sie wollte ihren Geliebten überreden, so schnell wie möglich in ein gemeinsames Nestchen umzuziehen. Aber er blieb unbeirrbar und fest in seinen Überzeugungen. Die Schöne musste aufgeben und sich dem starken Geschlecht beugen. Er war schließlich der Mann ihrer Träume!

„Liebst du mich wirklich?"

„Wenn ich dich nicht lieben würde, wäre ich nicht hier."

„Ich bin sehr glücklich mit dir und will von dir eine Tochter haben!"

In den nächsten Monaten besuchte er sie dreimal in der Woche, brachte ihr Blumen und teure Geschenke mit. Aber über Nacht blieb er selten, und das machte die junge Dame sehr traurig. Sie langweilte sich allein. Sie war doch eine junge Frau und wollte ihr Vergnügen haben. Das ewige Warten machte das Leben unerträglich. Er sagte nie, wann er kommen würde. Wenn sie nicht da war, wartete er einfach in der Wohnung auf sie und ermahnte sie, dass sie zu jeder Tageszeit zu Hause sein sollte, allein natürlich. So konnte sie selbst nichts in ihrem Leben planen. Sogar eine gewöhnliche Party mit Freunden schien ihr unmöglich.

Natalja beschloss, Artschik anzurufen. Sie wollte ein bisschen plaudern, erfahren, wie es in der „Welt der Unzucht" so lief, sich ein wenig mit Geschichten über die Huren, ihre perversen Kunden oder einfach Arschlöcher vergnügen. Sie wählte. Ihr Anruf erfreute den Zuhälter so sehr, dass er dem Mädchen vorschlug, nach der letzten Vorlesung vorbeizukommen. Gerne stimmte sie zu. „Ein bisschen Entspannung könnte ich gebrauchen", dachte sie, befreite weiße Locken von einem Gummiband, legte Haarbüschel auf die Hüften, legte eine Schulter frei und senkte ihren Blusenärmel.

Bei ihrem alten Bekannten angekommen, erzählte sie ihm von ihrem unerträglich langweiligen Leben. Anfangs war es ihr erschienen, als ob alle Träume in Erfüllung gegangen wären, aber aus irgendeinem unverständlichen Grund war alles trotzdem nicht schön. In ihren Träumen sah alles ganz anders aus.

Dabei konnte sie doch selbst gutes Geld verdienen. Aber sie bildete sich ein, verliebt zu sein, und das nicht in irgendeinen Heini, sondern in einen Banker. Artschik hörte ihr aufmerksam zu und strich ihr zart mit einer Hand übers Haar. Die andere steckte er ihr zwischen die Beine und spürte, wie ihr Slip feucht wurde. Das Mädchen atmete schnell und sprach immer langsamer.

„Immer mit der Ruhe, Schatzi", flüsterte er zärtlich. Er kannte alle Punkte an ihrem Körper, bei denen sie die Beherrschung verlieren würde. Der Verführer kannte diesen traumhaften Körper wie seinen eigenen. Viele berauschende Stunden hatte er beim Studium seines Ideals verbracht und hielt den Launen der Schönen nicht stand. Er saugte sein Genusselixier aus ihr.

Sie verschwand, nachdem sie endlich ihre Befriedigung gefunden hatte. Die Liebe ist das eine, der Sex zum Spaß, wie ihn jede Frau braucht, ist das andere. Man kann nicht jeden Tag sein Lieblingsgericht essen und es dann noch lecker finden.

Das Mädchen gab seinem ehemaligen Zuhälter einen Abschiedskuss und ging nach Hause.

Artschik war begeistert von ihrem Treffen. Endlich kam sein Brillant zurück. Zur Feier seines Sieges schenkte er sich einen Whiskey ein und wählte Schakros Nummer.

Er erzählte von dem unerwarteten Besuch seiner Geliebten, berief sich auf die männliche Solidarität, enthüllte das wahre Gesicht der unverbesserlichen, hinterhältigen Huren und fast unter Tränen schloss er seine Rede:

„Keine Sorge, mein Freund, ich finde einen angemessenen Ersatz. Tausende Frauen träumen davon, ein Leben zu führen, wie du es für diese Nutte geschaffen hast!"

Schakro schwieg, schlicht und kalt, und spürte eine brennende Wut in sich wachsen. Noch niemand hat ihn je so erniedrigt! Seine männliche Würde war so stark getroffen, dass er dachte, er wäre in diesem Augenblick bereit, zu töten.

Als Artschik das Freizeichen hörte, schrie er erschrocken: „Hallo? Hallo?

Drecksack, blöder! Könnte wenigstens danke sagen für so eine wertvolle Info! Ich hätte sie ihm verkaufen sollen! Aber gut! Für die nächste Nutte zahlt er mir das Dreifache! Arschloch!"

Eine Sekunde dachte er an Natalja. Dann straffte er seine Schultern und grinste wie ein fetter Kater. Er vermisste sie, außerdem arbeitete sie besser als alle anderen. Sie verstand es, auch die schmutzigsten Wünsche der Kunden zu befriedigen. Die Hoffnung auf ihre Rückkehr erregte ihn. Er trat vor den Spiegel und holte sein halb angeschwollenes Glied heraus. Er verzog das Gesicht, als wollte er Natalja nachahmen, wie sie noch vor zehn Minuten seine violette Eichel geschluckt hatte.

Natalja öffnete die Tür ihres goldenen Käfigs in bester Laune. Auf einem Bein hüpfend, zog sie ihre Schuhe aus.

Sie hörte ein Geräusch. Ihr Liebster war zu Hause. Das freute sie sehr. Sie lief schnell in die Küche und erstarrte.

Am Tisch saß ihr Schatz mit blutunterlaufenen Augen. Im Nu sprang er vom Stuhl auf, war mit einem Satz neben Natalja und ließ seine Faust auf ihr Gesicht donnern. Sie stürzte zu Boden und schluchzte krampfhaft. Schakro ließ nicht von ihr ab, sondern traktierte sie mit Fußtritten. Sie versuchte, ihr Gesicht mit den Händen zu schützen, und rief entsetzt um Hilfe. Die Fußtritte hagelten wahllos auf sie ein, es gab keinen Schutz. Seine Schuhspitzen rissen ihr die Haut an den Händen auf und drohten, ihr schönes Gesicht zu entstellen. Als er die offene Wunde an ihrer Schläfe bemerkte, verließ er hastig die Wohnung, befahl aber zuvor seiner Leibwache, einen Arzt zu holen, der sie untersuchen sollte, ohne Fragen zu stellen.

Bald kam ein Arzt. Er war offensichtlich weder russischer noch ukrainischer Herkunft. Er untersuchte das Opfer und sagte verbittert:

„Lieber Himmel! Warum tun die so was? So eine schöne junge Frau! Sie muss ins Krankenhaus", wandte sich der gütige alte Mann an die Leibwache.

„Behandle sie hier!"

„Das würde ich ja gerne tun, aber es wird nicht funktionieren. Das Mädchen hat eine Blutung!"

„Wird sie sterben?"

„Im Falle eines starken Blutverlustes ist ein letaler Ausgang nicht ausgeschlossen."

„Tu, was du kannst! Jetzt! Sorg dafür, dass sie bis heute Abend überlebt, dann kommt sie in eine Privatklinik zu einem Doktor, der mit dem Boss gut bekannt ist."

„Halt durch, Liebes! Ich gebe dir eine Spritze. Versuch, zu schlafen!"

„Lassen Sie mich nicht allein! Ich bitte Sie!", flüsterte das Mädchen und packte den gütigen Mann am Arm.

„Das kann ich nicht. Entschuldigen Sie! Halten Sie durch! Bald bringt man Sie ins Krankenhaus."

Er gab ihr die Spritze und verließ die Wohnung, voll Bedauern und Mitleid.

Sie lag in einer Blutlache am Boden und bewegte sich nicht. Ihr ganzes Leben lief vor ihren Augen ab. Sie schloss die Augen vor diesen bitteren Gedanken und aus Angst. Sie wollte das Blut nicht sehen, in dem sie, wie ihr schien, versank, während sie langsam auf der Treppe zum Himmel oder zur Hölle schritt.

Nach einiger Zeit spürte sie, wie starke Hände sie auf eine Trage legten. Alles passierte wie im Delirium. Infusionen, Spritzen.

Das Mädchen wachte am Morgen mit heftigsten Schmerzen in den Schläfen auf und ihr wurde übel. Es war höllisch, nur dieser Vergleich passte zu der Realität, in der sie sich befand. Ihr Körper war bedeckt mit blauen Flecken und offenen Wunden. Ihr Gesicht schien ein einziger blauer Fleck zu sein. Sie versuchte, sich aufzurichten. Mit Mühe gelang es ihr. Wegen der Kanülen, die in ihren Armen steckten, konnte sie nicht aus dem Bett steigen. Sie riss sie heraus und stand auf. Ihr wurde schwindlig und sie sank auf den Fußboden. Dann kroch sie zur Tür. Natalja wollte nur eins: nach Hause zu ihrer Mutter und den Verwandten und ein Glas frische Mich trinken. Den Milchgeruch spürte sie so deutlich, als ob die graue Aluminiumkanne mit Milch irgendwo hier in der Nähe stünde. Kniend zerrte sie an dem Türgriff. Vergebens, die Tür war von außen abgeschlossen. Sie fühlte sich wie ein Häftling. Vor lauter Verzweiflung und Hilflosigkeit brach sie in Tränen aus. Vor der Tür hörte sie Schritte. Ängstlich wich sie von der Tür zurück, als ob ihr nichts weh täte, und starrte panisch den sich bewegenden Türgriff an.

„Oh Gott! Das ist er!"

In einer Sekunde liefen die Ereignisse des gestrigen Abends vor ihren Augen ab. Die Tür ging auf. Ein Mann im weißen Kittel kam mit lächelndem Gesicht herein.

„Sind Sie schon wach, Prinzessin?"

„Wer sind Sie?"

„Ich bin Ihr behandelnder Arzt. Mein Name ist Dmitri Iwanowitsch. Haben Sie keine Angst. Ich tue ihnen nichts Böses."

„Dann lassen Sie mich hier raus!", schrie das Mädchen auf. Sie hatte die Wachen im Korridor bereits bemerkt.

„Lassen Sie sich Zeit! Ich würde Ihnen empfehlen, in Ihrer Verfassung nirgendwo hinzugehen. Und stehen Sie bitte vom Fußboden auf", sagte der Arzt in beruhigendem Ton, als ob er ihr helfen wollte. „Nach der Operation dürfen Sie dort nicht sitzen."

„Nach was für einer Operation?"

„Leider haben Sie das Kind verloren. Es tut mir sehr leid."

Ihre Augen wurden rund wie Münzen.

„Was? Haben Sie mir eine Abtreibung gemacht?"

„Ja, es tut mir sehr leid", wiederholte der Arzt.

„Sie wurden gestern in einem äußerst kritischen Zustand zu uns gebracht, nach dem Angriff einer Straßenbande. Leider konnten wir das Kind nicht retten."

„Wer hat mich angegriffen?"

„Rowdys. Sie haben Sie auch ausgeraubt."

„Ah! Alles klar!" Bastard!", kam es aus dem Nataljas Mund.

„Was haben Sie gesagt?", fragte der Doktor verwirrt und beugte sich zu ihr, als ob er sie besser hören wollte.

„Nicht wichtig! Alles in Ordnung!" Das Mädchen verdeckte ihr Gesicht mit den Händen und schluchzte. Für einen Augenblick dachte sie, es wäre ein Traum.

„Genau! Ich schlafe!"

Sie schüttelte den Kopf, um aufzuwachen. Aber nein, es war kein Traum …

Vier Tage verbrachte Natalja hinter Schloss und Riegel. Erst dann kam sie langsam zu sich und begann, das Geschehe zu begreifen. Die Schuld an dieser verfluchten Liebe gab sie sich selbst. Wie hatte sie sich nur auf diese Scheiße einlassen können? Warum hatte sie sich in diesen sadistischen Kanaken verliebt? Aber während sie so mit sich ins Gericht ging, empfand sie doch etwas Mitleid mit ihm. Ganz sicher war es ihm sehr unangenehm zu erfahren, dass seine zukünftige Frau es mit einem Zuhälter trieb, während er Geld verdiente, um ihre gemeinsame Zukunft zu sichern. Sehr unangenehm, beleidigend und erniedrigend.

„Artschik, du Arschloch!" Wie konnte er so etwas tun? Sie hatte ihm doch ein ganzes Vermögen eingebracht! Was für eine Grausamkeit! Solche Typen hatten nicht Menschliches an sich! Weder Herz noch Prinzipien!

Was die Prinzipien anging, hatte sie selbst allerdings auch nichts vorzuweisen. Die Manieren des Schmetterlings waren alles andere als edel.

Einige Tage vergingen. Man legte ihr Dokumente zum Unterschreiben vor. Es war das Protokoll ihrer angeblichen Aussagen über den Raubüberfall einer Straßengang, deren Mitglieder sie nicht hatte sehen können, da alles nachts passiert und sie zu Tode erschrocken gewesen sei.

Sie unterzeichnete die Unterlagen schweigend. Ihr war klar, dass sie sonst so lange weggesperrt bleiben würde, bis sie sich dem Willen ihres ehemaligen Lebensgefährten beugte.

Der Untersuchungsrichter ging. Die Tür blieb offen. Natalja schaute in den Korridor und sah, dass die Schläger verschwunden waren. Das Gefühl der Freiheit und die emotionale Spannung überwältigten sie.

„Endlich! Ich bin frei! Hurra!

Sie zog sich an und ging hinaus, schlich die ihr völlig unbekannten Straße entlang. Sie wusste nicht, wo sie sich befand, hatte weder Geld noch ein Handy dabei.

„Wo soll ich überhaupt hin? Zu Saweli darf ich nicht, er ist ja verheiratet! Was jetzt? Natalja begann vor Wut zu kochen. Unterwegs schimpfte sie laut schimpfte: „Hat mich ausgesetzt wie einen Hund, ohne meine Sachen und ohne U-Bahnticket! Mistkerl! Stinkiger Armenier-Arsch!"

Sie erreichte eine Bushaltestelle und sah ein Taxi. Sie setzte sich auf den Rücksitz und nannte die Adresse von Artschik.

Gott sei Dank, er war zu Hause. Er bezahlte das Taxi und fragte erstaunt:

„Mein Gott! Schatz, was ist passiert?"

„Halt die Fresse, du Schwuchtel! Du weißt genau, was passiert ist!", erwiderte Natalja mit gefletschten Zähnen wie eine Wölfin. Sie konnte sich kaum davon abhalten, diesen Mistkerl zu beißen.

Er versicherte ihr, er hätte bis gestern Abend nichts gewusst, dann hätte Schakro ihn besucht, ihm gedroht und versucht, ihn zu verprügeln.

„Seine Schläger haben dich aufgespürt, Schatzi! Hast du etwa nicht gemerkt, dass sie dich beschatten? Sie haben jeden deiner Schritte verfolgt vom ersten Tag an, als du aus dem Wohnheim in den Käfig gezogen bist. Hast du nicht kapiert, dass jeder Atemzug von dir aufgezeichnet wird? Ich hätte dir nie etwas Böses getan", sagte der Schuft liebevoll, „hätte nie deinen kleinen zarten Körper verraten." Er zog sie nah zu sich heran und küsste sie auf die Stirn.

Sie brach in Tränen aus und schmiegte sich an ihn, als ob er ihr nächster Verwandter wäre. Durch die Tränen fragte sie: „Artschik, kann ich wieder bei dir anfangen?"

Diese Worte klangen für ihn wie himmlische Musik. Wie lange hat er darauf gewartet! Dem Himmel sei Dank!

Er schob das Mädchen abrupt von sich und sagte:

„Entschuldige, aber du kannst nicht mehr für mich arbeiten, schon gar nicht so, wie du jetzt aussiehst! Du hast ja zwei Schrammen im Gesicht. Ich habe einen Elite-Escort-Service, keinen Schlupfwinkel für verschrammte Idiotinnen, die auf Kaukasus-Affen hereinfallen!"

„Wie kannst du so etwas sagen? Die sieht man doch kaum! Und überhaupt, wenn erst die Fäden gezogen sind, merkt man gar nichts mehr davon."

„Okay. Aber nur, weil du es bist. Eine andere hätte ich längst rausgeschmissen. Ich weiß noch, wie du gearbeitet hast, und wenn du dich wieder ganz erholt hast, brichst du die alten Rekorde bestimmt noch. Aber bis dahin ziehe ich dir zehn Prozent vom Lohn ab. Die Kunden brauchen frisches Fleisch, kein aufgeschlitztes, halbtotes mit blauen Flecken!"

„Abgemacht! Einverstanden! Danke für alles, mein Schatz! Was hätte ich bloß ohne dich gemacht? Mit meinem ramponierten Körper! Bitte entschuldige, dass ich so schlecht von dir gedacht habe. Natürlich würdest du mich nie verraten! Ich weiß … Wer hätte auch gedacht, dass Schakro alles so gründlich geplant hatte! Ließ mich sogar beschatten! Paranoider Irrer!"

„Kein Problem, Püppchen. Schon gut."

„Artschik, ich kann nirgendwo hin. Kann ich bitte bei dir wohnen, bis ich das Problem mit der Wohnung gelöst habe?"

„Hmm."

Es entstand eine Pause.

Die Idee gefiel ihm offensichtlich nicht sehr. Ihn besuchten schließlich oft verschiedene Frauen. Die neuen Mädchen probierte er gleich zu Hause aus. Er betrachtete sie, tastete sie ab, um den richtigen Preis festzusetzen. Bei dieser Arbeit spielte das Aussehen nicht immer die wichtigste Rolle. Unter den Mädchen waren

Models, die verschiedenste Schönheitswettbewerbe gewonnen, an Modenschauen teilgenommen und sogar das eine oder andere Magazin-Cover geschmückt hatten, und die doch keiner mehr als einmal vögeln wollte. Niemand brauchte diese steifen Holzklötze im Endeffekt, die Kunden klagten über sie und verlangten Ersatz. Deswegen kümmerte sich Artschik höchstpersönlich darum, für seine Ware den richtigen Preis festzulegen. Er suchte Brillanten wie die schöne Natalja. Aber leider gab es davon nicht viele auf dieser Erde.

„Gut, du hast eine Woche, um eine neue Wohnung zu finden. Und ich ziehe von deinem Lohn 100 Dollar ab."

„Du bist doch ein Arschloch", sagte Natalja leise.

„Kätzchen, bleib locker!"

„Fick mich, Artschik!"

„Du hast lange keinen Sex gehabt, oder?"

„Das letzte Mal mit dir."

„Tanzt du, kleine Schlange?"

„Ich habe Angst, dass ich in diesem Zustand von der Stange in deinem Schlafzimmer falle. Ich bin noch nicht zu Kräften gekommen."

„Machen wir ein Verkleidungsspiel?"

„Willst du mein Doktor sein? Oder der Sanitäter?"

„Der Krankenpfleger, der dir die Wunden leckt? Ich leck dich ganz ab, Kleine!"

Der Sex heilte alle Wunden Nataljas. Artschik hatte ein besonderes Talent für den Cunnilingus. Man hätte ihn mit einer Bulldogge oder einem anderen sabbernden Hund vergleichen können. Sie versank in seinen Liebkosungen und blieb.

Die Zeit verging, das Mädchen erholte sich und vergaß das Geschehene fast ganz. Sie studierte und arbeitete. Sie hatte mit verschiedenen Kunden zu tun, manche waren kompliziert und launisch: alte Perverslinge oder junge Sadomasochisten, die Vergnügen an Peitschenhieben, an Hoden- und Peniseinschnürungen oder am Erwürgen hatten.

Es schien, als ob Artschick Natalja absichtlich zu den Kunden dieser Art schickte, weil sie Narben im Gesicht hatte.

Eines Tages kam sie zu einem Mann namens Slawik. Er arbeitete bei der Präsidialverwaltung. Natalja atmete erleichtert auf. Er sah zwar nicht schön aus, hatte aber ein ganz nettes Gesicht, nicht wie ein Persversling. Der dicke Familienvater fragte die Schöne nach ihrem Leben aus, warum sie sich gerade für diese Arbeit entschieden hatte, und erzählte ihr von vornehmeren Möglichkeiten, Geld zu verdienen.

„Ein redseliger Kauz", dachte sie, „aber ein sehr netter!"

Sie plauderte gerne mit ihm über die verschiedensten Ideen und Unternehmungen. Irgendwann fragte er sie, ob sie nicht Lust hätte, eine seiner Bekannten mit dem Namen Stella kennenzulernen. Sie sei ein außergewöhnliches Mädchen, eine zielbewusste Persönlichkeit, besitze eine Heiratsvermittlungsagentur in Kiew und studiere außerdem an der Fakultät für Fremdsprachen der Nationalen Linguistischen Universität Kiew.

„So jung, und hat schon eine eigene Agentur?"

„Ja, sie ist ein ungewöhnliches Mädchen. Ich könnte euch zusammenbringen. Damit du dich nicht langweilst, ohne Freundinnen. Vielleicht macht ihr gemeinsam ein Geschäft auf und du kannst aufhören, als Callgirl zu arbeiten."

Natalja mochte eigentlich keine weiblichen Wesen, schon gar nicht solche, die ihr irgendetwas voraushatten. Aber diese Frau erweckte ihr Interesse, weil sie Zugang zu ausländischen Männern hatte. Also genau das, was Natalja sich so sehr wünschte.

Außerdem organisierte Stella Einsätze im Ausland, in verschiedenen Schweizer Klubs.

Natalja schrieb sich die Telefonnummer auf. Sie wusste nicht, dass diese Nummer der einzigen Freundin gehörte, die sie in ihrem ganzen Leben haben würde.

Ohne lange zu überlegen, rief sie Stella am nächsten Morgen an. Aber anscheinend war diese Dame ständig beschäftigt. Sie verwies auf ihre hohe Arbeitsbelastung und machte einen Termin in einer Woche. An Stellas Stimme hörte Natalja gleich, dass diese ein ganz gerissenes Luder war und dieser Termin nicht zufällig zustande kam.

Einige Tage später, als sie gerade mit Saweli in einem Restaurant war, hörte sie ihr Handy klingeln. Stella rief an. Natalja dachte zuerst, Stella rede Unsinn, als sie ihr eine Arbeit vorschlug, die mit ihrem derzeitigen Gewerbe nicht zu tun hatte. Es handelte sich um eine Arbeit, bei der es eher um Schauspielerei ging und für die ein ziemlich hohes Honorar vorgesehen war.

Natalja stimmte dem Treffen am selben Abend gerne zu. Sie entschuldigte sich bei Saweli, der an Streiche seiner Geliebten schon gewöhnt war, und verabschiedete sich mit einem Winken.

Stella war erfüllt von Lebenskraft und Emotionen. Sie strahlte eine unglaubliche Energie aus, war Flut, Sturm und Hagel gleichzeitig. Ihre Augen funkelten wie Sterne. Sie erzählte Natalja die überaus verlockende Geschichte, wie sie in der Heiratsvermittlungsagentur die Ausländer ausnahm.

Der Kern der Sache bestand darin, dass ein Ausländer, der potenzielle Bräutigam, auf der Suche nach einer Frau auf die Website von Stellas Agentur ging. Anschließend schrieb er Briefe zu verschiedenen Themen: Kennenlernen, Treffen, gemeinsame Freizeit, Hochzeit usw. Ein Brief an das von ihm ausgewählte Mädchen kostete zwanzig Dollar.

Die Agentur erhielt die Briefe, übersetzte sie ins Russische oder Ukrainische und leitete sie weiter an die Auserwählte. Das Mädchen konnte in ihrer Muttersprache antworten. Diese Antwort wurde dann übersetzt und an den Auftraggeber, den Bräutigam, geschickt. Die meisten Einwohner der Ukraine beherrschten keine Fremdsprache. Dieser Umstand ermöglichte es der Agentur, im Geschäft zu bleiben und Steuern zu zahlen. So konnte schon allein der Briefwechsel mehrere Tausend Dollar Gewinn bringen, bis der Mann die Entscheidung traf, das Mädchen persönlich kennenzulernen und zu diesem Zweck in die ukrainische Hauptstadt kam.

„Was für ein Blödsinn! Du hast ein Büro im Stadtzentrum, am Chreschtschatyk. Kann man mit den Briefen denn so viel Kohle verdienen?"

„Hör nur weiter zu! Fragen kannst du hinterher stellen."

„Okay."

Der Kern des Geschäfts beruhte keineswegs auf den Briefen. Mit diesen kamen Blumen und Geschenke für die Mädchen – verschiedene Kosmetiksets und Accessoires aller Art. Diese schönen, teuren Sachen wurden in Geschäften gemietet, nur zu dem Zweck, das Mädchen mit dem Geschenk in der Hand bei einem Luftkuss zu fotografieren, um dem Mann zu bestätigen, was sie sich von seinem Geld gekauft hat. Danach nahm der Verkäufer sämtliche Fotorequisiten zurück und erhielt seine Belohnung.

Die Ausländer überwiesen das Geld auf das Konto der Firma und bekamen glänzende Fotos der glücklichen Schönheiten mit Blumen und Geschenken. Natürlich bedankten sie sich beim jeweiligen Bräutigam mit einem Brief, der auf seine Kosten verschickt wurde. So bekam der Mann seine Portion Komplimente im Stil von: „Oh Gott! Was für ein Mann!"

Aber Natalja überraschten die Storys, die diesen Ausländern in der Ukraine passierten.

Bei ihrem Aufenthalt in Kiew erwarteten sie die unglaublichsten Abenteuer und zahlreiche unvorhergesehene Situationen, die Natalja den Atem verschlugen.

Zum Beispiel erfuhr der Ausländer gleich am Flughafen, dass das Mädchen, dem er das ganze Jahr über Briefe geschrieben hatte und das er nun heiraten wollte, aus einer ehrbaren, kirchentreuen Familie stammte, womit er natürlich nicht gerechnet hatte. Natalja schmunzelte.

„Da müsste ich nichts vortäuschen, ich komme tatsächlich aus so einer Familie."

„Und gehst anschaffen", stichelte Stella, die eine scharfe Zunge hatte.

„Und du siehst aus wie eine, die sich ganz ehrbar flachlegen lässt, oder?"

„Mein Rollenfach ist die gewöhnliche Gaunerin, keine Nutte."

„Ich habe jetzt von dir geredet, nicht von deiner Show."

„Ich rede ausschließlich von der Arbeit. Ich habe nicht vor, über mein Privatleben sprechen, schon gar nicht mit dir."

Während Stella die Stirn runzelte, zeigte ihr Natalja ihr rosiges Züngelchen.

Sie brachen in Gelächter aus. In diesem Augenblick schlossen sie Frieden. Man könnte sogar sagen, dass hier die Beziehung der beiden frischgebackenen Freundinnen entstand.

„Und jetzt erzähl weiter. Was passiert dann? Raus damit!"

„Also, der Ausländer wird von der ganzen Familie empfangen. Der Vater in Popenkutte, Mutter mit Kopftuch und die Tochter als potenzielle Braut." Manchmal spielte Stella selbst die Rolle der Tochter und der Braut. Wenn nun der Bräutigam einem anderen Glauben angehörte und zum Beispiel Katholik, Protestant oder Jude war, forderten die Eltern der Braut nachdrücklich, dass der Bräutigam seinen Glauben ablegte und ein orthodoxer Christ würde. Die potenziellen Ehegatten erwarteten diese Wendung natürlich nicht. Sie reagierten geschockt und ratlos. Aber wenn man schon da war, was wollte man da machen, es musste eben sein. Besonders, wenn die Braut hübsch und jung war. Was tat man nicht alles für so ein nettes Kind. Die Bräutigame selbst waren meistens 50 oder älter. Mit ihnen gab es wenig Probleme. Die Alten stimmten allem zu, glaubten an Märchen und die wahre Liebe. Aufgedunsene Kinderschänder, Geschiedene oder einfach in ihrer Heimat ausrangierte, gewissenlose alte Arschlöcher. Sie nutzten die schwierige Situation im Land aus und kamen, um schöne zwanzigjährige Mädchen zu heiraten.

Nach dem Empfang im Flughafen lief eine ganze Theateraufführung ab. Stella mietete ein Haus, das das Haus der Eltern darstellen sollte und für die Unterbringung des Bräutigams während seines Aufenthalts vorgesehen war. Es lag weit außerhalb der Stadt, neben einem vergessenen, verfallenen Kirchlein, in dem die armen Ausländer den Glauben wechseln mussten, weil die Eltern auf einer kirchlichen Trauung vor der standesamtlichen bestanden. Um diesen Wunsch der Familie nach religiöser Einigkeit wurde nicht gestritten. Schließlich waren Forderungen dieser Art im Lauf der Kirchengeschichte keine Ausnahme.

Die Firma besorgte dem Bräutigam einen Dolmetscher und, wenn er wollte, einen Leibwächter – gegen angemessene Bezahlung. Auch sie waren Schauspieler und Betrüger.

Alle Teilnehmer der Aufführung begaben sich ins Dorf, um die Hochzeit zu feiern. Zuerst überreichte der Vater seinem angehenden Schwiegersohn ein Gebetbuch auf Englisch oder gegebenenfalls in einer anderen Sprache. Der musste es durchlesen und mit aller Ernsthaftigkeit zum Kern der Sache vorstoßen. Das Beten dauerte ein paar Tagen und alle kirchlichen Regeln wurden eingehalten. Bald verging dem Bräutigam alle Freude. Schlafen musste er ja auch allein und zuvor noch im Gebet versinken. Es war außerdem streng verboten, die Braut vor der Hochzeit zu berühren.

Dabei träumte von nichts anderem als davon, die prallen Titten anzufassen. Der Teufel sollte sie holen, diese verdammten Frömmler! Hätte er das vorher gewusst, hätte er eine andere ausgewählt.

„So ein Reinfall!", fluchte der Ausländer beim Abendgebet und sein Doppelkinn wabbelte wie Sülze. Dabei wusste der arme Kerl noch gar nicht, dass die Überraschungen in der Ukraine für ihn gerade erst begonnen hatten. Nach der erfolgreichen Konversion fingen die Hochzeitvorbereitungen an. Einladungen wurden an arme Verwandten der Braut geschickt, von denen viele keine Möglichkeit hatten, Flugtickets zu kaufen, um bei der langersehnten Feier dabei zu sein. Das Geld für die Tickets musste natürlich das junge Paar schicken. Das Kleid und das Festessen für hundert Personen, dazu eine Limousine, waren ebenfalls zu bezahlen, achtzig Prozent des Preises sofort als Vorschuss. Die Geldangelegenheiten erledigte die Agentur. Sie hob die erforderlichen Summen vom Bankkonto des Ausländers gegen Unterschrift ab. In puncto Geld vertrauten die Ausländer der Agentur mehr als den zukünftigen Verwandten. Sie dachten, diese seien als Gottesdiener zu weit von weltlichen Sorgen entfernt.

Und so kam der Tag der Hochzeit. Der Brillantring am Finger. Der Bräutigam mit dem Spitznamen „Sülze" hat sich Viagra besorgt, um die ganze Nacht fit zu sein und der jungen Frau zu beweisen, dass er noch ein ganzer Kerl war. Ein altes Sprichwort lautet: „Mit einem alten Hund hat man sicherste Jagd!" Wenn er seine Tabletten bekommt, wird er schon wenigstens einmal im Monat seine Gattenpflicht erfüllen können.

Natalja saß da wie versteinert, auch wenn sie nicht wusste, warum, und hörte der lebhaften Stella zu. Ihr fiel auf, wie diese das Wort „Gattenpflicht" aussprach und dabei das Gesicht verzogt und die Nase rümpfte! Es war ihr klar, dass Stella die alten Idioten ohne Weiteres bestrafte, und das von ganzem Herzen und mit Eifer.

„Warum sprichst du über dich in der dritten Person?"

„Ich versuche, dir ein Bild der Situation zu vermitteln, und so geht es einfacher."

„Bisher gefällt mir das alles schon sehr!"

„Also. Die Hochzeit ist jetzt für morgen angesetzt", setzte Stella ihre unglaubliche Erzählung fort. „Aber es kommt anders! Es stirbt die Mutter der Braut, oder der Vater, die Schwester, der Bruder. Egal wer. Kommt bei einem Autounfall um oder ertrinkt, stirbt bei einem Brand, es spielt keine Rolle.

Trauer! Hochzeit wird abgesagt! Welch ein Kummer! Und zu so einem Zeitpunkt kann doch kein Bräutigam seine Braut im Stich lassen. Da muss man sich um die Beerdigung kümmern, was denn sonst! Die Beerdigung geht auch auf Kosten des Bräutigams, dieses Mal mit Tränen in den Augen aller Verwandten, mit der Bitte, ihnen Geld zu borgen, und Versprechungen wie: ‚Wir schwören, ein Päckchen mit Bündeln voller Geld aus Wladiwostok an Ihre Adresse zu schicken. Ganz bestimmt, irgendwann!' Der Ausländer stellt gewöhnlich die Bedingung an die Agentur, dass die Hochzeit unbedingt gleich nach dem Begräbnis stattzufinden hat, weil er wieder zur Arbeit muss.

Die Firma stellt ihm ein Dokument aus, in dem seine Forderung vereinbart und niedergeschrieben wird. Er beruhigt sich und beschäftigt sich mit dem Begräbnis.

‚Was habe ich mir da nur eingebrockt!', denkt Sülze und weiß nicht, dass er noch nicht alle Geschenke im Rahmen dieses ukrainischen Spektakels bekommen hat.

Währenddessen werden im Theater die Leidenschaften angefacht. Stella bestellt einen Sarg. Gewöhnlich ist er geschlossen. Das wird damit erklärt, dass die Leiche verstümmelt und die zerfetzten Fleischstücke nicht schön anzuschauen wären. Bei diesen

Worten gefriert Sülze das Blut in den Adern. Er ist überaus froh, dass der Sarg geschlossen ist."

So war es möglich, eine Kiste mit oder noch besser ohne Ziegelsteine zu begraben, denn die Dorfalkis, die die Verwandten der Braut aus Nowosibirsk oder Wladiwostok spielten, die auf Kosten des Bräutigams zur Hochzeit gekommen waren, hatten in der Regel nicht genug Kraft, um einen Sarg mit Ziegelsteinen hochzuheben. Das hätte die tadellos durchdachte Aufführung der talentierten Regisseurin vollkommen ruinieren können!

Wowan, der Friedhofswächter, hielt immer ein Erdloch für das Begräbnis parat. Dafür bekam er ein Honorar, das aus drei Kisten Schnaps für ihn und ein paar Tüten Süßigkeiten für seine Kinder bestand. Und Blumen für seine Frau konnte er, sobald die Zeremonie vorbei war, ganz nach Geschmack auswählen, bitte sehr! Frische Blumen! Er hatte überhaupt nichts dagegen, eines guten Menschen zu gedenken. Nur die angeheuerten Klageweiber nervten ihn. Sie brachten den sensiblen, betrunkenen Wowan jedes Mal fast zum Herzinfarkt.

„Ja, ich weiß doch, dass ihr Betrügerinnen seid! Abzockerinnen! Und dass der Sarg leer ist! Die Weiber heulen aber so bitterlich zur Musik, dass mir selber ohne Ende die Tränen kommen! Ich versteh gar nicht, warum. Ich bin wohl zu empfindlich geworden auf meine alten Tage."

„Du solltest nicht so viel trinken, Onkel Wowa!", lachte Stella.

„Wie nicht so viel trinken? Ihr macht doch hier die üppigen Gelage! Die Tische sind übervoll. Töchterchen, bitte! Lad diese unerträglichen alten Weiber nicht mehr ein", flehte Wowan sie an. „Für eine Kiste Wodka heule ich dir selber wie ein Wolf, zwei Stunden am Stück, wenn es sein muss! Schau, euer Amerikaner, der vorige Bräutigam, hat lauthals geweint. Ihr habt sogar diesen zwei Meter hohen Kampfstier fertiggemacht!"

„Hahaha!

Geh nach Hause, du bist schon ganz blau! Laberst Unsinn! Deck morgen das Erdloch ab, dass es niemand sieht."

„Wer soll das sehen? Das ganze Dorf feiert morgen bei eurem Begräbnis! Sie wachen erst nächste Woche wieder auf."

„Hahaha!", lachte Natalja. Sie hörte Stella gespannt zu. Sie sah in ihr einen starken Menschen, der vor nichts Angst hatte und kämpferisch durchs Leben ging. Sie verdiente ihr Geld als Gaunerin und nicht als Nutte. Sie hatte keine ausgeprägte Sexualität. Die spitze Habichtsnase bezeugte ihren unerschütterlichen Charakter. Helles Haar, direkter Blick, schöne große, braune Augen und ein schlanker Körper.

Unwillkürlich dachte Natalja: „Was findet er an ihr, dieser Slawik aus der Präsidentenadministration? Er sprach von ihr mit so viel Begeisterung und Respekt."

Die beiden Mädchen saßen einander gegenüber und begriffen, dass sie sich gegenseitig ergänzen könnten. In ihrem Inneren erkannten sie, dass dies eine schicksalhafte Begegnung für sie beide war. Sie waren absolut unterschiedliche und doch vollkommen gleich eiskalte Luder.

„Und was passiert dem Ausländer als Nächstes?", fragte Natalja. Sie brannte darauf, auch den Rest zu hören.

„Nach der Beerdigung gehen alle zum Bräutigam schlafen. Nachts kommt eine Prostituierte, angeblich, um mit ihm zu reden, und verführt ihn im Schlafzimmer. Die Nutte spielt, sagen wir mal, die Rolle einer unverheirateten Cousine der Braut. Laut Textbuch versucht sie bereits beim Begräbnis, mit Sülze zu flirten. Bei ihren üppigen Kurven schmilzt er dahin. Später am Abend kommt die Braut plötzlich herein, um ihrem Geliebten gute Nacht zu sagen und ertappt ihn mit der nackten Cousine. Der treulose Möchtegern-Ehemann bekommt seine wohlverdiente Ohrfeige. Allerdings darf man sie nicht zu fest schlagen. Die Armen haben schon genug Angst vor den Unsrigen. Der Bräutigam darf uns nicht ins Gras beißen. Gott bewahre, dann müssten wir doch noch einen echten Toten begraben! Im Endeffekt ist die Braut geschockt, hat einen Nervenzusammenbruch. In diesem Fall braucht sie dann von ihm unbedingt noch eine Kurreise nach Truskawez, für mindestens drei Wochen. Um die Nerven ein wenig zu regenerieren."

Natalja hielt sich den Bauch vor Lachen.

„Du, Stella, nicht einmal die vom Bolschoi-Theater machen dir Konkurrenz!"

„Ich bin keine talentierte Schauspielerin, ich bin Dramaturgin … In solchen Fällen ist die Agentur nicht verpflichtet, dem Bräutigam sein Geld zu erstatten. Der Typ wird zum Flughafen begleitet und muss ledig nach Hause fliegen. Natürlich ist er empört und droht der Agenturdirektorin, sie zu verklagen. ‚Verfluchte Deppen! Warum habt ihr mir nicht gesagt, dass sie aus einer Idiotenfamilie stammt?‘

‚Sie wollten ein Mädchen aus einer anständigen Nichttrinkerfamilie kennenlernen! Entsprachen die Gottesdiener etwa nicht Ihren Anforderungen?‘

‚Mal haben sie Feier, mal ein Begräbnis! Wofür habe ich eigentlich bezahlt? Und was jetzt?‘

‚Laut Aussage der Verwandten, haben Sie Ihre Auswahl zugunsten der Cousine der Braut geändert. Die Braut musste einen Psychiater aufsuchen. Sie haben ihr ein schweres seelisches Trauma zugefügt. Die Genesung wird lange dauern. Seien Sie froh, dass sie mit Ihnen nichts zu tun haben will und Sie nicht vor Gericht verklagt hat, wie es die Verwandten der vor dem Altar verlassenen Märtyrerin ohne Zweifel wünschen.‘

‚Was sagen Sie? Märtyrerin? Ich habe dieser frommen Schlampe und ihren bettelarmen Verwandten Kleidung und Schuhe gekauft! Einige von ihnen betteln mich jeden Morgen um Geld an!‘

‚Diese verdammten hirnlosen Dorfalkis! Die kriegen auch nie genug!‘, dachte die Agenturdirektorin, sagte aber kein Wort.

‚Es tut mir sehr leid, aber Ihre Schuld ist offensichtlich, deshalb steht Ihnen keine Rückzahlung zu. Apropos: Sie können den Kontakt zu der nackten Person, die in Ihrem Zimmer angetroffen wurde, weiter pflegen. Wir bieten Ihnen die Dienstleistungen unserer Agentur auch zu diesem Zweck an.‘

‚Oh no! Thanks! Ich habe die Nase voll von Ihren anständigen Prostituierten! Sie ist schnurstracks nackt in mein Schlafzimmer gekommen! Gotteslästerin!‘

‚Augenzeugen berichten, Sie wären gar nicht abgeneigt gewesen, diese Gotteslästerin in Ihrem Schlafzimmer zu sehen, eher im Gegenteil … hm. Sie hätten sie ja aus Ihrem Schlafzimmer werfen und sich bei Hochwürden über das verirrte Schaf beschweren können. Der hätte sie ordentlich verprügelt.'

,Solche Schäfchen wirft man nicht aus dem Schlafzimmer!', lächelt Sülze über das ganze Gesicht voll künstlicher Zähne, als in seinem Gedächtnis jene verhängnisvolle Nacht aufscheint, die seine einzige angenehme Erinnerung an diese Reise auf der Suche nach reiner Liebe darstellt.

,Da Sie selbst zugeben, dass Sie der Unzucht und der Untreue schuldig sind, können Sie keinerlei Ansprüche gegenüber unserer Agentur erheben. Außerdem wurden alle diese Punkte vertraglich vereinbart und von Ihnen persönlich unterzeichnet. Nicht wahr?'

,Ich weiß nicht mehr, was da stand. Sobald ich in den USA lande, zeige ich Ihre Dokumente meinem Rechtsanwalt!'

,Gut, Mister Cloud. Ich wünsche ihnen einen angenehmen Flug! Auf Wiederhören.'"

„Ihr seid wirklich unglaublich!", schrie Natalja. „Es war echt super! Als ob ich mit dir einen Krimi geschaut hätte! Einfach toll!"

„Und das war nur einer von mehreren Fällen. Die Aufführungen sind immer unterschiedlich, werden für jedes einzelne Opfer extra entwickelt. Wir untersuchen Gewohnheiten, Horoskop, Hobbys und Charakter im Laufe seines Briefwechsels mit der Braut."

„Du bist eine wahre Psychologin, verdammt! Bravo!"

„Danke." Stella lächelte nett. Aufmerksam betrachtete sie die ideale Kandidatin für ihren nächsten genialen Plan, die ihr gerade gegenübersaß.

Stella war eine gute Menschenkennerin, deswegen weihte sie Natalja in ihre hinterhältigen Spiele ein. Es fehlte ihr eine kluge professionelle Nutte an ihrer Seite. Lange hatte sie eine berechnende Nymphomanin gesucht, denn diese sind sehr selten anzutreffen. Mädchen, die der Prostitution nachgehen, zeichnen sich oft nicht durch Intelligenz aus. Mit einer wie Natalja dagegen ließ sich jede Sache flott und raffiniert deichseln. Für den vollen Erfolg fehlte Stella die erforderliche Hemmungslosigkeit in Beziehungen mit Männern. Im Unterschied zu Natalja hatte sie keine Affären. Vielleicht wollte sie tief im Innersten welche haben, aber die Männer reagierten anders auf sie. Sie verwickelten Stella in längere Liebesbeziehungen, die zur Familiengründung führen sollten. Stella brauchte genau diese Art von Partnerin, keine ordinäre Straßenschlampe. Sie erkannte in Natalja sofort jene Züge, die Männer anlockten und die sie selbst nicht hatte.

Stella war von der Krim zum Studium nach Kiew gekommen, genau wie Natalja. Zuerst wohnte sie in einem Studentenwohnheim, später zog sie zusammen mit ihrer Freundin aus dem Kinderheim Olja in eine Mietwohnung. Gemeinsam betrieben sie dubiose Geschäfte.

In Stellas Umgebung waren immer viele Jungen, aber die betrachteten sie eher als Kumpel oder Kameraden. Sie war eine freche Göre. Die Jungen hatten Respekt vor ihr und hörten auf ihre Meinung wie auf eine Führungsperson. Sie hielt Wort wie ein Junge und folgte harten, gerechten Lebensgrundsätzen, sowohl in der Freundschaft als auch in der Liebe. Deshalb konnte sie nicht viele ihrer eigenen Schranken übertreten, die das Leben und erst recht das Überleben eigentlich nur komplizierter machten.

Natalja hingegen war sich sicher, dass jeder Mann auf dem Weg durch das Bett zu kriegen ist. Stella dagegen benutzte andere Tricks, um hochwertige Männer in die Finger zu bekommen. Sie drückte sich klar und redegewandt aus, schaute den Männern direkt in die Augen, sagte in einfachen, gut verständlichen Sätzen, was sie brauchte und wie sie sich ihr Ideal vorstellte.

Die Männer verfingen sich leicht in ihrem Netz, wie unter Hypnose. Sie sahen in ihr eine Seelenverwandte, die unkompliziert und ungezwungen war. Sie erfüllten alle ihre Wünsche, trugen sie auf Händen. Dieses Mädchen besaß eine unglaubliche Macht über Männer. Viele von ihnen litten nach der Trennung mit ihr so schwer, dass sie jahrelang keinen Ersatz finden konnten.

Bald wurde aus Freundschaft und gemeinsamem Geschäft ein Duell zweier heimtückischer Persönlichkeiten. Natalja beneidete Stella darum, dass die Männer sie fast wie eine Königin behandelten. Sie dagegen wollten alle gleich flachlegen. Von Eifersucht und Neid erfüllt, versuchte sie, alle Männer in Stellas

Umfeld durchzuficken, als ob sie der Freundin ihre Überlegenheit beweisen wollte. Stella ärgerte sich natürlich, zeigte es aber nicht, sondern blieb kalt und beobachtete schweigend die Geschehnisse. „Ein Mann, der den Reizen dieser Schnalle nicht standhalten kann, ist bestimmt nicht mein Mann", redete sich Stella ein. Ihre Lebenseinstellung war idealistisch und ihr Mann sollte treu und würdig sein. Wenn nicht, wollte sie lieber allein bleiben. Besser allein, als mit dem nächsten Besten zusammenzusein. Es wäre unerträglich, jeden Augenblick nur den einen Gedanken im Kopf zu haben: „Hat mein lieber Ehemann vielleicht irgendwo unterwegs eine sexgierige Nymphomanin getroffen, die mein Familienidyll zur Hölle machen wird? Einen Ehebruch könnte ich einfach nicht verzeihen, niemandem, niemals. Aber meinen Mann beschatten will ich auch nicht. Das ist schäbig, das machen nur Feiglinge."

Natürlich verbarg Stella, dass Nataljas Verhalten sie kränkte, und äußerte keine Ansprüche an Natalja. Sie wusste, dass diese nur darauf wartete, dass sie aufgab, wütend wurde und ihr alles ins Gesicht sagte. Stella wollte Natalja blamieren. Dafür war sie bereit, alles zu tun, sogar zuzugeben, dass sie einem Vergleich mit ihrer Freundin nicht standhalten würde. Sie war der Meinung, dass nur ein starker Mensch seine Schwäche zugeben kann.

Einmal versuchte sie, Kleider mit größerem Ausschnitt zu tragen, obwohl sie sich darin unwohl fühlte. Doch ihr Charakter setzte sich durch. Stella wurde schnell wieder sie selbst. Sie lernte, diese für sie so beleidigende Situation auszunutzen. Sie brachte jeden Typen, der mit ihr ausgehen wollte, zu Natalja.

Sie tat so, als ob sie bei einer Freundin kurz vorbeischauen müsste, um etwas zu holen. Sie hätte am Tag zuvor ihre Sachen dort liegen lassen. Sie hatte es satt, von Menschen enttäuscht zu werden und darunter leiden zu müssen. Stella entschloss sich, die Männer gleich sozusagen auf Zuverlässigkeit zu prüfen, bevor eine Bindung mit ihnen entstand, und brachte sie direkt zu Nata. Kaum jemand konnte ihr widerstehen, deshalb fing Stella an, Leute auszusuchen, die sie für sich und ihr Geschäft gebrauchen könnte. Zum Beispiel den Besitzer eines Autohauses, der sie um ein Date bat. Schnell fand er sich in den Armen der Verführerin, oder besser gesagt, im Maul des Hais. Dieser Einsatz half Stella aber sehr beim Autokauf. Danach fühlten sich die Männer schuldig ihr gegenüber und halfen ihr danach bei allem. Stella mit ihrem analytischen Verstand war damit zufrieden, und manchmal machte es ihr sogar Spaß. Natalja dagegen war überrascht, dass ihre Freundin so viele gut aussehende Verehrer hatte, die außerdem aus guten und wohlhabenden Familien stammten. Als ein weiterer süßer Junge mit Stella vor ihrer Tür stand, lächelte sie über das ganze Gesicht und bat die beiden auf ein Glas Sekt herein. Etwas später fand Stella einen Grund, für eine Weile fortzugehen, und ließ den Jungen allein mit ihrer geilen Freundin. Je länger diese Weile dauerte, desto besser. Jedes Mal gab es eine Überraschung für sie. Ein Typ zum Beispiel lag splitternackt auf Natalja, den Pimmel an Ort und Stelle, als Stella zurückkam. Danach besaß er noch die Frechheit, Stella nachzurennen und sie um Verzeihung zu bitten. Dabei rechtfertigte er sich damit, dass er es mit dem Alkohol übertrieben habe. Es war für Stella wie für jede andere Frau sehr unangenehm und kränkend, aber auf diese Weise konnte sie Zeit sparen und die Idioten gleich aussieben.

Für all diese Leiden wurde sie durch einen interessanten Fall entschädigt. Stella lernte einen jungen Mann namens Sergej kennen. Sie mochte ihn so gern, dass sie sich nicht dazu durchringen konnte, ihn zu Natalja, dem ausgekochten Luder, zum Testen zu bringen.

Bald schöpfte Natalja Verdacht, dass Stella jemanden hatte. Sie überschüttete die Freundin mit Fragen:

„Stella! Du verhältst dich irgendwie merkwürdig! Da stimmt doch etwas nicht!"

„Wie kommst du denn darauf? Ich habe einfach geschäftlich viel zu tun."

„Ja, ja! Alte Märchentante!"

„Was willst du denn? Langweilst du dich, oder was?"

„Oh nein! Mit einer Freundin wie dir langweile ich mich doch nie!"

„Dann ist doch alles bestens."

Eines schönen Morgens brauchte Natalja dringend den Büroschlüssel.

Sie rief Stella an und diese nannte im Halbschlaf die Adresse, wo sie gerade war.

„Was ist das denn für eine Adresse?"

„Von Sergej."

„Aha! Jetzt habe ich dich! Ich wusste doch, dass du mir etwas verbirgst!"

Das Treffen mit der Freundin verhieß für Stella nichts Gutes. Natalja stürmte wie eine Furie in das Haus und betrachtete den Burschen wie ein Stück frisches Fleisch. Stella wollte ihn unwillkürlich schützend an ihren Busen drücken. Sergej begrüßte den Gast und bot eine Tasse Kaffee an. Ohne den Blick von ihm zu wenden, leerte Natalja auf einen Zug eine Tasse Espresso, nahm die Schlüssel und fuhr wieder weg. Stella wurde schwer ums Herz. Der letzte Rest ihrer Seelenruhe verließ sie, als sie sich vorstellte, wie die beiden zusammen im Bett lagen und einander liebkosten.

„Stella? Stella?", hörte sie eine Stimme. Sie klang, als ob der Sprecher sehr weit weg wäre.

„Was?"

„Bist du in Ordnung? Du starrst die Wand an und bist ganz grün geworden!"

„Ich? Grün geworden? Wo?"

„Na ja, blass-grün. Du bist doch nicht etwa schwanger?" Mit kindischem Lächeln und Grübchen in den Wangen schaute Sergej ihr aus drei Zentimetern Entfernung direkt in die Augen.

„Ich hoffe nicht", antwortete Stella kalt.

„Warum nicht?" Er rückte beiseite, als ob sie ihn mit kaltem Wasser begossen hätte. Seine Frage klang still und enttäuscht. Er hat keine solche Antwort erwartet.

Stella strömten die Tränen aus den Augen wie ein Platzregen.

„Weil ich keine alleinerziehende Mutter sein will!", schrie sie. Ihre Wangen waren schwarz vor verschwommener Wimperntusche.

„Was redest du da? Was ist los mit dir?"

„Ihr seid doch alle abgefuckte, untreue Schweinehunde! Sobald ihr einen geilen Arsch seht, vergesst alles um euch herum!"

„Halt den Mund! Du bist ja hysterisch!"

Stella rannte aus dem Haus. Wie sie am helllichten Tag mitten auf der Straße so bitterlich weinte, wurden unweigerlich Passanten auf sie aufmerksam. Einige fragten, ob sie Hilfe bräuchte, andere zeigten ihr einen Vogel, wieder andere schlugen vor, psychiatrische Hilfe zu holen.

„Die Leute wieder! Jeder weiß was zu sagen!"

Sie schämte sich sehr für ihr Verhalten, für diese Reaktion. Dabei brach in diesem Augenblick die ganze Bitterkeit aus ihr heraus, die sich in der Zeit angehäuft hatte, als sie vorgab, dass alles in Ordnung wäre, und sich zwang, die entstandene Situation auszunutzen, nur um sich irgendwie zu beruhigen. Aber gerade ihn wollte sie nicht testen! Sie wünschte, sie könnte sich mit ihm vor ihrer verfaulten Welt verstecken … Nach dem, was geschehen war, trafen sich Sergej und Stella nicht wieder und telefonierten nicht einmal mehr miteinander. Was hatte sie sich da wieder für ein Zeug vorgestellt! „Mit wem und wo? Und wie? Und warum?" Ihr Gedankengang wurde unterbrochen. Ihr Handy meldete sich mit dem Spruch: „Was für eine hässliche Fresse", dem Filmzitat, das sie Sergejs Nummer als Klingelton zugewiesen hatte. Sie blickte kalt auf das Handy und wartete eine Weile, bevor sie annahm:

„Hallo!"

Seine kalte Stimme am Apparat machte sie nervös.

„Kannst du jetzt zu mir kommen?"

„Ist was passiert?"

„Nicht am Telefon. Ich muss persönlich mit dir reden. Diese Freundin von dir ist übrigens hier."

Stella legte auf.

„Oh Gott! Nicht das, bitte!" Das Herz blieb ihr fast stehen. Hatte Natalja ihn doch in die Finger gekriegt? Es war ein Schlag ins Gesicht! So eine Hure!

Sie rief schnell ein Taxi. Eigentlich hätte sie vom Büro aus zu Fuß zu seinem Haus gehen können, aber sie zitterte viel zu sehr. Sie war außer sich vor Wut.

„Ich bring die Schlampe um! Ich habe sie zu dem gemacht, was sie ist, sie von der Straße geholt, diese dreckige Hure, und ich bringe sie um! Dieses Mal schweige ich nicht, und ihn mache ich auch kalt!“

Das alles murmelte Stella vor sich hin und setzte sich auf den Rücksitz des Taxis. Die Adresse des Bastards nannte sie dagegen fast schreiend. Nach einer Minute bat sie den Taxifahrer anzuhalten. Sie wollte aussteigen, nicht zu Sergeij fahren, dieses erniedrigende Spektakel nicht sehen. Ganz sicher hatte Natalja ihn schon gefickt und ihn dazu gebracht, sie anzurufen, um alles zu gestehen wie ein anständiger Mensch. Sie wusste sogar, wie diese Schlange ihn bearbeitet hatte:

„Mein Gott! Was haben wir getan? Arme Stella! Wir müssen ihr gemeinsam die Wahrheit sagen. Sie wird es nicht gern hören, aber wir müssen ehrlich zu ihr sein. Ruf sie sofort an!“ Stella stellte sich das Gesicht ihrer Freundin vor, das vor Freude strahlte. Ein wahrer Triumph, neuer Sieg über die hochnäsige Eiskönigin, die niemand will.

Stella dachte zehn Minuten nach und beruhigte sich etwas. Sie begann, die Situation nüchtern zu analysieren.

„Woran ist Natalja eigentlich schuld? Daran, dass die Männer scheiße sind? Und dass sie dafür den lebenden Beweis hat? Ein Beweis aus dem realen Leben! Nicht aus dem Leben, wie es in schönen Romanen beschrieben wird, sondern aus dem wirklichen Leben, an das man nicht glauben will, das man idealisiert, um nicht verrückt zu werden.“ Stella dachte, dass sie nie einen Mann finden würde, der ihrer Lebenseinstellung entsprach. Sie wollte keinen Märchenprinzen auf einem weißen Ross. Heute waren sie sowieso alle eher auf Weißwein. Entweder war einer ein Depp oder ein Alki. Sie brauchte einen ergebenen, guten Mann. Wie jede Frau wollte sie geliebt werden, wollte die Einzige sein und ihrerseits nur einem Mann gehören. Sie hoffte doch, dass sie etwas Besseres war als ein Callgirl. Irgendjemand würde ihre guten, aber leider verborgenen Eigenschaften schon noch erkennen. Aber anscheinend interessierten sich die Männer nur für weibliche Genitalien.

Stella versuchte, ihr Herz in den Griff zu bekommen, als sie mit verschwitzter Hand auf den Klingelknopf drückte und ein kaltes Gesicht aufsetzte, um vor seiner Tür auf die Hinrichtung ihrer Seele zu warten. Sie zitterte. Der Hass auf diesen Mann erfüllte sie.

Sergej öffnete die Tür, sie ging hinein. Erhobenen Hauptes, ohne die Schuhe auszuziehen, schritt sie ins Gästezimmer und schrie:

„Hallo Natalja! Wo bist du?

Keine Antwort. Dann drehte sie sich um und warf dem Mann einen so brennenden Blick zu, dass er einen Schritt zurück machte und flüsterte:

„Sie ist im Schlafzimmer."

In diesem Moment verpasste ihre Hand ihm automatisch eine Ohrfeige, die so gewichtig und saftig war, dass die Handfläche rot wurde und die Fingerspitzen prickelte.

Mit kleinen Schritten ging sie ins Schlafzimmer und sah dort ihre völlig nackte, betrunkene Freundin auf dem Boden sitzen. Sie war mit Handschellen an den Heizkörper gefesselt. Daneben standen eine fast leere Flasche Wodka und ein Glas. Natalja hob den Kopf und zischte mit kaum beweglicher Zunge wie eine Schlange:

„Stella, ich hasse dich."

Stella begann, fieberhaft zu lachen, sei es wegen dieses Anblicks oder wegen der Erkenntnis, dass sie nach so langer Zeit und so vielen Enttäuschungen diese auf männliche Genitalien versessene Kreatur endlich in die Enge getrieben hatte. Und dazu noch mit so einer Schmach!

Nach diesem Zwischenfall wurde Stella selbstbewusst. Sie war sich nun sicher, dass Nata für sie keine Rivalin war, in keinerlei Hinsicht. Und dass sie ihr Leben auf ihrem eigenen Weg führte. Aber Natalja kam nicht zur Ruhe. Diese Geschichte erbitterte sie gegen Stella. Sie achtete darauf, was diese trug, wie sie sich Männern gegenüber verhielt. Natalja fing an, sie teilweise zu kopieren und sich Markenkleidung zu kaufen, vor allem in Pastellfarben. Stella hatte nicht so viel anzuziehen: einige Blusen,

Hosen und Röcke, aber alles von Designern. Natalja trug dagegen mit Vorliebe bunte Klamotten und viele davon, dazu vor allem Slips in grellen Farben.

So begann ein neuer Abschnitt in Nataljas Leben. Prostitution und Betrug unter Stellas Leitung brachten ihr gutes Geld. Natalja selbst glaubte freilich, sie wäre die Chefin in diesem Geschäft. Stella lernte, Natalja perfekt zu manipulieren. Dabei ließ sie ihr volle Handlungsfreiheit. Die trivialen Wünsche der Freundin nach Sex und Geld verstand Stella gut. Deshalb war es nicht schwer, sie zu lenken. Stella wollte, dass Natalja Sex nach Stundenplan im Rahmen eines Geschäfts mit dem Titel „Besuch des Ausländers" hatte und dafür ein Honorar in entsprechender Höhe erhielt. So waren beide zufrieden. Endlich hatten die Mädchen einen Mittelweg in ihrer Beziehung gefunden. Hand in Hand gingen sie einem Ziel entgegen. Dieses Ziel hieß Kohle.

Natalja war von dem neuen Hobby sehr begeistert. Sie nahm gern an den Theateraufführungen teil, um dabei im Gespräch mit den Kunden auch noch ihre Sprachkenntnisse zu erweitern. Sie begann sogar einen Liebesbriefwechsel mit einem Franzosen, der in der französischsprachigen Schweiz in Genf wohnte. Um genau zu sein, war seine Mutter Französin und der Vater war Iraner. Der hochgewachsene, gut aussehende, schwarzhaarige Mann besuchte Natalja oft. Sie versteckte ihn vor der aufdringlichen Stella, damit diese ihm kein amüsantes Spektakel vorführte, wie sie es bei ihren Kunden tat, mit Beerdigung, Hochzeit und Ähnlichem. Sie erinnerte sich noch an einen lustigen Vorfall.

Bei einer der Aufführungen von Stellas Theatertruppe kam die Schauspielerin nicht, die die Mutter der Braut darstellen sollte. Natalja spielte die Braut, Stella deren Schwester. Die Hochzeit war gefälscht. Die Namen waren geändert worden. Die Gäste und selbst das Standesamt mitsamt der ganzen Zeremonie waren Teil der Aufführung, die Stella klug durchdacht hatte.

Für alles zahlte natürlich der Bräutigam aus der Schweiz. Es wurde angeblich als Geschenk für die Schwester seiner zukünftigen Ehefrau arrangiert. Die Hochzeit kostete 10.000 Dollar. Natürlich stimmte er nur widerstrebend zu, denn anfangs war nur von ein paar Tausend die Rede. Aber ihre armen Verwandten! Da blieb ihm nichts anderes übrig. Was tut man nicht alles für die Liebste, wenn sie bittet.

„Wo ist denn Ihre Mutter?", fragte der Schweizer verwirrt.

„Sie ist wohl aufgehalten worden, oder sie ist so aufgeregt, dass ihr schlecht geworden ist. Ich schaue mal zu Hause nach."

„Verdammt! Wo ist die blöde Kuh?", sagte Stella Natalja ins Ohr. Vielleicht wollte sie, dass niemand sie hörte.

„Ich weiß nicht. Einfach abgehauen. Sie will wohl nicht unsere Mama spielen."

„So eine Schlampe! Gerade vor der Unterschrift! Bestes Timing! Was jetzt? Wir müssen eine andere finden! Der Bräutigam hat sie noch nicht gesehen. Also kann es irgendjemand sein. Such! Schnell!" Egal wo! Ich unterhalte inzwischen die Leute."

Natalja rannte los, ihre Mutter suchen. Sie bot den ersten besten Frauen auf der Straße Geld an und bat sie, für ein paar Stunden ihre Mutter zu spielen. Aber es war gar nicht so einfach. Die Frauen wichen vor ihr zurück wie vor einer Wahnsinnigen. In einer Unterführung sah sie eine Bettlerin. Sofort lief sie zu ihr und erzählte, was sie vorhatte.

Die Frau öffnete vor Überraschung den Mund, aus dem es nach Aas roch. Natalja trat einen Schritt zurück und befahl:

„Mutter, mach dich bereit!"

Als sie den Betrag nannte, den die Bettlerin erwarten könnte, vergaß diese alle Zweifel und folgte schleunigst der schönen Tochter.

„Stella bringt mich um für so eine Mutter!", sagte Nata laut ohne Rücksicht auf die Passanten. Was jetzt? Sie schaute auf die Uhr und beschloss, das Mütterchen in der nächsten Boutique aufzupeppen. Ein Kleid musste her! Man war ja nicht jede Woche Brautmutter!

Nach einer Stunde brachte sie die Pennerin mit gelben Fingernägeln und faulen Zähnen, ausstaffiert mit einem gefälschten Gucci-Kleid, ins Restaurant, wo die Hochzeit gefeiert wurde.

Beim Anblick der Strolchin verschlug es vielen Gäste die Sprache. Der Schweizer zog bloß ratlos eine Augenbraue hoch,

Stella dagegen erstarrte. Und plötzlich rief die Scheuche, die nur drei Zähne, dafür aber eine gewaltige Fahne hatte, laut in Richtung Stella:

„Guten Tag, Töchterchen!"

Völlig schockiert von diesem Auftritt war der Mann, der die Rolle des Vaters des Mädchens, jene eines armen, intelligenten Lehrers spielte. Er wurde fast ohnmächtig. Diese Erscheinung sollte seine Frau sein! Der Schweizer brach das Schweigen mit dem schlichten, zurückhaltenden Satz:

„Dass so schöne Töchter so eine Mutter haben können!"

Stella erklärte mit bitterer Stimme und Tränen in den Augen:

„Eigentlich solltest du sie gar nicht zu sehen bekommen. Sie ist Schande unserer Familie! In ihren jungen Jahren war sie die erste Schönheit der Hauptstadt!"

Bei diesen Worten fiel dem angeblichen Brautvater das Sektglas aus den Fingern. Das Mütterchen mit seiner Neigung zum Alkohol starrte voll Bedauern auf den Boden, wo die prickelnde Flüssigkeit zerrann. Den Ereignissen um sich herum schenkte sie keine Aufmerksamkeit.

„So war das nicht abgemacht", begehrte jetzt der „Papa" auf. „Mit solchen Hauptstadtschönheiten habe ich nie geschlafen. Pfui!"

Da kapierte Natalja, dass es um einen Skandal nicht herumgekommen würde und schrie:

„Das Brautpaar soll sich küssen! Küssen!" Sie gab den Musikanten ein Handzeichen, dass sie spielen sollten. Der Vater schenkte sich ein Glas Wodka ein, trank es auf einen Zug aus, beruhigte sich wieder und begann eine Unterhaltung mit dem Schweizer. Dabei kannte er nur zwei Wörter auf Englisch: „Yes, yes."

Jedes Mal, wenn sich die Freundinnen an diesen Vorfall erinnerten, lachten sie lange und erzählten einander sämtliche Details aufs Neue. Und sie hatten jede Menge solcher Geschichten. Natalja lernte andere Mitglieder ihrer lustigen Gesellschaft kennen. Bei einer guten Flasche Wein war es keine Sünde, sich über Onkel Wowa, den Leiter des Friedhofs, lustig zu machen. Und wer war der Leiter des Friedhofs? Natürlich der Wächter. Ein witziger Typ. Er murrte ständig, regte sich auf.

„Ich hab es satt, für euch Gotteslästerinnen Löcher zu buddeln! Ihr beerdigt Leute wie am Fließband! Schämen solltet ihr euch!"

„Die Särge sind doch alle leer, Onkel Wowa!"

„Gott sei Dank, dass sie leer sind!"

Aber beim Anblick eines 100-Dollar-Scheins veränderte er sich rasant, seine Stimme und Körperhaltung bekamen die Würde eines Mannes, der Geld in frei konvertierbarer Währung besitzt. Dann sagte er:

„Ihr macht alles richtig! Sie haben es verdient! Geschieht ihnen recht, diesen alten Perverslingen! Sie kommen hierher, holen unsere jungen Mädchen weg und machen mit ihnen weiß Gott was! Dort in diesem Amerika!"

Sie lachten über ihn bis zum Umfallen. In Wirklichkeit mochte er das Begräbnistheater, das die Mädchen erfunden hatten. Dabei konnte man sich ordentlich die Kehle anfeuchten, fürstlich essen und etwas mit nach Hause nehmen. Dafür hatte er ein paar große Tragetaschen parat. Das Einzige, worüber sich Onkel Wowa immer beschwerte, waren die Klageweiber. Er sagte:

„Wegen der Weiber, die für Geld weinen, kriege ich noch einen Herzinfarkt. Ich heule ja selbst mit und beweine die leeren Särge. Sie jammern einfach so traurig! Schlampen! Es zerreißt einem die Seele! Ich weiß noch, wie sogar ein Kunde von euch, ein Deutscher, Drecksnazi, feuchte Augen bekam! Und ich habe auch noch ein slawisches Herz! Das wird das Gejammer nicht mehr lange ertragen! Und wenn ich sterbe, wer soll euch dann für die paar Groschen Löcher buddeln?"

Die Freundinnen lachten so laut, dass es auf dem ganzen Friedhof zu hören war.

Natalja sollte bald ihr Studium beenden. Saweli war froh darüber und konnte es kaum erwarten, seine unbegabte Studentin in nächster Zukunft loszuwerden. Die Situation an der Universität war für ihn ungünstig und seine Muse hatte ihn enttäuscht.

„Geistloses, billiges Miststück", dachte er. „Und ich bin ein alter Trottel!" Manchmal kam ihm der Gedanke, dass er wegen Überschreitung seiner Befugnisse im Gefängnis landen könnte. „Dank mir hatte sie ja immer die besten Noten. Werden ihre Kenntnisse geprüft, kommt sofort heraus, dass ich ein alter Wüstling und ein korruptes Schwein bin. Diese blonde Studentin mit ihren rosigen Brustwarzen war offensichtlich unfähig, einen Hochschulabschluss zu erwerben. Und drogenabhängig war sie außerdem!"

Einmal hatte er sie auf der Toilette mit Amphetamin ertappt. Danach verlor er das Interesse an Natalja, begann sogar, sich vor ihr zu scheuen und sie zu meiden.

Sie wiederum erklärte ihm, sie könne unter dieser Droge schneller lesen.

„Lesen allein reicht nicht, um sich Wissen anzueignen! Du musst den Sinn verstehen! Um dich mit einem Text auseinanderzusetzen, musst du vollkommen nüchtern sein! Aber du verstehst gar nicht, worum es sich handelt", hatte der Dekan sie einmal angefahren.

Worauf er eine Antwort bekam, die zu hören er mehr als alles andere im Leben fürchtete:

„Schatz, sieh es ein! Ich muss mein Studium abschließen, koste, was es wolle! Und du hilfst mir dabei! Sonst müsste ich doch einmal deine Frau kennenlernen und bei einer Tasse Tee ein nettes, aber ganz bestimmt langes Gespräch mit ihr führen."

Er wusste, dass sie zu dieser Gemeinheit sehr wohl fähig war. Und er wollte auf keinen Fall seine Familie verlieren, die für ihn letztendlich eine Art Rückendeckung war. Sein Haus empfand er als eine Art Tempel der Ruhe.

Vielleicht würde ihm seine Frau den Seitensprung verzeihen, aber wahrscheinlich würde sie ihn nie mehr in Ruhe lassen. Er bekäme garantiert Vorwürfe zu hören und würde ständig überwacht. Wenn seine gescheite Frau auch nur den kleinsten Anlass zu einem Verdacht fände, würde sie sicher noch interessante Dinge entdecken. Er war nun einmal nicht der frömmste und treuste Ehemann.

Natalja hatte wohl ein bisschen Mitleid mit ihm, aber er ließ ihr keine Wahl. So musste sie den Langweiler unter Druck setzen und beschenkte ihn mit den verschiedensten Sachen – mit Schweizer Schokolade, Käse, fruchtigen Likören, allerlei Delikatessen, die sie von den Ausländern erhielt. Außerdem lutschte sie sein schlaffes Glied einmal in der Woche, nach Stundenplan, wie sie es auch in den vergangenen Jahren immer getan hatte.

„Meiner Meinung nach ist das mehr als ein guter Preis für ein Diplom! Ich habe den alten Langweiler viel zu sehr verwöhnt!"

Saweli beschwerte sich im Prinzip auch nicht, er hatte nur Angst, seine Stelle zu verlieren, bevor er in den Ruhestand ging.

Endlich hatten die Mädchen genug Geld zusammengespart, um sich Autos leisten zu können!

Was für eine Freude! Und stolz waren sie ebenfalls! Die beiden parkten jetzt ganz souverän ihre gleich aussehenden schwarzen Lexus-Offroader vor der Uni. Das Leben auf den eigenen vier Rädern war noch cooler als vorher! Für sie schien es geradezu Geld zu regnen. Mit solchen Schlitten konnten sie überall und mit jedem Kontakte knüpfen. Sie schlossen Verträge mit Hotels, Restaurants, Shops, machten überall Gewinn, waren von vielen Ausländern umgeben. Sie hatten Spaß und amüsierten sich.

„Das nenne ich einen Job!", sagte Nata. „Das reinste Kinderspiel!"

Die Freundinnen kauften für das Geld der Kunden verschiedene Waren ein und gaben sie am nächsten Tag zurück. Auf diese Weise wanderten Hunderte von Dollar in ihre Taschen.

Stella war eine leidenschaftliche Person mit einer besonderen Vorliebe für Spielbanken. Sie spielte manchmal betrunken, setzte das ganze Geld auf Rouge und Noir und verlor ständig.

Natalja hingegen legte jeden Groschen auf die Seite. Sie hatte gemischte Gefühle hinsichtlich der Verluste ihrer Freundin und Rivalin. Es war ihr selbst nicht klar, ob sie ihr Freude bereiteten oder doch eher Missfallen erregten. Aber nach einem verlorenen Spiel endete Stellas Abend gewöhnlich mit einer angenehmen Bekanntschaft. Das schmeichelte ihr und ärgerte ihre Freundin.

Ihre Beziehung mit Sergej ging letzten Endes in die Brüche. Als er erfuhr, dass sie Männer ausnahm, stellte er eine Bedingung:

„Entweder ich oder dein Job."

Damit verurteilte er sich selbst zum Leiden. Stella trauerte einige Monate, aber dann wurden ihre Gefühle von der Vernunft besiegt. Es war noch zu früh, eine Familie zu gründen. Außerdem war der wichtigste Grund ihrer Gefühle für Sergej die Tatsache, dass er die Schlampe an den Heizkörper gefesselt hatte. Als Mann passte er kaum zu ihr. Er war ein eifersüchtiger Typ, der davon träumte, sie zu Hause bei Kindern und Eintopf einzusperren.

„Nein! Das lasse ich nicht zu! Ich werde ein bisschen leiden, und danach wird alles gut."

Sie mochte Männer von höherem Niveau, die reich, beredt und weitgereist waren. Gewöhnlich traf sie solche Männer im Kasino. Stella hielt sich für wohlhabend, aber sie wusste von ihrem Hang, mit Geld leichtsinnig umzugehen. „Geld heckt Geld", war ihr Motto. Das war eine Tatsache des Lebens, so oder so.

Natalja dagegen würde ohne einen Sponsor nicht einmal bei McDonald's essen gehen. Deshalb gingen sie normalerweise getrennt aus und trafen sich nur zu dem einen Zweck, mit neuer Beute zu prahlen – sei es ein Banker, ein ausländischer Tycoon oder ein ähnliches Opfer. Dabei liebten es die beiden Mädchen, ihre Eroberungen auszuschmücken. Nicht selten war ein junger Erdöl-Tycoon in Wirklichkeit nur der betagte Inhaber von einem Dutzend Ständen auf dem Markt, welche allerlei Kram verkauften, oder ein Biergartenbesitzer. Lustig war es trotzdem!

Natalja überlegte, was sie machen würde, nachdem sie ihr langersehntes Diplom bekommen hätte. Sie wollte ihrem Beruf nachgehen und die erworbenen Kenntnisse in der Praxis einsetzen. Dabei war sie sich hundertprozentig sicher, dass sie im Vergleich zu den anderen die Beste wäre. Sie behauptete, dass sie ihre Diplomarbeit ohne jede Hilfe von Saweli selbst verfasst hätte. Als dieser das hörte, staunte er mächtig. Aber er wusste ja, dass alle dummen und ungebildeten Menschen sich für großartig halten. Wirklich kluge Köpfe dagegen waren bescheiden.

Stella wiederum war der Meinung, dass Frechheit und Selbstvertrauen die Schlüssel zum Erfolg seien. Wer diese Eigenschaften hatte, konnte ein schwarzes Viereck auf ein weißes Blatt Papier malen und mit größter Selbstverständlichkeit für Millionen Rubel verkaufen, während die Bilder, an denen andere tage-, wochen-, monate-, gar jahrelang mühevoll gearbeitet hatten, für ganze tausend Hrywnja an der U-Bahn-Station verscherbelt wurden. Darum bestand die Genialität eines genialen Menschen zweifellos in seiner listigen Natur und im Selbstvertrauen. Denn das Leben ist ungerecht. Im Unterschied zu Saweli glaubte Stella, Natalja hätte die erforderlichen Fähigkeiten, nicht nur bei einer Bank zu arbeiten, sondern eine leitende Position zu bekleiden. Zu dieser Überzeugung kam sie aufgrund ihrer persönlichen Lebenseinstellung.

Natalja wurde tatsächlich einmal zu einem Vorstellungsgespräch für eine Anstellung als Bankkassiererin eingeladen und seltsamerweise auch sofort eingestellt. Aber es gab eine Unannehmlichkeit. Der Lohn betrug mickrige hundert Dollar, berechnet in US-Währung.

Natalja war geschockt. Sie erzählte ihrer Freundin fast unter Tränen, diesen Betrag hätte sie problemlos verdienen können, auch ohne an einem Schalter neben fetten alten Kassiererinnen zu sitzen.

„Hahaha!" Stella bekam feuchte Augen vor Lachen. „Du vergeudest deine Zeit, Natalja! So eine Stelle kannst du annehmen, wenn deine persönliche Bank zwischen deinen Beinen keinen Gewinn mehr bringt. Wozu brauchst du das jetzt?"

„Ich will aufhören, Stella! Ich habe Angst!"

„Wovor?"

„Vor der Strafe Gottes."

„Das fällt dir ja rechtzeitig ein, Mädchen."

„Spotte bitte nicht."

„Also gut, Spott beiseite. Geh ruhig für einen Hunderter malochen, ich hab nichts dagegen."

„Stella, versteh doch. Den Leuten geht allmählich auf, dass unsere Agentur reine Betrügerei ist. Sie schreiben böse Kommentare auf unserer Website. Ich fürchte, dass die Bullen uns bald schnappen. Dann sind wir sind erledigt! Tschüss, Mama! Schick mir Briefe ins Gefängnis!"

„Jetzt erschreck mich nicht! Ich habe keine Lust auf Knast."

„Du weißt doch selbst, vor dem Gefängnis ist niemand sicher."

„Das weiß ich, aber sitzen würde ich nicht. Lieber sterben."

„Jetzt erschreckst du mich."

Stella wurde nachdenklich. Sie wog das Für und Wider ab und sagte:

„Du hast recht. Wir haben jetzt weniger Leute und der Ruf der Firma ist alles andere als erfreulich, da lässt sich nicht leugnen. Wir nehmen alle um uns herum aus, bezahlen unser Studium, trinken, spielen in Kasino und geben Geld aus."

„Bitte nicht verallgemeinern. Ich spare."

„Also gut, ich gebe mein Geld aus. Aber was du dir zusammengespart hast, würde dir bei deinen Ansprüchen auch nicht zum Leben reichen, oder?"

„Natürlich nicht."

„Das bedeutet, dass wir eine andere Einnahmequelle brauchen."

„Ja, ja! Wir müssen die Firma dichtmachen, Stella! Mein Herz sagt mir, dass etwas nicht stimmt."

„Gut, lass mich überlegen, was wir unternehmen könnten."

Stella verließ ihre Freundin etwas verwirrt und missgelaunt. Die Gedanken drehten sich in ihrem Kopf auf der Suche nach einer Idee. Sie wollte nicht ohne Natalja weitermachen, die beiden arbeiteten ja trotz aller Meinungsverschiedenheiten ganz gut zusammen, verstanden einander auf Anhieb. Natalja könnte mit einer normalen Arbeit problemlos Geld verdienen und dazu noch ihr altes Gewerbe am Wochenende betreiben. Aber Stella hätte damit Schwierigkeiten. Sie ging nur mit Männern ins Bett, die sie wirklich mochte. Das Einzige, womit sie gut verdienen konnte, waren Gaunereien, ihre Theateraufführungen, wo sie ihre Kunst, Tränen zu vergießen, wann immer sie es brauchte, geschickt einsetzte. Nicht damit, ihren Körper zu verkaufen. Das war nicht ihr Ding. Das Bett, Küsse, intime Beziehungen endeten für sie nicht mit Phrasen wie: „Ihre Zeit ist abgelaufen. Möchten Sie verlängern?" – „Nein, zieh dich an und verschwinde, du Schlampe!"

Sie musste noch ein Jahr in Kiew arbeiten, wenn sie ihr Studium nicht abbrechen wollte. Ihr war es wichtig, die Universität abzuschließen. Natalja sollte ihr Diplom in diesem Jahr erhalten, Stella erst im nächsten.

„Was jetzt? Denk gefälligst!", befahl Stella, die konservative Strategin, sich selbst.

Hurr!

Der Erhalt ihres Diploms war ein großes Ereignis in Nataljas Leben. Endlich hatte sie sich aus dem Netz dieses verdammten Studiums befreit, dem sie sowieso nur flüchtig nachgegangen war, weil eine ganz andere Tätigkeit sie voll auslastete. „Diese fünf Jahre waren eine reine Hölle! Ein Rattenrennen!" Selbst ein Hamster in seinem Laufrad war nicht so müde, körperlich und psychisch, wie Natalja. Gott sei Dank hatte sie immerhin keine Geldprobleme! Das war die Hauptsache.

Sie weinte und lachte gleichzeitig. Offenbar hatte das Amphetamin ihre Nerven endgültig zerstört. Sie wurde aggressiver und schrie unwillkürlich Menschen an.

Das fiel ihr selbst auf und sie hatte Angst davor, durchzudrehen. Um sich zu beruhigen, ging sie zu den zwei hübschen Jungs, mit denen sie gleichzeitig und völlig gratis schlief. Für die Seele.

Die Jungs hatten immer Ecstasy dabei. Sie pumpten Natalja damit voll und fickten sie dann in alle ihre Löcher. Danach fuhr sie weiter feiern, zog von einem Klub zum anderen, soff sich zu und fiel von Barhockern. Das war ihre Spezialität. Es passierte gewöhnlich dann, wenn sie stockbetrunken am Tresen saß und versuchte, abgestützt auf ihren nicht mehr kippsicheren Ellenbogen, anständig auszusehen. Krabummm!

Sie krabbelte zurück, klammerte sich an die dünne Querstange des Barhockers und zog sich wie eine Stripperin hinauf. Ein hartes Stück Akrobatik. Aufgerüttelt von ihrem Sturz, wurde Natalja etwas nüchterner, zog sich aus, verscheuchte die Stripperinnen von der Stange und tanzte nackt. Dann kroch sie nach Hause, mit Männern, die sie immer wieder bestahlen, aber sie wusste nicht einmal deren Namen. Am Morgen rief sie Stella an und beschwerte sich über die zwei Jungs, bei denen sie am Abend zuvor gewesen war und die beim Rundfunk arbeiteten. Stella rief ihrerseits die Jungs an und hörte jedes Mal neue blamable Abenteuer ihrer Freundin in respektablen Etablissements. Die Freunde hatten einfach keine andere

Wahl, als sie stockbesoffen und unter Drogen zurückzulassen und wegzugehen.

„Ach, bist du mal wieder beraubt worden? Und weißt nicht, von wem? Bist du sicher, dass du dir noch kein AIDS geholt hast? Das würde mich wundern!"

„Verpiss dich, Stella! Den Pips sollst du kriegen! Ich habe immer Kondome dabei. Oh! Ich habe Bier im Kühlschrank gefunden. Komm rüber, wir trinken eins!"

„Bin schon unterwegs."

Wenn sie an die verrückte Natalja dachte, kam sie zu dem Schluss, dass sie wahrscheinlich nicht von nur einem Mann beraubt worden war. Vielleicht waren es eher fünf oder sechs im Laufe der Nacht gewesen. Diese Dame war verwöhnt und auf Drogen völlig inadäquat.

„Hallo!"

„Oh! Stella, komm rein. Schau mal, wie leer es jetzt bei mir ist. Wenigstens die Möbel haben sie stehen lassen, diese Arschlöcher! Aber die Gläser, die du mir geschenkt hast, haben sie gestohlen."

„Ja, ich weiß noch, diese Gläser habe ich dir nach dem vorigen Raub geschenkt", sagte Stella sarkastisch, als sie die Tränen im Nataljas Gesicht bemerkte.

„Du bist fies, Stella! Du hast nichts, was gestohlen werden könnte, und darum machst du dich über mich lustig! Meine Wohnung ist gut ausgestattet, ich habe alles."

„Ich sehe nur jede Menge Kram. So viel könnte kein Dieb mitnehmen! Deine Wohnung ist der reinste Flohmarkt!"

„Und du, Stella, wenn du betrunken bist, verschenkst du alles. Du bist schon mehr als einmal in einer leeren Wohnung aufgewacht."

„So werde ich jedenfalls nicht ausgeraubt."

Die Mädchen lachten.

„Ich habe dir doch den Rat gegeben, die Wertsachen entweder bei der Bank zu deponieren oder zu mir zu bringen. Fremde Sachen verschenke ich nicht."

„Wer weiß!"

Natalja hatte nicht so viel Vertrauen in Stella. Und noch weniger in alle anderen auf diesem Planeten. In ihrem Leben gab es keinen Platz für einen solchen Menschen. Sie war kleinlich und krämerhaft. Sie versteckte all ihre Ersparnisse in Socken und Wänden. Während ihre Nachbarn bei der Arbeit waren, bohrte Natalja eigenhändig mit dem Schlagbohrer die Löcher in die Wände und gab das als Renovierung aus. Bevor sie anfing, beobachtete sie genau und verfolgte mit unverwandtem Blick jeden, der aus dem Haus ging. Dann klingelte sie der Reihen nach an allen Türen in der Nachbarschaft, um zu überprüfen, ob die Nachbarn wirklich ihre Wohnungen verlassen hatten.

Eine Wendung im Leben der Gaunerinnen

Eines Abends chattete Stella mit Schenka Kosonoschkin, einem ihrer Klassenkameraden aus Lugansk. Zu ihrem großen Erstaunen stellte sich heraus, dass der unverbesserliche Fünfenschreiber und Chaot bei einem führenden Lebensmittelgroßhändler arbeitete. Zu allem Überfluss leitete er die Vertriebsabteilung.

„Kosa, wie hast du das geschafft? Ich kann es gar nicht glauben! Wenn mir jemand gesagt hätte, dass du im Knast sitzt, würde mich das weniger wundern! Und jetzt so was! Direktor Kosa! Ahahaha!"

„Sehr witzig, Stella! Du warst schon immer originell in deinen Äußerungen!"

„Danke für das Kompliment. Aber jetzt mal im Ernst, wie bist du da hingekommen? Raus mit der Sprache!"

„Ein Dekan an einer Privatuniversität in Lugansk hat mir ein Diplom für zweitausend Dollar verkauft. Er hat mir versichert, das Diplom sei echt und entspreche den Standards. Ich ließ mir ein bisschen Privatunterricht geben, lernte zum Thema alles, was nötig war, und voilà Mademoiselle! Ich bin jetzt nicht mehr der Kosa, mit dem du geschwänzt und hinter der Schule eine geraucht hast! Ich bin jetzt Evgeni Wladimirowitsch."

„Hahaha! Du hast mich zum Lachen gebracht! Aber das war natürlich ein genialer Gedanke! Sehr gut! Ich freue mich für dich. Aber für mich bleibst du Kosa wie früher. Ahahaha!"

„Abgemacht, Stella Flinkfinger!"

„Schreib mir, vergiss das nicht!"

„Tschüss."

Stella verarbeitete diese Informationen und begann, einen genialen Plan zu schmieden. Ihre Gedanken waren auf ein einziges fernes Ziel ausgerichtet – die Welt der Zasterhasen.

Außerdem hatte sie bereits eine gewisse Erfahrung beim Kauf von Dokumenten. Ihren Führerschein kaufte sie bei der Staatlichen Verkehrsinspektion der Stadt Cherson durch Beziehungen.

Dabei hatte sie diese Stadt nie besucht. Sie rief Natalja an und erzählte ihr von ihrer genialen Idee, mit der ihrer Meinung nach ein neuer Lebensabschnitt beginnen würde, in dem kein Platz für Habenichtse vorgesehen war.

Der Kern der „Geschäftsidee" bestand darin, zwei Hochschuldiplome in Rechtswissenschaften zu kaufen und ein Notariat zu gründen. Dort sollten dann Mitarbeiter mit einer echten juristischen Ausbildung angestellt werden, deren Aufgabe es wäre, sich direkt mit den Dokumenten zu befassen.

„Und wir werden klug dreinschauen und den Stempel daruntersetzen. Wie findest du die Idee, Freundin?"

„Stella! Was hast du für einen klugen Kopf! Ich bin schockiert!"

„Ja. Daran ist nichts auszusetzen!"

„Das wird uns ein Haufen Geld bringen!"

„Aber es gibt ein Problem! Um die Berechtigung zur Benutzung eines Notarsiegels zu erhalten, muss man mindestens zwei Jahre Arbeitserfahrung in einem Notariat haben."

„Puh, Stella, da hast du mich beinahe erschreckt! Ich dachte, es gäbe ein echtes Problem! Wir brauchen doch bloß einen kleinen Notar in irgendeinem Dorf zu ficken, damit er uns die erforderliche Berufserfahrung bestätigt."

„Hahaha! Daran habe ich gar nicht gedacht."

„Dann legen wir los?"

„Ich bin bereit!"

Natalja war entzückt. Sie stellte sich vor, wie sie in einem strengen Kostüm aussehen würde, wohl ähnlich wie Stella: ein eiskaltes, unnahbares Luder von unwiderstehlicher Schönheit. Wenn es aber einer wagte, sie zu berühren, wurde er um sein gesamtes Vermögen gebracht und ihm die Schuld dafür gegeben. Die Genialität ihrer Kollegin verärgerte sie ein wenig.

„Ich bin mir sicher, dass ich ihr in diesem Geschäft einen Vorsprung geben könnte!", dachte sie mit einem giftigen Lächeln. „Aber warum komme ich nicht auf solche Ideen?", fragte sich Natalja ärgerlich. Gleichzeitig gefiel ihr es, so eine Freundin zu haben. Nicht umsonst lautet das Sprichwort: Sag mir, mit wem du umgehst …

Übrigens hatte Natalja keine große Auswahl. Alle Frauen außer Stella hassten sie. Welches normale Mädchen würde die Freundschaft zu einer prinzipienlosen Nymphomanin aushalten?

Die beiden verwirklichten ihren Plan in rasendem Tempo. Stella fuhr in ihre Heimatstadt Lugansk, die sie schon lange nicht mehr besucht hatte. Dort wohnten noch ihre Mutter und ihre drogensüchtige ältere Schwester, die schon die Hälfte ihrer Zähne verloren hatte. Leider konnte Stella der Schwester nicht helfen. Alle Versuche waren vergeblich. Sie fixte Heroin und hatte außerdem anscheinend einen Dachschaden. Die ältere Schwester hasste die jüngere schon seit ihrer Kindheit. Stella war gewiss ein Problemkind gewesen. Sie flog von vier Schulen. Zur letzten von ihnen musste sie einige Kilometer zu Fuß zurücklegen. Sie lungerte mit Jungs in Kellern herum, trug immer Sportklamotten, und zwar nur drei Marken, die auf dem Stadtmarkt zu kaufen waren: Puma, Adidas und Montana. Im kurzen Haar in Stellas Nacken prangte ein Dreieck, das ihr ihre Freunde im Keller des Hauses Nummer neun im Saretschny-Viertel rasiert hatten. Stella versuchte die Vereiterung der Kopfhaut vor ihrer Mutter zu verbergen und trug darum sogar zu Hause eine Mütze.

Sie war überraschend gut in der Schule, schwänzte aber viel und war ständig in Schlägereien und Konflikte verwickelt. Sie war Dauergast im Dienstzimmer von Anatoli Nikolajewitsch Borisow, dem Leiter der Jugendinspektion der damaligen Miliz. Jedes Mal drohte er, sie in die Jugendstrafanstalt zu schicken. Er machte seine Drohung aber nie wahr, also schaute Stella immer wieder mit einem netten Lächeln im Gesicht bei ihm vorbei und hörte sich eine stundenlange Tirade über das schwere Leben hinter Gittern an.

Zwei Wochen blieb Stella in Lugansk, bis die Diplome fertig waren. Jeden Tag trank sie mit den Freunden ihrer Kindheit. Sie besuchte sie der Reihe nach und traf sie auf verschiedenen Partys. Einmal begegnete sie auch ihrem ersten Freund, genauer gesagt ihrem „ersten Kuss". Der Mann sah schrecklich müde aus. Er war heroinabhängig. Mit schwerem Herzen blickte sie auf die lebende Leiche. Sie hatte manchmal ein ungutes Gefühl, wenn sie beobachtete, wie junge Burschen durch das ekelhafte Zeug starben, das die verfluchten Drogendealer vertrieben. Nur einer von hundert schaffte es, die Abhängigkeit loszuwerden. Die anderen waren so gut wie zum Tode verurteilt. Stella selbst hatte eine Neigung zum Alkohol und probierte damals einige Drogen aus, wie das in den Discos verbreitete Amphetamin und Ecstasy-Tabletten. Aber sie liebte das Leben so sehr, dass sie es nicht gegen Drogen eintauschen würde.

Als Stella zurückkehrte, war ihre Freundin auf dem Höhepunkt des Glücks. Sie war erfüllt mit Begeisterung und Stolz.

Nun war sie Volkswirtin und Juristin! Wovon konnte sie jetzt noch träumen? Die Heiratsvermittlungsagentur meldete sofort Insolvenz an und wurde geschlossen. Die Sache mit der Berufserfahrungsbestätigung dauerte auch nicht lange, wie Natalja vorhergesagt hatte. Der passende Mann wurde gefunden und ausgenommen. Die beiden Mädchen bekamen offiziell je zweieinhalb Jahre Berufserfahrung bei einer Rechtsberatungsstelle bestätigt.

Sie mieteten einen neuen Raum direkt in der Stadtmitte und begannen mit der Renovierung. Sie wussten noch nicht, dass bald eine neue Reihe von Skandalen und Zwistigkeiten über sie hereinbrechen würde.

Stella, die hinterlistige Schlange, ärgerte ihre Freundin mit ihrem Geschmack, insbesondere mit ihrer Vorliebe für Wände in hell- und dunkelbraunen Farbtönen. Natalja dagegen wollte lieber rot und schwarz. Oder vielleicht grellgelb und dazu ein einzigartiges Grün. Das wäre eine Herausforderung an die Gesellschaft ganz eigener Art. Diese Farben hielt sie für wesentlich vorteilhafter im Vergleich zu braun- und pastellfarbener „Kinderkacke". Sie fand grelle Farben origineller. Außerdem würden sie von Nataljas tadellosen Geschmack zeugen. Stellas Bemerkung, sie hätte gar keinen Geschmack, traf Natalja mitten ins Herz. Den arroganten Ton, in dem das gesagt wurde, konnte Natalja nicht vergessen. Die Idee gehörte Stella, deswegen war sie berechtigt, das Design auszuwählen, in dem die Räumlichkeiten gestaltet werden sollten.

Diese Nachricht machte Natalja traurig, es schien, als hätte sie aufgegeben. Sie fühlte sich zweitklassig und hasste das langnasige Luder.

„Ich werde beweisen, dass ich erstklassig bin! Und klüger außerdem! Warte es nur ab!"

Ein paar Tage nach diesem Skandal vibrierte Nataljas Handy. Auf dem Display erschien eine Meldung: „Sie werden von ,Luder› angerufen."

„Ja, Stella! Brauchst du was? Sind die dünnschissfarbenen Tapeten abgefallen? Soll ich kommen, um sie zu halten?", zischte Natalja.

„Hallo, liebe Freundin!

Hasst du mich immer noch? Ich habe einen Vorschlag für dich. Kannst du ruhig zuhören?"

„Verdirb mir die Laune nicht, du Luder! In der letzten Zeit waren deine Vorschläge für mich unerträglich!"

„Beruhige dich und hör mir zu!"

„Okay, schieß los!"

„Erstens, ich will mich nicht mit dir zanken. Mir ist klar, dass wir völlig verschieden sind, wie rot und schwarz."

„Nein, wie grün und die braune Scheiße!", schrie Natalja ins Handy.

„Ich bin bereit, mein Auto zu verkaufen und für dich einen anderen Raum zu mieten, mit jeder beliebigen Farbe an den Wänden. Du wirst dort die Chefin sein. Überhaupt sollten wir nach dem Plan nicht nur ein Büro, sondern ein ganzes Netz eröffnen. Unter der Bedingung, dass das zentrale Büro ausschließlich mir gehört. Bist du einverstanden?"

„Du bist aber schlau, Stella! Du willst also im Stadtzentrum sitzen? Und ich mitten im Nirgendwo?"

„Manchmal gibt es viel mehr Kunden am Stadtrand."

„Ja klar! Erzähl nur!" Alle reichen Leute lassen sich im Stadtzentrum bedienen! Am Stadtrand gibt es nur Lumpensäcke! Und Junkies! Danke für den Vorschlag! Den kannst du dir dahin schieben, wo du es gern magst."

„Gar nicht wahr! Nicht alle kommen auf den Chreschtschatyk, um sich Dokumente beurkunden zu lassen!"

„Gut, ich überlege es mir. Heißt das, du schenkst mir dein Auto? Und hilfst mir bei der Renovierung?"

„Genau. Die Renovierung in deinem Stil wird ja nicht so teuer."

„Grrrrr! Ich bring dich um!"

„Haha!", lachte Stella.

„Tschüss dann! Ich ruf dich an, wenn ich mich entschieden habe."

„Danke, dass du mich hast ausreden lassen."

„Ciao!"

Nach dem Gespräch setzte sich Natalja in einen Sessel, goss sich einen Martini ein und dachte nach.

„Ist sie wirklich so dumm? Schenkt mir ihr Auto? Da stimmt was nicht! Aber von mir aus soll es so sein. Ich werde sie los. Ich würde es sowieso nicht schaffen, mit ihr in diesem braun gestrichenen Büro zusammenzuarbeiten. Stella hält ihr Wort. Das heißt, es wird keine Tricks geben."

Die Mädchen hatten nicht damit gerechnet, dass sie sich bis zur Eröffnung ihres Hauptbüros mit so viel schrecklichem Papierkram auseinandersetzen mussten. Es zeigte sich, dass es gar nicht leicht war, alle Genehmigungen für die Beglaubigung ernsthafter Unterlagen zu erhalten. Sie mussten viel Zeit dafür aufwenden, die verschiedenen Bescheinigungen und Dokumente zu beschaffen. Stella bat Slawik aus der Präsidialverwaltung um Hilfe. Damals war Juschtschenko Präsident der Ukraine. Nachdem sich einflussreiche Beamte einmischten, lief die Sache schneller. Natalja ärgerte sich wiederum, dass ihre Bekannten keine Bereitwilligkeit zeigten, ihr zu helfen. Manche von ihnen lachten sie sogar aus:

„Eine Hure als Notarin? Das ist nur in unserem Land möglich."

„Dreckige Arschlöcher! Warum habe ich die nur so meisterhaft gefickt? Sie sind doch absolut keine Hilfe", brüllte die schöne Natalja.

Merkwürdigerweise half ihr ausgerechnet Saweli. Er war wohl der edelste Mann in ihrer Umgebung. Er hatte natürlich Bekannte in diesem Bereich. Das Mädchen war sehr stolz darauf und prahlte damit.

Nach dem Erhalt der Genehmigung vergingen mehrere Monate, bis die Mädchen endlich das rote Band vor dem Eingang zum neuen Büro durchschneiden konnten. Die Zeremonie wurde von Musik und Krimsekt begleitet. Die Freundinnen strahlten vor Glück. Sie umarmten sich und Natalja dachte irgendwann, dass das Design des Büros doch gar nicht so schlecht wäre. Stella dagegen war ein bisschen deprimiert, weil sie während des Kampfes für ihre bevorzugten Pastell-Farbtöne die Freundin beleidigt hatte.

Der erste Jurist wurde von Stella angestellt. Er war ein attraktiver junger Mann. Er hatte schon zwei Jahre Berufserfahrung bei einem hauptstädtischen Notariat, das über einen guten Ruf verfügte. Denis war schön und hochgewachsen und hatte dichtes dunkles Haar. Er war ruhig wie eine Python. Seine lang bewimperten Augenlider hielt er etwas gesenkt. Er gefiel Stella sehr. Seine feinen, langen Finger und Handgelenke bezeugten seine intelligente Herkunft. Er sprach nicht laut, weich und eingängig, ideal für die Arbeit mit Kunden.

Natalja triumphierte.

„Was hast du denn da für einen Spasti angeheuert? Er macht uns alles kaputt! Er bewegt sich kaum! Höchstens im Zeitlupentempo. Total zurückgeblieben!“

„Er ist genau richtig! Die Angestellten in einer Notarkanzlei müssen bedächtig und ruhig sein. Die Arbeit mit Kunden erfordert eine besondere Vorgehensweise und dabei weder Emotionalität noch fieberhaftes Rattenrennen!“

„Er ist voll die Bremse! Ich will diese Frau da einstellen! Die mit dem Zopf! Eine Schönheit! Schau dir nur mal ihre Augen an.“ Sie warf eine Bewerbungsmappe auf den Tisch direkt vor die Nase ihrer Freundin.

„Wozu brauchen wir diese Schwuchtel im Büro? Kannst du mir das sagen? Wenn wir jemanden wie die Frau da einstellen, kriegen wir coole Männer als Kunden! Aber mit dieser Missgeburt machen wir aus unserem Notariat ein Schwulennest!“

„Wir sind eine Notarkanzlei, kein Puff! Wozu brauchst du Männer?“

„Ohne Männer geht gar nichts! Bist du völlig verrückt geworden? Die Direktoren aller großen Firmen sind Männer! Sie wollen ihre Unterlagen von einer schönen Frau beglaubigen lassen und nicht von einem Schwulen!"

Vielleicht hatte sie recht, aber Stella tat unnachgiebig genau das Gegenteil, als ob sie es darauf anlegte. Allem Anschein nach war es genau so, weil Stellas innere Haltung gegenüber ihrer Freundin nicht zu hundert Prozent von Wärme und Güte gekennzeichnet war. Sie war das endlose Streiten und die Skandale müde. Sie erinnerte sich mit Sehnsucht an ihr vergangenes „Theaterleben", das so lustig und abwechslungsreich gewesen war.

„Was hatten wir doch für einen Spaß! In diesem Märchen gab es für jede eine eigene Rolle: Schwester, Tante, Nichte oder Braut. Jede hat ihre Rolle zu hundert Prozent gespielt. Und gelacht haben wir vom ganzen Herzen. Jetzt haben wir eine Hauptrolle für jede von uns.

Wie sollen wir damit umgehen?" Ihrem Wesen nach konnten die Mädchen nichts miteinander teilen. Würden Theaterrollen verteilt, könnte ein Regisseur zweifellos Natalja die Hauptrolle geben, zum Beispiel die der unnachahmlichen Edith Piaf.

Auch Stella könnte sich bei Weitem nicht nur in Massenszenen präsentieren. Es wäre interessant, sie auf der Bühne als Fürstin Olga zu sehen, jene eiskalte Frau mit wütendem Blick, die eine ganze gegnerische Armee verbrannte, indem sie befahl, glimmende Lunten an die Füße von Tauben zu binden und diese dann in die feindliche Stadt fliegen zu lassen. Oder als Katharina die Große, die sich von der Neugierde der Zeitgenossen zurückzog, um die lasterhafte Liebe mit Pferden zu genießen.

Endlich begann der Arbeitsalltag. Stella versuchte, jede freie Minute zu benutzen, um die Verfassung und andere Gesetze zu studieren. Auf Ukrainisch fiel es ihr besonders schwer. Stella war Russin, anders als Natalja. Ihre Eltern stammten aus Russland. Sie wurde in Lugansk geboren, unweit der Grenze, in einem Gebiet, wo die russische Sprache dominierte. Wegen ihrer unzureichenden Ukrainischkenntnisse beschloss das Mädchen, sich an der sprachwissenschaftlichen Fakultät einzuschreiben.

Damals konnte man nur an der sprachwissenschaftlichen Fakultät die Prüfungen in russischer Sprache ablegen.

Bei der Arbeit fühlte sich Natalja wie ein Fisch im Wasser. Als echte Ukrainerin war sie seit ihrer Kindheit an die Landessprache gewöhnt. Auf Ukrainisch verfasste Dokumente konnte sie schnell lesen. Dadurch fühlte sie sich ihrer hochnäsigen Freundin überlegen.

Diese empfand das natürlich als Beleidigung, aber wie immer fand das berechnende Gehirn Stellas viel Positives an ihrem gemeinsamen Unterfangen. Nataljas Bemühungen, der Freundin ihre Schwächen unter die Nase zu reiben und den Wettbewerb um den Titel „Die Coolste" zu gewinnen, führten dazu, dass das Geschäft ausgezeichnet und flott lief. Stella bemerkte, dass Natalja und Denis recht gut zusammenarbeiteten. Unter Nataljas strenger Leitung bewegte er sich schneller und sprach lauter. Entweder wurden die Nerven des Burschen härter oder er erwachte aus seinem langen Intelligenzlerschlaf – die Ergebnisse waren jedenfalls ausgezeichnet.

Bei einer solchen Belegschaft konnte sie ruhig schlafen. Nur eins machte ihr Sorgen: die Tatsache, dass alles auf Betrug und Gaunerei aufbaute. Ihre Diplome hatten sie gut versteckt, aber das Risiko war groß. Schließlich kannten viele Menschen die Mädchen persönlich. Stella hatte Angst, entlarvt zu werden, deswegen bemühte sie sich, sich nicht an Orten zu zeigen, wo sie Bekannte treffen könnte. Aber sie unterschätzte die Gefahr, die von Natalja oder genauer gesagt von deren Umfeld ausging. Stella projizierte irgendwie jungenhaft ihre eigene Lebenseinstellung auf andere Menschen. Sie hatte gute Freunde, die sie sehr schätzten. Sie war ein großzügiger Mensch und beschenkte ihre Freunde reichlich und von ganzem Herzen. Oft half sie den Menschen, die sie ausnutzten. Es kränkte Stella sehr, aber sie machte den gleichen Fehler immer und immer wieder. Dabei sagte sie:

„Ich kann mich nicht ändern. Ich komme immer jedem zu Hilfe, der mich braucht. Ich tue das für mich selbst."

Die falschen Menschen verschwanden schnell aus ihrem Leben. Jeder hatte seinen Preis. Sie nutzten Stella einmalig aus, liehen sich Geld oder Sachen von ihr und gaben natürlich nichts zurück. Der Hauptvorteil bestand für Stella genau darin, dass sie diese Personen in ihrem Leben nie wiedersah. Es blieben gute und kluge Menschen, die verstanden, dass es keinen Sinn hatte, eine Frau wie sie ein- oder zweimal auszunutzen, wenn es doch möglich war, mit ihr einfach befreundet zu sein und sich immer auf sie verlassen zu können. Jedes Geschäft ging ihr flott von der Hand, sie besaß immer Geld und der Spaß in ihrer Gesellschaft hörte nie auf. Ihr Lachen und ihre strahlenden Augen sorgten immer für die beste Laune. Für einen Freund konnte sie ihr Letztes hingeben. Das wusste bei Weitem nicht jeder zu schätzen. Manche Leute fingen an, das als selbstverständlich anzusehen, und bestahlen oder verrieten sie dann. Stella sagte:

„Jeder und alles hat seinen Preis. Das zeigt mir, dass dieser Mensch meiner Freundschaft genau diesen Wert beimisst. Ich bin bereit, das zu bezahlen und ihm dafür zu danken, dass er für so kleines Geld aus meinem Leben verschwunden ist. Gott sei Dank, dass sich die Menschen gerade in Kleinigkeiten outen. Die Lumpen zeigen ihr Wesen sofort. Die Gier kann in Menschen die Oberhand gewinnen. Dann verraten sie heilige Gesetze der Freundschaft und der Ehre. Aber das Schlimmste ist, wenn ein Mensch seine gemeine Natur jahrelang verbirgt."

Sie wurde nicht gern von Menschen enttäuscht. Zum Beispiel war die Freundschaft mit Natalja für sie eine klare Sache. Sie wusste, was sie davon zu erwarten hatte und was nicht, und im Innersten liebte sie ihre Freundin wirklich.

Natalja verstand Stella und ihre Prinzipien überhaupt nicht und dachte, diese sei in jeder Hinsicht neidisch auf sie. Die kantige, arrogante Stella ärgerte sie mit ihrer Pingeligkeit und Hochnäsigkeit. Sie glaubte nicht an gute Eigenschaften bei dieser Schlange und war sicher, dass alles, was Stella tat, nur ihrem Eigennutz diente. Sie selbst empfand im Innersten eine starke Bindung an Stella. Wenn Natalja sich schlecht fühlte oder krank war, kam diese Schlange und pflegte sie, als ob Natalja ihre Schwester wäre. Sie brachte alle möglichen Arzneimittel und Tinkturen mit. Sie kochte für sie Glühwein mit Orangenschale und Zimt nach dem

Rezept eines Schweizers. Sie saß so lange bei ihr, bis ihr besser ging. Dann erinnerten sich die beiden an lustige Momente ihres Lebens und lachten.

Natalja hatte immer einen Vorrat an witzige Geschichten.

Bei einem Auftrag hatte Natalja einem Bankdirektor, natürlich auf seinen eigenen Wunsch, dessen Hoden so fest eingeschnürt, dass sie selbst den Knoten nicht mehr öffnen konnte. Die Eier des Direktors schwollen so an, dass sie sich in eine dunkelrote Kugel verwandelten. Er brüllte wie am Spieß, während Natalja ihn von hinten mit ihrem Handy fotografierte.

Stella fiel vom Stuhl vor Lachen. Es gab noch eine interessante Story. Einmal wurde Natalja von zwei Schwulen eingeladen. Sie baten das Mädchen, zu versuchen, ihnen beiden gleichzeitig durch ein Rohr, das in den Anus gesteckt wurde – sie nannten es „Tunnel" –, lebende Hamster in den Arsch laufen zu lassen und sie dann aufzufangen, während sie sich liebkosten und die Schwänze lutschten.

„Warum ich?", fragte Natalja. „Ihr braucht einen dritten Homo und kein Mädchen."

„Wir sind eifersüchtig aufeinander", erklärte einen von ihnen. „Wir sind am Anfang unserer Beziehung, noch nicht so lange zusammen. Deshalb brauchen wir für dieses Experiment doch ein Mädchen."

Natalja hätte nie gedacht, dass ein Arsch als Tunnel für kleine Nagetiere benutzt werden könnte.

Am Ende kehrte ein Hamster aus dem dunklen, stinkenden Loch nicht zurück und begann, den Schwulen von innen zu beknabbern.

„Oh je, wie hat dieser Arschficker geheult und gewinselt!" Er hüpfte wild herum und versuchte, das Nagetier herauszuschütteln. Der andere rief eilig den Rettungswagen. Dabei machte er Natalja Vorwürfe, weil sie die Tiere falsch in den Arsch hätte laufen lassen. Sie hätte sie angeblich nicht mit den Zähnen, sondern mit Hinterteil nach vorn hineinschieben sollen. Dann würde das Fell von innen kitzeln und so für den Orgasmus sorgen.

Natalja empfahl dem Arschficker, dorthin zu gehen, wo der arme Hamster gerade stecken geblieben war, nahm ihr Geld und ging, den nächsten Auftrag zu erfüllen. Als sie im Taxi saß, beschnupperte sie sich selbst. Sie hatte das Gefühl, nach Scheiße und weißen Ratten zu stinken, die sich vor ihren Augen braun färbten.

Stella platzte vor Lachen.

„Puh! Natalja, lass mich zu Atem kommen! Ich habe Schluckauf wegen deiner wilden Geschichten."

Das alles interessierte sie. Es war eine andere Welt voll unglaublicher Geschichten, die sie aus erster Hand zu hören bekam.

Die Monate vergingen. Es gab viel zu tun, sie stritten immer weniger. Das Leben bekam einen Arbeitsrhythmus, der sowohl lehrreich als auch interessant war.

Die Kunden waren unterschiedlich, teils kompliziert und anspruchsvoll, teils unproblematisch und witzig. Unter ihnen gab es ungewöhnliche Persönlichkeiten: Verkäufer und Käufer, Immobilienmakler, Banker und andere Geschäftsleute. Omas, die ihre Häuser und Wohnungen den Enkelkindern oder den Zeugen Jehovas vermachten.

Stella bemerkte, dass Natalja morgens etwas ramponiert ins Büro kam. Ihr war klar, dass die Freundin nachts ihrem alten Gewerbe nachging. Leider war diese echte Nymphomanin nicht einmal durch einen anständigen Bürojob zu bessern. Sie führte mit Natalja ein heftiges Gespräch und verbot ihr strengstens, auf den Strich zu gehen. Es bestand ernsthaft die Möglichkeit, unter den Freiern auf Kunden ihres Büros zu treffen. Natalja wollte natürlich keine Belehrungen hören. Sie versuchte, die Freundin in ihr so genanntes Privatleben nicht einzuweihen.

Der Niedergang des Imperiums durch Fickgeschichten

So kam der schreckliche Tag, an dem das Imperium der zwei Freundinnen unterging.

Artschik wurde von der Polizei wegen Menschenhandels verhaftet. Er fand sich schnell zurecht und lieferte Natalja und Stella mit ihren ganzen schmutzigen Geschäften ans Messer. Er erzählte von ihren gefälschten Diplomen, um selbst einer Freiheitsstrafe zu entgehen. Der Fall wurde unverzüglich an die Staatsanwaltschaft abgegeben, geriet aber, Gott sei Dank, auf den Tisch eines Bekannten von Stella, der selbst in Machenschaften verwickelt war, die mit der Eröffnung ihres Büros zusammenhingen. Leider war er gezwungen, diesen großen Fall an die Öffentlichkeit zu bringen. An diesem Tag ging alles den Bach hinunter.

Ewgeni Pawlowitsch fuhr zum Notariat der Gaunerinnen. Hastig schaute er sich nach allen Seiten um und ging schnell herein.

Stella sah den Leiter der Staatsanwaltschaft vom Fenster aus. Ihr Herz raste, als ob sie einen Marathon gelaufen wäre. Sie hatte ein schlechtes Gefühl. Er kam ins Büro und sah ihr schweigend in die Augen. Als ob sie seine Gedanken gelesen hätte, fragte Stella mit heiserer, verlorener Stimme:

„Wie viel Zeit haben wir?"

„Ein paar Minuten. Ins Auto, schnell!"

„Gibst du uns zehn Minuten? Ich muss etwas von unten aus dem Safe holen."

„Im Gefängnis hast du zehn Jahre Zeit! Wenn dein Anwalt gut genug ist", giftete er zurück.

„Wofür?", schrie Natalja, die wie versteinert dastand und dem Gespräch zuhörte.

„Für Urkundenfälschung, illegale Benutzung eines staatlichen Notarsiegels und für Prostitution!" Der Mann blickte in Richtung der Tür, neben der diejenige stand, die wegen des letzteren Delikts angeklagt werden könnte.

Stella errötete bei diesem Vorwurf, als ob sie selbst dieses Verbrechens beschuldigt würde. Die tatsächliche Hure dagegen lächelte ruhig über das ganze Gesicht. Sie sah aus wie eine Frau, die ein Kompliment bekommen hatte.

Die Freundinnen gingen schweigend den Korridor entlang, wo Kunden mit ihren Dokumenten saßen und auf deren Beglaubigung durch einen falschen Notar warteten. Mit großem Bedauern schaute Stella auf Nataljas Rücken, die vor ihr schritt und die Hüften wiege, als ob sie aus Gummi wären. Wegen des losen Plappermauls dieser schmutzigen Nutte drohte ihr grandioser Lebensplan zu zerfallen.

„Ihr müsst umgehend euer Geld von allen Konten abheben, bevor euer Vermögen samt den Bankkonten beschlagnahmt wird", sagte Ewgeni.

„Schnell zur Bank!"

Bei der Bank war nicht so viel Bargeld vorrätig, wie sie angefordert hatten. Ewgeni musste einige Leute anrufen, die über die nötigen Beziehungen in der Bankwelt verfügten. Für diesen Rettungsdienst forderte er von jedem Mädchen je 5.000 Dollar. Die beiden Freundinnen brauchten nicht zu antworten, denn die Frage selbst klang schon bejahend.

Dabei erklärte er, dass die Fahndung nach ihnen eingeleitet würde, sobald man die Fälschung der Diplome bewiesen habe, was sehr bald passieren könnte.

„Wie bald? In einer Woche? Einem Monat?"

„Alles hängt von der Antwort aus Lugansk ab. Wer ist in die Sache verwickelt, den Verkauf der Diplome und so weiter?"

„Dahinter stecken ernst zu nehmende Leute! Die Diplome sind mit den Original-Siegeln versehen."

„Wenn es so ist, Stella, dann wird die Überprüfung sicher mehrere Monate dauern. Aber für euch ist es das Beste, wegzufahren, damit ihr nicht im Untersuchungsgefängnis landet. Lasst die anderen damit klarkommen!"

„Verstanden. Hab vielen Dank!"

„Sagt Bescheid, falls ihr nochmal Hilfe braucht, ihr kleinen Schwindlerinnen!", scherzte der Staatsanwalt.

„Auf Wiedersehen, Ewgeni!" Stella umarmte den Freund. Ihre Augen wurden feucht. „Danke dir für alles …"

Die Mädchen verließen die Stadt. Unterwegs mieteten sie ein schickes Haus, kauften sich Lebensmittel und jede Menge Alkohol. Sie saßen am Kamin, tranken und wechselten kein Wort miteinander.

Stella brach das Schweigen. Nach der ersten geleerten Flasche war sie praktisch noch nüchtern.

„Am besten wäre es, das Land zu verlassen."

Natalja war den Tränen nahe.

„So ein Arschloch, dieser Artschik! Ein Schweinehund! Das Land verlassen?" Das Mädchen schluchzte. „Und meine Mutter? Meine Familie?"

„An die Familie hättest du früher denken müssen! Du hast in einer Notarkanzlei mit gefälschten Papieren gearbeitet, bist auf den Strich gegangen und hast dabei noch deinen Zuhälter gevögelt! Was hast du eigentlich erwartet? So naiv kann man doch gar nicht sein!"

Natalja kam schweigend auf Stella zu. Es sah aus, als ob sie Angst hätte, Stella würde sie beißen. Sie umarmte ihre Freundin und seufzte wie ein Kind.

„Verzeih mir! Das wollte ich nicht!" Lass uns irgendwo hingehen, nur, bitte, verlass mich nicht!"

Aber Stella konnte ihr nicht alles einfach so verzeihen. Sie schrie ihr ins verweinte Gesicht:

„Wegen dir, du Schlampe, sind alle meine Träume kaputtgegangen! In einem Augenblick! Das ganze Geld! Endlich hatte ich ein anständiges Auskommen! Und alles ist zusammengebrochen! Alles! Ich hasse dich! Warum hast du mit deinem verdammten Gewerbe nicht aufgehört? Für eine schöne Zukunft? Was hat dir gefehlt? Hattest du nicht genug Geld? Warum musstest du dich mit irgendwelchem Lumpenpack als Nutte herumtreiben? Eine schöne Notarin bist du! Hol dich der Teufel! Dreckige Schlampe! Man sieht es dir gleich an, was du für eine billige Schnalle bist! Du hast allen erzählt, dass du Notarin bist. Dabei warst du betrunken und auf Ecstasy. Hast die Bar vollgesabbert und bist vom Hocker gefallen."

„Aber du, Stella! Du bist so ein braves Mädchen, das noch nie Tabletten genommen hat! Säuferin! Du trinkst Bier und Whiskey literweise wie ein Mann! Und erzählst mir irgendeinen Stuss! Spielst hier die Zimperliese! Dabei schläfst du mit Männern, genau wie ich! Bloß umsonst! Also wer ist hier billig? Natürlich! Dafür mögen dich alle! Weil du's gratis mit ihnen treibst!"

Stella hörte den Schwall von Vorwürfen schweigend an. Vielleicht war sogar etwas dran. Wenigstens zum Teil könnte Natalja recht haben. Aber Stella war schlicht und einfach nicht fähig, für Sex Geld zu nehmen.

Die Leidenschaften legten sich und die Freundinnen konnten etwas schlafen. Am Morgen rief Stella alle Agenturen an, die Mädchen ins Ausland vermittelten. Am Abend kam die Leiterin einer solchen Agentur zu ihnen. Sie brachte alle Unterlagen mit, die erforderlich waren, um Arbeitsverträge für Einsätze von drei, sechs oder acht Monaten im Jahr in verschiedenen Ländern abzuschließen. Die Mädchen saßen am Tisch und sahen sich verschiedene Varianten für die nächste Zeit an. Stella interessierte sich für die USA und die Schweiz, Natalja dagegen nur für die Schweiz, weil sie dort Bekannte hatte. Bei dem Job ging es um Stangentanz und Alkoholkonsum. Laut Vertrag wären sie verpflichtet, mindestens sechs Mal pro Nacht an der Stange zu tanzen und dazwischen mit Kunden alkoholische Getränke aller Art zu trinken. Wenn ein Gast ein Glas Champagner für ein Mädchen bestellte, das im Klub als Tänzerin tätig war, kostete ihn das sechzig Schweizer Franken, also circa fünfundfünfzig Dollar. Davon erhielt das Mädchen zehn Prozent. Wurde eine ganze Flasche Champagner bestellt, sei es Dom Perignon, Belle Epoque, Krug, Veuve Clicquot oder gewöhnlicher Moet & Chandon, stand dem Mädchen natürlich eine höhere Kommission zu, weil eine einzige Flasche Krug locker zweitausend Franken kosten konnte. Der Champagner floss in Strömen in den Klubs der Millionäre. War das Mädchen nicht imstande, so viel zu trinken, war es erlaubt, Getränke auf den Boden oder an die Wand zu schütten; diese waren mit einem Teppich bedeckt, der die Flüssigkeit sofort aufnahm. Die Kunden sollten das nicht bemerken, alles musste heimlich vor sich gehen. Jeden Morgen kam der Reinigungsdienst mit spezieller Ausrüstung und spülte Tausende von Dollar von den Wänden des Lokals. Es war möglich, mit Kunden gegen Geld zu schlafen, aber keine Pflicht. Die Mädchen konnten das tun, wenn sie den Wunsch hatten. Im Klub gab es speziell ausgestattete Zimmer, sogenannte Separees, wo man mit dem Kunden zu einem privaten Tanz oder einfach zum Trinken allein sein konnte. Dafür musste er eine Flasche Champagner im Wert von mindestens dreihundert Franken, circa zweihundertsiebzig Dollar, bezahlen. Wer das Mädchen ins Hotel mitnehmen wollte, musste dafür dem Klub tausend Franken zahlen, also etwa neunhundertfünfzig Dollar, dazu das Honorar für die Schöne nach Absprache. Die Mädchen verlangten normalerweise auch einen Tausender für sich selbst. Feilschen war natürlich möglich. Der Lohn betrug zweitausendzweihundert Franken im Monat plus Kommission von Alkoholkonsum und Ausgängen mit Kunden. Der Gesamtverdienst konnte, je nach Arbeitseifer und natürlich Gesundheitszustand, zehntausend Franken im Monat erreichen. Die Arbeit ging nachts vor sich, immer von zehn Uhr abends bis zum frühen Morgen. Für die Wohnung wurden vierhundert Franken im Monat fällig. Sie befand sich gewöhnlich im selben Gebäude, im oberen Stock. Das Verlassen des Klubs war nur mit Erlaubnis des Besitzers möglich. Treffen mit Kunden außerhalb des Lokals waren verboten.

Stella warf einen Blick auf Natalja, die an die Decke starrte, als ob die letzte Bedingung des Klubs nicht in ihrer Gegenwart vorgelesen würde.

„Wenn sie aus diesem Job auch noch gefeuert wird ...", dachte das Mädchen, beschloss aber, das ohnehin komplizierte Verhältnis zu ihrer Freundin nicht weiter anzuheizen.

Natalja senkte den Kopf und rief:

„Ist mir alles recht! Ich fahre in die Schweiz! Juhu!"

Sie hob ihr Weinglas und hielt inne. Sie schaute Stella an.

„Oh, sorry! Wir fahren in die Schweiz! Nicht wahr, Liebes? Ich zittere schon vor Aufregung! Millionäre! Champagner! Geld! Was wünscht man sich mehr? Tanzen kann ich! Und tausend

Dollar pro Nacht? Das ist ja elitär! Erste Klasse! Ich zeige allen, wie man das macht! Das ist keine Arbeit wie bei euch im Notariat, wo es so langweilig war! Auf diesem Gebiet bin ich wie ein Fisch im Wasser! Das ist mein Milieu!"

Stella sah düster und blass aus. Das Tanzen lag ihr nicht, dafür aber das Trinken! Das konnte sie gut! Oh! Dauersuff!

„Haben Sie zufällig einen Vertrag ohne Tanzen? Nur mit Trinken?", fragte Stella mit einem aufgesetzten Lächeln.

„Für die Schweiz leider nicht. Das Visum bekommen Sie als Künstlerin, und zwar als Tänzerin. Das wissen Sie doch, Kollegin."

„Ja. Ich habe schon Mädchen dorthin geschickt, aber ich habe sie zum Preis von hundert Dollar pro Kopf angeboten und sie direkt mit dem Unternehmer in Kontakt gebracht. Auf die Einzelheiten, wie das System funktioniert, bin ich nicht eingegangen. Leider", sagte Stella und warf einen brennenden Blick auf die zufriedene Natalja. Dieser waren die Sticheleien schon egal, für sie war alles in Butter, genau, wie sie es haben wollte.

„Die Schweiz ist ein interessantes Land, das aus drei Teilen besteht. In allen drei werden unterschiedliche Sprachen gesprochen.

In Zürich zum Beispiel spricht man Deutsch. Sie haben dort ein kompliziertes System. Die Mädchen sollen splitternackt sein, sogar ohne Slips, praktisch während der ganzen Show.

In Genf, das im französischen Teil liegt, werden am Ende des Liedes die Bikinis ausgezogen.

In Lugano, wo die italienische Sprache vorherrscht, soll der Slip gar nicht ausgezogen werden. Man zeigt sich nur oben ohne. Aber auch das nicht unbedingt."

„Wie werden denn dann in Lugano die Kunden ins Lokal gelockt?"

„Dort arbeiten im Klub Balletts aus Charkow, je dreißig Tänzerinnen in einer Truppe. Mit ihren schicken Shows bezaubern sie die Italiener, die einen Flirt und ausgiebiges Vorspiel mögen. Sie haben keine Lust, mit kalter Miene auf nackte Weiber zu starren und dabei keine Emotionen zu zeigen, wie es im deutschen Teil der Fall ist."

Nataljas Interesse wurde sofort von Genf, dem goldenen Mittelweg, geweckt.

„Den Slip am Ende des Tanzes, und davor die Brustwarzen an der kalten Stange reiben! Schnell her mit den Unterlagen!", schrie die Nymphomanin fast.

„Mademoiselle will nach Genf! Voilà!"

Ein glückseliges Lächeln erstrahlte in ihrem Engelsgesicht.

„Grundkenntnisse in Französisch habe ich. Das ist Schicksal! Wäre ich da nur gleich hingefahren, dieses Paradies auf Erden zu erobern, statt mich auf kriminelle Sachen einzulassen."

Stella hörte nicht, was Natalja da redete. Mit einem traurigen Gefühl studierte sie die Vertragsbedingungen für den Einsatz in anderen Ländern.

Darunter waren England, Australien, Schweden, Japan, Deutschland, die Türkei und Italien. Sie las alle nacheinander durch. Ihr fiel ein merkwürdiger Name auf: Liechtenstein.

„Was ist das?"

„Das ist ein kleines Land in den Alpen. Genau genommen ein Zwergfürstentum. Dort herrscht ein Fürst."

„Noch kleiner als die Schweiz? Dort wohnen doch schon weniger Menschen als in Moskau!"

„Ja, genau, absolut winzig. Ein kleines Wunder, wo alle reichen Leute ihr Geld verstecken. Unsere Millionäre haben sich dort ganz schön eingenistet. Sie lagern riesige Guthaben bei verschiedenen Banken, Stiftungen und Gesellschaften. Viele Restaurants geben auf den Speisekarten keine Preise an, weil den Gästen völlig egal ist, was die bestellten Gerichte kosten könnten. Sie sind so wohlhabend, dass sie essen gehen können, ohne sich um Preise zu kümmern."

„Klingt nicht schlecht. Das klingt sogar verlockend!", sagte Stella. „Welche Bedingungen gelten dort?"

„Ein sehr grausames System. Nichts als die reine Prostitution. Die Männer kommen dorthin ausschließlich zu geschäftlichen Verhandlungen und für Business. Sie haben keine Zeit für lange Affären. Außerdem ist Prostitution dort legal. Die Mädchen erhalten dafür ein Prostituiertenvisum. Das kann auch einen Einfluss auf das spätere Leben des Mädchens in Europa haben. Wenn ein Mädchen heiraten und ein normales Leben führen will, ist ihr Ruf in den Augen des Staats leider beschädigt."

„Oh nein! Dann ist das nichts für mich!", erklärte Stella.

„Und auch nicht für mich! Mein Bruder ist bei der Polizei und mein Vater ist Priester!" Die Freundinnen brachen in Gelächter aus.

Die Stimmung wurde mehr oder weniger freundschaftlich. Die Mädchen tranken guten Wein und plauderten über die Details.

„Stella! Du kannst aufhören, so ein böses Gesicht zu machen! Lass uns nach Genf gehen!"

„Nein! Ich kann doch gar nicht tanzen! Schon gar nicht nackt! Wenn ich mir bloß vorstelle, wie ich mit runtergelassenem Slip auf einer Bühne stehe und alle Männer starren mich an! Ich müsste ihn wohl gleich auszuziehen, weil ich sonst nichts habe, was einen Blick wert wäre!

Mein Zinnsoldatentanz würde bei den Männern wohl kaum auf Interesse stoßen. Vor allem, wenn der Zinnsoldat auch noch sturzbetrunken ist, weil er sich mit eine Liter Wodka Mut angetrunken hat. Das Publikum müsste vor Angst erstarren, weil es fürchtet, dass die betrunkene Gestalt jemandem wie ein Klotz auf den Kopf fallen könnte."

„Haha! Stella! Du kannst einen echt zum Lachen bringen! Ich habe noch nie so einen selbstkritischen Menschen wie dich getroffen!"

„Ich bin eben leider Realistin." Stella kratzte sich im Nacken und brach in Gelächter aus.

Darja beobachtete verwirrt die beiden Freundinnen, die vor Lachen beinahe erstickten, und überlegte, wie sie am schnellsten diese Irrenanstalt mit zwei Verrückten verlassen könnte.

„Ich weiß selber schon nicht mehr, wohin ich gehen soll! Einen Fürsten würde ich auch gerne ficken!", rief Natalja.

Darauf folgte wieder eine Gelächterexplosion! Diesmal lachten alle drei.

„Fahr nach Genf! Deine Entscheidung ist gefallen. Stella? Hast du dich entschieden?"

„Ah ja, entschuldige bitte! Wir vergeuden deine Zeit mit unseren dummen Witzen."

„Macht nichts! So was erlebe ich auch nicht jeden Tag. Ich habe Spaß mit euch, Mädchen."

„Also, Stella!", rief Natalja. „Das Tanzen bringe ich dir schon bei! Wenn es möglich ist, heißt das! Deine Titten sind gar nicht schlecht. Im Dunkeln würden sie super aussehen."

Da beschloss Stella endgültig, mit diesem sexbesessenen Ungeheuer nirgendwohin zu gehen.

„Ich gehe nach Japan", sagte Stella eiskalt, als sie den Vertrag zu Ende gelesen hatte. Sie fand sich schön. Auch ihre Brüste. Aber sie wollte ihre Reize ganz sicher nicht jedem zeigen.

„Ich finde, das ist die richtige Entscheidung! In diesem wunderbaren, märchenhaften Land wirst du, Stella, alles finden, was du dir wünschst. Tanzen ist gar nicht nötig. Und Sex haben die Japaner nur in ihrer Fantasie. Dann hast du dich also entschieden?"

„Ja."

Erzähl mir bitte von den Vertragsbedingungen und den Anforderungen des Klubs. Was habe ich von Schlitzaugen zu erwarten?"

„Auf einen japanischen Vertrag muss man normalerweise ein halbes Jahr warten. In Städten wie Tokio noch länger. Aber ich habe eine Last-Minute-Anfrage aus Nagasaki. Ein Mädchen hat den Vertrag aus gesundheitlichen Gründen abgelehnt. Deshalb kannst du in zweieinhalb Monaten fliegen, wenn wir sofort ein Visum beantragen würden. Der Klub heißt Chorus Line. Der Chef dort ist ein schöner, hochgewachsener junger Mann. Tanzen ist nicht nötig, weil alle Mädchen dort tanzen. Die Nacht ist gar nicht lang genug, dass alle an die Reihe kommen."

„Sind die Tänze so beliebt? Hat das einen Grund?"

„Ich erkläre es euch. Während der Show dürfen die Mädchen den Gästen Blumen verkaufen. Jede Blume kostet ungefähr zehn Dollar. Das Trinkgeld des Mädchens hängt davon ab, wie viel Blumen sie verkauft. Die Blumen sind aus Kunststoff. Viele Tänzerinnen verdienen auf diese Weise genug für ihr Essen und die Kleidung während der ganzen Vertragsdauer. Den Lohn legen sie auf die Seite."

„So! Hast du gehört, wie der Job zu machen ist, Stella? Du
hättest natürlich die ganze Vertragszeit mit stolzer Miene rumgesessen und deinen ganzen Lohn ausgegeben oder im Suff ver-
schleudert. Du großzügige Seele! Und wahrscheinlich würdest
du auch noch einen Japaner mit Babypimmel finden und dich in
ihn verlieben! Ha! Ha! Ha!

„Lass mich in Ruhe, Natalja! Du bist betrunken! Erzähl weiter, Darja!"

„Wo waren wir?"

„Bei Tänzen und Blumen."

„Ah ja. Das mit den Tänzen haben wir geklärt. Das war in
Ordnung für dich. Aber der Verdienst dort ist sehr gering, kein
Vergleich mit der Schweiz. Rechnet man den japanischen Yen in
Dollar um, macht das ungefähr fünfhundert Dollar im Monat."

„Aha! Das ist lächerlich! Stella wird niemals drauf eingehen!"

„Halt den Mund oder geh ins Bett!"

„Ich bin schon still. Excusez-moi, Mademoiselle."

„Womit wird dort überhaupt Geld verdient?"

„Mit den Getränken, wie in der Schweiz. Aber dort kann
man einen gewöhnlichen Saft oder Tee trinken."

„Och, helft mir! Ich ersticke vor Lachen! Stella trinkt Tee!
Und den Whiskey trinkt sie hinterher!"

„Erzähl weiter, Darja!", zischte Stella streng. Sie wurde nervös. Sie wollte sich möglichst schnell von Darja verabschieden,
ein Glas Whiskey kippen und niemanden mehr um sich herum
hören.

„Also. Den Flug, die Versicherung und die Wohnung bezahlt
ihr selbst. Die Miete ist nicht hoch, weil ihr zu sechst in einer
Einzimmerwohnung untergebracht werdet. In Doppelstockbet-
ten wie in einem Kinderferienlager."

„Oh Gott!"

Natalja versuchte, das Lachen niederzukämpfen. Sie wurde
rot wie eine Tomate.

„Der Vertrag läuft sechs Monate."

„Wie viel Geld verdienen die Mädchen normalerweise während der gesamten Vertragsdauer?"

„Wer es nicht schafft, ein paar Kunden auszunehmen, bekommt ab fünftausend Dollar. Diejenigen, die mehr Glück haben, bringen viel Geld mit nach Hause. Sie kaufen sich Wohnungen und Autos, Villen und Landhäuser. Sie bekommen riesige Beträge überwiesen, auch nachdem sie Japan schon verlassen haben. Die Japaner mögen blonde Schönheiten. Viele von ihnen sind bereit, ein paar Hunderttausend Dollar hinzublättern, um so eine Spezialität zu kosten."

„Oooooh! Jetzt habe ich Lust, mitzufliegen, Stella! Ich würde die Schlitzaugen mein wildes Fleisch genießen lassen. Was meinst du, wie viel gelbe Typen könnte ich pro Nacht ficken? Drei Minuten für jeden und dann eine Zigarettenpause? Ha! Ha!

„An dir habe ich keine Zweifel. Du Naturtalent! Du hast schon mehrmals glänzend bewiesen, was du kannst!"

„So. Ich muss dir noch alles über den Flug erzählen. Wir bestellen Tickets mit Umsteigen in München und in Fukuoka. Das richtige Gate würdest du doch finden, oder? Sprichst du Englisch?"

„Ja. Damit habe ich kein Problem."

„Hier hast du das ganze Unterlagenpaket. Oh, hätte ich fast vergessen! Um dein Visum zu bekommen, musst du nach Moskau. Und der Flug nach Japan startet von dort aus."

„Ok. Ich bin einverstanden."

„Womit bist du einverstanden, Stella? Mit Moskau? Wir dürfen doch nicht über die Grenze und zurück!"

„Zurück will ich nicht. Möchtest du nicht ein paar Monate in Moskau verbringen, Natalja? Und dann von dort aus abfliegen?"

„Geht das denn? Natürlich will ich das! Keine Frage! Moskau, ich komme! Freu dich auf deinen Star!"

„Abgemacht!", antwortete Stella mit einem Lächeln. Sie war zufrieden, dass Natalja ihre Idee ohne besondere Erklärungen und Fragen aufgegriffen hatte.

Erst jetzt begriff Stella, dass die Beziehung zwischen ihnen beiden während dieser ganzen Zeit fast verwandtschaftlich geworden war.

„Wo auf der Welt findet man den Menschen, der einen auf Anhieb versteht? Natalja weiß, in welcher Situation wir stecken. Uns droht Gefängnis. Moskau ist keine schlechte Option für Leute, die untertauchen wollen. Dort wird uns ganz sicher niemand suchen. Vielleicht wäre es besser, mit ihr zusammen nach Genf zu gehen?", fiel ihr ein. Aber schon im nächsten Augenblick gewann die Vernunft wieder die Oberhand über Stellas Schwäche. „Oh nein! Du solltest eine Pause von dieser Beziehung nehmen!" Da sprach plötzlich ihr zweites, nüchternes Wesen.

„Wieso bewegst du die Lippen, Stella? Du siehst aus wie ein Fisch."

„Ich rede mit meinem Schatten."

„Frag ihn doch, ob er tanzen kann. Und ob er mit mir nach Genf fährt. Oder ist er genauso blöd wie du?"

„Lass mich in Ruhe!"

Die Arbeit mit Natalja im Notariat war ein ständiger Stress gewesen. Hätte Stella alleine ihre Gaunereien betrieben, hätte niemand sie je entlarvt. Aber wer weiß, was und wie noch alles passieren könnte. Natalja hatte sie immer unterstützt und ihr auch mit ihrem Wissen weitergeholfen.

Darja unterbrach Stellas Gedankengang.

„Also, Mädels, ich muss gehen. Unterschreibt bitte die Papiere und bleibt in Kontakt! Danke!»

„Danke dir für alles, Darja! Bitte entschuldige, wenn wir zu viel geredet haben."

„Ach was! Es war doch ein angenehmer Abend. Ihr seid echt cool!"

„Und Kohle hast du auch gemacht! Hick, hick!" Es war Nataljas Stimme. Ihre Worte wurden von Schluckauf unterbrochen. Stella errötete. Wie immer schämte sie sich für ihre Freundin. Es entstand der Eindruck, dass sie sich für Nataljas Verhalten schämen musste, weil dieser das entsprechende Gefühl gänzlich fehlte. Man sagt doch, die Menschen müssen einander ergänzen.

Lange saßen die Freundinnen schweigend beisammen, als ob sie Abschied voneinander genommen hätten. Merkwürdigerweise drängten sich ähnliche Gedanken in den Köpfen beider Mädchen.

„Wie wird es sein, allein in ein fremdes Land zu fliegen? Was erwartet uns? Werden die Veränderungen positiv oder negativ ausfallen?

Werden wir am Flughafen verhaftet, bevor wir ins Ausland fliegen?"

Leider blieben diese Fragen ohne Antwort.

So viel war in dieser Zeit passiert: Höhen und Tiefen, Lustiges und Trauriges, Liebe, Glück und Leid. Nun lagen vor ihnen andere Länder und Städte! Japan und die Schweiz oder schwedische Gardinen und Häftlingssuppe.

Plötzlich erinnerte sich Natalja an Zeilen aus einem Lied von Iwan Kutschin, das einer ihrer Kunden gesungen hatte. Der kahlköpfige Knastbruder hatte eine Strafe für Betrug, und zwar besonders schweren Betrug, abgesessen.

Natalja stand aus dem Schaukelstuhl am Kamin auf, ging ins Haus, nahm aus dem Kühlschrank eine Flasche Weißwein, schenkte zwei Gläser ein, reichte eines der Freundin und fing an zu singen:

„Oh du böses Schicksal,
Schau dich nur um!
Mein Leben ist keinen Groschen wert,
Es geht bergab.
Ich zerbreche mir den Kopf,
Aber ich werde klüger!
Ich erfahre, was schrecklicher ist,
Tod oder Knast …"

„Mein Gott! Was singst du da? Soll ich einen Herzinfarkt kriegen?"

„Ich will, das du lächelst."

Stella nippte an ihrem Wein und sagte mit einem Lächeln:

„Danke, Liebes. Du hast mich von trüben Gedanken abgelenkt."

„Vorsicht! Trübsal führt zu Alkoholismus."

„Dann muss ich wohl oft betrübt sein."

„Am kränksten wird ein Russe durch eine gesunde Lebensweise."

„Fall nicht ins Koma bei dem Gedanken, dass du ein halbes Jahr von Zwergen statt von Schweizer Millionären gevögelt wirst! Hahaha!"

„Dabei braucht man nicht ins Koma zu fallen!"

In der Dunkelheit erschallte ein so lautes Lachen, dass in manchen Häusern das Licht eingeschaltet wurde und Hunde zu bellen begannen.

„Jag deine philosophischen Gedanken weg, Stella! Die sind so unlogisch. Dabei dachte ich früher, dass gerade du eine große Strategin wärst."

„Bring mich nicht zum Lachen. Lass mich ein bisschen traurig sein!"

„Wollen wir zusammen traurig sein? Sag, was du gerade denkst!"

„Ich denke darüber nach, wie ich mit den Schlitzaugen reden soll. Ich muss mir wohl ein Wörterbuch kaufen und diese verdammte Schrift lernen."

„Du bist dumm, Stella! Hast du das alles etwa nötig? Du willst ans andere Ende der Welt fliegen und ein halbes Jahr lang weder Geld noch normale Männer haben. Schau mal, wo ich hinfahre! Nach Genf! Liebe mich auf Französisch, Junge! Es kostet dich nur tausend Mäuse! Das ist der Preis! Sie bekommen keinen Rabatt, Monsieur! Oh, là, là!

„Haha! Du bist auch nicht schlauer, Natalja!"

„Wollen wir unsere Abreise nach Moskau planen? Weg mit den trüben Gedanken!"

„Das ist eine prima Idee."

Am nächsten Morgen fingen die Mädchen an, auf der Suche nach einer Wohnung systematisch die Moskauer Immobilienmakler anzurufen. Nachdem sie die Mietpreise in der russischen Hauptstadt kennengelernt hatten, waren die beiden Freundinnen bald gar nicht mehr abgeneigt, zusammen zu wohnen. Trotzdem bereitete sich jede von ihnen auf den herankommenden Tsunami vor, auch wenn keine darüber sprach.

„Dies darfst du nicht, lass das sein! Diese langweilige Stella macht mich noch verrückt!"

Selbst Saweli mit seinen endlosen Geschichten und das Studentenwohnheim erschienen ihr zu diesem Zeitpunkt als bessere Alternativen zu einem Leben unter der Aufsicht von Gestapo-Stella.

Stella erlebte eine Art Explosion der Emotionen. Dabei wollte sie eigentlich dasselbe: Männer, Sex, Drogen, Rock ‹n› Roll. Sie war nervlich am Ende und dachte, dass ihre Reise ins Land der Zwerge ihre letzte sein würde. Man würde sie zwingen, Dinge zu tun, die sie nicht wollte. Sie sollte jede Nacht arbeiten und saufen – das hielt sie für eine völlig unsinnige Zeitverschwendung ohne jede Hoffnung auf Entwicklung, etwas für Schwachsinnige. Sie gehörte nicht zu denen, die sich dem Willen ihres Chefs beugen oder brav und pünktlich zur Arbeit kommen. Es schien, dass dieser Weg zum vollständigen Zerfall ihrer Persönlichkeit, zur Auflösung all ihrer Ideale und Prinzipien führen würde. Stella beschloss, es sich bis zur Abreise noch einmal gut gehen zu lassen und das Leben in vollen Zügen zu genießen. Dabei goss Natalja Öl ins Feuer und sparte nicht mit komischen Sprüchen:

„Du wirst einen Japaner heiraten und einen engstirnigen kleinen Jungen mit dem winzigsten Pimmel der Welt gebären. Hahaha!"

„Und deine Tochter wird Frösche fressen! Hahaha!"

„Dafür werde ich eine Madame und du bloß eine Geisha!"

„Sehr witzig."

Es war ein herrlicher Tag. Scherzhaft planten die beiden Mädchen ihre Zukunft.

Stella hatte nicht die Absicht, länger in Japan zu bleiben. In ihrem Fall war die Auswahl an Verträgen nicht groß. Ihre Witze über Sohn und Tochter der anderen dagegen erreichten anscheinend Gottes Ohr.

Aber darauf werden wir später zurückkommen.

Eine ganze Woche verbrachten die Mädchen im Vollrausch. Sie stritten und versöhnten sich wieder, während sie auf die Reiseunterlagen warteten.

Als alles fertig war, fuhr Natalja in Darjas Büro, um die rettenden Papiere persönlich abzuholen. Das Büro der Vermittlerin befand sich im gleichen Häuserblock wie Nataljas Wohnung. Sie konnte der Neugier nicht widerstehen und beschloss, bei sich vorbeizuschauen. Das war äußerst gefährlich. Aber es war ihr egal. Sie stieg zu ihrem Stockwerk hinauf und sah, dass die Wohnungstür verplombt war. Schreckliche Angst überkam sie.

Erst in diesem Moment begriff sie den ganzen Ernst ihrer Lage. Natalja lief aus dem Gebäude wie ein Hase und zu dem Haus, wo ihre Freundin auf sie wartete. Schreiend rannte sie zu ihr hinein.

„Wir müssen schnell packen! Sie suchen schon nach uns!"

„Wir werden längst gesucht. Weißt du das denn nicht? Hast du die Unterlagen abgeholt?"

„Ja!" Ich habe alles dabei! Lass uns sofort aus diesem verfluchten Haus verschwinden!"

„Ich bin so weit. Ruf ein Taxi. Ich glaube, wir müssen nach Charkow fahren und von dort aus abfliegen."

„Einverstanden."

„Wer hat dir gesagt, dass wir gesucht werden? Hast du bei Artschik auf einen Abschiedsfick vorbeigeschaut? Wolltest du ihm erzählen, wo du hinfährst? Hahaha!"

„Stella, du bist natürlich sehr witzig, aber mir ist gerade nicht zum Lachen. Ich war bei meiner Wohnung!" Natalja kniff die Augen zusammen und wartete auf die Schelte der Freundin. Aber diesmal reagierte Stella gar nicht so heftig:

„Das war dumm."

Bald kamen die Mädchen in Charkow an. Die Stadt gefiel ihnen. Sie sah ziemlich gepflegt, man könnte sogar sagen, trendy aus. Es gab viele junge Leute, allerlei Unterhaltungsmöglichkeiten und Partys. Natalja wollte natürlich zum Barabaschowo-Markt. Er zog sie an wie ein Magnet, denn dort konnte man eine ganze Garderobe für wenig Geld ergattern. Auf diesem gigantischen Markt, der rund um die Uhr geöffnet zu sein schien, gab es alles zu kaufen, selbst die nötigen Teile, um eine Bombe zu basteln.

Die resolute Blonde mit den brennenden Augen tauchte sofort in die Menschenmenge ein, die aus verschiedensten Nationalitäten bestand. Sie verschwand so schnell, als ob das schwarze Marktgewühl sie einfach eingesaugt hätte, ohne die kleinste Spur von Weiß zu hinterlassen. Stella schaute ihr nach. Wie unpassend sah der weiße Fleck vor dem schwarzen Hintergrund aus. So kann ein gerade gewachsener Mensch unter Buckligen wie eine Missgestalt erscheinen.

Stella ging durch die Menge auf der Suche nach einer Wohnung oder einem Zimmer. Sie hatte den Wunsch, ein paar Tage in dieser tollen Stadt zu verbringen. Sie wollte sich abends in einem Klub ein bisschen entspannen. Aber zuvor musste sie eine Wohnung mieten und am nächsten Schalter ein Flugticket nach Moskau kaufen.

Sie traf eine Frau mit einem Schild, auf dem geschrieben stand: „Wohnung zu vermieten", und fragte nach.

„Es ist ein abschließbares Zimmer in einer Zweizimmerwohnung. Im anderen Zimmer wohnt ein Mann aus Moldawien, der hier auf dem Markt als Lastträger arbeitet. Er hat einen engen Zeitplan, geht um 4 Uhr morgens aus dem Haus und kommt spät am Abend wieder. Die Küche wird geteilt. Die Miete ist niedrig."

„Okay. Ich nehme das Zimmer. Könnten Sie noch einen Augenblick warten, bitte? Meine Freundin kommt in einer Stunde zu dem Café da drüben."

„Gut. Dann bin ich in einer Stunde wieder da."

„Abgemacht."

Natalja wurde wütend, als sie von Mietbedingungen erfuhr.

„In einem Zimmer? Bist du verrückt geworden? So kann ich doch niemanden für die Nacht mitbringen!"

„Wir haben einen Haufen Geld bei uns! Und Wertsachen! Du darfst niemanden mit in die Wohnung bringen! Geh ins Hotel oder zu deinem Freier nach Hause!"

„Die meisten wohnen bei ihren Müttern! Du kennst doch unsere Kundschaft. Penner und Versager sind gut im Bett. Männer, deren Gehirn wenigstens ein bisschen funktioniert, können nicht länger als dreißig Minuten."

„Hahaha! Danke für die Info. Ich werde mir dümmere Typen aussuchen."

„Ich sterbe vor Lachen."

Das Zimmer gefiel den Mädchen. Es war geräumig, mit einem großen Bett und Balkon.

„Wow! Der Fickplatz ist ja riesig!"

„Ein altertümliches Großmutterbett für witzige Leute mit Fantasie …"

Die Tür zum zweiten Zimmer stand halb offen. Stella schaute hinein, um den Nachbar zu begrüßen, aber er war nicht da.

„Seltsam. Wo ist unser Nachbar?"

„Ich glaube nicht, dass er schon zu Hause ist. Gewöhnlich fährt er bis zum späten Abend Waren in die Lager."

„Schließt er sein Zimmer nicht ab?"

„Wahrscheinlich hat er gedacht, dass er hier allein wohnen könnte, bei der winzigen Miete, die ich von ihm kassiere", sagte die Vermieterin sarkastisch. „Moldawier sind eben doof."

Die Frau schrieb mit kluger Miene die Daten aus den gefälschten Pässen ab, nahm das Geld mit der Geschicklichkeit einer erfahrenen Taschendiebin und verließ die Wohnung.

Ohne zu zögern, untersuchten die Mädchen das Zimmer des Moldawiers und fanden einen Safe. Er war natürlich nicht in die Wand eingebaut. Er stand einfach in einem Schränkchen und war so groß, dass die Tür des Schränkchens nicht mehr zuging.

„Hahaha! Er ist wirklich doof!"

„Ja, das kann man nicht anders sagen", schmunzelte Stella. „Schönes Bild."

„Wollen wir ihn zersägen? Oder gucken wir den Code mit einem Spiegel um die Ecke ab, wenn er kommt?"

„Abgucken wäre wohl am besten. Wenn es nicht klappt, lassen wir den Safe auf dem Markt zersägen. Das dürfte eine halbe Stunde dauern."

„Dort, wo er arbeitet. Hahaha! Trinken wir inzwischen einen Kaffee?"

„Schenk ein! Den haben wir von unserem Moldawier."

Die Mädchen hörten, wie sich das Türschloss öffnete. Sie hatten die Spiegel parat, als ob sie vorausgeahnt hätten, was ihr Nachbar tun würde. Ohne die fremden Menschen in der Wohnung zu bemerken, ging er gleich zum Safe, um das an diesem Tag verdiente Geld hineinzulegen. Laut sagte er die Zahl: „7326." Die Mädchen standen versteckt in den Ecken, hielten die Spiegel bereit und versuchten, das Lachen zu unterdrücken. Stella hielt es nicht mehr aus und wieherte los. Der arme Moldawier erschrak fast zu Tode. Er sprang beiseite, die Adern an seinem

Hals traten hervor. Erst schrie er wie am Spieß, dann wurden seine Worte klarer:

„Was machen Sie in meiner Wohnung?"

„Ist das Ihre Wohnung? Oh, entschuldigen Sie bitte! Wir brauchen Mehl. Haben Sie eine Prise?"

„Hahahaha!"

„Das ist nicht lustig! Ich wäre fast vor Schreck gestorben!"

„Wir auch."

„Dürfen wir uns vorstellen? Ich heiße Wassilissa."

„Die Schöne?"

„Sehe ich etwa nicht so aus?"

„Entschuldigung, aber in der Dunkelheit kommen Sie mir eher wie eine Hexe vor."

„Ich bin Warwara", stellte sich Stella mit einem unterdrückten Lächeln vor.

„Sie haben merkwürdige Vornamen. Ich heiße Wadim. Oder einfach Wadik."

„Das ist uns schon klar, dass es bei Ihnen einfach zugeht. Vielleicht würde Wadja auch passen? Hahaha!"

„Machen Sie sich lustig über mich, junge Frau?"

„Oh nein, gar nicht! Wir sind ernsthafte, gute Studentinnen."

„Dann bin ich froh, Sie kennenzulernen. Kommen Sie in die Küche? Trinken wir einen Kaffee zusammen? Aber zuerst muss ich in die Dusche und mich umziehen."

„Hast du gesehen, Stella?" sagte Natalja in der Küche. „Er ist vielleicht doof, aber er hat einen gescheiten Code für seinen Safe."

„Hahaha! Ich mache mir in die Hose vor Lachen. So ein Held!"

Eine Stunde lang saßen sie mit Wadim in der Küche bei einer Flasche Wodka. Zu essen gab es von Öl triefende, kalte und zerdrückte tatarische Teigtaschen, die Wadim vom Markt mitgebracht hatte. Dazu servierte er allerlei Geschichten. Er kaute mit so viel Enthusiasmus, dass ihm die Bröckchen aus dem Mund flogen. In diesem Moment schworen sich die Mädchen im Stillen, nie mehr tatarische Teigtaschen zu essen. Ein unsäglicher Gestank begleitete jeden Witz, über den meist nur Wadim lachen musste.

„Bring ihn nicht zum Lachen, Natalja! Sonst ersticke ich.“

Stella unterbrach das Gespräch, als der Nachbar zu erzählen begann, wie er auf dem Markt das Mädchen vom Jeans-Stand geküsst hatte, dem das angeblich sehr gefiel. Sie blickte auf den mit Öl geschmierten Mund des Möchtegern-Verführers und verspürte Brechreiz.

„Ich gehe ins Bett.“

„Warum, Stella? Es ist doch so lustig! Oder wollen wir lieber ausgehen?“

„Wir haben morgen ein Ding zu drehen. Oder beklauen wir ihn doch nicht? Entscheide du.“

„Doch, natürlich tun wir das!“

„Dann gehen wir schlafen.“

„Okay.“

Am Morgen, als das Stinktier zur Arbeit gegangen war, öffneten die Mädchen den Safe.

„Oh! Er hat ganz schön viel zusammengespart. Das dürften fünf volle Monatslöhne für ihn sein. Jetzt lass uns sehen, dass wir die Wohnung weitervermieten.“

„Du packst unsere Sachen und wartest hier auf mich, als ob du die Vermieterin wärst. Ich gehe auf den Markt und suche einen neuen Mieter für die ganze Zweizimmerwohnung. Versteck bitte seine Sachen so, dass es nicht so aussieht, als ob hier jemand wohnt.“

„Okay.“ Warte mal, Stella! Lass uns ein Schild schreiben: „Wohnung für längere Zeit zu vermieten“. Versuch, jemanden gleich für ein Jahr zu finden. Mit ein paar Monatsmieten als Kaution. Und ich mache inzwischen schnell einen Langzeitmietvertrag beim Notar unten. Ich nehme ein leeres Formular, damit es glaubwürdig aussieht.“

„Finde ich toll!“ Dann sehen wir uns in ein paar Stunden.“

„Bitte bring das alles so schnell wie möglich hinter dich. Sonst kommt am Ende unser Nachbar vor dir zurück.“

„Mach dir keine Sorgen, das schaffen wir.“

Auf dem Markt wurde das Mädchen mit dem Schild gleich von einem hochgewachsenen, stattlichen Mann angesprochen.

„Vermieten Sie eine Wohnung?"

„Ja, eine Zweizimmerwohnung."

„Wie hoch ist die Monatsmiete? Gehört die Wohnung Ihnen?"

„Ich bin eine Freundin der Eigentümerin. Sie muss dringend abreisen und hat mich gebeten, ihr zu helfen."

„Sie sind also keine Maklerin?"

„Nein."

„Was für ein Glücksfall!"

„Da haben Sie allerdings Glück. Ich bin wirklich keine Maklerin."

„Wissen Sie, ich bin heute Morgen in ausgezeichneter Stimmung und mit einem guten Gefühl aufgewacht."

„Dann wollen wir keine Zeit verlieren und schauen uns die Wohnung an. Die Vermieterin wartet schon auf uns."

„Seien Sie bitte ehrlich: Verlangen Sie wirklich keine Gebühr für Ihre Dienstleistung?"

„Nein. Wir sind Freundinnen seit Kindertagen. Sie muss heute fort und braucht deswegen meine Hilfe. Es fällt mir nicht schwer, diesen Freundschaftsdienst gratis zu leisten."

„Das ist sehr selten heutzutage! Ihre Freundin hat Glück mit Ihnen. Sie sind ein guter Mensch."

„Oh, und was für ein guter Mensch", dachte Stella. Laut sagte sie zu dem Mann:

„Freundschaft ist auch eine Art Arbeit. Das Prinzip,Wie du mir, so ich dir' funktioniert hier nicht. Man muss geben können, ohne von den Menschen eine Gegenleistung zu erwarten. Dann kommt auch ein gutes Resultat. Nicht alles ist käuflich. Am wenigsten die Freundschaft!"

„Sie sind eine wahre Philosophin!"

„Nein, ich bin Linguistin."

„Wie interessant! Welche Sprachen können Sie?"

„Englisch, Deutsch, Russisch, etwas Ukrainisch."

„Bei uns in Lugansk kann auch fast keiner die ukrainische Sprache, obwohl die Stadt zur Ukraine gehört."

„Oh! Lugansk? Das ist eine tolle Stadt! Dort war ich auch schon mal."

„Ich bin ein einfacher Polizist und suche hier einen Job."

„Merkwürdig, dass Sie auf der Jobsuche gerade nach Charkow gekommen sind. Ich glaube nicht, dass die Löhne hier so hoch sind. Die Gastarbeiter gehen lieber nach Russland."

Ihr war das Herz in die Hose gerutscht.

„Sie haben recht. Aber ein Freund von mir ist hierher versetzt worden und hat mich und meine Familie hergerufen. Er sagt, hier gäbe es mehr Chancen, befördert zu werden."

Verdammt! So eine Scheiße! Ein Bulle! Und noch dazu aus meiner Heimatstadt!"

„Ich glaube, die Vermieterin wäre mit so einem zuverlässigen Mieter sehr zufrieden. Ich dachte sogar schon, Ihnen allein würde sie die Wohnung vielleicht gar nicht vermieten. Sie hätte lieber ein Paar oder eine Familie als einen alleinstehenden Mann, weil ledige Männer zu Ausschweifungen neigen, und das kann allerlei Ärger geben."

„Ach was! Ich bin Ehemann und Vater! Und ein anständiger Bürger! Meine Ehefrau kommt bestimmt mindestens zweimal im Monat zu Besuch."

„Das ist doch schön. So, wir sind da."

Natalja stand in der Küche und briet Kartoffeln, als ob ihr die Wohnung wirklich gehörte. Es war ein ausgezeichneter Trick zur Ablenkung. Sie trug eine Schürze und hielt eine geschälte Zwiebel in der Hand.

„Genial!", dachte Stella. Nataljas spontane Schlauheit und ihr Improvisationstalent beeindruckten Stella immer wieder.

„Guten Tag!" Nata lächelte über das ganze Gesicht. Ihr Brustansatz war wie zufällig im Ausschnitt der Schürze zu sehen.

Der Mann ließ diese Tatsache nicht unbeachtet. Seine Haltung wurde aufrecht, als ob er seine Ernsthaftigkeit zeigen wollte.

„Jetzt haben wir dich, Täubchen!", dachte Stella.

Sie atmete endlich ihre ganze Anspannung mit einer Wolke Zigarettenrauch aus. „Da ist er wieder! Der schreckliche Charakter der Männer! Sie bleiben anständige Familienväter bis zu dem Augenblick, in dem sie schöne Titten zu sehen bekommen. In Wirklichkeit leben alle guten Frauen allein. Ich glaube, es dauert nicht mehr lange, bis die Frauen einfach allein leben wollen. Sie gehen abends aus dem Haus, um ihre Triebe zu befriedigen, kommen dann entspannt zurück und verbringen den Abend in Ruhe vor dem Fernseher oder bei irgendeinem anderen Hobby. Das Leben mit Mann bringt nur jede Menge zusätzliche Pflichten und raubt einen Haufen wertvolle Zeit und Ruhe. Und zum Dank bekommen wir Frauen nur Vorwürfe und Untreue."

„Stella! Komm rein! Was stehst du da wie versteinert?"

„Entschuldige, Natalja. Ich habe gerade über Feminismus nachgedacht. Ich rauche noch fertig und komme rein."

In der Küche herrschte eine lebhafte Unterhaltung. Natalja hatte die Schürze schon ausgezogen und trug nur noch ein kurzes Kleid. Sie beugte sich über den Bullen und zeigte ihm, wo er seine Passdaten eintragen sollte.

„Bitte nicht so schnell", sagte er höflich.

„Entschuldigen Sie bitte, aber Sie schreiben so langsam, dass ich schon Angst habe, meinen Flug nach Tschita zu verpassen. Können Sie sich bitte beeilen?"

„Ja, natürlich. Sagen Sie, was ist das für ein Formular? Es sieht anders aus als bei uns in Lugansk."

„Sie sind in jeder Stadt anders. Sie sehen wie ein gebildeter Mensch aus und wussten das nicht?

„Leider nicht. Aber jetzt weiß ich's."

Er unterzeichnete den Mietvertrag mit einer Kaution für drei Monate. Natalja legte schnell die Bratkartoffeln auf den Teller, schob ihn zu ihm zu und sagte lächelnd:

„Essen Sie bitte! Ich muss noch einige Sachen packen." Sie verschwand hinter der Tür des Nebenzimmers. Stella stand an der Tür gerade wie ein Soldat und beobachtete, wie der Mann mit dem Lächeln eines unschuldigen Jünglings die Kartoffeln verputzte.

„Guten Appetit", sagte Stella laut und störte seine Euphorie. Er wandte ihr schnell das Gesicht zu, aber sein Interesse an ihr schien weniger ausgeprägt zu sein.

„Eine nette Frau, nicht wahr?"

„Ja, sie ist sehr nett. Alle mögen sie, durch die Bank", erwiderte Stella. In seinen Augen blitzte ein Hoffnungsschimmer auf.

„Sie haben großes Glück, so eine Wohnung und so eine Vermieterin zu finden", sagte Stella mit einem schelmischen Augenzwinkern zu ihrem Landsmann.

Endlich stand Natalja abreisebereit vor der Tür.

„Verzeihen Sie, ich habe es sehr eilig. Hier haben Sie die Schlüssel. In ein paar Monaten komme ich Sie besuchen. Machen Sie es sich bequem."

„Danke schön." Es war mir ein Vergnügen, Sie kennenzulernen. Bringen Sie den Duft nördlicher Nächte mit", erwiderte der Mann mit einem Lächeln.

„Sie sind ja auch noch ein Romantiker!"

„Oh ja, das bin ich!"

Die Mädchen verließen die Wohnung. Langsam und laut lachend gingen sie aus dem Haus und bogen um die Ecke.

„Und jetzt … weg hier!"

Sie ließen mehrere Gassen hinter sich und gingen im Passantenstrom auf.

„Danke! Wie bist du nur darauf gekommen, einen Bullen mitzubringen?"

„Er kommt aus meiner Stadt!"

„Hast du ihn etwa absichtlich ausgewählt? Um einen Landsmann auszunehmen? Oder aus Mitleid? Mit einem Obdachlosen?"

„Ahahaha! Ich platze vor Lachen, Natalja! Ich stelle mir das Gesicht des Moldawiers vor, wenn er einen Bullen in der Wohnung vorfindet."

„Das würde ich gerne sehen. Eine Kamera installieren und sich die Reality-Show anschauen.

„Bringen Sie den Duft nördlicher Nächte mit! Pardon, aber davor müsstest du an vergammelten tatarischen Teigtaschen riechen und ein Gespräch mit dem Moldawier überstehen, was gar nicht so einfach wäre."

Am Flughafen wimmelte es von Menschen. Etwas sagte Stella, sie sollten nicht nach Moskau fliegen. Wenn der Moldawier nach Hause käme und den Fall der Polizei meldete, würden wohl alle Flughäfen sofort durchsucht werden.

Andererseits wussten sie, dass er ein Date hatte und schon an-
gekündigt hatte, dass er spät zurückkommen würde. Umziehen
würde er sich eher nicht, er war ja ein begehrter Bräutigam auf
seinem Markt. Das war gewiss komisch, trotzdem war in ihrer
Situation besondere Vorsicht geboten.

„Wollen wir lieber mit dem Bus fahren? Vorsichtshalber",
schlug Stella vor. „Wir einigen uns direkt mit dem Busfahrer,
dann brauchen wir unsere Pässe nicht an der Kasse zu zeigen.
Das wäre sicherer."

„Ja, du hast recht."

Zum ersten Mal hörte Stella demütige Worte von ihrer Freundin. Unterwegs zum Busbahnhof wechselten sie bange Blicke
und wurden erst ruhiger, als sie im Bus saßen.

„Uh! Moskau glaubt den Tränen nicht. Und uns auch nicht."

„Nein, Stella. Uns glauben alle."

„Tja, das sollten sie lieber nicht tun."

Die Reise war mühsam und schien kein Ende zu nehmen. Im
Bus stank es nach Essen. Eine Gruppe Männer trank die ganze
Zeit Bier, aß dazu getrockneten Fisch und ließ den anderen Fahr-
gästen keine Ruhe. Auf ihren Handys lief Musik wie die der Band
Leningrad. Der Fahrgastraum war widerlich muffig und dumpf.

In Moskau angekommen, gingen die Mädchen gleich, sich
die Wohnung anzuschauen, die sie im Voraus reserviert hatten.

Die Bude sah anständig aus. Sie lag in der Nähe der U-Bahn-
station Otradnaja. Es gab zwei Zimmer mit Balkon und eine se-
parate Küche. Die Fußbodenheizung stellte in einer so kalten
Stadt wie Moskau einen besonderen Vorteil dar.

„Wie lange wollen Sie hier wohnen?", fragte die Maklerin.

„Mindestens zwei Monate. Das hatte ich Ihnen doch am Telefon gesagt."

„Gut. Aber ich muss das Datum Ihres Auszugs zehn Tage im
Voraus wissen."

„Wir melden uns, wenn es so weit ist. Danke."

Als sich die Tür hinter der Maklerin schloss, umarmten sich
die Mädchen und hüpften vor Glück herum. Sie redeten über-
schwänglich von der Zollkontrolle an der Grenze zwischen der

Ukraine und Russland. Unterwegs hatten sie keine Möglichkeit gehabt, dieses empfindliche Thema unter vier Augen zu besprechen.

„Ich war kurz vorm Herzinfarkt, als der Zollbeamte meinen Pass anstarrte wie die Mona Lisa."

„Mein Herz hat eine Minute ausgesetzt! Ich habe mich schon auf einer kalten Knastpritsche gesehen."

„Es gab wenig Licht an der Grenze und der Zollbeamte war schläfrig oder ganz betäubt von dem Gestank im Bus."

„Tja, dieser Gestank hat uns geholfen, ohne böse Überraschung über die Grenze zu kommen."

„Ich habe echt Angst gehabt. Wir sind ja Verbrecherinnen. Früher oder später finden sie uns auch in Russland."

„Das wird sie aber schon etwas Mühe kosten", erwiderte Natalja.

„Weißt du, ich würde inzwischen auch einen Japaner heiraten, wenn ich nur nicht ins Gefängnis muss."

„Erzähl mir keine Horrorstorys. Ich würde lieber in den Knast gehen, als einen Japaner zu heiraten."

„Nur gut, dass ich nach Genf gehe. Dort leben wenigstens normal große, weiße Menschen mit richtigen Augen. Schade, dass du nicht mitkommst. Das wirst du eines Tages bereuen."

„Ich kann nicht so schnell und plötzlich nach Genf. Das wäre für mich der Horror gewesen."

Bis die Dokumente fertig waren, fickte Natalja die Hälfte der männlichen Bevölkerung Moskaus durch.

Stella kam mit ihr mit, lernte einen sympathischen Jungen kennen und zog mit ihm durch die Klubs oder von einer Party zur anderen. Natalja konnte zuerst kaum glauben, dass Stella nicht mehr so langweilig war und das Klugscheißen aufgegeben hatte. Im Gegenteil, sie gab mit einem Mal ordentlich Gas. Außerdem lernte Stella Japanisch. Sie begann mit ein paar Sätzen, die eine Frau braucht. Ihre Schuhgröße zum Beispiel, siebenunddreißig, hieß auf Japanisch „san ju nana". Dazu kamen viele andere Wörter, bei denen es meistens um die Bestellung von Speisen und Getränken in Restaurants ging. Sie fand diese Sprache cool, wenn auch ein bisschen komisch.

Natalja lernte Französisch. Sie plauderte per Skype mit allen möglichen Franzosen rund um den Globus in der Hoffnung, eine der schwierigsten Sprachen der Welt zu erlernen. Das wollte sie so schnell wie möglich erledigen und kam dabei sehr gut voran. Natalja versprach jedem im Chat, gerade ihn bald in Frankreich zu besuchen. Natürlich freuten sich die Männer auf diese Aussichten und übten mit der schönen Gaunerin stundenlang ihre Sprache. Wie immer lief alles unter ihrem Motto: Alle sind scheiße, und ich bin die Königin!

Die Mädchen nutzten ihre Zeit in der russischen Hauptstadt gut. Mehr als fünfzehn Geschäfte nach fast dem gleichen Schema fädelten sie ein. Aber die Maßstäbe in Moskau waren schon um einiges größer. Statt Wohnungen vermieteten sie ganze Arbeiterhostels. Kaum waren die Bewohner zur Arbeit gegangen, brachten sie neue Brigaden auf deren Plätze. Die Unterkünfte wurden schnell bezogen, den Mietern legten sie gefälschte Eigentumsdokumente vor. Gewöhnlich achteten die Leute nicht besonders auf die Echtheit des Notarsiegels oder Stempels. Es wäre aber hilfreich, den Menschen beizubringen, wie man solche Situationen vermeidet, in die sie meist durch ihren eigenen Leichtsinn geraten. Seit damals sind mehr als zwölf Jahre vergangen. Inzwischen sind die Menschen vorsichtiger geworden. Es gibt nun Überwachungssysteme, Kameras, kurzum, Fortschritt.

Der Tag des Abschieds rückte näher. Stella sollte die Reise als Erste antreten, weil ihr Platz früher reserviert war. Ihre Nerven wurden allmählich schwächer. Sie war gereizt. Stella hatte den Eindruck, dass alles, was sie tat, völliger Unsinn oder jedenfalls ein Fehler war. Außerdem ließ ihre Beziehung zu Nikita sie nicht zur Ruhe kommen. Den Mann, mit dem sie die letzten Monate verbracht hatte, konnte sie nicht vergessen. Er war ein gebürtiger Moskauer, höflich, angenehm, still und ruhig. Er beeilte sich nie wirklich, erledigte aber trotzdem alles rechtzeitig. Zu Stella war er zärtlich, umarmte sie, streichelte und küsste ihre Hände. Das Mädchen dachte, sie hätte ihr Glück und ihre Ruhe gefunden. Er war groß, sogar sehr groß, hatte dunkles Haar und braune Augen. Sie hatte sich ihr Glück immer mit solchen braunen

Augen vorgestellt. Einen leidenschaftlichen Liebhaber konnte man ihn kaum nennen, aber er war von zärtlicher Ausdauer. In seinen Armen bekam sie am ganzen Körper Gänsehaut vor Lust. Genau so nannte sie ihn in Gedanken: „meine Gänsehautliebe".

Die Emotionen in dieser Beziehung konnte man natürlich nicht mit elektrischen Ladungen vergleichen, aber Nikita war doch keine schlechte Wahl.

Stella hatte ihn nicht ernst genommen. Sie liebte bewegliche Menschen und Sport. In ihrer Schulzeit hatte sie an verschiedenen Wettbewerben teilgenommen. und meistens gewonnen. Dafür gab sie hundert Prozent, koste es, was es wolle. Sie hatte sich mit kräftigen, sportlichen Jungen getroffen, die einen starken Charakter hatten und Wort halten konnten. Stella sagte, sie möge echte Männer, keine Schwuchteln. Nikita sah dagegen eher wie ein warmer Bruder als wie ein harter Mann aus. Ein Weichling mit dünnen Ärmchen. Beim Sex mit ihm spielte Stella immer die erste Geige.

Stella verabschiedete sich von ihrem guten Nikita, der mit dem gekränkten Gesicht eines unglücklichen, verlorenen Kindes dastand. Sein Aussehen weckte Stellas mütterliche Gefühle. Sie brach in Tränen aus. Im Gegensatz zu ihm wusste sie sehr gut, dass es ihr letztes Treffen war.

Natalja saß wütend zu Hause und wartete auf Stella.

Sie war sauer auf ihre Freundin, weil diese ins Land der Zwerge reiste und sie im Stich ließ. Dafür fand sie einfach keine Erklärung. Vieles veränderte sich in der Beziehung der Mädchen während dieser letzten Zeit. Natalja hatte sich an ihre „Schlange" gewöhnt, und vielleicht liebte sie sie sogar ein wenig. Oder war es nur die gewöhnliche Angst, allein zurückzubleiben, die die arme Blonde quälte? Als Stella in die Wohnung kam, sah sie das besorgte Gesicht der Weggefährtin und konnte die Tränen nicht mehr zurückhalten. In dieser Minute tat es ihr leid, dass sie diese überstürzte, unbesonnene, auf Emotionen und Ressentiments beruhende Entscheidung getroffen hatte. Der verdammte Job als Notarin und der gemeinsame Arbeitsalltag hatten sie beide restlos aufgefressen. Skandale und andere Probleme brachten sie dazu, den Schritt zu gehen, den sie vor drei Monaten gewagt hatten.

Aber heute! Heute ist alles anders! Ganz anders! Ich bin selber schuld! Mein verdammter Charakter! Ich konnte nicht nachgeben! Ich dachte, so wäre es besser! Sie hat mich verrückt gemacht mit ihren Zicken! Aber warum ist das nicht mehr wichtig? Alles ist vor meinen Augen anders geworden! In kurzer Zeit! Ich will in dieses verfluchte Genf! Scheiß auf das Tanzen! Das kann ich lernen! Aber nein, jetzt ist nichts mehr daran zu ändern …

„Ich komme! Du wirst sehen!"

„Ich warte auf dich! Jetzt schon! Du bist noch gar nicht weg, du Schlange! Aber ich warte schon auf dich!", rief das Mädchen durch ihre Tränen.

Sie gingen hinaus auf die Straße. Das Taxi war bereits da. Natalja knallte die Tür zu, als Stella im Wagen saß. Sie versuchte, die Lage zu entspannen, indem sie vor dem Autofenster eine Äffin darstellte, die sich mit einem Finger stieß. Das sollte Sex mit Japanern bedeuten. Stella brach in ein heiseres Gelächter aus, das durch die Tränen aus ihrer Seele brach. Diesen Moment behielten die beiden Mädchen für immer in Erinnerung.

Allmählich kam auch für Natalja die Zeit, sich auf die Abreise vorzubereiten. Sie lief im Galopp durch ganz Moskau, um sich so viele rosa und hellgrüne Striptease-Kleider wie möglich schneidern zu lassen. Sie kaufte High Heels, die so hoch waren, dass sie ihr mindestens zwanzig Zentimeter zusätzliche Körpergröße einbrachten. Sie ließ ihre Haare verlängern, freilich ohne jeden Grund, besorgte sich verschiedene Körpercremes mit Glitzer, weil sie meinte, sie hätte Zellulitis an den Oberschenkeln, die aber nur für sie selbst sichtbar war. Sie nahm noch ein paar Stunden Pole-Dance-Unterricht, um ihre Professionalität zu überprüfen. Sie ließ Begleitmusik für ihre Show aufnehmen. Sie erledigte alles, was sie vor der Abreise noch hatte tun wollen.

Sie vermisste Stella sehr. Die spitzzüngigen Ratschläge und die Kritik der Freundin fehlten ihr. Sie telefonierten meistens nachts. Wenn Stella aufwachte, war in Japan schon heller Tag, aber in Moskau, wo sich Natalja befand, herrschte noch tiefe Nacht, etwa um drei Uhr morgens. Natalja schrie Stella an, weil sie sie immer aufweckte. Aber meistens hielt sich Natalja um diese Zeit in einem der Klubs der Stadt auf, wie immer, mit weiß Gott wem. Mit Vergnügen plauderte sie mit ihrer Freundin über alles. Die Gespräche in angeheiterter Stimmung hatten den Effekt, dass ihre Freundschaft zu einer festen, unzerbrechlichen Verbindung wurde. Beide waren der Meinung, dass sie sich noch nie so prächtig verstanden hätten wie jetzt. Stella erzählte, sie habe sich durch ihre neuen, unglaublichen Erlebnisse völlig verändert und die Angst vor der Tanzstange überwunden. Jetzt tanzte sie im Klub in einer Show. Das sehe zwar noch eher wie ein Samurai-Tanz aus als wie der weibliche Auftritt einer Geisha, aber sie gebe sich große Mühe. Und sie habe sogar gelernt, kopfüber an der Tanzstange zu hängen. Innerhalb eines Monats habe sie ziemlich zugenommen. Alkohol und leckeres Essen hätten noch niemanden zu einer vollkommenen Körperform gebracht. Die Japaner lüden sie jeden Tag in verschiedene Lokale ein, wo vier Meter lange Tische voll mit Leckereien aus Fisch und Meeresfrüchten beladen seien. Gewöhnlich nehme ein Japaner eine ganze Gruppe von Mädchen mit. Anscheinend solle das seine Solidität unterstreichen. Im Klub arbeiteten ungefähr zwanzig Personen. Acht von ihnen seien Rumäninnen. Sie seien heruntergekommen und hämisch wie Zigeunerinnen. Sie hassten Russinnen und Ukrainerinnen, stritten und kämpften um jeden Kunden.

Seltsamerweise höre der Besitzer auf sie und glaube ihnen aufs Wort, als ob er von Voodoo-Puppen verhext wäre. Aber Stella müsse zugeben, dass sie sehr schön und arbeitsam seien und gut tanzten.

Sex mit Kunden sei verboten. Viele Mädchen hätten Verehrer außerhalb des Klubs und ließen sich von ihnen aushalten. Aber im Klub selbst dürften sie nur trinken und tanzen, sonst nichts. Gleich nach ihrer Ankunft habe sie es, wenig überraschend, geschafft, sich mit dem reichsten Klubgast zu zerstreiten. Sie hätte angeblich zu laut geredet. Seitdem lasse man sie nicht mehr mit ihm trinken, was zur Minderung ihres Lohns geführt habe. Aber Stella saufe sich allein in der Klubküche den Mut zum Pole Dance an.

„Braves Mädchen! Scheiße!", dachte Natalja. „Stille Wasser sind tief …"

Die Schicht dauere von abends um acht bis vier Uhr morgens. Danach gehe sie schleunigst in die Bar und schieße sich dort total ab. Entweder aus Langeweile und Kummer oder aus Freude, der Grund sei ihr selbst unklar.

An den Wochenenden gehe sie in eine Disco, wo Schwarze Breakdance tanzten. Ein Japaner beginne sie anzumachen. Der schöne, hochgewachsene Mann habe sie eingeladen, am Wochenende mit ihm Disneyland zu besuchen. Er heiße Jamoguchi. Natalja fiel fast um, als sie diesen Namen hörte.

„‚Ich bin mächtig›? Ernsthaft? Ahahahaha!"

Stella wusste, wie man die Leute zum Lachen bringt. Es war auch interessant, etwas über die Männerprostitution und den Alkoholkonsum zu erfahren. Stella erzählte, wie Männer bei Frauen an der Bar um einen Drink bettelten und versuchten, sie auf verschiedene Art und Weise zu belustigen. Sie tanzten, sangen, machten akrobatische Kunststücke, zogen die Aufmerksamkeit der Frauen auf sich, so gut sie konnten, um auf deren Kosten zu trinken. Dabei ließe sich seltsamerweise nicht gleich erkennen, ob es Japaner waren oder Philippinen.

Die Geschichten über die kleinen Japaner machten Natalja derart Spaß, dass sie mit Ungeduld auf jeden Anruf ihrer Freundin wartete. Alles Neue und Unbekannte lockte sie.

Als sie nach langen Gesprächen in die Disco zurückkam, konnte sie sich oft nicht mehr daran erinnern, mit wem zusammen sie gekommen war. Einmal ging Natalja noch fast nüchtern auf einen Mann im blauen Hemd zu, mit dem sie glaubte, den Abend angenehm verbringen zu können, und begann ihn zu umarmen, ohne sein überraschtes Gesicht zu bemerken. Da tauchte vor ihr ein anderer Typ mit einem ebenso blauen Hemd, fragendem Blick und geballten Fäusten auf und fragte:

„Mit wem bist du denn hierhergekommen?"

Die kuriose Situation endete damit, dass sie, auch als der zweite Mann im blauen Hemd vor ihr stand, diese Frage nicht klar und adäquat beantworten konnte. Frech betrachtete sie die

Gesichter der beiden und versuchte, darin bekannte Züge zu erkennen. Das Warten auf den Vertrag war eine Qual für Natalja. Sie wurde des Herumsitzens in den Bars bald überdrüssig. Die blöden Arschlöcher, die sie dort traf, waren nach ein paar Flaschen sowieso alle gleich. Deshalb beschloss Natalja, in Erwartung eines Wunders, selbst Stella anzurufen und sie nach den neuesten Ereignissen in ihrem Leben zu fragen.

„Moschi, Moschi!"

„Hallöchen, meine Süße! Was machst du gerade?"

„Ich saufe, vor lauter Sehnsucht nach dir."

„Klasse, ich auch."

„Na, erzähl mir von deiner Arbeit. Was machst du da alles? Ich brauche schmutzige Details!"

„Es gibt leider keine!"

„Ah so! Also, leider sagst du, trotz allem?"

„Ich würde gerne mal die Sau rauslassen, wenn du das meinst! Aber hier ist tote Hose!"

„Ich bin so traurig ohne dich! Alle kommen mir so einerlei und uninteressant vor."

„Glaub mir, in der Ukraine sind die Typen top! Hier in Japan sind sie alle gleich. Ich komme auf die Arbeit, gehe in die Umkleide, schminke mich und mache meine Frisur. Das Haar muss schön frisiert sein, so steht es im Vertrag. Um punkt zwanzig Uhr muss ich mit allen anderen an einem großen Tisch in der Mitte des Klubs sitzen und auf Kunden warten. Wenn der erste Kunde erscheint, stehen alle Mädchen auf und grüßen:

„Konbanwa." – Guten Abend auf Japanisch. Der Japaner geht langsam weiter, schaut sich die Mädchen an und nimmt im Saal Platz. In diesem Moment beginnt das Showprogramm mit dem Blumenverkauf.

Erinnerst du dich, wie Darja uns davon erzählt hat?"

„Ja, vage. Und was weiter?"

„Nachdem der Gast sich hingesetzt hat, führt eine Mitarbeiterin des Klubs, sie werden Hostess genannt, die Mädchen zu seinem Tisch. Der wählt aus, oder lädt sie alle ein, sich zu ihm zu setzen. Bei einem Japaner können mehrere Mädchen sitzen, wenn er bereit ist, für sie alle Getränke zu bestellen, die gerade nicht billig sind. Die Auswahl an Drinks ist nicht groß. Saft, Pflaumenwein oder Rum mit Cola. Alle Getränke werden dem Kunden zum gleichen Preis angeboten. Aber nach meiner Ankunft wurde der Rum von der Karte gestrichen. Sie haben dort noch nie gesehen, dass ein Mädchen so viel trinkt."

„Ahahaha, bald machen sie das auch mit dem Wein! Dann bleibt dir nur noch der Saft."

„Ich? Saft? Dann müsste ich mir eine Flasche mitbringen, unter meiner Kleidung versteckt."

„Erzähl weiter! Es ist so interessant!"

„Dann sitzt er so stolz da, als ob sein Schwanz länger wäre als fünf Zentimeter, umgeben von Mädchen, und schaut sich die Show an. Die Mädchen wechseln sich immer wieder ab, je nachdem, wer gerade mit dem Tanzen an der Reihe ist. Das wird dann alles am Tisch besprochen, begleitet von Witzen, wer welche Titten hat oder welcher Tanz besser war. Komisch sind sie schon, offen gesagt. Unsere Kerle oder die Russen hätten gleich alle begrabscht. Aber die Japaner sitzen bloß rum, bewegen sich kaum und reißen Witze über Sex, den sie wohl nur aus Büchern kennen."

„Unsere Männer sind die besten! Auch wenn sie gerissene Mistkerle sind! Aber unsere Mistkerle! Apropos, ich habe einen neuen Freund!"

„Erschreck mich nicht, Natalja! Wer ist er?"

„Er heißt Ljonja. Und nach Genf will ich nicht mehr."

„Bist du dir sicher, dass er wirklich so heißt? Woher kennst du ihn? Gestern gab es ihn noch nicht!"

„Hör auf zu lästern. Das ist Liebe auf den ersten Blick!"

„Bring mich nicht zum Lachen! Willst du nicht mehr nach Genf? Wird Ljonja dich im Zuchthaus besuchen?"

„Stella, mit dir kann man einfach nicht über Romantik reden!"

„Warum denn nicht? Ist die Geschichte von Natalja und Ljonja, der seine Geliebte im Knast besucht, etwa nicht romantisch?"

„Verdirb mich nicht die Laune! Erzähl mir lieber von den kleinen japanischen Pimmeln. Was macht dein Jamoguchi?"

„Na, was soll ich denn noch erzählen? Man sitzt ein wenig herum, dann tauscht das Personal die Mädchen aus. Diejenigen, die dem Gast nicht gefallen haben, werden weggebracht. Es bleiben meistens die Rumäninnen. Die können Fremdsprachen und labern wie ein Wasserfall. Ich kann das leider nicht. Dafür habe ich ihnen ein Münzenspiel um Geld beigebracht. Jedes Spiel zehn Dollar. An einem Abend kann man damit hundert Dollar verdienen."

„Wie geht das Spiel? Ich würde gerne die Schweizer in Genf ausnehmen."

„Du wirst das kaum brauchen. Du wirst sie mit anderen Spielen um mehrere Hundert Dollar bringen. Hahahaha!"

„Ich will so sehr zu dir! Sogar nach Japan! Ich langweile mich. Ohne dich passiert nichts in Moskau. Aber ich will Abenteuer erleben."

„Es geht doch morgen schon los! Hurra! Dich erwartet viel Neues, Unbekanntes und Schönes. Ich stelle mir vor, wie du aus einem Flugzeug steigst, mit einer sauteueren Schweizer Uhr am Handgelenk und mit einem Millionär am Arm. Ich treffe euch am Flughafen und freue mich im Inneren über deine Siege."

„Oh ja! Stella! Genauso wird es sein. Ich habe schon meine Sachen gepackt. Ich bin gleichzeitig froh und traurig und ängstlich. Gemischte Gefühle vor der Ungewissheit. Ich will nicht über traurige Sachen reden. Erzähl weiter, was du noch erlebt hast. Du bist meine Spielmünze!"

„Das Spiel ist ganz lustig. Es passt gut für eine große Gesellschaft, besonders für Raucher oder Betrunkene, denen man während des Spiels eine Zigarette stecken kann.

Man legt eine Serviette auf ein normales Glas. Damit sie nicht rutscht, kann man den Glasrand mit einem Stück Eis einreiben. Ein Eiskübel steht während des ganzen Abends auf jedem Tisch. Auf die Mitte der Serviette wird eine Münze gelegt. Danach brennen alle Spieler, die am Tisch sitzen, mit ihren Zigaretten je ein Loch um die Münze herum hinein. Derjenige, bei dem dabei die Münze ins Glas fällt, hat verloren. Die Japaner haben meistens schlechte Augen und mit ihren Zigaretten wild in die

Gegend. Die treffen nicht einmal das Glas. So gehe ich durch den Klub wie ein Sparschwein, mit einer Münze im Glas."

Am anderen Ende war das feine Lachen der Freundin zu hören.

„Sag mal, arbeiten viele Russinnen bei euch?"

„Nein, es gibt wenig Russinnen. Wenn man Weißrussinnen nicht dazurechnet. Dafür gibt es eine Menge Ukrainerinnen, aus Donezk, Charkow, Sumy und Kiew. Ein Mädchen aus Litauen.

Nach der Arbeit laden die Japaner alle Mädchen zu einem späten Abendessen ein, oder besser gesagt, zu einem frühen Frühstück. Es gilt als cool, einen Haufen schöner Mädels ins Restaurant einzuladen. Da sitzt dann ein Typ mit zwanzig Weibern da, stolz wie ein Adler, und zeigt allen, wie steinreich er ist. Die Japaner geben gern an. Das ist ein Teil ihres Lebens, es bringt Status und Prestige. Er zahlt für alle, ohne zu überlegen, was ihn die ausgesuchtesten Speisen Japans kosten würden. Die Mädchen ihrerseits genieren sich nicht und bestellen Fugu oder verschiede Seeigel, und das kann am Ende des Abends ganz schön ins Geld gehen.

Ich werde zusehends dicker! Schrecklich! Ich kann der Versuchung nicht widerstehen, wenn es so leckeres Essen gibt. Ich verputze alles. Stell dir vor, gestern zum Aperitif habe ich kleine lebende Fische gegessen. Die werden in einem hohen Glas serviert, damit sie nicht herausspringen können. Man greift mit den Stäbchen ins Glas, schnappt einen Fisch, führt ihn zum Mund und schluckt ihn ganz."

„Einen lebenden Fisch?"

„Ja, klar! Du kannst spüren, wie er irgendwo in deinem Bauch stirbt."

„Pfui, wie ekelhaft! Wie konntest du sowas aufessen? Du bist pervers!"

„Das höre ich doch gerade von dir sehr gern", sagte Stella schmunzelnd.

Gelächter erklang von beiden Enden der Welt und verschmolz zu einer Sinfonie zweier verwandter Seelen.

„Geh schlafen, Liebes. Morgen hast du einen schweren Tag."

„Ich kann bestimmt nicht einschlafen."

„Schlaf bitte! Du musst doch unwiderstehlich sein an deinem ersten Arbeitstag im schönen Genf!"

„Gut. Ich rufe dich vor dem Abflug an. Ich versuche auch, zu schlafen. Küsschen …"

„Küsschen zurück …"

„Oh Gott. Es macht so einen Spaß, mit dieser Schlange zu telefonieren! Ich sollte vielleicht doch das Land der Schlitzaugen besuchen! Sushi, Fugu … mmmmm."

Sie konnte nicht einschlafen. Die ganze Nacht drehten sich in ihrem Kopf schreckliche Gedanken: Sie könnte am Flughafen verhaftet werden oder eine internationale Fahndung nach ihr könnte eingeleitet werden. Sie war sauer, weil Stella es geschafft hatte, davonzukommen. Natalja war der Meinung, dass gerade ihre Freundin im Gefängnis enden sollte. Die zweite Frage, die ihr keine Ruhe ließ, lautete: Was erwartete sie wirklich in Genf? Sehr viele Mädchen kamen nicht mehr zurück, wenn sie einmal im Ausland waren.

„Dieser Stella werde ich es noch zeigen! Ich werde es alles viel besser machen als sie! Sonst wäre ich ja nicht ich. Ich lasse mich von dieser hochnäsigen Schlampe nicht übertrumpfen! Nie im Leben!"

Ihre Gedanken drehten sich wie das Karussell, das sie einmal in einem amerikanischen Kinderfilm gesehen hatte: Vorn fuhr ein Auto und dahinter flog ein Hubschrauber. Wie ein Präsidentenkonvoi. Genau so und nicht anders stellte sich Natalja ihr Leben in der Fremde vor. Befriedigt von diesen positiven Gedanken, sank sie in den Schlaf. Sie träumte, dass sie mit einem Hündchen mit rosarotem Schleifchen im Arm in einen hellblauen Bentley stieg und durch die Stadt fuhr. Ihr Seidenschal wehte. Sie zahlte überall mit einer schwarzen American-Express-Karte, deren Limit mindestens fünftausend Dollar sein sollte. Für kleinere Ausgaben würde das reichen.

Am Morgen, noch nicht ganz aus dem wunderbaren Traum erwacht, dachte sie weder an Stellas Bräutigam noch an ihren Ljonja. Dennoch ertappte sie sich bei dem Gedanken:

„Heißt er wirklich Ljonja? Stella, dieses Miststück, kann einen ganz um den Verstand bringen. Ach was, natürlich heißt er Ljonja! Ich bin doch nicht blöd!"

Sie schritt fest durch das Zimmer, murmelte vor sich hin, packte den Rest ihrer Sachen und dachte dabei nur an Geld und Unabhängigkeit. Natalja war sich sicher, dass das Glück aus Kohle bestünde. Je mehr, desto besser. Wenn jemand sie von dieser Meinung abbringen wollte oder diese unmoralische Einstellung zu widerlegen versuchte, fragte sie ihn einfach, ob er reich wäre. Immer stellte sich dann heraus, dass dieser Mensch arm war. Von einem reichen Mann bekam sie so etwas nie zu hören.

Zum ersten Mal, seit sie in Moskau war, hatte sie die Nachrichten auf ihrem Handy nicht überprüft. Außerdem löschte sie alle Kontakte darauf.

Natalja trat vor den Spiegel, um sich von der Seite zu betrachten. Sie wollte ihr Gesicht sehen, um zu erkennen, ob sie litt oder nicht. Sie lächelte so eiskalt und gefühllos, dass selbst der Satan erschaudert wäre. Sie begann das Lied „Non, je ne regrette rien" von der berühmten französischen Prostituierten Edith Piaf zu summen. Sie war aufgeregt, gestikulierte theatralisch, wand sich wie eine Brillenschlange und genoss die Biegsamkeit ihres schlanken Körpers. Ihre Augen blitzten teuflisch. Es schien fast schrecklicher, in diese kindlich anmutenden, aber hasserfüllten Augen zu blicken als in die Tiefen der Hölle.

„Ihr findet es lustig, aber ich leide", sagte sich das Mädchen leise und kalt und erstickte fast vor fieberhaftem Gelächter.

Bravo!" Ein großartiges Bild! Sie hatte eine gute Rolle am Bolschoi-Theater verdient.

Das Mädchen war zweifellos eine wahre Bestie! Eine Strafe für Männer, ein Blutegel für Frauen, Mütter und unschuldige Kinder. Nicht umsonst hatte man die Huren in alten Zeiten verbrannt. Sie stellten eine tödliche Bedrohung für das Familienglück und die Ruhe der Menschen dar. Aber auch heutzutage waren Frauen bereit, wegen eines geliebten Mannes oder vielleicht wegen eines reichen Politikers. Da gab es keinen wesentlichen Unterschied. Die Jagd auf Männer lief rund um die Uhr, wie der Grill bei McDonald's. Selbst in klirrend kalten Nächten marschierten kampfbereite, mit Silikon optimierte Weiber zu Hunderten durch die Straßen, gaben vor, dass sie sich verlaufen

hatten, und fragten bei jedem Mercedes oder BMV aufs Geratewohl, wie sie zur nächsten U-Bahn-Station gelangen könnten –
in der Hoffnung auf die Rückfrage:

„Junge Dame, kann ich Sie mitnehmen?"

Ganz abgesehen von den professionelleren Huren, die ihr
Startkapital für eine produktivere Männerjagd bereits angehäuft
hatten, die in warmen Restaurants, auf Skipisten, an Stränden
und allerlei anderen Orten ihre Fallen stellten und das Leben von
anständigen Hausfrauen und Mütter verdarben, die ihrer weiblichen Reize nicht mehr sicher waren.

Ein Paradoxon der verfluchten Realität!

Die Fahrt zum Flughafen war nervig. Es gab fürchterliche
Staus. Die Wartezeit hätte ausgereicht, um das Auto zu verkaufen und ein neues zu erwerben, das näher an der Ampel hielt.

Natalja war jetzt schon ein Nervenbündel, alles rutschte ihr
aus der Hand, als ob sie Fieber hätte.

Der stinkende Taxifahrer hatte ihr verboten, in seinem verdammten Daewoo Lanos zu rauchen, weil sie sein Gefährt „Anus"
genannt hatte. Das konnte er ihr nicht verzeihen, denn auf dieses
Traumauto hatte er ein halbes Leben lang gespart.

Natalja bemerkte eine blinkende Lampe am Armaturenbrett,
die einen leeren Tank meldete.

Zwischen zusammengebissenen Zähnen stieß sie drohend hervor:

„Ich fliege nach Genf, verdammt noch mal. Und ich warne Sie. Wenn Ihnen der Sprit ausgeht, bevor wir am Flughafen
sind, rauche ich nicht nur in Ihrem Wagen, Sie müssen ihn mir
außerdem schenken! Die Unterlagen und das Ticket haben mich
doppelt so viel gekostet wie Ihr Scheißschlitten!"

„Aha. Meine Teuerste, ich bitte Sie, höflicher zu sein. Sonst
gehen Sie zu Fuß bis zu Ihrem Genf. Haben Sie mich verstanden?"

„Nein, habe ich nicht!", zischte Natalja und rauchte an.

Nach zahlreichen Vorwürfen gegen den Taxifahrer erreichte sie endlich den Flughafen. Sie rannte zum Schalter und legte
eilig ihren monströsen Koffer auf die Waage. Als sie sah, dass er
zweiundvierzig Kilo statt der erlaubten fünfundzwanzig wog,
wurden ihre Augen rund wie Münzen.

„Sie können entweder draufzahlen oder das Übergepäck wegnehmen. Gehen Sie bitte beiseite."

Natalja blieb das Herz stehen. Sie vergaß sogar, dass die Bullen nach ihr fahndeten. In diesem Koffer steckte alles, was sie in
den nächsten acht Monaten brauchen würde. Nur das Allernö-
tigste. Es gab ganz bestimmt nichts, worauf sie verzichten könnte.

„Wie viel muss ich draufzahlen? Entschuldigung!"

„Glauben Sie mir, ziemlich viel. Besser wäre es, so viel wie
möglich vom Übergepäck wegzunehmen. Und bitte schneller.
Wir haben noch zwanzig Minuten, bis der Check-in schließt."

„Ich habe Sie höflich gefragt, wie viel ich zu bezahlen habe.
Aber statt zu antworten, zählen Sie mein Geld!"

„Ich helfe Ihnen zu sparen!"

„Noch besser!"

„Sie können sich ans Büro wenden und dort Ihr Übergepäck
abrechnen. Es liegt am Ende des Korridors rechts. Bezahlen Sie
und bringen bitte den Kassenzettel mit. Und verpassen Sie Ihren Flug nicht."

„Wollen Sie sich über mich lustig machen? Sagen Sie mir wenigstens, was das Übergepäck kostet."

„Ich sage Ihnen doch, dass ich es nicht weiß. Aber es wird
schon ziemlich teuer. Mindestens fünfhundert Dollar!"

„Sind Sie wahnsinnig? Der Durchschnittslohn im Land liegt
bei hundert Dollar!"

„Hören Sie bitte auf, Ärger zu machen, und holen Sie das
überflüssige Gepäck aus Ihrem Koffer. Sonst fliegen Sie heute
nirgendwohin."

„Wenn ich nicht abfliege, schmeiße ich Ihnen eine Bombe
vor die Füße! Oder eine Rauchdose, verlassen Sie sich drauf!"

Sie öffnete ihren Koffer, der zu platzen drohte, und begann,
allerlei Zeug herauszunehmen. Darunter waren Buchweizengrütze, Zucker und sogar Konserven. Sie warf es in eine Mülltonne mit einem so traurigen Gesicht, als ob sie nicht in die
Schweiz, sondern nach Afrika auswandern wollte. Die Menschen beobachteten sie überrascht und spöttisch. Sie murrte gekränkt vor sich hin:

„Was schaut ihr mich so an? Ich fliege in ein Land, wo alles sehr teuer ist! Warum soll ich dort etwas kaufen, was ich von zu Hause mitnehmen kann? Ich weiß gar nicht, ob sie mir dort Geld für Verpflegung geben. Und essen muss ich ja wohl!"

Fünf Packungen Billigshampoos, allerlei Cremes und Duschgels flogen in die Mülltonne, der Grütze hinterher.

„Wahnsinn! Wie kann ich das alles wegschmeißen? Unverschämt sind sie, diese Schweinehunde! Sie nehmen so viel Geld für die Tickets und dann darf man nichts mit an Bord nehmen! Arschgesichter!"

Trotzdem musste sie das Übergepäck loswerden.

Stinksauer durchlief sie im Nu die Kontrolle und vergaß dabei das Wichtigste, was sie so viele schlaflose Nächte gekostet hatte.

Das Flugzeug Moskau-Genf war startbereit.

„Hurra!", jubelte Natalja. Erst jetzt fiel ihr die Polizeifahndung wieder ein und sie schmunzelte. „Die Buchweizengrütze hat mich vor Kummer bewahrt!

Stella wäre vor Lachen an Ort und Stelle krepiert. Diese Schlange! Sie hat mich nicht einmal angerufen!"

Der Flughafen von Genf war so sauber, dass sie ihre Schuhe ausziehen wollte, als ob sie in eine Wohnung hineinkäme.

Sie ging zur Gepäckabholung und stellte sich schweren Herzens ihren riesigen, halb leeren Koffer vor.

„Wie schade! So viel Geld habe ich zum Fenster rausgeworfen!"

Natalja tat die traurigen Gedanken ab. Sie ging in die Damentoilette, kämmte ihr Haar, frischte mit einem Stift ihre Augenbrauen auf. Gestern Abend hatte sie sie zupfen lassen, obwohl ihr das gar nicht passte, weil sie von Natur aus schöne, dichte Augenbrauen hatte. Aber sie war fest davon überzeugt, dass dünne Augenbrauen sexy aussahen.

„Mein neuer Look – voilà!"

Sie bekam ihren nun sehr leicht gewordenen Koffer zurück und begab sich mit stolzer Miene zum Ausgang.

Dort erwartete sie ein Mann mit einem Schild, auf dem ihr Name stand. Anscheinend war es ein Klubmitarbeiter. Er grüßte Natalja höflich und führte sie zum Auto. Eine für sie völlig neue, unbekannte Landschaft erstreckte sich vor dem Autofenster. Sie staunte über alte Häuser und winzige Straßen. Es gab weder Wolkenkratzer noch Menschenmengen zu sehen. Kaum ein Haus war höher als fünf Stockwerke.

Das Auto fuhr durch die Stadtmitte. Dort lagen auch Straßenbahnschienen, auf denen ein sehr modern aussehender Wagen entlangglitt. Er hatte etwas Roboterhaftes an sich, wie aus einem fantastischen Film. Die Passanten flanierten mit vielen bunten Einkaufstüten in den Händen die Hauptstraße entlang und lächelten einander zu. In der Luft hing der Duft von Baguette, frischgemahlenem Kaffee und Croissants.

Sie bemerkte, dass die Menschen eher langweilig und unauffällig angezogen waren, so wie Stella. Sie schmunzelte unwillkürlich über die hiesige Mode, in der, wie sie meinte, strenge graue, braune und dunkelblaue Farbtöne vorherrschten.

„Das wird mein Erfolg! Mit meinen bunten Klamotten erobere ich die ganze Schweizer Männerwelt!"

Seltsamerweise hatte sie recht.

In der Schweiz herrschte ein ziemlicher Mangel an grellen, wasserstoffblonden Weibern, vor allem an solchen, die man auf Wunsch gegen Zahlung eines bestimmten Betrags knutschen konnte. Frauen dieser Art wurden natürlich nicht geheiratet, aber als Liebespriesterinnen betete man sie an. Natalja träumte eigentlich davon, zu heiraten, aber zuerst wollte sie in diesem reichen Land genügend Geld verdienen.

In einem Gespräch mit dem Geschäftsführer des Klubs erfuhr Natalja, dass sie sich eine Wohnung mit mehreren Kolleginnen teilen würde. Das waren größtenteils russischsprachige Mädchen. Die Leitung des Klubs bemühte sich, Rumäninnen getrennt unterzubringen, um Konflikte zwischen den kampflustigen Völkern, die sich gerne ohne besonderen Grund stritten, zu vermeiden.

„Eine Freundin von mir hat mich schon vor Zusammenstößen mit diesen Nachkommen von Dracula gewarnt. Sie sagt, das sind keine Mädchen, sondern Ausgeburten der Hölle."

Der Chef brach in Lachen aus, als er diese kühne Behauptung über die Rumäninnen hörte, versuchte aber nicht, Natalja umzustimmen. Er bemerkte, dass an ihren Worten vielleicht etwas dran sei. Gleichzeitig war er der Meinung, dass die Rumäninnen gut arbeiteten und die französische Sprache perfekt beherrschten. Das Letztere war wohl ein Hinweis auf Nataljas mangelhafte Aussprache.

„Was bedeutet das, sie arbeiten gut?", fragte die Blonde. Sie tat so, als ob sie die Anspielung überhört hatte.

„Ich will versuchen, Ihnen das zu erklären. Nehmen wir an, ein Mädchen trinkt mit einem Kunden verschiedene Getränke im Wert von zwanzigtausend Franken im Monat. Das sind ungefähr achtzehntausend Dollar."

„Was sind das für Getränke? Champagner?"

„Ja, das ist meistens Champagner. Er wird in Flaschen oder in kleinen Gläsern verkauft. Ein Glas kostet dreißig bis zu hundert Franken, je nach dem Flaschenpreis. In Dollar wären das fünfundzwanzig bis hundert."

„Hundert Dollar für ein Glas Champagner?"

„Ja, Mademoiselle. Für die Mädchen ist es profitabler, ganze Flaschen zu bestellen, wenn der Kunde bereit ist, das zu bezahlen."

„Hm, zuerst muss man so einen Deppen finden!"

„Die Flaschen haben alle möglichen Größen, manche sind sogar so groß wie Sie!"

Natalja stand stramm wie ein Soldat, als ob sie zeigen wollte, dass sie gar nicht so kleinwüchsig war, aber der Geschäftsführer schenkte dem keine Beachtung.

„So ein Arschloch!", dachte Natalja.

„Entschuldigung, darf ich fragen, was eine Flasche kostet, die so groß ist wie ich?"

Der Mann schmunzelte beifällig. Ihm imponierte der Eifer dieses frechen Luders.

„Bis zu achtzehntausend Franken."

„Oho! Und es gibt Kunden, die sich das leisten können?"

„Selbstverständlich! Ob Sie solche Ehrengäste verdienen, hängt nur von Ihnen ab, Mademoiselle!"

„Natürlich! Ich kassiere sie alle. Da gibt es keinen Zweifel! Das heißt, für einen guten Monatslohn im Klub würde es ausreichen, mit den Kunden eine Riesenflasche pro Monat zu trinken?"

„Oui!" Also ja. „Aber die Rumäninnen machen bis zu hunderttausend Umsatz im Monat, wenn sie mit den Kunden für ein Weilchen ins Hotel gehen und nach ein paar stürmischen Stunden an den Arbeitsplatz zurückkommen und dabei frisch und gepflegt aussehen."

„Heißt das Ficken und zurück in den Klub?"

„Beachten Sie, dass ich das nicht gesagt habe."

„Wie viel bekommen die Mädchen dafür?"

„Nehmen wir an, dass ein Mädchen mit einem Kunden eine Flasche trinkt und ins Hotel geht. Dann zahlt er eintausend Franken dafür, dass er sie mitnimmt. Das wird zum Gesamtgewinn hinzugerechnet, den das Mädchen dem Klub einbringt. Auf dieser Basis wird der Lohn der Mitarbeiterinnen berechnet. Er liegt bei zwanzig Prozent des Gesamtbetrags."

„Oh Gott!" Super! Bei hunderttausend Franken Gewinn sind das zwanzigtausend im Monat, oder?"

„Oui! Das stimmt."

„Ist das Ihr Ernst? Das sind ja praktisch zwanzig Riesen im Monat außer dem, was der Kunde noch für Sex an mich direkt zahlt."

„Ihr Honorar für Sex, Mademoiselle, behalten Sie."

„Wow! Ich fühle mich jetzt schon wie eine Millionärin! Bitte sagen Sie noch etwas zum Tanzen."

„Die Show beginnt um zehn Uhr abends. Die Tänzerinnen kommen der Reihe nach auf die Bühne, unabhängig davon, ob sie schon mit einem Kunden oder allein an der Bar sitzen. Nur die Mädchen, die sich allein mit den Kunden in einem Zimmer, den sogenannten Separees, befinden, tanzen nicht. Manchmal will der Kunde, dass das Mädchen in den großen Saal geht und für ihn persönlich tanzt, während er selbst sie durch den Spalt im schweren Samtvorhang des Separees beobachtet."

„Warum kommt er selbst nicht raus? Masturbiert er etwa?"

„Excusez-moi, Mademoiselle, diese Frage kann ich nicht eindeutig beantworten. Um diese Zeit schlafe ich gewöhnlich zu Hause mit meiner lieben Frau."

„Dann verschlafen Sie ja Ihr Leben!"

„Jeder hat eigene Prioritäten!“

„Ich tanze schön!“, prahlte Natalja.

„Alle unsere Mädchen tanzen schön. Unser Klub ist der teuerste in Genf. Sie kommen für einen Monat zu uns. Das ist Ihre Probezeit. Darum rate ich Ihnen, so zu tanzen, dass es den Kunden den Atem verschlägt. Eine zweite Chance, zu uns zu kommen, gibt es nicht.“

„Na, das werden wir ja sehen! Vielleicht werden Sie mich noch bitten, bei Ihnen zu bleiben.“

Darauf brach er in Lachen aus.

„Hier sehen Sie Ihre Wohnung und Ihren Arbeitsplatz.“

Das Auto fuhr zum ferngesteuerten Garagentor, bog sanft nach links ab und hielt neben einem Bentley an.

„Wow! Was für ein Schlitten!“, krähte Natalja.

„Das ist der Wagen des Klubbesitzers. Er ist heute da, weil neue Mädchen eingetroffen sind. Er kontrolliert die Lieferungen persönlich.“

„Pfui. Das klingt ja widerlich! Als ob frisch geschlachtete Tiere auf den Markt kämen!“

„Nehmen Sie das alles nicht so ernst, bitte.“

„Okay.“

„Folgen Sie mir. Ich zeige Ihnen Ihr Zimmer.“

Das Zimmer war scheußlich. Der Fußboden sah aus wie in einer sowjetischen Tram, die schmalen Fenster gingen auf einen kleinen Innenhof, auf dem eine Müllhalde prangte. Der Herd mit zwei Kochplatten war alt. Einen ähnlichen hatten ihre Eltern im Dorf gehabt. Der Herd dort hatte freilich immerhin vier Kochplatten, in die übergekochtes Kompott eingebrannt war. Die Dusche hatte gelbe Wände und war ansonsten finster.

„Da kann man nicht in Ruhe masturbieren. Tja! Und das soll der beste Klub sein? Die Zimmer sehen aus wie im Kuhstall!“

„So sind die Häuser in der Genfer Altstadt, Mademoiselle. Machen Sie es sich bequem und dann kommen Sie runter. Der Boss wartet auf Sie.“

Natalja bedankte sich bei dem netten Mann und schloss die Tür ab. Sie duschte und dachte an Stella.

Wie wohl ihre Wohnung aussieht? Ich habe es glatt vergessen. Sie hat mir davon am Telefon erzählt, aber sie ruft ja immer nachts an, wenn ich schlafe oder betrunken bin. Vielleicht wohnt sie in einem Luxusappartement? Und ich habe hier stinkende, verqualmte fünfzehn Quadratmeter und eine Hundskälte. Anscheinend wird das Zimmer nicht einmal im Winter geheizt. Der muffige Geruch ging ihr auf die Nerven. Nach der Dusche hatte sie Gänsehaut am ganzen Körper. Konnte man hier überhaupt irgendwie masturbieren? Sie fror wie ein junger Hund am Bahnhof, wie man in der Ukraine sagt.

Sie zog ein schönes Kleid an und stieg die Treppe hinunter. Alle Mädchen, die an diesem Tag ankommen sollten, waren schon da und plauderten lebhaft miteinander. Sie trugen einfache Jeans und Sportschuhe, ihr Haar war zum Pferdeschwanz gebunden oder hochgesteckt. Sie warfen fragende Blicke auf Natalja. Es entstand eine Pause. Sie ging langsam durch den Flur und stellte sich stolz neben die Mädchen, als ob sie eine Prinzessin und die anderen ihre treuen Dienerinnen wären. Als sie merkte, dass jedes der Mädchen eine Mappe mit Unterlagen in der Hand hielt, ging sie schnell zurück und holte ihren Arbeitsvertrag, Fotos, die in einem professionellen Fotostudio aufgenommen wurden, und den Reisepass. Sie schaute in den Spiegel und stellte fest, dass selbst in der Ukraine niemand am helllichten Tag so aufgeputzt herumlaufen würde. Sie zog sich widerwillig um und ging wieder hinunter. Die Mädchen kicherten. Anscheinend fanden sie ihre schnelle Verwandlung in eine Dienerin wie sie lustig. Natalja veränderte ihren unerschütterlichen Gesichtsausdruck in einen gewöhnlicheren. Dadurch wurde ihr selbst leichter ums Herz.

Das Treffen mit dem Chef verlief wunderbar. Er war hochgewachsen, schön und stattlich. Und gar nicht alt, dem Anschein nach etwa fünfundvierzig. Für Natalja mit ihren Vorlieben erschien er fast wie ein Jüngling. Der Small Talk mit Natalja gefiel ihm gut, wie ihr schien. Er erkannte in ihr sofort jenen Funken des Flirts, mit dem sie die Männer mit Leichtigkeit manipulieren konnte. Darum beschloss er, gleich reinen Tisch zu machen, und erklärte, dass er mit keinem Mädchen aus seinem Klub etwas anfangen würde. Für ihn sei das nur Business.

„Und mit Mädchen aus einem anderen Klub?", fragte Natalja keck. „Bei Ihnen bin ich doch nur für einen Monat Probezeit."

Er konnte ein Lächeln nicht unterdrücken. Dieses charmante Mädchen gefiel ihm sehr.

„Das war schlagfertig! Man sieht, dass Sie erreichen können, was Sie wollen. Ich glaube, dass wir den Arbeitsvertrag mit Ihnen verlängern können, wenn Sie gute Ergebnisse erzielen, deshalb würde es sich nicht lohnen, auf ein Date mit mir zu spekulieren."

„Für Sie wäre ich bereit, auf die Vertragsverlängerung zu verzichten", erwiderte Natalja, und es war schwer zu sagen, ob sie das ernst meinte oder nicht.

„Bravo, Mademoiselle! Die Wogen glätten zu können und dabei ein Rätsel zu bleiben, ist eine sehr wichtige Fähigkeit einer teuren Puttana. Übrigens ist das für jede Frau wichtig. Sie sind charmant. Wir sehen uns heute Abend. Ich will sehen, wie sie tanzen."

„Oh, Monsieur. Lassen Sie das lieber sein! Sie riskieren, sich zu verlieben!"

Als sich die Tür hinter ihr schloss, bemerkte er, dass der Raum irgendwie leer und ungemütlich wirkte. Als ob sie etwas mitgenommen hätte, ein Quäntchen positiver Stimmung. „Ihr Aussehen ist eigentlich nichts Besonderes", dachte er. In seinen Klub kamen Top-Models und die Siegerinnen von allerlei Schönheitswettbewerben. Aber Nataljas Pfiff lag nicht in der Schönheit. Sie war eine Femme fatale, die für fleischliche Genüsse geboren war. Er war sicher, dass viele der schönsten Frauen der Welt von manchen Dingen keine Ahnung hatten, die diese pummelige Kleine meisterhaft beherrschte.

Roger kannte sich gut mit Frauen aus. Er besaß eine beeindruckende Erfahrung. Seit dreißig Jahren kamen jeden Monat bis zu fünfundzwanzig Tänzerinnen zu ihm. Er war schon wesentlich älter als fünfzig Jahre. Aber das verjüngende Schweizer Klima, gutes Wasser und richtige Ernährung halfen ihm, viel jünger auszusehen, als er war. Natürlich war es nicht ganz ohne kleine Schönheitskorrekturen zugegangen.

Natalja stritt sich mit dem Geschäftsführer des Klubs, als sie erfuhr, dass von ihrem Lohn zweitausendzweihundert Franken Miete für das muffige Zimmer abgezogen wurden, in dem sie untergebracht war.

„Sind Sie verrückt? Zweitausend Dollar für einen Monat in diesem Pferdestall?"

„Regen Sie sich nicht so auf. Sie können selbst etwas Passenderes suchen und umziehen. Aber im Zentrum von Genf finden Sie nichts Billigeres. Na ja, vielleicht doch, aber nur, wenn Sie den Mietvertrag gleich für ein Jahr abschließen, in keinem Fall für einen Monat. Sie können sich außerhalb der Stadt umsehen. Dort sind die Mieten niedriger."

„Außerhalb der Stadt? Und wie komme ich zur Arbeit? Nein, danke! Mir ist alles recht."

„Hat man Ihnen die Arbeitsbedingungen erklärt?"

„Ja, ein bisschen. Aber mir ist noch nicht alles ganz klar."

„Sie sollen um zehn Uhr abends am Arbeitsplatz sein. Entweder am Bartresen oder auf einem der Sofas im großen Saal, am besten nahe am Eingang. Wenn wir um diese Zeit schon Gäste im Klub haben, müssen Sie auf sie zugehen und anbieten, etwas mit ihnen zu trinken und sich zu unterhalten."

„Ich soll selbst auf die Gäste zugehen? Das habe ich nicht gewusst."

„Ja."

Ihr fiel es ein, wie das in Japan vor sich ging. Dort war es die Aufgabe einer Hostess, die Mädchen zu den Gästen zu führen.

Sie erzählte das dem Geschäftsführer, aber er tat das mit einem Scherz ab: In Japan sei eben alles anders, selbst die Autos führen dort links. Sie schüttelte ihm die Hand und ging nach oben in ihr Zimmer. Sie fühlte sich unwohl allein in diesem feuchten und kalten Zimmer. Der Blick aus dem Fenster auf die Müllhalde ärgerte sie. Sie hängte sich ihre Tasche um die Schulter und ging in die Stadt.

Das Zentrum der berühmten Stadt erfreute sie mit seiner ernsten Schönheit. Alles sah sehr teuer aus, man spürte eine kalte Unnahbarkeit, und gleichzeitig wirkte alles schlicht und unaufdringlich. Die Welt der Millionäre mit Rolex-Uhren und Taschen von Louis Vuitton.

Oh Gott, wie wunderschön! Sie betrat ein Taschengeschäft und sah, dass die billigste Tasche sechshundert Franken kostete. Eine Tasche, die ihr gefiel, aus echtem Leder, kostete zweitausendfünfhundert, das gleiche Modell aus Schlangenleder fünftausend. Die Tasche für sechshundert Franken war nicht aus Leder, sondern aus einem gewöhnlichen, festen Stoff. Merkwürdigerweise hatte sie nicht einmal ein Schloss.

„Wenn ich so eine Tasche hätte, würde mir alles herausfallen oder ich würde von Taschendieben beklaut", dachte das Mädchen.

Natalja schritt graziös durch die Straßen. Ein Café fiel ihr auf, vor dem die Gäste in Decken gekuschelt auf der Terrasse saßen, und Kaffee oder heiße Schweizer Schokolade tranken und die Sonne genossen. Sie wollte sich diesem netten Zeitvertreib anschließen, und ihre Beine trugen sie zu einem der Tische. Sie bestellte einen Latte Macchiato, setzte sich auf einen Stuhl, der mit einem weißen Bärenfell bedeckt war, und kuschelte sich in eine rote Wolldecke. Wie eine Katze kniff sie zufrieden die Augen zusammen und versank in der Welt ihrer Träume, in denen sie durch die Stadt bummelte, die Tasche aus Schlangenleder in der Hand, und allerlei Schnickschnack mit Brillanten kaufte. Die Rechnung, die ihr der Kellner brachte, holte sie in die Realität zurück – sechs Franken.

„Was?", rief das Mädchen. Wofür das denn? Für einen Kaffee? Seid ihr verrückt? In Kiew kann man für dieses Geld essen gehen!"

„Ja, Madame, ist teuer!" Der Kellner blickte zum Himmel. Ihm war klar, dass es kein Trinkgeld geben würde. Natalja las das Rückgeld von einem Zehner auf und murrte:

„Unverschämtheit! Das verdirbt einem doch die Laune!"

Endlich kam der Abend. Ihr lang ersehnter erster Arbeitstag. In voller Kriegsbemalung ging sie in den Saal hinunter und setzte sich an den Bartresen. Im Klub war niemand zu sehen. Vielleicht war sie etwas zu früh. Sie schaute sich um und begann, ihren neuen Arbeitsplatz zu erkunden. Der Klub war nicht besonders groß, aber schön. Alles, sogar die Wände, war mit Teppichen bezogen. Die Bühne erstrahlte in leicht gedämpftem Licht. Wahrscheinlich war es speziell dafür gemacht, um beim Tanzen kleine Fehler an der Figur zu vertuschen. Pünktlich um zehn kam, wie auf Verabredung, mit klappernden Absätzen eine Herde Pferdchen der verschiedensten Rassen und Fellzeichnungen herein.

Die Tür wurde geöffnet, der Portier ließ die ersten Kunden herein. Die Mädchen bekamen ein Zeichen, ihre Tänze zu beginnen. Da begriff Natalja, dass sie bei Weitem nicht die Schönste im Klub war. Aber ihr Ziel war stärker als alles auf der Welt – nur Männer und Geld.

„Ich lasse die Schöneren tanzen! Und inzwischen gehe ich auf die Jagd. Ich fange mir ein reiches Tier und ziehe ihm das Fell ab für eine Tasche."

Sie stürzte sich in den Kampf. Sie ging auf zwei Männer zu und fragte, ob eine sympathische Lady ihre Gesellschaft nicht stören würde.

„Setzen Sie sich doch. Möchten Sie was trinken?"

„Ein Glas Champagner würde ich nicht ablehnen."

Den ganzen Abend trank sie eine Flasche nach der anderen und ließ ihre Brüste und ihre Möse sehen. Sie trug keinen Slip. Sie liebkoste sich mit einem Barstößel. Sie tanzte so süß, heiß und erotisch, dass die beiden mit angeschwollenem Glied dasaßen. Einer klagte sogar über ein Kribbeln im Schritt wegen seiner Erregung. Im Lauf des Abends versuchten mehrere Mädchen, ihr die Beute abzujagen, aber Natalja hatte keine Lust, den Lohn für das Champagnertrinken mit Kunden mit jemandem zu teilen. Sie hielt die Schwänze der beiden Männer fest. Natalja war so betrunken, dass sie beschloss, sich mit Champagner zu begießen. Sie besprengte ihre vor Lust angeschwollene Brüste mit dem prickelnden Getränk, goss etwas in ihren Nabel und ließ ihre beiden Hündchen daraus trinken. Um die Wette leckten sie mit riesigem Vergnügen ihren Bauch. Ihre Zungen trafen sich, die Stirnen prallten gegeneinander und der ganze Klub starrte auf die einmalige Show. Einer der Männer steckte unauffällig seine Hand unter Nataljas Kleid, fand ihre Möse und drang mit dem Finger in den weichen, feurigen

Vulkan ein. Sie stöhnte geil. Er konnte sein pulsierendes Fleisch nicht mehr kontrollieren und spritzte direkt in seine Hose ab.

„Wollen wir gehen, meine Herren? Ich will Sex mit Ihnen beiden. Ich vögle Sie ordentlich", schlug die feuchte Schlampe vor.

„Was kosten Sie?", fragte der Herr mit dem Sperma in der Hose.

„Je tausend Franken pro Nase, genauer gesagt pro Schwanz."

„Nein", antwortete er mit einem Lächeln. Er mochte den Humor des Mädchens. „Für zweitausend Franken können wir zwei Mädchen haben. Das ist zu teuer. Vielleicht fünfzehnhundert?"

„Was?" Sie wollen noch ein Mädchen mitnehmen? Sie werden ja zu zweit kaum mit mir allein fertig! Ich lache mich tot! Ich gehe nirgendwohin, wenn Sie noch jemanden mitnehmen. Ich will Sex, viel und lange! Siebzehnhundert, letztes Angebot."

„Einverstanden", unterbrach der andere, der mit einer Hand seinen Schwanz hielt und aussah wie ein kleiner Junge, dem man Süßigkeiten versprochen hatte, aber nicht gab.

„Ich komme gleich!"

Als sie in die Umkleide kam, rannte der Direktor hinter ihr her.

„Sie benehmen sich vulgär! Wir sind ein respektables Etablissement! Sie treiben Unzucht vor aller Augen! Und Sie teilen sich die Arbeit nicht mit den anderen!"

„Das war erst das Vorspiel! Die Unzucht kommt später! Haben sich die Kunden etwa über mich beschwert? Ich habe mit ihnen fünf Flaschen Champagner getrunken und begleite sie jetzt ins Hotel. Das wäre ein Viertel des Monatssolls. Also können Sie gehen und jemand anderen belehren, wie man sich benimmt!"

Sie schluckste und ging ohne Zögern nach draußen, mit stolz erhobenem Kopf, obwohl ihr schwindlig war. Irgendwie wollte es mit dem Geradeausgehen nicht recht funktionieren. Als sie an die frische Luft gelangte, fand sie ihre Sexobjekte nicht. Sie fluchten:

„Diese Huren! Die verdammten Rumäninnen haben mir meine Männer weggenommen. Ah, da seid ihr ja!", rief Natalja, als sie um die Ecke kam. „Kuckuck, ihr Süßen."

Einer der Männer hatte nur einen Schuh an. Einer seiner Füsse stand völlig nackt auf dem Asphalt. Mit der Hand wrang er seine Socke aus.

„Was macht ihr da? Meine Perverslinge!"

„Du hast mir den ganzen Abend Champagner auf den Fuß gegossen! Jetzt ist der Schuh voll!"

Das Mädchen brach in so lautes Lachen aus, dass die Taxifahrer bremsten und die kleine Gesellschaft in der Dunkelheit interessiert beobachteten.

„Oh Gott!" Excusez-moi! Entschuldigung! Das wollte ich nicht!"

Dann wieherten alle drei los.

„Warum hast du denn diesen teuren Champagner überhaupt ausgegossen?"

„Damit mein Lohn höher wird. Ich bekomme einen Anteil von jeder verkauften Flasche", antwortete die Blondine unter Lachtränen.

„Du bist großartig!"

„Wo wohnt ihr, Jungs?"

„Im Hotel Savoy."

„Wow! Coole Bleibe! Habt ihr dort Champagner?"

„Dort gibt es alles, Schnucki!"

„Ich hab euch jetzt schon zum Fressen gern, meine Babys!"

Als schließlich im Hotel die vereinbarten siebzehnhundert Franken, oder umgerechnet etwa sechzehnhundert Dollar, vor ihr auf dem Tisch lagen, drehte sie fast durch. Sie konnte es nicht glauben. Vorsichtshalber steckte sie das Geld in den Stiefel, die Tasche erschien ihr nicht sicher genug. Als das Honorar gut versteckt war, kehrte sie zu den Männern zurück. Die beiden lagen nackt auf dem Bett. In einem Kühler daneben lag der Champagner auf Eis.

Die Männer massierten ihre Glieder und unterhielten sich. Voller Vorfreude bewegten sie ihre Vorhäute auf und ab und warteten auf ihre Muse, die in ihnen ein neues, lasterhaftes Gefühl weckte, das sie auf den Gipfel der menschlichen Wollust bringen würde.

Natalja war erstaunt über die beachtlich großen Geschlechtsteile der beiden. Bei diesem Anblick wurde sie feucht im Unterleib. Sie riss sich das Badetuch vom Leib, warf sich auf das Bett und fing gierig an, beide Schwänze abwechselnd zu lutschen. Einer hatte eine sehr große, rote Eichel. Ihn wollte sie so tief wie möglich in ihre Scheide schieben. Blowjobs konnte sie bis weit hinunter in ihre Kehle geben. Diesen Trick hatte sie von ihrem guten alten Freund Artschik gelernt.

Die Männer schlossen die Augen und stöhnten vor Lust. Die Gebieterin der Nacht kam in eine besondere Stimmung und steckte sich die beiden fetten Schwänze gleichzeitig in den Po. Sie blies einem der Männer einen, setzte sich dabei dem anderen auf das Gesicht und kam in seinen Mund. Der krähte vor Lust und schluckte ihre warmen Säfte. Sie strich mit ihrer nassen Muschi über sein Gesicht und setzte sich noch tiefer direkt auf die Kartoffelnase des Mannes. Er liebte Cunnilingus und leckte ihren kleinen Po. Der andere bevorzugte Blowjobs mit Hodenschlucken. Sie kam unzählige Male. Dabei flogen die Harntropfen nur so. Natalja war so erregt vom Ficken mit zwei Schwänzen, dass ihr alles wie ein Traum vorkam. Sie tranken Champagner, ruhten sich etwas aus und bumsten weiter wie wilde Tiere. Es schien, als wären sie zu einem Ganzen verschmolzen und könnten die Wünsche der anderen mit geschlossenen Augen erraten. Es entstand ein Gefühl, als ob sie sich ihr ganzes Leben lang gekannt und zusammengelebt hätten. Ein Rausch überwältigte die drei, und sie gingen ins Badezimmer und bepissten einander, sie tranken den Urin und küssten sich. Der Natursekt strömte über die Marmorflächen.

„Mein Gott! Was war das für ein Spaß!", sagte die verpisste Natalja zu sich selbst, als sie am nächsten Morgen aus dem Hotel kroch. Das hätte sie auch umsonst getan.

„Doof sind die Leute hier. Die Russen zahlen für so was nicht viel, die Ukrainer schon gar nicht."

Sie war überhaupt nicht müde.

„Und was macht diese dumme Stella? Spielt mit Münzen um zehn Dollar? Ich muss sie anrufen und erzählen, was mir passiert ist.

Wie spät ist es jetzt im Land der Zwerge? Wahrscheinlich später Abend. Vielleicht ist sie noch nicht auf der Arbeit. Dann kaufe ich mir eine Telefonkarte, damit es billiger ist, und rufe sie an. Ich muss ihr unbedingt erzählen, was für eine Idiotin sie war, dass sie nach Japan gegangen ist."

Sie platzte vor Emotionen. Natalja kaufte eine Telefonkarte, mit der sie billig nach Japan telefonieren konnte, setzte sich ans Fenster mit Blick auf die Mülltonnen und wählte die Nummer der Freundin.

„Moschi, Moschi! Hallo! Hallo!", erwiderte Stella mit heiserer Stimme.

„Was ist das für ein Moschi?"

„So meldet man sich in Japan am Telefon."

„Komisches Wort. Wie alles, was mit Japanern zu tun hat! Ich bin ja so glücklich! Stella! Du kannst dir nicht vorstellen, was mir passiert ist!"

Natalja berichtete über ihr Abenteuer, einschließlich der Höhe des Honorars für den Abend. Stella konnte es tatsächlich nicht glauben. In Japan verdienten die Klubmädchen um die fünftausend Dollar, wenn sie nicht mit Bonzen schliefen. Aber sie wusste, dass Natalja, im Unterschied zu ihr selbst, nicht log und beschloss, der Freundin zu glauben. Stella war dagegen eine Meisterin im Lügen. Hätte sie tausend Dollar geschenkt bekommen, würde sie den Betrag sicher auf das Doppelte aufblasen.

„Du liebes bisschen! So viel Geld an einem Tag!"

„Nicht nur das! Im Klub kriege ich eine fette Provision zum Lohn!"

„Sehr gut! Ich freue mich sehr für dich!"

„Ja, ja! Und wie sie sich freut! Eher beneidet sie mich!", dachte Natalja.

Aber Stellas Freude war echt. Sie wusste ja, dass sie an einem Tag nie so viel Geld verdienen könnte. Und dazu noch von zwei Männern gleichzeitig unter der Natursektdusche in alle Löcher gefickt werden. Im Grunde wollte sie genau so sein, auf alle Vorurteile scheißen und unkompliziert leben. Stella war sich selbst noch nicht ganz im Klaren, dass sie sich auch Schritt für Schritt auf dem Weg der Unzucht bewegte.

„Erzähl mal, wie geht es dir?", fragte Natalja und trank einen Schluck Wein. „Wo wohnst du eigentlich? Was gibt es Neues im Klub? Hast du schon alle beim Münzenspiel besiegt?"

„Hätte ich dir bloß nichts vom Münzenspiel erzählt. Jetzt machst du dich dauernd über mich lustig.“

„Ich höre ja schon auf! Ehrlich! Erzähl nur!“

„Gestern war der Brüller. Ich habe zehntausend Yen von einem Yakuza-Boss gekriegt.“

„Wie viel macht das?“

„Ungefähr hundert Dollar.“

„Warum so wenig, wenn er ein Yakuza ist? Bei mir haben zwei verfickte Bankdirektoren achttausend Franken an einem Abend ausgegeben.“

„Ein Yakuza gibt jeder auf seinem Weg einen Mannu, so nennt man hier den Hundert-Dollar-Schein. Er lädt alle Mädchen an seinen Tisch ein. Sie können trinken, was sie wollen. Aber darum geht es gar nicht. Er hat einen wunderschönen Sohn! Ein Kerl wie ein Bär, hochgewachsen, helle Haut. Ich habe neben ihm gesessen. Er hat mich nach der Arbeit in eine Disco eingeladen. Er heißt Yasushi.“

„Verdammt! Stella! Wo findest du die nur alle? Yamoguchi, Yasushi! Ich lach mich tot! Ich weiß schon nicht mehr, wie meine überhaupt heißen!“ Natalja lachte betrunken.

„In deinem Fall, Liebes, ergibt es keinen Sinn, Hunderte von Namen im Kopf zu behalten, die du in einer Woche hörst.“

„Die Typen waren erschöpft, haben geschlafen wie die Toten. So habe ich sie im Hotel zurückgelassen. Sie haben geschnarcht, alle viere von sich gestreckt und waren nicht mehr wach zu kriegen. Da habe ich eine Flasche Champagner auf ihre Zimmerrechnung bestellt und bin gegangen. Unterwegs habe ich einen billigen Wein gekauft. Das teure Getränk will ich für einen Regentag, nein, umgekehrt, für einen Sonnentag aufheben.“

„Hahaha! Das ist typisch Natalja. Das hast du gut gemacht.“

„Magst du den Japaner wirklich? Ist das dein Ernst?“

„Ja, und ob! Das habe ich selbst nicht erwartet. Nach der Arbeit waren wir tanzen. Haben uns sogar geküsst!“

„Können sie küssen? Ist seine Zunge auch winzig?“

„Ach, Natalja. Du musst immer alles verderben. Ich fand das sehr romantisch. Aber ich habe kein Wort von dem verstanden, was er mir erzählt hat.“

„Wozu brauchst du Gespräche mit Männern? Dafür sind sie nicht da. Lass uns über was anderes reden als deinen Yasushi, der interessiert mich gar nicht. Aber sein Vater! Eine interessante Figur."

„Natürlich! Für Yakuza interessieren sich alle! Du schlaues rothaariges Aas!"

„Ich bin blond! Erzähl mir von deiner Wohnung."

„Habe ich doch schon! Alzheimer lässt grüßen!"

„Das habe ich vergessen. Vielleicht war ich betrunken! Erzähl noch mal! Das interessiert mich sehr!"

„Oh Natalja! Frag lieber nicht! Das Appartement sieht aus wie eine Kaserne. In jeder Ecke stehen Etagenbetten. In einer Wohnung leben acht, neun Mädchen. Und es gibt eine Stehwanne."

„Was ist das denn?"

„So eine tiefe Wanne mit einer Leiter, wie ein kleines Schwimmbecken. Sie sparen jeden Quadratzentimeter Wohnfläche."

„Die sind doch krank! Das heißt, du wohnst in einem Wohnheim?"

„Nein. Ich schlafe im Abstellraum. Ich habe Sachen aufgeräumt, Müll weggebracht und mir ein kleines separates Zimmer eingerichtet. Die Mädchen haben zwei Tage lang nicht mit mir geredet. Jetzt haben sie keinen Platz mehr für ihre Koffer."

„Du bist mir eine!" Natalja sah sich um und kam sich vor wie in einem Palast. Sie lächelte sogar und zwinkerte den Mülltonnen zu. Wenn sie sich den Abstellraum vorstellte, bekam Gänsehaut.

„Und was macht dein mächtiger Yamoguchi?"

„Es gibt keinen Yamoguchi mehr. Er hat den Wein ausgetrunken und ist verschwunden. Sagt, er habe viel zu tun." Die Freundinnen sprachen kurz über den Besuch im Tokyo Disney Resort. Stella musste nur noch ein paar Tage Urlaub von „Papa", wie sie den Klubchef nannte, erbitten.

„Das ist cool! Es freut mich, dass bei dir alles in Ordnung ist. Ich bin schon betrunken und gehe lieber ins Bett. Vor der Arbeit will ich mir das Rotlichtviertel Sismondi anschauen."

„Was gibt es denn da? Geh lieber in ein Museum!"

„Ich will mir dort einen Freier für schnelles Geld schnappen, drei- oder fünfhundert Franken die Stunde. Ich will die Zeit hier richtig nutzen. Erholen kann ich mich in der Ukraine. Eine Kollegin im Klub hat mir erzählt, dass dort die Touristen auf der Suche nach schnellem Spaß in Scharen unterwegs sind. Wahrscheinlich suchen sie mich."

„Hahaha! Du überraschst mich immer wieder, Liebes! Wie konnte nur der liebe Gott zwei so unterschiedliche Menschen zusammenbringen? Gaunerin und Prostituierte. Die dazu noch völlig irre sind!"

„Ich bin keine Prostituierte! Ich liebe bloß Sex! Und wenn ich dabei noch Geld verdiene, ist das doch optimal! Ich würde ja sowieso mit Männern schlafen. Nur nicht umsonst, wie du! Das wäre dumm!"

„Vielleicht hast du recht. Ich verurteile dich auch gar nicht mehr dafür. Ich bin jetzt selbst Pole-Tänzerin geworden", sagte Stella mit leisem Lachen, aber doch hörbar irgendwie bedauernd und traurig.

„Na siehst du! Vielleicht würdest du in Genf noch ganz andere neue Talente in dir entdecken. So ein gutes Geld würde doch niemand ablehnen, nicht einmal so eine starrköpfige Person wie du."

Am anderen Ende der Leitung, im fernen Japan, hing Schweigen. Stella erschrak bei dem Gedanken, sich gegen Geld zu verkaufen. Diese extravagante Lösung ihrer Geldprobleme wäre für sie die letzte Stufe vor einem Abgrund der Verdorbenheit, den sie sich nicht einmal vorstellen konnte. Natalja beendete die Pause. Ihr war klar, was die langnasige Schlange beunruhigte, und das bereitete ihr Vergnügen.

„Tschüsschen! Küsschen! Ruf mich mal an!"

„Bis dann, Liebes!"

Als Natalia aufwachte, murrte sie wie immer vor sich hin, dass es doch viel besser wäre, gar nicht wach zu werden. Ihr Kopf wollte schier platzen. Sie trank einen Kaffee, zündete sich eine Zigarette an und fand, es wäre sinnvoll, den Katzenjammer zu vertreiben. Also ging sie nach draußen, um Bier zu kaufen.

Unterwegs bemerkte sie die merkwürdigen Blicke, die ihre Kolleginnen auf sie warfen. Sie ging ohne Gruß vorbei und brummte:

„Ihr neidischen Schlampen! Die Hälfte von euch hat gestern ohne Kunden rumgesessen. Man sollte euch das Münzenspiel beibringen."

Ihre Laune wurde besser nach dem dritten Schluck kaltes Bier. Sie schaltete Musik ein und machte sich für die Arbeit fertig. Davor wollte sie noch kurz jene Lasterstraße erkunden, über die sie mit Stella gesprochen hatte.

Als sie dorthin kam, traf sie eine Mischung aus Schock und Erstaunen. Wie ein langer, widerwärtiger Graben sah die Straße aus. Hätte Natalja die Hölle beschreiben sollen, in der die Teufel sich vergnügen, hätte sie diese Straße als Vorbild genommen. Schwarze Prostituierte in allen Formen und Größen spazierten fast nackt durch die Straße, obwohl es noch hell war. Aus allen Häusern und Räumen herum war Stöhnen zu hören. Direkt auf der Straße standen mit einem Bett ausgestattete Kabinen, die für Sex mit Kunden vorgesehen waren. Die Stundenmiete für ein solches Zimmer betrug fünfzig Franken.

„Das nenne ich mal Organisation! Cool!"

Sie schaute in jede Ecke, immer auf der Such nach einem neuen Opfer, und wunderte sich über das, was sie sah. An diesem Tag waren nicht viele Männer dort unterwegs. Fast alle Freier hätten die Blondine gerngehabt, aber wenn sie den Preis hörten, gingen sie weiter. Allenfalls boten sie zweihundert Franken statt der fünfhundert, die Natalja für ihre Dienstleistung verlangte.

„Das sind alles andere als erstklassige Typen", bemerkte sie. „Pfui! Schmutzig sehen sie aus. Nein, mit denen nicht!"

Aber gleich darauf versuchte sie, sich selbst zu überreden:

„Aber das sind doch fast zweihundert Dollar für eine Stunde! Ein guter Preis, wenn man nicht mit der Nacht von gestern, sondern mit den Preisen in der Ukraine vergleicht."

Ohne lange zu überlegen, ging sie mit einem Mann in die Kabine. Der Abstand zwischen der Wand und dem Bett war so eng, dass ihre Beine kaum Platz fanden. Der Rest des Raums war mit dem Bett ausgefüllt, das von drei Seiten dicht an die Wand gepresst war.

„Zieh dich aus!", sagte sie fast herrisch. Aber er ignorierte den Befehl und gab ihr mit einer Geste klar zu verstehen, dass das ihre Aufgabe war. Sie machte sich widerwillig an die Arbeit. In Gedanken fluchend vor Ekel zog sie ihm mit zwei Fingern die Hose aus. „Verdammte Penner! Der Umgang mit reichen Leuten ist viel einfacher!" Ein unangenehmer Geruch hing in der Luft.

„Hast du dich überhaupt gewaschen?"

„Ja, heute Morgen, vor der Arbeit."

„Und wo arbeitest du? Bei der Müllabfuhr?"

„Nein. Ich beliefere Geschäfte mit Fisch."

Sie musste fast kotzen.

„Dann ist ja klar, warum du so stinkst."

Sie hatte keine Lust mehr. Sie gab ihm schnell einen Blowjob mit geschlossenen Augen, um seine dicht behaarten Eier nicht sehen zu müssen, und natürlich mit Kondom. Dann bückte sie sich, wieder, um dieses Monster nicht anschauen zu müssen. Er kam schnell.

„Das war das erste Mal, dass ich so schnell gekommen bin", brummte der stinkende Fischlieferant befriedigt. „Normalerweise dauert es bei mir eine ganze Stunde."

Aber das Mädchen hörte ihn nicht mehr. Sie zog sich schnell an und ging fort. An diesem Abend sah sie überall Fischaugen.

„Ich sollte mich für so ein Dreckschwein auch nicht waschen. Jetzt muss ich mir vor der Arbeit noch einmal die Haare waschen." Besser wäre es wahrscheinlich, nach der Schicht im Klub früh am Morgen auf den Straßenstrich zu gehen, wenn das Aussehen keine Rolle mehr spielte.

Die Tage, oder genauer gesagt, Arbeitsnächte vergingen mit Lichtgeschwindigkeit. Nataljas Lohn im Klub war einer der höchsten. Nicht einmal die Rumäninnen waren in der Lage, ihr Konkurrenz zu machen. Aber keine der Kolleginnen wollte mit ihr Kontakt pflegen. Man hielt sie für eine billige Nutte, die die Preise drückte. Im Grunde war sie das ja auch. Die anderen Mädchen ließen sich nicht kostenlos begrabschen. Es mag lächerlich klingen, aber sie hielten sich für teure, unnahbare Huren.

Natalja aber erlaubte sich alles, was sie wollte, und ging jeden Tag in Begleitung eines neuen Freiers aus dem Etablissement. Ihr Talent wurde schnell berühmt in der High Society, unter den Bankern, Versicherern und sogar reichen Besitzern bekannter Schokoladenmarken. Das ärgerte ihre Rivalinnen nur noch heftiger. Kein Mann konnte dem Reiz der sexy Blondine widerstehen, obwohl es im Klub hundertmal schönere Mädchen gab. Die Männer hatten reichlich Auswahl. Natalja ihrerseits bemühte sich, keinen Tag, keine Minute verstreichen zu lassen, ohne dass sie Geld verdiente. Nach einem Monat hatte sie bereits satte zwanzigtausend Franken auf dem Konto, also ungefähr achtzehntausend Dollar. Ihre Schweizer Bank bot die Möglichkeit einer Express-Überweisung vom Bankautomaten auf ein Konto bei einer ukrainischen Privatbank. Sie musste auch für die Wohnung, Krankenversicherung und Verpflegung zahlen. In der Schweiz funktionieren Bankdienstleistungen rund um die Uhr, indem man Geld direkt am Automaten auf ein Konto einzahlen oder vom Konto abheben kann.

Nach jedem „Ritual" mit einem Kunden ging sie bei der nächsten Bankfiliale vorbei, um das Geld auf ihr Konto einzuzahlen. Nur eine Handvoll Kleingeld behielt sie in bar für ihren Lebensunterhalt. Gerade so viel, dass es für die billigsten Lebensmittel reichen würde. Gierig nutzte Natalja jede Möglichkeit, Gewinn zu machen. Sie wurde ganz von ihrer Geldsucht beherrscht. Dieses Gefühl war so stark, dass sie sich nicht einmal mehr am Geruch schmutziger Menschen störte. Sie konnte gleich nach dem Verlassen eines Fünf-Sterne-Hotels, wo sie einen reichen Kunden bedient hatte, einen beliebigen Schmock auf der Straße aufgabeln, der ihr hundert Dollar anbot. Sie war vom Geld wie berauscht. Sie kaufte nichts Neues und erlaubte sich nur Secondhandkleidung. So häufte sie ihr ganzes Geld auf dem Bankkonto an. Das nahm irrsinnige Ausmaße an, sodass sie sich nicht einmal mehr eine Tasse Kaffee in einem Straßencafé gönnte.

Ihr zweiter Monat begann im neuen Klub La Coupole. Er befand sich ebenfalls im Zentrum von Genf. Nach Nataljas Meinung war er sogar schöner und größer als der vorige Klub. Aber im Unterschied zum Velvet, das als Klub der Millionäre galt, waren die Gäste hier recht verschieden. Es kamen viele Gaffer und Schnorrer, die nur gratis die Shows mit schönen Frauen sehen wollten. Diese Typen holten sich ein Bier und nippten allein in einer Ecke daran. Im Klub gab es drei Tanzstangen. Drei Mädchen tanzten gleichzeitig. Natalja hatte weder Angst noch Hemmungen angesichts dieser Veränderung in ihrem Leben. Wie eine Tigerin kämpfte sie sich voran und gewann eine Runde nach der anderen. Sie nahm sich das Beste von allem.

Sie hatte einen merkwürdigen Stammkunden, der regelmäßig ins Separee kackte. Er mochte es, wenn er bei der Defäkation beobachtet wurde. Danach wollte er bis aufs Blut ausgepeitscht und dafür beschimpft werden, dass er am falschen Ort geschissen hatte. Natalja schonte den Scheißer nicht und schlug ihn, was das Zeug hielt. Sie besorgte sich entsprechende Ausrüstung und überraschte ihren masochistischen Liebling jedes Mal, wenn er sie besuchte. Eines Tages schmierte sie ihm einen Haufen Scheiße auf den Kopf, was ihn in Begeisterung versetzte. Endlich hatte er sie, seine Herrin, gefunden. Längst nicht jedes Mädchen konnte sich darauf einlassen. Für das Spiel mit der Scheiße zahlte er dreitausend Franken. Zweimal im Monat kam er in den Klub zu diesem teuren Vergnügen. Obendrein verlangte das Etablissement zweitausend Franken für die unkonventionelle Benutzung des Zimmers. Nach jedem seiner Besuche musste eine Reinigungsfirma bestellt werden. Im Preis war natürlich eine Flasche teurer Champagner für die Sexgöttin Natalja inbegriffen.

Als Stella die Geschichte von dem Scheißer hörte, wusste sie nicht, wie sie reagieren sollte.

„Bist zu nicht zu weit gegangen, Liebes?"

„Das ist mir schnurzegal", erwiderte die Priesterin der Scheißliebe schlicht und einfach. „Was macht dein Yamoguchi?"

„Gleich, als wir aus Tokio zurück waren, hat er mich verlassen."

„Ein Japaner? Dich?"

„Ja klar! Traurig, aber wahr. Nach der Ankunft in Tokio hat er mir stundenlang irgendwelchen Mist auf Japanisch erzählt. Es war so langweilig, das alles zu hören, dass ich eins von den wenigen Wörtern Japanisch, die ich gelernt habe, zu ihm gesagt habe: „Lügner", auf Japanisch „Usotsuki". Das klingt wie fast wie Wyssozki, das kann man sich merken. Später hat sich dann herausgestellt, dass er gerade in diesem Moment von seiner Familie erzählt hat, die bei dem amerikanischen Atombombenabwurf auf Nagasaki umgekommen war. Es war eine reiche und berühmte Schauspielerfamilie. Und in diesem Augenblick sage ich zu ihm: „LÜGNER! USOTSUKI!"

Er wurde wütend und rannte wie verbrüht aus dem Hotelzimmer. Dann kam er mit dem Schlüssel von einem anderen Zimmer, nahm seine Sachen und ging. Ich habe nicht einmal mit ihm geschlafen."

„Was hast du dort allein gemacht?"

„Zuerst habe ich alles weggetrunken, was in der Minibar war. Dann bin ich durch die Straßen getorkelt, in der Hoffnung, eine gescheite Lösung für die Situation zu finden. Dann habe ich Yasushi angerufen und mich ein bisschen beruhigt. Er war gerade in Tokio. Er wohnt mit seinen Eltern in der Hauptstadt, im teuersten Viertel, in Ginza."

„Also da liegt der Hund begraben! Du bist mir vielleicht schlau! Dann wohnt also das Söhnchen des Yakuza-Bosses in Tokio. Und kommt mit seinem Vater geschäftlich nach Nagasaki. Dich hat er nicht nach Tokio nicht eingeladen, also hast du beschlossen, wie eine große Verführerin zu handeln. Hast Yamoguchi überredet, ins Disney-Resort zu fahren, ihn die Reise und das Hotel bezahlen lassen, hast absichtlich ein beleidigendes Wort aus der Sprache der Schlitzaugen gelernt, um ihn loszuwerden und mit dem Junggangster abzuhängen. Wie hieß er nochmal? Iss Sushi?"

„Yasushi ist sein Name", antwortete Stella ärgerlich. Warum musste Natalja ihre schlichte romantische Geschichte so verdrehen und sie selbst als Monster und eiskalt kalkulierendes Luder darstellen. Dieses Mal war es wirklich nicht ihr Plan gewesen, dass die Dinge sich so entwickelt hatten. Aber auf den ersten Blick sah es tatsächlich so aus, als ob Stella das manipuliert hätte.

„Bravo!"

„Ich wollte Yamoguchi wirklich nicht kränken, aber es war nun mal passiert und jetzt bin ich froh darüber."

„Und wie ist er im Bett?"

„Ach, im Vergleich zu unseren ukrainischen Jungs ist er eine Niete. Ein Fünf-Minuten-Mann mit hübschem Gesicht. Kaum bin ich richtig heiß geworden, war auch schon Schluss. Gute Nacht, Baby! Schlaf gut!"

„Weißt du, die meisten Männer taugen nichts. Die es gut können, wissen, was sie wert sind und haben jede Menge Frauen. Die anderen sind verheiratete Fünf-Minuten-Typen mit Bierbauch. Du kannst mir glauben. Ich kenne mich aus mit diesem Thema."

„Ich glaube dir ja."

„Und sein Pimmel?"

„Klein. Das gebe ich zu. Ganz winzig!"

„Hahaha! Ich habe dir doch gesagt, dass du dort nicht hingehen solltest!"

„Aber jetzt habe ich eine Freundin. Sie heißt Karin."

„Wie? Kran?"

„Nein. Karin."

„Ich habe dich richtig gehört! Es ist bloß lustig, wo du all die Leute mit diesen komischen Namen findest."

„Sie ist mit einem Yakuza verheiratet. Er sitzt jetzt im Knast. Deshalb muss sie arbeiten. Und das macht sie in unserem Klub. Sie verdient hundert Dollar am Tag und bekommt eine kleine Unterstützung von der Mafia."

„Noch eine Doofe", dachte Natalja, sagte aber nichts.

„Weißt du, wie die Mafia funktioniert? Alle, die zur Bande gehören, sitzen der Reihe nach im Knast, außer der Familie des Bandenchefs. Die Yakuza kontrolliert alle Märkte und Firmen. Sie zahlen quasi für den Schutz. Wenn ein Opfer zur Polizei geht, entscheidet die Mafia selbst, wer die Verantwortung übernimmt und in den Knast geht. Die Familie des Häftlings bekommt von der Mafia eine finanzielle Unterstützung. Wenn ein Yakuza-Mitglied den Namen seines Chefs verrät, wird ihm der kleine Finger abgeschnitten, ohne Narkose. Ich weiß jetzt, warum viele Klubbesucher keinen kleinen Finger haben. Das sind Verräter."

„Schrecklich! Ich mag diese Japaner nicht. Und zur Strafe für Prostitution schneiden sie dir die Schamlippen ab, oder?"

Gelächter erklang an beiden Enden der Leitung.

„Das weiß ich nicht. Ich weiß noch, wie der Yakuza-Boss zum ersten Mal in unserem Klub aufgetaucht ist. Da bin ich mit einem Kunden am Tisch gesessen, der an einer Hand keinen kleinen Finger hatte. Der ist sofort schnurstracks aus dem Klub gekrochen. Hat sich versteckt, damit man ihn nicht sieht. Der Yakuza-Boss hat immer eine Leibwache aus zehn, zwölf Mann dabei. Er ist ein imposanter alter Mann mit einer riesengroßen Brillantenbrosche am Jackett, neben dem Herzen. Bei seinem letzten Besuch hatte die Brosche die Form eines Delphins, übersät mit riesigen Brillanten. Während der Show hat seine Brosche im Dunkeln gestrahlt wie eine Discokugel. Er hat mir eine Platinkette mit einem kleinen Kreuz und Diamanten geschenkt."

„Oho!" Natalja wurde neidisch. Sie selbst hatte noch keine Brillanten bekommen. „Sind die Steine groß?"

„Nein, ganz klein, aber sehr schön. Sie glitzern. Wahrscheinlich habe ich dieses Geschenk wegen Yasushi bekommen."

„Okay, Stella. Ich muss Schluss machen. Wir telefonieren später noch mal."

„Dicker Schmatz! Tschüss, Liebes!"

„So, so! Brillanten! Die will ich auch haben!", zischte die Blondine erbost.

Am Abend kamen drei Jungs in ihren Klub und nahmen sie mit ins Séparée. Sie hatten jede Menge Kokain und Ecstasy dabei. Das Mädchen war glücklich und zufrieden. Sie koksten, schwatzten, lachten, begossen sich mit Champagner und vögelten. Zum ersten Mal seit Langem entspannte sie sich vom ganzen Herzen. Die hübschen Jungs sahen unter Drogen noch hübscher aus.

„Echt ein Wunder! Und was für ein Spaß!"

Sie erlebte ein unglaubliches Vergnügen. Am Ende des Abends bekam sie nur dreihundert Franken für den Gruppensex bezahlt. Sie schäumte vor Wut. Eine ganze Nacht Arbeit war verloren. Aber das Kokain wirkte und sie wollte Spaß haben. Im Endeffekt fuhr sie mit den Jungs in einen Nachtklub, um weiter abzuhängen. Mit einem von ihnen fing sie sogar eine Affäre an, wenn man das so nennen will. Er hieß Deon und war ein hochgewachsener, schöner Junkie. Das Pärchen vereinbarte ein Treffen, dann noch eines, und schließlich schaute sie immer öfter auf eine Stunde bei ihm vorbei, um vor und nach der Arbeit Koks zu sniffen. Das Kokain bezahlte sie mit Sex. Das Rauschgift verschlang Natalja. Immer häufiger nahm sie verschiedenste illegale Drogen, mit denen sie schneller und besser arbeiten konnte. Aber ihr Nervensystem begann zu streiken. Das bemerkte sogar Stella bei ihren Telefongesprächen. Natalja wurde nervös und unbeherrscht, sie schrie buchstäblich in den Hörer.

„Du brauchst Urlaub, Natalja", empfahl Stella. „Apropos! Ich habe wunderbare Neuigkeiten. Wir werden nicht mehr gesucht! Unsere Diplome sind echt und in die amtliche Datenbank eingetragen. Ich habe gestern mit Ewgeni gesprochen. Er hat mir versichert, dass alles in Ordnung ist. Die Polizei hat alles Mögliche überprüft. Anscheinend hat der Chef der Privatuniversität, an der wir angeblich studiert hatten, sehr gute Verbindungen. Die Polizei konnte nichts beweisen. Sie haben sogar Zeugen gefunden, also, unsere Kommilitonen, und die haben unsere Anwesenheit an der Universität damals bestätigt."

„Schlaue Jungs! Den Handel mit gefälschten Papieren haben sie echt drauf."

„Ja, hieb- und stichfest. Deshalb können wir problemlos nach Hause zurück und unsere Sachen und Dokumente bei der Polizei abholen. Wenn davon noch was übrig ist. Die Bullen klauen ja gerne. Wir hätten lieber zu Hause bleiben sollen."

„Wieso denn?", fauchte die blonde Bestie. „Du vielleicht! Ich nicht! Aber die Neuigkeit ist super! Wenigstens sind wir jetzt sicher vor dem Knast. Ich hatte schon Angst um das Geld, das ich auf mein Konto bei der Privatbank in die Ukraine überweise."

„Überweist du Geld? Wozu das Risiko? Es wäre doch bestimmt sicherer, es bei einer Schweizer Bank zu deponieren."

„Ohne Aufenthaltsgenehmigung dürfen wir keine Langzeitkonten eröffnen. Es geht natürlich trotzdem, aber dafür würde ich einen Haufen Bescheinigungen und anderer Dokumente aus der Ukraine brauchen. Für eine Tänzerin wäre das nicht machbar. Obwohl – ich überlege mir, bald zu heiraten, wenigstens eine Scheinehe zu schließen."

„Wen willst du denn heiraten?"

„Ich habe hier einen Typen. Er heißt Deon."

„Dämon?", stichelte Stella. Sie hatte Nataljas Witze über die Namen ihrer Freunde noch nicht vergessen.

„Hahaha! Bingo! Ja, der Name Dämon würde besser zu ihm passen. Und ich glaube, für fünftausend Dollar wäre er bereit, seinen Vornamen zu ändern. Junkies sind immer knapp bei Kasse."

„Ich freue mich für dich! Aber mir macht der Gedanke Angst, dass die Frauen von Junkies auch selten clean sind!"

„Mach dir keine Sorgen! Das wäre bloß ein Abschnitt meines Lebens. Eines Tages werde ich doch einen Millionär heiraten, du wirst sehen!"

„Dann mache ich mir auch keine Sorgen um dich, Schatz."

„Wie geht es dir überhaupt? Ist Yamoguchi zurückgekommen?"

„Mal kommt er, und dann geht er wieder. Er ist zu nichts zu gebrauchen. Er will sich mit mir außerhalb des Klubs treffen. Wahrscheinlich ist es ihm zu teuer, mir im Klub die Getränke zu bezahlen."

„Niemand schafft es, dich betrunken zu machen, Stella. Du kannst doch literweise saufen! Und bleibst dabei stocknüchtern!"

„Du hast gut reden! Hahaha! Yasushi hat mich eingeladen, mit ihm für ein paar Tage nach Okinawa zu fliegen, mit dem Hubschrauber seines Vaters. Ich zähle die Sekunden, bis das Wochenende kommt. Das ist die teuerste Kurgegend Japans."

„Geil! Der ist in dich verknallt, oder?"

„Ich weiß nicht. Aber er hat mich einmal gefragt, was meine Mutter davon halten würde, wenn ihre Tochter einen Japaner heiraten wollte, der sich zum Shintoismus bekennt."

„Was ist das denn?"

„Der Shintoismus ist die traditionelle Religion Japans. Er wurde in seiner Entwicklung wesentlich vom Buddhismus beeinflusst."

„Ich dachte immer, dass sie Buddhisten wären. Klar, wenn dieser dicke, schmerbäuchige Buddha auf allen japanischen Kalendern sitzt."

„Ich habe natürlich nicht gewagt, ihm die Geschichte zu erzählen, wie meine Mutter einen litauischen Jungen aus unserem Haus gejagt hat, der mich heiraten wollte, sobald sie seinen Namen gehört hatte: Stasis Watkunskas!

Sie sagte ihm direkt ins Gesicht: ‚Wie kommen Sie bloß auf die Idee, dass meine Tochter Stella Watkunskas heißen will?‘"

„Hahaha! Ich lache mich tot! Aber wenn sie den Japaner mit dem Namen ‚Iss Sushi› kennenlernt, wird sie es bereuen, dem Watkunskas heimgeleuchtet zu haben. Sie wird sagen: ‚Das hast du also aus deinem Leben gemacht, meine Tochter?!‘"

„Jetzt bringst du mich zum Lachen!"

„Aber mal im Ernst, Stella. Wie kannst du mit einem Japaner leben?"

„Gar nicht, natürlich, das ist nicht mein Ding. Obwohl ich ihn wirklich sehr mag. Er ist so groß! Wie der Kuschelbär, den ich einmal von meinem Vater zu Weihnachten geschenkt bekommen habe. Er ist sehr zärtlich und rücksichtsvoll. Ich bin hier ganz betrübt und traurig. Er kann mich aufheitern. Wenn er da ist, bin ich ruhig. Freilich nur für eine kurze Zeit, dann gewinnt die Sehnsucht nach der Heimat wieder die Oberhand über mein flüchtiges Glück und versetzt mich zurück in die Realität, wo boshafte kleine Leute auf der Suche nach Glück, Gefühlen und Emotionen umherirren. Aber in Wirklichkeit gibt es kein Glück auf der Erde. Manche haben Arbeit, Kinder, ein Haus und empfinden das als ihr Glück. Andere halten Unzucht, Saufen und lustigen Zeitvertrieb für Glück. Manche haben AIDS oder sind behindert und denken, sie wären glücklich gewesen, als sie gesund waren, aber damals hielten sie sich für unglücklich."

„Wenn man mit dieser Frage klarkommen will, muss man sie durch ein Wodkaglas betrachten, oder?"

„Genau. Ich wäre glücklich, wenn ich mit dir live eins trinken könnte, nicht per Telefon!"

„Na siehst du, wie wenig Alkis brauchen, um glücklich zu sein! Hahaha!"

„Ja, ich fühle mich hier wie im Knast. Und ich zähle die Tage bis zu dem Datum, an dem ich wegfahren darf, und streiche sie am Kalender ab. Genau sechs Monate Haft! Ein strenges Haft-regime, alles ist verboten. Man darf sich nur vor den Klubgästen verneigen, wie eine Idiotin mit dem Kopf bis zum Boden, und rufen: ‚Arigato gozaimasu!' – Vielen Dank, mein Herr!

Der Klubbesitzer buckelt genauso und bläst jedem Zucker in den Arsch. Läuft unterwürfig wie ein Hund zum Aufzug, ver-neigt sich tief vor der Tür, wenn sie aufgeht, und richtet sich vor dem Spiegel die Haare, wenn die Wache ihm die Ankunft von Yakuza meldet. Auch wenn es nur mein Jungmacker Yasushi ohne seinen Vater ist.

Er ist erst dreiundzwanzig, aber ganz Japan verbeugt sich vor ihm wie vor einem dickbäuchigen Buddha. Es ist eine andere Welt, unverständlich und verworren, aber beeindruckend mächtig!"

„Was ist so besonders an ihr?"

„Die Kultur und die Traditionen! Die Samurai zum Beispiel finde ich sehr interessant."

„Ich habe hier meine Wikinger! Wozu brauche ich da Samu-rai? Da kommt also dein Yasushi, alle verneigen sich vor ihm, er holt sich jede Menge Weiber, und du sitzt da und denkst, du wärst die Schönste und er wäre nur wegen dir gekommen?"

„Am Tisch sitzt er nur mit mir. Andere Mädchen lädt er nicht ein. Aber seine Stellung verpflichtet ihn, keine Schwäche zu zei-gen und kein bestimmtes Mädchen zu bevorzugen. Er muss sie alle einladen, wie es sein Vater macht."

„Also ist er verliebt", zog Natalja das Fazit.

„Ich glaube, sie können nicht lieben. Oder sie machen es auf ihre eigene Art und Weise. Hier ist einfach alles merkwürdig. Manchmal höre ich eine Stimme, die fast echt klingt und mir sagt, dass ich nie wieder hierherkomme."

„Da spricht der Alkohol, Stella! Hör auf zu trinken!"

„Weißt du, was mir einer meiner Gäste geschenkt hat? Du wirst dich totlachen! Ein Farbenset, aber kein gewöhnliches! Es ist zum Färben des Schamhaars gedacht. In dem Set sind ganz vie-le Farbtöne, auch solche, wie du sie magst. Sehr grelle nämlich."

Hysterisches Gelächter erklang von der anderen Seite der Erdkugel.

„Diese Perverslinge!"

„Ich würde sagen, die Bezeichnung Wichser wäre angemessener. Sie denken ständig an Sex. Oder vielmehr, sie träumen davon. Aber machen können sie nichts. Bieten es nicht einmal an. Da kommt mal einer, setzt sich zu mir, glotzt mich eine Weile an und geht dann für drei Minuten in die Ecke, sich einen runterholen. Hast du schon mal japanische Pornos gesehen? Die sind eher Antisex als erotische Filme."

„Ach so. Deshalb laufen hier scharenweise Japanerinnen Arm in Arm mit europäischen Männern herum. Die Jungs hier haben wenigstens was in der Hose. Sogar die Fünf-Minuten-Männer!"

„Da sagst du was! Unsere russischen Fünfminutler wären Sexzaren für die Japanerinnen!"

Natalja öffnete den Kühlschrank.

„Verdammt! Das Bier ist alle! Um diese Zeit muss man bis zum Bahnhof gehen. Die Läden haben schon zu."

„Bei uns wird Bier in Automaten an der Straße verkauft. Es gibt sogar Ein-Liter-Dosen. So eine öffne ich gerade", prahlte Stella.

„Schmeckt das Bier wenigstens? Sag ehrlich, du Schlange!"

„Oh ja! Ich mag am liebsten Asahi! Es ist so prickelnd."

„Mmh, lecker."

„Ziehst du morgen weiter in den nächsten Klub, Natalja? Alles frisch?"

„Alles bestens, wie immer."

„Ruf mich an, wenn du dich ein bisschen eingelebt hast. Und pass auf dich auf, bitte."

„Dein Wunsch ist mir Befehl!", scherzte die Blondine wie immer und legte auf.

Nach drei Monaten wechselte Natalja zu einem Klub, der von Madame Rosa geführt wurde, der Frau eines Albaners namens Duka. Er war ein junger attraktiver Mann, etwa zwanzig Jahre jünger als sie. Dieses Etablissement, wie alle dieser Art, in denen Albaner die Chefs waren, wies keine besonders hohe Klasse auf. Die Preise für Getränke und für sexuelle Dienstleistungen waren wesentlich niedriger. Die Separees waren von Männern überfüllt. Überhaupt gab es sehr viele Gäste. Hier traf Natalja eine weitere Liebe, den Geldsack und Säufer Pascal. Bevor er Natalja kennenlernte, war er ein gewöhnlicher Metzger auf einem Markt in Frankreich gewesen. Vielleicht doch nicht ganz so gewöhnlich, denn er hatte eine Leidenschaft. Er spielte Lotto, EuroMillions. Und das Interessante an dieser Geschichte war, dass ausgerechnet für den eher schlicht gestrickten Metzger einmal eine Sternstunde schlug und er dreiundzwanzig Millionen Euro gewann. Bald darauf tauchte er in einem der teuersten Bordelle Genfs auf. Er trat vor den Prostituierten wie ein echter Vertreter der gesellschaftlichen Elite auf. Sein Gehabe war stolz, das Kinn schob er nach vorne, um wichtiger zu wirken. Er hatte allerdings Gewohnheiten, die sein Leben ruiniert hatten, als er noch auf dem Markt arbeitete – Weiber und Alkohol. Damals pflegte er sein ganzes Geld in Kneipen zu versaufen. In der Schweiz kaufte er sich ein Ferrari-Autohaus und eine schicke Wohnung in der Stadtmitte. Aber so sehr er auch versuchte, wie ein Mann aus der Oberschicht zu wirken, nach ein paar Flaschen teurem schottischen Whisky verwandelte er sich wieder in Lumpenpack. Der Klub wurde ihm samt Personal und Direktor verkauft, oder genauer gesagt, aufgeschwatzt, denn Pascal wäre kaum imstande gewesen, ein Unternehmen, insbesondere einen so großen Klub, zu verwalten. Nicht einmal für den Fleischmarkt war er intelligent genug.

Als Pascals sehnlichster Wunsch endlich in Erfüllung gegangen war und er ein ganzes Puff voller Nutten erhalten hatte, fing er an, das Leben mit kindlicher Freude zu genießen. Er war bald der häufigste Gast seines eigenen Etablissements und natürlich auch bei den nächsten Nachbarn. Ganz in der Nähe lag zum Beispiel der Klub, in dem er Natalja, seine Flamme, kennenlernte.

Pascal war ein ungewöhnlicher Mensch und seine Vergnügungen waren unterhaltsam und lustig, zumindest für ihn selbst. Er kam regelmäßig angeheitert in einen der Klubs, ließ die Mädchen tanzen, bestellte eine riesengroße Flasche Champagner und pisste hinein. So machte er sich den ganzen Abend über sie lustig. Natalja wusste davon, deshalb versuchte sie immer, seine Getränke mit ihm zu teilen. Wenn er sturzbesoffen war, beleidigte er die Mädchen und bespuckte sie. Nur Natalja konnte diesen Drecksack ertragen, schlief mit ihm, kümmerte sich morgens um ihn und räumte seine Wohnung auf. Diesmal hatte sie wenig Konkurrenz. Kaum eine Frau wollte es riskieren, so einen Typen neben sich zu haben. Bald zog sie bei ihm ein. Pascal kaufte sie für einen Monat von der Arbeit im Klub frei, indem er dem Besitzer gemäß Vereinbarung zwanzigtausend Franken zahlte. Die Schöne beschloss, einen Französischkurs zu besuchen, denn sie hoffte auf eine beständige, ernsthafte Beziehung mit Aussicht auf eine Hochzeit. Als sie begriff, dass dieser Saufbold das Geld bedenkenlos zum Fenster hinauswarf, ging sie das Risiko ein, mit ihm über eine monatliche Zahlung für ihre Dienstleistungen zu reden. Pascal wurde ein bisschen verlegen, als er diese, wie er meinte, freche Forderung der Blondine hörte, die ihm ewige und reine Liebe schwor. Trotzdem stimmte er zu, ihr zwanzigtausend Franken im Monat zu zahlen, aber keinen Rappen mehr.

„Natürlich, Liebster. Keinen Rappen mehr", dachte sie. Aber jedes Mal, wenn er sich betrank, und das war oft, klaute sie Geld aus seinem Portemonnaie. Pascal soff sich manchmal ins Koma. In diesem Zustand pisste er ins Bett, in dem er mit seiner Lebenspartnerin lag. Der Gestank war fürchterlich. In der Wohnung konnte man kaum atmen. Aber wenn Natalja sich beschwerte und ihre Unzufriedenheit zeigte, schämte er sich nicht, bei seinem nächsten Alkoholabsturz absichtlich auf sie zu pissen, während sie im Bett schlief. Pascal war nicht nur innerlich, sondern auch äußerlich hässlich. Er war klein, hatte eine große Nase und ein versoffenes Gesicht mit blutunterlaufenen Augen.

Stella konnte nicht begreifen, warum ihre Freundin mit so einem Arschloch zusammenlebte. Es war eine Sache, sich von einem solchen Typen für Geld ficken zu lassen, dann aufzustehen und zu gehen. Aber ein Zusammenleben war doch unvorstellbar! Sie hoffte, Natalja bald in Genf besuchen zu können und sich den schönen Pascal anzuschauen.

Lebt wohl, ihr Samurai!

Es blieben noch wenige Stunden bis zu Stellas Abflug.

„Adieu, Japan! Adieu„Iss Sushi'", dachte das Mädchen voller Bitterkeit und Schmerz.

Er begleitete Stella nicht zum Flughafen, denn es hatte ihn tief getroffen, dass sie ihren nächsten Vertrag abschloss, während sie noch in Japan war. Im Vertrag stand das Datum ihres Abflugs in die Schweiz, in den italienischen Teil des Landes. Sie ging nach Lugano an der Grenze zu Italien, am Lago Maggiore, der als einer der schönsten Seen Europas galt. Bald würde sie bei Natalja sein! Hurra! Es würde auf jeden Fall lustiger werden. Japan blieb für sie ein Rätsel, geheimnisvoll, seine Kultur und Traditionen fremd. Dabei fiel ihr die japanische Sprache leicht. Als die Einheimischen sich mit ihr unterhielten, wollten sie nicht glauben, dass das Mädchen erst vor einem halben Jahr nach Japan gekommen war. Das Problem bestand für sie nicht in Sprachschwierigkeiten. Ihre Seele lief leer, als ob dieses Land ihr die russische Kultur ausgesaugt und ihr seine Regeln der Unterwerfung aufgezwungen hätte, die sie nie verstehen und akzeptieren würde. In Japan hatte sie zehn Kilo zugenommen, die sie um jeden Preis loswerden musste, um den Bedingungen des schweizerischen Vertrags zu entsprechen. Das machte ihre Laune nicht besser. Sie hatte umgerechnet rund fünfeinhalbtausend Dollar in bar bei sich. Mehr hatte sie in dem halben Jahr in Japan nicht zusammensparen können. Damals, 2005, war das viel Geld für ukrainische Verhältnisse. Verrückte Gefühle überkamen Stella. Darin nahm sie auch einen Nachhall ihres Stolzes auf das wahr, was sie vollbracht hatte, und dass sie ein wunderbares Land besucht hatte. Es verlieh ihr Kraft, dem gewählten Weg zu folgen.

Im Prinzip hatte sie in diesem Land nichts gesucht, was auf ihre Zukunft einen Einfluss haben oder sie verändern könnte. Vor allem brauchte sie eine Pause von der Jagd nach dem Leben, von Kiews Lärm und Trubel und natürlich der Fahndung. Und überhaupt von sich selbst.

Sie dachte an Natalja und die Freundin tat ihr leid. Oder verwechselte sie vielleicht Mitleid mit Neid? Natürlich spürte Stella eine gewisse Beklemmung, als sie sah, wie Natalja schnell und einfach Tausende von Dollar bloß damit verdiente, dass sie die Beine breitmachte.

Stellas Lebensweg sah vergleichsweise schwierig, kompliziert und sogar illegal aus. Im Alter von vielleicht sechzehn Jahren – wenn sie so alt war – verließ sie ihr Elternhaus. Ihre Kindheit war bis dahin heiter und unbeschwert, aber leider endet Gutes immer viel zu schnell. Sie war sehr rebellisch, im Grunde schon fast kriminell. Ihre Lehrer hüteten sich vor ihr und versuchten, nicht in Konfliktsituationen mit ihr zu geraten. Der Umgang mit den Kindern der 90er-Jahre war nicht wirklich witzig. Eines Tages in der Schule wurde sie von der Englischlehrerin Vera Iwanowna an die Tafel gerufen. Mehrfach hatte die Lehrerin sie zu einem Thema befragt, bekam von ihr aber keine Antwort. Also schrie die Lehrerin sie an:

„Stella, antworte, oder du bekommst eine 6!"

Und Stella erwiderte flüsternd:

„Ich bekomme eine 4, oder Sie haben einen Unfall!"

Die Lehrerin wurde rot vor Wut. Da sie die Banditin fürchtete, schrieb sie ihr aber zunächst eine 4 auf.

Stella hatte außerdem einen Hang zum Lügen. Zum Beispiel stellte sie unter Beweis, dass ihre normale Körpertemperatur 37,2 °C sei. Dazu hatte sie in der Schule immer ein Thermometer bei sich, das sie, um den Beweis zu erbringen, durch Reiben auf die notwendige Temperatur brachte, ehe sie es unter ihren Arm legte.

Einmal schnitt sie ein riesiges Stück Linoleum aus dem Fußboden im zweiten Stock der Schule heraus. Sie setzte ihre ganze Bande auf diesen „fliegenden Teppich" und ließ sie auf dem Neuschnee den Hang hinunterrutschen. Die Hälfte der Klasse musste anschließend mit inneren Verletzungen ins Krankenhaus, verursacht durch einen großen Sprung den Hügel hinab.

Das Schlimmste jedoch passierte immer, wenn sie Tagesdienst in der Schule hatte. Stella stand vor der Tür, um zu überprüfen, ob ihre Mitschüler ein Paar saubere Schuhe zum Wechseln dabeihätten. Sie nutzte die Gelegenheit, von den Mitschülern, die kein Wechselpaar dabeihatten, Geld zu verlangen. Diejenigen, die kein Geld hatten oder den Tribut von zehn Kopeken nicht bezahlen wollten, blieben in der Kälte vor der Schule stehen.

Eines Tages wurden die Schüler beauftragt, auf den Straßen Metall zu sammeln. Angeblich, um die Stadt von Müll zu befreien. Jeder wusste aber, warum der Direktor das Metall brauchte. Natürlich wollte der alte, üble Fuchs von der Arbeit der Kinder profitieren. Er versprach ihnen dafür gute Noten in Werken und offenbar auch in Sport.

Und was tat Stella? Metall sammeln etwa? Selbstverständlich nicht. Sie ging zur Müllhalde, wo das Altmetall hingebracht wurde, packte die Musterschülerin, die die Teilnahmeliste führte, im Genick, unterschrieb und machte sich davon zur Luke der Fernwärmeleitung, wo sie mit ihren Freunden im Winter abzuhängen pflegte. Die Rohre in den Luken waren zu dieser Zeit warm. Auf ihnen trockneten die Kinder ihre Jacken und Handschuhe, die beim Spielen auf den Rutschen am Ufer nass geworden waren.

Natürlich war danach ein Tracht Prügel von den Eltern unvermeidlich. Ihre Mutter fiel ein paar Mal direkt in der Schule in Ohnmacht wegen der Streiche des Töchterchens.

Ihr Vater arbeitete in einer Goldmine in Tschukotka im Norden Russlands. Die Mutter war Russischlehrerin in der Schule, hatte eine halbe Stelle und zog die beiden Töchter auf. Sie lebten in Lugansk, in einem großen dreistöckigen Haus mit Bibliothek und Musikzimmer. Dort stand ein Klavier, auf dem Stella und ihre Schwester Elena Unterricht bekamen. Stella weigerte sich kategorisch, Klavier zu spielen. Davon wollte ihre Mutter allerdings nichts hören und schlug ihre widerspenstige Tochter mit dem Gürtel oder mit dem Besen. Das führte dazu, dass Stella bald aufhörte, ihre Mutter zu lieben. Zumindest schien es dem Mädchen so. Dagegen wurde die seelische Nähe zu ihrem Vater immer stärker. Als der Vater starb, gab Stella der Mutter die Schuld an seinem Tod. Eines Nachts belauschte sie ein für sie fürchterliches Gespräch in einem der gemütlichsten Zimmer des Hauses, in dem ein Sofa am Kamin stand.

Damals, in den 90ern, galt in der ehemaligen Sowjetunion kein Gesetz mehr und das Land war von Zwietracht und Angst zerrissen. Das Imperium brach zusammen und mit ihm das gewohnte Leben der Menschen. Diese schrecklichen Zeiten betrafen vor allem Stellas Vater und brachten Unheil ins Haus der glücklichen Familie. Er brachte aus Tschukotka vier US-amerikanische Pässe mit. Er hatte sie in Alaska gekauft, für Gold, das er gestohlen und mit der Unterstützung von Tschuktschen, den Ureinwohnern Tschukotkas, über die Beringstraße nach Amerika geschmuggelt hatte. Die Pässe hatten ihn ein Vermögen gekostet. Geld und Beziehungen ebneten ihm einen Weg aus der Falle, die ihm die schweren Zeiten stellten, und gaben ihm die Möglichkeit, seine Familie in ein sichereres Land umzusiedeln, als es seiner Meinung nach Russland war. Er wollte sich vor dem Gesetz verstecken. Vielen Oligarchen, Banditen und sogar Mördern war das gelungen, sie lebten jetzt in aller Ruhe in den USA, waren Mitglied im Golfclub und rauchten Zigarren.

Aber die kleine Stella interessierte sich damals weder für Geld noch für Macht oder Morde. Sie hörte gern die Geschichten von Papas Leben in dem fernen, von Eis bedeckten Land. Stella fragte sich, wie er wohl eine gemeinsame Sprache mit den Eingeborenen fand. Der Wortschatz der Tschuktschen bestand angeblich aus nur fünfhundert Wörtern. Damit könnten sie aber auskommen, wenn sie den ganzen Winter mit ihren Rentieren durch die Tundra wanderten. Alles Notwendige bekamen sie vom Staat. Die kleine Stella hörte stets mit offenem Mund zu, wenn ihr Vater von den Tschuktschen erzählte, und konnte dann nicht einschlafen. Sie träumte von sprechenden Rentieren.

Einmal war ihrem Vater eine witzige Geschichte passiert.

Am Ende des Jahres, oder genauer, der Saison, wenn die Hirten mit ihren Rentieren zurückkehrten, wurden die Tschuktschen mit allerlei Geschenken belohnt. Diesmal hatte man beschlossen, ihnen eine Überraschung zu bereiten. Sie wurden in ein Hotel in Alaska eingeladen. Zum Programm gehörten ein Urlaub mit Festbankett und eine Belohnung. Die Leute wurden mit einem Hubschrauber zum Hotel gebracht. Jede Familie bekam ein Zimmer. Bis zum Abend konnte sich die Gäste ausruhen. Zur vereinbarten Zeit kam Stellas Vater Nikolai ins Hotel, um die Gäste in den Bankettsaal zu holen. Er schaute sich auf jedem Stockwerk um und alle Zimmer standen offen und leer. Nikolai lief lange durch die Gänge, öffnete alle Türen, um herauszufinden, wohin so viele Tschuktschen verschwinden konnten. Er hatte die Hoffnung schon fast aufgegeben, als er die letzte Etage des Wolkenkratzers erreichte und eine halb offene Tür sah, hinter der es ebenfalls totenstill war. Er schaute in den Raum und blieb mit offenem Mund an der Tür stehen. Die Tschuktschen lagen und saßen buchstäblich aufeinander, in Form einer ägyptischen Pyramide, und verhielten sich still wie Mäuse. Mitten im Zimmer stand ein Eimer, in den die Wilden ihre Notdurft verrichteten, obwohl es natürlich auch ein WC gab.

Bei dieser Vorstellung liefen Stella Lachtränen über die Wangen.

Die Tschuktschen wurden aus dem Zimmer geführt. Es schien, als ob sie gar nicht im Bilde wären, warum man sie dorthin gebracht hatte. In ihren Augen standen Angst und Panik. Während der Auszeichnungszeremonie wurde die Atmosphäre etwas entspannter, die Tschuktschen fingen an zu lächeln. Man konnte den Eindruck gewinnen, dass sie eher einen Tod durch Erschiessen als Geschenke erwartet hätten. Bei der Feier wurde jedem ein kabelloses Radio mit Batterien ausgehändigt. Diese Geräte gefielen den Nomaden außerordentlich. Sie hatten sie immer und überall dabei. Tschukotka lebte auf. Musik ertönte im ewigen Eis, wo die schöne, aber gnadenlose Natur herrschte. Hätte man damals von einem Satelliten aus die Tundra anschauen können, hätte sich eine Frage aufgedrängt: Was sind das für schwarze Flecken, mit denen sie übersät ist?

Diese Flecke waren Hunderte von Radios, die die Tschuktschen an der Stelle weggeworfen hatten, wo die Batterien der unglückseligen Geräte ausgegangen waren. Manche Tschuktschen wurden wütend und schlugen die Radios mit Schwung gegen Eis oder Bäume, in der Hoffnung, dem schweigenden Gerät wieder Musik zu entlocken.

Heutzutage, da vollautomatisierte Teslas ohne Fahrer über die Straßen flitzen, ist es kaum zu glauben, dass so etwas noch vor Kurzem möglich war.

Damals war der Staat bereit, russischen Frauen Geld zu zahlen, wenn sie sich entschieden, einen Tschuktschen zu heiraten und ihm Kinder zu gebären, um das Blut des wilden Volkes aufzufrischen und dessen Leben etwas zu verlängern. Die Tschuktschen wurden kaum älter als dreißig Jahre. Bei -40 °C Kälte trugen sie stolz ihre selbstgefertigte Kleidung aus Rentierfellen direkt auf der Haut.

Stella erinnerte sich an die tragische Geschichte von einem jungen Eisbären, den ihr Vater mit seinem Freund Ewgeni der Bärin entführte. Sie badete ihre Kinder, indem sie diese eines nach dem anderen ins Wasser warf. In diesem Moment flogen sie mit dem Hubschrauber so nah ans Wasser wie möglich und entführten das kleine Tier mit einem Netz. Sie brachten es nach Hause und wollten ihm beibringen, wie man nach den Regeln grausamer Menschen lebt. Aber das mütterliche Herz konnte den Verlust nicht verkraften und die Bärin machte sich auf die Suche nach ihrem Jungen. Sie legte etwa 1000 Kilometer zurück, geleitet entweder von ihrer Witterung, vom Ruf des Herzens oder dem tierischen Instinkt. Als sie es fand, war das Jungtier schon etwas größer. Er spielte und tollte mit seinen Herrchen herum wie ein großer weißer Hund. Die wütende Mutter griff die Menschen brüllend an. Mit unglaublicher Kraft zerstörte sie alles auf ihrem Weg. Stellas Vater musste die Bärin erschießen. Sie kam ja nicht nur, um ihr Kind zu holen, sondern auch, um alle zu töten, die ihr Böses angetan und die Gesetze der Natur verletzt hatten. Das Bärchen aber erkannte seine Mutter. Brüllend beugte es sich über ihre blutende Wunde und versuchte, sie zu lecken. Das Tier heulte bitterlich, wie ein Menschenkind, das seine Mutter beweint, und verabschiedete sie in den Himmel. Lange Jahre konnte sich Nikolai diese Sache nicht verzeihen. Wenn er darüber redete, hatte er Tränen in den Augen.

Bald wurde der kleine Bär groß. Man sah in ihm ein vollwertiges Familienmitglied, sogar einen Freund. Die Männer fischten für ihn. Er hatte das ja selbst nicht gelernt.

Dann wollte Ewgeni, Nikolais Freund, heiraten und Kinder haben. Nach einigen Jahren hatte er zwei Kinder, ein Mädchen und einen Jungen, die im Abstand von einem Jahr geboren wurden. Der Bär liebte die Kinder und spielte mit ihnen. Niemand konnte sich vorstellen, dass der Bär noch diesen Bäreninstinkt hatte, Kinder zu baden, indem er sie auf seine Pfote setzte und ins Wasser warf, so wie es seine Mutter einst gemacht hatte. Doch der Bär packte das Mädchen mit seiner Pfote am Po, hob es hoch und versetzte ihm einen mächtigen Schlag. Das Kind flog ins Wasser, auf dem Eis trieb. Der Schlag war fast tödlich gewesen. Das Kind überlebte, aber sein Rücken war gebrochen und es war von da an auf einen Rollstuhl angewiesen.

Nikolai sagte, das Leben sei ein Bumerang. Für alles müsse man einen Preis bezahlen, und das nicht im Jenseits, sondern hier, in diesem Leben.

In jener verfluchten Nacht, als Stella ihren Vater zum letzten Mal lebend sah – durchs Schlüsselloch –, wurde ihr Leben für immer auf den Kopf gestellt. Der Vater trat über die Schwelle des Hauses. Er sprach mit der Mutter und bat sie, umgehend zu packen, um mit der ganzen Familie in den Norden zu fahren und von dort nach Amerika auszuwandern. Aber die Mutter lehnte seinen verrückten Plan entschieden ab. Sie hielt ihn für einen Banditen, was er zweifellos auch war. Er war ein hochgewachsener, attraktiver Mann mit krausem Haar, dazu noch vom Sternzeichen Löwe. Er hielt immer sein Wort und war hart im Nehmen. Die Leute hatten Angst vor ihm, wenn er sie nur ansah. Er war geschickt und klug, galt als guter Gesprächspartner. Mit ihm war das Leben interessant und lustig. Aber zu einem so großen Schritt wie die Auswanderung nach Amerika, noch dazu noch mit gefälschten Papieren, war sie nicht bereit, schon gar nicht ohne Vorbereitung. Der Vater erzählte ihr, dass man ihn bald umbringen würde, wie schon viele seiner Freunde, aber die Mutter glaubte ihm nicht. Sie hielt das für eine Fantasie, die nur dazu dienen sollte, sie zu überreden. Sie Mutter war verärgert und nannte ihn einen Lügner, der Horrorgeschichten erfand. Mit einem Schrei entriss sie ihm die Pässe und warf sie ins Kaminfeuer.

Fünf Monate später hatte Stella keinen Vater mehr. Das Auto, in dem er und mit vier Freunden und Arbeitskollegen saß, wurde in Moskau in die Luft gejagt.

Stella war vom Tod ihres Vaters schwer getroffen. Sie machte allen um sich herum die größten Vorwürfe.

Nach einem Jahr heiratete die Mutter erneut. Der frischgebackene Ehemann vergewaltigte ihre beiden Töchter, die noch Jungfrauen waren, in ihrem eigenen Haus, als sie abwesend war. Der älteren Tochter Elena verrenkte er den Arm, als sie sich zu wehren versuchte. Nach vielen Operationen musste der Arm amputiert werden. Die jüngere Tochter rannte in Panik aus dem Haus. Sie schwor beim Andenken ihres Vaters, dass sie nie nach Hause zurückkehren würde. Sie ging zu ihren Freundinnen Rimma und Ruslana. Beide Mädchen waren etwas älter als Stella, deshalb klaute Stella einer von ihnen den Pass und ein Zeugnis über den Abschluss der Ausbildung als Barmixerin und Kellnerin. Sie entfernte akkurat das Foto aus dem gestohlenen Pass und ersetzte es durch ihr eigenes Bild. Niemand bemerkte je, dass an dem Bild in ihrem Pass der Abdruck des Rundsiegels unterbrochen war. Stella bekam problemlos einen Job. So wurde aus ihr Ruslana, Kellnerin in einem Kasino. Der anderen Freundin, Rimma, stahl sie ein teures Handy. Das verkaufte sie, um etwas Geld für die ersten Tage zu haben.

Das Flugzeug hob ab. Stella wurde aus den fürchterlichen Erinnerungen an ihre Kindheit gerissen, richtete sich auf und setzte sich bequemer hin. Ein langer, komplizierter Flug stand ihr bevor. Nagasaki – Fukuoka – Tokio – München – Kiew.

Wie gerne hätte sie den Münchner Flughafen verlassen, um einen Streifzug durch die Stadt zu machen! Ein bisschen zu bummeln, Bier zu trinken und dazu die berühmten Weißwürste zu bestellen. Leider durfte sie mit ihrem japanischen Visum den

Transitbereich in den EU-Staaten nicht verlassen. Im Duty-freeS-hop des Flughafens schwor sich Stella, dass sie eines Tages ei-nen Pass haben würde, mit dem sie in alle Länder der Welt ein-reisen könnte.

In Kiew kam sie am frühen Morgen an und beschloss, ihre Angelegenheiten nicht auf den nächsten Tag zu verschieben, son-dern gleich in die Schweizer Botschaft in der Kosjatinskaja-Straße zu fahren und ein Arbeitsvisum zu beantragen. Als das Taxi vor dem Botschaftsgebäude anhielt, sah sie eine riesig lange Schlan-ge von Menschen, die auf die Öffnung der Botschaft warteten.

„Verdammt! Ich dachte, ich wäre die Erste!"

Der Taxifahrer schmunzelte, als ob er sich über Stellas Pech freute.

Gut, dass sie noch von Japan aus einen Schieber angerufen hatte, der vor dem Botschaftstor Versicherungen verkaufte, wie sie für die Ausstellung eines Arbeitsvisums obligatorisch waren. Der Makler kam in aller Herrgottsfrühe zur Botschaft, um seine Papiere zu verkaufen. Dann stellte er sich in der Schlange an und verkaufte seinen Platz einem der später Angekommenen. Selbst-verständlich bezahlte Stella diese für sie so wichtige Dienstleis-tung, um keine drei Stunden beim Warten zu verlieren. Dabei müsste sie noch fürchten, dass ihr grämlicher Taxifahrer jeden Moment mit ihrem Gepäck davonfahren könnte.

Mit stolzer Miene stellte sich Stella mit dem ausgefüllten Fra-gebogen und der Versicherungspolice in der Hand weit vorn in die Warteschlange. Das Mädchen spürte, dass Geld doch glück-lich machte!

Der Sommer kam näher, die Sonne strahlte immer heller, Stel-las Laune wurde besser bei dem Gedanken, dass ihr Traum von einem Sommer in der Schweiz zum Greifen nah war. Sie besuch-te Massagesalons, um ihre Figur in Ordnung zu bringen. Wie im Flug ging ein ganzer Monat vorüber, fast ohne dass sie es merk-te. Stella konnte es kaum abwarten, ihre Freundin endlich wie-derzusehen. Bis dahin hatte sie keine Freude mehr in ihrem Le-ben. Was ihr allerdings Sorgen machte, war Nataljas Stimmung.

Pascals Sauftouren brachten die Schöne an die Grenze des Nervenzusammenbruchs. Erst, als sie die Ersparnisse nachzählte, die sie während des Lebens mit ihm auf die hohe Kante gelegt hatte, wurde sie ruhiger. Sie studierte seine Angewohnheiten und Charakterzüge und lernte neue Tricks. Wenn er betrunken war, bat sie ihn um Geld, genaue Beträge, die angeblich für Lebensmittel für die ganze Woche vorgesehen waren. Dazu kam noch die Reinigung der Sauna und des Schwimmbeckens auf dem Dach seiner Wohnung in einem Altbau direkt in der Stadtmitte, von wo aus sie eine unglaublich schöne Aussicht hatten. Das untere Stockwerk hatte sie angeblich selbst aufgeräumt. Aber in Wirklichkeit heuerte sie gar keine Reinigungskräfte an, sondern legte das Geld zu ihren Ersparnissen. Es stellte sich heraus, dass er sich hinterher entweder an gar nichts oder nur an Bruchstücke des Geschehens erinnern konnte. Im Restaurant nahm Natalja seine Geldbörse oft dreimal, um angeblich die Rechnung zu bezahlen.

Einmal griff er nach ihrer Hand, blickte ihr ganz nüchtern direkt in die Augen und sagte: „Glaubst du, ich merke nicht, dass du stinkende Ratte mein Geld stiehlst?" Sie erschrak. Sie zitterte, ein kalter Schauer lief ihr über den Rücken, obwohl es im Restaurant warm war. Er lehnte sich zurück, lachte teuflisch laut und sagte mit betrunkener Stimme, schlucksend wie ein Nilpferd:

„Das war ein Witz. Ich wollte dich prüfen."

„Wie kannst du so etwas sagen oder auch nur denken?" Natalja griff nach Strohhalmen.

„Wenn ich so etwas denken würde, hätte ich dich schon längst in Stücke gehackt wie einen Kadaver auf dem Markt. Hahaha!"

Ihr Puls raste. Nach diesem Zwischenfall beschloss sie, auf jeden Fall den Code seiner Bankkarte auszuspähen, damit sie am Bankautomaten Geld abheben konnte, während er besoffen und bepisst schlief. Pascal war vielleicht kein Überflieger, aber auch nicht ganz blöd. Wenn er betrunken war, wurde er so oft von Weibern bestohlen, dass die bittere Erfahrung ihn gelehrt hatte, vorsichtig zu sein, um nicht wieder abgezockt zu werden. Außerdem hatte er seinerzeit die harte Schule des Markts durchgemacht. Wenn man sich auch nur für eine Sekunde umdrehte, war die Kuh auch schon gestohlen.

„Wann kommt endlich, meine Stella? Zusammen nehmen wir ihn ganz sicher aus!" Natalja lächelte heimtückisch, als sie sich den bepissten Idioten in seiner Verwirrung darüber vorstellte, wie und wo er so viel Geld hatte ausgeben könnten. Das konnte er gar nicht verstehen!

Und Stella könnte so stehlen, dass nichts davon nachweisbar wäre …

Juhu! Ich fliege in die Schweiz!

Endlich fuhr Stella mit dem Taxi zum Flughafen und neuen, bunten Abenteuern entgegen.

Vorher holte sie ihre Sachen bei der Polizei ab, bezahlte jede Menge Strafen und Schmiergelder, um den Fall abzuschließen und die Leute ruhigzustellen, die angeblich durch ihr betrügerisches Notarbüro geschädigt worden waren. Das war freilich nicht bewiesen, brachte aber doch viele Probleme mit sich. Sie musste ihren ganzen Schmuck verkaufen, bis auf die Kette, die ihr Yasushis Vater geschenkt hatte. Diese war ihr besonders teuer, weil damit Erinnerungen an die goldenen Strände der Insel Okinawa, den Privatjet und den großen, attraktiven Japaner verbunden waren, der sie mit seinen großen Schlitzaugen anschaute, wie es Menschen tun, die den orangenfarbenen japanischen Sonnenuntergang bestaunen. Sie stellte sich kurz seine Hände oder vielmehr Pranken vor, mit denen er sie von hinten umarmte und an sich zog. Sie vermisste ihn voller Sehnsucht. Stella stellte die traurigen Gedanken zurück und machte sich ans Italienischlernen. Sie war ja schon unterwegs zum sonnigsten Ort der Schweiz, wo auf sie die Arbeit in einem der coolsten Etablissements wartete. Dort waren etwa fünfzig Mädchen beschäftigt. Allein die Balletttruppe aus Charkow zählte dreißig Tänzerinnen. Die übrigen zwanzig bis fünfundzwanzig Mädchen arbeiteten mit einem Vertrag, der sie verpflichtete, alle acht Monate in den nächsten Klub weiterzuziehen. Im Etablissement gab es eine riesengroße Bühne, die für die Show automatisch nach oben gefahren und später wieder versenkt wurde und als Tanzfläche diente. Es gab einen gigantischen Tresen mit drei schönen italienischen Barkeepern, ein Restaurant und einen schicken Garten mit weißen Lauben und geflochtenen Sofas, schneeweißen Kissen und hellgrauen Wolldecken auf dem grünen, wie mit einem Lineal getrimmten Rasen – all das sah edel und bezaubernd aus.

Ihr Zimmer lag im obersten Stock des Klubs, von wo aus sie einen Blick auf den See und Palmen am Ufer hatte.

„Oh Gott, wie wunderschön!"

Begeistert schaute das Mädchen mit ihren großen braunen Augen zum Fenster hinaus auf die unvergleichliche Natur des von den unnahbaren, atemberaubenden Alpen umringten Sees. Sie erinnerte sich mit Schaudern an ihre Höhle im ehemaligen Abstellraum in Japan, die ein unangenehmer Geruch aus der Wohnung nebenan durchdrang, wo philippinische Nutten wohnten. Eines Tages, als der Gestank wieder einmal besonders fürchterlich war, beschloss sie, ihre Nachbarinnen zu besuchen, um herauszufinden, welche Leiche in dieser Wohnung verweste. Vorher trank sie eine Flasche Sake, um härter auszusehen. Es stellte sich heraus, dass der Geruch von einem philippinischen Gericht kam: Hühnereier mit Föten. Die Frauen holten die Küken kurz vor dem Schlüpfen aus den Eiern und bereiteten sie zu. Manchmal vergaßen diese kleinen schmutzigen Huren, die Reste zu beseitigen, darum musste Stella in ihrer Hundenische den Geruch von verwesenden Küken ertragen.

„Pfui, wie ekelhaft! Ich sollte das lieber vergessen!", befahl sich die schlanker gewordene Süße. Sie ging zu einem Gespräch mit dem Direktor über den Lohn, den Arbeitsplan und die freien Tage. Die interessierten sie in diesem Moment am meisten, weil sie sich nach dem Wiedersehen mit ihrer Freundin in Genf sehnte.

Grundsätzlich war alles wie in dem Klub, in dem Natalja arbeitete, abgesehen davon, dass sie sich hier während des Tanzens nicht unbedingt ausziehen musste. Das beruhigte sie ein wenig. In Genf mussten die Mädchen dagegen am Ende der Show ihren Slip ausziehen, wovor sie am meisten Angst hatte.

Es begann ihr erster Arbeitsabend. Stella wurde etwas nervös, als sie in den Saal kam. Aber nachdem sie die beifälligen Blicke der anderen Mädchen sah, entspannte sie sich, lachte und plauderte mit den Kolleginnen über dies und das. Die Balletttänzerinnen rauchten den ganzen Abend Gras und schütteten sich auf der Bühne während der Show vor Lachen aus. „Kalinka-Malinka" gehörte auch zum Programm und die Gäste applaudierten dazu heftig. Es sah bezaubernd aus: Dreißig halbnackte, bekiffte Ukrainerinnen mit scharfen Kurven hopsten zu dem angeblich russischen Volkslied auf der Bühne herum.

Stella mochte das Kiffen nicht. Das Gras bremste ihre Gedanken und sie verlor das Selbstvertrauen. Sie bevorzugte Alkohol. Den konnte sie literweise trinken, ohne auch nur zu torkeln oder gar umzufallen. Die starke Gesundheit hatte sie von ihrem Vater geerbt.

An diesem Abend trank sie Champagner mit den Kunden. Danach schlug ihr einer von ihnen vor, für tausend Schweizer Franken mit ihm allein zu bleiben. Es war ein junger, nicht schlecht aussehender Italiener, aber sie lehnte ab. Der ganze Klub starrte sie an wie das Schwarze Quadrat von Malewitsch und hielt sie für eine Idiotin. Ein merkwürdiges, unverständliches Gefühl überkam Stella.

„Das sind ungefähr tausend Mäuse für einen Fick, verdammt noch mal!" Die Gedanken drehten sich in ihrem Kopf. Sie erinnerte sich an Nataljas Worte: „Irgendwann wird man dir genug Geld anbieten, und dann wird dir klar, dass du genauso käuflich bist wie alle Frauen auf dieser Welt! Jetzt bist du einfach eine kostenlose Schlampe! Deine Männer schenken dir Kettchen und Ringchen. Was die wert sind, könntest du an einem Tag selbst verdienen!"

Aber Stella verdrängte diese Gedanken und ging an diesem Abend allein auf ihr Zimmer. Am frühen Morgen hörte sie das Geschrei und Gekicher der betrunkenen Mädchen, die von ihren Freiern zurückkamen. Sie waren zufrieden und glücklich. Besonders überraschte Stella die Tatsache, dass sogar die Ballettmädchen nachts ausgingen, um als Nutten Geld zu verdienen. Sie konnte nicht einschlafen und ging in den Gemeinschaftsraum, eine rauchen. Dort saßen noch die Weiber und redeten über ihre nächtlichen Abenteuer. Sie waren schick angezogen. Auch ihr Schmuck sah sehr teuer aus. Der Unterschied zu den Mädchen, die in Japan gearbeitet hatten, war gravierend. Sie zeigten einander die Geschenke ihrer Kunden und nannten natürlich deren ungefähren Wert. Stella hatte sich nicht einmal vorstellen können, dass es um so hohe Beträge ging. Ihre Taschen kosteten jeweils zwei- bis dreitausend Franken, die Schuhe von Bally etwa tausend das Paar. Sie trugen Ringe mit Brillanten im Wert von zehntausend Franken.

„Oh je!

Jede hatte gleich mehrere Gönner, die Yachten und Villen, Bentleys und Ferraris besaßen. In diesem Moment betrachtete Stella sich selbst und wollte so werden wie sie.

Bald darauf ging sie mit einem Mann ins Hotel. Er war Kasache und Chef eines Fünf-Sterne-Hotels. Sie sprachen Russisch miteinander. Das Mädchen gestand sich ganz ehrlich ein, dass sie niemals mit so einem äußerst gepflegten Partner geschlafen hatte. Männer dieser Art warben nicht um sie. Die gesellschaftliche Elite! Um sich unter ihnen aufhalten zu dürfen, musste man mindestens die Tochter eines Parlamentsabgeordneten sein oder eine teure Prostituierte, deren Preise bei tausend Dollar beginnen.

Die Nacht war wunderbar, schlicht und leicht, als ob sie einander schon lange gekannt hätten. Sie tranken Champagner, badeten im Whirlpool auf dem Balkon eines Penthouse mit Blick auf See. Stelle erzählte ihm von ihrem Leben in Japan und er lachte ständig. Sie hatten zärtlichen und sanften Sex zu italienischer Musik, die das Mädchen immer mehr erregte. Sie ertappte sich bei dem Gedanken, dass dies die Nacht war, von der sie immer geträumt hatte. Sie schloss die Augen und versetzte sich in ihrer Fantasie ins alte Rom. Sie stellte sich vor, wie sie neben ihm im Zirkus saß und mit stockendem Atem den Kampf der Gladiatoren beobachtete.

Er war ein guter Liebhaber mit vollen, weichen Lippen. Er legte mit ihnen Obststücke auf der ganzen Länge ihres Körpers ab und leckte sie dann mit seltsam aggressiver Erregung auf. Sie war für ihn keine Hure. Er mochte sie und sie mochte ihn bedingungslos. Stella schloss für eine Sekunde die Augen und stellte sich vor, sie wäre seine Frau. Aber solche Träume wurden nur im Märchen wahr.

Am Morgen danach verdarb er alles durch eine Frage.

„Stella, darf ich dich etwas fragen?"

„Natürlich!", erwiderte das Mädchen strahlend und glücklich.

„Warum hast du diese Arbeit gewählt?"

Die Frage kam so unerwartet, dass ihr Gesicht brannte, als wäre es mit kochendem Wasser begossen worden. Das Glas mit kaltem Champagner und einer darin schwimmenden Erdbeere fiel aus ihrer Hand.

„Das ist nicht meine Arbeit", sagte sie durch die aufsteigenden Tränen. Sie schaute zu Boden, als ob sie ihr Kleid suchte, das dort lag.

„Das habe ich gemerkt. Du bist echt! Ich habe die Nacht mit einem Mädchen verbracht, mit dem man lachen kann, bis uns beiden Tränen kommen. Ich habe ihr aufrichtiges, unverstelltes Lächeln genossen. Beim Anblick von ganz gewöhnlichen, belegten Brötchen, die der Chefkoch schön zurechtgemacht hat, haben deine Augen gestrahlt. Du kannst auch kleine Freuden genießen. Das ist so nett! Ich weiß, dass du nicht wegen des Geldes mit mir gegangen bist. Du wolltest diese Nacht."

„Ja", antwortete Stella kalt. „Ich kann nicht mit einem Mann Liebe machen, der mir absolut nicht gefällt." Sie zog sich in Eile die Strumpfhosen an und spuckte Worte aus, die sie eigentlich weder sagen noch hören wollte. Sie fühlte sich wie eine gefallene Frau. „Ich will gehen."

„Ist das dein Ernst?", fragte der Schönling mit einem schelmischen, ein wenig teuflischen Schmunzeln. Er nahm ein ganzes belegtes Brötchen und steckte es sich in den Mund.

„Ja", sagte sie und ging aus dem Zimmer. Den violetten Tausend-Franken-Schein ließ sie auf dem Tisch liegen.

Lange irrte sie durch die Stadt. So stark hatte sie sich noch nie geschämt. Sie kaufte sich eine Flasche Weißwein, setzte sich am Ufer des azurblauen Sees und brach in Tränen aus.

Mit Alkohol und Zigaretten versuchte sie ihre Scham zu löschen, ging aber Abend für Abend zur Arbeit. Die Worte dieses Jungen konnte sie nicht aus ihrem Gedächtnis tilgen. Sie arbeitete schlecht, fing an Fett anzusetzen, schlug sich nachts den

Bauch voll, nur um sich zu trösten. Schließlich erklärte der Chef, dass sie dem Etablissement keinen Gewinn bringe, und kündigte den Vertrag mit ihr. Stella musste sich dringend einen anderen Klub suchen, um das Land nicht verlassen zu müssen. In Lugano wollte sie keiner nehmen, die Gerüchte verbreiteten sich schnell. Das war nicht verwunderlich, weil es in dieser Stadt ohnehin nur drei Etablissements erster Klasse gab. Stella wollte nach Hause. Diese Arbeit unterdrückte sie, vernichtete ihr Selbstvertrauen.

Natalja wollte ihre Freundin nicht gehen lassen und schlug deshalb Madame Rose und Duka in Genf vor, sie einzustellen. Sie versprach, regelmäßig mit Pascal dem Säufer zu kommen, um zu helfen, das Monatssoll zu erfüllen, indem Pascal bei der Freundin teure Getränke kaufte.

Stella hatte praktisch kein Geld. Ihr Lohn erwies sich als miserabel und die Lebenshaltungskosten in der Schweiz waren sehr hoch. Doch für eine Fahrkarte nach Genf kratzte sie das Geld zusammen.

Was für ein Treffen! So viele Tränen! So viele Umarmungen!

Noch mit Gepäck gingen sie in ein Restaurant. Dort unterhielten sie sich lange über alle möglichen Themen. Natalja war geschockt, dass Stella eintausend Franken auf dem Tisch liegen ließ.

„Was hast du getan? Bist du verrückt? Er hat dich schlicht und einfach verführt wie ein Dummchen! Nur, um nicht zu bezahlen!"

„Ach wo! Das wollte er bestimmt nicht. Er hat ja nicht gewusst, dass es für mich ein sensibles Thema ist."

„So ist es richtig! Er hat eine dumme Kuh gesehen und gedacht: Okay, die lasse ich mit leeren Händen gehen." Natalja lachte.

„Vielleicht hast du recht. Es muss ja nicht immer ich sein, die andere abzockt. Aber wenn ich zurückspulen könnte, würde ich es noch einmal genau so machen."

„Mädchen wie du machen uns das ganze Geschäft kaputt. Jetzt wird dieses Arschloch Ausschau nach den Neuen halten und sie volllabern. Bis er auf mich trifft. Hahaha!"

„Du bist auch nicht schlauer, Natalja!"

„Du kannst dir gar nicht vorstellen, wie listig und heimtückisch die Männer sind", fuhr die Blondine fort. „Sie tratschen über alles, schlimmer als die Weiber, immer auf der Suche nach allem, was sie gratis und ohne Anstrengung kriegen können. So einer lacht über dich, fickt dich und genießt anschließend sein Abendessen auf deine Rechnung."

„Ich habe nichts dagegen und wünsche ihm einen guten Appetit. Du musst mich verstehen, Liebes. Seit einem halben Jahr hatte ich keinen vernünftigen Sex mehr. Und mit so einem wie ihm überhaupt noch nie! Dom Perignon, warmer Whirlpool, Zigarren, erstklassiges Essen, Witze auf Russisch und hinreißendes Lachen. Und nebenbei ständig Sex. Er war sehr zärtlich und liebevoll und konnte stundenlang vögeln. Für so einen Abend wäre ich bereit, selber zu bezahlen."

„Gott sei Dank, dass du kein Geld dabeihattest."

Die Freundinnen lachten, bis ihnen die Tränen kamen.

„Ich bin so froh, dass du da bist!"

„Ich bin auch froh."

Stella zog in das Appartement, das ihr Madame Rosa bereitstellte. Ihr war klar, dass sie nun in dem Rotlichtviertel wohnte, von dem ihr ihre verrückte Freundin erzählt hatte.

„Pfui! Wo bin ich da gelandet!"

Bis zum Klub brauchte sie etwa zwanzig Minuten zu Fuß. Sie könnte aber auch Straßenbahn nehmen. Stella traute sich nicht, mit ihrer Kriegsbemalung in die Straßenbahn einzusteigen.

Ein Kilo Abdeckcreme, schwarze Augenbrauen, fingerdicke Lidstriche, Lidschatten bis hin zu den Augenbrauen, roter Lippenstift, der weit über die Kontur hinaus aufgetragen war – das konnte die friedlichen Stadtbewohner leicht in Angst versetzen. Im Klub war es dunkel wie in einem Keller, deshalb brauchten die Tänzerinnen das dicke Make-up, damit ihre Gesichter in der Finsternis noch erkennbar waren. Natalja lieh Stella viele grelle Kostüme, zu denen Schuhe mit zwanzig Zentimeter hohen Absätzen getragen wurden. Stella war ganze 170 Zentimeter groß und sah damit aus wie ein Topmodel. Jeden Tag schleppte Natalja ihren bepissten Pascal zu ihrer Freundin in den Klub. Alle Getränke, die er kaufte, wurden automatisch auf Stellas Namen gebucht und auf ihren Lohn angerechnet. Sie war Natalja dafür sehr dankbar, denn die Rumäninnen in Genf passten auf wie die Schießhunde und ließen sie keinen Schritt zu einem Kunden machen, um mit ihm ein Getränk zu bestellen. Diese schwarzen Hexen rannten um die Wette, schubsten und stellten einander die Beine. Ihre Arbeit in Lugano kam ihr nun wie ein Paradies vor im Vergleich zu der Unzucht und Unverschämtheit, die in Genf herrschten. Bevor sie zum Tanzen auf die Bühne ging, trank sie sich mit einer knappen halben Flasche Wodka Mut an. Wie ein betrunkener Soldat torkelte sie in Richtung Tanzstange. Gelächter und Spott brachten sie aus dem Rhythmus. Die Konkurrenz war hier selbstverständlich viel härter als in japanischen Klubs. Es gab zahlreiche Berufstänzerinnen, die gutes Geld verdienten. Fünftausend ließen sich in der Schweiz binnen drei oder vier Tagen verdienen. Kein Vergleich zu den fünftausend innerhalb eines halben Jahres in Japan. Entsprechend waren die Mädchen wesentlich gepflegter und selbstbewusster.

Stella hatte es nur Natalja und ihrem Pisser zu verdanken, dass sie noch im Klub arbeitete. Sie brachte den wenigsten Konsum. Es gab Abende, an denen sie kein einziges Glas trank, weil sie mit dem räuberischen Tempo ihrer Kolleginnen nicht mithalten konnte. Sie alle waren eher von Nataljas Art und fühlten sich in diesem Milieu wohl wie die Fische im Wasser. Das Ballett von Charkow kam Stella vor wie ein Nonnenchor im Vergleich zu dieser irrsinnigen Genfer Hurenhölle.

Die Tage vergingen schnell, alles lief wie gewohnt. Eine Sache ließ sie aber nicht zur Ruhe kommen, nämlich Pascals Haltung gegenüber Natalja. Er schlief nicht mehr zu Hause und beleidigte sie vor allen anderen.

„Er wird dich nicht heiraten. Kapier das doch, Natalja!"

„Doch! Du wirst sehen! Ich lasse ihn laufen, wie er will. Ich werde fünf Jahre mit ihm zusammenleben, damit ich dann die Schweizer Staatsbürgerschaft bekommen kann. Er hat jede Menge Geld und eine coole Wohnung. Ich besuche eine Sprachschule. Was soll ich da noch suchen? Ich muss ihn nur noch zum Heiraten bewegen, selbst wenn er einen Ehevertrag schließen wollte. Ich werde auf all seine Bedingungen eingehen."

Einen Monat später fing er an, sie zu verprügeln.

Wie ein Wirbelsturm stürmte sie in Stellas Wohnung. Sie hatte Tränen in den Augen, einen riesengroßen blauen Fleck neben dem Ohr, eine ihrer Wangen war rot wie eine heiße Herdplatte. Sie rief:

„Er hat mich rausgeschmissen. Stella!

„Wie? Warum das denn?"

„Ich bin schwanger! Er will nicht heiraten! Was jetzt? Er hat mich verprügelt!"

„Gehen wir zu ihm. Ich zeig's ihm!"

Sie nahm die werdende Mutter an der Hand und zog sie mit.

„Hör mal zu, du Arschgesicht!", rief Stella, als sie das Haus betrat. Pascal zog langsam eine Augenbraue hoch. Er saß völlig nackt auf dem Sofa und umarmte eine von Nataljas Kolleginnen. Sie kannten sich.

„Hau ab!", sagte Stella laut. „Oder ich werfe dich raus!", fügte sie hinzu, als sie in den Augen des Mädchens keine Absicht erkannte, irgendwohin zu gehen.

„Und was, wenn ich hier wohne?", spuckte die Nackte aus.

„Hoffentlich weiß Madame Rosa, dass du hier wohnst. Und ganz sicher wird sie wissen wollen, wo du außerhalb des Klubs schwarzarbeitest! Hat er dich etwa bei Duka freigekauft? Hat er dafür bezahlt, dass du mit ihm gegangen bist? Davon habe ich gestern nichts gesehen. Also, arbeitest du schwarz? Die Albaner ziehen dir bei lebendigem Leib die Haut ab. Und deinen Lohn und den Vertrag bist du auch los!"

„Ich gehe schon! Und verpfeif mich bitte nicht!"

„Okay, verschwinde einfach. Und jetzt zu dir! Nacktarsch! Natalja ist schwanger. Und ich muss wohl kaum dazu sagen, dass du der Vater bist. Entweder kriegt sie ein Kind und du zahlst dein Leben lang den Unterhalt, oder ihr heiratet, sie bekommt eine Niederlassungsbewilligung und dann lasst ihr euch einvernehmlich scheiden."

„Ich will, dass diese Nutte abtreiben lässt!"

Stella hörte die Freundin hinter ihrem Rücken schluchzen.

„Willst du keine Kinder? Keine Frau? Oder wie wär's mit einer Entziehungskur?"

„Verpiss dich! Haut ab, alle beide! Ich setze mich mit meinem Anwalt in Verbindung. Über meine nächsten Schritte werde ich euch informieren."

„Gut. Wir setzen uns auch mit einem Anwalt in Verbindung und informieren dich über unsere nächsten Schritte."

„Raus jetzt! Hurenpack!"

Die Freundinnen verließen das Haus. Stella schlug vor, den Besuch beim Anwalt nicht auf morgen verschieben.

„Was sollen wir dort, Stella?"

„Wir müssen wissen, welche Rechte du hast, wenn du das Kind behältst. Und welche, wenn du abtreiben lässt."

„Dann fahren wir hin", sagte die werdende Mutter und schniefte.

„Ihr seid jetzt zwei! Ich kann das gar nicht glauben!" Stella strich ihrer Freundin über den Kopf und drückte sie fest an sich.

„Tja, hoffentlich nicht drei!"

Nachdem sie festgestellt hatten, dass als bester Rechtsanwalt in Familiensachen Jérome Felix galt, riefen sie ihn an und vereinbarten einen Termin. Die Sache sei dringend und wichtig. Um Viertel vor sechs, ganz am Ende seines Arbeitstages, nahm er sich für die Mädchen fünfzehn Minuten Zeit. Das genügte, um die Situation kurz zu erklären.

Sie hörten die angenehme Stimme des Juristen und mit jeder Minute wurden ihre Augen größer. Als Felix den Namen des angehenden Vaters hörte, kamen sie für eine ganze Stunde ins Gespräch. Damals hatten alle Zeitungen über den Metzger berichtet, der zum Millionär wurde. Es kam in Europa selten vor, dass jemand eine Million im Lotto gewinnt.

„Was steht mir zu, wenn ich mich entscheide, das Kind zu behalten?"

Er antwortete:

„1) Die Niederlassungsbewilligung aufgrund dessen, dass der Vater hier wohnt.

2) Das Kind erhält den französischen Pass, weil der Vater gebürtiger Franzose ist, sowie den ukrainischen Pass, weil Sie Ukrainerin sind.

3) Er ist verpflichtet, Ihnen und dem Kind eine Wohnung bereitzustellen, die der Wohnung gleichwertig ist, in der Sie mit ihm vor Geburt des Kindes gewohnt hatten, auch wenn die Ehe nicht registriert wurde.

4) Er hat für Sie und das Kind zehn Jahre lang den Unterhalt zu zahlen. Nach Ablauf dieser Frist nur für das Kind. Nach schweizerischem Recht steht es Ihnen zu, während dieser zehn Jahre nicht zu arbeiten und sich ausschließlich der Erziehung Ihres Kindes zu widmen.

5) Er ist verpflichtet, für das Kind bis zur Vollendung des achtzehnten Lebensjahres und während einer Ausbildung den Unterhalt zu zahlen.

6) Dieser Unterhalt beträgt etwa fünf- bis sechstausend Franken pro Monat. Davon zahlen Sie auch Ihre Wohnung, wenn er Sie dabei nicht unterstützen will."

„Wie viel kann ich im Falle einer Abtreibung fordern?"

„Sie meinen den Ersatz des moralischen Schadens?", fragte der Anwalt mit einem listigen Lächeln.

Da fiel Stellas Tasche auf den Boden. Als sie die Antwort hörten, hätten sie ebenso gut umfallen können wie die Tasche.

„Wie viel? Entschuldigung!" Können Sie das bitte wiederholen!"

„Bitte sehr. In seiner Situation würde ich eine Million Dollar anbieten."

„Warum das?"

„Zählen wir doch einmal zusammen. Gerichtsverfahren kosten viel Geld. Eine Verhandlung kostet zweitausend Franken, dazu kommen noch die Anwaltskosten beider Parteien, die der Beklagte bezahlt. Nehmen wir an, dass mein Honorar vierhundertfünfzig Franken pro Stunde beträgt. Sie können natürlich auch etwas Billigeres finden, aber niemand in Genf fordert weniger als dreihundert pro Stunde. Die Entbindung würde ihn ohne Versicherung rund dreißig- oder vierzigtausend Franken kosten. Sie haben keine Aufenthaltsgenehmigung, deshalb wird Sie niemand versichern. Selbstverständlich will er genau wissen, ob das Kind überhaupt von ihm ist. Auf dem Rechtsweg wird er einen

DNA-Test verlangen, der in der Schweiz auch ziemlich teuer ist. Der Unterhalt für die ersten zehn Jahre würde ihn mehr als siebenhunderttausend Franken kosten. Gehen wir davon aus, dass das Kind studieren will, bis es etwa dreiundzwanzig oder fünfundzwanzig Jahre alt ist. Dann belaufen sich die Unterhaltskosten des Vaters auf zirka drei Millionen Franken, nicht gerechnet das Kopfzerbrechen, die Zeit und die Nerven, die die ganzen Gerichtsverhandlungen kosten. Darum würde ich sagen, dass eine Million ein ganz gutes Angebot ist, viel besser als eine lebenslange Belastung. Vor allem wird das Gericht sein Einkommen berücksichtigen und den Unterhalt so hoch wie möglich ansetzen. Er ist kein Sozialhilfeempfänger und auch kein Müllmann, der in der Schweiz 3600 Franken im Monat verdient.

Er ist Millionär! Ich gratuliere Ihnen, Mademoiselle! Sie sind vom richtigen Mann schwanger geworden. Was auch immer Sie tun, Sie können nur gewinnen."

„Sie machen aber eigenartige Witze! Was ist, wenn ich nach der Abtreibung keine Kinder mehr bekommen kann?"

„Ich glaube, die Ärzte können diese Frage besser beantworten als ich."

„Gut, danke schön! Es ist Zeit." Natalja blickte nervös auf die Uhr.

Stella bemerkte ihren Blick. Sie zählte also die Minuten des Termins beim Rechtsanwalt. Das war ein teures Vergnügen für die Schwangere. Stella unterdrückte ihr Lachen. Selbst jetzt, wo ihre Freundin von einem Millionär schwanger war, dachte sie an Geld. Aber vielleicht war das genau das Richtige. Man musste an allem sparen, um überhaupt etwas auf die Seite legen zu können. Natalja bezahlte. Die Mädchen verabschiedeten sich freundlich und gingen hinaus auf die Straße. Die Sonne ging bereits unter, oder sie versteckte sich einfach in den Wolken, um den Mädchen eine ruhige Minute zum Nachdenken zu schenken.

„Was jetzt? Stella?" Natalja beendete das Schweigen.

„Die Abtreibung natürlich, und die Million." Stella sagte das so schlicht, als ob sie bei einer Straßenhändlerin eine Zigarette und Sonnenblumenkerne zum Knabbern kaufen wollte.

„Die Antwort hätte ich von dir nicht erwartet! Du warst doch immer für Familie und Kinder!"

„Du hast keine Familie! Und Gott sei Dank hast du keine Kinder von diesem Idioten. Pascal ist ein Alki und ein Drecksack, ein unterentwickelter, dummer Metzger! Und sein Kind wäre genauso ein Depp! Du hast in den letzten Monaten alle möglichen Drogen genommen. Jeder Dealer würde dich um deine Kenntnisse in Sachen Drogen beneiden. Schon allein wie viele Namen du von diesem Giftzeug kennst!"

„Nein, Stella. Du bist nicht grausam! Du bist eine Hure und ein Luder!"

„Ein Lada kann nur wieder einen Lada zur Welt bringen! Ein Bentley bringt einen neuen Bentley hervor! Das ist eine ganz andere Klasse! Und eins kannst du mir glauben: Egal, wie lange man an einem Lada tüftelt und schraubt, er wird sich nie in einen Bentley verwandeln! Außerdem ist es sehr schwer, ein Kind allein zu erziehen, sei es mit oder ohne Geld. Du bist noch jung. Du wirst heiraten und ein Kind von dem Mann bekommen, der gerade dich liebt und ein Kind mit dir haben will."

„Solche Männer gibt es nicht, Stella! Das sind alles moralische Krüppel!"

„Das ist nicht wahr. Ich glaube an die Macht der Familie."

„Stella, du willst immer so klug und schlau sein, aber von Männern hast du null Ahnung!

„Ja, klar! Aber du hast Ahnung! Das sieht man gleich! Für eine Million Dollar hätte ich jedenfalls nichts dagegen, abtreiben zu lassen. Hahaha! Natürlich musst du selbst entscheiden. Es geht ja um das Schicksal eines Menschen, der werden oder nicht werden kann …"

„Na, Stella, du redest ja schon fast wie ein Hamlet! Lass uns lieber einen Wein trinken. Mit trockener Kehle fällt es mir schwer, so eine Frage zu entscheiden."

„Oh! Ja, Wein würde ich auch gern trinken!"

Nataljas Handy klingelte.

„Es ist Pascal." Das Mädchen zuckte zusammen. „Hallo? Gut, in einer Stunde sind wir bei dir."

„Was will er?“

„Der Hurensohn will mit mir ein ernstes Gespräch führen.“

„Vielleicht hat er vor, dich umzubringen?“

„Bist du wahnsinnig?“

„Wieso denn? In der Ukraine werden Omas wegen ihrer Rente abgemurkst, und hier steht eine Million Dollar auf dem Spiel! An seiner Stelle würde ich die billigste Variante nicht ausschließen. Für hundert Riesen kann er dich kaltmachen lassen. Das würde ihm eine Menge Geld sparen. Hahaha!“

„Jetzt habe ich Angst, zu ihm zu gehen. Komm, wir trinken uns Mut an. Er kann warten!“

„Sag mal, was ist er für ein Sternzeichen?“

„Wassermann.“

„Das habe ich mir gedacht. Die sind alle Hirnis, von denen man nur etwas erwarten kann, wenn sie verliebt sind. Und sie lieben nicht mit dem Herzen, sondern mit irgendetwas anderem. Vielleicht mit einer fliegenden Untertasse, die in ihren kranken Fantasien herumdüst.“

„Glaubst du?“

„Ich habe unter den Vertretern dieses Luftzeichens noch keinen treuen Familienmenschen oder guten Ehemann getroffen. Sie bringen nichts als Leid! Die Frauen blühen neben ihnen nicht auf, außer natürlich in der Anfangsphase mit Geschenken und Blumen, die sie schick zu gestalten verstehen, um ihre Beute zu umgarnen. Dann fällt das Opfer aus allen Wolken und stößt mit der unsichtbaren fliegenden Untertasse zusammen. Die Frau versteht nicht, was aus ihrem netten Wassermann geworden ist, der sich in Luft auflöst und nicht erklärt, was er tut. Das heißt: Ich bin beleidigt, aber warum, das musst du selbst erraten. Oder noch besser: Er hat erst Scheiße gebaut und zeigt dir dann die kalte Schulter.

Mit der Zeit kommst du auf die Idee, deinem Brummbären zu verzeihen, aber er denkt gar nicht daran, mit dir zu reden!“

„Du siehst die Sache völlig klar, Stella!“

„Ich hatte mal einen Freund. Er war voll bekloppt. Zuerst umwarb er mich, fand alles großartig, was ich zu ihm sagte. Aber als er merkte, dass ich verliebt war, begann er anzugeben. Eines schönen Tages fand ich in seinem Koffer meine Brille, die vor ein paar Tagen verschwunden war, als wir zusammen ans Meer fuhren. Die Brille war sehr teuer und ich kostete ihn nicht gerade wenig. Deshalb klaute er mir die Brille, um wenigstens einen Teil des Geldes wieder hereinzubringen. Dabei war er alles andere als arm. Davor war schon auf mysteriöse Weise mein Mantel verschwunden, und ich schätze, der wurde auch für ein paar Hundert verramscht!"

„Hahaha, das ist eine lustige Geschichte! Danke!"

„Es freut mich, dass du lächelst!"

„Und was hast du mit ihm gemacht? Hast du ihn am Leben gelassen?"

„Wie alle Wassermänner hatte er Glück! Ich hatte den Burschen sehr liebgewonnen. Ich hätte es nicht übers Herz gebracht, ihn zu strafen! Er war feige und redete viel. Er hatte Angst vor sich selbst. Wie ein echter Mann wirkte diese Kreatur nie. Du hättest ihn sehen sollen! Ein echter Mann lässt sich nicht beleidigen! Aber dieser Waschlappen nahm alles hin bis zuletzt, bestahl mich heimlich und als er aufflog, fand nicht er einmal den Mut, einfach um Verzeihung zu bitten."

„Hahaha! Wie bist du überhaupt an ihn geraten? Das sieht dir gar nicht ähnlich! Du liebst doch Männer, die dich in ein zärtliches Kätzchen verwandeln, wenn du in ihren Händen bist."

„Ich weiß gar nicht mehr, wann und wo ich ihn getroffen habe. Die Umstände haben mich gezwungen. Ich habe damals eine schwere Zeit durchgemacht. Bei ihm bin ich überhaupt zu einem unflätigen Rüpel geworden, habe mit und ohne Grund herumgeschrien."

„Warum das?"

„Er war so schwach und unentschlossen, dass mich selbst sein Gang auf die Palme gebracht hat. Ich bin Sternzeichen Jungfrau, das heißt, ein aufrichtiger Mensch. Ich brauche einen Lebenspartner, auf den ich mich stützen kann, keine nutzlose Last. Einmal hat er sogar vorgeschlagen, bei mir einzuziehen. Er hätte alles getan, um mich auszunutzen und keinen Finger mehr krumm zu machen. Ich beurteile einen Mann nach seiner Leistung. Er kann ab und zu betrunken, grob oder unverschämt sein, aber er muss seine männlichen und menschlichen Pflichten erfüllen. Wenn seine Frau gepflegt und die Kinder satt sind, die alten Eltern keine Not leiden, kann er sich sonst verhalten, wie er will. Und dieser Typ hat nicht nur mich bestohlen, sondern auch seine Verwandten. Seine Mutter war Putzfrau, und er hat ihr immer vorgelogen, dass man ihn ausgeraubt und ihm sein ganzes Geld weggenommen hätte.

Ich wusste, dass diese Beziehung keine Zukunft hatte. Man kann kein Luftschloss auf der Erde bauen, schon gar nicht mit einem Wassermann. Solche Schlösser existieren nur in seiner kranken Fantasie. Er erfindet laufend allerlei Zeug, präsentiert es dir und glaubt selbst an das, was er gerade redet. Darum sind seine Liebesmärchen so lebensecht und tadellos, dass die Frauen den Köder schlucken und sich das Gefasel des Geisteskranken fasziniert anhören. Das war die einzige Beziehung in meinem Leben, für die ich mich vor mir selbst schäme."

„Mein Sternzeichen ist auch Wassermann!"

„Hahaha, jetzt bringst du mich zum Lachen."

Die Wohnung war verqualmt, auf dem Boden lagen Zigarettenstummel verstreut. Pascal schmiss sie an die Wand, ohne sie vorher auszudrücken.

„Bist du endlich da, du hinterlistige Schlampe?", rief er.

Am Fenster stand mucksmäuschenstill ein Mann. Er stellte sich als Pascals Rechtsanwalt vor. Sein Name war Nicolas Rowler. Stella begrüßte ihn und erklärte gleich, dass auch sie von einem Rechtsanwalt beraten wurden. Pascal verzog bei dieser Nachricht das Gesicht, als ob auf etwas Saures gebissen hätte.

„Setzen wir uns doch", sagte der Anwalt. Anscheinend war er die vernünftigste Person in dieser Gesellschaft.

Nach einer langen Berechnung der Gerichtskosten, des Unterhalts und der anderen Ausgaben brüllte Pascal:

„Was?" Eine Million? Ich mache dir die Abtreibung gleich hier mit dem Beil, du Schlampe!"

„Und gehst ins Gefängnis", erwiderte Stella trocken.

„Verschwinde aus meinem Haus! Sofort!"

Er fing an, alles um sich herum zu zerstören. Seine Zigarette drückte er an Nataljas Jacke aus, die über einem Stuhl hing.

„Du Scheißkerl!", brüllte Natalja.

Der Rechtsanwalt mischte sich ein:

„Natalja, wir bieten Ihnen 500.000 Franken in bar und die Operation in der besten Schweizer Klinik."

„Ja", antwortete sie mit Tränen in den Augen und packte ihre Siebensachen in einen Koffer.

„Gut. Wir rufen Sie an. Innerhalb von zwei Wochen ist alles so weit. Da haben Sie meine Visitenkarte. Sie können jederzeit anrufen."

„Seien Sie so freundlich, bleiben Sie bitte hier, bis wir mit dem Einpacken fertig sind. Wir wollen Streit vermeiden."

„Gut", stimmte der Jurist zu und setzte sich in einen Sessel.

Die Sachen brachten sie in Stellas Zimmer. Natalja unterschrieb gleich den Arbeitsvertrag mit Madame Rosa für den nächsten Monat. Die Abtreibung wurde unter Vollnarkose in einer Privatklinik im Dorf Genolier vorgenommen. Die Ärzte versicherten Natalja, dass es keinen Grund zur Besorgnis gebe und sie in Zukunft noch Kinder bekommen könne. Als sie eine halbe Million erhielt, war sie glücklich.

Bald vergaß Natalja alles Leid und war zu neuen Abenteuern bereit. Stella war froh, als die Freundin wieder in den Klub kam. Die Getränke flossen in Strömen und es gab viele Männer. Rendezvous, feines Essen, Sex und Drogen. Stella begann zu koksen wie alle anderen Mädchen, die im Klub tätig waren. Es half ihr, sich lockerer zu fühlen. Nachdem Natalja die halbe Million bekommen hatte, wurde sie gieriger und härter.

Eines Tages kam sie nach Hause und sagte:

„Stella, mach dich fertig. Wir müssen los!"

„Wohin?"

„Wir fahren zu einem alten Knacker. Er liegt schon im Sterben. Aber wir sollen ihm die Eier lecken. Er zahlt tausend Franken für jede."

„Ich fahre nicht mit!"

„Ach komm! Ich mache alles selbst, du brauchst nur zuzuschauen. Er ist kaum noch am Leben, ist doch egal."

„Ich ziehe mich an."

Als sie kamen, erstarrte Stella an der Schwelle des Schlafzimmers. Sie schaute auf den Greis, der in seinem Bett lag und sich die schrumpeligen Genitalien massierte.

Natalja küsste ihn auf die Lippen.

„Hallöchen, mein Lieber."

„Ich trinke nie mehr Bier aus einer Flasche mit ihr", dachte Stella.

„Das ist meine Schwester Stella, Süßer. Die ist noch Jungfrau und geniert sich. Lass sie fürs erste Mal einfach zuschauen, was für ein Lustmolch du bist.

Der Alte lächelte über das ganze Gesicht wie ein echter Macho.

„Gut, sie soll zusehen. Aber nächstes Mal macht ihr es beide."

Natalja hörte ihn nicht mehr. Sie sprang auf ihn in der Stellung Neunundsechzig, sodass ihre Schamlippen direkt auf seiner Nase landeten, und fing sofort an, die blaue Haut zwischen seinen Beinen zu lecken. Dabei rieb sie mit ihrer Muschi über sein ganzes Gesicht. Es war nicht leicht, dabei zuzusehen. Es schien Stella, dass ihm die Luft knapp wurde und er jeden Moment sein Leben aushauchen könnte. Dabei war der Alte noch munter wie ein Fisch im Wasser! Er atmete tief ein und rief unter Nataljas Arsch hervor:

„Was steht sie da nutzlos rum? Sie soll wenigstens ihre Titten zeigen! Wofür bezahle ich denn?"

Stella entblößte akkurat ihren Oberkörper und legte den Büstenhalter auf den Nachttisch neben die Tabletten.

Gott sei Dank brauchte sie den Rest nicht auszuziehen.

Als die widerliche Prozedur zu Ende war, gingen die Mädchen ins Wohnzimmer, um etwas Wein aus der Sammlung des Alten zu trinken. Er lag im Bett und stöhnte wie ein Tier.

„Ich habe keine Lust, hier etwas zu trinken. Ist schon gruselig. Gehen wir? Hast du das Geld?"

„Na klar, was für eine Frage! Das Geld nehme ich immer im Voraus."

Der Greis mietete die beiden Mädchen bei Madame Rosa für die ganze Nacht. Sie brauchten an diesem Abend nicht mehr in den Klub zurückzukehren.

„Natalja, lass uns in einen normalen Klub gehen. Hängen wir ein bisschen ab und entspannen uns.

„Warum nicht."

Die Mädchen lernten in der Disco den hübschesten Jungen kennen. Er hatte Kokain dabei. Sie koksten sich voll, tranken Whiskey und teilten sich den neuen Bekannten. Zu guter Letzt beschlossen sie, Sex zu dritt zu haben. Natalja schlug vor, dass er für die ganze Nacht jeder fünfhundert Franken zahlen sollte. Der Junge würde das selbstverständlich gern annehmen, aber er hatte nur dreihundert dabei. Natalja sagte unzufrieden, dass der Mann ohne Geld bloß eine Freundin sei. Der Junge war nicht auf den Mund gefallen und erwiderte:

„Von Freundinnen nimmt man aber kein Geld."

Stella hatte noch niemals Sex zu dritt, darum erwartete sie etwas Erstaunliches. Der Junge war hochgewachsen und hübsch. Als die Mädchen seine Wohnung betraten, waren sie schockiert von dem, was sie dort sahen. Es war ein wahrer Nachtklub mit einer Discokugel in der Mitte des riesengroßen Zimmers, einem DJ-Pult, einem Mikro und verschiedenen Trommeln und Becken. Es stellte sich heraus, dass er Musiker war und die Wohnung sein Tonstudio. Sie koksten und vögelten die ganze Nacht. Er wollte natürlich Natalja mehr als Stella. Stella gefiel das nicht und sie konnte sich selbst unter Drogen nicht entspannen. Natalja spürte ihre Überlegenheit und gab vor der Freundin an, um sie zu ärgern. Aber Stella nahm das gleichgültig auf. Sie wusste, dass sie mit ihr nie mithalten könnte. Natalja war eben eine Professionelle.

Die Tage vergingen wie im Flug. Stella hatte das Gefühl, dass sie allmählich trunksüchtig wurde. Eins allerdings beruhigte sie, und zwar ein dickes Päckchen mit Geldscheinen, das sie in einer Socke aufbewahrte. Natalja war alles egal. Sie verstopfte ihr Gehirn nicht mit trüben Gedanken. Für eine Million Dollar konnte man in der Ukraine Alkoholismus in jedem Stadium behandeln.

Stella hatte nun einen Verehrer. Er kam und saß stundenlang wie versteinert in der Küche. Die Mädchen machten sich über ihn lustig, weil er Stella bewachte wie ein Hund. Er war so haushälterisch und ernst. Immer brachte er Lebensmittel mit. Außerdem war er naiv und glaubte alles, was sie sagten. Er dachte, sie hätten gar nichts zu essen. Er gab Stella sogar Geld, jede Woche sechshundert Franken. Die zahlte er brav und pünktlich, und wenn er Genf geschäftlich verlassen musste, überreichte Duka, der Klubbesitzer, ihnen das Geld. Natalja lachte.

„Wo findest du bloß diese treuen Bewunderer, Stella?"

Die Mädchen hatten ihren Spaß mit dem Verehrer. Sie lockten ihn in verschiedene Situationen, in denen Natalja versuchte, ihn zu verführen. Sie blieb mit ihm unter vier Augen in der Wohnung ihrer Freundin und präsentierte sich ihm völlig nackt. Er machte sich nichts daraus, zog seine Schirmmütze, die er auch in der Wohnung nie abnahm, tiefer ins Gesicht, entwand sich dem festen Griff der Verführerin und rannte fort. Die Mädchen kicherten hemmungslos. Es war urkomisch.

„Stella? Trägt dein Hündchen die Mütze auch beim Sex?"

„Frag ihn. Oder probiere es selbst aus."

„Er will nicht! Der treue Hund Hachiko."

„Ich sterbe vor Lachen."

„Ich glaube, dass es ihm gefällt, wie wir ihn auslachen. Dann fühlt er sich wohl im Mittelpunkt der Aufmerksamkeit von uns zwei Hübschen."

„Wer weiß schon, was in diesen Männern vorgeht. Je schlechter man sie behandelt, desto besser finden sie das."

„Wie hast du ihn überhaupt aufgegabelt?"

„Er war im Klub. Ich bin mit einer Zigarette im Mund an ihm vorbeigegangen, gestolpert, habe ihn mit dem Champagner begossen, weil ich gerade mit einem Glas voll unterwegs war. Da habe ich dieses Arschloch dafür beschimpft, dass er mir im Weg stand, also an der falschen Stelle. Er hat sich sofort verknallt."

„Ein reinrassiger Masochist."

„Stimmt. Aber du solltest dich nicht beschweren, Natalja. Jede Woche bringt er dir drei Kunden. Vielleicht zahlt nicht jeder von ihnen tausend Franken, aber doch mindestens fünfhundert. Und sie sind jung und schön."

„Wir haben unterschiedliche Vorstellungen davon, was schön ist. Aber du hast recht, ganz Hässliche gab es noch kein einziges Mal."

Dieser Mann hatte nur eine Eigenschaft, die Stella an ihm schätzte – die Treue. Er war ausschließlich mit ihr zusammen und schaute kein anderes Mädchen an. Es lag in ihrem Wesen. Sie schätzte in Menschen Ehrlichkeit und Integrität.

Es lief alles so gut, dass die Mädchen dachten, es müsste ewig so weitergehen. Aber eines Abends endete alles in einem unerwarteten Skandal mit Madame Rosa. Die Chefin warf Natalja vor, dass sie angeblich mit Kunden außerhalb des Klubs ausging und schwarzarbeitete, obwohl sie jeden Kunden in den Klub bringen sollte, bevor sie mit ihm irgendwo hinging. Natalja wurde entlassen ohne die Aussicht, wieder eingestellt zu werden. Sie musste in die Ukraine zurückkehren.

Stella blieb allein. Sie bekam eine neue Nachbarin namens Ira. Diese wurde in dem Zimmer untergebracht, wo Natalja gewohnt hatte. Ira war sehr sympathisch. Sie fragte Stella die ganze Zeit nach ihrem Freund. Wahrscheinlich beneidete sie Stella, weil der Verehrer seiner Flamme immer Geschenke und Lebensmittel mitbrachte und sie auch finanziell unterstützte. Trotzdem ergriff Ira sofort die Gelegenheit, als Stella an Angina erkrankt war. Sie öffnete dem „Hündchen" die Tür und teilte ihm mit, dass Stella mit einem Kunden im Schlafzimmer beschäftigt wäre. Er ging. Ira, die Goldfotze, folgte ihm, ohne lange zu überlegen, und schlug vor, in der Bar etwas zu trinken und über Stella zu reden. Sie beruhigte den Burschen, knuddelte ihn und schenkte ihm ein paar Stunden Liebe. Dafür, dachte sie, würde er sie mit der gleichen Großzügigkeit und Achtung behandeln wie Stella.

Was natürlich nicht der Fall war.

Stella fand das nicht sonderlich nett. Obwohl sie ihn nicht liebte, war ihr weibliches Ego doch verletzt. Durch diesen Zwischenfall sollte ihr Leben aber eine unerwartete Wende nehmen.

Eines Tages ging sie aus dem Haus und sah vor der Tür einen nagelneuen BMW stehen. Am Steuer saß ein hübscher Italiener. Stella mochte ihn sofort. Er war absolut ihr Typ! Schön, brünett, mit blauen Augen. Es stellte sich heraus, dass er auf ihre Nachbarin Ira wartete. Stella hörte hinter sich Absätze klackern, drehte sich um und sah ihre Rivalin. Sie bemühte sich in letzter Zeit, diese zu meiden. Ihre Blicke trafen sich und Ira sagte leise:

„Stella, entschuldige. Ich wollte dir nicht deinen Freund abspenstig machen."

„Ich nehme es dir nicht übel. Nehmt ihr mich mit? Wo wir uns doch versöhnt haben", fragte Stella schelmisch und deutete auf den schwarzen BMW.

„Wohin?"

„In die Stadt."

„Na gut, steig ein."

Stella setzte sich hinter den Fahrer. Sie schaute in den Rückspiegel, sodass sie den schönen Italiener sah, und wandte keinen Blick von ihm, als ob sie in durchbohren wollte. Er betrachtete Stella ebenfalls. Sie tat das nur aus Rache und benutzte Nataljas sämtliche Tricks zur Männerjagd. Sie stellte sich höflich vor und reichte ihm die Hand, aber so, dass auch ein Handkuss nicht ausgeschlossen wäre.

„Marco", nannte er seinen Namen und küsste ihr die Hand. Sie fragte, wo sie hinfahren würden, und lobte das Restaurant, wo ein Tisch für zwei reserviert war. Wie beiläufig erwähnte Stella, dass die thailändische Küche ihrer Meinung nach besonders hervorragend sei. Sie erzählte eine witzige Geschichte und bemerkte am Ende, dass Lachen ihren Appetit anregte. In einer Kurve berührte sie unauffällig seine Schulter, als ob sie sich halten wollte. Der Italiener wurde heiter. Er drehte sich zu Ira und fragte:

„Liebes, vielleicht möchtest du deine Freundin einladen, mit uns zusammen zu essen?"

Diese versteckte ihre Unzufriedenheit hinter einem zähnefletschenden Lächeln, wie es jede Frau in ihrem Arsenal hat, und antwortete:

„Wie du willst, Darling."

Sie gingen in das beste thailändische Restaurant Genfs. Stella schlüpfte aus einer Sandale und streichelte den ganzen Abend mit dem nackten Fuß sein Bein unter dem Tisch. Der junge Mann saß wie versteinert. Er aß nervös, versuchte, Witze zu machen, aber Stella ließ nicht nach. Sie wollte dieser kleinen Schlampe ihren Ausflug mit dem Hündchen mit Schirmmütze heimzahlen. In diesem Moment konnte Stella nicht ahnen, dass sie ihrem künftigen Ehemann das Bein streichelte. So tauschten die Mädchen ihre Verehrer …

In derselben Nacht tauchte Marco an der Tür des Klubs auf, wo Stella arbeitete. Sie wusste, dass er kommen würde, weil er am Abend zuvor nach dem Essen gefragt hatte, als sie aus dem Wagen stieg:

„Arbeiten Sie hier?"

Darauf zwinkerte Stella ihm einfach zu.

Marco, oder genauer gesagt, seine Familie war sehr reich. Bevor sein Vater in den Ruhestand trat, war er Direktor der Schweizer Nationalbank gewesen. Marcos Mutter hatte eigene Klinik, in der sie als Chirurgin tätig war. Marco selbst war Chemiker und hatte an der Harvard University in den USA studiert. In diesem Moment wurde Stellas ganzes Leben auf den Kopf gestellt. Er kaufte sie aus dem Klub frei und scheute keine Ausgaben für gemeinsame Reisen nach Italien, Malta, Spanien, Sardinien, Ägypten, Dubai. Sie begann die Welt von einer ganz anderen Seite kennenzulernen. Fünf-Sterne-Hotels, bestes Essen und Parfüms, die Marco im Grunde selbst entwickelte, weil er bei Givaudan arbeitete, einem der größten Parfümhersteller der Welt. Die ausgesuchtesten Weine des Planeten flossen in Strömen. Es war wie im Märchen. Sie genoss seine Gesellschaft, aber sie liebte ihn nicht und wusste nicht, warum. Er war genau ihr Typ Mann. Schwarzhaarig, hochgewachsen, reich, gebildet und dazu noch jung. Was wollte sie mehr? Trotzdem fehlte ihrer Meinung nach etwas an ihm. Vielleicht die männliche Härte. Vielleicht hatte sie auch keinen Respekt vor Männern, die man einfach mit Fußeln unter dem Tisch einer anderen abspenstig machen kann. Wahrscheinlich war es genau das, was sie nicht zur

Ruhe kommen ließ. Wenn er dann von einer Anderen, Schöneren gestreichelt würde, würde er wohl noch am gleichen Abend zu ihr überlaufen. Sie mochte integre Männer. Die gab es natürlich genauso wenig wie Dinosaurier. Aber sie hoffte wenigstens, den modernen Abklatsch von einem Mann zu treffen, obwohl auch das eine ganz seltene, vom Aussterben bedrohte Art sein musste, ähnlich wie der Amurtiger.

Es verging ein weiterer Monat. Stella musste Genf verlassen, weil sie ihren nächsten Vertrag mit einem Züricher Klub schloss. Der King's Club war eines der teuersten Etablissements der sogenannten Geschäftshauptstadt der Schweiz. Wäre Stella gefragt worden, welche Stadt die schönste auf der Welt sei, hätte sie ohne Zweifel Zürich genannt. Im Vergleich zu dieser unglaublichen, kalten Stadt kam ihr Genf wie eine Müllhalde vor. Sie bezeichnete Zürich nicht wegen seines Klimas als kalt, sondern weil es so unnahbar war. Die Luft dort roch nach Reichtum und Ruhe, was tiefen Frieden in ihre Seele goss.

Die weißen Schwäne, die graziös auf der Limmat schwammen, bezauberten das Mädchen. In der Stadtgeschichte las sie, dass die Schwäne, die so heimisch wirkten, russischer Herkunft waren.

Zar Iwan der Fünfte hatte der Stadt zwei Schwäne geschenkt, zum Dank für Schweizer Käse, den man ihm hatte zukommen lassen. Den Käse brachten Kaufleute mit, die auf dem Weg ins kalte Russland die Schweiz passierten. Der Zar überraschte die Schweizer nicht nur mit schönen weißen Schwänen, sondern auch mit einem Rezept für ein eigenes, berühmtes Käsegericht, das den Name Malakoff erhielt. Dieses Wunder schmückt bis heute die Speisekarten der Restaurants, die traditionelle Schweizer Küche anbieten.

Das Geheimnis dieses Geschenks lag darin, dass der Zar es nicht wagte, den Käse im Rohzustand zu probieren. Er befahl, den Käse nach seinem Rezept zu zubereiten. Er wurde also in siedendem Öl gebraten. Diese ungewöhnliche Zubereitung wurde am Hof mit Begeisterung aufgenommen, da die dortigen Käsegenießer das neue Gericht sehr lecker fanden. Daraufhin wurde beschlossen, mit Respekt und Dankbarkeit zwei Vögel und das Rezept für Malakoff in die Heimat des Käses zu schicken.

Stella wollte für immer in dieser Stadt bleiben. Marco besuchte sie jedes Wochenende.

Ihre Arbeit dagegen war ein Albtraum. Im Etablissement blühten Schikanen aller Art, fast wie beim Militär. Die Mädchen, die etwa fünfzehn Jahre älter waren und schon lange im Klub arbeiteten, behielten die reichen Kunden für sich, denn sie kannten sie oft persönlich.

Einmal unternahm Stella zusammen mit zwei älteren Kolleginnen und einem Kunden, der sie für die Nacht freikaufte, einen Streifzug durch die Nachtklubs der Stadt. Die Vereinbarung mit dem Freier sah Sex am Ende des Abends vor. Er zahlte im Klub dreitausend Franken nur dafür, dass die Mädchen das Etablissement verlassen durften. Der Kunde wollte etwas reinen Koks sniffen und mit drei schönen Damen ordentlich einen draufmachen. Die zwei Kolleginnen organisierten die Drogen problemlos und verkauften ihm den Koks für je hundertfünfzig Franken pro Gramm, dabei kostete das Gramm sonst höchstens hundert Franken. Zu viert bummelten sie durch die Stadt und besuchten einen Klub nach dem anderen. Überall tranken sie teure Getränke und vergnügten sich. Gegen Morgen, als sie zum Hotel kamen, baten ihn die Mädchen, für den Gruppensex im Voraus zu bezahlen. Sie forderten zehntausend Franken für alle drei. Stella war geschockt. So viel hatte sie noch nie auf einmal verdient. Widerwillig hob der Kunde das Geld am Automaten ab. Eine Kollegin steckte tausend Franken in Stellas Tasche, den Rest legte sie in ihre eigene Handtasche. Stella protestierte, aber die andere unterbrach sie und erklärte, dass Stella sich damit zufriedengeben musste. Normalerweise nahmen sie andere Mädchen gar nicht mit auf ihre Streifzüge.

„Ach, verpisst euch, ihr alten Schachteln!"

„Halt die Fresse und komm mit!"

Im Hotel gossen sie eine klare Flüssigkeit in sein Whiskeyglas. Sie riefen: „Auf ex!" und zwangen den armen Kerl, das Glas zu leeren. Stella beneidete den Dickwanst geradezu. Selbst nach fünf Gramm Koks schlief er binnen einer Minute süß und selig.

Sie zogen ihn nackt aus, rissen eine Menge Kondompackungen auf und verstreuten den Inhalt im Zimmer. In einige Kondome spuckten sie hinein. Dann setzten sie sich kurz, um eine zu rauchen, tranken den restlichen Champagners aus, snifften Koks, lachten über den unglücklichen Freier und verließen das Hotel. Auf der Straße sagten die Kolleginnen zu Stella, dass sie sich verficken sollte, und empfahlen ihr, den Mund zu halten, sonst würden sie ihn ihr schnell stopfen.

„Oh! Die Mädchen sind wirklich gut", dachte Stella, allein unterwegs in Zürichs Straßen um fünf Uhr morgens. „Nicht wie Natalja, die sich immer ficken lässt, egal, was sie dafür bekommt."

Später stellte Stella fest, dass solche Nummern nur mit Familienvätern oder Bonzen möglich waren, die Angst hatten, ihre Position zu verlieren und darum nie zur Polizei gingen. Ansonsten könnte sie für solche Streiche leicht im Knast landen. Starke Schlafmittel waren in der Schweiz streng reguliert. Sie konnten der menschlichen Gesundheit schaden, besonders wenn sie zusammen mit illegalen Drogen eingenommen wurden. Ihr Gebrauch war zwar nicht ausdrücklich verboten, aber die Verbreitung stand unter Strafe.

„Klasse, gefährliche Spiele!"

Das war eindeutig ihr Arbeitsstil.

Bald gelang es Stella, das Zeug zum Einschläfern der Kunden zu besorgen. Mit dieser Methode begann sie, haufenweise Geld zu verdienen. Schon nach einem Monat konnte sie vierzigtausend Franken auf ihr Konto bei der Privatbank in der Ukraine überweisen. Viele beneideten sie, und jemand steckte im Umkleideraum Glasscherben in ihre Stiefel. Als Stella stockbesoffen und in Eile ihre Stiefel anzog, um schneller mit dem Kunden auszugehen, der am Ausgang auf sie wartete, schnitt sie sich tief in die Füße, sodass beim Gehen das Blut schmatzte. Sie ließ sich nichts anmerken, ging am Arm des Mannes lächelnd aus dem Klub und hasste im Stillen die miesen alten Schlampen, die seit einem Jahrzehnt in den Klubs schufteten. Danach konnte sie zwei Tage nicht mehr gehen. Weil sie nicht bei der Arbeit erschien, wurden ihr zweitausend Franken vom Lohn abgezogen.

Allerdings musste sie, als der Monat zu Ende ging, in einen anderen Klub umziehen, denn in diesem Etablissement wurden mit den neuen Tänzerinnen keine Verträge geschlossen, die länger liefen als einen Monat.

Dabei war es Stella ganz recht, diesen Klub zu verlassen. Viel zu hart musste sie für ihr Riesengeld arbeiten. Drogen, Alkohol und der ständige Betrug an den Kunden erschöpften sie maßlos. Der nächste Klub mit dem Namen Haifisch wurde zum Anfang vom Ende …

Der Chef dort war Türke und hieß Idris. Jedes Jahr hatte er eine neue russische oder ukrainische Flamme. Er wechselte sie wie die Unterwäsche. Es kamen jede Menge Gäste, die Hälfte davon natürlich Türken. Dieser Klub war nicht zu vergleichen mit dem King's Club, wo hochrangige Gäste ein und aus gingen, die für wenige Tage geschäftlich nach Zürich kamen. Hier trafen sich die Einheimischen. Für viele von ihnen war das Lokal mit Comedy verbunden, denn vor zehn Jahren hatten hier Auftritte von Komikern stattgefunden, die durch die Welt tourten. Am ersten Tag schon ging Stella mit einem Kunden und einer Kollegin zu dritt aus. Die Kollegin hieß erstaunlicherweise auch Stella. Der Freier war ein sehr großer Mann mit Grübchen. Sie hatten etwas gemeinsam – ein lautes Lachen und die spitze Nase. An diesem Abend ahnte sie nicht, dass sie für Geld ihren zweiten künftigen Ehemann und den Vater ihres einzigen Sohns vögelte. Dabei war sie noch nicht einmal mit ihrem ersten Ehemann verheiratet.

Aber diese Geschichte soll später erzählt werden …

Die Mädchen lockten ihrem Kunden fünftausend Franken für zwei ab und waren damit zufrieden. Der Sex war klassisch, nichts Ungewöhnliches. Er schaute immer nur die eine von beiden Stellas an und merkte, dass er sich verliebte. Die Zweite fühlte sich überflüssig und machte ihrer Namensschwester nach einer weiteren geleerten Flasche eine Szene.

„Das war mein Kunde! Du willst ihn für dich an Land ziehen! Ich sehe das!"

„Ich mache gar nichts! Er starrt mich an, weil er das so will."

„Gar nicht wahr!"

„Dann haue ich eben ab!"

Ohne Abschied schlug Stella die Tür hinter sich zu. Merkwürdigerweise klingelte es zehn Minuten später an ihrer Wohnungstür. Sie schaute durch den Spion und sah ihn. Sie traute sich nicht, die Tür zu öffnen, weil sie Probleme mit der zweiten Stella und den anderen Mädchen vermeiden wollte. Das Geld hatte sie in der Tasche, also wozu brauchte sie ihn dann noch? Es klingelte kein zweites Mal. Das machte Stella ein bisschen traurig. Sie hörte, wie sich die Tür des Aufzugs schloss, der den großen Mann hinaus in die Nacht brachte. Stellas Herz setzte einen Schlag aus, und sie spürte etwas Unklares und Seltsames.

In der Ukraine ließ Natalja unterdessen die Sau raus! Sie bereitete sich Freude, indem sie schicke, große Einkäufe machte. Sie kaufte eine Wohnung direkt im Herzen der Hauptstadt und eine Farm auf dem Land zur Schafzucht. Dorthin ließ sie ihre ganze Familie umziehen. Die Verwandten waren gern bereit, sich einem neuen Familiengeschäft zu widmen. Eine weitere beträchtliche Geldanlage bestand darin, dass sie im Stadtgebiet von Kiew ein Gartengrundstück kaufte, das einen halben Hektar groß war. Auf fragwürdigen Wegen ließ Natalja die Baulanddokumente ändern. Sie vergaß auch nicht, ihre Freundin zu fragen, wo diese ihre Ersparnisse anlegen wollte. Stella antwortete eindeutig: auf der Krim, in Sewastopol. Sie wollte eine Wohnung am Meer auf Kredit kaufen. Natalja hatte Angst, Geld in Städten anzulegen, wo sie keine Beziehungen hatte, und fand diese Idee dumm.

Natalja erledigte alle ihre Angelegenheiten und wartete auf einen neuen Arbeitsvertrag.

Nach Genf wollte sie nicht. Also rief sie den Vermittler an und schloss einen Vertrag für Zürich ab. Als sie erfuhr, was für Geld Stella verdienen konnte, bekam sie eine Gänsehaut.

Stellas Leben wurde immer leidenschaftlicher! Adrian, der große Blonde mit den Grübchen lief ihr hinterher.

Sie traf sich gleichzeitig mit zwei Männern, mit Marco aus Genf und mit Adrian aus Zürich. Sie wusste nicht, was sie tun sollte, den Deutschen Adrian mochte sie allerdings lieber. Er war so echt und im Gegensatz zu dem verschlossenen, geheimnisvollen Italiener Marco mit ihr auf einer Wellenlänge. Immer wieder entdeckte sie etwas Geheimes in seinem Leben. Ständig gab es Überraschungen. Einmal räumte sie Papiere auf dem Schreibtisch in seiner Genfer Wohnung auf und bemerkte, dass ein Lineal zweimal kürzer geworden war seit ihrem letzten Besuch vor einer Woche. Sie nahm das Lineal in die Hand und betrachtete es von allen Seiten.

„Oh, das ist es also! Gepresstes Haschisch zum Kiffen. Wie Marihuana, nur viel stärker. So ein Freak", dachte Stella. „Aber verstecken kann er es gut."

Als Marco nach Hause kam, rechtfertigte er sich lange und versicherte, er sei kein Suchti. Er kiffe nur beim Pornoschauen, weil er Stella vermisse.

„Er ist ein talentierter Lügner", sagte sich Stella. „Zwei Fantasten unter einem Dach werden auf Dauer wohl nicht miteinander auskommen."

Adrian dagegen versteckte nichts, war für jedes Gespräch offen und teilte Stella ehrlich mit, dass er verheiratet war. Seine Frau war Ilona, eine Balletttänzerin aus Charkow. Er liebte sie nicht, aber das war ihm leider erst nach der Hochzeit klargeworden. Sie liebte ihn anscheinend ebenso wenig. Von ihrer Seite war es eine Zweckehe. Während ihrer Dates war er Feuer und Flammen für ihre zarten, verführerischen Kurven. Sie war unglaublich schön. Er hielt sie für seine Muse, die Göttin seiner Fantasien. Ilona ließ ihm keine Zeit zum Überlegen. Sie schlug vor, schnell zu heiraten, sonst hätte sie mit den Klubs weitere Verträge unterzeichnen müssen. Wie es jeder ehrbare ledige Mann tun würde, traf er sofort die gewagte Entscheidung, seine Muse innerhalb von drei Monaten zu heiraten. Er schickte ihr eine Einladung mit einem Heiratsvisum in die Ukraine. In Erwartung seiner Geliebten kam ihm diese Zeit wie eine Ewigkeit vor. Nach der Hochzeit verschlechterte sich ihre Beziehung rasant. Ilona hatte eine Tochter aus erster Ehe, die in Charkow bei ihrer Großmutter wohnte. Jedes Jahr verbrachte Adrians Frau praktisch sechs Monate bei ihrer Tochter und warf dem Mann vor, dass er sie unglücklich machte, weil sie zwischen ihm und ihrem Kind hin und her gerissen war. Adrian schlug vor, die Tochter in die Schweiz zu holen, aber der leibliche Vater des Kindes gab keine Zustimmung zur Ausreise. Die Liebe in Adrians Herzen begann zu erlöschen. Es war doch für einen Mann wichtig, dass seine Frau sich bei ihm und nicht in weiter Ferne aufhielt. Man gründete doch eine Familie, um die Abende gemeinsam zu verbringen, ins Sofa zu pupsen, einander die Schuld daran zu geben und sich darüber totzulachen, Kinder zu kriegen und sich über deren erstes Lächeln zu freuen. Leider schien ihm das alles nun irreal und fern. Er hatte die wahre Liebe mit Leidenschaft verwechselt und war nun enttäuscht von seiner voreiligen Partnerwahl, die sein Leben sinnlos und leer machte. Er fühlte sich nicht mehr zu Ilona hingezogen und reiste immer seltener in die Ukraine. Seine Frau sagte ihm offen, dass er sie betrügen dürfte, aber nur unter der Bedingung, dass er dabei Verhütungsmittel benutzte und sie die Frauen für ihn auswählte. Er ließ sich auf diese absurde Bedingung ein, ohne zu verstehen, wie er dazu gekommen war. Seine Frau suchte für ihn ein passendes Mädchen aus und brachte es in eine Klinik zum HIV-Test. Danach durfte er mit diesem Mädchen während seines ganzen Aufenthalts in der Ukraine schlafen. Ab und zu kam er trotzdem bei einem Etablissement vorbei, um frisches Fleisch nach eigener Wahl zu vernaschen.

Adrian zeichnete sich als Mann durch seine Stetigkeit aus, darum besuchte er immer denselben Klub. Dort hatte er einst Ilona und jetzt Stella kennengelernt. In Stella verliebte er sich richtig und versprach ihr, gleich die Scheidung einzureichen. Natürlich glaubte sie ihm kein Wort, nach all dem, was sie gehört hatte. Aber Adrian belog sie nicht. Er glaubte wirklich, dass er die Eine gefunden hatte. Er mietete für Stella eine Wohnung im Zentrum von Zürich und schickte sie zum Deutschkurs in die Alpha-Sprachschule, die in der Stadtmitte am berühmten Bellevueplatz lag. Und er gab ihr Geld. Eines Tages sagte Stella:

„Adrian, ich brauche eine Garantie, dass du es ernst mit mir meinst. Ich habe einen Bräutigam in Genf, der mich heiraten will. Ich will keine Zeit verlieren, nur weil ich auf deine Versprechungen höre."

„Wie stellst du dir die Garantie vor?"

„Das Einzige, was den Männern bei der Trennung leidtut, ist das Geld, das sie für ihre Frau ausgegeben haben. Die Mädchen reagieren in diesem Fall ganz anders wahr. Sie trösten sich mit Torten, Wein oder Wodka, interpretieren jedes Wort, das bei der Trennung gefallen ist, und sind bereit, ihre SIM-Karte in Wodka aufzulösen, damit sie ihm nie mehr im Suff eine SMS schreiben! Also, ich will Geld."

„Wozu brauchst du Geld?"

„Ich will mir eine Wohnung kaufen. Ich bin hierhergekommen, um Geld für eine Wohnung zu verdienen. Ich habe nämlich keine. Meine Sachen liegen bis heute in Kisten verpackt in der Wohngemeinschaft, wo ich ein Zimmer habe. In diesem Stil will ich nicht mehr leben. Ich liebe dich, ich kann warten, aber will keine Zeit bei leeren Gesprächen verlieren. Vielleicht lassen deine Gefühle in einem Jahr nach, wie es ja bei der Tänzerin war, und ich verliere im Endeffekt meinen Bräutigam und ein Jahr Zeit. Wenn ich in diesem Jahr unter Vertrag arbeiten würde, könnte ich selbst genug verdienen, um die Wohnung zu kaufen."

„Was kostet eine Wohnung?"

„Eine kleine Wohnung würde 75.000 Dollar kosten."

„Eine große brauchst du ja auch nicht. Du wirst doch nicht darin wohnen."

„Ja, logo."

„Gut, ich gebe dir das Geld für eine Wohnung, aber du musst mir versprechen, dass du auf meine Scheidung wartest."

„Versprochen."

Nur eine Woche später flog Stella in die Ukraine, auf die Krim, um den Kauf zu erledigen, von dem sie ihr ganzes Leben träumte.

In einer Stadt am Meer zu leben! Das war saugeil!

Aber statt einer Wohnung kaufte sie für 80.000 Dollar ein zehn Ar großes Grundstück, um darauf ein Wohnhaus zu bauen. Die übrigen 40.000, die sie auf dem Konto hatte, darunter natürlich ihre eigenen Ersparnisse, legte sie in eine 100 Quadratmeter große Neubauwohnung an, im neunten Stock mit Blick über die Stadt. Diese Wohnung kostete sie 110.000 Dollar. Stella schloss mit der Bank einen Vertrag, den Restbetrag zu einem Jahreszinssatz von 19,5 % abzuzahlen. Später erwies er sich für sie praktisch als unerfüllbar. Allein für die Zinsen musste sie monatlich 2.000 Dollar überweisen. Dabei kam die Tilgung des Kredits nur sehr langsam voran. Gemessen an ihrem Verdienst in letzter Zeit und in Anbetracht des Vorhandenseins zweier reichen Verehrer erschienen ihr aber zwei Riesen im Monat wie eine Kleinigkeit. Als sie zurück nach Zürich kam, war sie der glücklichste Mensch der Welt! Jetzt hatte sie ein Grundstück und eine Wohnung. Mehr konnte man sich doch gar nicht wünschen. Aber ihr glückliches Leben verwandelte sich in eine wahre Hölle, als Adrians Ehefrau anreiste.

Jetzt war die „einträchtige" Familie vollständig ...

Als Adrian vom Flughafen zurückkam, hatte es ihm die Sprache verschlagen. Seine Frau war im achten Monat schwanger. Damit hatte sie ihren Mann überraschen wollen. Er hielt allerdings eine Gegenüberraschung für sie in der Hand: eine Aktenmappe, die er am Tag zuvor von seinem Rechtsanwalt bekommen hatte und in der die Scheidungsdokumente lagen. Er steckte mit zitternden Händen die Papiere in seinen Koffer, umarmte seine Frau und sagte lächelnd:

„Wie war der Flug, Liebste?"

„Du bist ja ganz blass geworden, Schatz! Eine großartige Überraschung, oder?"

„Ja, ich freue mich."

„Ich wusste, dass es dir gefallen würde. Du hast ja immer von Kindern geträumt."

„Warst du regelmäßig beim Arzt? Ist alles in Ordnung?"

„Ja, jeden Monat. Wir werden wohl einen Sohn bekommen."

Das freute ihn wirklich. Wirre Gedanken drehten sich in seinem Kopf. Wie hatte er sich in seinem Leben so verirren können?

„Warum passiert immer so etwas?"

Er erinnerte sich an Stellas Worte: „Was, wenn du es dir anders überlegst? Ich brauche eine Garantie."

Er ging mit seiner Frau Arm in Arm. Ihr Bauch, in dem sie seinen Sohn trug, war merklich rund.

„Mein Sohn! Mein Sohn! Verdammt! Natürlich überlege ich es mir anders! Ich habe es mir schon anders überlegt!"

Im folgenden Monat besuchte er Stella sehr selten. Seine Ausrede dafür lautete, dass er seine Frau nicht aufregen dürfe, weil sie schwanger war.

Die Managerin, die Dana hieß, ließ Stella vertragsgemäß noch ein Monat arbeiten, obwohl das Mädchen es gar nicht wollte. Sie hatte Depressionen und Kummer. Ihr war klar, dass sie den verheirateten Mann und angehenden Vater gehen lassen und vergessen sollte. Es fiel ihr schwer, diese Entscheidung zu treffen. Sie konnte ihm ja das Geld nicht zurückgeben, das sie von ihm als Garantie erhalten hatte. Dabei hielt sie selbst die Bedingungen nicht ein. Jetzt war ihr klar, dass sie nicht sein Geld haben wollte, sondern ihn wirklich liebte.

Von diesen trüben Gedanken verspürte Stella Brechreiz und lief zur Toilette.

„Hic..."

Sie griff schnell nach ihrer Tasche, rannte in die Apotheke, kaufte einen Schwangerschaftstest, kam blitzschnell zurück, lief ins Badezimmer, ohne vorher die Schuhe auszuziehen, zog im Gehen ihre Hose aus, holte den Stab aus der Packung, der die Macht hatte, das Leben von Menschen für immer zu verändern, und setzte sich.

„Was?" Positiv? Neinnnn!!! Warum jetzt? Mama! Ich will keine alleinerziehende Mutter sein! Ich treibe ab! Definitiv!"

Wieder rannte sie in die Apotheke, kaufte noch zehn Tests, ging zurück und bekam wieder dasselbe verhängnisvolle Ergebnis! Positiv, verdammt noch mal!!! Jetzt hing ihr Leben nur von ihrem Glück im Spiel ab!

„Was jetzt? Was soll ich tun?" Sie versank in Panik.

In diesem Augenblick kam in der Züricher Privatklinik Bethanien Adrians Sohn zur Welt und erhielt den Namen Nikita.

Einige Tage später tauchte der frischgebackene Vater vor Stellas Wohnungstür auf. Er gab ihr einen kalten Wangenkuss. In Erwartung seines Kommens hatte sie ein Abendessen zubereitet. Er setzte sich an den üppig gedeckten Tisch, wie ihn nur Stella zaubern konnte, und öffnete eine Flasche trockenen Rotwein. Leise wie ein Bub, der von seiner Mutter dafür bestraft wird, dass er mit einer Schleuder auf die Lehrerin schoss, sagte er:

„Stella, verzeih mir. Nimm das Geld, das ich dir als Garantie gegeben habe, und vergiss mich. Jetzt hast du eine Wohnung, und hoffentlich wird sich deine Zukunft so gestalten, wie du es geplant hast. Ich kann sie nicht verlassen! Er ist so klein! Er ist mein Sohn! Ich habe nicht gewusst, dass es so schwer und schmerzhaft ist, die Wahl zwischen einem geliebten Menschen und einem unschuldigen Kind zu treffen. Heirate deinen kleinen Italiener Marco und lass das Leben über uns entscheiden."

Stellas Herz wurde so schwer, dass sie dachte, sie müsste jeden Moment vom Stuhl fallen und sterben. Der Schmerz in ihrer Brust brannte, als ob ein wildes Tier seine Krallen in ihre Seele schlagen würde. Stella nahm den Schwangerschaftstest vom Tischrand, wo sie ihn vorher hingelegt hatte, weil sie das neue Problem und dessen Lösung besprechen wollte. Sie beschloss, nichts zu sagen. Schweigen zu können ist eben ein großes Talent!

„Ich wünsche dir viel Glück, Adrian!", stieß sie hervor, vergrub das Gesicht in den Händen und brach in Tränen aus. Sie weinte Pfützen, so groß, wie sie sie noch nie gesehen hatte. Es schien eher, als hätte jemand eine Flasche ausgegossen.

„Bitte geh! Leb wohl ..."

„Leb wohl, meine Liebe!"

Plötzlich drehte er sich vor der Tür um, stürzte sich auf Stella wie ein kleiner Junge und umarmte sie. Seine Brille fiel herunter, und er weinte ebenso bittere Tränen wie sein Mädchen.

„Ich liebe dich so sehr! Ich weiß nicht, was ich tun soll! Was wäre richtig? Wie konnte ich nur so etwas zulassen?"

„Hör auf! Bitte!" Stella legte die Arme um seinen Hals und schluchzte wie ein Kind. Er konnte der Versuchung nicht widerstehen und küsste sie.

Weinend schliefen sie miteinander. Es war etwas Besonders, Einzigartiges, das sie für immer in Erinnerung behalten würden.

Nach einem langen, zärtlichen Liebesakt lagen sie eine gefühlte Ewigkeit lang da, ohne ein Wort zu sagen, als ob sie für immer Abschied voneinander genommen hätten.

Er stand auf, zog sich immer noch schweigend an und verließ die Wohnung. Vorsichtig schloss er die Tür hinter sich.

Stellas Zustand am nächsten Tag war unbeschreiblich. Jeder Versuch wäre sinnlos ...

Als Stellas schwere Depression etwas nachließ, fing sie an, alle zu bemitleiden, die in diese schicksalhafte, kniffelige Situation geraten waren. Sich selbst, Adrians Frau, das Kind, das zum ersten Mal die Augen öffnete und die Welt sah, die den Kindern so schön zu sein scheint. Und auch das Kind, das sie in sich trug und dem es wohl nicht vergönnt sein würde, mit Äuglein voll Tränen und Glück die Welt anzuschauen. Der Gedanke zerriss ihr das Herz, dass sie endlich den Mann getroffen hatte, mit dem sie eine Familie gründen und ein Kind haben wollte. Warum war die Welt so grausam zu ihr? Warum war sie nicht gleich nach Zürich gegangen, um zu arbeiten? Er hatte seine Frau ja erst vor Kurzem in demselben Klub kennengelernt. Sie hätte ihr zuvorkommen und ihn als Erste treffen können.

Zwei Wochen vergingen, dann rief Adrian sie an.

„Wie geht es dir?"

„Mir geht es gut."

„Lass uns zusammen zu Mittag essen. Bist du in Zürich? Ich vermisse dich."

„Okay."

Als Stella zur verabredeten Zeit kam, fiel ihr auf, dass Adrian anscheinend gute fünf Kilo abgenommen hatte.

„Was ist los mit dir?"

„Ich schlafe zu wenig. Der Kleine schreit nachts, meine Frau geht aus dem Zimmer und bittet mich, dass ich mich um ihn kümmere. Morgens muss ich zur Arbeit, und ich kann nicht einmal essen. Ich trinke nur noch schwarzen Kaffee."

„Du Armer, bring das Kind doch zu mir, ich werde babysitten."

„Danke, aber dann bringt sie mich um."

Beim Essen plauderten sie durcheinander und schauten einander in die Augen wie zwei Turteltauben. Plötzlich sagte er:

„Ich kann dich nicht loslassen."

„Und ich bin schwanger", rutschte es ihr heraus. Oh Gott, wie viel Glück war in seinen Augen zu sehen!

„Ist das wahr? Du meine Liebe!"

Das ganze Restaurant beobachtete die beiden Verrückten, die während des Essens weinten.

„Ich brauche auch kein Geld von dir! Du kannst das Grundstück haben, das ich mir gekauft habe."

„Was hat das mit Geld zu tun? Ich lasse mich scheiden! Ich liebe meine Frau nicht."

Er sprang auf, nahm sie an den Händen, drehte sich mit ihr im Kreis und küsste sie. In seinen Händen wirkte sie wie ein Baby. Er war zwei Meter groß und massig wie ein Eishockeyspieler. Sie dagegen nur einen Meter siebzig, Haut und Knochen.

„Es ist entschieden! Endgültig! Aber unter einer Bedingung."

„Unter welcher?"

„Ich bleibe noch drei Wochen bei ihnen. Das wäre nicht männlich, wenn ich jetzt gehen würde. Anders kann ich nicht. Das musst du verstehen und diese Bedingung akzeptieren. Ich gebe dir mein Wort, dass ich meine Frau verlasse."

Sie wusste, er würde sein Wort halten, wenn er die Entscheidung einmal getroffen hatte. Sein Sternzeichen war Stier und geboren wurde er im Jahr des edlen Pferdes. Bei diesen Merkmalen gab es keinen Grund, an seiner Anständigkeit zu zweifeln.

„Versprich mir bitte nichts. Ich glaube dir."

Er schätzte Stella wegen ihrer vielen erstaunlichen Eigenschaften und sah in ihr die Frau, mit der er eine gemeinsame Zukunft bauen wollte. Auch Stella konnte Wort halten.

Sie waren sich äußerlich ähnlich, hatten zum Beispiel das gleiche breite Lächeln. Sie mochte an ihm, dass er hochgewachsen war und Sport trieb. Einmal hatte er den ersten Platz im Weitsprung belegt, er spielte Eishockey in der zweiten Liga und in der Schweizer Nationalmannschaft. Das Einzige, was Stella störte, war sein Alter. Er war achtzehn Jahre älter als sie. Aber damals spürte sie keinen Unterschied, vielleicht, weil sie noch zu jung oder leichtsinnig war. Im Alter von zweiundzwanzig Jahren denken Mädchen gewöhnlich nicht viel nach.

Der Piranha kehrt an sein Werk zurück!

Nataljas Ankunft war ein bedeutendes Ereignis in Stellas Leben! Sie hatte ihr so viel zu erzählen. Wegen ihrer eigenen Erlebnisse vergaß sie oft, die Freundin anzurufen. Sie hatte gar keine Lust, die neuesten Ereignisse in ihrem Leben mit ihr per Telefon zu besprechen. Natalja sah einfach atemberaubend aus. Sie war frisch und schlank. Sie erzählte von ihren Einkäufen, von der Schaffarm, von ihren Liebhabern, die wie immer zahlreich waren. Die Armen litten so bitterlich, wenn sie ging.

Stella berichtete von ihrer Schwangerschaft. Natalja hielt diese Geschichte für völligen Unsinn. Schreiend ging sie auf Stella los:

„Du bist die letzte Idiotin! Am Ende bleibst du mit dem Kind allein und hast noch dazu Schulden für die Wohnung in der Ukraine. So eine Scheidung dauert mindestens drei Jahre. Und die Scheidung einer Ehe, in der es Kinder gibt, kann in der Schweiz bis zu fünf Jahre dauern! Mit einem Säugling wird er nicht geschieden! In solchen Fällen bekommen die Eltern zwei Jahre Zeit zum Überlegen und als Chance für einen Neuanfang. Und was, wenn er dich betrügt? Er lügt wahrscheinlich."

„Er lügt nicht", erwiderte Stella hart. „Ich werde mit ihm reden."

„Es wird auch höchste Zeit. Und lass abtreiben. Lass ihn dafür zahlen, und dann kann er sich zu seiner Ehefrau verpissen."

„Er hat mir 75.000 gegeben."

„So wenig? Er soll noch was drauflegen, dieses Arschloch! Was soll das überhaupt? Die eine bekommt ein Kind, die andere ist schwanger. Aber alle guten Dinge sind drei, also wartet noch auf die dritte dumme Gans. Der Zirkel schwangerer hirnloser Weiber wird größer."

„Und du behauptest, ich wäre böse!"

„Ich bin nicht böse, ich wünsche dir alles Gute. Du musst begreifen, dass dieser Narr nicht alle Tassen im Schrank hat!"

„Er hat einfach einen Fehler gemacht und jetzt leidet er darunter."

„An seiner Idiotie?"

„Ach, mit dir kann man einfach nicht reden. Nach der Erfahrung mit Pascal findest du alle Männer scheiße."

„Und die vor Pascal waren auch alle scheiße."

„Ich gehe lieber, ich habe keine Lust, mit dir zu streiten. Tschüss."

„Bis dann! Mütterchen! Jetzt bist du mein schwangeres Kügelchen!"

Stella redete mit Adrian, und er bestätigte Nataljas Aussage. Genau davor hatte er Angst. Das Scheidungsverfahren könnte sich jahrelang hinziehen. In der Schweiz durfte Stella nicht bleiben, auch nicht, wenn sie von einem Schweizer Bürger schwanger war.

„Du musst einen Scheinehemann finden."

„Gute Idee."

Eine Woche verging, und es wurde höchste Zeit zu handeln. Die Zeit spielte gegen sie. Stella war deswegen sehr besorgt. Sie wollte nicht schwanger in die Ukraine fahren, um dort den nächstbesten Penner aufzugabeln, der bereit wäre, sie zu ehelichen.

Inzwischen fragte Adrian in seinem Bekanntenkreis herum. Es gab genug Männer, die Stella gerne heiraten würden, besonders für fünfundzwanzig- bis dreißigtausend Franken Belohnung.

Aber sobald sie von ihrer Schwangerschaft hörten, lehnten sie ab. Das Schweizer System auf diesem Gebiet ist sehr verworren. Die Gerichte setzen hohe Unterhaltszahlungen fest. Böswilligen Nichtzahlern werden die entsprechenden Beträge direkt vom Lohn abgezogen. Auch andere Fragen werden direkt vor Gericht gelöst. Das kann reichlich Geld und Zeit kosten. Manchmal schleppen sich die Verfahren jahrelang hin. Außerdem ist es ein großes Risiko, wenn die Frau nicht von ihrem rechtmäßigen Ehemann schwanger ist. Wird das festgestellt, kommt der Fall vors Gericht. Eine Abschiebung ist dann unvermeidlich. Zudem bekommt die Schuldige ein Einreiseverbot in die Schweiz für mindestens fünf Jahre. Das wäre also eine verdammt gefährliche Idee!

Aber Stella, im Sternzeichen der Jungfrau und im Jahr der Ratte geboren, kannte immer mehrere Wege im Labyrinth des Lebens, die zum Käse führten. Sie entschloss sich zu einem heimtückischen Schritt, wie er ihrem Charakter entsprach. Sie ging nach Genf und erklärte Marco, dass sie ein gemeinsames Kind bekämen.

Natürlich war er schockiert. Es war schon lange her, dass sie das letzte Mal Sex hatten. Aber die geübte Lügnerin überzeugte ihn vom Gegenteil und noch am selben Tag beantragten sie die Eheschließung beim Standesamt. Der nächste freie Termin war am 29. Februar. Da es der Februar gewöhnlich nur 28 Tage hat, so werden an diesem Datum die Ehen kaum im Himmel geschlossen, denn das junge Paar braucht seinen Hochzeitstag nur alle vier Jahre zu feiern. Dieser Tag ist ideal für Geizhälse, die ihren Geliebten nicht jedes Jahr ein Geschenk machen wollen, denn wenn es das Datum nicht gibt, dann gibt es auch nichts zu feiern. Für Scheinehen wäre dieser Tag auch sehr geeignet. Den Leuten in der Warteschlange nach zu urteilen, die ihre Unterlagen einreichen wollten, gab es keine Geizhälse. Die fetten schwarzen Weiber mit weißen Jungs und umgekehrt sahen krass aus. „Und was tut der Staat?", dachte Stella. „Das sieht man doch, dass bei diesen Paaren von Liebe keine Rede sein kann. Die heiraten aus purer Berechnung. Na gut, ich bin mit der gleichen Diagnose hier. Möge bei diesen Leuten auch alles klappen", wünschte sich Stella mit ihrem guten Herzen. Sie reichte den Antrag ein und beschloss, gleich zu gehen. Unter dem Vorwand, sie müsse nach Zürich zur Arbeit, ließ sie sich von Marco Geld geben, um Obst zu kaufen, ließ den armen Kerl am Bahnhof stehen und stieg in den Schnellzug von Genf nach Zürich, der sie in drei Stunden zu ihrem Geliebten brachte.

Während der ganzen Fahrt versuchte sie, Antworten auf die vielen Fragen zu finden, die sie nachts quälten.

„Vielleicht sollte ich Marco echt heiraten?" Er war jung, jedenfalls viel jünger als Adrian, aber immer noch zehn Jahre älter als sie. Diese Entscheidung wäre in dem Sinne vernünftig, dass beide Kinder dann in vollständigen Familien aufwachsen könnten.

Es gäbe keine Scheidungen, keine Tränen und kein Leid. Stella rief sogar ihre Mutter an und bat sie um Rat. Trotz aller Meinungsverschiedenheiten über das Leben blieb sie doch ihre Mutter. In schwierigen Momenten vergisst man das Schlechte gern. Keine Mutter würde ihrem Kind Böses wünschen. In den ersten fünf Minuten war sie sprachlos von den Informationen, mit denen ihre waghalsige Tochter sie überschüttete.

„Töchterchen, sollen wir vielleicht wahrsagen? Wir könnten aus den Karten oder aus dem Kaffeesatz wahrsagen.

„Oh! Genau, das machen wir!"

„Ich gehe neue Karten kaufen und rufe zurück."

„Okay."

„Mach dir nicht so viele Gedanken."

„Ich versuche es."

Sie beendete das Gespräch und brach in Tränen aus.

Der 29. Februar kam
Und mit ihm die traurige Hochzeit

Stella kam direkt aus Zürich zum Standesamt. Sie trug einen schwarzen Hosenanzug. Marco ging nervös neben seinem Auto auf und ab, auf dem Boden lagen jede Menge Zigarettenstummel verstreut.

Natalja trug ein leuchtend orangenfarbenes Kleid und strahlte vor Glück. Sie war schon dabei, die Genitalien von Marcos Trauzeugen, seinem Kumpel aus Bulgarien, zu begrabschen. Die Sexbombe war Stellas Trauzeugin. Marcos Trauzeuge hieß Wladimir. Nur diese vier waren da. Welch ein rauschendes Hochzeitsfest …

„Ich bin irgendwie nervös", sagte Stella.

„Es gibt keinen Grund, sich um irgendetwas Sorgen zu machen. Ich habe alles erledigt. Als ich gekommen bin, hat dieser Wladimir gerade versucht, deinen Marco zu überzeugen, dich nicht zu heiraten. Aber ich habe seine Mutaneneier gestreichelt und ihm versichert, dass ihr zwei voll ineinander verliebt seid und er sich keine Sorgen um seinen Freund machen muss. Ich hoffe nur, dass in seiner Hose alles gigantisch ist und nicht nur Luftballons darin stecken."

Da erklang Gelächter vor dem Standesamt, das vorher eher an eine Friedhofskapelle erinnert hatte. Die Stimmung wurde etwas besser, trotzdem hing noch eine gewisse Spannung in der Luft.

„Wir brauchen was zu trinken!
Wo ist der Champagner?", fragte die Blondine in Orange.

„Der Champagner ist dran, nachdem alle Unterschriften gesetzt sind!"

Es entstand fast der Eindruck, als ob Natalja heute die Braut wäre. Sie war strahlend, nett und lustig. Stella und Marco wirkten in ihrer schwarzen Kleidung beide wie düstere Wolken, sie rauchten nervös. Marco ging zum Parkplatz, um eine Flasche Champagner und Gläser aus dem Auto zu holen, die er für die Hochzeit vorbereitet hatte. Da wurden sie zur Trauungszeremonie in den Saal gebeten. Alle wurden aufgefordert, Platz zu nehmen. Langes Schweigen hing im Raum. Die Standesbeamtin zog eine Augenbraue hoch, als ob sie fragen wollte: „Wo ist Ihr Bräutigam?"

Stellas Handflächen wurden feucht. Sie spürte, dass etwas nicht stimmte. Plötzlich unterbrach Natalja das zum Zerreißen gespannte Schweigen mit einem Ruf:

„Wir hätten ihn nicht gehen lassen sollen. Er hat kalte Füße bekommen!"

Wladimir verdeckte sein Lächeln mit der Hand.

Plötzlich öffnete sich die Tür und Marco kam herein. Er schwitzte, sein Gesicht war rot vor Aufregung.

„Wir dachten schon, du hättest sie im Trauzimmer sitzen lassen und hättest dich feige davongemacht!", sagte Natalja mit schelmischem Unterton.

Er entschuldigte sich höflich und setzte sich neben seine Braut. Stella spürte, dass sie nur ein Haar davon entfernt gewesen war, diesen Dummling zu verlieren. Wahrscheinlich war er schon weggefahren, hatte es sich aber dann doch anders überlegt und war zurückgekehrt. Die Tante vom Standesamt staunte mit offenem Mund. In der Hand hielt sie das mit Samt bedeckte Tablett, auf dem die Eheringe lagen.

Sie wandte ihren Kopf zu Natalja und sagte kalt: „Ich dachte, Sie wären die Braut."

„Ich hätte nichts dagegen, die Braut zu sein", erwiderte diese mit einem Lächeln.

Anscheinend richtete sich die Frau nach dem Kleid. Kaum eine Braut würde zu ihrer Hochzeit einen schwarzen Hosenanzug anziehen, nicht einmal am 29. Februar. Als Marco unterschrieb, war er schweißgebadet und seine Hände zitterten. Seine Vorahnung trog ihn nicht, aber er war ein Feigling und konnte Stellas eisernem Charakter nicht widerstehen. Er gab ihren Reizen und ihrer Überzeugungskraft nach. Ihren Willen konnte nur ein starker und vor allem ein ehrlicher, guter Mensch besiegen. Eben eine vom Aussterben bedrohte Männerart, die nur noch auf der Roten Liste zu finden war. Das war eben ein heikler Fall.

„Das Brautpaar soll sich küssen!

Der Champagner spritzte in alle Richtungen. Natalja schüttelte die Flasche so heftig, dass sie die Standesbeamtin von oben bis unten mit Champagner duschte.

Vom Standesamt begaben sich die jungen Leute zum Restaurant Lipp, wo die frischesten Meeresfrüchte der Stadt serviert wurden. Unterwegs tranken sie Champagner. Stella aß gern Austern, andere Muscheln und Shrimps, die auf Eis auf einer großen Platte serviert wurden. Sie wusste, dass Schwangere diese Leckereien nicht essen sollten, aber ihr waren alle Verbote egal. Sie machte das, was sie gerade wollte. Niemand auf der Welt konnte sie zu etwas überreden. Sie wusste, was sie zu tun hatte und wie. Das half ihr, vieles im Leben zu erreichen, obwohl sie absolut davon überzeugt war, dass echte Talente meistens verkamen, ohne der Welt jemals ihr Können bewiesen zu haben. Nur freche, draufgängerische Mistkerle stiegen zu Höherem auf.

Im Restaurant war bereits ein schicker Tisch gedeckt. Marco hatte sogar eine Hochzeitstorte bestellt, aber sie war so winzig, dass Stellas Laune damit unwiderruflich verdorben wurde. Sie wäre am liebsten aufgestanden und gegangen. Die entscheidende Angelegenheit war ja erledigt. Wozu sollte sie diese Komödie weiterspielen? Sie benötigte nur seine Unterschrift, und die hatte sie. In der Schweiz konnte eine Scheidung Jahre dauern. Also sollte sie wohl einfach aufstehen und ihn zum Teufel schicken. Dann könnte er schon morgen die Scheidung einreichen, wenn er wollte. Und das tat sie. Sie ging schweigend aus dem Restaurant und wanderte ziellos durch die Straßen von Genf. Plötzlich tauchte Marco vor ihr auf. Er zupfte sie nervös am Arm und fragte:

„Wo willst du hin?"

„Nach Zürich."

Er schrie sie an, dass er sich von ihr scheiden lassen würde.

„Divorce, divorce!"

Aber Stella hörte ihn nicht mehr. Er war ihr scheißegal. Sie wusste, dass er laut Gesetz keine Scheidung einreichen durfte, bevor das Kind nicht auf der Welt und mindestens drei Monate alt war. Sehr wahrscheinlich würde ihnen das Gericht zwei

Jahre Zeit zum Überlegen geben, bevor die junge Ehe geschieden wurde. So könnte sie jahrelang in der Schweiz leben. Bis dahin könnte Adrian ebenfalls geschieden sein und sie könnten heiraten.

Natalja aß sich auf der Scheinhochzeit für lau satt. Dann ging sie mit dem blöden Wladimir nach Hause, erregte ihn und versuchte, ihm ihre Dienstleistungen zu verkaufen.

Er war nicht gerade begeistert und sagte:

„Ich wusste doch, dass du und deine Freundin Prostituierte seid." Er bot ihr dreihundert Franken für Sex.

Auf der Zugfahrt nach Zürich überlegte Stella während der ganzen drei Stunden mit einem Lächeln im Gesicht, wie sie Adrian erzählen sollte, dass sie die Frage der Eheschließung selbst und ohne jeden Geldaufwand gelöst hatte. Mit diesen Gedanken ging sie zur Toilette. Ihr Gepäck ließ sie auf dem Sitz liegen. Als sie zurückkam, stellte sie fest, dass ihre Sachen gestohlen worden waren. In der Laptop-Tasche hatte sie natürlich einen Laptop gehabt, außerdem Yasushis Kette, die sie abgenommen hatte, bevor sie das Standesamt betrat. Sie wollte das Reine und Unschuldige nicht verraten, das ihre Beziehung mit dem japanischen Bären ausgemacht hatte. Das Schlimmste war aber, dass ihr Pass und die verfluchte Heiratsurkunde weg waren.

„Das ist die Strafe Gottes für den Betrug an Marco", dachte sie. Der war natürlich gemein von ihr. Jetzt hatte sie Mitleid mit dem armen Mann. Aber was sollte sie machen, sie brauchte einen Ausweg aus ihrer Situation und sie fand einen. Trottel wie er sind dafür da, ausgenutzt zu werden. Man durfte eben nicht jeden Schwachsinn glauben. Wie kleine Kinder, bei Gott! Und dann sollte man noch Mitleid mit ihnen haben. Jeder musste seinen eigenen Kopf einschalten.

Dabei schätzte Stella selbst Ehrlichkeit sehr hoch. Trotzdem war sie der Meinung, dass die Menschen eben zu ihr gut sein mussten, andernfalls würde sie die anderen schneller ausnehmen als umgekehrt. Nur wer gut zu ihr war und sich nach ihren Wünschen und Interessen richtete, konnte dem Schicksal der anderen entgehen. Sie fand es ganz zu Recht komisch, dass die Menschen nie ihre eigenen Mängel bemerkten, die von anderen aber sehr genau beobachteten.

Nun saß sie ohne ihre geklauten Sachen im Zug, und diese unbedeutenden Verluste waren ihr schnurzegal. Im Vergleich zu dem, was in ihrem Leben geschah, war das absolut nichts. Sie hatte einen neuen Status erreicht, keine Mademoiselle mehr, sondern eine Madame, und das empfand sie als wahren Triumph.

„Ich bin eine verheiratete Dame, verdammt noch mal!"

Voller Stolz rief sie Adrian an. Das kam für ihn offenbar völlig überraschend. Schweigend hörte er der Gaunerin zu. Am Ende stellte er fest, dass sie recht hatte. Es wäre unvernünftig gewesen, einen bereitwilligen Bräutigam entwischen zu lassen, den sie noch nicht einmal bezahlen musste. Als echter Geschäftsmann bewertete er die edlen Eigenschaften seiner künftigen Ehefrau und Mutter seines Kindes. Aber unter ethischen Gesichtspunkten konnte er nicht verstehen, wie sie so eine Geschichte erfinden konnte. Er vertrieb die Gedanken an das Erhabene aus seinem Kopf und sagte:

„Gut gemacht, Schatz. Ich liebe dich. Danke, dass du mir viele Probleme erspart hast."

Aber ihm war klar, dass er früher oder später für alles würde zahlen müssen, sobald Marco vor Gericht bewiesen hatte, dass Adrian der Vater des Kindes war. Der Vater müsste außerdem die Gerichtskosten tragen, die Honorare der Rechtsanwälte, alle Gebühren und den Vaterschaftstest. Aber die Sache wurde erledigt, es gab kein Zurück mehr. Die Frage des Aufenthalts seiner Geliebten in der Schweiz war gelöst, wenigstens provisorisch, und das freute ihn. Stella war bei ihm, alles war ausgezeichnet. Adrian war ein rationaler Mensch. Er ließ sich nicht von Kleinigkeiten ablenken und kümmerte sich um Probleme, sobald sie auftraten. Er war ein Mann mit stabiler Psyche, sozusagen. Er machte keine Eifersuchtsszenen und bemühte sich, Skandale zu vermeiden, wie Stella sie so gerne anzettelte. Wenn er bemerkte, dass Stella sich in einen brodelnden Vulkan verwandelte, versuchte er zu scherzen und brachte sie meist zum Lachen. Man konnte sagen, sie passten gut zueinander. In der Astrologie gelten Jungfrau und Stier als perfektes Paar.

Er hatte es nicht leicht in diesen Monaten. Sein kleiner Sohn weinte jede Nacht. Seine Frau war nahe daran, mit dem Kopf gegen die Wand zu rennen, weil sie an einer postpartalen Depression litt, die wohl auch mit ihrem zusätzlichen Gewicht zu tun hatte. Deshalb machte sie ihrem Mann Vorwürfe und lief ihrerseits zum Arzt, zur Massage und zur Kosmetik, während er sich um das Baby kümmerte. Stella begleitete ihn auf seinen Spaziergängen mit dem Kinderwagen durch die Stadt. Passanten kamen auf sie zu und betrachteten das Neugeborene. „Ach, was für ein schönes Kind. Es sieht der Mutter sehr ähnlich." Sie nickte und lächelte den braven Schweizern zu. „Wenn ihr wüsstet, dass ich nicht die Mutter bin, sondern die Geliebte des Vaters und dazu noch schwanger, würdet ihr in Ohnmacht fallen."

Unangenehme Gefühle quälten sie. Aber sie konnte sich nicht dazu durchringen, Adrian diese familiären Spaziergänge zu verweigern. Als er ihre Verwirrung bemerkte, sagte er fest entschlossen, dass sie seinen Sohn lieben müsste, wenn sie selbst diesen schweren Schritt gehen würde, ob es ihr nun gefiel oder nicht. Er war ehrlich zu ihr. Er würde seine Familie verlassen, sobald das Kind drei Monate alt war, wie er versprochen hatte, aber bis dahin musste Stella die Situation so nehmen, wie sie war. Seine offenen Erklärungen beruhigte das Mädchen sofort. Sie mochte die ehrlichen, klaren, schlichten Worte, mit denen Adrian so geschickt hantieren konnte. Wenn er etwas erklären wollte, sprach er ruhig und eindringlich und vor allem einfach. Es war nicht immer angenehm, die Wahrheit zu hören, aber dafür ehrlich.

„Vor allem ist es sein Sohn", dachte Stella. Sie musste ihn milder und besonnener behandeln, nicht auf Emotionen, sondern auf Vernunft bauen und die entstandene Situation nüchtern einschätzen, um mit minimalen Opfern und Verlusten daraus zu kommen. Auf dem Spiel standen die Schicksale von erwachsenen Menschen und von unschuldigen Kindern. Niemand ahnte damals, dass die Stunde der Abrechnung nicht mehr lange auf sich warten lassen würde.

Natalja, die vollbusige Blondine, beschäftigte sich mit der Suche nach einem Ehemann. Sie wollte ihn entweder umsonst oder

möglichst billig bekommen und bot verschiedenen Typen fünftausend Franken für einen Pass oder wenigstens eine Niederlassungsbewilligung C. Mit gültigen Papieren ließ es sich im Klub
viel besser arbeiten. Ihren Arbeitsplan konnten die Mädchen in
diesem Fall selbst gestalten. Man konnte zur Arbeit kommen,
wann immer man wollte, einen Mann aufreißen oder fünf, je
nachdem, wie viel Glück man hatte, der Chefin die entsprechenden Prozente zahlen und nach Hause gehen, in eine Wohnung,
die man selbst gemietet und die eine schönere Aussicht hatte als
auf den Müllplatz. Ein Märchen wäre das! Rundum großartig.
Aber vorerst blieb das alles noch ein Traum. Sie ging nach Bern
arbeiten, in die Hauptstadt der Schweiz, wo überwiegend arme
Leute leben, die für den Staat arbeiteten. In Bern haben das Parlament, ausländische Botschaften, allerlei Behörden und Ämter
ihren Sitz. Da die Schweiz kein korruptes Land war, strebten
Geschäftsleute nicht danach, Politiker zu werden. Deshalb lebten sie meist in Zürich, das die Geschäftshauptstadt war. Einmal
fragte Natalja einen Banker, mit dem sie nachts ausging, warum
er nicht im Parlament säße, er sei doch so klug und gebildet. Sie
bekam eine Antwort, die ihr als Ukrainerin komisch erschien:
    „Ich will doch nicht arm werden."
    Trotz allem fand sich Natalja in der Hauptstadt zurecht und
lernte bald einen reichen alten Mann kennen, der freilich nur
ein Auge hatte und darum wie ein Pirat aussah. Aber als sie erfuhr, wie viel Geld er auf dem Konto hatte, redete sie sich ein,
dass er doch ziemlich sympathisch wäre. Er hieß Beat. Sein Geis-
teszustand war fragwürdig. Er war für eine Geschichte bekannt,
von der seinerzeit alle Schweizer Zeitungen schrieben. Der Millionär hatte seine Frau durch einen Föhn verloren, der rein zufällig, so seine Aussage, in die Badewanne fiel, in der die Frau
sich aalte, und der rein zufällig auch noch in der Steckdose gesteckt war. Im Verhör beteuerte der Witwer, dass sie sich zeitle-
bens die Haare in der Wanne stehend geföhnt hatte. Angeblich
mochte sie den kalten Fussboden nicht. Anfangs hätte er seine
Frau gewarnt, dass er wegen ihrer gefährlichen Angewohnheit
wohl bald einen Sarg für sie bestellen müsste. Aber sie blieb stur

und wollte nicht auf ihren Piraten hören. Sie machte auf ihre Art weiter. Der Mord konnte nicht bewiesen werden, und der arme Kerl kam frei.

Als Natalja Beat in den Zeitungen sah, erweckte nur ein Detail ihr Interesse: Er war Millionär. Wen er da möglicherweise umgebracht hatte, war ihr schnurzegal.

„Bei ihm werde ich in Gummischuhen baden, damit mich kein Stromschlag erwischt", dachte das Mädchen lächelnd.

Sie besorgte sich seine Adresse und begab sich auf Jagd. Beat, der Pirat, war in der Stadt jedem bekannt. Ein Kellner im nahe liegenden Café, der wie eine Säule dastand und seine Augen vom rosigen Busen der Blondine nicht lassen konnte, verriet ihr alles. Sie erfuhr also, dass der Alte jeden Sonntag in einem weißen Hemd in die Stadt ging und in diesem Café frühstückte. Dabei aß er ein Stück frischen Hefezopf mit Himbeerkonfitüre vom Chefkoch. Das Haus, in dem er wohnte, lag, umgeben von einem gepflegten Park im napoleonischen Stil, direkt um die Ecke. Der Witwer lebte allein.

Natalja verdeckte ihren Ausschnitt schnell mit einem Schal, gab dem jungen Kellner einen Kuss auf die Wange und ging, ohne für den Kaffee bezahlt zu haben, in Richtung des napoleonischen Palastes, den sie schon fast für ihren hielt, wie eine stolze Marie-Louise.

Als sie um die Ecke bog, traf sie zufällig auf Beat und erkannte ihn sofort. Sein Aussehen hatte man ihr ja beschrieben.

„Oh, verzeihen Sie bitte. Ich bin hier wegen einer Anzeige. Könnten Sie mir sagen, wo das Haus ist, in dem eine Helferin für Einkäufe und die Reinigung gesucht wird?", sagte Natalja mit einem verführerischen Lächeln, warf den Schal beiseite und blickte mit ihren blauen Augen direkt in das eine graue Auge des Alten.

„Oder habe ich die Straße verwechselt?", zwitscherte die Sexbombe und biss sich auf die Unterlippe für den vollen Effekt.

„Ich weiß von keinem solchen Haus in dieser Straße. Sie müssen wohl selbst nachschauen. Ich pflege mit keinem der Nachbarn Kontakt, und die auch nicht mit mir." Der Alte brach in ein irres Lachen aus. Seine Wangen färbten sich rot, sein Auge war blutunterlaufen, sodass die Farbe der Iris nicht zu erkennen war. Aber das machte Natalja keine Angst.

„Warum wollen Ihre Nachbarn keinen Kontakt mit Ihnen? Sie sind doch so nett!"

„Ich? Nett? Ist mit Ihren Augen alles in Ordnung?"

„Was meinen Sie denn? Natürlich ist mit meinen Augen alles in Ordnung. Ich sehe vor mir einen starken, mutigen und gutherzigen Mann. Das habe ich gleich in Ihren Augen gelesen. Oh, sorry, in Ihrem Auge."

„Verdammt, jetzt muss ich diese platten Phrasen zum Ausnehmen von Männern im Singular lernen." Natalja senkte unwillkürlich den Blick. Gott sei Dank, er hatte zwei Beine.

Als sie überlegte, was sie sagen sollte, richtete sich der Alte auf. Er erinnerte Natalja an den guten alten Saweli.

„Jetzt habe ich dich, mein Täubchen. Mühelos, du gehst mir direkt in die Falle."

„Wie heißen Sie, junge Dame?"

„Ich heiße Natalja. Wohnen Sie hier in der Nähe? Darf ich Sie um ein Glas Wasser bitten?"

„In meinem Haus kann ich Ihnen viele verschiedene Getränke anbieten. Kommen Sie bitte mit. Ich heiße übrigens Beat."

„Ein seltener Name. Ich höre ihn zum ersten Mal."

„Wenn Sie meinen Namen zum ersten Mal hören, bedeutet das, dass Sie nicht aus Bern sind."

„Das stimmt. Ihr Haus ist aber groß! Wow!"

„Alles, was ich habe, ist groß!", erwiderte er mit einem jugendlichen Elan.

„Der Opa kommt ganz schön in Fahrt", dachte Natalja und fragte scherzhaft:

„Was ist da so groß? Wollen Sie es mir zeigen?"

Der Alte wurde verlegen und lächelte schüchtern.

„Wo ist Ihre Frau? Auf der Arbeit?"

„Wenn es in der Hölle Arbeitspflicht gibt, dann ja."

„Verzeihung, das habe ich nicht gewusst. Und Ihre Kinder? Sind sie zu Hause?"

„Wir hatten keine gemeinsamen Kinder. Sie hatte einen Sohn aus erster Ehe, aber der bettelt mich nur um Geld an. Wartet darauf, dass ich sterbe, und hofft, dass er etwas erbt. Ahahaha! Junge Leute sind manchmal so naiv. Ich habe ihn nach dem Tod seiner Mutter aus dem Haus geworfen. Ich lasse ihn nicht auf meiner Tasche liegen. Möchten Sie ein Glas Wein?"

„Lieber einen Whiskey."

„Oho! In meiner Jugendzeit sagte man, ein Whiskey am Mittag führt zu drei Tagen im Suff."

„Sie haben Humor. Trinken Sie einen mit?"

„Die Ärzte haben mir Alkohol und Tabak ausdrücklich verboten, aber mit Ihnen gerne. Rauchen Sie, Natalja?"

„Hmm, was soll ich antworten?", überlegte sie. „Ja, ich rauche."

„Gott sei Dank! Sie können rauchen! Bitte, tun Sie sich keinen Zwang an."

„Eine merkwürdige Bitte", dachte Natalja, während sie in ihrer Tasche nach Zigaretten suchte.

„Denken Sie nicht, dass ich den Verstand verloren habe. In meiner Jugend war ich ein eingefleischter Raucher. Man hat mich eigentlich nie ohne Zigarette zwischen den Fingern gesehen. Jetzt haben mir die Ärzte das Rauchen verboten, da versuche ich im Café oder Restaurant immer neben Leuten Platz zu nehmen, die rauchen."

„Ach so, ich verstehe!" Sie blies dem Alten eine Rauchwolke direkt in die Nase.

„Welch ein Vergnügen! Ihr Besuch macht mir Spaß."

„Trinken Sie einen Whiskey mit?"

„Ich nehme psychotrope Medikamente ein, die sich mit Alkohol nicht vertragen."

„Entschuldigung, das wusste ich nicht. Sonst hätte das nicht vorgeschlagen."

„Nur die Ruhe! Ich nehme keine Tabletten ein, wenn ich Alkohol trinke. Der Teufel soll die Ärzte holen!"

„Das habe ich schon einmal irgendwo gehört?", dachte Natalja und erinnerte sich wieder an ihren Schatz.

„So ist es richtig! Man kann doch unmöglich nur nach den ärztlichen Vorschriften leben. Das Beste ist, sich nach seinem eigenen Wohlbefinden zu richten."

„Leider ich muss zur Arbeit. Entschuldigen Sie mich."

„Zu welcher Arbeit? Es ist doch schon bald Feierabend. Und haben Sie nicht gerade in dieser Straße eine Stelle gesucht?"

„Ich suche noch etwas zum Dazuverdienen am Wochenende, weil ich so wenig Lohn bekomme."

„Wo arbeiten Sie denn?"

„In einem Klub."

„In was für einem?"

„In einem Etablissement."

„Sie sind also Nutte?"

„Nein, ich bin Tänzerin."

„Verstehe."

„Kommen Sie mit. Ich zeige Ihnen, wie ich tanze. Es macht doch keinen Sinn, allein zu Hause herumzusitzen."

„Können Sie mir beim Anziehen helfen?"

„Selbstverständlich."

Natalja rief ein Taxi und nahm den Millionär mit in ihren Klub. Sie brachte ihn an einen Tisch in der Ecke, ganz weit von den Rumäninnen, gab ihm die Speisekarte und ging in die Umkleide. Der Alte studierte lange die Karte und wollte das Etablissement schon wieder verlassen.

„Nie in meinem Leben habe ich fünfhundert Franken für eine Flasche Champagner gezahlt. Das ist absurd! Nicht einmal das Collier aus Haizähnen für meine Frau hat so viel gekostet", brummte der Alte.

Aber andererseits hatte seine Frau auch nie so ausgesehen wie Natalja! Der Gedanke an den blonden Engel erregte ihn, er pfiff und verschluckte sich. Natalja kam zu ihm aus der Umkleide. Sie bemerkte, wie starr sein Auge auf die Speisekarte gerichtet war, und ihr wurde klar, dass er ein Geizhals war. Sie näherte sich ihm wie ihrem Liebsten und fragte:

„Hast du schon gewählt, Schatz?"

„Wähl du aus", sagte der Alte zähneknirschend und warf ihr die Karte fast ins Gesicht.

Das Mädchen wollte so einen großen Fisch wie Beat nicht entkommen lassen und bestellte ein Glas billigsten Whiskey.

„Für mich dasselbe, bitte." Der Alte wurde lockerer und lächelte über das ganze Gesicht.

Der Kellner schaute Natalja erstaunt an. „Was macht sie da? Ihre Aufgabe besteht darin, möglichst viel zu konsumieren."

„Dumme Kuh", las Natalja in seinen Augen. Sie antwortete mit einem ähnlichen Blick: „Verpiss dich!"

Nach dem dritten Glas Whiskey und heißen Streicheleinheiten fragte Beat, ob seine kleine Katze Champagner trinken möchte. Mrrrrr.

„Natürlich möchte sie, aber sie will ihren Liebsten doch nicht ruinieren."

„Mich ruinieren? Ahahaha!" Mein Vater hat mir dreißig Millionen Franken vererbt.

Das ist altes Geld, es wird von Generation zur Generation weitervererbt. Die Zinsen ermöglichen es, ein ganz anständiges Leben zu führen." Beat hatte die Möglichkeit, sein Geld in große Geschäften anzulegen, die sein Kapital erhöhten. Aber er war nicht der Lage, sich selbst mit den Geschäften zu befassen, darum lebte er von den Zinsen und kaufte hin und wieder für ein- oder zweihunderttausend Dollar Aktien von lukrativen Unternehmen wie Apple oder Nestlé.

„Ich brauche kein Geld von dir! Ich benötige männliche Unterstützung und Rat. Warum muss alles in Geld gemessen werden?"

„Oh, mein Schatz, ich bin zu alt für dich."

„Ganz und gar nicht! Für deine fünfundvierzig Jahre siehst du sehr gut aus."

„Hahahaha!" Lügen kannst du gut, du Gaunerin! Du bist nur fürs Geld bei mir. Alle Menschen sind käuflich, besonders Weiber. Menschen verkehren mit mir nur für ihren Profit."

„Ich mache keine Witze!" Sie schaute dem Alten ins Auge, mit einer Ehrlichkeit, die nur der Whiskey dem menschlichen Blick verleihen kann.

Eine Stunde später wurden die Korken aus den teuersten Flaschen gezogen, die es im Weinkeller des Klubs gab! Seit der

Eröffnung des Lokals hatte noch nie jemand an einem Tag Champagner im Wert von fünfundzwanzigtausend Franken getrunken.

Am Morgen wachte Beat nackt und in den Armen einer schönen Blondine auf, die ihm eine fantastische Rauchwolke in die Nase blies und mit Engelsstimme zwitscherte:

„Möchtest du einen Kaffee, Liebster?" In der Hand hielt sie eine geöffnete Bierdose.

„Du bist bezaubernd, mein Püppchen! Bleibst du bis heute Abend? Meine Schwester kommt zum Essen."

„Ich leiste Ihnen gern Gesellschaft. Soll ich einkaufen gehen? Was würden Sie gerne zu Abend essen, Monsieur?"

„Rindfleisch mit Salat. Das würde reichen."

„Und zum Dessert? Ich könnte süße Rosinensemmeln backen."

Natalja erinnerte sich, wie sie als Kind mit ihrer Mutter für die Kinderkirchengemeinde gebacken hatte, und erschauderte. Wenn ihre Mutter diesen einäugigen Alten sehen könnte, würde sie auf der Stelle sterben.

„Kannst du backen, mein Schatz?"

„Ich kann alles", sagte sie mit einem Zwinkern.

„Gutes Mädchen." Der Alte errötete.

In ihrer Gegenwart fühlte er sich leicht und frei. Er wurde sogar verlegen. Gefühle dieser Art hatte er zuletzt vor fünfzig Jahren erlebt.

„Und backen kann sie auch! Hm."

Beim Abendessen fing Beat einen unzufriedenen Blick seiner Schwester auf, der rief: „Wo hast du dieses Luder her?" Ohne Vorwarnung schrie er sie an:

„Wenn ich die Millionen nicht hätte, würdest du etwa an meinem Tisch sitzen? Du bist doch auch nichts anderes als eine gemeine Hure! Im Gegensatz zu dir Schnorrerin macht Natalja kein Hehl daraus, dass sie arm ist und Hilfe und männliche Unterstützung braucht! Du bettelst bei mir um jeden Franken, Schmarotzerin!"

Die Schwester hatte weniger glücklich geerbt, sie stammte von einem anderen Vater. Es fiel ihr schwer, in Armut zu leben, während ihr Bruder Millionen hatte und sie für jeden Rappen tadelte.

„Ich lebe mit zwei Kindern von viertausend Franken im Monat. Davon zahle ich siebzig Prozent für Versicherungen und Miete! Und du bekommst im Monat siebzigtausend Franken Zinsen von deinen Millionen." Sie brach in Tränen aus und lief aus dem Zimmer.

„Verschwinde, du Kanalratte! Und komm nicht zurück! Ich will niemanden sehen! Außer dir, mein Glück", fügte Beat hinzu, als er die Angst im Gesicht seines Engelchens sah.

Die Kunst, im stark angeheiterten Zustand einen unglücklichen Gesichtsausdruck aufzusetzen, beherrschte sie bestens.

„Was ist passiert, Beat? Warum ist sie gegangen?", zwitscherte das Mädchen, als ob sie das Gespräch nicht gehört hätte, und streichelte sein spärliches Haar.

„Diese Cleo, sie ist eine echte Schlampe! Ich hätte schon längst einsehen müssen, dass sie eine egoistische, kaltblütige, rücksichtslose Intrigantin ist. Endlich bin ich sie los. Sie schielt nach meinen Millionen, spielt die Unglückliche und wird sauer, wenn ich ihr die Wahrheit sage. Zünde dir eine Zigarette an, Liebes! Bitte."

Natalja atmete den Rauch ein, verdrehte die Augen vor Vergnügen und betrachtete ihn wie den liebsten Mann auf der Erde. Sie kalkulierte, wie viel von seinen siebzigtausend im Monat sie in ihre Tasche abzweigen könnte. Sie musste etwas erfinden, wofür sie Geld brauchen könnte, etwas, das glaubwürdig wirkte.

Am selben Tag rief Natalja Stella an und vereinbarte mit ihr einen Termin, an dem sie sie dem Alten vorstellen wollte, um vor ihm mit ihren guten, anständig verheirateten Freunden zu prahlen.

Sie reservierten einen Tisch auf einem Schiff auf dem Zürichsee. Es hatte nicht nur ein Bordrestaurant mit riesigen Panoramafenstern, sondern auch eine Tanzfläche. Die Mädchen warteten ungeduldig auf das Treffen. An diesem Tag wurde auf dem Schiff Salsa gespielt. Tanzpartys fanden jedes Wochenende auf dem Schiff statt. Sie lockten Tänzer und Tänzerinnen verschiedenster Stile an. Ballett, Breakdance und sogar Techno fanden ihren Platz an Bord. Es war ein prächtiger Anblick.

Beat hatte sich wie ein junger Mann herausgeputzt. Er trug verwaschene Jeans, die er in Stiefel im Rocker-Look steckte, mit gigantischen Absätzen und amerikanischer Fahne an den Hacken, dazu ein klassisches Hemd, was offensichtlich dem Stil und vor allem dem Alter nicht entsprach. Er bemühte sich, gleichzeitig jung und seriös auszusehen, doch er scheiterte. Er wirkte lächerlich.

Stella war schockiert von dem, was sie sah! Ein einäugiger alter Mann, der sich kaum fortbewegen konnte und so stark hustete, dass es schien, als würde er bald ein Stück seiner Lunge auf den Teller spucken. Stella bemerkte die Unzufriedenheit in Adrians Gesicht und bat ihn um einen Tanz. Beim Tanzen lachten sie über den Alten und verspotteten ihn, indem sie ein Auge mit der Hand verdeckten.

Beat mochte die kühle, zurückhaltende Stella. Ihm gefiel auch, dass Natalja sich nicht scheute, ihn der Freundin vorzustellen. Später besprachen sie lange die brennende Frage von Nataljas Scheinehe zwecks Erhalts der Niederlassungsbewilligung. Der Alte sagte, dass er sie nicht heiraten durfte, da er unter psychiatrischer Aufsicht stand. Eine Ehe mit ihm würde schnell für ungültig erklärt, insbesondere wegen des geringen Alters der Braut. Aber er erklärte sich bereit, die Kosten für einen Bewerber um ihre Hand zu übernehmen.

„Aber so eine Scheinehe kann bis zu hunderttausend Franken kosten", platzte Stella heraus und zwinkerte Adrian und Natalja zu. Sie wollte den Alten auf seine Zahlungsfähigkeit abklopfen. Die Blondine unterdrückte ein dankbares Lächeln, aber Beat fand den Hinweis nicht lustig.

„Stella, warum glauben Sie, dass es so viel kosten würde?"

„Eine Freundin von mir, die in Genf wohnt, Tatjana, hat für so eine Ehe achtzigtausend Franken bezahlt, einschließlich der Kosten für ganzen Papierkram", log Stella.

„Gut." Der Alte gab also seine Zustimmung und sah seine Flamme an. Diese hüpfte vor Glück hoch und küsste ihn auf die Lippen. Die Menschen im Restaurant hörten auf zu essen und betrachteten das verliebte Pärchen. Wahrscheinlich empfanden sie bei diesem Anblick den gleichen Brechreiz wie Stella. Adrian verschluckte sich an seinem Nachtisch.

„Danke, meine liebe Stella", sagte Natalja, als sie gemeinsam zur Toilette gegangen waren.

„Und warum?" Du hast mir auch oft geholfen. Ich habe dir viel zu verdanken. Alles, was ich habe, habe ich nur mit deiner Hilfe bekommen."

„Ich danke dir." Sie umarmten einander fest.

Am nächsten Tag fuhr Stella in eine Autowerkstatt, um die Reifen wechseln zu lassen. Dort sah sie einen riesengroßen Italiener mit dümmlichem Gesichtsausdruck, der vor Kurzem zum Arbeiten in die Schweiz gekommen war. Stella kam mit ihm auf Italienisch ins Gespräch. Sie kannte diese Sprache, weil ihr Mann Italiener war und sie eine Zeitlang in Lugano gelebt hatte. Direkt, als ob sie in einem Geschäft Mozzarella kaufen wollte, fragte sie:

„Möchtest du eine sexy Blondine heiraten und dafür noch Geld bekommen?"

Er war baff von der unverblümten Art des Mädchens. In ihren Augen las er, dass sie es ernst meinte.

„Ich weiß nicht, was ich Ihnen antworten soll."

„Es gibt nur zwei mögliche Antworten – ja oder nein", gab ihm Stella einen Tipp.

Mit einer Hand, die von Diesel und Maschinenöl nicht mehr zu säubern war, kratzte er sich am großen Kopf, und fragte:

„Quanto? Wie viel?"

„Fünftausend Euro."

„Oh nein. Das ist zu wenig."

„Wieso wenig? Sie haben nur einen italienischen Pass!"

„Nein, nicht nur. Ich habe eine schweizerische Niederlassungsbewilligung. Ich darf unbegrenzt in diesem wunderbaren Land wohnen und arbeiten. Und wenn ich heirate, könnte meine Frau nach drei Jahren einen italienischen Pass beantragen. Eine Niederlassungsbewilligung für die Schweiz würde sie natürlich auch erhalten."

Das klang verlockend. Deshalb sagte sie entschlossen:

„Fünftausend Euro bekommen Sie sofort, und genau so viel nach dem Erhalt der Niederlassungsbewilligung. Abgemacht? Sonst bin ich weg.

Ich habe keine Lust, meine Zeit bei leerem Geschwätz zu vergeuden", sagte Stella, während sie sich langsam auf dem Fahrersitz niederließ. Er hätte von ihr ruhig zwanzig- oder dreißigtausend verlangen können. Sogar fünfzig Riesen hätte sie noch als annehmbar betrachtet, aber er war ein Schafskopf, eine Null im Vergleich zu einer Meisterin der Manipulation, wie Stella es war, und stimmte sofort zu.

„Wann haben Sie Feierabend?"

„Wieso?"

„Ich hole Sie ab und wir fahren zur Braut, damit Sie sie kennenlernen. Essen und Trinken bezahle ich."

Der hohlköpfige Muskelprotz strahlte über das ganze Gesicht, als er von einem Abendessen für lau hörte.

„Um achtzehn Uhr mache ich Schluss."

„Okay, bis dann."

Im Inneren feierte Stella den Sieg. Sie überlegte, wie sie die Info servieren sollte, damit es festlich aussah und sie sich an einem strahlenden Lächeln ihrer Freundin weiden könnte.

„Am besten rufe ich zuerst Beat an."

Sie wählte seine Nummer und sprudelte ohne Unterbrechung heraus, was für ein Glück sie hätten! Sie hätte endlich den Ehemann für Natalja gefunden! Diese aber wüsste davon noch nichts. Stella wollte mit ihm, sozusagen mit dem Chef, zuerst beratschlagen, denn schließlich würde er auch die Kosten übernehmen.

Er war begeistert von seiner Wichtigkeit, aber die Freude ließ nach, als er hörte, dass der Bräutigam etwas mehr forderte als den Betrag, mit dem sie während des Gesprächs beim Abendessen auf dem Schiff gerechnet hatten.

„Warum will er mehr Geld?"

„Weil er Italiener ist und eine Niederlassungsbewilligung in der Schweiz hat. Wenn er auffliegt, riskiert er, seine Einreiseberechtigung in die Schweiz für immer zu verlieren. Für die Niederlassungsbewilligung verlangt er achtzigtausend, für den Pass zwanzigtausend plus die Ausstellungsgebühr. Die Steuern gehen auf unsere, also auf Ihre Kosten. Insgesamt macht das ungefähr hundertzehntausend Franken."

Der Alte war anscheinend nüchtern in diesem Moment und fluchte auf Deutsch wie ein Kesselflicker. Sie bereute es, ihn angerufen zu haben. Wahrscheinlich kannte Natalja eine sanftere Herangehensweise. Stella war ein hartes Luder, mit dem sich nicht jeder verstand. Stella hörte Beats Tirade zu Ende an. Dann schluchzte sie ins Telefon und tat, als ob sie geweint hätte. Er hörte schweigend zu. Eine ganze Minute lang weinte sie bitterlich und erstickte fast an den Tränen. Dann sagte er:

„Bring ihn zu mir, ich will ihn sehen."

„Wen?"

„Den Mann für mein Kätzchen! Bring ihn hierher, diesen Schweinehund. Ich werde von Mann zu Mann mit ihm sprechen. Wir einigen uns, mach dir keine Sorgen."

Das hatte sie nicht erwartet! Zum Glück hatte sie eine Eingebung! Sie würde einen anderen zu Beat bringen!

„Gut, ich frage ihn, an welchem Tag er frei hat und rufe dich an. Du bist ein echter, guter Mensch, Beat", fügte sie schluchzend hinzu, als ob sie vorhin wirklich in Tränen geschwommen wäre.

„Hör auf damit, du Heulsuse. Ich hasse es, wenn die Weiber weinen. Es sieht widerlich aus. Ich warte auf deinen Anruf. Ich will dieses Arschloch sehen."

„Oh Gott!" Was habe ich getan! Natalja bringt mich um für diese Überraschung, verdammte Scheiße! Wen? Wen kann ich ihm unterschieben? Denk nach! Blöde Kuh! Oooh! Da fällt mir einer ein!" Ein Mitschüler aus dem Deutschkurs.

Sie waren in derselben Gruppe. Er hieß Egor. Der stille, ausgeglichene Bursche mit dem Engelsgesicht mochte Stella offenbar und versuchte, sie anzubaggern. Er machte ihr Komplimente, begeisterte sich für ihre unglaubliche Energie – und ihre schönen Augen natürlich. Banale Männerphrasen.

Er hörte ihr immer wie gebannt zu. Sie konnte an seinen Augen sehen, dass mit ihr zu allen Schandtaten bereit wäre. Wie übrigens 90 % der Männer, die Stellas Zauber verfielen. Sie konnte jeden von allem überzeugen, wenn er nur unter den Einfluss ihres direkten Blicks geriet. So leicht manipulierte sie Menschen. Hauptsache, sie glaubten ihr und erzählten ihre tiefsten Geheimnisse, ohne zu verstehen, warum. Der Hypnose dieses Luders konnte sich auch Egor nicht entziehen. Er führte ein normales, ruhiges Leben, aber er bemühte sich, davon so viel wie möglich zu bekommen und das am besten umsonst. Aber wegen seines schwachen Charakters – er war längst nicht so energisch wie Stella – schlugen seine ausgeklügelten Pläne meist kurz vor dem, wie er glaubte, siegreichen Ende fehl. Er konnte lange auf ein Ergebnis warten, das sich dann aber oft als völlig nutzlos herausstellte. Darum wollte er vieles von Stella lernen, die dem Motto folgte: „Schmiede das Eisen, solange du noch an der Kasse stehst! Und zwar schnell!" Gerade dieser Charakterzug fehlte Egor so sehr. Stella dagegen beneidete ihn um seine Zurückhaltung und Gelassenheit. Egor war im Jahr der Schlange geboren und immer auf der Hut. Er lauerte seinem Opfer auf, erwürgte es und ließ sich dann wieder reichlich Zeit, bevor er es ganz verschlang. Dabei wartete Egor länger als nötig. Seine Beute war nicht mehr frisch, oft sogar schon nicht mehr essbar. Und so verlor er den Kampf.

In der Sprachschule suchte er ein Mädchen, das er heiraten könnte, um in der Schweiz wohnen zu bleiben. Er lernte jemanden kennen und lebte mit ihr zusammen, machte aber Seitensprünge ohne Ende. Schließlich machte er ihr einen Heiratsantrag, als sein Sprachvisum fast abgelaufen war, und sie lehnte ab. Dann schrieb er sich an der Hochschule für Hotelmanagement ein und erhielt ein Studentenvisum.

Für Stella war das Nonsens! Warum auf etwas warten? Emotional, wie sie war, stöbert sie aufs Geratewohl in allen Winkeln. Sie wollte ihre Antworten sofort. Ja oder nein? Wenn nicht, suchte sie eben weiter, was sie gerade brauchte. Unterwegs würde sie schon jemanden treffen, der zur erfolgreichen Umsetzung ihres Plans beitragen würde. Stella fand Egors Geschichten zum Lachen. Er schmiedete strategische Pläne wie Napoleon und kam sich wie ein echter Gauner und Abzocker vor. Dabei war der Junge für Stella unbedarft wie ein neugeborenes Kind im Theater des Lebens. Trotzdem wurden sie Freunde. Sie konnte ihm vertrauen. Das war die wichtigste Stütze ihrer Beziehung. Darüber hinaus entstand sogar ein fast verwandtschaftliches Verhältnis

zwischen ihnen. Es war ihr nicht egal, wenn bei ihm etwas schief-
lief. Sie machte sich Sorgen um ihn. Das kam in Stellas innerer
Welt sehr selten vor. Als sie sich das nächste Mal trafen, erklärte
Stella ihm schnell die schwierige Situation, in die sie, eine echte Jungfrau aus dem Jahr der Ratte, geraten war und sagte, dass
sie seine Hilfe bräuchte.

„Ja, das ist eine unangenehme Sache, die du da hast! Also,
was willst du von mir? Soll ich dem Opa sagen, dass ich der Italiener bin, der einen Haufen Kohle für seinen beschissenen Bil-
ligpass haben will? Warum so viel, Stella? Hast du den Verstand
verloren? Ich kann außerdem kein Wort Italienisch."

„Das ist nun mal so gelaufen. Und wie kommst du drauf,
dass ich zu viel Geld gefordert hätte? Italienisch kannst du unterwegs lernen, er wohnt eineinhalb Stunden von Zürich entfernt. Hilf mir!"

„Okay, meinetwegen.

Bist du sicher, dass der Alte kein Italienisch spricht?"

„Nein. Aber nehmen wir an, dass deine Mutter Russin ist und
dein Vater Italiener. Der hat euch sitzen lassen, als du noch ganz
klein warst, und deshalb ist dein Italienisch so schlecht. Sag ihm
außerdem, dass du schwul bist! Das gefällt ihm bestimmt! Er hat
dann keinen Grund zur Eifersucht und bezahlt den Betrag, den
wir haben wollen, ohne zu meckern. Abgemacht?"

„Vielen Dank, meine Liebe, dass du mich zum Homo machst."

„Das ist doch bloß für eine Stunde! Wir halten an einer Tankstelle, und ich schminke dir die Augen, damit es glaubwürdig
aussieht."

„Homo für eine Stunde? Was tu ich nicht alles für dich!"

„Na klar, für wen denn sonst? Wenn du von mir verlangst,
dass ich mich als Mann verkleide, würde ich nicht Nein sagen."

„Bei deinem Charakter würde niemand den Unterschied merken."

Sie brachen in Gelächter aus. Unterwegs unterhielten sie sich
entspannt und lachten viel. Egor erzählte von seinem Leben in
Sankt Petersburg, das nur aus Alkohol und Drogen bestanden
hatte. Alle möglichen Sachen hatte er in seinem Leben schon
probiert. Im Vergleich zu ihm war Stella ein Unschuldslamm.

„Und da sind wir. Bist du bereit?"

„Allzeit bereit!"

„Na dann, Gott steh uns bei!" Stella atmete aus und klingelte an der Tür.

„Du glaubst doch an keinen Gott!", flüsterte Egor.

„Ich glaube nicht an Priester und nicht an die bärtigen Onkel auf den Ikonen. Ich glaube an die Seele."

„Hast du eine Seele?"

„Lass mich in Ruhe! Für Gespräche über Religion haben wir ein anderes Mal Zeit."

Hinter der Tür hörten sie den Alten in Hausschuhen heranschlurfen. Er schaute durch die Kamera und öffnete die Tür. Mit seinem einzigen Auge starrte er den hübschen Egor an und schrie aus vollem Hals:

„Ist das dieses schmutzige Arschgesicht vom Reifendienst, von dem du erzählt hast?"

„Er hat sich gewaschen und sieht jetzt etwas besser aus. Und schauen Sie, wie schön er sich die Augen und den Mund geschminkt hat! Er ist schwul."

„Ach so! Bist du eine echte Tunte?"

„Echter geht' es nicht, keine Sorge!", antwortete Egor so ernsthaft, dass Stella neben ihm fast wie ein Pferd aus vollem Hals loswieherte. Sie trat von einem Bein aufs andere und merkte, woher der Ausdruck „vor Lachen in die Hose pissen" kam.

Egor war wirklich ein hübscher Schwuler. Süß, ohne einen einzigen männlich-kantigen Gesichtszug. Für solche Typen begeistern sich vor allem die Mädchen, die ihre Zimmer mit Postern von Egor Kreed dekorieren. Stella mochte Männer mit gröberen Gesichtszügen, meist legte sie auf das Aussehen ohnehin gar keinen Wert. Durch eine unbegreifliche Fügung des Schicksals, an das Stella übrigens auch nicht glaubte, erregte sie die Aufmerksamkeit ausgerechnet der schönen Männer.

Sie versuchte, nicht zu lachen, und fing an, dem Alten wie Natalja zuzulächeln. Wie in einer Förderschule. Aber er mochte gerade diese Art zu lächeln. Der Alte betrachtete die beiden zuerst mit Vorsicht und Misstrauen.

„Gehen wir ins Wohnzimmer." Die Gesichtskontrolle war zu Ende, sie durften das Haus betreten.

„Möchten Sie etwas trinken?"

„Ja!", antworteten die junge Leute wie aus einem Munde und hätten fast losgelacht. Stella bemühte sich, Egors Blick zu meiden.

Beat goss Whiskey in die Gläser, ohne zu fragen, was sie denn trinken wollten.

„Na, dann erzählen Sie doch bitte mal, junger Mann, wie Sie auf solche Preise kommen? Wissen Sie überhaupt, wie hundert-zehntausend Franken aussehen? Wofür wollen Sie die in Ihrem Alter ausgeben, außer für Drogen und Alkohol?"

„Krass, der Opa", dachte Stella und versteckte sich hinter Egors Rücken, um zu lachen. Dieser spielte seine Rolle aber gut und erzählte Beat von Geschäftsprojekten, die er angeblich in Russland gestartet hätte. Er müsste nur noch ein wenig Geld hineinstecken, dann würde die Sache ins Rollen kommen und ordentlich Gewinn abwerfen. Er erklärte auch die Risiken des Deals und seine Ängste vor dem Verlust seines Aufenthaltssta-tus, wenn Natalja sich als unzuverlässig erweisen sollte und ihre Abmachung öffentlich bekannt würde. Zum Schluss sagte Egor noch, dass er wegen Polizeikontrollen fünf Jahre lang auf ein Pri-vatleben und einen festen Freund würde verzichten müssen. In seiner Wohnung müssten sich Nataljas privaten Sachen und Do-kumente befinden. Er müsste in eine größere Wohnung umzie-hen. Zurzeit hatte er nur eine Einzimmerwohnung mit einem Einzelbett und einem schmalen, hohen Schrank. Das alles war nur für eine Person bestimmt.

Wie gebannt musterte ihn der Alte mit seinem einen Auge wie mit einem Suchscheinwerfer. An solche Details hatte er noch gar nicht gedacht. Er zog für sich als Fazit aus dem Gespräch, dass ihm wenig Spielraum zum Feilschen blieb. Die Argumente des Jüngelchens hatten trotz allem Gewicht, und er setzte schnell einen Punkt unter das Ganze:

„Gut, junger Mann. Abgemacht!"

„Jetzt muss ich nur noch meinem Kätzchen mitteilen, dass sie eine Schwuchtel heiraten wird", lachte der Alte krächzend.

Bei dem Geräusch stellte sich Stella vor, wie der Eiter in seinen Lungen gluckerte. Sie schauderte. Auf einen Zug leerte ihren Whiskey, von dem sie ohnehin nie einen Rest im Glas übrig ließ. Dann verabschiedete sie sich mit ihrem Gefährten und sie verließen das Piratenschiff mit einem schwarzen Punkt in der Hand.

„Wir haben echt Glück gehabt!", rief Stella und umarmte Egor. „Ich hätte nicht gedacht, dass du so ein talentierter Schauspieler bist! Und dazu noch ein Schlauer! Du hast den Opa mit unwiderlegbaren Argumenten abserviert. Sehr gut!

„Was kriege ich dafür? Hmm?"

„Ein Abendessen im Restaurant mit gutem Wein. Wenn du mich nicht anmachst."

„Und wenn doch?"

„Dann gehst du leer aus."

„Eine schöne Auswahl. Bei dir muss ich mich aber auch immer mit dem begnügen, was ich sowieso schon habe."

„Das stimmt."

„Oh Gott!" In zwei Stunden muss ich den zweiten Ehemann, diesen Lurch, vom Reifendienst abholen! Scheiße, das hätte ich beinahe vergessen. Wir müssen los, und zwar schnell!"

Unterwegs überlegte sie, wie sie das Gespräch mit ihrer Freundin anfangen sollte. „Hier hast du einen italienischen Mann und da noch einen, den dein Opa kennt und der außerdem schwul ist. Aber heiraten wirst du den dummen Lurch da.

„So in der Art. Im Prinzip sollte sie das kapieren."

„Wo fahren wir denn hin?"

„Zu einer Autowerkstatt, wo wir einen Schmuddelkerl abzuholen haben."

„Wo ist die Werkstatt?"

„Fahr von der Autobahn ab, ich zeige dir den Weg."

Sie fuhren zur Werkstatt. Der Italiener hockte vor dem abgeschlossenen Tor und wartete auf sie wie bestellt und nicht abgeholt.

„Steig ein, bitte!"

Unterwegs besprachen sie, welche Dokumente sie einreichen mussten, wo die Trauung stattfinden sollte, welche Ringe und welches Kleid sie kaufen würde.

Stella schlug vor, einen professionellen Fotografen anzuheuern, der Bilder aufnehmen würde, wie das Brautpaar sich küsste. Die könnten dann in der Wohnung des Italieners aufgehängt werden.

„Wozu brauche ich ihre Fotos in meiner Wohnung?"

„Für den Fall, dass eine Kontrolle kommt. Die Beamten müssen eure Gesichter vor Glück strahlen sehen. Ihr müsst unbedingt gemeinsame Fotos auf eueren Handys haben und noch viel mehr. All diese Details müssen wir genau durchdenken."

„Wir sind da, steigt aus."

Natalja öffnete die Tür und schaute die Jungs erstaunt an.

„Kuckuck! Ich habe dir einen Ehemann mitgebracht."

Stella versuchte, ihr kurz zu erzählen, was gerade los war.

„Wer von den beiden soll denn jetzt mein Mann werden? Die Schwuchtel oder der andere da, der in der Ecke steht und schweigt?

Tja, Stella. Da habe ich eine prächtige Auswahl. Als ob ich im Billigmarkt zwischen einer grünen und einer dunkelgrünen Tasche entscheiden sollte."

„Du brauchst gar nicht zu wählen. Dein Ehemann ist dieser Typ da, der Schmuddelige. Für zehntausend Euro ist er dabei", flüsterte Stella.

„Was macht dann die Schwuchtel hier? Die eigentlich gar keine ist, wie du sagst."

„Das mit dem Homo erkläre ich dir später. Bringen wir zuerst die Sache mit dem Schmuddeltypen zu Ende. Wir nehmen ihn mit ins Restaurant, er kommt von der Arbeit und hat Hunger. Dann schicken wir ihn mit einem Taxi nach Hause, und wenn wir zu dritt in Ruhe dasitzen, kann ich dir von deinem Opa und der Schwuchtel erzählen."

„Hast du den Alten etwa erschreckt? Du Schlampe! Warum rufst du ihn, ohne dass ich das weiß? Er ist meine einzige Hoffnung auf die Zukunft."

„Das mache ich garantiert nicht mehr. Aber ich habe alles wieder in Ordnung gebracht und in ein gutes Licht gerückt."

„Das hoffe ich doch."

Sie ging auf ihren künftigen Ehemann zu und schüttelte ihm freundlich die Hand.

„Hallo, ich heiße Natalja."

Der Schmuddelbursche bekam sonst nur in seinen Träumen von einer so schönen Puppe die Hand.

Verlegen verbeugte er sich und sah schäbig aus.

„Ich heiße Roberto. Sie können mich einfach Robby nennen."

„Ein schöner Name."

„Danke schön."

„Gehen wir ins Restaurant? Wir können uns beim Abendessen unterhalten."

„Das ist eine prima Idee!"

„Dann los."

Sie fuhren zu einem japanischen Restaurant, das sich unweit vom Bahnhof in einem Keller befand. „Wie immer spart Natalja an allem", ging es Stella durch den Kopf. Aber am erstaunlichsten war für sie, dass Natalja begann, mit Robby zu flirten. Sie setzte sich neben ihn und streichelte sein Bein. Egor bat Stella, Natalja zu sagen, dass er wirklich schwul wäre, denn als er kapierte, dass sie sich keinen Schwanz entgehen ließ, auf den sie sich ebenso gut setzen könnte, bekam er es mit der Angst zu tun. Sie verabredeten sich am nächsten Tag beim Standesamt, um die Dokumente einzureichen. Robby beendete seine Mahlzeit, verabschiedete sich, gab Natalja einen Zungenkuss und verließ das Lokal.

„Pfui, wie ekelhaft! Warum küsst du den Typen, der dich für Geld heiratet?", protestierte Stella.

„Wenn er sich in mich verliebt, brauche ich nicht zu bezahlen."

„Er verliebt sich und liefert dich aus Eifersucht den Bullen aus! Blöde Kuh!"

„Tu mir einen Gefallen. Hör auf, mich zu belehren. Ich ficke, wen ich will. Außerdem ist er mein rechtmäßiger Ehemann, fast."

„Na gut, mach was du willst."

„Sag mir lieber: Wie stellst du dir das vor, wenn der Alte bei meiner Hochzeit dabei sein will?"

„Da müssen wir uns was einfallen lassen. „Oh!" Ein Lächeln erhellte Stellas Gesicht. „Machen wir zwei Hochzeiten an einem Tag. Eine mit dem Dreckspatzen, die andere mit Egor für den Alten. Wir haben ja schon ein paar Hochzeiten organisiert.

Oder? Erinnerst du dich an unsere Streiche? Das waren lustige Zeiten! Weißt du noch, wie dieser Ami dich geheiratet hat? Und wir in seinen amerikanischen Pass ein gefälschtes Siegel gedrückt haben? Wahrscheinlich hat er bis heute nicht kapiert, was ihm da passiert ist."

„Hahahaha!"

„Meinst du den, welchem du in der Toilette die Zunge in den Hals gesteckt hast, und dann bin ich reingekommen?"

„Ja!" Da ist er so erschrocken, dass er verschwunden ist, weil er Angst hatte, eine aufs Maul zu bekommen. Du bist ihm nachgerannt und hast geschworen, ihn umzubringen, sobald du ihn findest."

„Ich habe mich fast totgelacht."

„Am nächsten Morgen ist er in unsere Agentur gekommen und wollte Hilfe und eine schnelle Scheidung."

„Das war zum Kranklachen, Scheiße!"

„Wir haben den armen Kerl für ein anständiges Schmiergeld zum Richter gebracht, und der hat die Ehe für nichtig erklärt."

„Hahahaha!" Genau!"

„Wer hat damals bei uns den Richter gespielt?"

„Vitali Rschewski. Erinnerst du dich noch an diesen Kinderschänder? Fünfundvierzig war er. Er war in dich so verknallt, Stella, dass er dir einen Fernseher und eine Waschmaschine gekauft hat, von Geld, das er der Firma gestohlen hatte, für die er als Einkäufer von Baumaterial gearbeitet hat."

„Bring mich nicht zum Lachen, der Bauch tut mir weh! Natürlich weiß ich das noch. Der Kerl hat unverschämt gestohlen. Ich will mir lieber nicht vorstellen, aus was für einem Zeug die Häuser gebaut wurden, die seine Firma verkauft hat."

„Ein Potemkin ist er, kein Rschewski.

„Hahahaha!"

„Sehr gut! So machen wir das! Zwei Hochzeiten an einem Tag. Das Adrenalin hat mir schon lange gefehlt! Wow!"

Egors Augen funkelten. Die Idee der Freundinnen gefiel ihm sehr. Er hätte auch nichts dagegen gehabt, das Finanzielle zu besprechen, aber er traute sich nicht, dieses Thema aufzuwerfen, solange die beiden Luder am Tisch saßen. Da konnte er das Spiel nur verlieren.

Als er mit Stella schließlich allein war, fing er an, das Gespräch mit Andeutungen auf die Frage seines Honorars hinzubewegen. Das Mädchen begriff, worum es ging, sobald er sein langsames Mundwerk aufmachte, und unterbrach ihn mitten im Satz:

„Tausend Mäuse!"

„Was?"

„Tausend Franken!"

„Ist das alles? Ihr kriegt hunderttausend und ich nur tausend?"

„Das geht dich gar nichts an! Verstanden, du Lutscher? Nimm die tausend oder hau ab! Für dreihundert Dollar finde ich eine andere Schwuchtel und sage dem Alten, dass du dich verpisst hast."

„Warum beleidigst du mich?"

„Wie habe ich dich denn beleidigt?"

„Du hast mich einen Lutscher genannt."

„Dass ich nicht lache! Das wäre doch ein Kompliment für dich."

„Alles klar, ich gehe."

„Tschüss."

„Und vergiss nicht, mir bis heute Abend zu schreiben, ob du dabei bist oder nicht."

„Okay."

Stella wusste, dass er nirgendwo hingehen würde. Er war zu schwach, um ihr abzusagen. Er hatte Angst, sie zu verlieren. Stella war in der Lage, jedes Problem auf jedem Gebiet zu lösen. Er würde sie in seinem weiteren Leben ohne Zweifel noch brauchen.

Zwei Wochen später, als sie alle erforderlichen Unterlagen aufgetrieben hatten, meldeten sich Natalja und Robby im Standesamt. Es gab allerdings einen Haken: Natalja musste eine Bescheinigung vorlegen, dass sie in der Ukraine nicht verheiratet gewesen war. Das ukrainische Gesetz sah vor, das dieses Dokument nur der Person ausgehändigt werden durfte, die es beantragt hatte. Es konnte nicht per Vollmacht in Empfang genommen werden. Sie musste also in das Land von Borschtsch und Speck fliegen, um sich ein einzelnes Dokument zu holen. Das ärgerte sie so sehr, dass sie vor dem Abflug per Telefon alle Mitarbeiter des Archivs und des Standesamtes beschimpfte.

In der Ukraine kaufte sich Natalja ein weißes Brautkleid mit Schleier. Das war schließlich ihre erste Ehe. Außerdem kaufte sie billige Ringe aus rotem Gold und eine Fliege für den Bräutigam.

„Hat er eigentlich einen passenden Anzug? Das muss ich noch wissen."

„Hallo, amore! Ich habe eine Fliege zu deinem Anzug gekauft", klärte Natalja ihn auf.

„Zu was für einem Anzug? Adidas?"

„Was?" Was willst du zur Hochzeit anziehen?"

„Jeans."

„Oh Gott!" Bist du verrückt? Ich habe mir ein weißes Brautkleid mit Schleier gekauft."

„Warum, zum Teufel?"

„Das ist meine erste Hochzeit. Auch wenn dir das ganz egal ist, an diesem Tag möchte ich schön sein."

„Und was geht mich das an? Du kannst doch anziehen, was du willst."

„Und dir ist das echt völlig egal?"

„Ja."

Sie schmiss das Telefon auf den Boden. Es zerbrach in tausend Stücke.

„Ich zeig's ihm! Arschloch!"

Natalja hob den Teil mit der SIM-Karte vom Boden auf und ging ein neues Telefon kaufen. Sie brummte vor sich hin:

„Ich wollte ja schon längst ein neues Telefon haben. Für die Hochzeit kann man mal tief in den Geldbeutel greifen. Ich muss diesen, diesen... wie soll ich ihn nennen, Schweinehund nach seiner Größe fragen! Und ihm einen Frack und ein paar Pfund Kernseife gegen das Motoröl kaufen."

Den ganzen Tag dachte Natalja an ihren Zukünftigen. Endlich rief sie Stella an und erzählte ihr von ihren Gefühlen.

„Ich glaube, ich habe mich verliebt!"

„In wen denn?"

„In meinen zukünftigen Mann, natürlich!"

„Hat er dir gesagt, dass du dich verpissen sollst, oder was?"

„Wie kommst du denn darauf? Lässt du mein Telefon abhören?"

„Nein, ich kenne dich einfach. Du verliebst dich in jeden Scheißkerl, der dir sagt, dass du dich verpissen sollst. Es gibt so einen Frauentypus. Man nennt sie Masochistinnen, weißt du? Soll ich dir erzählen, wie so etwas abläuft und endet?"

„Danke, das ist nicht nötig, oh große Prophetin!"

„Hast du noch mehr Neuigkeiten?"

„Bis jetzt keine."

„Eben, bis jetzt."

„Meine Telefongespräche in letzter Zeit sind nicht gerade berauschend. Ich hätte mir gar kein neues Telefon zu kaufen brauchen. Also dann gehe ich lieber einen saufen. Vielleicht reiße ich in einer Bar auf der Chreschtschatyk jemanden auf. Feiere Polterabend, wie es sich vor der Hochzeit gehört."

Die „echte" Braut ist verliebt

Der Tag der Hochzeit kam. Beat bemerkte nicht, dass der Bräutigam ausgetauscht worden war, denn die Trauung fand kurz vor seiner Ankunft statt. Aus der Tür des Standesamts trat Natalja, über jeden Zweifel erhaben, Arm in Arm mit Egor. Sie hatte dem Alten absichtlich einen falschen Termin genannt.

„Verzeih mir, Schatz! Ich habe die Uhrzeit für die Trauung verwechselt." Natalja winselte wie eine Hündin und schaute treuherzig in Beats einziges Auge. „Es ist so schade, dass du die Zeremonie verpasst hast. Fahren wir zur Feier?"

Stella kam um die Ecke und teilte mit: „Das Restaurant ist reserviert." Kurz davor hatte sie sich von dem schmuddeligen Bräutigam Robby verabschiedet, der nicht sehr erpicht darauf war, irgendwohin zu fahren. Als er Natalja im weißen Kleid sah, küsste er sie und ergriff fest ihre Hand. Gott sei Dank verliefen der Austausch des Bräutigams und das Fotoshooting problemlos.

„Fahren wir, mein Kätzchen."

Adrian war sehr erstaunt über das Geschick seiner künftigen Frau, Geschäfte zu deichseln und ohne besondere Anstrengung alle möglichen Leute mit hineinzuziehen. Aber er lachte darüber. Alle waren zufrieden und glücklich. Die Freundinnen umarmten und küssten sich.

„Endlich bist du verheiratet, Liebes!"

„Du sagst es! Ich habe genug davon, von einem Klub zum anderen zu ziehen und mir die Beschwerden und Vorwürfe der Chefs anzuhören. Jetzt kann ich auf eigene Rechnung arbeiten wie ein normaler Mensch."

„Danke, Stella. Dank dir habe ich ein Haufen Geld verdient."

„Keine Ursache."

„Das Geld investiere ich in meine Farm."

Wie es sich gehörte, dauerte die Hochzeitfeier drei Tage. Einen Tag lang wurde gefeiert und zwei Tage brauchte man, um den Kater zu vertreiben.

Als ihr Vertrag in Bern ausgelaufen war, beschloss Natalja, nach Zürich zu gehen. Aber mit der Wohnungssuche wollte es nicht klappen, andauernd bekam sie Absagen von Vermietern. Eine alleinstehende junge Frau weckte das Misstrauen der biederen Schweizer. Inzwischen zog Stella bei Adrian ein. Seine Frau war in die Ukraine gegangen, als das Kind drei Monate alt war. So brauchte er sein Haus nicht zu verlassen. In Abwesenheit der Frau begann er das Scheidungsverfahren. Ihre Sachen verstaute Stella akkurat in einem Abstellraum, wo sie auf die Rückkehr ihrer Besitzerin warten sollten, die noch nicht ahnte, was da vor sich ging. Natürlich gefiel Stella das alles nicht, aber im Kampf um ihr eigenes Glück war sie bereit, über Leichen zu gehen. Nachdem die Türschlösser ausgetauscht waren, beruhigte sich Stella ein wenig. Trotzdem plagten sie noch immer Albträume. Sie träumte, dass Adrians Frau beschloss, ihrem Mann eine Überraschung zu bereiten und mit dem Kind auf dem Arm nach Hause zurückkehrte. Dort fand sie ihre Sachen in der Abstellkammer und im Bett des Mannes eine andere Frau, die dazu noch schwanger war. In diesem Moment endete Stellas Traum. Sie erschrak, wenn sie daran dachte, wie eine solche Situation ausgehen könnte. Aber Stella wollte ihre Fantasie zu diesem Thema nicht spielen lassen. Ihre Nerven waren ohnehin angespannt und sie hatte Angst vor der Zukunft. Ihr war klar, dass die Zeit kommen würde, in der sie ihre Träume in der Realität erleben würde. Besonders schlimm war die Ungewissheit.

Einmal, als sie im Treppenhaus nach unten ging, sah sie, dass eine Einzimmerwohnung im dritten Stock frei wurde. Ein junges Paar zog wegen der Erweiterung der Familie in eine größere Wohnung um. Unverzüglich rief sie den Eigentümer der Wohnung an, einen Griechen namens Kanoulis, und vereinbarte mit ihm ein Treffen am Hauseingang. Er kam wie verabredet angefahren, und sie bat ihn fast mit Tränen in den Augen, ihrer Cousine Natalja die freigewordene Wohnung zu überlassen.

„Tut mir leid, Stella, aber ich will keine Wohnung in meinem Haus an eine alleinstehende Frau vermieten. Sie feiern Partys und sind zu laut."

„Ich garantiere Ihnen, dass sie niemanden mit in die Wohnung bringen würde. Sie will hier studieren. Ich bin schwanger und werde Hilfe meiner Cousine brauchen, wenn das Baby erst da ist."

Der Grieche mochte Kinder. Freundlich zog er seine schwarzen Augenbrauen hoch.

„Bringen Sie sie doch einmal mit, damit ich sie kennenlerne."

„Haben Sie vielen Dank! Sind Sie noch ein bisschen da? Dann hole ich sie gleich."

„Ja, ich bleibe, bis die Leute, die heute umziehen, die Wohnung vollständig geräumt haben. Das dauert noch ungefähr zwei Stunden."

„Bis dahin schaffe ich das."

„Ich warte."

Stella raste hinauf in die Wohnung, holte die Autoschlüssel und rannte wieder nach unten, indem sie jede zweite Stufe übersprang. Unterwegs freute sie sich wie ein Kind, wenn sie sich vorstellte, dass Natalja ihre Nachbarin würde. Dann könnte sie wenigstens ab und zu ihre Freundin sehen und ihre verrückten Geschichten hören. Stella war schwanger, ihre Abenteuer waren zu Ende. Für sie begann die Routine, in der die Hälfte der Erdbewohner lebte. Das Familienleben fiel ihr schwer. Sie konnte es kaum ertragen, zu warten, bis ihr Mann von der Arbeit nach Hause kam. Stella hatte genug von ihren Besuchen im Fitnessstudio und vom Lesen ihrer klugen Bücher, aber sie dachte voller Bitterkeit, dass sie das akzeptieren müsste.

Warum passierte nichts? Wo war das Adrenalin, das sie früher jeden Tag in Aufruhr gebracht hatte, als sie noch Lebensroulette spielte und auch ihr eigenes Leben auf Rot oder Schwarz setzte?

Wie ein Blitz rannte Stella in das Zimmer, das Natalja monatsweise mietete, während sie sich von ihrem Alten in Bern absetzte unter dem Vorwand, sie wollte in Zürich ein Studium beginnen. Sie versprach ihrem Liebsten, jedes Wochenende zu Besuch zu kommen. Beat wollte nicht, dass sie weit von ihm wohnte, aber als er von ihren Studienplänen hörte, stimmte er zu. Bildung würde ihr helfen, einen anständigen Platz in der harten modernen Welt einzunehmen.

„Mach dich fertig!", rief Stella. „Ich habe eine Wohnung für dich gefunden!"

„Wirklich? Wo?"

„In meinem Haus! Ich bin so froh! Der Vermieter wartet auf uns. Komm!"

„Lass mich wenigstens meine Tasche mitnehmen."

„Aber schnell, und dann los!"

O Gott, was für eine angenehme Überraschung! Kanoulis kannte Natalja, er besuchte ab und zu den Klub, in dem sie gearbeitet hatte.

„Ich habe dich schon vermisst! Wo bist du denn hin verschwunden?"

„Mein Vertrag ist ausgelaufen, ich habe geheiratet und jetzt will ich studieren. Ich habe genug davon, die ganze Nacht in den Kneipen zu sitzen." Natalja tat, als ob sie eine anständige Frau geworden wäre.

„Hast du mit deinem Gewerbe wirklich Schluss gemacht? Wenn nicht, dann kann ich dich nicht in meinem Haus wohnen lassen. Meine Mieter sind Ehepaare. Ich kann nicht zulassen, dass schon kleine Kinder zu sehen bekommen, was für eine Scheiße unsere Welt in Wirklichkeit ist."

„Jetzt übertreib mal nicht, Kanoulis!", sagte die Blondine gekränkt. Sie löste den Knoten in dem Schal um ihren Hals, als ob sie eine Tür geöffnet hätte, die sie zum Sieg führen würde.

„Es ist so heiß, neben dir zu stehen.
Ihr Griechen seid heiße Männer."

Er starrte auf ihr Dekolletee und konnte seinem männlichen Instinkt nicht widerstehen. Mit zunehmendem Alter fiel es dem Griechen immer schwerer, sich im Griff zu halten.

„Haben wir dich!", dachte Stella. „Jetzt gibt er ihr die Schlüssel."

Er zog einen Schlüsselbund aus seiner Tasche, überreichte Natalja zwei Schlüssel und sagte, dass er am Abend kommen würde, um den Mietvertrag abzuschließen.

Die Blondine berührte flüchtig seine Schulter mit ihrer Brust und küsste ihn zart am Ohr. „Du warst immer nett zu mir", flüsterte sie.

„Fahren wir los, meine Liebe. Holen wir meine Klamotten."

„Ich bin bereit!"

Für den Umzug mussten die Mädchen fünfmal mit dem Nissan-Offroader hin und zurückfahren. Stella verfluchte Gott und die Welt! Natalja hatte ganze Berge billiger Sachen. Wie sie diese jemals in das eine Zimmer gepresst hatte, in dem sie wohnte, blieb Stella für immer ein Rätsel. Dazu kam ihre „eiserne Reserve" in Form von Buchweizengrütze, Grieß und Fischkonserven, die unten im Schrank gelagert waren. Stella war fassungslos.

„Wozu brauchst du so viel Grütze?"

„Was geht dich das an? Warum fragst du mich immer dasselbe?"

„Weil ich immer wieder über diesen Blödsinn erstaunt bin! Außerdem muss ich diesen ganzen Scheiß quer durch die Schweiz transportieren! Das Auto ist mit Müll vollgestopft bis zur Decke!"

„Wenn du mich weiter beschimpfst, nehme ich ein Taxi! Und komm mir ja nicht mehr an, dass du Grieß haben willst! Von mir kriegst du nichts mehr!"

„Wen soll ich denn fragen? Hier in der Schweiz gibt es doch keinen gescheiten. Und du hast den Schrank voll davon!"

„Na siehst du! Und Buchweizengrütze gibt es hier auch nicht! Und an unsere leckeren Ölsprotten kommt man kaum ran!"

„Aber wozu hast du fünf Kilo Reis gehamstert?"

„Damit ich welchen habe! Lass mich in Ruhe!"

„Komm, wir fahren in die neue Bude! Du Hamster!"

Für Stella war Zeit kostbar. Sie hatte keine Lust, diesen Haufen Gerümpel zu fahren. Vernünftig wäre es, von Nataljas Sachen nur das Nötigste in einen Koffer zu packen und den Rest zu spenden. Dann wäre der Umzug schnell erledigt und sie könnten an diesem sonnigen Tag in die Alpen fahren, um die schöne Natur zu genießen. Dinge fesseln die Menschen an sich, fordern Pflege und Zeit. Stella war Minimalistin. Sie hatte nur eine Tasche, dafür aber eine gute von Louis Vuitton, die sie jahrelang tragen konnte, bevor sie sich abnutzte. Wenn sie ein Kleidungsstück länger als ein Jahr nicht getragen hatte, gab sie es einer Freundin, selbst wenn es noch neuwertig war. Aufräumen hielt sie für eine undankbare Arbeit, die einen nur müde und nervös machte und im Alltag versinken ließ. Nataljas Verhalten führte ihrer Meinung nach zur völligen Zerstörung der Persönlichkeit und zum Verlust des Verständnisses für die Schönheit des Lebens. Mode und Angeberei ließen die Menschen vergessen, dass es etwas gab, was schöner und wichtiger war als Klamotten. Aus diesem Grund bemühten sich die Freundinnen, ihre jeweilige Meinung nicht laut zu äußern, um unnötigen Streit zu vermeiden. Sie waren eben unterschiedlich und mussten das akzeptieren.

Studentin und Nymphomanin ist allzeit bereit!

„Hurra! Ich bin immatrikuliert!"

„Ich bin natürlich froh für dich, aber Adrian sagt, dass du das Studium nicht schaffen wirst. Das ist Zeitverschwendung pur."

„Aber ich bin doch immatrikuliert!"

„Du hast deine Dokumente eingereicht und bist eingeschrieben worden. In der Schweiz werden alle Studienbewerber eingeschrieben. Sie studieren bis zum Ende des ersten Semesters und dann werden sie exmatrikuliert. Aber das Geld, das sie für ein Jahr bezahlt haben, behält die Universität. Ziemlich schlau."

„Ja, aber es gab doch eine Prüfung"

„Das war einfach eine Untersuchung, wie beim Arzt. Sie versuchen, die Idioten auszusieben. Wenigstens schreiben und lesen sollte man schon können."

„Ja, du hast recht." Der Test war sehr einfach. Aber ich werde es versuchen. Ich will ein Schweizer Diplom haben."

„Das ist unrealistisch! Erst recht an der Universität! Versuchs wenigstens mit einer Fachhochschule."

„Warum nicht gleich eine Fachschule?"

„Mach was du willst, ich habe dich gewarnt."

„Ach, geh doch nach Hause, du schwangere Schnecke, und verbreite dort deine Weisheiten."

„Tschüss, Studentin! Vergiss nicht, vor den Prüfungen das ganze Dekanat durchzuficken."

Natalja studierte fleißig Tag und Nacht, um allen zu beweisen, wozu sie fähig war. An den Wochenenden fuhr sie zu Beat, machte ihn sturzbetrunken und entlockte ihm Geld. Der arme Teufel schaffte es kaum, bis zu ihrem nächsten Besuch wieder auf die Beine zu kommen, und verbrachte die ganze Woche im Bett.

Der Alte bezahlte ihr alles. Das Studium, die Wohnung, die Klamotten. Aber so einfach konnte Natalja ihre alte Berufung nicht ablegen, deshalb nahm sie ein paar Freier in der Woche für dreihundert Franken die Stunde. Die Preise für Sexdienstleistungen sanken damals, weil für Ukrainerinnen keine Arbeitsvisa mehr ausgestellt wurden. Ihren Platz nahmen zahlreiche Tschechinnen und Polinnen ein, die bereit waren, für zwanzig oder dreißig Dollar am Straßenrand Schwänze zu lutschen. Deshalb galt das, wofür Natalja dreihundert bekam, als VIP-Behandlung.

Die familiäre Ruhe, die Stella so langweilig fand, wurde durch eine Nachricht von Adrians Frau gestört:

„Liebster, ich komme mit unserem Sohn am Montag nach Hause. Hol uns ab!"

Stella, die schon im siebten Schwangerschaftsmonat war, geriet in Panik.

„Jetzt, nach einem halben Jahr, kommt sie plötzlich nach Hause, die Schlampe. In der ganzen Zeit haben wir nichts von ihr gehört, da hätte sie lieber gar nicht zurückkommen sollen. Wohin soll ich jetzt gehen und was tun? Vielleicht muss ich ausziehen?" Wo könnte sie mit einem kleinen Kind hin?

„Bleib du nur hier zu Hause", sagte Adrian. „Ich regle das."

„Wie denn? Und was ist, wenn sie die Polizei ruft? Sie wohnt schließlich hier! Kinderwagen, die Wiege, andere Kindersachen – das ist alles hier."

„Es ist jetzt einfach Zeit, ihr alles zu erzählen und ihr zu sagen, dass sie umziehen muss.

Anders kann ich das nicht machen. Du bist jetzt meine Frau für immer und wir leben zusammen. Punkt. Das habe ich dir versprochen, weißt du noch?"

„Ja."

Er holte seine Frau am Flughafen ab und brachte sie in ein Hotel. Sie zerkratzte ihm das Gesicht und verlangte, dass er sie sofort in ihr eigenes Haus lassen sollte.

„Was bist du für ein Mistvieh! Denk wenigstens an deinen Sohn, du Bastard! Warum schaust du den Kleinen nicht an, wenn du mit mir redest?"

„Du bist ein halbes Jahr lang nicht zu Hause gewesen! Ich kann nicht allein leben. Ich will eine Familie haben!"

„Was hast du dir dabei gedacht, verdammter Deutscher, als du mich geschwängert hast? Du hast gewusst, dass ich in der Ukraine eine Tochter habe, die ihre Mutter braucht!"

„Und ich brauche eine Frau zu Hause! Ich habe mich geirrt, verzeih mir. Lass uns die Sache möglichst diplomatisch lösen."

„Du lässt mich also einfach mit dem Kind auf dem Arm im Hotel sitzen. Ich hab nicht einmal Sachen hier zum Umziehen, und du redest von Diplomatie? Bist du blöd?"

„Bitte versteh doch, Ilona! Wir müssen die Situation nehmen, wie sie ist, ohne einander Vorwürfe zu machen und einen Schuldigen zu suchen."

„Ich bleibe nicht im Hotel. Bring mir sofort alle meine Sachen!"

„Ich habe noch keine Wohnung für euch. Bleibt ein paar Tage hier, bis ich für dich und Nikita eine Wohnung finde."

„Willst du, dass ich hier verrückt werde? Ich fahre nach Rapperswil, einer kleinen Stadt am Zürichseeufer, zu meiner Freundin. Bring mich sofort zu ihr, mit meinen Sachen und denen von Nikita!"

„Gut, warte hier auf mich. Ich hole euch bald ab."

Adrian kam nach Hause und war blass wie eine Mumie. Er sah ängstlich und verwirrt aus. Stella traute sich nicht, ihn zu fragen, was passiert war. Während seiner Abwesenheit hatte sie fast graue Haare bekommen. Die trüben Gedanken wollten ihr nicht aus dem Kopf gehen. Sie dachte, er würde zusammen mit seiner Frau zurückkommen und sie, schwanger wie sie war, rausschmeißen. Wer wusste schon, was passieren könnte. Gut, dass sie jetzt Natalja als Nachbarin hatte. Die Freundin würde sie jedenfalls bei sich übernachten lassen.

„Also! Raus mit der Sprache, Adrian!"

„Wo sind die Kisten mit ihren Sachen?"

„In der Abstellkammer."

„Hol mir bitte das Werkzeug. Ich muss schnell das Kinderbett auseinanderbauen."

„Warum jetzt? In jedem Hotel gibt es Kinderbetten."

„Sie will nicht im Hotel bleiben."

„Alles klar." Stella ging schnell in die Abstellkammer, um passende Schraubenzieher zu suchen. „Adrian, wie geht es weiter? Ich bin nervös und finde keine Ruhe."

„Es geht weiter wie gehabt. Wir bringen das hier hinter uns, und dann wird alles wunderbar."

Sie war erstaunt, wie gelassen er auftrat, denn sie wusste, dass er gar nicht so ruhig war. Er lud sein Auto voll bis zur Decke und fuhr in Richtung Stadtmitte zum Hotel.

Er fuhr am Eingang vor. Durch das Fenster sah er Ilona im Restaurant sitzen. In einem Kinderwagen neben ihr schlief das Baby. In der Hand hielt sie eine Weinflasche, aus der sie ununterbrochen trank und dabei in Tränen schwamm. Sein Herz setzte aus. Einige Minuten lang betrachtete er die zerbrechliche Frau, eine Balletttänzerin, deren Körper in Weinkrämpfen zitterte. Er stieg aus, ging zu ihr, hockte sich neben sie, umarmte ihre Knie und flüsterte:

„Beruhige dich und verzeih mir!"

„Und du verzeih mir!" Ilona warf sich ihrem Mann um den Hals. Verzeih! Verzeih! Ich bitte dich! Wirf diese Hure aus unserem Haus! Ich werde nicht mehr für so lange in die Ukraine fahren. Meine Mutter könnte meine Tochter in den Ferien hierherbringen."

„Zu spät, viel zu spät."

„Ich flehe dich auf Knien an, verlass uns nicht. Wir lieben dich! Du warst einsam ohne uns und darum hast du diese Kreatur in unser Haus geholt! Überleg es dir noch einmal! Du hast eine Familie."

„Ilona, meine Freundin ist im siebenten Monat schwanger. Es ändert sich nichts mehr, sieh es ein."

„Ach, du widerlicher Hurensohn! Wie konntest du nur?"

Ihre kleinen, zerbrechlichen Hände trafen ihn mit solcher Kraft, dass ein paar Fingernägel abbrachen.

Er hob sie hoch und trug ihre vierzig Kilo auf einem Arm aus dem Hotel. Dann kam er zurück, um den Kinderwagen zu holen, und fing selbst an wie ein Kind zu weinen und zu schluchzen beim Anblick seines schlafenden Söhnchens, das wegen ihm ohne Vater aufwachsen würde. Es tat ihm in der Seele weh, sein Herz zerriss und die Tränen liefen ihm in Strömen über die Wangen. Er klopfte sich ab, rappelte sich auf, setzte die Familie ins Auto und brachte sie zu der Adresse, die ihm seine Frau nannte. Unterwegs trank sie Wein aus der Flasche und ließ kein einziges Wort fallen. Adrian fühlte sich wie in einem Traum, denn in Wirklichkeit konnte doch so etwas nie passieren. Ab und zu schüttelte er den Kopf in der Hoffnung, er würde erwachen.

Sie kamen bei der Freundin seiner Frau an. Sie wusste schon Bescheid und stand auf der Straße stramm, zusammen mit ihrem Mann und den Kindern, wie beim Appell im Pionierlager. Ihre Rede wirkte einstudiert.

„Adrian, was da läuft, ist purer Wahnsinn! Weißt du überhaupt, was du machst? Das ist doch deine Familie, deine Lieben, wie … ähh …"

Er unterbrach sie und brüllte:

„Wir klären das ohne eure Hilfe, okay?"

„Ja, bringt die Sachen ins Haus."

Er öffnete den Nissan, lud schnell die Sachen aus und warf sie als einen Haufen neben der Eingangstür. Er wollte hier weg. Ilona war so betrunken, dass sie kaum noch stehen konnte. Sie warf sich mitten auf der Straße auf die Knie und rief:

„Um Gottes Willen, ich flehe dich an, geh nicht! Verlass uns nicht! Du darfst nicht zu dieser Schlampe gehen! Überfahr mich!"

Ihrer Freundin war klar, dass Ilona einen Nervenzusammenbruch erlitt, sie schleppte die Arme von der Straße und rief hinter Adrian her:

„Gott wird dich für deine Taten strafen, du Teufel! Sei verflucht! Nie sollst du glücklich werden! Lass dich hier nie wieder sehen …"

Nach Hause wollte er nicht. Er parkte im Zentrum von Zürich, am Bellevueplatz, wo das wichtigste Theater der Stadt steht, und ging langsam durch die schmalen Gassen, auf der Suche nach sich selbst.

In dieser Nacht rauchte Stella ununterbrochen, zum ersten Mal, seit sie schwanger war, und wartete auf ihren künftigen

Ehemann. Ungefähr um halb sechs hörte sie es klingeln. Sie ging zur Tür und fragte, wer da sei.

„Polizei. Machen Sie auf."

Sie öffnete und da stand Adrian, vollgekotzt, ohne Brille, mit zerrissener Hose.

„Ist das Ihr Mann?"

„Anscheinend."

„Wir haben ihn in einer Tram gefunden. Ohne Brille hat er den Weg nach Hause nicht gefunden. Er ist in der Straßenbahn eingeschlafen und immer im Kreis gefahren."

„Ja, er ist kurzsichtig. Wo ist seine Brille?"

„Das wissen wir nicht. Bitte unterschreiben Sie hier."

„Warum das?"

„Er muss morgen ins Polizeirevier kommen und eine Erklärung abgeben."

„Was denn für eine Erklärung?"

„Wegen der Geldstrafe für die beschädigten Sitze in der Straßenbahn."

„Gut, danke für Ihre Hilfe. Auf Wiedersehen."

„Und jetzt zu dir, Unikum! Hast du dich im Spiegel gesehen? Und musstest du unbedingt auf deine Kleider kotzen?"

„Ich hatte meine Brille in der Hand."

„Und hast sie dann doch fallen lassen?"

„Genau." Adrian sah Stella an wie ein kleiner unglücklicher Bub. Tränen rannen aus ihren Augen.

Worauf hatte er sich da eingelassen, nur wegen ihr? „Er ist ein echter Mann", dachte Stella und sah ihn an. Sie musste sich allerdings die Nase zuhalten.

Am nächsten Tag, als Adrian auf der Arbeit war, versuchte jemand, die Tür mit einem Schlüssel zu öffnen, der offensichtlich nicht zum Schloss passte. Stella hörte, wie er sich wirkungslos drehte. Sie bekam einen Anruf. Adrian bat Stella, Ilona ihre Creme zu geben, die angeblich in einem Regal im Badezimmer liegen geblieben war. Sie sollte außerdem die alten Wohnungsschlüssel zurückbringen, die der Vermieter wiederhaben wollte.

„Ich gehe nicht zu ihr! Ich habe Angst! Sie wird mich mit Säure übergießen!"

„Was sind das für infantile Ängste? Sie ist eine erwachsene Frau!"

„Wer eifersüchtig ist, ist nicht mehr erwachsen!"

Sie schaute aus dem Fenster und sah eine schlanke Brünette mit langem Haar bis zur Taille. Sie schaute in den Spiegel und sah einen Elefanten mit spärlichen Haaren. Sie seufzte und ging auf Zehenspitzen die Treppe hinunter. Als sie im dritten Stock war, klopfte sie leise an Nataljas Tür.

„Mein Gott, hoffentlich ist sie zu Hause!"

Die Blondine öffnete die Tür und schrie gleich los:

„Was zum Teufel willst du hier? Du weißt, dass ich um diese Zeit lerne. Ich habe dich extra gebeten, mich nicht zu stören."

„Wer ist denn noch dabei? Lernst du praktische Anatomie, oder was? Du bist vollgerotzt."

„Was geht dich das an?"

„Ich habe ein Problem! Es brennt! Ein Notfall! Aber sprich bitte leiser!"

„Komm rein, du Fettsack! Aber nicht ins Wohnzimmer, geh in die Küche."

„Ich bin kein Fettsack! Ich bin schwanger!"

„Bei Schwangerschaft legt man vielleicht fünf Kilo zu, aber doch keine zwanzig!"

„Na gut, dann bin ich halt fett.

Ich möchte dich um etwas bitten. Siehst du da unten am Eingang dieses Skelett stehen?"

„Wieso Skelett? Sie ist doch bildschön!"

„Diese Schlampe ist Adrians Frau!"

„Wirklich? Hat er dich für sie abserviert?" Natalja betrachtete Stella schelmisch von Kopf bis Fuß.

„Bring ihr die Creme hinunter und nimm ihr die alten Wohnungsschlüssel ab. Ich bitte dich! Ich habe Angst vor ihr!"

„Eher sollte sie Angst vor dir haben! Du bringst doch fünfmal so viel auf die Waage!"

„Übertreib nicht! Du nennst dich doch meine Freundin!"

„Gut, gib die Creme her!"

Stella schob einen Stuhl zum Fenster und lehnte sich so weit hinaus, wie sie konnte. Sie wollte nichts von dem verpassen, was sich unten abspielte. Natalja übergab Adrians Frau die Creme und bat sie um die Wohnungsschlüssel. Diese warf ihr die Schlüssel ins Gesicht. Für einen Augenblick sah es so aus, als ob Natalja eine Schlägerei mit dieser Schlampe anfangen wollte, aber im letzten Moment drehte sie sich um und ging weg. Stella schaute aus dem Fenster und ballte die Fäuste. Nur zu gern hätte sie darauf gewettet, wer siegen würde.

„Da sind die Schlüssel, und jetzt geh, Elefäntchen."

„Danke! Danke! Danke!"

Natalja wurde die Sache peinlich. Außerdem war sie schon ordentlich beduselt. Die schöne Frau draußen vor der Tür tat ihr leid.

„Adrian ist ein Idiot. Was wollen die Männer überhaupt? Ich kann das nicht verstehen. Setzt seine arme Frau mit einem Säugling auf die Straße. An einem Tag hat sie die Wohnung und den Mann verloren. Natürlich hat ihr Adrian ihr genug Geld gegeben, aber die Tatsache selbst schreit zum Himmel."

„Schätzchen? Wo bist du, meine Süße?" Aus dem Zimmer erklang eine schwächliche Stimme, die einem Mann im Rentenalter gehörte.

„Ich komme schon, mein Schmusekaterchen." Natalja trank auf ex ein Glas Rotwein und verschwand im Orgienzimmer.

„Wer hat denn da den Knebel ausgespuckt? Du böser Junge!"

„Ich werde artig sein, schlag mich nicht, meine Herrin …"

Eine Stunde später erhielt Adrian eine SMS von seiner Frau.

„Du und deine Nutte, seid beide moralische Krüppel! Ich dachte, du hast mich gegen etwas Wertvolles getauscht, nicht gegen eine dreckige Schlampe!"

„Du hast die Schlüssel einer unschuldigen Nachbarin ins Gesicht geschmissen. Das war nicht meine Nutte!"

„Ich wünschte, du wärst tot! Arschloch!"

Nacheinander begannen die Gerichtsverhandlungen. Ilona wurden 8.200 Franken Unterhalt zugesprochen, von den 23.000, die Adrian im Monat verdiente. Aber die Rechtsanwaltskosten, die er für beide Parteien bezahlen musste, waren höher als sein Monatsgehalt. Dadurch schmolzen seine Ersparnisse wie Schnee am Frühlingsanfang. Gleichzeitig leitete Marco in Genf ein Scheidungsverfahren ein. Er berief sich darauf, dass er einen Fehler begangen hatte. Er sei dem Zauber der Hexe verfallen gewesen. Seine Strategie war klar. Wenn die Ehe für nichtig erklärt wurde, würde er nur für das Kind Unterhalt zahlen müssen. Laut Schweizer Gesetz ist eine verheiratete Frau berechtigt, nach der Geburt eines Kindes zehn Jahre lang nicht zu arbeiten. Alle Kosten für ihren Unterhalt und den des Kindes hat der Mann beziehungsweise Ex-Mann zu tragen. Marco berechnete natürlich alles in der Hoffnung auf Erfolg, aber er hatte nicht das Glück. Für ihn begannen schlechte Zeiten. Stella ging zu dem Rechtsanwalt, bei dem sie mit Natalja gewesen war. Er erklärte ihr, dass sie ihren offiziellen Wohnsitz in Genf haben musste, denn dann würde man sie nicht ausweisen. Davor hatte sie am meisten Angst. Zumindest bis die Gerichtsverhandlungen abgeschlossen waren, könnte sie sicher sein.

Zweitens: Es wäre praktisch unmöglich, zu beweisen, dass sie nur eine Scheinehe geschlossen hätte, da es Hunderte von gemeinsamen Fotos aus gut fünfzig Ländern gab, die die frisch Vermählten zusammen besucht hatten. Drittens: Die Scheidung würde mit Sicherheit etliche Jahre dauern.

„Also, seien Sie ganz ruhig. Er muss beweisen, dass Sie ihn auf betrügerische Weise geheiratet haben. Vor Gericht werden Zeugen gehört und Fakten geprüft. Das Wichtigste für Sie ist, dass Sie Ihren Wohnsitz in Genf haben. Von dort kann Sie niemand ausweisen. Sie können aber aufgefordert werden, Zürich zu verlassen. Seien Sie also vorsichtig."

„Zürich verlassen? Warum das denn? Das ist doch dasselbe Land!"

„Ja, aber leider sind das unterschiedliche Kantone und dementsprechend gelten unterschiedliche Gesetze. Wir werden beim Migrationsamt beantragen, dass Sie in der Schweiz wohnen bleiben dürfen, weil Ihr Kind als Schweizer Bürger geboren wird. Ihr Ehemann, Herr Brunello, hat die Staatsbürgerschaft dieses

Landes schon erworben. Wegen des Scheidungsverfahrens werden wir die Behörden bitten, Sie für die Dauer der Gerichtsverhandlungen in der Schweiz wohnen zu lassen mit der Begründung, die Parteien wollten sich aussöhnen. Und das wäre ja nicht möglich, wenn Sie woanders wohnen würden, nicht wahr? Die Schweiz ist in Kantone aufgeteilt. Zürich ist praktisch ein eigenes Land."

„Aber ich kann nicht hier wohnen! Ich habe eine Familie! Und die ist in Zürich!"

„Melden Sie sich unter der Wohnadresse irgendeines Bekannten an. Er muss nur Ihren Namen an seinem Briefkasten anbringen. Das müssen Sie der Gemeinde mitteilen."

„Ich versuche, mir etwas einfallen zu lassen."

„Sagen Sie mir Bescheid, damit ich möglichst schnell ans Migrationsamt schreiben kann."

„Gut, ich danke Ihnen. Auf Wiedersehen."

„Wo nehme ich eine Adresse her?" Was jetzt?

Sie rief die Vermittlerin Dana an, die sich um ihre Arbeitsverträge kümmerte, und bat sie um Hilfe. Diese empfahl ihr einen Mann namens Joe, der ein Haus in Genf besaß. Er war ein kleiner, schäbiger Geschäftemacher, der Zimmer mit Blick auf eine Mauer oder Müllhalde für 2.000 bis 2.200 Franken im Monat an Mädchen vermietete, die auf Vertragsbasis arbeiteten und keine andere Wahl hatten.

„Stella, ruf ihn an. Ich weiß, dass er schon für 600 Franken in Monat einem Mädchen eine falsche Adresse bereitgestellt hat."

„Seine Preise sind aber nicht gerade günstig!"

Das Telefon klingelte und Joes fünfte Frau Tatjana hob ab.

„Wer ist da? Warum rufen Sie an?"

„Ich heiße Stella. Ich möchte Joe sprechen."

„Stella? Hast du bei Madame Rosa gearbeitet? Und hast du eine lange Nase?"

„Das Zweite war überflüssig", dachte Stella. Schon die ersten Sekunden des Telefongesprächs brachten sie dazu, diese Frau zu hassen.

„Erinnerst du dich an mich? Ich bin Tatjana."

„Ach ja, Tatjana! Hallo! Wie geht es dir? Ich habe dich gesucht, als dein Vertrag ausgelaufen war, aber niemand konnte mir deine Nummer geben." Stella log, sie hatte keine Ahnung, mit wem sie telefonierte.

„Du hast mich gesucht? Davon hat mir niemand etwas gesagt. Ich bin in Genf geblieben und habe Joe geheiratet."

„Ich freue mich so für euch! Ich gratuliere! Ich bin jetzt in Genf, können wir uns treffen? Ich habe da was mit dir zu besprechen."

„Okay! Treffen wir uns in der Stadtmitte?"

„Besser in dem Viertel, wo wir in den Appartements gewohnt haben."

„Die gehören nämlich meinem Mann!"

„Sehr gut! Bist du jetzt Millionärin? Keine Müllratte so wie ich."

„Was ist passiert, Stella?"

„Mein Mann hat mich sitzen lassen und ich bin schwanger! Ich wohne bei Natalja in Zürich, aber um Unterhalt von ihm zu bekommen, muss ich in Genf angemeldet sein, und dafür fehlt mir das Geld."

„So ein Arschloch! Wie bist du denn so in die Scheiße geraten? Kannst du mir das sagen?"

„Das weiß ich selbst nicht. Bitte hilf mir, Tatjana!"

„Komm einfach vorbei, mein Mann und ich werden die Sache schon wieder geradebiegen."

Sie fuhr in die Straße, wo sie einst gewohnt hatte, und erinnerte sich an manches Lustige, was sie damals erlebt hatte. Dann konzentrierte sie sich auf die Suche nach der unbekannten Tatjana. Sie sah viele slawisch aussehende Mädchen herumlaufen, denn der Klub war immer noch in Betrieb und voll mit Schönheiten. Dreimal ging sie an Tatjana vorbei, die dastand und Stella erstaunt durch ihre Brille ansah, die ein bisschen nach unten gerutscht war. Sie sprach Stella an:

„Ich frage mich schon die ganze Zeit, wann erkennst du mich endlich?"

„Oh, Tatjana, hallöchen! Meine Liebe! Ich habe dich nicht erkannt. Du bist so hübsch geworden!", antwortete Stella. Sie erinnerte sich nur vage an dieses Mädchen.

„Komm, Joe wartet auf uns."

Sie betrat die Wohnung, die viel schlechter ausgestattet war als die, in der sie mit Adrian wohnte. Das überraschte sie nicht. Nach mehreren geschiedenen Ehen, aus denen jedes Mal auch Kinder hervorgegangen waren, war es klar, warum Joe so lebte.

„Hallo, Liebster! Das ist Stella, Freundin von mir. Ich habe dir am Telefon erzählt, in was für einer Situation sie ist."

„Ja. Servus!"

„Hilf ihr bitte!"

Stella hatte den Eindruck, dass bei Tatjana etwas nicht in Ordnung war. Sie bat ihren Ehemann, der sie mindestens fünfunddreißig Jahre älter war als sie, so inständig um Hilfe, als ob sie Stella seit ihrer Kindheit kennen würde und eng mit ihr befreundet wäre.

„Gut, ich bringe ein Schild mit deinem Namen am Briefkasten des Hauses an, in dem alle Mädchen wohnen. Im Falle einer Kontrolle könnte keiner beweisen, dass du dort nicht wohnst. Ich kann jedes beliebige Zimmer öffnen, in dem ein Mädchen wohnt, das gerade nicht zu Hause ist. Dort liegen dann Sachen, die angeblich deine sind, und ich sage den Kontrolleuren, dass sie sich verpissen sollen."

Stella saß mit unglücklichem Gesicht, aber voller Dankbarkeit da.

„Ich zahle Ihnen alles, sobald ich wieder arbeiten gehe."

„In zehn Jahren?", scherzte er.

„Nein, so lange will ich nicht zu Hause sitzen. Gleich, wenn ich den Pass oder die Niederlassungsbewilligung habe, gehe ich auf Arbeitssuche."

„Ich sagte doch, frühestens in zehn Jahren. Ich habe eine Menge Erfahrung in diesen Sachen. Was Scheidungen angeht, meine ich."

„Ja, ich habe davon gehört", sagte Stella lächelnd. Sie versuchte, sich zum Weinen zu bringen, damit ihre Dankbarkeit glaubwürdiger aussah. Das fiel ihr schließlich immer leicht.

Tatjana lief zu Stella und strich ihr über den Kopf.

„Armes Mädchen! Joe, hol Wasser!"

„Ich muss gehen, mir ist schwindlig. Sonst bekomme ich das Baby noch hier auf der Stelle."

„Ich kann Geburtshilfe leisten", sagte Tatjana ernst. Stella schauderte, als ihr klar wurde, dass diese Geisteskranke es wirklich so meinte.

Joe schrieb ihre neue Adresse auf einen Zettel. Stella bedankte sich und ging nach draußen. Sie hatte gewonnen, wie immer. Sie war Tatjana sehr dankbar dafür, dass diese ihre Sache völlig ernst genommen hatte. Sie beschloss, sich bei Gelegenheit erkenntlich zu zeigen.

Als Marco seinen Scheidungsantrag einreichte, äußerte er die Vermutung, dass eigentlich Adrian, Stellas Beischläfer, der Vater ihres Kindes wäre. Adrian wurde als Zeuge vorgeladen. Wenn im Laufe der Ermittlung seine Vaterschaft durch einen DNA bestätigt würde, hätte er die unangenehme Aussicht, dass Stellas sämtliche Rechnungen für Gerichts- und Anwaltskosten zu seinen Lasten gehen könnten. Adrians Auftreten vor Gericht war beeindruckend! Obwohl er Deutscher war, beherrschte er die französische Sprache meisterlich und bezeugte damit, dass er ein gebildeter Mann aus der gesellschaftlichen Elite war. Sogar die Dolmetscherin, die für Stella aus dem Französischen übersetzte, fragte, wo sie diesen Prachtkerl gefunden hätte. Adrian erklärte dem Gericht, dass es ihm egal sei, wer der Vater des Kindes sei, da er Stella liebe und ihr Kind als seines annehmen würde.

„Natürlich kann man leichter großspurig auftreten, wenn man die Wahrheit kennt", dachte Stella, aber es war ihr sehr angenehm, die Reaktion der Anwesenden zu beobachten.

Adrian hatte die Kosten von zwei Scheidungsverfahren zu tragen, die gleichzeitig liefen. Die Rechnungen waren allerdings zu hoch für ihn, deshalb beschloss er, sein geliebtes Haus in Saint-Triphon zu verkaufen. Er hatte es selbst entworfen und es lag zwanzig Fahrminuten von Montreux, dem Dorf der Millionäre, entfernt. Auch in die Berge und zum Skilift von Verbier war es kein weiter Weg. In diesem Teil der Schweiz befinden sich auch Weinberge, die bis ans Ufer des Genfer Sees reichen. Wenn ein Mensch sich die paradiesische Schweiz vorstellen will, malt er in seiner Fantasie zwei Bilder: Das erste zeigt schneebedeckte Alpengipfel, und das zweite Weinberge in Steillagen, in denen sich die Reben zur Sonne strecken. Sie wecken Erinnerungen an ausgezeichneten Wein, zu dem so gut ein kräftig riechender Käse passt.

Der Verkauf des Hauses war für Adrian eine Tragödie. Ein Schlag unter die Gürtellinie. Außerdem wohnte in diesem Haus noch eine Frau namens Sylvie. Das war keine große Überraschung. Adrian hatte im französischen Teil der Schweiz gewohnt und gearbeitet, bevor er die hübsche Ilona kennenlernte. Aus Karrieregründen beschloss er, für ein Jahr nach Zürich umzusiedeln. Aber jedes Wochenende kehrte er in sein Haus zurück, zu seiner Lebenspartnerin, mit der er fast zehn Jahre zusammen war. Aber an einem Wochenende, das Sylvie im Kalender mit schwarzem Filzstift einrahmte, war Schluss. Adrian ging für immer fort. Nicht einmal seine Sachen nahm er mit. Tränen und Leid kamen über die arme Schweizerin. Aber es stand nicht in ihrer Macht, etwas zu ändern. Sie ließ ihren Liebsten gehen und gab sich selbst die Schuld an dem, was geschah, weil sie ihm keine Zukunft, keine Familie geben konnte.

Sylvie stammte aus einem entlegenen Dorf. Die Frau teilte das Schicksal vieler anderer Schweizer – Inzest. In solchen Dörfern heiratete man oft die nächsten Verwandten oder bekam einfach Kinder mit ihnen. Sylvie war das einzige gesunde von fünf Kindern. Drei ihrer Geschwister befanden sich in geschlossenen psychiatrischen Anstalten, eines wohnte bei den Eltern. Er war ein gutherziger, ständig lächelnder Bub. Aus diesem Grund hatte man Sylvie dringend davon abgeraten, Kinder zu bekommen. Die Wahrscheinlichkeit, dass sie ein behindertes Kind zur Welt bringen würde, war zu hoch. Allein in einem riesengroßen Haus durchlebte sie die Trennung von dem Menschen, den sie über alles liebte. Sie wünschte ihm viel Glück mit einer neuen Frau und einem Kind. Dass er aber in ein und demselben Jahr zwei Söhne von zwei verschiedenen Frauen bekommen würde, den ersten im Januar und den zweiten im September, hätte sie sich nicht träumen lassen. Die Nachricht vom Verkauf des Hauses erwischte sie kalt. Sie wohnte seit Jahren in diesem Haus wie in ihrem eigenen und hatte keine andere Absicherung als ihren Lebensgefährten mit seinem anständigen Gehalt.

Der seinerseits machte sich große Sorgen um Sylvie. Sie bedeutete für ihn seine ganze Jugend. Wanderungen in den Bergen, Zelt- und Klettertouren, schließlich der Bau des Hauses waren vor allem mit ihr verbunden. Er beschloss, ihr 150.000 Franken von dem Geld zu geben, das er für das Haus bekommen würde, damit sie eine Anzahlung für eine neue Wohnung leisten und einen Kredit bei der Bank aufnehmen könnte. So wollte er sich ein reines Gewissen verschaffen. Adrian bereute, dass er nicht mit ihr zusammen ein Kind adoptiert hatte. Das hätte ihm viele Probleme in seinem Leben erspart. Er hätte genug Geld für alles und bräuchte sein Haus nicht zu verkaufen.

Adrian magerte ab, seine Nerven lagen blank. Er stand noch unter Schock von dem, was geschehen war. Er konnte alles verlieren. Es stimmt, was man sagt: Wer vom Weg abweicht, verirrt sich. Männer mit Frau und Kindern, denen sie ein Leben lang treu bleiben, sind gepflegte, attraktive Typen und bringen es zu Häusern und Autos. Die sich mit Nutten abgeben, erleiden dagegen alle dasselbe Schicksal – die Pleite. Wahrscheinlich gilt das für alle Menschen auf der Welt, wenn sie die Grenze des Erlaubten überschreiten. Wer übermäßig isst, wird fett, wer zu viel Alkohol trinkt, wird süchtig, wer es beim Sport übertreibt, zerstört seine Gelenke, wer sich auf Drogen einlässt, wird zum Junkie. Selbst das eine Mal probieren kann zu viel sein, und wenn man weiß, dass man schwach ist, probiert man lieber gar nicht. Über dieses Thema könnte man stundenlang diskutieren.

Also was geschah mit Adrian? Endlich kam sein lang erwarteter, heiß geliebter Sohn Jan auf die Welt.

„Habe ich nun entbunden oder nicht? Bin ich Mutter oder nicht?"

Der Termin für Stellas Entbindung wurde auf den zwanzigsten September festgesetzt. Aber sie ging zu diesem Termin nicht ins Krankenhaus, sondern versteckte sich im Wald. Adrian musste für diesen Streich seiner Geliebten 7.000 Franken zahlen, da der Kreißsaal für sie freigehalten worden war. Er suchte sie überall und war bereit, sie umzubringen.

Stella machte währenddessen einen ruhigen Spaziergang im Wald. Dabei hatte sie einen Rucksack voll Leckereien. Vor einer Woche wurde ihr Entbindungstermin festgesetzt.

Sie las gerne Horoskope und deshalb wollte sie nicht, dass ihr Sohn im Sternzeichen der Jungfrau geboren würde. Menschen mit diesem Sternzeichen neigten dazu, Tyrannen, Psychopathen oder Mathematiklehrer zu werden. Der Zeitabschnitt des nächsten Sternbilds, der Waage, begann am vierundzwanzigsten September. Stella flehte den Arzt an, ihre Entbindung auf diesen Tag festzusetzen. Der Arzt hielt nichts von Astrologie und empfand die Marotte der jungen Frau als völligen Unsinn. Darum fehlte am Entbindungstag, zu dem Adrians Verwandten und Kollegen eingeladen waren, die Frau des Tages selbst. Stella konnte ihren Kopf durchsetzen und der Entbindungstermin wurde auf den vierundzwanzigsten September verschoben. Adrian war völlig schockiert.

„Wie kommst du denn auf solche Ideen? Den Geburtstermin wegen Astrologie verschieben! Typisch russischer Wahnsinn!"

Dann kam der neue Entbindungstag. Stella bekam eine Spritze in den Rücken, sodass sie die untere Hälfte ihres Körpers nicht mehr spüren konnte. Adrian hielt ihre Hand und unterhielt sich mit dem Arzt über ein Eishockeyspiel. Sie war nervös und lenkte ihren Liebsten stets vom Gespräch ab, indem sie fragte, was da unten vor sich ging. Er antwortete schnell:

„Also, es wird schon geschnitten."

„Ist der Schnitt groß?"

„Sehr groß", antwortete er erschrocken. Es tat ihr absolut nicht weh, aber sie hatte Angst.

„Und, ist es schon so weit?"

„Nein, noch nicht!

Hör auf, jede Sekunde zu fragen!

Er muss ja schreien!"

„Und wenn mit ihm etwas nicht stimmt? Warum schreit er nicht?"

„Beruhige dich und warte!"

„Ich warte!"

„Und, bin ich jetzt Mutter oder nicht?", fragte Stella ein letztes Mal. Dann hörte sie plötzlich einen Schrei, der ihr den Atem verschlug.

„Ich habe einen Sohn!", rief sie laut. „Hurra!"

„Schrei nicht so. Sie haben dich noch nicht genäht. Sonst fallen dir die Eingeweide raus."

„So ist das also, wenn man von einem Deutschen ein Kind bekommt! Hände hoch! Ich wünsche dir ein langes Leben, du Faschist!", rief Stella. Sie lachte und weinte zugleich vor Glück. Am selben Abend, nachdem die junge Mutter tausend Fotos unter dem Motto: „Schaut, was ich für einen Sohn habe", an alle Bekannten geschickt hatte, konnte sie nicht mehr zur Ruhe kommen. Stella nahm ihr Baby auf den Arm und wankte trotz der Schmerzen in die Cafeteria, um einen koffeinfreien Kaffee zu trinken.

Das verursachte großen Aufruhr in der Klinik. Man rief Adrian an:

„Ihre Frau und das Kind sind verschwunden!"

Als sie in der Cafeteria gefunden wurde, in Bademantel und Pantoffeln, mit dem Kind in den Armen ruhig in einem Sessel sitzend, fing man gleich an, ihren Puls zu messen und Herz abzuhören.

„Sind Sie verrückt?", rief Stella. „Lassen Sie mich und meinen Sohn in Ruhe!"

„Sie dürfen Ihr Zimmer nicht verlassen. Sie haben doch erst heute Morgen Ihr Kind bekommen."

„Eben, heute Morgen! Nicht vor fünf Minuten!"

„Seit die Klinik eröffnet wurde, haben wir kein einziges Mal gesehen, dass eine Mutter gleich nach der Entbindung aufgestanden wäre."

„Das werden Sie auch so bald nicht wiedersehen. Ich wollte schon nach Hause fahren. Leider habe ich meine Autoschlüssel im Zimmer liegen lassen", spottete Stella.

„Sie könnten umkippen! Ihr Kind würde das nicht überleben!"

„Ich bin von zwei Litern Whiskey nicht umgekippt. Wieso sollte ich mein eigenes Kind nicht festhalten können?", dachte Stella, beschloss aber, das lieber nicht laut zu sagen.

„Ich gehe schon! Sie lassen einen nicht mal Kaffee trinken. Was haben die Leute bloß? Geben Sie mir mein Kind zurück!"

„Nein! Wir bringen es in Ihr Zimmer. Sie können sich ja kaum bewegen!"

„Na gut, dann nehmen Sie das Kind."

So verbrachte Stella zweieinhalb Tage in der Klinik und sorgte für Aufregung. Andauernd verfolgte sie den Arzt und bat darum, entlassen zu werden. Sie konnte ihre Zimmernachbarin nicht mehr sehen. Sie hatte vor einer Woche ein Mädchen bekommen, das kaum 2,5 Kilo wog, stand immer noch nicht auf und beklagte sich bei Stella über allerlei Schmerzen und Unwohlsein. Sie wollte alle um sich herum umbringen. „Bei uns in der Ukraine ist es allen schnurzegal, wo du nach der Entbindung hingehst, und sei es zum Bahnhof. Das ist deine Sache! Und hier laufen sie dir hinterher und drohen, sie würden die Polizei und alle möglichen anderen Behörden anrufen, die dir das Baby wegnehmen sollen." Sie wussten nicht, dass sie ihr eigenes Todesurteil unterschreiben würden, sobald sie Stella den Kleinen wegnähmen. Sie würde sie alle auf dem Scheiterhaufen verbrennen oder mit Säure übergießen.

„Söhnchen! Herzlich willkommen in deinem Zuhause!", stand überall in der Wohnung geschrieben. Die Luftballons waren natürlich nicht mehr so prall, weil diese peniblen Ärzte Mutter und Kind nicht früher nach Hause gehen ließen.

„Jetzt sind wir zu dritt! Hurra! Genauer gesagt, zwei Russen und ein Faschist! Apropos, wo ist er überhaupt? Ich muss ihm sagen, dass der Arzt meinen Entlassungsschein unterschrieben hat und wir schon zu Hause sind."

Aber statt Adrian kam seine Mutter, die überzeugt war, dass Jan nicht ihr Blutsenkel war. Wahrscheinlich wollte sie ihn unter die Lupe nehmen.

„Guten Tag. Kommen Sie doch bitte herein."

„Guten Tag, Stella. Ich war zuerst in der Klinik, und dort haben sie mir gesagt, du wärst schon nach Hause gegangen. Warum das denn? Ist dir nicht klar, dass das kindisch und verantwortungslos ist?"

„Ich fühle mich noch wie ein Kind", scherzte Stella.

Aber die deutsche Großmutter verstand den ukrainischen Humor nicht und runzelte die Stirn.

„In der Klinik haben sie mich gebeten, auf dich aufzupassen, um eine Tragödie zu verhindern."

„Mich hat man auch gewarnt. Machen Sie sich keine Sorgen. Ich habe alles verstanden."

Stella hörte nie auf den ganzen Schmarrn, den ihr Leute erzählten, die sich für unfehlbar und vernünftig hielten. Sie hielt sie ihrerseits alle für Dummköpfe und paranoide Langweiler.

Sie zeigte ihrem Kind die Zimmer, das sich ruhig anschaute, wo nun sein Nest sein sollte, und anscheinend Spaß an seiner neckischen Mutter hatte.

Dann kam Adrian und begann gleich eine lange Besprechung mit seiner Mutter, die wohl wichtig und vor allem geheim war. Ihre Stimmen klangen manchmal lauter, dann wieder leiser. Stella ahnte, worum es ging. Adrians Mutter forderte einen DNA-Test für das Kind.

Nach diesem Gespräch ging sie wieder. Zum Abschied küsste sie Stella und den Kleinen, distanziert und emotionslos. In diesen Tagen begann Adrian, genau wie seine Mutter, das Kind genauer zu betrachten. Anscheinend suchte er Ähnlichkeiten. Jan wurde mit dunklem Haar geboren, wie ein Italiener. Auch Stella hatte Zweifel.

„Vielleicht ist das Kind wirklich nicht von Adrian? Nein, das kann nicht sein!"

Sie ging auf ihren Liebsten zu und sagte:

„Deine Mutter hat alle mit ihren Zweifeln an unserer Familie angesteckt. Ich kann nicht mehr ruhig schlafen. Sei so lieb, bestelle einen Test in Deutschland."

„Ich habe keine Zweifel! An nichts! Ich habe meiner Mutter gesagt, dass ich dich liebe und es mir egal ist, von wem das Kind ist."

„Aber ich merke doch, wie du ihn anschaust. Ich sehe das und es macht mich unruhig."

„Gut, wegen dir und meiner Mutter kaufe ich den Test. Damit ihr euch beruhigt."

„Danke, Schatz."

Das Ergebnis war positiv. Es gab keinen Zweifel mehr daran, dass Stella und Adrian Jans Eltern waren.

Adrians Haus war noch nicht verkauft und er hatte kein Geld mehr auf seinem Konto. Sie aßen sehr bescheiden und tranken nur zu Hause Wein: eine Zwei-Liter-Flasche italienischer Chianti für fünfzehn Franken. Dabei spielten sie Schach und Monopoly. Das Kind kostete viel Geld. Kinderwagen, Anziehsachen, Windeln. Wie jede junge Familie mussten sie in dieser Phase jeden Groschen dreimal umdrehen. Ein Hauptgrund für Streitigkeiten zwischen ihnen war die Wohnung in der Ukraine, für die sie zweitausend Franken im Monat hinblättern mussten. Dieses Geld würde reichen, um sich Essen im Restaurant zu gönnen und alles Notwendige für das Kind und sich selbst zu kaufen. Jedes Mal, wenn Adrian Geld in die Ukraine überweisen musste, zankte er mit Stella darüber, dass sie gerade im schwersten Augenblick einen Kredit für die Wohnung aufgenommen hatte.

Schon nach zwei Monaten hörte sie auf zu stillen. Nervenbelastung, Schlafmangel und Reisen mit dem Kind nach Genf zu den endlosen Gerichtsverhandlungen zehrten an ihren Kräften. Ihre Muttermilch war ohnehin nicht besonders gut, darum entschied sich Stella für eine Säuglingsnahrung.

Vor Gericht bestand Marco nicht auf einem amtlichen DNA-Test. Anscheinend hatte er Zweifel an seiner Vaterschaft. Falls seine Vaterschaft amtlich anerkannt wäre, würde kein Gericht der Welt die Ehe für nichtig erklären.

Diese Strategie ihres rechtmäßigen Ehemanns kam Stella gerade recht, um Zeit zu gewinnen und legal in der Schweiz bleiben zu können.

Adrian erhielt vom Gericht zwei Jahre Bedenkzeit. Nach Ablauf dieser Frist könnte er die Scheidung einreichen. Ein halbes Jahr später beantragte er die Neuberechnung des Unterhalts, den er an Ilona zahlte, und verwies dabei auf die Ausgaben für seine neue Familie. Das Gericht berücksichtigte die Geburt seines zweiten Kindes. Aber ohne zusätzliche Fragen ging die Sache nicht ab. Der Verdacht kam auf, dass Adrian sich mittels eines fremden Neugeborenen den Unterhaltszahlungen entziehen wollte, indem er ihm seinen Namen gab. Dem Gericht gelang es allerdings nicht, das zu beweisen, darum wurde der Unterhalt auf 6.400 Franken im Monat reduziert.

Stella dachte, dass die Frauen in der Ukraine, wenn sie mit solchen Unterhaltsbeträgen rechnen könnten, keine Angst hätten, ein Dutzend Kinder in die Welt zu setzen. In der Ukraine werden alleinerziehende Mütter jämmerlich bezahlt. Darum verlassen die Frauen lieber dieses Land, um nicht mit irgendeinem Penner zusammenleben zu müssen, der ihnen seine Regel diktiert, wann das Essen auf dem Tisch zu stehen hat und was er gerne isst. Nur damit er nicht mit einer anderen Frau durchbrennt und die eigene mit den Kindern sitzen lässt. Millionen von Frauen leben nach diesem verdammten Schema! Dabei sind die Ukrainerinnen die schönsten Frauen der Welt! In der Schweiz haben sogar Millionäre Angst, sich ihnen zu nähern, weil sie glauben, sie wären nicht gut genug für solche Schönheiten. Um eine Frau buhlen in der Schweiz zwei oder drei Verehrer. In der Ukraine dagegen stehen zehn Schönheiten Schlange, um einen Säufer zu bekommen. Beleidigt werden sie noch dazu: „Alle Ukrainerinnen, die ins Ausland gehen, sind Prostituierte." Wenn man die tatsächliche Lage in der Ukraine betrachtet, ist es vielleicht besser, eine Nutte zu sein, als mit einem Niemand im Nirgendwo zu leben. Es ist sehr angenehm für das Auge, wenn man in der

Schweiz überall alte Paare Arm in Arm sieht. In der Ukraine aber haben alte Herren Krankenschwestern an ihrer Seite und reiche alte Damen junge Pfleger.

Fröhliche Beerdigung

Ein Jahr später starb Beat. Für alle unerwartet hinterließ er Natalja sein ganzes Geld.

O Gott, was für eine Freude! Stella und Natalja redeten stundenlang darüber, wohin sie fliegen würden, wenn erst sämtliche Millionen auf Nataljas Konto überwiesen waren. Natalja konnte nachts nicht mehr schlafen. Stella beneidete die Freundin so sehr, dass auch sie nicht mehr schlafen konnte.

Warum hatte die andere so viel Glück in puncto Geld? Besser gesagt, alle anderen außer Stella. Ilona bekam Unterhalt und lebte wie Gott in Frankreich, Natalja kassierte eine halbe Million für ihre Abtreibung. Jetzt nippelte auch noch Beat ab. Nur Stella hatte nichts als Gerichtsverhandlungen und Schulden.

„Da stimmt etwas nicht! Ich muss sie mal anrufen", beschloss Stella und schaute auf die Uhr. Es war zwei Uhr morgens.

„Moschi, moschi!" scherzte Natalja.

„Ich kann nicht schlafen. Und du? Auch nicht?"

„Trinken wir ein Weinchen?"

Die Freundinnen saßen lachend und weinend bis zum Morgen in Nataljas Wohnung.

„Kannst du dir vorstellen, was sich man für dieses Geld alles leisten kann? Die ganze Welt!"

„Ja, davon habe ich geträumt!"

„Gehst du morgen mit mir zur Trauerfeier?"

„Keine Beerdigung?"

„Urnenbeisetzung. Er wurde eingeäschert."

„Ach so. Okay."

Am Begräbnis wurde nicht gespart. Hundert erlesene rote Rosen aus einem Blumengeschäft in der teuersten Straße der Stadt, der Bahnhofstraße, für zehn Franken je Stück mussten es zum Abschied sein.

„Bist du verrückt geworden, Natalja? Das sind fast tausend Dollar!"

„Dieser Mann hat mir Millionen hinterlassen. Soll ich da an einem Blumenstrauß sparen?"

„Das ist irgendwie nicht dein Stil."

Für Stella war das ein Haufen Geld, zumal sie zu dieser Zeit nicht arbeitete.

„Vielleicht hast du recht. Er hat dieses teure Bukett verdient."

Auf der Beerdigung wirkten sie wie zwei Tauben in einem Flamingoschwarm. Beats Schwester lief auf Natalja zu und rief: „Wie kannst du es wagen, hierherzukommen, du Nutte? Das ist eine Schande für unsere Familie."

„Selber Nutte", stichelte Stella, die betrunken hinter Natalja stand. „Zur Beerdigung braucht man keine Einladung. Ihr seid nur neidisch, weil ihr keinen Groschen bekommen habt! Ihr Ratten!"

„Legen Sie die Blumen nieder und gehen Sie bitte wieder."

Mit hochgereckter Nase, in Schuhen mit megahohen Absätzen und kurzem Rock ging Natalja durch die Menge. Als sie den Strauß auf den Boden legte, beugte sie sich vor, sodass ihr Rock hochrutschte und den schmalen weißen Streifen ihres Slips entblößte, der ihre Pobacken teilte, bis zu der Stelle, wo es bräunlich wurde.

Stella schämte sich in Grund und Boden, obwohl sie stockbesoffen war und ihre Augen hinter einer dunklen Brille versteckte. Die Reaktion der Männer auf diese schöne Geste mit den Blumen war genau wie erwartet. Sie drehten sich zu Stella um und hofften, dass auch sie einen Blumenstrauß niederlegen würde. Es entstand der Eindruck, dass die Männer bereit wären, Geld für die Blumen zu sammeln und die Blondine nur für die eine Aufgabe anzuheuern, den ganzen Tag auf dem Friedhof Blumen niederzulegen.

„Komm, Natalja, wir verschwinden. Sonst werden wir noch verprügelt", sagte Stella auf Russisch und hickste.

„Halt den Mund! Vielleicht versteht hier jemand Russisch."

„Die können mich am Arsch lecken! Schauen uns an wie die Aussätzigen. Warum bin ich hierhergekommen? Das ist doch nur peinlich. Gehen wir, trinken wir ein Gläschen Wodka im Andenken an den guten Mann."

Natalja überprüfte täglich ihr Bankkonto, sogar zweimal. Allmählich gingen ihr die Nerven durch. Wenn sie auf der Straße zufällig jemand berührte, schlug sie auf der Stelle zu. Stella bemühte sich, sich von der Freundin fernzuhalten. Natalja war im Sternzeichen des Wassermanns und im Jahr des Hahns geboren. Damit war sie eine wandelnde Atombombe.

Gemeinsam riefen die beiden Rechtsanwälte und Notare an, mit denen Beat geschäftlich zu tun hatte, und versuchten, in Erfahrung zu bringen, wie sich die Sache mit der Erbschaftsübertragung entwickelte. Die Antwort war immer die gleiche:

„Bitte gedulden Sie sich. Zuerst brauchen wir einen Gerichtsbeschluss über die Entsperrung seines Kontos, denn das wurde am Todestag unseres Kunden automatisch eingefroren."

Eineinhalb Monat später fand Natalja in ihrem Briefkasten ein großes Paket mit Unterlagen, das mit einem amtlichen Stempel versehen war. Eine Gerichtssache.

Der Inhalt der Unterlagen war folgender:

Beats Schwester Cleo verklagte Natalja. Sie erklärte, dass Natalja nicht nur eine professionelle Prostituierte war, sondern auch eine Betrügerin. Das Mädchen habe in einem Bordell gearbeitet und den einsamen alten Mann um den Finger gewickelt, habe ihm in gewinnsüchtiger Absicht Liebe vorgetäuscht, und zwar nur zu dem Zweck, die Millionen in die Finger zu bekommen, die bisher innerhalb der Familie von Generation zu Generation vererbt worden waren.

Erschrocken betrachtete Natalja die Papiere. All ihre Träume stürzten zusammen wie ein Kartenhaus. Platzten wie ein Luftballon. Tränen der Verwirrung glitzerten auf ihren Wangen, die dick mit Concealer bedeckt waren.

„Wie kann ich diese Erniedrigungen und den Verlust des Geldes verkraften!"

Natalja begriff, wie viel Zeit sie mit dem alten Krüppel vergeudet hatte, und das schmerzte sie.

„Ich werde ihnen vor Gericht die Hölle heiß machen! Schweinehunde! Aber ich ergebe mich nicht ohne Kampf!"

Sie stieg im Laufschritt ein paar Stockwerke höher und zeigte die Unterlagen Stella, die gerade aufgewacht war.

„Tja, meine Liebe, jetzt bist du im Arsch. Sie nehmen dir alles weg. So sind die Schweizer."

„Wieso alles wegnehmen? Das ist mein Geld! Ich habe es verdient. Ich habe seinen beschissenen Arsch gewaschen."

„Für das Ärschewaschen zahlt man in der Schweiz 20 Franken pro Stunde. Und du willst ihn für Millionen gewaschen haben?"

„Und du freust dich! Ich weiß doch, dass du mich beneidest."

„Stimmt, ich beneide dich. Aber nicht in allem."

„Du hast nichts zu Fressen im Haus! Dein Kerl hat alles für Weiber ausgegeben! Und für Alimente!"

„Wir verdienen auch was. Aber wie kannst du mein Leben mit deinem vergleichen? Der Opa hat dir das Studium bezahlt, die Scheinehe auch und die Wohnungsmiete. Ich glaube, das ist mehr als genug fürs Arschwaschen! Pro Monat hat er dir 20.000 Franken gegeben. Was willst du mehr? Ich verstehe dich nicht."

„Ich gebe mein Geld nicht her! Er hat das Testament beim Notar aufgesetzt, im Beisein von Zeugen, und mir alles vererbt!"

„Warte, bis Adrian kommt. Er schaut, was sich machen lässt. Beruhige dich und schrei nicht. Jan schläft."

Mehrere Monate vergingen. Natalja wurde vor Gericht geschleppt, wo man ermittelte, was wirklich passiert war. Aus allen Richtungen kamen Anschuldigungen, insbesondere, dass sie drogenabhängig wäre und dem Alten Drogen verabreicht habe. Sie wurde zu einem Test vorgeladen, bei dem ihre Haare untersucht wurden. Die Ergebnisse zeigten, dass sie im Laufe des letzten Jahres Amphetamin, Kokain, LSD usw. konsumiert hatte.

Nach einem Jahr voller Gerichtsverhandlungen wurde festgestellt, dass Beat zum Zeitpunkt der Errichtung seines Testaments nicht zurechnungsfähig gewesen war und bei einem Psychiater in Behandlung gewesen war, der ihm psychotrope Medikamente verschrieben hatte. Die Mischung aus Arzneimitteln und Alkohol, die ihm seine Geliebte mit der mutmaßlichen Absicht verabreichte, ihn um den Verstand zu bringen, könnte in der Tat eine Geistesverwirrung hervorrufen.

Aufgrund dieser Tatsachen erklärte das Gericht das Testament für nichtig.

„Gott sei Dank, dass sie dir nicht auch noch Schuld an seinem Tod gegeben haben", beruhigte Stella die Freundin, die sich die Haare raufte.

„Was soll ich jetzt tun? Wie soll ich alles bezahlen? Ich darf nicht arbeiten, bis ich den italienischen Pass habe."

„Aber das Studium ist schon bezahlt, oder?"

„Ja, aber die Bücher, die Fahrtkosten … das ist alles so teuer! Das Essen kostet auch ein Schweinegeld. Und die Krankenversicherung. Die Rechnungen in der Schweiz sind astronomisch! Das Leben ist sehr teuer! Im Monat gebe ich 8.000 Franken aus. Und du weisst, dass ich sparsam lebe."

„Ja, ich weiss. Wir haben auch nicht genug Geld. Wir mussten sogar das Haus verkaufen. Du hast doch einen Haufen Kohle gehabt! Wo ist die denn hin?"

„Ich habe alles in der Ukraine investiert!"

„Verkaufe etwas davon. Die Wohnung oder das Grundstück, notfalls die Schafe."

„Nie im Leben! Lieber sterbe ich, als dass ich etwas verkaufe."

Eine Woche später fand sie per Internet einen neuen Bräutigam. Der schnauzbärtige Michael wohnte in einer eigenen Wohnung in der Nähe von Zürich. Er sagte, dass er von seiner ukrainischen Frau geschieden sei und eine Tochter von ihr habe. Früher war er bei der Schweizer Botschaft in der Ukraine tätig gewesen und hatte eine gewisse Zeit in Kiew gelebt. Er war in einen großen Bestechungsgeldskandal verwickelt, von dem in der Presse berichtet wurde. Danach wurde er entlassen. Danach arbeitete er in Zürich als Feuerwehrmann.

Nach einer Nacht mit der Blondine fühlte sich Michael wie im siebenten Himmel. Für Natalja dagegen war es natürlich nichts Besonderes. Gleich fragte sie ihn, wann sie bei ihm einziehen könnte, um die Miete nicht bezahlen zu müssen. Er hatte nichts dagegen. Andererseits hatte er keine Lust, ihre Rechnungen zu begleichen. Er zahlte einen Kredit für seine Wohnung ab und leistete Unterhalt für seine kleine Tochter und seine Ex-Frau.

Das gefiel der schönen Natalja nicht sonderlich, aber sie hatte keinen anderen Kandidaten.

Den Umzug musste wieder Stella auf ihre Schultern nehmen. Anscheinend gab es inzwischen noch mehr Gerümpel. „Wie konnte das alles in deiner kleinen Wohnung Platz finden", nörgelte Stella, als sie zum sechsten Mal zur Wohnung zurückfuhr, um Sachen zu holen, die ihren Wagen wieder bis zur Decke füllten.

„Puh, endlich umgezogen …"

Stella und ihr kleiner Sohn besuchten Natalja regelmäßig. Natürlich saß Natalja nicht immer über ihren Büchern. Manchmal verdiente sie etwas dazu, indem sie auf den Strich ging. Das Studium kostete sie sehr viel Arbeit. Das Bildungssystem in der Schweiz war anders als das in der Ukraine. Mit der Verführung klappte es nicht. Natalja redete sich darauf heraus, dass die Männer hier alle Schwuchteln wären. Nicht umsonst gäbe es hier jährlich eine Gay-Pride-Parade. Stella hatte dafür eine andere Erklärung, nachdem sie einmal die Präsidentin der Schweizer Eidgenossenschaft Doris Leuthard in einem Flugzeug gesehen hatte, die nach Dubai zu einem Wirtschaftsforum flog und unter den gewöhnlichen Fluggästen saß.

„In diesem Land reicht es nicht, dem Prof einen zu blasen, um eine gute Note zu bekommen. Sie sind nicht korrupt genug."

„Sie werden mich bald zwangsexmatrikulieren, das weiß ich schon."

„Ich habe dich gewarnt, dass du es nicht bis zum Diplom nicht schaffst! Das ist harte Arbeit. Nur die wenigsten Russischsprachigen schaffen es, ein Uni-Studium abzuschließen. An der Fachhochschule hättest du es leichter gehabt. Dort dauert das Studium nicht fünf, sondern nur drei Jahre. Das wäre realistischer, wie Adrian sagte. Nicht einmal alle Schweizer bringen es bis zum Universitätsabschluss, obwohl sie keine sprachlichen Hürden haben. Nur 3 % der Bevölkerung kommen so weit."

„Die beschissene Fachhochschule ist aus ukrainischer Sicht dasselbe wie eine technische Fachschule. Das will ich nicht."

„Du bist verbohrt, Natalja! Und vergeudest deine Zeit."

„Wir werden sehen!"

Stella hatte ein neues Hobby – Bergwandern. Mit einer Rückentrage, in der ihr liebster Mensch auf der Welt schlief, legte sie am Tag Dutzende von Kilometern zurück. Sie schaffte es sogar, Gipfel zu erklimmen, die höher als 2.000 Meter waren. Auf vielen von ihr bezwungenen Bergen kamen Menschen mit Kameras auf sie zu, um Fotos von der Bergsteigerin mit dem Baby zu machen, und fragten, wie sie mit dieser Last auf dem Rücken so weit gekommen war. Außer dem Kind schleppte sie noch Milch in Dosen, Säuglingsnahrung, Brot und ihren eigenen Proviant mit sich herum. Spät am Abend kehrte sie nach Hause zurück. An der frischen Luft schlief Jan sehr gut, stundenlang schnarchte er leise an ihrem Hinterkopf. Zweifellos war sie eine verrückte Mutti. Während der Wanderungen in den Bergen schwatzte sie mit ihrem Liebling, erzählte ihm interessante Geschichten, die sie selbst erfand. Stella fabelte spontan drauflos, sie hatte reichlich Übung darin, geschickt zu lügen. Manchmal konnte sie selbst Wahrheit und Dichtung nicht unterscheiden. Sie war fest davon überzeugt, dass ihr Sohn ein ungewöhnlicher Mensch werden würde, sehr zum Erstaunen der Menschen um sie herum. Sie beobachtete dieses Wesen, das noch kaum ein Mensch war, sondern eher eine Pflanze, die mit Milch gegossen wurde, und sie erkannte in ihm einen festen Charakter mit Führungsqualitäten. Stella schien es, als wäre ihr Leben stehen geblieben oder quasi erstarrt. Sie kümmerte sich nur um andere, wenn sie sich mit den Problemen ihrer Familie und mit denen Nataljas beschäftigte.

Als Jan ein Jahr alt wurde, entstand bei Stella der Wunsch, ihn taufen zu lassen. An die Auswahl der Taufpaten musste man besonders überlegt herangehen. Natürlich wollte sie Natalja als Patin, vorausgesetzt, dass diese in Zürich oder wenigstens innerhalb der Schweiz wohnen bleiben würde. Nataljas Lebenssituation war instabil. Mehrmals drohte sie heimzufahren. Ihrer Meinung nach könnte sie mit ihrer Bildung einen Platz im ukrainischen Parlament besetzen. Daran hatte auch Stella keinen Zweifel.

Während Stella noch am Überlegen war, wer die Paten des Kleinen werden sollten, kam Natalja ihr zuvor und bot ihre Dienste an. Es war Stella sehr angenehm, dass sie es selbst ansprach, und die Entscheidung wurde getroffen.

Wer hat drei Taufpaten?

Die Taufe fand in der russischen Kirche in Zürich in der Narzissenstraße statt. Es kamen nicht viele Gäste an diesem großen Tag. Ein Fotograf wurde bestellt, um die Augenblicke der Freude für die Familie zum Andenken aufzubewahren. Adrians Eltern waren auch dabei, genauer gesagt, seine Mutter mit ihrem zweiten Ehemann. Sie war rein deutscher Herkunft, korpulent und hatte gütige Augen. Adrians Stiefvater war ein hässlicher, bösartiger alter Alkoholiker, der nach zwei Flaschen Weißwein seine zittrigen Hände mit den langen gelben Fingernägeln nicht von den Brüsten von Stellas Freundinnen lassen konnte; er schämte sich dafür nicht einmal vor seiner Frau. Renate, Adrians Mutter, war das offensichtlich unangenehm, aber sie zeigte ihre Gefühle nicht und tat, als würde sie nichts bemerken. Sie war an Krebs erkrankt. Stella war der Meinung, dass ihr lieber Ehemann die Ursache ihrer Erkrankung war. Im Suff beschimpfte er die Deutschen als Schweine, die keine Kultur hätten. Denn Opa Federico war ein waschechter Schweizer. Er hasste die Deutschen, genau wie es alle anderen Bewohner des Käseparadieses taten. Seltsamerweise mögen auch die Deutschen die Schweizer nicht und halten sie für hochtrabende Wichtigtuer. Als die beiden heirateten, waren sie schon weit über sechzig. Sie wurden auf einem Kreuzschiff während einer Reise nach Südamerika getraut. Das war eine unvergessliche Feier. Musik, lateinamerikanische Tänze, Champagner! Opa Federico wurde von seiner ersten Frau wegen seiner Neigung zum Alkohol verlassen. Deshalb versuchte er, diese Sucht vor seiner neuen Frau, der naiven Renate, zu verheimlichen, indem er seine leeren Weinflaschen überall versteckte. Stella verstand nicht, warum Renate ihren ersten Ehemann verlassen hatte, obwohl sie schon so betagt gewesen war, bis sie das Familiengeheimnis erfuhr. Endlich fand sie eine Erklärung für Adrians Verhalten. Der Apfel fällt nicht weit vom Stamm. Adrian war seinem Vater ähnlich. Sie liebte ihn trotz allem. Sie wusste, dass er als Mann mit niemandem zu vergleichen war. Die Fähigkeit, seinen Versprechen nachzukommen, Wort zu halten, gütig und offenherzig zu sein – das sind ziemlich seltene Eigenschaften.

Adrians Vater war Leiter eines Kraftwerks in Deutschland, bis ihm eine Stelle in Jakarta in Indonesien angeboten wurde. Er überlegte nicht lange und entschloss sich, dieses verlockende Angebot anzunehmen. Vor der Abreise brachte er seine Familie nach Zürich. Im Ausland konnte er viel mehr verdienen, denn dort zahlte die Firma, für die er arbeitete, seine Miete und ein Auto. Außerdem schaffte er es, die ganze Zeit keine Steuern zu zahlen. In Deutschland sagte er, er hätte die Steuern in Indonesien gezahlt, und in Indonesien erklärte er, er täte das in Deutschland. So lebte er, ohne einen Groschen Steuern zu zahlen, und verdiente ungefähr 15.000 Euro im Monat. Aus Langeweile beschloss er, eine Indonesierin zu heiraten, die vierzig Jahre jünger war als er, und gründete mit ihr weit von seinem Schweizer Zuhause eine zweite Familie. Da in Asien die religiöse Eheschließung mehr gilt als die Unterschrift auf dem Standesamt, konvertierte er zum Islam und heiratete eine schöne Jungfrau, die ihm später drei Kinder gebar. Als Bigamist und Steuerhinterzieher war er der glücklichste Mensch auf der Welt, bis Adrian sein Tagebuch oder vielmehr den Abenteuerroman seines Lebens las. Der Text war in einem Computer gespeichert, den er seinem Sohn in die Schweiz mitbrachte. Es war sein alter Arbeitscomputer. Adrian bat seinen Vater, ihm den Rechner zu leihen, damit er an seinen Zeichnungen für das Studium arbeiten konnte. Der Vater hatte offenbar ganz vergessen, dass auf diesem Computer die Beschreibung seiner Abenteuer gespeichert war. Da ging es nicht nur um seine zweite Familie. Darüber hinaus vögelte er jahrelang die beste Freundin seiner Frau. Sie war Verkäuferin in einem Laden, wo Renate einkaufte, und bei diesen Gelegenheiten unterhielt sie sich gern mit der schlanken Schönheit. Seine Ehefrau dagegen beschrieb er einfach widerlich: Sie sei fett und asexuell und könne ihn im Bett nicht erregen. Die schlimmste Kränkung für Adrian in dieser Geschichte war, wie der Vater seine Zeugung beschrieben hatte.

Er und seine Frau verbrachten ein Wochenende in einer abgelegenen Hütte in den Alpen. Dort schneiten sie ein. Es dauerte vier Tage, bis die Straße geräumt wurde. Inzwischen waren die Kondome ausgegangen, und das führte dazu, dass ein Unfall namens Adrian gezeugt wurde. Der Vater war gegen dieses Kind. Er wollte Renate zu einer Abtreibung zwingen, sie aber bestand darauf, ihren Erstling zu gebären, der, wie es sich später herausstellte, ihr einziger Sohn bleiben sollte. Als Adrian diese Zeilen las, kühlten seine Gefühle gegenüber seinem Vater ab, der sich ohnehin kaum um seinen Sohn kümmerte und kein Interesse für seine Leidenschaften und Hobbys zeigte. Weder der Mutter noch dem Kind schenkte er seine Aufmerksamkeit, Spaß hatte er außerhalb der Familie. Adrian war von der Demütigung verletzt, die ihm und seiner Mutter da zugefügt wurde, und zeigte ihr das Tagebuch ihres Mannes.

Augenblicklich zerfiel Renates Leben in Atome. Schon eine Woche später bereute Adrian seine Tat. Ihm wurde klar, dass er damit seiner Mutter nicht nur fünf, zehn oder zwanzig, sondern ganze vierzig Jahre eines ruhigen Lebens verdorben hatte. Vierzig lange Jahre ihrer scheinbar glücklichen Ehe! Ein ganzes Leben mit einem Menschen, den sie absolut nicht kannte! Sie lebte mit einem Fremden zusammen, einem Lügner und Hurenbock! Tiefes Entsetzen erfasste die arme Frau. Ihr Haar wurde grau, sie magerte ab. Stundenlang marschierte sie im Zimmer auf und ab wie ein Zinnsoldat und wirkte wie eine Mumie. Adrian wusste nicht, wie er ihr helfen könnte.

„Ich verfluchter Idiot! Warum habe ich das getan?!"

Aber es war nicht mehr zu ändern. Als der Vater zurückkam, vegetierte sie eher, als dass sie lebte. Sie fing keinen Streit mit ihm an, aber sie bat um die Scheidung. Der Schürzenjäger wollte auf keinen Fall einwilligen. Er schwor, dass er sie liebte, und die andere Familie wäre von ihm bloß als Hilfe für ein unglückliches Mädchen gedacht gewesen. Sie sei so bettelarm, dass sie ohne ihn, den großen Retter der Entrechteten, gar keine Möglichkeit hätte, zu heiraten. Im Prinzip war das nicht weit von der Wahrheit entfernt. Das Mädchen, das er geheiratet hatte, stammte aus einer sehr armen Familie. Ihr Vater verteilte die Post bei der Firma, wo der Lebemann einen leitenden Posten innehatte. Ihre Mutter war krank und bettlägerig. Sie wartete auf den Tod, weil die Familie kein Geld für die medizinische Behandlung oder Medikamente hatte. Die junge Mulattin mit den großen Titten half ihrem Vater ab und zu, und eines Tages brachte sie auch Adrians Vater die Post ins Büro. Daraufhin wollte er sie unbedingt wiedersehen. Er erfuhr, dass sie erst fünfzehn und noch Jungfrau war, und beschloss sie zu heiraten. Der Vater des Mädchens verhinderte diese Ehe nicht, weil der reiche Deutsche alle ihre Schulden auf einmal beglich und die Mutter in ein Krankenhaus bringen ließ. Den Altersunterschied von vierzig Jahren fand niemand peinlich. Alle waren froh, dass das Töchterchen in gute Hände gegeben wurde.

Nun sah er, in was für einem jämmerlichen Zustand Renate war, und lud sie am Wochenende in ein Thermalbad in den Bergen ein, damit sie sich erholen könnte. Sie stimmte zu. Im Restaurant bestellte er ihren Lieblingswein, Sassicaia, der zu den teuersten überhaupt gehörte. Aber Renate sagte, dass er ihr die Seelenruhe zurückbrachte. Manfred, so hieß ihr Mann, sagte:

„Ich bin nicht so reich, dass ich billigen Wein trinken würde."

Er verstand, hochwertigen Alkohol und gutes Essen zu genießen.

Sie trank zwei Gläser und fragte trübsinnig:

„Wie soll ich damit umgehen, Manfred? Gib mir eine Antwort."

„Ich weiß selbst nicht, wie ich ohne dich leben soll! Lass mich alles in Indonesien aufgeben und zurückkehren. Verlass mich nicht."

„Du hast dort Kinder. Wie kannst du sie verlassen?"

„Ich werde ihnen Geld überweisen."

„Warum machst du das nicht schon längst? Warum hast du diese zweite Familie gegründet?"

„Diese Frage kann ich dir nicht beantworten. Ich bin der Stimme meines Herzens gefolgt. Weit weg von zu Hause hat mir eben ein behagliches Heim gefehlt. Das wollte ich mir auf diesem Weg dort aufbauen."

„Ich weiß nicht, was ich jetzt tun soll. Ich glaube nicht, dass ich verzeihen kann …"

„Vergiss das Ganze, ich liebe dich. In Indonesien leben viele Frauen allein, ohne Männer. Ich werde ihnen helfen. Ich habe sie vor der Hochzeit gewarnt, dass sie eines Tages allein bleiben würde. Wenn mein Arbeitsvertrag dort ausgelaufen ist, müsste ich zurück nach Hause. Sie war damit einverstanden. Ich glaube, dass sich daran bis heute nichts geändert hat. Sie ist eine dumme, ungebildete Frau. Mit so einer kann ich nicht mein ganzes Leben verbringen. Tausend Dollar im Monat wäre für die ganze Familie mehr als ausreichend. Außerdem wird sie jeden Tag in die Moschee gehen und Allah danken, dass ihr das Glück so zugelächelt hat!"

„Du bist ein schrecklicher Mensch, Manfred. Du hast mein Leben und das unseren Sohns ruiniert. Ich brauche Zeit, um darüber nachzudenken. Lass uns heute nicht mehr über dieses Thema reden."

„Wollen wir uns lieber an unsere besten Momente erinnern, Schatz?"

„Fang an", sagte sie mit einem Lächeln.

An diesem Abend tranken sie jede Menge Wein. Zum ersten Mal seit vielen Jahren betranken sie sich gründlich, hatten viel Spaß und weinten, denn es war ihr Abschied für immer.

Nach der Rückkehr nach Hause beschloss Renate, ein neues Leben zu beginnen. Sie besuchte Ausstellungen, Theater und Museen und hatte das Gefühl, als ob sie das noch nie zuvor getan hätte. So lange war es schon her. Als sie eines Tages in einem Lokal bei einer Tasse Kaffee saß, legte ein Junge, der Rosen verkaufte, ihr eine Blume auf den Tisch.

„Oh nein, nein. Ich brauche keine Rosen."

„Sie wurde von diesem Herrn da bezahlt, Madame."

Renate schaute sich um und sah den lächelnden Federico, der ihr sehr charmant erschien. Was das Alter anging, stand er an der Schwelle zum Lebensabend, war aber noch ganz fit. Er setzte sich zu ihr an den Tisch, bestellte eine Flasche Weißwein wie ein galanter Kavalier und begann ein unterhaltsames Gespräch. Er zeigte ihr Schwarz-Weiß-Fotos aus seiner Jugend, die er in der Sakkotasche trug, weil er sich von seinen Erinnerungen nicht trennen wollte, und prahlte damit, wie schön er einst war. Renate fand ihn sehr amüsant. Sie erwachte zu neuem Leben und schien jünger und entspannter zu werden. Seine Geschichten von Südamerika, wo er ein Viertel seines Lebens verbracht und auf einem ähnlichen Gebiet wie Manfred gearbeitet hatte, rührten sie.

„Warum haben Sie keine schöne, arme Kolumbianerin geheiratet?", fragte sie schmunzelnd.

„Ich bin doch nicht blöd und bringe mir Souvenirs mit nach Hause, mit denen ich mich nicht verständigen kann."

„Das ist klug", seufzte Renate schwer.

Seit sie Federico kennengelernt hatte, blühten in ihren Augen die Blumen auf den Wiesen wieder bunter.

Jeden Tag präsentierte er ihr etwas Neues und erfreute sie mit seinen spontanen Einfällen. Blumen, Torten, Restaurantbesuche, Bootsfahrten bei Kerzenschein und noch viel mehr.

Fast täglich rief sie Manfred an und bat ihn, der Scheidung zuzustimmen, und zwar möglichst schnell. Nachdem das Gericht die Vereinbarung über die Aufteilung des Vermögens genehmigt hatte, wurden sie geschieden. Renate begab sich mit ihrem Geliebten sofort auf eine Kreuzfahrt rund um die Welt. Unterwegs feierten sie eine schicke Hochzeit.

Leider dauerte ihr Glück nicht lange. Federico fing an, sich ins Koma zu trinken, sie zu beleidigen und zu erniedrigen. Renate regte sich auf, machte sich Sorgen und schließlich ereilte sie eine tödliche Diagnose – Krebs.

Ein guter Freund von Adrian, Daniel, wurde Jans Taufpate, Natalja die Patin. Rein zufällig kam noch eine weitere Patin dazu, Maria, ihres Zeichens Friseuse und Besitzerin eines Salons, wo Stella Kundin war.

Mit einem Wort herrschte großer Wirrwarr in der Kirche. · Stella versuchte, den Priester zu überreden, alle drei Paten zur Taufe zuzulassen. Dieser aber hatte Zweifel, ob das im Rahmen des Kirchenrechts erlaubt wäre. Nach zwanzig Minuten Diskussion mit Stella gab er nach. Ihn überzeugte das Argument der jungen Mutter, dass nirgendwo in der Lehre Christi die Zahl der Menschen angegeben war, die Taufpaten eines Kindes sein können. In diesem Fall sprach nichts dagegen, dass der Kleine viele Beschützer in seinem Leben haben sollte.

„Was ist daran schlimm?"

„Ach, Sie sind sehr überzeugend! Je mehr, desto besser! Soll er drei Paten haben."

So bekam Jan mehrere stellvertretende Eltern.

Bei einer ihrer Bergwanderungen lernte Stella einen Mann namens Ulrich kennen. Er kam ihr interessant vor. Ulrich war ein Riese, fast zwei Meter groß und einen Meter breit. Seine Augen verrieten, dass er einen gütigen Charakter hatte. Sein offenes, harmloses, unaufdringliches Lächeln gefiel der jungen Frau. Und die Hauptsache war: Er war nicht verheiratet. Merkwürdig, aber so war es. Der Riese arbeitete bei einem großen Züricher Unternehmen als Abteilungsleiter für Getreidevertrieb und beschäftigte sich gleichzeitig mit der Erfindung einer neuen Brotbackmaschine. Er hatte eine eigene Wohnung und keine Kinder, wie er sagte. Er war ledig. Er hatte für einige Zeit eine Partnerin gehabt, aber dann zog seine Mutter bei ihm ein und ekelte alles Lebendige außer ihrem Sohn hinaus. Von da an blieb er allein. Sie wartete am Fenster auf ihren vierzigjährigen Jungen und strickte ihm Socken und Pullis. Der Sohn selbst war grenzenlos gutherzig und hilfsbereit. Sein Privatleben war nicht gerade bunt, er kehrte immer rechtzeitig an Muttis Rockzipfel zurück. Er konnte seine Mutter in einem Pflegeheim nicht leben lassen. Die Frauen, mit denen er eine Beziehung hatte, entsprachen einerseits nicht den Anforderungen der künftigen Schwiegermutter, andererseits hatten sie auch keine Lust, unter einem Dach mit einer senilen Alten zu wohnen, die beim Anblick einer potenziellen Rivalin hysterisch wurde.

Es gibt Frauen, die aus Eifersucht gegenüber allen anderen Frauen dieser Welt darauf bestehen, mit ihren Söhnen in einem Bett zu schlafen. Genau das war hier der Fall. Natürlich hatte Ulrich keine sexuellen Kontakte mit ihr, aber ansonsten war sie für ihn wie eine Ehefrau.

Er besaß auch eine Wasserquelle. Kleine Mineralwasserhersteller kauften sein Wasser. Stella spazierte mit ihm den Weg zum

Parkplatz entlang und plauderte vergnügt. Halb aus Spaß sagte sie zu ihm, dass sie für ihn eine Braut finden würde, und erzählte eine rührselige Geschichte vom schrecklichen Männermangel in der Ukraine. Er lachte laut, hatte aber anscheinend nichts dagegen. Sie gaben einander ihre Telefonnummern und verabschiedeten sich.

Nataljas Beziehung zu Michael, bei dem sie einzog, wollte nicht funktionieren. Er war verschlossen und verhielt sich unverständlich. Stella fand ihn widerlich. Sie hasste diesen Typus aalglatter Menschen, die auf die Frage: „Wo warst du?", zu antworten pflegten: „Hinter der Kurve, wo das grüne Schild hängt, auf dem geschrieben steht: Ich weiß nicht mehr."

Ihrer Meinung nach verdienten solche Menschen nichts als Misstrauen und eine gute Ohrfeige. Außerdem kamen Stella sein Kommunikationsstil und seine Manieren weiblich vor. Sie warnte ihre Freundin, aber diese hörte nicht auf sie und erwiderte, Stella hätte seit der Geburt des Kindes einen Vogel und es gebe keinen Grund, alle in ihrer Umgebung böser Taten zu verdächtigen.

„Er ist komisch, ich sag's dir! Da stimmt was nicht!"

„Was stimmt nicht? Er ist einfach nur geizig."

„Er prozessiert gegen jede Firma, bei der er je gearbeitet hat."

„Woher weißt du das?"

„Adrian hat sich erkundigt. Er arbeitet bei einer Versicherung und hat Zugang zu vertraulichen Informationen der Zahler."

„Aha?"

„Es geht darum, dass der Typ drei oder vier Monate arbeitet, dann wird er entlassen und kassiert Arbeitslosengeld vom Staat. Er ist ein eine Lusche! Und ein Dieb!"

„Dein Adrian ist genauso paranoid wie du!"

Bald wurde Stella vieles klar. Eines Tages, als sie am Computer saß, sah sie einen Werbespot:

„Lerne die Schweizer kennen!"

Dabei entdeckte sie ein seltsam bekanntes Gesicht. Es war Michael, angemeldet war er aber unter dem Namen Luca.

Stella folgte dem Link zur Website.

„Sieh an, du Hurensohn! Jetzt habe ich dich!"

Stella ließ sich nicht um den Finger nicht wickeln. Natürlich konnte man sie betrügen, aber sie kam sehr schnell dahinter. Ihre Witterung war immer wach. Menschen, die nicht aufrichtig waren oder sie belogen, gewährte sie keinen Zugang zu ihrer Seele.

„Na, hallöchen! Dann will ich mich mal anmelden", murmelte Stella, „und dann schreiben wir uns! Du Arschloch hast doch gesagt, dass du deine Kontakte überall gelöscht hast, gleich nachdem du deine Liebe Natalja getroffen hast."

Sie wählte als Avatar ein Bild von einer Blondine mit unendlich langen Beinen und schrieb einen Post unter falschem Namen. Sie gab ein Alter an, mit dem sie zehn Jahre jünger wäre als Michael. Sie fragte ihn, wann er Zeit für ein Date hätte, und erwähnte, dass sie einen Mann speziell für Schäferstündchen suchte.

„Ich habe jede Menge Zeit. Für so einen heißen Po habe ich rund um die Uhr frei!"

„Oho, Ihre Antwort war aber sehr schnell! Das habe ich nicht erwartet! Müssen Sie nicht arbeiten?"

„Zurzeit nicht."

„Entschuldigen Sie mich, ich melde mich später noch einmal, um unser Treffen zu vereinbaren."

„Ich freue mich schon darauf, Schnucki!", antwortete er und schickte ein Kuss-Emoticon.

„Tschüss, mein Süßer."

Sie rief Natalja an und fragte, was sie machten.

„Wir sind zu Hause, ich lerne."

„Und wo ist Michael? Auf der Arbeit?"

„Nein, er ist oben, arbeitet am Computer."

„Held der Arbeit, ganz bestimmt", dachte Stella.

„Okay."

„Wieso? Warum fragst du?"

„Das erzähle ich später, wenn wir uns treffen."

„Du bist komisch, Stella."

Sofort schrieb sie an Michael, dass sie an diesem Abend Zeit hätte. Er freute sich und stimmte ohne Zögern einem Treffen zu.

„Aber ich sage dir gleich, dass ich was gegen Kondome habe."

„Was, du willst ohne? Und wenn du krank bist?"

„Ich bin nicht krank und du auch nicht, mein Liebes, wenn ich mir deine Bilder so ansehe."

Stella war baff von dieser schockierenden Aussage. Er fickte also alle einfach durcheinander, ohne Gummi! Da konnte sich Natalja von ihm ja Syphilis oder, Gott behüte, sogar AIDS holen.

„Gut, aber es wäre bestimmt ratsam, uns im echten Leben zu sehen, um diese Frage zu beantworten."

„Einverstanden."

Sie vereinbarten, sich in einem örtlichen Waldrestaurant zu treffen. Stella begab sich dorthin. Unterwegs rief sie Natalja an und fragte, wo ihr Schatz wäre. Diese antwortete, dass er per Funk zu einem Brand gerufen worden und wie von der Tarantel gestochen aus dem Haus gerannt war.

Sie fuhr zum Parkplatz neben dem Restaurant und sah, dass sein Auto bereits dastand. Als Michael Stella sah, versuchte er, sich zu verstecken. Er setzte sich schnell auf den Fahrersitz, senkte den Kopf und tat, als ob er etwas suchte. Sie näherte sich seinem Wagen und klopfte lächelnd ans Fenster.

„Hallo! Schön, dich zu sehen! Was machst du denn hier?"

Er zögerte einen Augenblick, dann antwortete er schnell und undeutlich:

„Es gab einen Fehlalarm. Darum bin ich hierhergefahren. Irgendwelche Deppen haben nichts Besseres zu tun, als die Feuerwehr zu rufen."

„In Jeans bist du zum Löschen gekommen? Wo ist der Spritzenwagen? Oder willst du aufs Feuer pissen?"

„Ich fahr dann mal los", unterbrach Michael eilig Stellas nächste Frage des Mädchens.

„Keine Eile, es brennt doch gar nicht. Wollen wir was trinken? Ich geb dir einen aus, du bist schließlich arbeitslos."

„Nein, nein, Natalja ist allein zu Hause, die vermisst mich bestimmt schon. Ich geh lieber gleich", sagte er nervös, zog die Wagentür zu und wollte schon den Motor starten.

Stella hielt die Tür fest, sodass er sie nicht schließen konnte, und sagte maximal hart:

„Luca, mein Baby, komm, lass uns einen trinken!"

Er wurde rot, zog mit zitternden Händen den Schlüssel aus dem Zündschloss, stieg langsam aus dem Auto und folgte ihr ins Restaurant wie ein ertappter Lausbub.

„Und, was machen wir jetzt, Luca?", fragte Stella. Sie bestellte ein Glas Rotwein für sich, ohne nach seinen Wünschen zu fragen.

„Darf ich schweigen?"

„NEIN! DARFST DU NICHT! Du hast keine Arbeit, du zwielichtige Kreatur! Feuerwehrmann! So eine brillante Idee! Um jederzeit den Weibern nachlaufen zu können. Super originell! Dabei lebst du von Arbeitslosengeld prozessierst mit jeder Firma, bei der du je gearbeitet hast, und mit deinen Versicherungen."

„Das sind vertrauliche Informationen! Ich verklage deinen Adrian dafür, dass er sie weitergegeben hat!"

„Das habe ich nicht gesagt! Oder hast du ein Aufzeichnungsgerät zum Treffen mit der langbeinigen Blondine mitgenommen? Lass uns ruhig und ohne Drohungen miteinander reden. Ich habe gewusst, dass du ein richtiges Arschloch bist. Das sieht man an deinen dünnen Lippen und den kleinen, listigen Augen. Sag mir, warum hast du Natalja bei dir einziehen lassen, obwohl du weiter anderen Weibern nachläufst? Und das ohne Präser! Was du tust, ist nicht nur Verrat an der Frau, der du jeden Tag Liebe schwörst, sondern auch Gefährdung ihrer Gesundheit und ihres Lebens. Was soll das alles?"

„Sie wollte doch zu mir ziehen! Und das hat sie ja wohl nur gemacht, um ihren fetten Arsch an ein warmes Plätzchen zu schaffen, wo sie alles umsonst kriegen wollte, nicht aus übergroßer Liebe zu mir!"

Darauf hatte Stella keine Antwort. Das war eine Tatsache.

„Sie hat mein Leben unerträglich gemacht, und das in meinem eigenen Haus."

„Was ist so unerträglich daran?"

„Sie zwingt mich, ihre Hausarbeiten für die Universität zu schreiben, weil die blöde Kuh sie selbst nicht auf die Reihe bringt. Wann kapiert sie endlich, dass sie eine Schweizer Universität nie schaffen wird? Ich habe das selber nicht gepackt und habe mir mein Diplom an der Fachhochschule geholt."

Auch darauf hatte Stella keine Antwort, denn er hatte recht.

„Sie ist eine Nutte!", rief er endlich. „Sie kann einen Schwanz lutschen, als ob sie alle Fahrer auf der Autobahn von hier bis zur ukrainischen Grenze bedient hätte."

Da waren Stella sämtliche Argumente ausgegangen.

„Gefällt dir der Sex mit ihr etwa nicht?"

„Doch, aber ihre professionelle Art bringt mich auf die Palme. Sie macht das, als ob es eine bezahlte Dienstleistung wäre. Wenn ich nach Hause komme, hat sie schon die Strapse an, stolziert in High Heels wie für einen Striptease durch die Wohnung und zerkratzt meine spanischen Bodenfliesen. Gleich nach dem Sex ist der Service beendet. Sie zieht einen Pyjama an, wie ihn nur eine alte Oma tragen würde, und paukt stundenlang irgendeinen Scheiß! Dabei versteht sie gar nicht, was sie da liest! Dumme Kuh."

„He, nicht so laut! Eine dumme Kuh spricht keine fünf Fremdsprachen! Außerdem hat sie die Prüfungen im ersten Semester bestanden!"

„Das war nur eine! Bei der nächsten ist sie schon stecken geblieben! Die muss sie im nächsten Jahr wiederholen. Und das ist nur einmal während des ganzen Studiums erlaubt. Alles! Bald sehen wir sie als Putzfrau arbeiten. Ich habe ihr gesagt, dass sie zur Fachhochschule wechseln soll. Dann wird ihr auch das eine Jahr, das sie an der Uni war, für das neue Studium angerechnet. Aber sie ist stur und will nicht, die dumme Gans."

Stella schaute sich um und ihr ging auf, dass das ganze Restaurant ihr Gespräch mithörte. Sie lächelte dem Publikum freundlich zu und antwortete:

„Michael, oder Luca der Feuerwehrmann, wenn du diesen Namen bevorzugst, hör mir jetzt gut zu. Ich muss ihr natürlich alles erzählen, sonst hätte ich Angst, dass du ihr einen Haufen Krankheiten besorgst, wenn dieser Zirkus so weiterläuft. Ich kann nicht anders, entschuldige bitte. Sie ist meine Freundin und ich mache mir Sorgen um sie. Was ihr weiter aus eurer Beziehung macht, ist mir egal."

„Wenn sie mir verzeiht, halt du auf jeden Fall deinen Arsch von meinem Haus fern! Schlampe!"

„Wieso bist du so wütend? Ich habe dir nichts getan. Was hast du von dieser Beziehung?"

„Ich habe für sie einen Haufen Geld ausgegeben! Von mir aus kann sie gerne weiter bei mir wohnen."

„Geld? Du? Dass ich nicht lache! Ein paar Tausend für Einkäufe in einem deutschen Billigladen? Und du willst, dass sie dafür deinen schmutzigen, infektiösen Schwanz lutscht? Was laberst du da, du Arschgesicht?"

„Hau ab, du Schlampe! Du bist genauso eine billige Hure wie deine Freundin." Er warf zwei Franken auf den Tisch für seinen Kaffee, der vier fünfzig kostete, und lief aus dem Restaurant.

„Selbst da spart er noch, der miese Typ!"

Stella schauderte es von diesem unangenehmen Menschen. Sie saß noch lange im Restaurant, überlegte, was sie tun sollte, und trank dabei, ohne es recht zu merken, die ganze Flasche Wein leer. Die Frage war, wohin sich Natalja vor diesem Widerling in Sicherheit bringen konnte. Zu ihr? Sie hatte ein kleines Kind, und auch Adrian würde das offensichtlich nicht begrüßen. Für ein paar Tage wäre das vermutlich kein Problem, aber hier ging es eher um Monate. Stella steckte ihre Nase in fremde Angelegenheiten und wusste nicht, was sie damit nun tun sollte. Sie erinnerte sich an Ulrich, den sie in den Bergen kennengelernt hatte, und beschloss, noch etwas zu warten, bevor sie ihrer Freundin von ihm erzählte. Dann würde sie Natalja und den Dicken zu sich zum Abendessen einladen. Sie rief Natalja an und fragte, was für Pläne diese fürs Wochenende hatte.

„Gibt es einen Anlass für das Abendessen? Du weißt, dass ich lernen muss und keine Zeit habe."

„Das weiß ich, aber es soll eine Überraschung sein. Ich habe dir etwas zu erzählen und jemanden zu zeigen."

„Deine Ideen machen mir langsam Angst. Ich brauche nichts, bin glücklich und freue mich meines Lebens."

„Ach, komm bitte, mehr will ich ja gar nicht."

„Na gut, ich komme, aus reiner Neugier. Aber ich warne dich. Wenn du einfach beschlossen hast, dich nur aus Langeweile mit mir zu besaufen, bringe ich dich um."

„Nein, es wird sehr interessant für dich sein, glaube mir!"

Gleich rief sie Ulrich an und schlug ihm dasselbe vor. Er freute sich so über die Einladung, dass Stella den Eindruck hatte, der Arme wäre seit Jahren von niemandem mehr zu irgendwas eingeladen worden. Damit das Ganze nicht wie Kuppelei aussah, lud sie noch zwei Frauen ein: die zweite Taufpatin Maria und deren schwachsinnige Freundin Jana, die so langsam redete, dass Stella manchmal die Geduld fehlte, ihre Äußerungen bis zum Schluss anzuhören.

Sie bat Natalja, zwei Stunden früher zu kommen als die anderen Gäste, um ihr die Geschichte von Luca dem Feuerwehrmann im Detail zu erzählen.

Nachdem Stella ihr Gespräch mit Michael wiedergegeben hatte, saß Natalja eine Weile mit offenem Mund wie erstarrt, ohne ein Wort zu sagen. Dann folgte eine Wutphase:

„Dieser elende Freak! Ich bringe ihn um! Er ist mir in den Arsch gekrochen und hat mir alle fünf Minuten Liebe geschworen."

„Er kriecht in jeden Arsch."

„Pfui, davon will ich nichts hören!"

„Na, du bist auch keine Heilige! Gehst anschaffen für dreihundert die Stunde!"

„Das ist meine Arbeit!"

An sich selbst sah sie nichts Schlimmes, aber wehe, wenn sich ihr gegenüber jemand so verhielt! Dann zeigte sie ihr Temperament! Geriet außer Rand und Band, griff ihr Opfer an und hackte gnadenlos auf ihm herum.

„Scheiße, was soll ich jetzt tun?"

„Such dir einen anderen, bevor er dich mit AIDS ansteckt."

„Du fällst wie immer von einem Extrem ins andere, Stella! Wenn eine Krankheit, dann gleich AIDS! Es könnte auch Genitalherpes oder sowas werden."

„Einen Genitalherpes hast du vor zwei Jahren gehabt, wenn ich mich nicht irre. Hat dir das nicht gereicht? Es kann noch schlimmer kommen!"

„Meinst du Syphilis?"

„Wenn du dich damit wohler fühlst, kann es auch Syphilis sein!"

„Und wo finde ich einen, der dir genehm ist? Wo? Hast du diese halbfertigen Männer hier gesehen? Die Auswahl ist nicht gerade groß!"

„Ich habe für dich einen ausgesucht!"

„Wen?"

„Er kommt gleich, dann siehst du ihn."

„Wer ist er?"

„Frag ihn selbst!"

„Na, jetzt spann mich nicht auf die Folter! Sag schon!" Es klingelte.

„Da ist er."

„Scheiße, dann gehe ich schnell ins Bad und mache mich ein bisschen zurecht. Ich habe gedacht, du wolltest mich sinnlos betrunken machen, und jetzt das!"

„Geh du nur, ich nehme den Gast in Empfang."

Als Natalja den Riesen sah, verzog sie den Mund, als ob sie Wodka gerade aus der Flasche getrunken und am Verschluss gerochen hätte. Ulrich erstarrte beim Anblick dieser lebenden Barbie-Puppe. Sharon Stone, die er anhimmelte, wurde für ihn zur Missgestalt im Vergleich zu dieser reizenden Blondine mit dem verkniffenen Gesicht.

„Steht nicht im Flur herum, geht in die Küche", sagte Stella und schubste Ulrich, der wie gelähmt dastand, zu Natalja. Er wagte es trotzdem nicht, sich der Schönheit zu nähern.

„Wein?"

„Lieber Wodka! Damit ich diesen fetten Eber nicht nüchtern betrachten muss."

„Hahaha!"

„Stella, schau mal, was du für einen Mann hast! Er ist schlank, hochgewachsen, sympathisch. Und für mich suchst du so eine Missgeburt aus!"

Gott sie Dank verstand er kein Wort Russisch. Er saß lächelnd dabei, als ob man gesagt hätte, er wäre schön wie Alain Delon.

Es klingelte an der Tür, die beiden anderen Frauen kamen. Während Stella die neuen Gäste empfing, erzählte Ulrich Natalja, dass er in seiner eigenen, schuldenfreien Wohnung lebte, dass er eine eigene Wasserquelle hatte und an der Entwicklung einer Brotbackmaschine der neuesten Generation arbeitete. Anfang nächsten Jahres würde er seine Erfindung patentieren lassen und mit der Herstellung von Backmaschinen für Brot und Croissants beginnen. Das Geniale an seiner Erfindung sei, dass die Anlage wenig Strom verbrauchte und drei verschiedene Brotsorten zugleich backen konnte.

Als Stella die Küche betrat, sah sie Natalja glücklich strahlend neben Ulrich sitzen. Die neuen Informationen über ihn machten aus dem fetten Eber einen etwas dicklichen, aber attraktiven jungen Mann. Stella schmunzelte. Sie hatte diese Entwicklung der Situation vorausgesehen. Geld wirkte Wunder! Alles im Leben lässt sich kaufen! Sogar Gefühle. Das bestritten nur Menschen, die kein Geld hatten.

Stella und Natalja gingen auf den Balkon, um zu rauchen und vor den anderen versteckt zu klatschen.

„Na, wie findest du ihn?"

„Klasse. Ich ziehe bei ihm ein."

„Das habe ich mir gedacht."

„Schlaft heute Nacht bei uns, und morgen kannst du Michael Bescheid sagen, dass du jetzt mit einem anderen Mann zusammen bist."

„Ja, ich muss schnell handeln. Ich will keinen Tag länger bei dem falschen Luca bleiben."

„Ich habe auch noch andere Neuigkeiten."

„Was denn noch?"

„Ich habe mich in meinen Mann verliebt."

„In den Italiener? Wieder? Oh Gott! Pfui! Hast du nichts Besseres zu tun? Er ist so düster und schmuddelig."

„Ich habe ihn gewaschen, geschrubbt und gepudert, wie es sich gehört."

„Hahaha!", lachten die beiden.

„Ich mag deine Witze. Und ich vermisse unsere Streiche. Familienleben ist einfach krass! Aber hier ist tote Hose!" Ich brauche ein bisschen Action! Ich befasse mich nur mit deinen Angelegenheiten. So was kann ich von niemandem mehr hören."

„Ja, ich bin einzigartig. Aber meine Action würde ich gerne gegen deine tote Hose tauschen."

„Und was ist mit deinem Mann? Soll ich vielleicht deine Sachen zu ihm fahren?"

„Ach was. Er ist ein Penner! Ich kann nicht wie er in einer Rattenhöhle ohne Fenster wohnen."

„Das war doch nur Spaß. Ich bereite den Boden, um die nächsten 5.000 Euro nicht zu zahlen. Und er hat einen großen Schwanz! Einen riesengroßen!"

„Hahaha! Also da liegt der Hund begraben! Jetzt verstehe ich, warum du dich mit diesem Schmuddelburschen eingelassen hast."

An diesem Abend hatte Stella keine Gelegenheit, sich mit der langsamen Jana und mit Maria zu unterhalten. Die beiden hüteten das Baby, während sie sich mit der Verkupplung ihrer Freundin mit einem neuen Mann beschäftigte und das Liebesbett frisch überzog. Sie sagte, es gäbe nur ein Sofa für Gäste, obwohl ihr drittes Zimmer mit einem Bett frei war. Aber Stella ließ die Tür zu diesem Zimmer zu, zeigte den beiden das Sofa und zuckte mit den Achseln, als ob sie sich für die Unannehmlichkeiten entschuldigen wollte. Den beiden machte es nichts aus, dass sie vollständig bekleidet und mit dem nötigen Abstand auf dem schmalen Sofa schlafen sollten. Stella verabschiedete sich von den Gästen, wünschte dem jungen Paar eine gute Nacht und ging ins Bett. Die Tür zum Schlafzimmer schloss sie ordentlich. Am nächsten Morgen platzte ihr der Kopf. Sie wollte einen Kaffee trinken und ging in die Küche. Da sah sie Ulrich nur mit einem Handtuch bekleidet herumflattern. Er flog wie ein Schmetterling zu Stella, gab ihr einen Schmatz auf die Wange und verschwand im Gästezimmer. Als Stella die Falten am Unterleib des Schmetterlings sah, verging ihr der Lust auf Kaffee und sie nahm eine Dose Bier. Die Dose knackte laut beim Öffnen, und gleich zeigte sich in der Tür ein bekanntes Gesicht.

„Kuckuck!

Stella reichte der Freundin eine kalte Dose Bier.

„Hallo, Bierchen!"

Natalja legte die Dose an ihre Schläfe und schloss für ein paar Sekunden die Augen.

„Und dieses Ungeheuer hat mir heißen Kaffee gebracht!"

„Ich brenne selber, nein, bin schon fast verbrannt. Wir haben etwas zu viel getrunken. Aber gestern war er gar kein Ungeheuer. Hat sich das über Nacht geändert?"

„Hast du diesen Quasimodo gesehen? Er ist so dick, dass er seinen Pimmel nur im Spiegel sehen kann. Die ‹Spiegelkrankheit› in einem Stadium, in dem operiert werden muss."

„Hahahaha!" Natürlich habe ich alles gesehen, aber wir haben keine große Auswahl. Man muss nehmen, was es gerade gibt. Dafür ist er ein guter Kerl. Wenn man ihn ein bisschen herausputzt, kann er ganz ansehnlich werden."

„Dann soll er eine Burka anziehen, damit es nicht so peinlich ist. Er hat vorgeschlagen, dass ich bei ihm einziehe."

Stella zog eine Augenbraue hoch.

„Na ja, ich habe ihm vorgeschlagen, dass er es mir vorschlagen soll."

„Dann ist ja alles klar."

„Weisst du, dass er mit seiner Mutter zusammenwohnt?"

„Ja, das weiß ich. Ich schicke sie in ein Altersheim. Das ist kein Problem."

„Hoffentlich."

„Weißt du, was er mir nach dem Sex erzählt hat?"

„Was?"

„Dass er als Kind immer Katzen gefressen hat. Sein Vater hat sie auf den Straßen gefangen und die Mutter hat sie zerlegt und zubereitet."

„Mmh, lecker. Kinder, kommt zu Tisch, sonst wird das Katzenragout kalt."

„Ich habe beinahe direkt auf ihn gekotzt!", sagte die Blondine voller Abscheu und wischte sich die Lippen ab.

„Schrecklich! So was hab ich noch nie gehört. Ich dachte immer, ich hätte eine schwere Kindheit gehabt, aber es kann offenbar noch viel schlimmer kommen."

Ulrichs Familie musste früher tatsächlich hungern. Sie lebte in einem Dorf, dessen Einwohner nicht die Hellsten waren. Ulrichs Vater war Abdecker und offensichtlich verrückt. Die Kinder fürchteten ihn wie die Pest. In der Familie lebten acht Kinder, davon drei Pflegekinder. Es war schwer, die kinderreiche Familie zu ernähren, darum aßen sie alle Katzen in der Umgebung. Dazu verprügelte der Vater sie bis aufs Blut. Einmal machte sich Ulrich bei einer Tracht Prügel vor Angst und Schmerz in die Hose und wurde dafür zwei Tage im Abstellraum eingesperrt. Während er in der feuchten, stinkenden Kammer saß, verfluchte und hasste er seinen Vater. Als dieser begraben wurde, weinten von den acht Kindern nur zwei Mädchen. So grausam es klingen mag, gab Ulrich zu, dass er sehr froh war, als das irdische Leben dieses Mannes so früh endete. Es gab doch einen Gott im Himmel, und Ulrich hielt das Sprichwort, dass Gott die Frömmsten zuerst zu sich holt, für falsch.

„Krass."

„Ooooh! Adrian ist aufgewacht."

„Möchtest du ein Bier?"

„Nein, ich trinke kein Konterbier."

„Das ist einfach der normale Start. Und der Tag ist futsch."

„Du hast recht."

„Ich hab etwas von Katzen gehört. Was war so lustig?"

„Seit wann verstehst du denn Russisch?"

„Ich bin doch nicht blöd. Stella zeigt Jan beim Spazierengehen immer die Katzen unserer Nachbarn."

„Ja, Ulrich hat uns erzählt, dass seine Familie früher Katzen gegessen hat."

„Das war früher in der Schweiz gang und gäbe", sagte Adrian und konnte sich vor Lachen nicht halten. Er war in einer Familie aufgewachsen, die es nicht nötig hatte, Schoßtiere zu jagen.

Alle lachten. Aber Stella bemerkte, dass das Lächeln ihrer Freundin nicht freundlich, sondern neidisch und heimtückisch war. Dieses Lächeln hatte sie seit ihrer Kiewer Zeit nicht mehr gesehen und gehofft, dass es endgültig verschwunden wäre. Sie las Rivalität in Nataljas Augen.

Als sie sich umschaute, standen schon zwei Männer in der Küche. Sie warf einen Blick auf beide und verstand, was der Kern der Sache war. Die Unterschiede zwischen den beiden waren gewaltig. Sie waren völlig verschieden! Nein, nicht einfach verschieden! Sie standen für zwei Welten! Ulrich wirkte wie ein fetter, ungehobelter Einfaltspinsel neben dem hochgewachsenen, schlanken Adrian, der zudem beste Manieren hatte. Stella fürchtete diese Rivalität und wollte sie nicht zulassen, weil sie Natalja von ganzem Herzen wie eine Schwester liebte. Aber sie spürte, dass es nicht zu vermeiden war.

„Dann los mit uns. Mach dich fertig und fahr mich zu Luca. Jetzt ficke ich diese Sau ordentlich durch. Und wir holen meine Sachen ab."

Ulrich schrieb seine Adresse auf eine Papierserviette, die auf dem Tisch lag, verabschiedete sich und ging, um seine Mutter auf die anstehenden Veränderungen in ihrem Leben vorzubereiten.

Der arme Feuerwehrmann Luca-Michael bekam dermaßen Dresche, dass er Stella leidtat. Er rannte buchstäblich aus dem Haus und gab Natalja vier Tage Zeit für einen ruhigen Umzug. Selbst wollte er bei einem Freund übernachten, sagte er. Aber es interessierte niemanden, wohin der Widerling sich verzog. Stella und Natalja schalteten die Musik ein und fingen wieder einmal an, Nataljas Gerümpel in schwarze Plastiksäcke zu stopfen.

„Verdammt, wie ich deine Klamotten hasse! Du kaufst dir ständig Neues und schmeißt dein altes Zeug doch nicht weg! Hoffentlich ist das dein letzter Umzug!"

„Ich hoffe ganz und gar nicht, dass ich für den Rest meines Lebens mit diesem fetten Quasimodo zusammenbleibe!"

„Hab Erbarmen mit mir! Noch einmal ertrage ich das nicht!" Sie brachen in Lachen aus.

„Danke, Stella! Du rettest mich! Ich bin dir so dankbar!", sagte Natalja und umarmte die Freundin fest.

Sie zog nun bei Ulrich ein, hörte endlich auf die Meinung eines gebildeten Menschen und wechselte zur Fachhochschule. Im Gegensatz zu Luca-Michael half ihr Ulrich bei allem und brütete stundenlang über den Büchern. Natalja war ihm sehr dankbar. Aber seine Mutter gab nicht auf und strickte Socken für die ganze Familie, außer für die Erkorene ihres Sohnes. Wie absichtlich packte sie das Gestrickte als Geschenk ein, als Natalja dabei war.

„Uli! Warum behandelt deine Mutter mich so?"

„Sie hasst alle Frauen um mich herum."

„Ich koche und backe für sie, räume das Haus auf, schneide ihr die Haare und die Fingernägel, aber sie betrachtet mich als Feindin."

„Du hast ihr die Haare aber mächtig geschnitten. Sie ist ja ganz kahl."

„Ich habe getan, was ich konnte! Das ist nicht lustig! Sie treibt mich zum Nervenzusammenbruch! Du hast die Wahl: entweder ich oder sie! Alte Menschen müssen mit alten leben, nicht mit jungen. Es gibt eine wissenschaftliche Studie mit Fliegen. Eine alte Fliege lebte im selben Behälter mit zwei jungen Fliegen, und ein anderes Paar junger Fliegen wurde allein untergebracht. Das Ergebnis zeigte, dass die zwei Fliegen, die in einem eigenen Behälter gelebt hatten, viel älter wurden als die, die mit der alten Fliege zusammen gewesen waren."

„Stell mich bitte nicht vor so eine schreckliche Wahl! Ich weiß nicht, was ich tun soll!"

„Du bist einfach ein Waschlappen! Hier in der Schweiz gibt es ausgezeichnete Pflegeheime! Mit Restaurants, Schwimmbad, Fitnessstudios und allem. Ein Paradies auf Erden! Warum willst du sie dort nicht unterbringen?"

„Ältere Menschen haben Angst vor solchen Einrichtungen. Sie wissen, dass es ihre letzte Lebensstation ist. Sie fühlen sich, als ob sie in den Tod gehen würden."

„Schwachsinn! Wenn du das nicht tust, verlasse ich dich."

Zwei Monate später zog die Mutter in ein Pflegeheim, wo sie noch ein halbes Jahr lebte und dann starb.

Nach einiger Zeit erhielt Natalja ein Schreiben von der Polizei. Sie wurde ins Polizeirevier zu einer Zeugenaussage vorgeladen.

Als sie zur Polizei kam, hatte sie keine blasse Ahnung, worum es gehen könnte.

„Sie wollen mich doch nicht etwa mit Beats Tod in Verbindung bringen? Was könnte es noch sein?" Hundert Fragen drehten sich in ihrem Kopf.

Doch entgegen ihren Erwartungen ging es um ihren Ehemann. Er wurde von der Polizei gesucht. Bei einer Straßenschlägerei hatte er einen Polizisten getötet, der ihm auf den Fersen war. Im Kampf schlug er den Polizisten auf den Kopf, der stürzte mit der Schläfe auf die Bordsteinkante und starb an Ort und Stelle. Der Verbrecher flüchtete vom Tatort.

„Sind Sie sicher, dass er es war?"

„Ja, Madame."

„Oh Gott!"

„Bitte sagen Sie uns, wo Sie gestern waren. Sie wohnen doch zusammen, oder? Wissen Sie, wo er sich verstecken könnte?"

„Nein, ich habe ihn zuletzt vor ein paar Tagen gesehen. Da war noch alles in Ordnung." Sie schob dem Bullen ein Foto hin, auf dem sie und Roberto nackt im Bett zu sehen waren. Das sollte ein unwiderlegbarer Beweis ihrer Beziehung sein.

Natürlich hatte Natalja eine Ahnung, wo er sich befinden könnte. Er hatte eine Schwester in Deutschland. Aber sie hielt es für unnötig, Informationen dieser Art weiterzugeben, erst recht an die Bullen.

Roberto wurde automatisch die Aufenthaltserlaubnis für die Schweiz entzogen.

Und Natalja selbst durfte nur noch höchstens neunzig Tage in der Schweiz bleiben, dann musste auch sie das Land verlassen.

Sie ging aus dem Polizeirevier wie betäubt.

„Schon wieder! Verdammt! Warum gibt mir Gott keine Möglichkeit, in diesem Land zu bleiben? So viele Russen erhalten problemlos einen Aufenthaltstitel! Sogar die langnasige Stella hat es geschafft, ihren Arsch unterzubringen! Hat ein Kind bekommen! Warum klappt das bei mir nicht? Was stimmt nicht mit mir?"

Bei diesen Gedanken stieg ihr der Groll zusammen mit den Tränen bis zur Kehle.

„Was jetzt? Ich muss diesen Idioten suchen und mich fürs Erste scheiden lassen. Dieser Depp! Für eine Schlägerei hätte er einen Monat Knast gekriegt und wäre wieder freigelassen worden! Nein! Der Blödian musste unbedingt einen Bullen kaltmachen! Was für eine beschissene Welt!"

Natalja rief Robbys Schwester an. Diese sagte ihr, sie würde zurückrufen. Sie bat Natalja, darauf zu warten und sie nicht weiter mit Anrufen zu belästigen. Sie warnte auch davor, dass ihr Telefon abgehört würde.

„Finde ich toll!" Jetzt werde ich auch abgehört! Ich muss mir ein anderes Telefon und eine neue SIM-Karte besorgen. Der Teufel soll euch holen, faule Sippe!" Natalja musste warten.

Sie kam nach Hause und erzählte Ulrich, dass ihre Aufenthaltsgenehmigung widerrufen wurde. Er hörte sie aufmerksam zu und sagte:

„Du hast eine Wohnung in der Ukraine und bist sehr gut ausgebildet. Du beherrschst ausgezeichnet Französisch, Englisch und Deutsch."

Ihr wurde noch schlechter zumute. Statt: „Lass dich scheiden und werde meine Frau", hörte sie so was.

„Alle Männer sind Schweine!"

Ulrich wollte weder Natalja noch sonst jemanden heiraten. Und schon gar nicht, wenn das einzige Ziel der Heirat wäre, Natalja eine Aufenthaltsgenehmigung zu beschaffen. Ihm war klar, dass die Blondine ihn nicht liebte. Er stellte nur eine bequeme Wohnoption für sie dar. Ulrich fand es seinerseits ganz angenehm, mit dieser Katze zu leben und zu schlafen. Aber er wollte sich keine Probleme aufhalsen. Er war nicht so einfältig, wie sie meinte.

Natalja bekam den erwarteten Anruf von Robbys Schwester und erfuhr, dass er sich in Deutschland versteckt hatte.

Zusammen mit Stella fuhr sie zu ihm, um die Scheidung von Roberto zu erreichen.

Es ging alles sehr schnell. Sie hatten weder gemeinsames Eigentum noch Kinder. Es gab nichts, was aufgeteilt werden musste. Aber der Skandal war grandios! Natalja stürzte sich mit geballten Fäusten auf ihren Ehemann und forderte ihre 5.000 Euro zurück. Sie berechnete die Kosten für den Anwalt, der die Scheidungspapiere vorbereitete, die Ausgaben für die Hochzeit und natürlich die Benzinkosten für ihre Reise nach Deutschland. Insgesamt sollten es mindestens 8.000 Euro sein, behauptete Natalja!

Der Italiener erwiderte darauf recht eindeutig: „Vaffanculo!", drehte sich um und ging.

„Wir hätten unsere Nerven schonen können. 8.000 Euro hat er sowieso nicht. Bist du in Ordnung?"

Natalja saß auf einer Brüstung und zerfloss in Tränen.

„Und wenn er dir die Zähne ausgeschlagen hätte? Es war schon fast so weit, dass er dir eine reingehauen hätte. Du bist auf einen Mörder mit Fäusten losgegangen! Blöde Kuh! Komm, wir gehen einen trinken, unsere Nerven wieder aufbauen. Und deine Scheidung feiern."

„Du kannst einen echt beruhigen, Stella! Danke!" Natalja berührte ihre Zähne mit einem Finger, als ob sie prüfen wollte, dass alle noch da waren.

„Steh auf, es reicht!"

Sie übernachteten in einem Hotel und fuhren am nächsten Morgen nach Hause. Unterwegs schwiegen sie. Es hing Todesstille im Auto, jede war in ihre eigenen Gedanken versunken und vielleicht waren sich diese Gedanken sehr ähnlich.

Wie immer fuhr Stella Rennen mit anderen Autos und zwinkerte den hübschen Jungs zu. Wer ihr den Weg abschnitt, wurde durchs Fenster unflätigst beschimpft.

„Was soll ich tun, Stella?", unterbrach Natalja das Schweigen.

„Ich versuche, Ulrich zu überreden, dich zu heiraten."

„Ich bin sicher, dass er das nicht macht."

„Immer mit der Ruhe und keine Panik! Es gibt keine ausweglosen Situationen! Wir müssen uns das alles gründlich überlegen."

„Erzähl mir lieber von deiner Scheidung in Genf. Was macht dein Marco-Baby?"

„Oh nein! Lass uns lieber über etwas Lustiges reden! Ich habe die Nase voll von Scheidungen! Möchtest du Geschichten von Japanern hören?"

„Ja!"

„Habe ich dir von dem wackelnden Haus erzählt?"

„Nicht, dass ich wüsste. Also, leg los!"

„Einmal bin ich nach der Disco stockbesoffen nach Hause gegangen. Meine Schuhe habe ich ausgezogen, weil ich Blasen an den Füssen hatte. Vorher hatte ich mit ein paar Schwarzen wie verrückt Breakdance getanzt. Da sehe ich ein Haus wackeln. Ich reibe mir die Augen und denke, dass mir wohl der Alkohol einen Streich spielt. Dann schaue ich wieder hin, kneife ein Auge zusammen, betrachte das Ding genauer – und siehe da, das Haus schwankt tatsächlich hin und her. Als ob es auf Federn gebaut wäre. Interessant, denke ich mir und beschließe, hineinzugehen und zu schauen, was drinnen los ist. Die Tür öffnet sich nicht automatisch, obwohl es so knackt, als ob die Tür aufgehen wollte. Ich habe sogar mit einem Schuh an die Tür geklopft, den ich in der Hand hatte, aber es war ergebnislos. Daneben stand ein Automat, in den man fast 20 Dollar einwerfen musste, also, in Yen, und ich dachte lange nach, ob ich reingehen sollte oder nicht. Mir tat es um das Geld leid, aber gleichzeitig platzte ich fast vor Neugier. Ich dachte noch an eine bittere Erfahrung, als ich 50 Dollar Eintritt in einen Transenklub bezahlte, in dem es obligatorisch war, diesen Leuten Getränke zu kaufen. Das wollte ich nicht noch einmal. Vielleicht war es ein Klub für Schwule oder auch wieder für Transen. Aber weil ich ein neugieriger Mensch bin, habe ich beschlossen, dass es besser wäre, das herauszufinden und es dann zu bereuen, als es gar nicht zu erfahren."

Natalja lachte vergnügt. Das ansteckende Lachen der Freundin brachte Stella selbst zum Lachen, und dadurch, dass sie lächelnd weitererzählte, schien die Geschichte noch lustiger zu sein.

„Also habe ich das Geld in den Automaten geworfen und die Tür ging auf. Dahinter gab es noch eine Tür wie in einer U-Bahn. Und an dieser Tür stand geschrieben, dass es eine U-Bahn wäre. Ich stieg also ein, der Wagen wackelte wie bei einer echten U-Bahn. Drinnen waren ein Haufen Leute. Da standen völlig nackte Mädchen und hielten sich an der Deckenstange fest. Sie waren alle verschiedener ethnischer Herkunft. Man konnte durch den langen Korridor zum Ausgang am Ende des Wagens gehen und dabei die Mädchen an den Po fassen. Die Zeit für das Durchgehen wurde mit einem Signal vorgegeben. Ich weiß nicht, wie lang diese Zeit genau war, denn ich habe das zweite Signal nicht gehört. Wahrscheinlich bin ich ausgestiegen, bevor das gegeben wurde. Also, ich bin betrunken herumgetorkelt und der Wagen hat geschwankt, sodass ich mich kaum auf den Beinen halten konnte. Und dann hat der Wagen auch noch gebremst wie eine echte U-Bahn. Ich bin durch die Menge gegangen, ohne zu kapieren, was da los war. Überall haben nackte Schlampen herumgestanden, und ich musste mich an ihnen festhalten, damit ich nicht umgefallen bin. Sie haben natürlich das Gesicht verzogen, weil sie wohl gedacht haben, ich wäre eine Lesbe. Beim Aussteigen habe ich dann gesagt: „Oh Scheiße, was ist das für eine Schlampenbude!" Unsere Landsleute haben da natürlich die Sprache erkannt und mir hinterhergerufen: „Verpiss dich, du Lesbe!"

Aber wenn ich angeheitert bin, ist es gar nicht so einfach, mich aus einem Lokal rauszuschmeißen! Ich fang an zu schreien: „Ich habe 20 Dollar Eintritt bezahlt. Jetzt bleibe ich hier und will sehen, was hier vor sich geht." Aber dann waren auch schon die Wachleute da und haben mich rausgeworfen, diese Schweinehunde. "

„Hahaha! Ich lach mich tot. Und wie lang warst du bei den Transen?"

„Dort bin ich bis zum siegreichen Ende geblieben! Das reine Gift! Solche Mutanten habe ich noch nie gesehen. Diese Kreaturen scheffeln riesige Mengen Geld dafür, dass sie zwei Fotzen oder vier Titten haben. Der Klub war zum Bersten voll. Ich habe mir alle Shows angeschaut und mich dann mit dem Chef gezankt, bis sie mich rausgeworfen haben."

„Und warum?"

„Die Gäste müssen ständig Cocktails bestellen, aber ich habe nur einen gekauft und das war's. Außerdem hatte ich meinen eigenen Whiskey dabei."

„Hahaha! Du hast echt deinen eigenen Alkohol mitgebracht?"

„Natürlich! Das war schließlich in Japan! Dort kostet ein Glas Whiskey Cola 35 Dollar wie in Zürich."

„Das war schlau von dir. Ich habe bei der Arbeit auch immer Wodka in die Cola gegossen."

„Ich war doch dabei! Hahaha! Genau! Das hatte ich vergessen."

„Hör mal, was hältst du davon, dass wir meinen Ehemann zum Transvestiten machen und ihn in einen Klub zu tanzen schicken, damit er die 8.000 Euro abarbeitet?"

„Das ist eigentlich eine super Idee! Für ihn wäre das auch besser, als zu fünfzehn Jahren für den Totschlag an dem Bullen verdonnert zu werden."

„Ist es wahr, dass du Fugu gegessen hast?"

„Ja, das ist wahr. Und das ist eine verdammt gefährliche Spezialität. Aber dieser Fisch sieht so sympathisch aus. Er hat so ein fettes Kinn, genau wie meins war, nachdem ich mir in Japan ein bisschen was angefuttert hatte. Die Köche haben diesen todbringenden Fisch so unglaublich toll zubereitet."

„Ich würde es nie wagen, das zu probieren."

„Ich habe das zusammen mit Yasushi gegessen. Kein Koch hätte es riskiert, den Sohn des wichtigsten Yakuza-Bosses zu vergiften. Mit dem Fußvolk habe ich es auch nicht gewagt. Yasushi hat mir erzählt, dass man fast zwei Jahre lernen muss, um Fugu zubereiten zu dürfen. Fugu-Köche bekommen dafür eine eigene Lizenz. Fast die Hälfte der Bewerber fällt bei der Prüfung durch. Ein einziger falscher Schnitt beim Ausweiden genügt, und das Gift gelangt aufs Fleisch. Wenn man es richtig macht, werden alle giftigen Teile aus dem Fisch entfernt und in einen Sonderbehälter gelegt, der später verbrannt wird."

„Das bedeutet also, dass du dein Leben in die Hände des Kochs legst?"

„Ja, genau."

„Was kostet ein Stück Fugu?"

„Wo wir gegessen haben, hat es ungefähr 130 Dollar gekostet."

„Wow! Nicht gerade billig! Für so einen Haufen Kohle würde ich mich umbringen lassen!"

„In dem Restaurant auf der Insel Okinawa, wo wir gegessen haben, gibt es eigene Traditionen. Für das Mittagessen, das ins Abendessen überging, hat mein Freund circa 2000 Dollar bezahlt."

„Was war so besonders daran?"

„Erstens war der Chefkoch einer der besten im ganzen Land. Jedes Jahr hat er allerlei Wettbewerbe gewonnen und dementsprechend hatte er eine Lizenz, jeden beliebigen Fisch zuzubereiten."

„Gibt es denn noch andere giftige Fische, die gegessen werden?"

„Natürlich, zum Beispiel der Zyanfisch. Die ersten Gänge werden von einer Bedienung aufgetischt, die einen goldfarbenen traditionellen Kimono trägt, begleitet von authentischer historischer Musik. Ich weiß nicht, ob Yasushi es ernst gemeint hat, als gemeint hat, so ein Gewand wäre 500.000 Dollar wert. Ich habe es ihm nicht geglaubt, aber das Ding sah richtig teuer aus. Ich habe ihn gefragt, ob sich der Besitzer des Restaurants so eine Pracht für die normale Präsentation seiner Gerichte leisten könnte.

Er hat mit einem Lächeln geantwortet:

,Der Besitzer dieses Restaurants kann sich nicht nur das locker leisten. Dieses Lokal dient eher dem Prestige als dem Geldverdienen. Man will seine Bedeutung, die Qualität der japanischen Küche und die Traditionen dieser starken Nation zeigen.'

Die nächsten Gerichte werden im gleichen Stil präsentiert, aber die Kleidung der Bedienung kommt rund hundert Jahre näher an die heutige Zeit. So wird im Laufe des ganzen Tages das Essen serviert. Zum Schluss kommt ein Nachtisch, begleitet von einem Showprogramm mit tätowierten Japanerinnen in rosa Strümpfen. Das ist die neueste Mode! Ein Trend.

Das Ganze hat den Sinn, den Gast während des Essens in Trance zu versetzen, sodass er durch die vergangenen Epochen wandert und in sich den Geist der Samurai spürt, ihre grenzenlosen Gedanken und Leiden."

„Das ist sehr interessant. Sie sind aber sehr merkwürdig und ganz anders als wir."

„Weißt du, woran ich mich am meisten erinnere? Das kann einem in der Tat komisch vorkommen."

„Was?"

„Am frühen Morgen, wenn ich von der Arbeit nach Hause kam, gingen die Japanerinnen in Holzpantinen aus dem Haus. Meistens gingen sie in Haarsalons, um sich Frisur und Make-up machen zu lassen. Das Geklapper des Holzes auf dem Kopfsteinpflaster, bevor die ersten Autos durch die kleinen Gassen gefahren sind, hat auf mich ganz magisch verzaubernd gewirkt. Dieser Klang hatte etwas Rätselhaftes und Verlockendes. Klick-klack, klick-klack… "

„Ach, Stella, du bist ja geradezu eine Dichterin! Und vom Klappern der geleerten Flaschen träumst du nicht?"

„Hahaha! Du kannst einem wirklich die selige Nostalgie zu verderben!"

„Hurra, wir sind angekommen!"

„Ich schaue bei dir vorbei und rede mit Uli. Okay?"

„Natürlich, du kannst es probieren, aber ich sage dir gleich, dass es reine Zeitverschwendung ist."

„Wir werden sehen."

„Tschüss."

„Oh, Stella! Warte mal! Du hast bald Geburtstag, nicht wahr?"

„Ja."

„Hast du da schon Pläne?"

„Ich will ein Häuschen im Wald mieten, mit allem Drum und Dran. Teller, Gläser, Brennholz und Grill. Ich habe so eins gesehen, ein sehr schönes. Da gibt es eine Laube, wo man in der Mitte Feuer machen kann. Damit es nicht kalt wird, abends draußen zu sitzen. Wir könnten ein Schwein am Spieß braten. Adrian hat eine Kollegin, deren Mann Chirurg ist. Er kann das Fleisch schön schneiden."

„Hahahaha! Super! Was wünschst du dir für ein Geschenk?"

„Schenk mir das, was du für das beste Geschenk hältst."

„Geld ist das beste Geschenk."

„Passt schon."

„Danke dir für alles!"

„Keine Ursache!"

„Bis dann."

Als Stella ihre Wohnung betrat, stand ein unbekannter Mann im Flur. Er war schlank, sah sehr sympathisch aus und trug einen Businessanzug. Er war nicht mehr jung, hatte aber definitiv nicht vor, zu altern. Sein Haar war dunkel gefärbt. Sofort erinnerte sie sich an Saweli und konnte ein Lächeln kaum unterdrücken.

„Guten Tag!" Der Mann lächelte ebenfalls und zeigte weiße, anscheinend künstliche Zähne. „Ich heiße Rudolf."

„Sie sind der Chef meines Mannes, wenn ich mich nicht irre? Sehr angenehm. Ich heiße Stella. Kommen Sie bitte herein. Darf ich Ihnen eine Tasse Kaffee anbieten?"

„Tut mir leid, ich hab's eilig. Ich bin nur ganz kurz vorbei-
gekommen, um einige Unterlagen abzuholen."

„Sie wird dich nicht loslassen", hörte sie Adrians Stimme.

„Hallo, Schatz", sagte er und küsste seine Liebste auf die Wange.

„Kommen Sie doch bitte herein."

Er zog artig seine Schuhe aus und ging in die Küche.

„Hätten Sie einen Espresso für mich, bitte?"

Stella schaltete die Kaffeemaschine ein und stellte Süssigkei-
ten auf den Tisch.

„Wie geht es Ihnen?"

„Viel zu tun. Ich stehe um vier Uhr morgens auf und schlafe
dort ein, wo es gerade passt. In der Straßenbahn, im Büro während
der Mittagspause, und jetzt schlafe ich bei Ihnen ein", scherzte er.

„Bei uns schlafen Sie definitiv nicht ein. Meine Neugier wird
das verhindern. Wie geht es Ihrer Familie?"

„Alles in Ordnung. Alltag wie bei allen Normalsterblichen.
Eben die gewohnte Routine."

„Haben Sie Kinder?"

„Ja, mein Sohn ist sieben."

„Schade."

„Wieso schade?"

„Schade, dass alle gute Männer verheiratet sind. Ich habe eine
Schwester. Sie ist wunderschön und blond und unverheiratet."

„Wo, in der Ukraine?"

„Nein, hier. Sie studiert an einer Fachhochschule."

„Nicht schlecht. Auf deutsch?"

„Sie ist polyglott, sie spricht mehrere Sprachen."

Seine Augen begannen zu funkeln, als er Nataljas Bild sah.

„Gut, ich muss gehen. Danke für den Kaffee. Es war sehr angenehm, mit Ihnen zu sprechen. Ich habe mich einfach und ungezwungen gefühlt, als ob ich bei Freunden wäre, die ich schon
lange kenne."

„Auf Wiedersehen, Rudolf."

„Was für ein guter Mann!", rief Stella. „Schade, dass er verheiratet ist."

„Er will sich scheiden lassen", sagte Adrian düster.

„Wirklich? Dann ist er ja ein ausgezeichneter Kandidat für Natalja!"

„Stella, dieser Mann verdient eine bis eineinhalb Millionen Franken im Jahr! Er gehört eindeutig zur Oberschicht. Er wird keine Prostituierte heiraten!"

„Jeder gute Mann kann eine Prostituierte heiraten! Keine Autobahnnutte, natürlich! Welchen Unterschied gibt es zwischen Natalja und anderen Frauen? Sie ist höchstens besser! Sie kann gut ficken, gut kochen und ist gebildet! Was willst du mehr?

„Ich will nicht mit dir streiten, das ist sinnlos. Du kannst jeden überreden!"

„Und warum läuft es bei ihm nicht mit seiner Frau?"

„Sie haben ein geistig behindertes Kind. Seine Frau wirft ihm vor, er sei daran schuld, dabei gibt es in ihrer Familie mehr als einen Zurückgebliebenen. Sie zanken bei jedem Anlass. Deshalb kommt er schon morgens früh ins Büro, wenn seine Gorgo noch schläft."

„Wie schade!"

„Siehst du, was für ein Glück du mit mir hast!"

„Aha."

Stellas Geburtstag erwies sich als einer der Tage, die aus dem Kalender gestrichen gehören. Sie lud alle Bekannten, Verwandten und Freunde ein. Unter den Gästen waren viele Freunde von Adrian. Eine von ihnen, Paola, kam mit einer besonderen Absicht. Die Freundin, wie er sagte, und Kollegin kam allein, ohne ihren Mann, mit einem schwarzen Volkswagen Touareg vorgefahren. Für Stella hatte sie nicht einmal eine mickrige Blume dabei. Sie marschierte direkt auf Adrian zu, warf sich ihm um den Hals, küsste ihn auf die Wange, aber mit einer Andeutung, die von allen Anwesenden bemerkt wurde. Die Dame sah tipptopp aus! Sie war Italienerin mit afrikanischem Einschlag. Ihre schlanke Figur wurde durch den weißen Kleiderrock mit schmalen Schulterträgern betont. Ihr dichtes kastanienbraunes Haar reichte ihr bis zum Po. Große braune Augen verliehen ihr einen Charme, im Vergleich zu dem alle anderen zu verblassen schienen. Sie trank Wein und tanzte, ohne die Augen von Adrian abzuwenden. Sie drehte sich zur

Musik um das Feuer wie eine Hexe. In Stella entstand der Wunsch, um sie herum einen Bannkreis aus Kreide zu ziehen, aus dem sie nicht herauskommen und ihre Laune nicht verderben könnte.

Wika, eine Bekannte von Stella, deren Mann mehrere Kaschmirfabriken besaß, war anscheinend schon ordentlich beduselt und machte ihr einen Vorschlag, den sie kaum ablehnen konnte.

„Stella, lass uns diese Hexe verprügeln. Was macht sie überhaupt ohne ihren Mann hier? Meinem Alten läuft auch schon das Wasser im Mund zusammen."

„Mach mich nicht noch wütender, Wika! Ich will keinen Skandal. Ich habe noch keine Schweizer Papiere. Wenn er mich verlässt, muss ich zurück in die Ukraine und von dort aus jahrelang um den Unterhalt kämpfen. Aber was hat diese Schlampe hier zu suchen? Er hat sich das erlaubt. Er hat sie eingeladen."

„Du hast recht. Dann gehe ich sie höflich fragen, wie sie betrunken nach Hause fahren will. Und wann. Sie nervt mich ganz schön. Alle Männer glotzen sie an."

„Okay, mach das. Danke.

Wika war nie um Worte verlegen und anscheinend verdarb sie der Hexe die Stimmung. Sie wurde etwas zurückhaltender und kam Adrian nicht mehr so nahe.

Stella zeigte ihre Eifersucht nicht, aber dieser Tag veränderte sie. Etwas zerbrach in ihrem Inneren. Sie hörte auf, ihren Mann mit der gewohnten Wärme und Fürsorge zu behandeln. Wie auch er sie.

Nach einiger Zeit gewöhnte sich Stella an, immer öfter Freundinnen zu besuchen. Ihr Freundeskreis wurde dreimal so groß. Überall trank sie Alkohol, während die Kinder schliefen. Adrian holte sie oft nach Mitternacht stockbesoffen bei Freunden ab, die er nicht einmal kannte, und brachte sie nach Hause.

Er hatte kein Interesse mehr an Stellas Leben. Spät in der Nacht kam er nach Hause, unter dem Vorwand, dass er parallel zwei Jobs hatte, um Rechnungen bezahlen zu können, und vergaß natürlich nicht, sie an zweitausend Franken zu erinnern, die er jeden Monat auf die Krim überwies. Dieses Mal konnte Stella das nicht mehr ertragen und machte ihm eine Szene.

„Adrian, gehst du mit dieser Hexe Paola aus?“

„Ich arbeite mit ihr.“

„Du riechst immer nach Alkohol, wenn du mit ihr gearbeitet hast!“

„Aber du! Schau auf die Uhr. Es ist zwei Uhr nachts und du bist sturzbesoffen! Du hast ein Kind!“

„Und was soll ich allein zu Hause machen? Am Fenster warten, bis du deinen Wein ausgetrunken hast und von der Arbeit kommst? Denk einfach daran, dass ich auch gearbeitet habe.“

„Aber du bist nicht bezahlt worden.“

„Genau, nicht bezahlt! Ich sitze schon drei Jahre in der Schweiz ohne Papiere! Ich darf nicht arbeiten, darf nicht einmal dieses Land verlassen! Du verschwindest nachts und bist für das Kind nie da! Ich weiß nicht mehr, wann ich zum letzten Mal im Theater war! Und die Blumen! Früher hast du mir welche geschenkt. Weißt du noch?“

„Ich sehe keinen Sinn darin, Blumen zu schenken. Sie werden ja sowieso welk. Das ist zwecklos.“

„Ich hasse dich! Du hast mir das Leben unerträglich gemacht! Bei dir bin ich als Frau gestorben!“

„Hör auf zu weinen! Du bist betrunken. Beenden wir dieses Gespräch! Es ist nicht meine Schuld, dass du das Land nicht verlassen darfst! Ich bin geschieden und bereit, dich in jedem Moment zu heiraten! Willst du meine Frau werden?“

Stella wischte sich die Tränen ab.

„Wo sind die Ringe?“

„Wir kaufen welche.“

„Für welches Geld?“

„Sie sind nicht teuer.“

„Dein Ring vielleicht nicht. Aber meiner von Tiffany kostet 15.000 Franken. Ich habe mir schon einen ausgesucht.“

„Oho! Aber gut, bei Tiffany kann man den Schmuck auf Raten kaufen.“

„Bist du einverstanden?“

„Ja!“

„Und eine Rolex-Uhr mit Brillanten. Du hast sie mir zur Geburt unseres Sohnes versprochen.“

„Meinetwegen auch noch eine Uhr!"

Stella umarmte ihren Mann. Sie atmete tief durch, keuchte noch, beruhigte sich aber nach und nach.

„Liebst du mich wirklich?"

„Ja."

Einige Zeit später besuchte Stella Natalja und Ulrich und es wurde ihr klar, dass der Dicke ganz bestimmt keine Pläne hatte, ihre Freundin zu heiraten. Er schlug aber vor, die notwendigen Papiere über die Hochschule zu organisieren. Er rief seinen Anwalt an, der ihm versicherte, dass es möglich wäre, eine Aufenthaltsbewilligung für die Studiendauer zu bekommen.

„Finde ich toll! Das können wir machen. Uli, du bist toll!"

Nach einem Monat erhielt Natalja eine Aufenthaltsbewilligung B, die sie berechtigte, sich ein Jahr in der Schweiz aufzuhalten und die verlängert werden konnte.

Die Scheidung der Gaunerin ...

Fünf lange Jahre verließ Stella das verfluchte Paradies auf Erden nicht. In der letzten Gerichtssitzung verzichtete Stella auf Geld, das ihr laut Gesetz aus einem Rentenfonds zustand. Dafür hatte ihr Ehemann jeden Monat den nötigen Betrag auf ein spezielles Konto eingezahlt. Es war ein schöner Batzen Geld, aber Stella wollte ihn nicht nehmen, weil sie sich trotz allem schuldig fühlte wegen ihres Verhaltens gegenüber Marco. Sie war froh, dass sie in der Schweiz bleiben konnte, aber sie hatte nicht damit gerechnet, dass das Scheidungsverfahren so lange dauern würde. Ein Gerichtsverfahren konnte sich in der Schweiz jahrelang hinziehen. Jedes Blatt Papier wurde monatelang bearbeitet. Stella dachte unwillkürlich, dass in der Ukraine bei diesen Aussichten nur noch kirchliche Ehen geschlossen worden wären. Marco hatte nicht erwartet, dass Stella ihm so entgegenkommen würde, und bekam ein gewisses warmes Gefühl ihr gegenüber. Sie ihrerseits war ihm auch sehr dankbar. Von ihm nämlich hing das weitere Leben ihres Sohnes ab, der nun mit Papa und Mama in der Schweiz anstatt in der Ukraine aufwachsen durfte. Als die Verhandlung zu Ende war, ging Stella nach draußen und atmete wie befreit auf. Sie kaufte sich ein Croissant, die in Genf besonders lecker sind, und begab sich nach Hause. Auf dem Höhepunkt ihrer freudigen Stimmung rief sie Natalja an, um die Scheidung zu feiern.

„Lass uns essen gehen, Liebes. Ich lade dich ein!"

„Ja, ja, ja! Ich gratuliere, Stella! Jetzt kannst du wenigstens nach Deutschland fahren und billiges Fleisch einkaufen."

„Witzig. Ich will nach Hause! Meine Muttersprache hören!"

„Wann kannst du fliegen?"

„Nach der Hochzeit."

„Will Adrian dich noch heiraten?"

„Er hat keine Wahl. Er hat es versprochen."

„Eine Wahl hat er schon, aber wenn er sich mit dir verlobt hat, sieht die Sache ganz anders aus."

„Lass uns ins Restaurant essen gehen, das gar nicht weit von seinem Arbeitsplatz liegt. Dann können wir auch gleichsehen, wo seine Freundin, die Mulattin, ist."

„Hat er immer noch eine Affäre mit ihr?"

„Ich weiß es nicht, ich habe keine Beweise."

„So wie ich Adrian kenne, ist es unmöglich für ihn, nur eine Frau im Leben zu haben. Entweder akzeptierst du das, oder er wechselt dich aus."

„Dann will ich auch zwei Männer haben!"

Diesen letzten Satz wollte Gott offenbar erhören …

Der Kellner empfing sie, wie es sich gehörte, denn er wusste, dass Stella die Frau eines hohen Tieres war. Die beiden setzten sich an einen weiß gedeckten Tisch und bestellten zwei Gläser Champagner. Sie tauschten Blicke und fingen an zu lachen.

„Ich hätte nie gedacht, dass ich jemals für diesen widerlichen Fusel zahlen würde!" In den Klubs wurde der teuerste Champagner oft einfach so auf den Teppichboden geschüttet.

Stella lächelte und schwelgte mit geschlossenen Augen ein wenig in ihren bunten Erinnerungen.

„Mir ist schon klar, dass das Nachtleben und der viele Alkohol gefährliche Nebenwirkungen haben. Aber geil und lustig war es doch! Und jetzt passiert gar nichts. Ein Besuch im Restaurant kommt mir schon wie ein Ereignis vor!"

„Ich trinke auf dich, Stella! Auf deine Scheidung."

„Es klingt wie damals in Kiew. Erinnerst du dich an meine Scheidung von dem Typen, den wir bei der Heirat und der Scheidung abgezockt haben?"

„Ja, da hast du einen Mega-Deal gedreht! Erst die Heirat, dann die Scheidung. Du hast ihn geschickt ausgenommen."

„Der Depp hat für beides ordentlich bezahlt."

„Ja, das war lustig!"

„Schau mal, da sitzt dein Mann mit einem schnuckeligen Typen."

„Genau! Das ist sein Chef, Rudolf. Er ist nett, aber verheiratet. Komm, ich stelle dich vor. Vielleicht ist er ja inzwischen geschieden und wir schaffen es, ihn in die Falle zu locken, also, dass er dich heiratet", scherzte Stella.

„Hallo, die Herren! Wir sind auch da!"

Natalja sah sofort an Rudolfs abschätzendem Blick, dass er ein erfahrener Schürzenjäger war.

Adrian erzählte, dass er dreimal in der Woche einen Puff namens Globe besuchte, der in der Nähe des Büros lag. Das war ein außergewöhnliches Etablissement, das seinem Besitzer Millionen einbrachte. Der Trick bestand darin, dass es dort keine Prostitution per se gab. Genauer gesagt, es gab keinen Zuhälter. Ins Etablissement kamen Mädchen, um aufgerissen zu werden, und Jungs, um aufzureißen. Sie zahlten 35 Franken Eintritt und konnten dafür Zimmer und Ausstattung nutzen. In dem riesigen Gebäude gab es jede Menge Séparées, die extra für Sex eingerichtet waren, auch mit allerlei SM-Spielzeug; dazu kam ein Pool. Man lernte sich an der Bar kennen. Die Sexpartner einigten sich auf den Preis und gingen in ein Zimmer, das ihren Wünschen entsprach. Damit die Atmosphäre erregender wurde, hatten die Zimmer keine Türen, sondern nur leichte Vorhänge, sodass man leicht Gruppensexszenen oder anderes beobachten konnte.

Rudolf liebte stundenlange Blowjobs und beim Spritzen steckte er seinen Penis tief in die Kehle der Frau.

„Nehmen Sie Platz, schöne Natalie!" Sein Blick wurde schmierig und schelmisch, was Natalja als eindeutige Anmache las. Sie war genau wie er. Ihre geilen Blicke verschmolzen miteinander, selbst ihr Mienenspiel wurde ähnlich.

Adrian verstand, warum die Mädchen ausgerechnet in diesem Restaurant essen wollten. Es war ein neuer Plan seiner rastlosen Frau. Stellas Wunsch, allen zu helfen, ließ sie nie zur Ruhe kommen.

„Wie habt ihr uns aufgespürt, ihr Vampirinnen? Rudolf und ich sind auf dem Weg ins Büro ganz spontan hier hereingekommen."

Dabei hatte Stella dieses Mal wirklich keine Absichten gehegt. Aber niemand lehnt ein Lob ab, also widersprach auch Stella nicht. Es würde sowieso niemand an einen Zufall glauben, sondern trotz Protest annehmen, dass sie dieses Treffen für ihre geliebte Freundin inszeniert hatte.

Die Unterhaltung war fröhlich und ungezwungen. Stella pries die Qualitäten der Blondine an, um sie ganz sicher an den Mann zu bringen. Die angehenden Sexpartner tauschten die Telefonnummern aus, was Stella Freude bereitete. Bald lud Rudolf Natalja ins Restaurant ein und dabei blieb es natürlich nicht.

Im Bett war er passabel, wenn auch nicht berauschend, wie sich sie später äußerte. Er hielt beim Sex lange durch, wurde aber kaum aktiv. Dafür war Natalja nicht zu stoppen. Sie war eben eine Sexmaschine.

Natalja verheimlichte Rudolf, dass sie bei Ulrich lebte. Sie sagte, dass sie ein Zimmer bei einem freundlichen Menschen, also bei Ulrich, gemietet hatte. Ihr neuer Freund angelte stets nach einer Einladung nach Hause, aber sie lehnte ab, weil es nicht sehr bequem wäre. Stattdessen traf sie sich mit ihm im Hotel.

Eines Tages passierte allerdings etwas Unerklärliches. Er ließ Natalja sitzen, ohne einen Grund dafür zu nennen.

„Natalja, was ist passiert?"

„Ich glaube, er ist gar kein Millionär!"

„Wie kommst du denn darauf?"

„Hast du sein Auto gesehen?"

„Ja, ein VW. Und was ist daran so schlimm? In der Schweiz ist es den Menschen egal, was für ein Auto sie fahren. Das ist nicht wie in der Ukraine, wo einer keine Wohnung hat, aber dafür eine tolle Karre. Das ist dumm."

„Ich weiß nicht. Ich verstehe das nicht. Er vögelt mich, aber er zahlt nicht, der Schnorrer."

„Hast du mit ihm über Geld gesprochen?"

„Nein, aber angedeutet."

„Eben darum hat er dich verlassen."

„Stella, ich bin nicht wie du. Ich lasse mich nicht umsonst ficken! Er weiß, dass ich Studentin bin und mich selbst finanziere. Da könnte er mir doch ein paar Riesen zukommen lassen, für ein Kleid oder Lehrbücher. Ich habe jetzt schon mehrere Dates mit ihm gehabt und nur meine Zeit verschwendet."

Stella suchte im Internet seinen Namen und fand, dass er einen hohen Posten innehatte, in einer Gehaltsklasse, in der sich nur ein Prozent der Schweizer Chefs bewegte.

„Wenn das stimmt, ist er erst recht ein Geizkragen! Er lädt mich nicht einmal immer ins Restaurant ein. Wir gehen meistens in einer Bar was trinken und dann vögeln. Warum sollte ich so etwas überhaupt tun? Und Uli fängt an, mir Fragen zu stellen. Wenn er mich vor die Tür setzt, wo gehe ich dann hin?"

„Ulrich ist ein gemütlicher Dicker. Er würde nicht einmal eine Fliege aus dem Haus werfen!"

„Eine Fliege vielleicht nicht, aber mich schon!"

„Na, wenn du dich nicht mehr mit Rudolf treffen willst, dann hör eben damit auf. Aber ich weiß dann auch nicht mehr, was du suchst, wenn er dir schon nicht passt! Da kommt Adrian! Jetzt fragen wir ihn über unseren Freund aus."

Adrian hörte den beiden zu, die einander immer wieder ins Wort fielen, und sagte dann:

„Ja, Mädels. Er ist sehr geizig. Er trinkt nicht einmal mehr auf eigene Kosten, sondern benutzt seine dienstliche Bankkarte. Auf dieses Konto bekommt er die Spesen für Treffen mit Kunden überwiesen. Teure und schicke Geschenke macht er nur dann, wenn er dafür das Geld der Firma verwenden kann. Einmal haben unsere Mitarbeiter Geld für eine Kollegin gesammelt, die ein Kind erwartet hat, und jeder hat 50 Franken beigesteuert. Nur Rudolf wollte nichts geben, weil die Firma ohnehin die Entbindungskosten und drei Monate Mutterschutz tragen müsste. Für sich selbst kauft er nur das Billigste."

„Ihr passt doch zusammen wie Topf und Deckel! Du bist genau wie er. Du sparst an allem. Nicht wahr?"

„Aber ich weiß nicht, ob zwei Minusse wirklich zusammen funktionieren."

Stella stemmte die Hände in die Seiten, drehte sich zu Adrian um und fragte scherzhaft:

„Und wer ist bei uns das Minus?"

„Ich natürlich", antwortete er schnell mit einem aufgesetzten Lächeln, um einen Streit zu vermeiden.

„Na siehst du! Richtig geantwortet, du Schleimer!"

„Ich muss sparen. Ich weiß nicht, was mich morgen erwartet", jammerte Natalja. „Es ist alles so teuer in der Schweiz. Eine

Million Dollar ist hier kein großes Geld. Für längere Zeit würde das nicht ausreichen."

Stella und Adrian blickten einander an. Sie dachten das gleiche: „Oh, jetzt geht's los! Sie hat ja nichts, wovon sie leben könnte. Bla bla bla ..."

Rudolf und Natalja telefonierten eine Zeitlang nicht miteinander. Adrian hörte Gerüchte, dass Rudolf mit Natalja Zoff hatte, weil er von ihrem Benehmen an einem gemeinsam verbrachten Abend geschockt war. Natalja hatte sich an der Hotelbar im Hyatt betrunken und dann versucht, rückwärts auf einen Barhocker zu springen. Sie hatte ihn natürlich verfehlt und war mit lautem Krach unter den Bartresen gestürzt. Alle kannten Rudolf. In der Bar waren viele Leute, mit denen er geschäftlich oft zu tun hatte. Er schämte sich, in Gesellschaft einer sturzbesoffenen Ukrainerin in Zürich unterwegs zu sein, die kaum noch laufen konnte und auffiel wie der auferstandene Elvis Presley. Sie trug ein salatgrünes Kleid, das greller leuchtete als die Westen der Straßenarbeiter. Bekotzt hatte sie sich außerdem. Ihre Haare stanken jedenfalls danach. Und in diesem Zustand wollte sie ihn küssen, pfui.

„Oh Gott! Das erzählt er von mir?"

„Nicht nur er. Da sind sich alle Augenzeugen einig. Einschließlich Rudolf, natürlich."

„So ein Schweinehund! Arschloch!"

„Ist es wahr, dass du im Fünf-Sterne-Hotel vom Barhocker gestürzt bist? Hahaha." Stella konnte sich das Lachen nicht verkneifen. „Du bist echt irre! Da hätte ich dich auch sitzen lassen."

„An so was kann ich mich nicht erinnern! Und ich habe nichts im Magen gehabt, was ich hätte auskotzen können. Ich will abnehmen und esse kaum was."

„Du hast nichts gegessen, aber dafür Wein getrunken. Dann hast du wohl den ausgekotzt. Das ist dir in die Haare geraten, und du bist umgefallen. Was du dort sonst noch angerichtet hast, kann ich mir auch gut vorstellen! Ich lach mich tot."

„Ich finde das gar nicht lustig, wenn über mich so schlecht geredet wird!"

„Du kannst dich doch an nichts erinnern, woher weißt du dann, dass es gelogen ist?"

„Wenn es wahr wäre, wüsste ich es ja wohl noch!"

„Gerade so was vergisst man doch, wenn man sich ins Koma säuft! Jetzt hast du es dir bei so einem Mann verschissen! Warum? Kannst du mir das erklären?"

„Er hat mir nichts zu essen gegeben. Ich bin aus der Vorlesung gekommen, hatte den ganzen Tag nichts gegessen, weil ich ja abnehmen will. Er hat mir nichts außer Alkohol angeboten und bekommen was er verdient! Weil er so geizig ist! Natürlich war ich nach dem dritten Glas sturzbesoffen."

„Hahahaha!" Vielleicht nach der dritten Flasche? Aber das vergessen die Leute bald. Jetzt sag mir nur noch, warum du dein Stangentanzkleid angezogen hast, dieses grüne? Das verdeckt doch kaum deinen Arsch!"

„Ich wollte ihn eifersüchtig machen! Alle Männer haben mich angestarrt!"

„Da habe ich keinen Zweifel! Bei diesem Rückenausschnitt bis zum Hintern! Vom Dekolleté ganz zu schweigen! Dazu noch deine Titten, die ohne BH hin und her wackeln! Ich bin nicht lesbisch, aber so was anzuschauen macht mir auch Spaß!"

„Du bist einfach nur neidisch!"

„Manchmal schon, aber diesmal nicht."

„Sieh dir die Slips an, die du trägst! Schwarz mit einem schmalen beigen Streifen! Das ist ja Antisex pur! Slips für Frigide!"

„Meinst du?"

„Das weiß ich! Ein Slip muss Männerfantasien entfachen! Grellrosa, salatgrün, fliederblau oder meinetwegen gelb!"

„Ich bin doch schon verheiratet! Wo soll ich diese Slips denn tragen? Im Fitnessstudio?"

„Und dann beschwerst du dich, dass Adrian Seitensprünge macht. In langweiliger Unterwäsche interessiert ihn auch dein eleganter Arsch nicht!"

„Ich mag eigentlich längere Höschen."

„Omaunterhosen mit Loch am Knie?
Hahaha!"

„Lass mich in Ruhe! Denk lieber nach, wie du aus der Patsche rauskommst."

„Er soll sich verpissen, der blöde Schnorrer! Ich bereite mich vor, mache mich schön, verschwende meine Zeit, und wozu das alles? Damit dieser senile alte Furz mich ficken kann! Er ist dreißig Jahre älter als ich, wenn nicht noch mehr! Eigentlich habe ich überhaupt keine Zeit für ihn. Die Prüfungen haben begonnen. Uli sitzt mit mir Tag und Nacht über den Büchern, schreibt Hausarbeiten. Und diese Schwuchtel hat mich kostenlos gepoppt und labert auch noch Scheiß über mich!"

Nach diesem Gespräch sahen sich die Freundinnen eine ganze Weile nicht. Natalja tauchte kopfüber in ihr Studium ab. Stella langweilte sich ohne sie. Außerdem hatte sie niemanden, dem sie das Kind anvertrauen könnte, um mit Adrian auszugehen. Seine Mutter babysittete Jan selten. Ihr alter nörgelnder Federico mochte keine Kinder. Und schon gar nicht konnte er ein Kind mögen, das nicht sein leiblicher Enkel war. Andererseits kannte er nicht einmal die Namen seiner leiblichen Enkelkinder.

Mit der Zeit fand Stella zahlreiche Freundinnen, mit denen sie ständig zankte. Diese Mutterkühe nervten sie mit ihren endlosen Regeln und Beschränkungen. Stella nutzte Menschen auf unterschiedliche Weise aus, manchmal zum eigenen Spaß und Vergnügen. Auf die Belehrungen der Mutterkühe hörte sie nicht. Sie war der Meinung, dass ein Kind auch einmal hinfallen und sich eine Beule holen durfte, damit es aus seinen Fehlern lernen konnte. Denn aus fremden Fehlern lernt niemand, egal, wie viel Mühe man sich gibt. Andernfalls wuchsen nur Muttersöhnchen heran.

Stella stellte ihren Sohn aufs Eis, als er zwei Jahre alt war. Seine Schlittschuhe waren drei Nummern zu groß, der Hockeyhelm drehte sich locker um seinen Kopf und störte die Sicht. Sie hatte die kleinsten Größen gekauft, aber für so kleine Kinder wurde keine Eishockeykleidung hergestellt. Jan schrie laut, als er umfiel und mit dem Helm auf das Eis schlug, auch noch, als er versuchte aufzustehen. Man hielt sie für die herzloseste aller Mütter. Aber immerhin konnte das Kind nach zwei Wochen auf dem Eis fortbewegen. Ihre Erziehung trug Früchte, der Charakter des künftigen Eishockeyspielers wurde härter. Sie erlaubte Jan alles. Er durfte jeden Baum bis zum Wipfel hinaufklettern – unter der Bedingung, dass sie ihm beim Hinuntersteigen nicht helfen würde. Er fuhr Ski nur auf schwarzen Pisten oder gleich im Tiefschnee durch den Wald, wo er über Baumstümpfe und Löcher sprang. Sie bemühte sich, nicht darauf zu schauen, was er tat. Wenn schon fremden Leuten das Herz bei diesem Anblick stehen blieb, wie sollte dann erst ihr Mutterherz reagieren. Was das Auge nicht sieht, tut dem Herzen nicht weh, wie man sagt.

Stella träumte von Reisen und drehte allmählich durch. Sehr lange konnte die junge Frau die Schweiz nicht verlassen und lebte wie ein Vogel im Käfig. Sie sehnte sich nach Vergnügen. Im Traum erschien ihr ihre neue Wohnung auf der Krim, die sie noch nicht gesehen hatte. Sie wollte ihre ukrainischen Freunde besuchen, vermisste die Heimat so sehr, dass sie keine Ruhe fand. Ihre Heimat war vielleicht nicht schön, aber sie liebte sie. Die Menschen in der Schweiz waren bis zum Überdruss kultiviert, freundlich, lächelten einander zu, als ob sie sich schon ewig kannten. Niemand zankte, niemand schimpfte unflätig in der Straßenbahn. Langweilig.

Nach der Hochzeit, die in den nächsten Monaten stattfinden sollte, würde sie grundsätzlich eine Ausreisebewilligung erhalten. Stella sehnte sich so sehr danach, dass sie manchmal vor angestautem Frust weinte.

Ein paar Monate später war auch Natalja mit ihren Prüfungen fertig und tauchte wieder in Stellas Leben auf, was ihr viel Freude bereitete.

Die beiden fuhren nach Sankt Moritz zu einer Skiparty und verbrachten dort ein cooles Wochenende. Dieser Kurort für Millionäre liegt in den Alpen. Er ist für extrabreite Skipisten und teure Restaurants berühmt. Auf dem zugefrorenen See findet jedes Jahr der Snow Polo World Cup St. Moritz, das Polo-Turnier statt. Um den See herum wurden Stände errichtet, die erstklassigen Sekt und traditionelle Vorspeisen wie Hirschdörrfleisch verkauften. Der Eintritt zum Turnier war frei, aber wer es exklusiv mochte, konnte einen Platz auf der Zuschauertribüne für 400 bis

500 Franken kaufen, sich dort auf warmen Fellen entspannen, Kaviar und berauschende Luft von Sankt Moritz in unmittelbarer Nähe des Spiels genießen.

Die Show war bezaubernd und spannend! Donnernde Hufe! Stellas Augen waren auf den vereisten See gerichtet. Sie hatte das Gefühl, dass die Pferde jeden Moment im Eis einbrechen würden!

Außer dem Sportwettbewerb selbst wurden Cocktailpartys und Modenschauen organisiert. Die Reihe von sportlichen und gesellschaftlichen Veranstaltungen endete mit einem Galadiner.

Ein Ticket für den Skilift kostete 86 Franken. Das war sehr teuer, aber die Piste war schier endlos breit. Die Skifahrer kamen einander bei der Abfahrt nicht in die Quere, sondern glitten frei dahin wie Schmetterlinge und wirbelten den weichen Schneestaub auf, der in Nataljas Augen wie Kokain aussah.

Die Mädchen vergnügten sich nach Herzenslust, besuchten Thermalbäder und die FKK-Sauna. Erstaunlicherweise fickte Natalja diesmal keine Skifahrer.

„Was ist los mit dir?“

„Ich vermisse Rudolf.“

„Nein, das kann nicht sein!“

„Doch. Ich denke die ganze Zeit an ihn. Komisch, nicht wahr?“

„Es ist Zeit für dich, zur Ruhe zu kommen, darum denkst du an ihn. Du siehst in ihm einen potenziellen Ehemann. Aber er ist ein ziemlich dicker Fisch! Um ihn zu gewinnen, muss man viel Zeit investieren. Und du hast es nicht geschafft.“

„Er sieht nicht wie ein Millionär aus!“

„Viele reiche Leute leben bescheiden. Aber ich weiß, dass er eine schicke Villa auf Mallorca hat. Und in Zürich hat er ein riesengroßes Haus mit Thermalschwimmbecken im Garten. Nur unsere ukrainischen Penner prahlen mit jedem neu gekauften T-Shirt von Lacoste. Ich habe gehört, dass er wirklich beschlossen hat, die Beziehung zu seiner Frau zu beenden und die Scheidung einzureichen. Aber das können auch bloß Gerüchte sein. Es ist merkwürdig, dass er das ausgerechnet Adrian erzählt hat. Wir müssen in dieser Sache noch mehr Details erfahren.“

„Und wie?"

„Ganz frech, wie immer. Ich lade den Herrn Geizkragen zum Mittagessen ein."

„Deine direkte Art erstaunt mich immer wieder. Du schaffst es, die Leute kalt zu erwischen, und gewinnst dabei jedes Mal."

„Alles direkt anzugehen, ist wohl die beste Methode. Zu verlieren hast du nichts, aber hinterher weißt du Bescheid."

„Willst du das wirklich für mich tun?"

„Natürlich, und zwar locker. Und ein leckeres Essen gibt es noch dazu."

„Danke, was würde ich bloß ohne dich machen?"

„Du könntest ein ruhiges Leben in der Ukraine mit deinen Schafen haben."

„Du hast gut reden …"

Im Restaurant „Die Sonne" war es nett und gemütlich. Stil und Ausstattung hatten nichts Besonderes zu bieten. Das einzig Beschreibenswerte im Lokal war der Hauptdarsteller in Stellas Bühnenstück, der mit königlicher Miene an einem Tisch saß und kalten Rosé trank. Sie wollte dasselbe.

„Hallo, Rudolf! Lange nicht gesehen!"

„Ich habe den Eindruck, Stella, dass du alles erreichst, was du willst. Neben dir hat niemand eine Chance zu überleben."

„Warum bloß habe ich so früh geheiratet? Ich hätte abwarten und mir dich angeln sollen."

„Hahaha! Ich mag dich auch. Mit dir kann ich so gut reden."

„Alle können gut mit mir reden, eine gewisse Zeit lang."

„Du kannst einen zum Lachen bringen, meine Hübsche! Hast du Hunger? Was möchtest du essen?"

„Für lau mit so einem reichen Mann würde ich gern die ganze Speisekarte probieren."

„Hahahaha! Mir gefällt deine freche, knallharte, kalte Berechnung."

„Du bist geizig! Und ich mag großzügige Männer."

„Es hängt von der Frau ab, inwieweit man großzügig sein will."

„Da hast du recht."

„Was bestellst du, einen Fitness-Teller?" Er deutete auf ihre nicht mehr wirklich schlanke Figur und zwinkerte ihr schelmisch zu. Dieses Gericht bestand aus Salat mit Hühnchen.

„So ein Mistkäfer", dachte sie.

„Ich bestelle Tatar. Rohes Fleisch, mit dem Messer gehackt, gewürzt und mit einem Schuss Kognak verfeinert."

„Hmmm! Eine gute Wahl. Ich nehme dasselbe, bitte."

„Willst du Natalja heiraten?", fragte Stella geradeheraus, sobald die Kellnerin weggegangen war.

„Ja, ich werde sie heiraten."

„Dann könnten wir gleich den Kaffee bestellen und das hier beenden."

„Erkläre mir bitte erst noch, warum sie heiraten will, und ausgerechnet mich?"

„Du bist reich und hmm … siehst relativ gut aus. Ansonsten fallen mir keine besonderen Vorzüge ein. Sie braucht Papiere. Eine Aufenthaltsbewilligung."

„Wenn du mir jetzt nicht sagst, dass ich großzügig, attraktiv und jung bin, werde ich sie nicht heiraten."

„Hahaha! Gefällt es dir, wenn du belogen wirst? Ich kann nicht lügen", scherzte Stella.

„Du bist kalt! Eiskalt! Ein unerschütterliches Luder!"

„Damit bist du schon näher dran."

„Ich suche mir eine Frau über eine Elite-Agentur. Aber die Kandidatinnen sprechen alle so schlecht Englisch. Da war eine Polin, die mir gefallen hätte, aber ich habe nicht verstanden, was sie gesagt hat."

„Das ist witzig! Du heiratest eine Frau, und sie stellt sich als dumm heraus. Sie schafft es nicht, deine Sprache zu erlernen. Dann musst du dich mit ihr in der Sprache der Elfen verständigen."

„Sie kann mit ihrer Zunge Wunder wirken, ohne viel zu reden."

„Du bist doch pervers!"

„Nur ein bisschen." Ich will eine Frau haben, die mir mit ihren Ansprüchen nicht die Haare vom Kopf frisst. Und gut im Bett soll sie sein."

„Da hast du doch Natalja haargenau beschrieben, wenn ich mich nicht irre."

„Ich glaube, sie ist eine Prostituierte. Sie wollte bei mir nach dem Sex Geld schnorren. Aber im Bett hat sie natürlich keine Konkurrenz. Sie bläst mir einen, wie ich es mag, mit Schlucken."

Stella bekam etwas in den falschen Hals und musste husten. In ihrer Heimat würden die Leute über diese Themen nicht so offen reden, schon gar nicht bei Tisch im Restaurant.

„Die Sache ist so, Rudolf: Bei uns leben viele Frauen auf Kosten der Männer! Entweder betteln sie um Geld oder sie nehmen einfach den ganzen Lohn an sich und geben ihrem Mann etwas zum Bier kaufen und als Taschengeld ab. Es hängt von der Lebensart und Klasse der Leute ab. Die Frauen bei uns sind gepflegt und hübsch! Sie heiraten! Und wollen tatsächlich hinter ihrem Mann stehen! Die Schweizerinnen mit ihren kurzen Haaren lassen sich gehen! Sie verdienen ihr eigenes Geld und zahlen sogar ihre Rechnung im Restaurant. Bei uns gilt das als Schande für einen Mann. Es sei denn, er ist ein Gigolo, natürlich. Da gibt es auch ein paar muskulöse Exemplare, deren Beruf es ist, ältere wohlhabende Damen zu bedienen."

„Hahaha, das ist ja einfach! Bekommt so ein Typ ein paar Rappen zum Bier kaufen und freut sich schon …"

„Ja! Warum soll sich er denn nicht freuen? Unsere Männer brauchen nicht viel. Sie sind mit diesem Leben glücklich und zufrieden. Nicht jeder kann eine Million jährlich verdienen und mit Cocktails an der Bar knausern."

„Na, jetzt übertreibst du aber ein bisschen. Ab und zu kaufe ich auch einer stockbesoffenen Blondine noch Cocktails."

„Willst du einem Mädchen wirklich vorwerfen, dass sie dich um Geld für Kleinigkeiten wie Kosmetik gebeten hat? Schämst du dich nicht? Du bist doch ein Mann! Du hättest sie selbst fragen können, was sie braucht, und dann mit ihr in den Laden gehen, ein Kleid kaufen! Du hast doch diese Möglichkeit! Mach der Frau, die du magst, das Leben schön, und sie dankt es dir mit Liebe und Zärtlichkeit! Aber nein, du musstest ja unbedingt mit ihr Streit vom Zaun brechen und ihr das bisschen Kleingeld verweigern! Dabei zahlst du mindestens 5.000 Franken an eine Agentur, damit sie für dich eine doofe Ehefrau sucht! Was ist denn mit euch Männern los? Wo ist eure Vernunft? Mit diesem Geld hättest du Nataljas Studium bezahlen können! Sie spricht übrigens alle europäischen Sprachen perfekt! Und studiert an einer Fachhochschule in der Schweiz! Sie wird arbeiten gehen und dir ein gesundes Kind schenken! Ihre Gene sind wunderbar! Sie ist auf dem Land aufgewachsen, mit Milch direkt von der Kuh."

Stella hatte sich richtig in Rage geredet und merkte nicht, wie er sie voll Erstaunen ansah.

„Und sie liebt dich! Als wir in den Bergen waren, hat sie mir damit die ganze Zeit in den Ohren gelegen. Sie hat in Sankt Moritz nicht einmal eine Bekanntschaft gemacht! Hast du verstanden, du Egoist?"

„War das jetzt kein Witz?"

„Nein, das war mein voller Ernst. Lass dir dein Glück nicht entwischen!"

Stella brachte das Gespräch auf eine angenehmere Wellenlänge und lächelte wie eine Wohltäterin.

„Du hast vollkommen recht. Gott sei Dank, dass sie noch frei ist. Ich rufe sie heute Abend an."

„Sie ist nur deshalb noch frei, weil sie an dich denkt. Weißt du, wie viele Männer sie während dieser Zeit um ein Date gebeten haben?"

„Aha?"

„Aber sie hat sich kopfüber in ihr Studium gestürzt und versucht, an niemanden zu denken."

„Ich bin froh, dass wir so offen miteinander reden können. Jetzt ist mir klar, wo die Ursache unserer Meinungsverschiedenheiten liegt. Das ist ein kultureller Einfluss. Ukrainische Frauen sind eben anders als unsere."

„Sehr anders, Rudolf! Eine Schweizerin springt morgens aus dem Bett, feuchtet ihre Igelfrisur etwas an, schmiert Gel hinein wie ein Mann und geht auf die Arbeit. Bei uns ist alles ganz anders! Unsere Frauen faulenzen nicht. Sie schminken sich zwei Stunden lang und frisieren sich schön. Sie stehen um vier oder fünf Uhr morgens auf, um nicht wie eine Vogelscheuche auszusehen."

„Das ist nett! Aber warum hat sie mir das nicht erklärt? So wie du, einfach und verständlich."

„Aber Rudolf, hast du noch nicht bemerkt, dass die Menschen das überhaupt nicht können? Wege zueinander zu finden? Sie reden über vieles nicht, verheimlichen Dinge oder haben Angst, sich offen zu äußern. Das ist der Grund für die meisten Scheidungen. Missverständnisse! Warum hast du zu Natalja nicht gleich gesagt, dass sie in deinen Augen eine Schnorrerin ist? Sie wäre wütend geworden und hätte dir alles über ihre Mentalität erzählt. Du hättest viel über die ukrainische Kultur gelernt. Du hast nichts gesagt, sie auch nicht. Und das ist das Ergebnis!"

„Adrian hat Glück mit seiner Frau!"

Er sagte das so ernsthaft, dass Stella selbst glaubte, sie hätte Rudolf nicht angelogen, als sie dem „jungen Paar" von ganzem Herzen viel Glück wünschte und von Nataljas reinen Gefühlen erzählte. Stella selbst bettelte nie um Geld nach dem Sex. Sie hielt das irgendwie für gemein. Gerade dann, wenn man sich einen großen Fisch angeln wollte, musste man sich an die Regeln halten und entsprechend handeln, versuchen, sowohl auf Rot als auch auf Schwarz zu setzen. Nehmen und geben können …

Adrian überwies ihr 3.000 Franken im Monat für Lebensmittel und kleine Ausgaben auf ihr Konto. Deshalb führten sie keine Gespräche über Geld.

„Gut, Stella, danke für alles! Ich werde versuchen, den Konflikt zwischen uns unter Berücksichtigung eurer seltsamen russischen Mentalität beizulegen."

„Der ukrainischen Mentalität."

„Worin besteht der Unterschied?"

„Ich spüre keinen besonderen Unterschied, weil meine Eltern Russen sind, aber es gibt ihn. Zum Beispiel hasst Natalja die Russen wegen der Geschichte mit dem Holodomor und aus vielen anderen Gründen. Für mich ist das alles Politik! Ich bemühe mich, diese Gesprächsthemen zu meiden, und bin der Meinung, dass der Holodomor gar nicht von Russen organisiert wurde. Stalin war ein Revolutionär georgischer Herkunft! Das einfache Volk kann nichts dafür."

„Wie interessant! Du kennst dich ja gut aus."

„Ich liebe mein Volk sehr! Für mich ist es eine Einheit! Russen und Ukrainer. Aber bitte entschuldige mich jetzt, Rudolf, ich muss gehen. Natalja passt auf mein Kind auf. Sie muss bald los zur Vorlesung."

„Weiß sie, dass du dich mit mir triffst?"

„Ja, das habe ich ihr gesagt. Aber nicht, worüber ich mit dir reden will."

„Ach, gut. Danke. Glaubst du wirklich, dass wir zueinander passen? Warum das denn?"

„Ihr seid beide geizig!" Stella lachte auf, gab Rudolf einen Schmatzer auf die Backe und ging hinaus in Richtung Auto.

Rudolf saß noch etwa eine Stunde allein an seinem Tisch und träumte von Stella. Warum hat dieser Depp das Glück, so eine Frau zu haben? Unbegreiflich!

Er mochte Adrian nicht. Dieser war ihm viel zu extrem in seinen Äußerungen. Was ihm an Stella gefiel, steckte auch in Adrian. Aber anders als bei ihrem Mann verlieh dieser Zug Stella noch mehr Charme und Authentizität. In der Geschäftswelt war Aufrichtigkeit bei Männern unerwünscht. Der arrogante Rudolf hätte Adrian nicht einmal die Hälfte von dem verziehen, was er von Stella gern hörte.

Eine unerwartete Wendung der Ereignisse und der Anfang vom Ende ...

Was Stella während der nächsten Tage erlebte, veränderte ihr Leben für immer.

Sie meldete sich auf einer ukrainischen Dating-Website an, denn sie wollte bald in die Ukraine fahren. Deshalb suchte sie Bekanntschaften, vor allem jemanden, der sie abholen, ihr Gepäck schleppen und sie unterhalten würde. Sie stöberte ein paar Seeleute auf, die bereit wären, für sie alles zu tun. Die Braut aus der Schweiz erregte ein gewisses Aufsehen unter den männlichen Einwohnern Sewastopols, die in dem Netzwerk vertreten waren. Zu ihrem Glück oder Unglück bekam sie auch eine Message von einem gewissen „Lions Tour".

„Hallo, Kleine! Wollen wir uns treffen?"

Sie besuchte sein Profil und fand dort kein Foto von ihm, sondern nur Bilder von Löwen und Wölfen. Gepostet hatte er aus der Schweiz, und zwar aus Luzern. Das ist eine der schönsten und bei Touristen beliebtesten Städte im ganzen Land.

„Wer sind Sie?" Kennen wir uns?"

„Ich heiße Danil, was machst du heute Abend?"

„Abends bin ich normalerweise zu Hause."

„Ich lade dich ins Restaurant ein, Kleine. Komm, wir essen was Leckeres zusammen."

Stella antwortete automatisch:

„JA!"

Als sie sich auf das Treffen vorbereitete, überkam sie eine innere Unruhe, wie eine Art Vorahnung. Adrian beobachtete sie mit fragendem Blick:

„Gehst du wirklich mit Freundinnen aus?"

„Mit wem denn sonst?"

„Ich wünsche euch viel Spaß!"

Sie hatten sich aus irgendeinem Grund am Flughafen angesetzt, wo eine Parkstunde um die sieben Franken kostete. Schon allein wegen der Parkkosten könnte dieser Restaurantbesuch ganz schön teuer werden! Stella war nicht geizig, sah aber keinen Sinn in einem Essen am Flughafen. Das dortige Restaurant war nichts Besonderes, hatte aber hohe Preise.

„Dan, warum gerade am Flughafen? Das Parken dort ist teuer."

„Mach dir keinen Kopf ums Geld, Kleine. Ich bezahle alles."

„Danke, natürlich, aber ich sehe keinen Sinn darin, dass wir uns ausgerechnet dort treffen müssen."

„Ich kenne mich in der Stadt nicht aus. Es wäre für mich am einfachsten, zum Flughafen zu kommen."

„Okay, abgemacht."

Sie vereinbarten ein Treffen vor dem Hauptaufzug in einem Stockwerk des Zürcher Flughafens.

Stella drückte mit zitternder Hand auf den Knopf. Den Grund ihrer Aufregung verstand sie nicht. Sie wartete, bis sich die Tür öffnete. Es kam ihr vor wie eine Ewigkeit. Als sie aus dem Aufzug stieg, traf sie auf den direkten Blick eines Tieres. Das Tier war selbstbewusst und hatte stahlharte Augen. Es trat auf sie zu und gab ihr sofort einen Zungenkuss. Noch nie hatte Stella einen so süßen Kuss erlebt. Augenblicklich bekam sie eine Gänsehaut von Kopf bis Fuß. Der Mann umarmte sie zärtlich und fest um die Taille und fragte:

„Wo gehen wir hin?"

Diese eine Wendung der Ereignisse hatte sie nicht erwartet. Schweigend sah sie ihm direkt in die Augen. Er betrachtete sie mit einem Blick, der ihn wie einen Seelenverwandten wirken ließ. Es schien, als ob es in dem riesigen Zürcher Flughafen niemanden außer ihnen gäbe.

„Lass uns eine rauchen."

„Okay, gehen wir."

„Ich habe schon befürchtet, dass du nicht rauchst. Darum habe ich mich die letzten zwei Stunden zurückgehalten, damit ich dich küssen kann."

„Du siehst so schön aus!", platzte Stella heraus.

„Ich weiß. Und du bist bildhübsch!"

Stella zitterte. Sie konnte kaum die Zigarette halten. Unter seinem Blick konnte sie so gut wie gar nichts mit kalter Gleichgültigkeit tun.

Er war ein sportlicher junger Mann, sehr brünett, mit braunen Augen, vollen Lippen und männlichen Backenknochen. Als er Stella küsste, schien es ihr, als wollte er sie verschlingen. So gefühlvoll, fest und zärtlich tat er das! Es ließ sich nicht beschreiben! Für so einen Kuss hätte sie ihre Seele dem Teufel verkaufen können!

„Warum zittern deine Hände, Schnucki?"

„Du kannst so toll küssen."

„Mit dir geht das gar nicht anders."

Stella, die sich für frigide hielt, kreuzte ihre Beine unter dem Tisch. Sie spürte loderndes Feuer in ihrem Unterleib. Der neue Bekannte zog sie teuflisch an. Was für eine schöne, ruhige, maskuline Stimme … Wenn er sie „Kleine" nannte und dabei unsichtbare Anführungszeichen in die Luft setzte, fühlte sie sich wie ein kleines Mädchen, das gestreichelt und geknuddelt werden will.

„Du bist so zart. Ich kann nicht einmal neben dir stehen!"

„Ach, hör auf. Gehen wir essen!", unterbrach sie ihn.

Dabei wollten sie gar nicht essen. Sie gingen in eins der zahlreichen Restaurants, setzten sich einander gegenüber und erzählten sich ihre Lebensgeschichte, um einander kennenzulernen.

„Wo kommst du her, Dan?"

„Aus Weißrussland. Aus Gomel. Und du?"

„Ich komme aus Lugansk. Jetzt wohne ich auf der Krim."

„Die Krim ist geil."

„Ich weiß nicht mehr, ob es dort noch so geil ist. Seit fünf Jahren habe ich die Schweiz nicht verlassen."

„Ich fahre jedes Jahr nach Hause und besuche meine Eltern."

„Hast du eine Aufenthaltsbewilligung?"

„Ja, ich bin seit zehn Jahren mit einer Schweizerin verheiratet."

„Ich habe mich vor Kurzem von einem Italiener scheiden lassen und heirate bald einen Schweizer."

„Sag mir doch so was nicht."

„Wie merkwürdig. Wir kennen uns seit zwanzig Minuten und du bist schon eifersüchtig?"

„Ich habe dich mein ganzes Leben lang gesucht", erwiderte er überzeugt.

Sie bestellte etwas zu essen, indem sie einfach mit dem Finger auf den nächstbesten Salat zeigte, und trank einen großen Schluck Rotwein. Als der bestellte Salat mit Garnelen serviert wurde, konnte sie diese vor Aufregung kaum in den Mund bringen. Ihr Körper zitterte, als ob jemand sie angestoßen hätte. Als sie Weinflasche geleert hatte, wurde Stella etwas ruhiger.

„Dan, warum trinkst du nicht?"

„Ich habe es nicht so mit Alkohol. Ein Glas ist für mich mehr als genug."

„Nichttrinker ficken besser", dachte Stella.

„Wie lange machst du schon Seitensprünge?"

„Das ist mein erstes Mal. Aber du hast im Lauf deiner Ehe nie aufgehört, mit anderen Frauen Sex zu haben, wenn ich das richtig sehe."

„Genau. Ich liebe meine Frau nicht. Ich habe sie geheiratet, um eine Aufenthaltsbewilligung zu bekommen. Ich habe sie gemocht. Wir haben uns auf dem Markt kennengelernt. Reden konnte ich nicht mit ihr, weil ich die Sprache nicht konnte. Deshalb habe ich sie einfach auf dem Parkplatz im Auto gevögelt und ihr meine Telefonnummer in Weißrussland gegeben, denn das war am Tag vor meiner Abreise. Sie war so glücklich! Wir haben uns eine Woche lang geschrieben, dann hat sie mir ein Heiratsvisum organisiert."

„Was hast du in der Schweiz gemacht?"

„In Weißrussland ich habe Landwirtschaft studiert, an der Fachhochschule. Hier habe ich ein Praktikum gemacht. Wir haben Kirschen geerntet."

Stella bemerkte, dass sie eifersüchtig wurde, als von dem Auto und der Frau erzählte. Seltsam.

„Und wie du bist hierhergekommen?"

„Ich?" Stella zögerte. „Auch als Praktikantin. Ich war gerade fertig mit dem Studium, da haben eine Freundin und ich eine interessante Stelle angeboten bekommen. Wir sollten uns um russische Touristen kümmern."

„Und um was ging es bei eurem Praktikum?"

„Ich habe Sprachwissenschaft studiert. Da fand ich es sehr verlockend, Sprachen zu üben und einige Zeit in der Schweiz zu leben."

„Und wo hast du deinen Mann kennengelernt?"

„Hmmm, ich habe ihn im Zug von Zürich nach Genf getroffen."

„Liebst du ihn nicht?"

„Jetzt nicht mehr."

„Und früher?"

„Ich denke schon. Bis er anfing, mich zu betrügen."

„Warum betrügt er dich?"

„Ich glaube, er hat es im Blut. Oder vielleicht betrügen alle Männer ihre Frauen."

„Nicht alle. Geliebte Frauen werden nicht betrogen."

„Und wie kann eine Frau erkennen, ob sie geliebt wird oder nicht, wenn ihr Bastarde jeden Tag euere Liebe schwört?"

Dan zog eine Augenbraue hoch. Stella ging auf, dass sie etwas Falsches sagte. Wie immer brachte sie der Wein zum Übersprudeln. In diesem Zustand konnte sie den Menschen alles Mögliche direkt ins Gesicht sagen. Auch Beleidigungen.

„Merk dir eins, Kleine: Ich dulde keine Beleidigungen mir gegenüber. Leute, die sich auf das Niveau von unflätigen Beschimpfungen begeben, halte ich für schwach. Das ist die unterste Stufe in meinen Augen. Solche Leute grüße ich nicht einmal. In meinem Leben haben sie keinen Platz.

„Aber Dummkopf darf ich doch sagen? Oder Idiot, klingt irgendwie auch nicht allzu beleidigend, oder?"

„Und wenn ich zu dir statt Kleine dumme Kuh oder Idiotin sagen würde, wärst du dann etwa nicht beleidigt?"

„Jetzt übertreib's nicht. Verstanden?"

„Siehst du, wie du reagiert hast? Deshalb möchte ich nicht, dass wir böse Worte gegeneinander benutzen. Wir müssen Respekt voreinander haben. Das ist das Wichtigste in einer Beziehung."

„Wir haben keine Beziehung!" Stella ging zum Angriff über.

Dan lachte auf, als er ihren kriegerischen Blick sah. Er ging um den Tisch und küsste sie am Ohr.

„Oh Gott, was machst du mit mir? Ich habe Gänsehaut am ganzen Körper."

„Ich küsse mein Mäuschen am Öhrchen."

„Ich wurde im Jahr der Ratte geboren."

„Ja, du erinnerst schon an eine Kampfmaus."

„Und an welches Tier erinnerst du?"

„Einmal darfst du raten."

„Einen Löwen natürlich!"

„Richtig."

„Und im chinesischen Horoskop?"

„Bin ich ein Hahn."

„Das ist giftig!"

„Voll giftig."

Sie brachen in Gelächter aus.

„Gehen wir?"

„Wohin?"

„In ein Hotel. Ich kenne hier ein ordentliches, vier Sterne, das Radisson. Vorher kaufen wir Champagner für dich, Wasser und Obst. Du liegst im Bett, trinkst und isst, und ich streichle dich, mein zartes Kätzchen."

Stella war schockiert von dieser direkten Aussage, die eher nach Behauptung als nach Frage klang.

„Bist du verrückt?"

„Ich? Nein! Aber ich weiß genau, was ich will …"

Als sie das hörte, wollte sie … Ach nein, sie wollte nichts. Nichts weiter, als ihm wohin auch immer zu folgen …

Sie gingen in einen Coop. Er kaufte eine Flasche Veuve Clicquot, Erdbeeren, Saft und Wasser. Dazu mehrere Schachteln Zigaretten.

„Wozu brauchst du so viele Zigaretten?"

„Die Nacht wird lang, Schnucki."

Sie zitterte heftig. Sie hatte Angst vor ihm. Er wirkte auf Stella wie ein Magier, der sie gefügig machte.

Sie hasste es, wenn man ihr sagte, was sie tun sollte. Aber das hier war anders. Es war, als ob sie ihren Herrn gefunden hätte, der für sie alle in Stücke zerreißen würde.

Dafür machte sie sich freiwillig zu seiner Sklavin. Sie fühlte sich nun als echte Frau, als schwaches Geschlecht. An seiner Seite wurde ihr klar, dass sie sich verwöhnen lassen und Launen haben durfte.

„Du hast mir keine Schokolade gekauft!"

Er küsste sie und ging in den Laden zurück, ohne ein Wort zu sagen.

„Meine Kleine will Schokolade."

Es war so schön, dass sie alles um sich herum vergaß!

Als die beiden das Zimmer betraten, warf er sie auf das Bett und zog sie sofort wieder behutsam an sich. Mit einem Ruck zog er Stella das Kleid aus und öffnete mit einer Fingerbewegung ihren BH. Im nächsten Augenblick war sie nur noch mit Strümpfen und Slip bekleidet. Er betrachtete sie von Kopf bis Fuß und sagte:

„Oh Gott, wie schön du bist!" Langsam zog er ihr die Strümpfe aus und berührte ihre Beine, die krampfhaft vibrierten.

Stella verstand nicht, warum ihr Körper so auf ihn reagierte. Auf jede Bewegung seiner Finger. Unter seinem Blick wurde sie befangen. Sie scheute sich vor ihm, dem wilden Raubtier. Dabei überkam sie selbst eine tierische Lust. Sie wollte ihn wie noch nie jemanden zuvor. Sie versuchte, sich ihm zu nähern, aber er hielt sie zurück und sagte:

„Bleib liegen, Schatz, entspann dich und genieße."

Stellas Augen schlossen sich, sie versank in eine Trance, aus der sie nicht mehr erwachen wollte. Ihr Körper gehorchte jedem Impuls ihres Liebhabers. Ihre Wünsche wurden erfüllt, ohne dass sie sie laut äußern musste. Er liebkoste sie überall, alle Kurven ihres Körpers, küsste ihre Zehen, leckte sie von oben bis unten ab. Sie stöhnte, wand sich beim Orgasmus und wollte nur eins: dass er in sie eindrang. Aber das Vorspiel des Löwen war so lang und so süß, dass Stella dachte, sie würde das Bewusstsein verlieren, wenn er in sie eindrang. Endlich führte er sein pralles, zartes, mittelgroßes Glied sanft in ihren warmen, samtenen Schoß ein. Gleichzeitig küsste er sie auf die Lippen und am Ohr. Er hielt die sich windende Schöne fest und bewies ihr stundenlang seine Liebe. Das war die richtige Liebe!

Seine Arme waren tätowiert, und das irritierte sie ein wenig.

Stella öffnete ihre Augen nicht, denn sie wollte sich nicht auch nur für eine Sekunde von ihrem Vergnügen ablenken, bis die warme Flüssigkeit ihrer Lust strömte. Die Tropfen flogen auf ihn. Er trank diese Flüssigkeit, rieb Stella damit ein und leckte sie ab. Es schien ihr, als ob er alles Lebendige aus ihr herausgesogen hätte. Ihr Körper bewegte sich von alleine so, wie er es ihm diktierte, ohne dass er ein Wort sagen musste. Er ejakulierte, rauchte, sie trank Champagner und dann legten sich beide wieder ins Bett. Um zehn Uhr morgens, während ihre Leidenschaft noch loderte, bekamen sie einen Anruf von der Rezeption. Ihre Lippen ließen sich kaum voneinander trennen.

„Du machst mich verrückt!"

„Ich weiß selber nicht, was mit mir los ist, Dan.

Ich muss jetzt gehen! Es war das erste Mal, dass ich nicht zu Hause geschlafen habe."

„Ich auch, eigentlich. So ein langes Date hatte ich noch nie."

„Gehen wir, ich bin ganz unruhig. Ich bin nicht nur verheiratet, ich habe auch einen kleinen Sohn zu Hause."

Er hob sie hoch und trug sie ins Badezimmer. Er ließ die Dusche laufen und seifte Stella zärtlich ein. Dabei betrachtete er sie mit Bewunderung. Direkt im Stehen penetrierte er sie. Er schwang sein Becken so, dass sein Schwanz gerade über ihre erogenen Zonen glitt. Er hob sie hoch, als wäre sie nichts, und fing an, sie wie Käse auf der Reibe zu reiben. Sie kam heftig und schrie dabei vor Lust wie angestochen. Sie konnte sich nicht zurückhalten. Die neuen Gefühle waren so stark, dass sie aus dem wunderschönen Märchen nicht mehr aufwachen wollte. Ihr wurde schwarz vor Augen. Einige Sekunden lang kam sie nicht zu Bewusstsein. Ihre Beine zitterten. Dan konnte sich selbst kaum bewegen, aber er nahm seine Kleine in die Arme, trug sie zum Bett, trocknete sie ab und rieb sie mit Lotion. Stella sah ihn an wie einen Gott! Sie genoss seine Zärtlichkeit so, dass es ihr den Atem raubte. Er stand auf und fing an, ihre Strümpfe nach außen zu kehren.

„Ich will dich anziehen, Liebste."

Stella versuchte ihren Slip als Erste zu finden, denn darin klebte eine Damenbinde, und sie fürchtete, dass diese nicht mehr frisch sein könnte. Aber sie entdeckte den Slip in seiner Hand, ohne die Binde. Fragend betrachtete sie den schönen Mann. Er zuckte die Schultern, drückte ihre Beine auseinander und zog ihr den Slip langsam an.

„Du mein süßes Popöchen. Falls du die Binde suchst, die habe ich weggeschmissen."

„Das hättest du nicht tun sollen."

„Ach, du Schatz. Wir sind aus dem gleichen Holz geschnitzt. Genier dich nicht wegen einer Binde. Bitte!"

„Alles in Ordnung. Danke für deine Besorgnis."

Sie verließen das Hotel. Dan nahm ihren Parkschein und ging ihn bezahlen. Sie saß in ihrem Auto und rauchte. Er kehrte zurück, setzte sich auf den Beifahrersitz, reichte ihr den Parkschein.

„Wie kannst du bloß so ein Auto fahren?"

„Was gefällt dir nicht an meinem Nissan Qashqai?"

„Der ist Schrott."

„Und was fährst du?"

Er zeigte auf ein blitzsauberes zweitüriges Audi-Sportcoupé in Schwarz.

„Sieht schön aus."

„Danke schön."

„Ich rauche nicht einmal darin."

„Ich schon, wenn ich ohne Kind fahre."

„Ja, es stinkt nach Rauch hier drin. Und aufräumen würde auch nicht schaden."

„Dann wasch mir doch das Auto, du Klugscheißer."

„Kann ich machen, wenn du willst."

„Okay, danke. Ich fahre jetzt los. Die Nacht war geil!"

„Ich rufe dich an."

„Okay."

Er küsste sie zum Abschied.

„Ich kann mich von dir nicht losreißen, Kleine. Fahr vorsichtig. Pass auf dich auf."

„Tschüss."

Unterwegs nach Hause quälte sich Stella mit der Frage, was sie ihrem Mann sagen sollte. Auf ihrem Handy waren achtzig verpasste Anrufe. Sie wählte die Nummer, die als „Liebster" bezeichnet war. Ihr Herz stand still.

„Hallo, wo bist du?"

„Ich war gestern betrunken und bin bei Lisa geblieben, einer von meinen Freundinnen. Ich fühle mich so schlecht. Verzeih mir."

„Ich habe die ganze Nacht nicht geschlafen, weil ich mir Sorgen gemacht habe. Warum hast du nicht angerufen?"

„Ich war stockbetrunken und bin eingeschlafen. Bitte entschuldige, Liebster. Ich bin unterwegs nach Hause."

„Ich warte."

An einer Tankstelle schaute Stella in den Spiegel. Ihr Kleid hing an ihr, als ob es drei Nummern zu groß wäre. Sie hatte in dieser Nacht so viel Wasser verloren, dass die Matratze vor Nässe geschmatzt hatte.

„Was habe ich getan! Mein Mann wird alles sofort erkennen. Er wird an meinen Augen sehen, dass ich glücklich bin." Ihre Haare waren zersaust und im Nacken verfilzt wie Dreadlocks. Es schien ihr, als würden alle sie anstarren wie eine Bordellnutte.

Als sie die Wohnung betrat, sagte Adrian:

„Du bist wirklich eine Augenweide! Man sieht sofort, dass du dich ordentlich besoffen hast."

„Mir ist schlecht!"

„Das denke ich mir. Habt ihr Männer dabeigehabt?"

„Was für Männer? Reiner Mädelsabend. Verzeih deiner kleinen Scheißerin!"

„Sag mir nächstes Mal bitte Bescheid, damit ich mir keine Sorgen machen muss."

„Unbedingt."

„Heute ist Samstag. Gehst du mit uns in den Park?"

„Darf ich bitte zu Hause bleiben? Ich fühle mich nicht wohl, ich möchte mich hinlegen."

Sie blieb alleine, wollte aber gar nicht schlafen. Sie war von der Nacht beeindruckt und dachte an Dan.

In ihrem Leben hatte es nie etwas Vergleichbares gegeben.

„Er ist so schön! Zärtlich, liebevoll, selbstbewusst!" Sie könnte einiges von ihm lernen. „Seine Hände sind stahlhart, seine Schultern stark." Sie wollte wieder Sex haben. Was jetzt? Wie konnte das passieren? „Warum wusste ich früher nichts von diesen

Gefühlen? Warum habe ich ihn nicht früher getroffen?" Es kam ihr vor, als wäre er das Zentrum des ganzen Universums. Ihr Inneres war wie betäubt, als sie sich vorstellte, wie er jetzt eine andere, seine Frau, umarmte und küsste. Die Flamme der Eifersucht loderte in ihrer Seele.

„Beruhige dich, Stella! Dreh nicht durch!"

Es klingelte. Es war Dan! Hurra!

„Hallo!"

„Hallo, Kleine. Ich bin aus dem Haus geschmissen worden. Wollen wir uns treffen?"

„Wo?"

„Im Hotel."

„Ich habe nur bis heute Abend Zeit."

„Und wenn es nur eine Stunde ist. Ich vermisse dich schon."

Stella duschte schnell, kämmte und rasierte sich, trocknete sich flugs die Haare, zog ihr verführerischstes Kleid an und lief aus dem Haus.

Sie bekam von ihm ein SMS mit der Adresse eines Hotels in einer anderen Stadt, zwanzig Minuten Autofahrt entfernt. Sie fuhr dorthin.

Die beiden Frischverliebten sprangen aus ihren Autos und fielen einander in die Arme.

„Oh Gott, wie habe ich dich vermisst!"

„Ich dich auch! Ich bin sogar eifersüchtig auf deine Frau! Kannst du dir das vorstellen?"

„Ich bin eifersüchtig auf die Luft, die du atmest!"

„Das ist nicht normal, Dan! Wir sind beide verheiratet!"

„Lass uns darüber später reden", flüsterte er ihr ins Ohr und riss ihr die Kleidung vom Leib. Kräftig packte er ihren Hintern und ihre Beine, dass es Stella den Atem raubte. Schreiend liebkoste sie ihn, genoss jeden Stoß des entflammten Tieres. Dieser Wahnsinn war nicht in Worte zu fassen! Der Orgasmus war wie eine Droge, die sie abhängig machte! Fast unbemerkt kam der nächste Morgen.

„Dan, das war die zweite Nacht, die ich nicht zu Hause verbracht habe!"

„Das habe ich gemerkt."

„Ich gehe jetzt. Das war zu viel."

„Dann geh nur, meine Süße! Ich muss auch weg. Dabei habe ich gar keine Lust. Ich muss mich ausschlafen und morgen um 5 Uhr aufstehen."

„Wo arbeitest du?"

„Auf einer Baustelle."

„Lieber Himmel! Wo hast du dann so einen Wagen her?"

„Bist du sauer, dass ich nicht Direktor in einer Geflügelfabrik bin?"

„Das ist mir egal", log Stella. Sie hoffte, dass er wenigstens Abteilungsleiter bei einem Audihändler war. Denn wie wollte es ein gewöhnlicher Bauarbeiter schaffen, auf so großem Fuß zu leben? Da stimmte etwas nicht ...

„Ich verdiene gut, 6.500 Franken im Monat."

„Tja. Sehr gut", dachte sie. „Mein Adrian verdient über 20.000 Franken im Monat."

„Und wo hast du jetzt die coole Karre her? Sie kostet etwa 100.000 Franken, hat einen 3-Liter-Dieselmotor, und außerdem ist das die Sportversion."

„Ich habe früher am Wochenende Autos auf Bestellung nach Weißrussland überführt. Damit habe ich genug verdient, um eine Wohnung im Zentrum von Minsk und ein Auto zu kaufen."

„Gut gemacht.

Es tut mir leid, aber ich muss jetzt wirklich gehen. Sonst bekomme ich Probleme zu Hause."

„Geh nur und pass auf dich auf, mein Kätzchen."

„Und du auch."

Stella stieg ins Auto und versuchte, eine neue Ausrede zu erfinden. Es fiel ihr aber nichts ein und sie beschloss, Adrian anzurufen.

„Hallo!" Hast du den Verstand verloren? Du hast ein kleines Kind zu Hause."

„Adrian, verzeih mir! Ich bin zu Freunden gefahren, um gegen den Kater einen Konterschnaps zu trinken, und bin komplett versackt. Ich bin wieder eingeschlafen."

„Bist du Alkoholikerin? Überall willst du einschlafen? Ich habe noch nie gesehen, dass du in diesem Zustand schläfst! Im Gegenteil, es ist praktisch unmöglich, dich betrunken zum Schlafen zu bringen! Du tanzt eher die ganze Nacht lang!"

„Dort gab es ja keinen Platz zum Tanzen! Ich war bei einer Freundin."

„Und was ist das für eine Freundin? Hat sie keine Familie?"

„Ja."

„Komm nach Hause! Schnell!"

„Bin schon unterwegs."

Adrian wusch ihr dieses Mal ordentlich den Kopf! Sie saß da, weinte und bat um Verzeihung, bis es ihr zu viel wurde. Da fing sie an, zu schreien, dass sie ihn zusammen mit dem Kind verlassen würde. Dass er sich eine andere Frau suchen sollte. Sofort wurde alles ruhig und kam ins Gleichgewicht.

In der nächsten Zeit simsten Stella und Dan und telefonierten jeden Tag. Sie studierte sein Horoskop und stellte fest, dass gerade er der Mann ihrer Träume war. Selten standen seine Taten im Widerspruch zu seinem inneren Zustand und seinen Wünschen. Er setzte sich konkrete Ziele und arbeitete sich an sie heran, koste es, was es wolle. Manchmal setzte er sich zu hohe Ziele und erreichte sie trotzdem. In den Beziehungen mit Frauen gefiel ihm die Zeit des Umwerbens. Da konnte er sich wie ein echter Prinz fühlen.

„Ich weiß nicht, wie es bei ihm ist, aber ich fühle mich wie eine Prinzessin an seiner Seite", krähte Stella. Sie veränderte sich um hundertachtzig Grad!

Sogar der Gang der jungen Frau wurde weiblicher, sie tänzelte mit schwingenden Hüften und lächelte. Außerdem stand im Horoskop, dass er ein emotionaler und großzügiger Partner sei, wenn er sich so richtig verliebte.

„Also, er ist verliebt! Er spart an nichts! Ich muss mir wahrsagen lassen! Ich gehe mal zu Gonzalez, dem hiesigen Magier." Er betrieb ganz offiziell schwarze Magie und hatte ein Büro in der Stadtmitte.

Sie rief an und bekam einen Termin, überlegte es sich aber anders und ging nicht hin.

„Ich will nichts wissen", dachte sie. „Ich lasse die Dinge laufen."
Stella verlor ihre innere Ruhe. Sie wurde ständige Kundin im
Fitnessstudio. Für jedes Date mit Dan bereitete sie sich so gründlich vor, dass jeder Kubikzentimeter ihres Körpers zermürbt wurde. Ihre Treffen waren viel zu kurz, die Nächte schienen nur eine
Minute zu dauern. Sie hasste häusliche Szenen und Verhöre, lief
aber trotzdem immer wieder von zu Hause weg. Die Situation
eskalierte von Tag zu Tag.

Stellas Hochzeit ...

Es kam der Tag, der für Dan ein Trauertag wurde. Er versuchte, Stella zu überreden, nicht zu heiraten, aber sie hörte nicht auf ihn. Auf dem Spiel stand nicht nur ihr eigenes Schicksal, sondern auch das ihres Sohnes. Sie hatte kein Recht, dem Kind seinen leiblichen Vater wegzunehmen. Außerdem war Dan noch nicht geschieden, obwohl alles in diese Richtung lief.

Niemand konnte sich vorstellen, wie sehnlich sie auf diesen Moment gewartet hatte! Ihr heißester Wunsch war es, in ihre Heimat zu reisen, die Leute dort zu sehen, mit irgendjemandem auf der Straße zu zanken, den Staub einzuatmen, den der Verkehr aufwirbelte, sich das Gesicht mit gelblichem Leitungswasser zu waschen. In der Schweiz war das Wasser so sauber, dass man in den Restaurants Leitungswasser servierte, wenn der Gast nicht ausdrücklich anderes Wasser bestellte. Das Leitungswasser stand dem Mineralwasser in nichts nach, in manchen Gebieten war es sogar sauberer als Flaschenwasser, je nachdem, ob es aus einem See oder aus Bergquellen gewonnen wurde. Fließendes Wasser ist gesünder, wie Untersuchungen von schweizerischen Wissenschaftlern bewiesen haben. Stella amüsierte sich bei der Vorstellung, wie die Gäste in einem ukrainischen Restaurant gelbliches Leitungswasser aus Karaffen kosten.

Über die Schweiz könnte man noch viel mehr erzählen. Sie hatte sich in dieses wunderschöne Land verliebt und wurde allmählich selbst zur Schweizerin. Für alles brauchte sie nun eine Regel oder eine Erklärung. In der Ukraine gab es dagegen vieles, was sich überhaupt nicht erklären ließ. Mit der politischen Position der Ukraine konnte sie sich nicht anfreunden. Sie beruhigte sich damit, dass sie im Grunde ihres Herzens Russin war wie ihr Vater. Sie erinnerte sich oft daran, wie ihrem Vater ein ukrainischer Pass ausgestellt wurde, in dem statt seines russischen Vornamens Nikolai die ukrainische Version Mykola eingetragen war. Er schlug eine Menge Krach! Er bewies, dass das nicht sein Vorname war! Seine Eltern hätten ihn so nicht genannt!

Zur Hochzeit lud Stella einige Freundinnen ein, auch Natalja mit Rudolf, der sich mit dem Vorwand, er hätte geschäftlich Dringendes zu erledigen, entschuldigen ließ, und Jans Patinnen ein. Ohne Pomp setzten sie auf dem Standesamt ihre Unterschriften und begaben sich ins Restaurant, um zu feiern.

Zu dieser Zeit war Natalja bereits bei Rudolf eingezogen. Stella blieb dieser Umzug vor allem wegen Ulrich in Erinnerung, der Krokodilstränen weinte. Er tat Stella so leid, dass sie nicht anders konnte, als Natalja all ihre Affären vorzuwerfen. Der dicke Katzenliebhaber half, die Sachen der verruchten Blondine zu laden, von denen sie jetzt noch viel mehr hatte als vorher. Offenbar hatte Ulrich genug Platz in seiner Wohnung, um all den Kram unterzubringen – schließlich bestand sie aus mehreren Zimmern. Natalja hatte in letzter Zeit anscheinend alle Secondhandläden mit Rabatt leergekauft. Stella schimpfte von ganzem Herzen auf den unvermeidlichen nächsten Umzug ihrer Freundin, denn jetzt zog sie in ein schickes dreistöckiges Haus in Küssnacht, dem besten Viertel von Zürich, das direkt am See lag. Solche Häuser kosten drei Millionen Franken und mehr. Auf dem Grundstück gab es ein beheizbares Schwimmbecken mit eingebauten Massagedüsen und Jacuzzi. Ein grüner, getrimmter Rasen verlieh dem Haus ein herrschaftliches, gepflegtes Aussehen.

Nachdem in einem schicken Restaurant mehrere Flaschen Champagner geleert waren, wollte Natalja mit ihrem neuen Zuhause prahlen und lud die Hochzeitgäste zu sich ein. Alle fanden die Idee toll, bei einem Glas Wein auf einer riesengroßen Terrasse zu sitzen und im warmen Pool mit Blick auf den See zu baden.

„Einfach schick! Megaschick! Super! Du bist echt ein Glückspilz, Natalja! Das Haus ist bombig!"

Das modern gebaute Haus mit antiker Innenausstattung sah wirklich cool aus. Alle waren überrascht und entzückt. Drei Kinder waren bei der Hochzeitsgesellschaft, außer Jan noch die Töchter von zwei Freundinnen der Braut, Nicole und Marina. Die Kinder badeten und tauchten im Pool, die Mütter tranken, rauchten und warfen ihre Kippen in den Garten. Natalja prahlte mit ihrer Neuerrungenschaft. Erst jetzt war ihr richtig klar, wo und bei wem sie eingezogen war. Ihr Freund war ein Mann in leitender Position mit besten Beziehungen zur gesellschaftlichen Elite. Natalja wurde arrogant und fing an, Stella wie einen Menschen aus der Unterschicht zu behandeln.

Vom Tellerwäscher zum Millionär! Das kam beim Pöbel in jedem Land vor. Hochnäsig werden nur Personen, denen ihr Glück umsonst in den Schoß gefallen ist. Ein normaler Mensch brüstet sich nicht mit seinem Reichtum.

In dieser unglückseligen Nacht wurde die Freundschaft zwischen Stella und Natalja für immer zerstört.

Gegen Ende des Abends, als beide schon ordentlich bedusert waren, passierte zwischen ihnen etwas Unverständliches. Sie gerieten in Streit. Stella zog die Kleidung aus, die ihr Natalja vorher zum Umziehen gegeben hatte, und ging nackt zu ihrem Auto, das am Ende der Straße geparkt war. Sie war buchstäblich nackt, ohne Unterwäsche, weil sie davor Nataljas Badeanzug getragen hatte. Ihre eigene Unterwäsche fand sie in der Unordnung im Haus nicht wieder. Überall lagen nasse Badetücher und Zigarettenstummel, Gläser standen herum – kurzum ein wirres Durcheinander! Unterwegs nach Hause murmelte Adrian, der am Steuer saß:

„Eine schöne Hochzeit, alle Achtung!"

„Was glaubt sie, wer sie ist? Du bist nur einen Rang unter ihrem Mann! Was soll der Scheiß? Sie redet mit mir wie mit einem Dienstmädchen! Ich hasse es, wenn jemand meine Familie antastet! Sie beleidigt mich dadurch!"

„Sie ist einfach eine doofe Nutte! Und das weißt du schon lange! Ich verstehe nicht, warum du Edelmut und Aufrichtigkeit von fiesen Menschen erwartest und ihnen jahrelang hilfst! Umsonst!"

Aber Stella hörte nicht zu. Sie saß da wie ein gekränktes, verletzliches Kind und wollte getröstet und gestreichelt werden. In ihrem Kopf gingen ganz andere Gedanken herum. Sie wollte Dan sehen. Sie stellte sich vor, wie er wegen ihrer Hochzeit ausflippte. Sie dachte an seine zärtlichen Umarmungen und seine Fähigkeiten als Liebhaber, die ihm anscheinend die Natur selbst verliehen hatte. Sie verdrehte die Augen und tauchte in Erinnerungen an den Wahnsinn der Leidenschaft ein. Sie konnte an nichts anderes als an ihn denken. Selbst ihr kleiner Sohn war ihr egal, sie ließ ihren Ärger an dem Kind aus und schrie es an.

Am nächsten Morgen rief Rudolf an, aber Adrian nahm nicht ab. Stella und er lagen im Bett wie zwei Leichen mit bleiernen Köpfen. Sie öffneten eine Flasche Champagner und aßen Kanapees, die sie im Restaurant bestellt hatten. Dann rief Natalja an. Stella nahm nicht ab. Schließlich folgten E-Mails mit Drohungen. Rudolf schrieb Adrian, dass sie den Pool und das Spielzeug seines Sohns kaputtgemacht und den ganzen Garten mit Kippen und Asche verdreckt hätten. Im Pool wären Wurst- und Käsestücke geschwommen und er müsste mit einer speziellen Maschine gereinigt werden. Das würde rund 2.000 Franken kosten. Außerdem hätte einer der Gäste ein kleines Klappmesser geklaut, das Natalja Stella und ihrem Patenkind für gemeinsame Ausflüge in die Natur geschenkt hatte. Insgesamt berechnete Rudolf den Schaden auf etwa 4.000 Franken. Das Haus wäre von Gästen beschmutzt worden, die anscheinend ihre Schuhe nicht ausgezogen hätten. Die automatische Pool-Abdeckung wäre nicht mehr funktionsfähig und so weiter. Dann rief Rudolfs Sohn an und hinterließ eine hämische Nachricht, dass Jan ein bekloppter Behinderter wäre und er ihn umbringen würde, weil Jan sein Spielzeugauto kaputtgemacht hatte.

„Was für ein Depp. Und selbst wenn das Haus so schmutzig geworden wäre? Spielzeug ist dafür da, dass man damit spielt! Da geht auch mal was kaputt. Das ist doch keine Kristallvase! Ich zum Beispiel habe meine Gäste noch nie aufräumen lassen, bevor sie gehen!"

Diese Situation machte Stella wütend. Wie viele Male war in ihrem Haus schon alles zertrümmert worden, hatten Leute bei ihr getrunken, geraucht und gelebt. Überall fanden sich Brandlöcher. Und nun, wo sie selbst einmal Gast war, wurde ihr eine Rechnung gestellt. „Leckt mich am Arsch, gierige Bastarde!", sagte Stella. „Ihr kriegt kein Geld! Diese zwei Geizkragen waren sich ja schnell einig. Jetzt können sie ja die Polizei rufen. Das fehlte gerade noch."

„Die sollen sich bloß verpissen!", brüllte Adrian. „Sie beleidigen unseren Sohn! Nerven uns mit Anrufen am Morgen nach der Hochzeit! Schämen sollen sie sich! Wenn Natalja was braucht, stehst du um drei Uhr nachts auf und rennst, um ihr zu helfen! Und jetzt wachen sie im Morgengrauen auf und fangen sofort an zu rechnen, wem sie was in Rechnung stellen können. Diese Widerlinge haben sich gesucht und gefunden. Ihren Spaß haben sie gehabt und jetzt wollen sie sich dafür bezahlen lassen. Für das Geld hätten wir eine Villa am Seeufer eine Woche lang mieten können! Und hätten unsere Ruhe und keine Probleme gehabt."

„Das sage ich ihr alles ins Gesicht. Sie soll mir nur kommen, die Schlampe!"

In Stellas Auto waren nach dem letzten Umzug einige Sachen von Natalja liegen geblieben. Diese rief an und schrieb in Panik, sie wollte so schnell wie möglich ihre Klamotten abholen, damit mit ihnen nichts passierte. Anscheinend fürchtete sie, dass Stella sie einfach wegwerfen würde. Dabei würde Stella so etwas nie tun. Aber manche Leute gehen eben von ihrem eigenen Verhalten aus.

Zuerst wollte Stella die Sachen zu Natalja bringen, aber dann überlegte sie es sich anders.

„Hör auf! Schluss damit! Hab genug für sie gerackert! Und habe keinen Dank dafür bekommen, nicht einmal Respekt."

Bald stürmte Natalja wie eine Furie in Stellas Wohnung und überschüttete sie mit Vorwürfen.

„Du hast mich stockbesoffen in dem versauten Haus sitzen lassen!"

„Ich war auch nicht gerade nüchtern!"

„Du hast heute Morgen nicht abgenommen!"

„Das war der Morgen nach meiner Hochzeit! Du Sau! Du hättest auch ein paar Tage später anrufen können! Du beleidigst mein Kind und meinen Mann! Wofür denn überhaupt? Ich habe dir immer geholfen!"

„Ich habe dir alles bezahlt! Mit dem Geld in dem Briefumschlag, das ich dir geschenkt habe, als du das Kind bekommen hast."

„Ich habe dir nicht für Geld geholfen! Ich wollte, dass du mich schätzen würdest!"

„Du bist in Rudolfs Haus gekommen! Hast alles eingesaut und bist abgehauen!"

„Ach, du Miststück! Wer, wenn nicht ich, hat deine Hochzeit mit ihm überhaupt arrangiert? Und wenn du schon von Rudolf sprichst: Er schreibt, dass er Schadenersatz verlangt! Ist das noch normal? Wie kannst du es überhaupt wagen?"

„Was für Schadenersatz? Wofür das denn?

„Da, schau! Der Pool soll kaputt sein! Und was weiß ich noch alles! Ein geklautes Messer! Das du mir selbst geschenkt hast!"

„Vielleicht hast du mir das Messer abgeschwätzt, als ich schon betrunken war. Du hast die Situation ausgenutzt! Der Pool funktioniert normal."

„Soll das heißen, dass dein cleverer Ehemann sich an unserer Hochzeitparty bereichern will? Arschloch! Vielleicht sollen wir auch noch Miete für das Haus zahlen? Ihr seid euch schnell einig geworden, ihr zwei Geizkragen!"

Natalja rief, sie habe es satt, die ganze Zeit vor Stella zu kriechen. Stella ginge ihr an die Nieren, sie habe sie von Anfang an gehasst. Sie hätte Stella schon längst zum Teufel geschickt, wenn sie gekonnt hätte. Jetzt sei dieser Moment gekommen. Sie brauchte niemanden.

Natalja hatte erreicht, was sie wollte, einen Ehemann, Geld. Wozu brauchte sie noch eine Freundin?

Stella ahnte das, hoffte aber bis zuletzt, dass sie sich irrte. Sie wollte glauben, dass Natalja aufrichtig zu ihr gewesen war. Nach der Taufe ihres Sohnes dachte Stella gar nicht mehr daran, dass Natalja nicht ehrlich ihr gegenüber sein könnte. Sie war schließlich die Patin des Jungen, hatte versprochen, ihn, falls er seine Eltern verlieren sollte, in ihr Haus aufzunehmen, zu erziehen und zu lieben wie ein eigenes Kind. Mit leerem Herzen konnte man das nicht, oder?

Wie sich herausstellte, konnte man das.

Stella lief wieder von zu Hause weg und ging, ihren Liebsten zu beruhigen. Die Liebenden irrten durch Hotels und Restaurants, und jedes ihrer Treffen war so glücklich, aufrichtig und ersehnt, dass sie beide weinten, wenn sie sich wieder für einige

Tage trennen mussten. Dan bekam ernsthafte Probleme mit seiner Frau. Sie wurde eifersüchtig und versteckte seine Autoschlüssel, damit er zu Hause bleiben musste. Aber alles war umsonst.

Eines schönen Tages zog Dan zu einem seiner Freunde, einem Polen namens Jacek. Er suchte eine neue Bleibe und besichtigte mehrere Wohnungen. Stella bat ihn, nach Zürich zu ziehen, aber er beschloss, in Luzern zu bleiben, bis die Scheidung abgewickelt wäre. Stella war bereit, ihren Ehemann zu verlassen. Sie redeten praktisch nicht mehr miteinander und stritten sich ohne Ende. Adrian warf ihr vor, eine schlechte Mutter zu sein. Das kränkte sie sehr. Aber ihre Gefühle waren wie eine unheilbare Krankheit, gegen die es kein Mittel gab. Endlich erhielt sie die Aufenthaltsbewilligung für die Schweiz, kaufte sich sofort ein Flugticket in die Ukraine und stellte Dan vor vollendete Tatsachen.

„Du fliegst nicht ohne mich!"

„Versteh mich doch, Schatz. Ich bin fünf Jahre nicht mehr zu Hause gewesen. Ich muss dahin. Ich will meine Wohnung sehen!"

„Okay, flieg meinetwegen, aber halt mich auf dem Laufenden. Einen Betrug verzeihe ich dir nicht."

„Was für einen Betrug? Wie kann ich dich betrügen? Mit wem?"

„Ich habe dir gesagt, was ich davon halte. Bring deine Angelegenheiten in Ordnung und komm wieder."

„Wird gemacht, mein geliebter Putzi."

„Wen meinst du mit Putzi?"

„Ach, du bist so putzig, wenn du maulst."

„Du kommst vielleicht auf Ideen!"

Die lang ersehnte Reise in die Heimat!

Stella konnte die ganze Nacht nicht schlafen. Sie holte Überflüssiges aus dem Koffer, packte stattdessen Dinge ein, die ihr notwendiger schienen, und umgekehrt. Sie schluckte eine Packung Schlafmittel, aber es half nicht. Sie rauchte mehrere Schachteln Zigaretten, spülte mit Whiskey nach und schlief immerhin zwei Stunden tief und fest. Im Flugzeug wurden ihre Handflächen feucht, sie kippte ihr Tablett mit Essen um, und der angetrunkene Mann, der neben ihr saß, verwünschte sie für ihr Ungeschick. „Endlich habe ich mit jemandem gezankt", dachte Stella zufrieden. Beim Anblick ihres zufriedenen Gesichts hielt der Mann sie sehr wahrscheinlich für verrückt.

Mit einem Lächeln im Gesicht, wie bei den Schweizern üblich, betrat Stella die Zentralhalle des Flughafens. Aus Gewohnheit grüßte sie alle Menschen, die an ihr vorbeiliefen. Die Leute schauten sich erstaunt um, weil eine unbekannte Person sie grüßte. Manche fassten sich an die Taschen, um zu prüfen, ob ihr Geldbeutel noch da war. Anscheinend betrachteten sie die freundliche Begrüßung als Anlauf zu einem Raubüberfall. Die kleine Gepäckkarre, auf die Stella ihre Koffer lud, brauchte sie nicht mehr, nachdem ihr nächster Flug aufgerufen wurde. Es wäre viel bequemer, sich ohne dieses Metallding, nur mit Handgepäck, zu bewegen. Sie fand aber keinen Parkplatz für das Gefährt und wandte sich an einen Polizisten.

„Guten Tag!"

„Sie haben mich schon einmal begrüßt", erwiderte düster der Gesetzeshüter.

„Könnten Sie mir bitte sagen, wo ich die Gepäckkarre abstellen kann? Ich kann den Platz dafür nicht finden."

„Lassen Sie die Karre einfach irgendwo stehen."

„Einfach so?"

„Fräulein, geht es Ihnen gut?"

„Ja, danke." antwortete Stella und ließ das Vehikel stehen.

„Bitte sehr."

„Entschuldigung, darf ich noch eine Frage stellen? Wo ist das Raucherzimmer?"

„Hahaha, draußen neben dem Mülleimer. Zwanzig Meter links oder rechts davon mit der Kippe bedeutet eine Geldstrafe."

„Was ein Schwachsinn! Alles klar!"

Stinksauer ging sie nach draußen, wo sich neben einem zerkratzten Mülleimer die Leute drängten.

„Wie furchtbar", dachte sie.

Sie hatte sich längst daran gewöhnt, dass es an jedem Flughafen ein Rauchzimmer mit Abzug, Aschenbechern und einem Tisch gibt, wo man bei Kaffee oder Bier eine Zigarette rauchen kann. Hier dagegen lohnte es sich, Nichtraucher zu werden. Sie hatte sich von ihren Landsleuten ganz entwöhnt, es schien ihr, als hörte sie überall Schwyzerdütsch. Wenn sie die Leute reden hörte, kam es ihr vor, als wäre das nicht ihre Muttersprache. Mitunter verstand sie nicht einmal die Fragen, die man ihr stellte. In einem Laden an der Kasse benötigte sie eine Tüte, aber das richtige Wort dafür fiel ihr nicht ein und sie verließ das Geschäft mit den Waren in der Hand. Die fünfjährige Abwesenheit hatte gewisse Spuren in ihrem Verhalten und ihrer Denkweise hinterlassen.

In Simferopol wurde Stella von einem Taxifahrer abgeholt, den sie extra zu diesem Zweck aus Sewastopol bestellt hatte. Anscheinend war er nicht ganz dicht. Er erzählte Stella, dass er ein bedeutender Unternehmer wäre, der Undercover arbeitete. Diesen Unsinn musste sie sich während der ganzen Fahrt von einein-halb Stunden anhören und Interesse dafür vortäuschen.

Sie stieg neben dem Eingang eines neunstöckigen Neubaus aus und schaute nach oben, auf der Suche nach ihrem Balkon. Dabei hatte sie keine Ahnung, in welche Richtung die Fenster ihrer neuen Wohnung gingen. Stella fuhr mit dem Aufzug nach oben und steckte mit zitternden Händen den Schlüssel ins Schlüsselloch. Sie betrat die Wohnung und erstarrte.

„Lieber Himmel! Das habe ich nicht erwartet!"

Aus dem Fenster waren die ganze Stadt und das Meer mit seinen Buchten zu sehen. Ein Stück Himmel über ihrem Kopf weckte

Gedanken voller Ruhe und Seligkeit in ihr. Sie wollte fliegen! Der Stolz auf sich selbst sprengte ihr fast die Brust. Sie musste sich dringend mit der Innenausstattung beschäftigen! Sie ging hinunter ans Meer und bummelte lange durch das schöne, damals noch ukrainische Sewastopol. Die prächtige Stadt am Meer mit ihrer glanzvollen Geschichte und die Tatsache, dass sie nun eine Wohnung in dieser Stadt hatte, machten ihre Stimmung besonders freudig.

In der Stadtmitte an der Uferpromenade überkam sie der Wunsch, sich ordentlich zu besaufen. Aus Gewohnheit grüßte Stella wieder die Passanten. Da wurde sie von einem mittelprächtig aussehenden Burschen knapp über dreißig angesprochen. Er lud sie zum Essen ein. Er trug einen strengen Anzug, war brünett, wie sie es mochte, aber etwas fett. Natürlich war er nichts im Vergleich zu Danil, aber okay, um einen Abend oder ein paar Stunden bei einem Gläschen zu verbringen.

„Bist du Bulle?"

„Vielleicht sollten wir uns erst einmal vorstellen?"

„Ich will mich keinem Bullen vorstellen. Es sei denn, er ist Polizeichef."

„Du bist aber ganz schön anspruchsvoll!"

„Lass uns lieber einen trinken gehen, und dabei erzählst mir du alles. Okay?"

„Du packst den Stier gleich bei den Hörnern! Sehr interessant. Komm, ich zeige dir, wo es in der Stadt den besten Schaschlik gibt. Aber es ist nicht am Meer."

„Ich will keinen Schaschlik ohne Meer."

„Das hier ist ein Kurort. Und du bist bestimmt nicht von hier. Ich rate dir, in der Stadtmitte nicht zu essen, wenn du Hunger hast".

„Ja, ich habe einen Bärenhunger. Und Durst! Großen Durst."

„Lass uns zu Safarik fahren. Dort essen wir gut, dann gehen wir runter in die Stadt und trinken Wein."

„Willst du etwa an mir sparen und mich in die hiesige Billigkneipe einladen? Ich kann meine Zeche selbst bezahlen."

„Ich bin ein Mann. Wenn ich dich einlade, heißt das, dass ich auch imstande bin, zu bezahlen."

„Sag das doch gleich."

Stella stieg in seinen weißen Mercedes-Kleinbus, dessen Fenster rundum abgedunkelt waren.

„Du bist ganz sicher ein Bulle."

„Ich bin bei der Staatsanwaltschaft."

„Das freut mich sehr. Klasse! Bist du der Chef?"

„Einer von wenigen."

„Dann ist das eine prima Bekanntschaft!"

Als Stella das Restaurant betrat, war sie vom ersten Eindruck entsetzt. Ihr Gefährte bemerkte als guter Bulle sofort die Verwirrung in den Augen seiner schönen Begleiterin.

„Keine Angst, das sind Tataren. Die Ausstattung ist vielleicht einfach, dafür ist das Essen umso leckerer!"

Der Abend war sehr angenehm. Roman erwies sich als ein gebildeter und witziger Mann. Sie plauderten unbekümmert, aßen mit den Händen Lammbraten mit Knochen und tranken Rotwein. Stella fand ihn sehr attraktiv. Plötzlich klingelte ihr Telefon mit einem Skype-Anruf.

„Dan! Verdammt! Ihn hatte ich ganz vergessen."

Sie machte ein unschuldiges Gesicht, was ihr im betrunkenen Zustand nur selten gelang, und nahm das Gespräch an.

„Hallo! Schalt die Kamera ein!"

„Dan, im Moment passt es nicht. Ich bin mit Freunden beim Essen."

„Mit was für Freunden?"

„Hmmm, mit einflussreichen Freunden!" Sie sah sich Roman kurz an. Nein, sie log nicht.

„Schalt die Kamera ein und zeig mir diesen Freund von dir, verdammt noch mal!"

„Bitte schrei nicht so."

„Stella, ich habe dich gewarnt!"

„Ich rufe dich in zwanzig Minuten zurück, wenn ich zu Hause bin. Okay?"

„Ich warte."

„Roman, entschuldige, aber ich muss gehen"

„Ich verstehe, mach dir keine Sorgen. Ich bin auch verheiratet und habe zwei Kinder."

„Gut, dass du so verständnisvoll bist. Fährst du mich?"

„Steig ein."

Stella stieg in ihrem Viertel bei einem Laden aus und kaufte sich eine Tüte voll guter Sachen, Wein und allerlei kleine Leckereien, die sie so viele Jahre vermisst hatte: geräucherte Wurst, verschiedene Sorten Dörrfisch, Quarkriegel in Schokoglasur und das beste Kindereis der Welt.

Stella öffnete eine Flasche Krimwein und goss ihn in ein tschechisches Glas. Sie breitete ihre Leckereien auf dem Tisch aus und bediente sich tüchtig. Fisch, Eis und ihre Lieblingsbrotchips mit Sülze- und Meerrettichgeschmack schob sie nacheinander in den Mund.

„Wie habe ich euch vermisst! Meine Brotchips!

Aber jetzt muss ich unbedingt mein Tier anrufen.

„Hallöööchen!" Stella war betrunken und lächelte selig übers ganze Gesicht in die Kamera.

„Findest du das lustig?

„Jetzt nicht mehr."

„Ich drehe hier durch und du gehst mit irgendwelchen Schwuchteln essen."

„Er ist keine Schwuchtel", scherzte sie. „Hör auf zu nörgeln, Brummi. Ich habe mit einem Angestellten bei der Staatsanwaltschaft verhandelt. Es ging um den Kauf eines Dachabschnitts in meinem Haus für einen Wintergarten."

„Warum hast du dann die Kamera nicht eingeschaltet?"

„Weil du ein wilder Mensch bist! Schreist gleich und drohst, alle umzubringen! Ich will doch nicht, dass du mir den Deal versaust."

„Gefällt er dir? Du strahlst ja richtig!"

„Er ist lahm, hat einen Buckel und hört auch nicht mehr so gut, wenn ich mich nicht irre."

„Glaubst du, ich bin blöd?"

„Nein, das glaube ich ganz sicher nicht. Ehrlich!"

„Hör auf zu trinken, Stella! Du willst noch Kinder bekommen!"

„Ich höre auf", antwortete Stella und füllte den Wein in eine Teetasse um.

„Was hast du vor, Kleine?"

„Schlafen natürlich. Die Reise war anstrengend."

„Ich will dich so sehr!"

„Ich dich auch."

„Wollen wir spielen?"

„Ich weiß nicht, wie das geht, ehrlich."

„Du kannst doch alles, meine Süße."

Sie stellten ihre Kameras auf den richtigen Abstand und hatten virtuellen Sex.

Nachdem sie das Tier befriedigt und ihm eine gute Nacht gewünscht hatte, fiel ihr auf, dass ihr Mann sie weder angerufen noch ihr geschrieben hatte. Vielleicht war Adrian froh, dass er sie los war, und genoss nun seine Handlungsfreiheit.

Sie schrieb ihm schnell ein paar Zeilen, sie sei gut angekommen, und beschloss dann, einige Lokale zu besuchen, die ihr Interesse erweckt hatten.

Ein Schwein findet überall Schmutz. Am selben Abend traf Stella einen Dealer, der ihr eine Disco-Tablette Ecstasy anbot. Sie kaufte gleich eine Menge davon, was ihr an Ort und Stelle mehrere Freunde verschaffte. Diese Schnorrer waren nur zu gern bereit, sie für eine Tablette zu unterhalten.

„Jungs, ich hab euch alle lieb!", rief Stella. Sie erinnerte sich an ihre Jugend und die Tage, die sie auf dem Kazantip-Festival verbracht hatte. Sie verschaffte sich einen echten Kick, nahm zusätzlich noch Amphetamin und erzählte mit einer Zigarette im Mund den Junkies, wie sportlich sie doch wäre und an welchen Wettkämpfen sie teilnähme. Die Leute hatten keine andere Wahl, als sich ihr Gelaber anzuhören, wenn sie die ersehnte Tablette Ecstasy und dazu Champagner gratis bekamen. Wenn Stella feierte, schonte sie das Geld nicht! Als Erste kaufte sie die teuerste Flasche, der Preis der darauffolgenden spielte schon keine Rolle mehr.

Der Kater danach war ganz anders als in ihrer Jugend. Sie hatte das Gefühl, sie würde in der neuen Wohnung sterben, wo sie gerade erst ihren Einzug gefeiert hatte. Nur ein Gedanke beruhigte Stella, nämlich der, dass sie nach so langer Zeit nun so richtig aufdrehen konnte. Die After-Party nach der Disco feierte sie auf einer Yacht mit einer Menge junger Leute. Sie grillten Schaschlik und tranken alles, was in ihre Gläser kam. Das Boot legte in Balaklawa ab und fuhr zum Kap Fiolent. Sie hörten Musik und hatten viel Spaß.

Stella war bald völlig heiser. Als sie den nächsten Kontrollanruf von Dan bekam, konnte sie dem Gespräch mit ihm deshalb leicht entkommen mit der Ausrede, sie wäre erkältet.

Als Stella wieder fit war, machte sie sich an die Arbeit. Sie beschloss, das Grundstück zu verkaufen, das sie vor mehreren Jahren gekauft hatte. Sie ließ sich von Roman beraten, der scharf auf die Schöne war. Sie erfuhr, dass sich in der Ukraine ein Sturm zusammenbraute. Niemand wusste, welche Folgen er haben würde, aber eins konnte Roman sagen: Brachliegenden Grundstücke könnten dabei beschlagnahmt werden.

Schnell fand Stella einen Käufer. Zum Geschäftsabschluss kam Danil mit dem Auto auf die Krim. Er wollte dabei sein, damit seine Kleine nicht ausgeraubt würde. Stella änderte ihre Frisur, um nicht erkannt zu werden, denn zu dieser Zeit kannte sie schon die ganze Stadt als umtriebige, lustige Säuferin. Aber vor Danil hatte sie höllische Angst. Gott behüte, dass er etwas erfahren und sie sitzen lassen würde. Das wäre ihr Tod!

Als er kam, begann ein anderes Leben. Theaterbesuche, Familienprogramm, Langeweile. Dafür waren die Nächte mit ihm so umwerfend, dass sie ihr alles andere vielfach ersetzten.

Stella stellte Dan ihrer Mutter und ihrem Stiefvater vor, aber sie hießen ihre Auswahl nicht gut. Dan schenkte ihrer Mutter ein schickes orangefarbenes Seidentuch aus der neuen Kollektion von Hugo Boss und dem Stiefvater eine Flasche Hennessy und Luxuszigarren. Er selbst trank bei Stellas Eltern keinen Alkohol. Er hielt es für unnötig, mit dem Stiefvater seiner Auserkorenen zu trinken, denn er machte nicht den Eindruck, ein interessanter Gesprächspartner zu sein. Er brachte Stellas Mutter in Verlegenheit mit seinen Erzählungen über seine in Deutschland verbrachte Jugend und vergaß dabei nicht, ein Lied von seinen Liebesabenteuern zu singen, wenn seine Frau kurz das Zimmer verließ.

Danil gefiel dieses Gespräch nicht, darum beschloss er, mit diesem Mann nichts zu trinken, um mögliche Probleme zu vermeiden. Dan war stark, mutig und ehrlich. Er würde sich nie erlauben, hinter dem Rücken seiner Frau zu tuscheln, schon gar nicht mit Fremden.

„Warum hat sie diesen Aasgeier geheiratet?"

„Ich weiß es nicht. Das ist ihre Sache."

„Erwarte nicht von mir, dass ich mit solchen Leuten etwas trinke. Ich könnte die Beherrschung verlieren und ihm die Fresse polieren."

„Gut, ich werde darauf achten."

Natürlich gefiel Danil auch ihrer Mutter nicht. Diese spürte sofort, wer in der Familie das Sagen haben würde.

„Töchterchen, du mit deinem Charakter wirst unter seiner ständigen Kontrolle nicht leben können. Ein- oder zweimal kannst du dich vielleicht beugen, aber dann wirst du dich umdrehen und gehen."

„Mama, ich liebe ihn wie keinen anderen in meinem Leben. Ohne ihn werde ich sterben. Mir ist klar, dass er wild ist. Er ist ein echter Mann! Bei ihm muss ich einfach Frau sein. Ich bin es satt, grob und frigide zu sein! Er hat in mir eine Flamme entfacht! Ich fühle mich mit ihm wie ein kleines Kind."

„Denk an deinen Sohn! Jans Vater ist ein intelligenter Mann und Eishockeyspieler! Und du ziehst ihm einen Bauarbeiter mit tätowierten Armen vor! Hast du den Verstand verloren? Er wird dich hassen! Aber eigentlich geht es gar nicht um die Tätowierungen. Schau dir seinen Charakter an! Er duldet weder ein falsches Wort noch einen schiefen Blick! Er hat dein neues Kleid mit dem tiefen Ausschnitt in Fetzen gerissen! Was kommt als Nächstes? Wach auf! Töchterchen! Du lebst mit einem reichen, ruhigen, ausgeglichenen, intelligenten Mann zusammen! Wenn dieser Typ erst von deinen zwei Tage langen Partys erfährt, hackt er alles kurz und klein und du bleibst allein, entstellt und mit einem kleinen Kind! Er ist ganz anders als Adrian, Liebes!"

„Mama, du hast doch selbst mit einem ähnlichen Löwen zwanzig Jahre lang zusammengelebt! Und jetzt hast du diesen Waschlappen! Warum das denn?"

„Der Waschlappen ist sehr nett zu mir, hilft bei allem, kümmert sich um mich. Ich brauche keinen anderen! Und Männer wie deinen Vater lohnt es sich nicht zu suchen. Sie sind sehr selten in dieser Welt!

„Ich habe so einen Mann gefunden! Schau doch hin! Er ist genau wie unser Papa."

„Ja, du hast so einen Mann gefunden! Aber zu spät!"

„Du hast Papa auch spät geheiratet! Du warst siebenunddreißig, als ich auf die Welt kam!"

„Ja, ich habe meine Kinder spät bekommen. Aber es waren Kinder von ihm! Du hast schon ein Kind! Und einen rechtmäßigen Ehemann! Du kannst nicht wissen, wie sich dein Leben mit ihm entwickeln würde! Jetzt sitzt du zu Hause, arbeitest nicht, gehst ins Fitnessstudio und ins Thermalbad, wanderst in den Bergen. Dein Einkommen im Monat ist viermal höher als seins! Du sagst, dass das Geld, das ihr jetzt habt, nicht genug ist. Stell dir das Leben mit Danil vor. Und was ist, wenn ihr ein gemeinsames Kind bekommt? Dazu noch die Arbeit und der Haushalt! Das gibt Probleme ohne Ende! Du wirst außerdem älter! Dann fängt er an, mit Zwanzigjährigen fremdzugehen, und macht dir Vorwürfe, weil du dick geworden bist und noch mehr so Zeug. Er ist jemand, der gut vögeln kann. Glaub mir, solche Männer sind eine Seltenheit! Die meisten halten nur fünf Minuten durch, wie du sagst! Kerle wie er haben jede Menge Frauen! Wenn du dich nicht gut pflegst, findet er eine Bessere. Du wirst nervös, eifersüchtig und schlampig!"

„Warum glaubst du nicht an normales, menschliches Glück?"

„Weil das in dieser Welt nicht existiert! Weißt du, wie viele Menschen aus Liebe heiraten und später feststellen, dass es nur eine kranke Leidenschaft war, also Sex, kurz gesagt? Dann fangen die Probleme an. Die Liebe ist ein ruhiges, regelmäßiges Familienleben, kein pausenloses Ficken!"

„Hör auf, es reicht! Ihr wollt mich nur fertigmachen. Wollt ihr, dass ich verrückt werde?"

„Geh ins Bett und schlaf deinen Rausch aus. Wir reden morgen."

„Tschüss."

Die Worte ihrer Mutter lasteten schwer auf Stellas Herzen. Wahrscheinlich wissen Tausende von Frauen, wie es ist, mit dem Kopf zu verstehen, dass etwas nicht für dich ist, wenn zugleich das Herz aus der Brust springt und du auf niemanden um dich herum hören willst. Alle, die über Danil schlecht redeten, kamen sofort auf die schwarze Liste mit Stellas Feinden. Die Frage nach ihrer Familiensituation machte sie verrückt. Sie fürchtete die Veränderung, wollte nicht mit ihrem Sohn allein bleiben, der sie dafür hassen würde, dass sie seine Familie zerstört, Mama und Papa getrennt hatte. Sie hatte kein Recht auf Liebe! Ihr Vater hätte sie für diese Aktionen sofort umgebracht. Er sagte immer: „Vor der Heirat kannst du dich herumtreiben, so lange du willst und mit wem du willst. Aber nach der Hochzeit ist Schluss damit, erst recht, wenn ein Kind da ist! Lotterleben zerstört die Persönlichkeit und die Ganzheit des Menschen. Von Hurerei ist noch nie etwas Gutes gekommen. Wenn du vom Weg abkommst, fällst du hin. Versuch, wieder auf die Beine zu kommen, sonst wirst du zertrampelt. Nur die Stärksten überleben.“

Die Zweifel quälten Stella so sehr, dass sie das alles nicht mehr ertragen konnte und ihren Kummer in Wein ertränkte. Sie machte Adrian Vorwürfe, weil er ihr zu selten Blumen geschenkt, zu wenig mit ihr geflirtet hatte und gab ihm mindestens einen Teil der Schuld an dem, was passierte. Es schien ihr, dass er bei ihr nicht ankam, weil er ihr zu wenig Zeit widmete.

Stella bereute es, dass sie mit der Renovierung ihrer Wohnung in Sewastopol nicht schon früher begonnen hatte, denn sonst hätte sie jeden Sommer hier Urlaub machen können. Sie ärgerte sich über sich selbst. Sie wollte nicht zu Hause sitzen. Sie wollte fliegen, laufen, egal wohin! Sie war keine Gefangene mehr im Paradies. Das Geld aus dem Verkauf des Grundstücks deponierte sie auf einem Konto bei der russischen Bank VTB, die ihr recht sicher erschien, genau für ein Jahr. Sie beschloss, mit der Renovierung abzuwarten, denn sie darauf hoffte, dass die Preise für Baumaterial fallen würden. Für das Grundstück erhielt sie 50.000 Dollar, von denen sie 5.000 versoff und den Rest zur Bank brachte.

Im Lauf des einen Jahres begannen die Unruhen in der Ukraine auf dem Maidan-Platz. In Stellas Heimatstadt und auch auf der Krim kochte die Stimmung hoch. Die Angst um ihre Klassenkameraden und Bekannten war für sie ein starker Grund zur Besorgnis, der zu all dem, was in ihrem Privatleben vorging, noch hinzukam. In Gorlowka im Gebiet Donezk lebten viele ihrer Freunde und dienten in der Armee. Nachts skypte Stella mit den Müttern dieser Freunde. Im Hintergrund hörte sie das Bombardement und ihr wurde mulmig. Einige ihrer Freunde verschwanden endgültig aus der Kontaktliste. Ob sie getötet, verwundet oder einfach nicht mehr online waren, wusste Stella nicht. Einmal stellte ein Klassenkamerad ein Foto der Wohnung seiner Familie im achten Stock eines Hochhauses in Lugansk ins Netz. Sie war von einer Bombe getroffen und verwüstet worden. Gott sei Dank wurde niemand verletzt, die Bewohner waren rechtzeitig in eine andere Stadt gezogen. Es kamen schreckliche Zeiten für Stella. Unruhen verbreiteten sich überall. Stellas Heimat stand in Flammen, die Krim geriet ins Visier, ihre Freunde kamen um, ihre Familien fielen für eine Idee und manche starben vor Hunger.

Die nächste unglaubliche Wendung kam nach dem Krim-Referendum. Stellas Mutter rief an und teilte ihr mit, dass ihre Bank nach Cherson umgezogen war.

„Bist du sicher? Das ist doch eine russische Bank!"

„Ich bin sicher, am Nachimow-Platz demonstrieren die Kunden der Bank."

„Dort gibt es zwei VTB-Filialen."

„Ja, und deine ist umgezogen." Das war eine russische Filiale, die in der Ukraine aufgrund eines Vertrags mit Russland agierte.

„Komisch."

„Das ist jetzt okkupiertes Gebiet. Alle laufen von hier weg."

„Das ist ein Schock! Da sind 45.000 Dollar zum Teufel! Warte mal, Mutti. Ich rufe Roman an und erkundige mich, was da los ist."

„Ja, mach schnell."

Dieser erklärte Stella, dass ihrem Geld im Prinzip nichts passieren sollte, man müsse aber abwarten, bis sich die Situation in der Ukraine stabilisieren würde.

„Machst du Witze? Dort stabilisiert sich die nächsten zwanzig Jahre lang nichts! Die Ukrainer sind ein streitlustiges Volk! So einfach ergeben sie sich nicht. Besonders unter der heutigen Regierung! Siehst du, was dort vor sich geht? Die bringen die eigenen Leute um! Ich rufe in Cherson an."

„Du wirst dort auch nichts erreichen. Die haben jetzt nicht einmal Geld, um Renten zu zahlen. Die geben dir dein Geld nicht zurück."

„Ich versuche es auf jeden Fall."

Roman hatte recht. Stella konnte zwar den Filialleiter telefonisch erreichen, aber er redete nicht einmal mit ihr.

„Sie sind nicht unsere einzige Kundin in Sewastopol, alle wollen ihr Geld heute und sofort haben. Wir haben keine Dollar."

„Was soll das heißen, keine Dollar? Wo ist mein Geld?"

„Verstehen Sie, die Situation im Land hindert uns daran, Depositen auszuzahlen. Die Konten sind eingefroren."

„Ich zahle gut dafür. Geben Sie mir mein Geld!"

„Tut mir leid, rufen Sie uns im nächsten Jahr nochmal an. Wir werden Ihren Namen auf eine Liste setzen."

„Was für eine Liste? Du verdammter Bastard! Dich friere ich gleich selbst ein, du Arsch, in der Gefriertruhe!"

Sie hörte nur noch Tuten.

„So ein Mistkerl! Legt einfach auf! Was jetzt? Denk nach! Ich muss hinfahren und irgendein hohes Tier kennenlernen, das mir helfen kann, mein Geld zurückzuholen."

Stella entwickelte einen Aktionsplan zur Eroberung der Stadt Cherson und schüttete sich dabei Wein in die Kehle. Ihr Zorn wuchs mit jedem Glas.

„Ich glaube, ich rufe ihn noch einmal an. Vielleicht gibt er sich mit fünf Riesen zufrieden und den Rest zahlt er mir zurück."

Natürlich ging niemand mehr ans Telefon. Aber die betrunkene Stella war nicht zu stoppen. Bei ihrem zwanzigsten Anruf meldete sich ein junger Mann. An seiner Stimme hörte sie, dass es eine andere Person war.

„Hallo! Wo ist Ihr beschissener Chef?"

„Er ist nicht im Büro."

„Hat er sich vor mir versteckt? Hol ihn ans Telefon!"

„Er ist wirklich nicht da, vor zwei Stunden hat er das Büro verlassen."

„Und wer bist du überhaupt?"

„Ich heiße Wladimir, ich bin Kassierer."

„Und was machst du im Büro deines Chefs?"

„Ich habe die Tagesberichte gebracht."

„Gibst du die Kohle raus?"

„Ja, kann man so sagen."

„Wowa", flötete die betrunkene Stella, „brauchst du zweitausend Dollar in bar?"

„Natürlich, wer braucht die nicht?"

„Dann gib mir meine Kohle wieder. In eurer dreckigen Bank liegen 45.000 Dollar von mir."

„Wir haben leider keine Dollar."

„Euro?"

„Hrywnja. Wir zahlen am Tag einen bestimmten Betrag aus, der ausschließlich für Rentenzahlungen vorgesehen ist."

„Frier diese Renten ein! Zum Teufel!"

„Bitte schreien Sie nicht. Ich will sowieso bei der Bank kündigen, deshalb überlege ich mir, wie ich Ihnen helfen kann."

„Überleg dir das aber schnell, sonst krieg ich Leberzirrhose von all dem Alkohol, in dem ich meinen Kummer ersäufen muss."

„Geben Sie mir bitte Ihre Telefonnummer. Haben Sie Skype?"

„Ich habe alles."

„Ich rufe Sie später von zu Hause an."

„Ich warte. Danke, Wowa."

Stella konnte es kaum erwarten, Wowa via Skype zu treffen. Sie war so betrunken, dass sie ein Auge zukneifen musste, um ihren Retter sehen zu können. Sie konnte sich kaum davon abhalten, im Gespräch mit ihm in Kraftausdrücken zu führen. Nur am Ende der Sätze fügte sie ein paar Schimpfwörter ein, um mehr Eindruck zu machen. Aber da der Bursche zwei Riesen vor Augen hatte, war er selbst nicht besonders zimperlich und unterhielt sich mit Stella auf gleicher Ebene.

„Ich habe folgenden Vorschlag: Wenn Sie für eine Woche nach Cherson kommen können, friere ich die Auszahlung der Renten für ein paar Stunden am Tag ein und zahle Ihnen jeden Tag einen Teil Ihres Geldes in Hrywnja zum aktuellen Kurs aus."

„In Hrywnja?

Die Hrywnja ist abgewertet! Da bekomme ich ja Millionen! Einen ganzen Koffer voll! Wie bringe ich den auf die Krim über die Grenze? Insbesondere mit einem Pass, der in Lugansk ausgestellt und dann in Sewastopol gestempelt wurde. Leute aus Lugansk gelten jetzt als Volksfeinde, genau wie Leute von der Krim.

Wäre es nicht möglich, das Geld auf das Konto in der Krim-Filiale zurück zu überweisen?

„Nein. Die Banken dürfen in dem besetzten Gebiet nicht tätig werden."

„Okay, ich komme. Ich muss das Ticket kaufen. Dann gebe ich Bescheid, wann genau ich kommen würde."

„Ich warte auf Ihren Anruf."

Die waghalsige Stella entschloss sich zu einem verzweifelten Schritt mit ungewissem Ausgang. Sie kannte eine Mitarbeiterin des Einwohnermeldeamtes und ließ sich mit ihrer Hilfe einen russischen Pass ausstellen. Dann ging sie auf die Reise.

Sie stieg in den Zug nach Cherson (damals fuhren noch Züge von der Krim in die Ukraine). Stella war sehr aufgeregt und musste sich mit einer Mischung aus Cola und Whiskey beruhigen. An der Grenze wurden die Dokumente kontrolliert. Sie wurde nach dem Zweck der Reise gefragt, jede Seite in ihrem Pass wurde geprüft. Auf der russischen Seite der Grenze zeigte sie den russischen, auf der ukrainischen den ukrainischen Pass. Als sie die Hunde bemerkte, die die Taschen der Reisenden beschnüffelten, begab sie sich ins Zugrestaurant, um sich mit den Grenzern zu unterhalten, die mit ihr in einem Abteil reisten.

„Jungs, was suchen denn die Hunde? Warum beschnüffeln sie das Gepäck?"

„Das Übliche: Geld, Waffen, Drogen."

Das Wort Geld traf sie wie eine Granate.

„Ich habe ein bisschen Geld dabei. Das haben die Hunde nicht gefunden." Stella stellte sich dumm und zeigte das Geld aus ihrem Portemonnaie vor.

„Doch kein Kleingeld!" Die Jungs brachen in Gelächter aus. „Mehr als zehntausend darf man über die Grenze nicht mitnehmen. So ein Hund riecht aber auch schon Bündel mit zwei- oder dreitausend."

„Ach, so viel! So viel habe ich nicht."

„Das ist schon klar". Einer von ihnen musterte Stella schmunzelnd von Kopf bis Fuß.

In der Ukraine sagt man, die Menschen in Europa wären gekleidet wie die Landstreicher. Stellas Landsleute verstanden den europäischen Stil nicht. Sie trug nur Markensachen, darunter eine Umhängetasche von Louis Vuitton im Wert von 2.500 Dollar. Ihre Daunenjacke von Moncler hatte sie in einer Boutique in Frankreich für 2.000 Euro gekauft. Sie hatte das neueste iPhone-Modell, damals war es das fünfte. In der Ukraine würden Leute, die solche Sachen anhatten, mindestens einen Mercedes-Geländewagen mit Polizei-Blaulicht fahren. Für andere sah sie aus wie eine Pennerin. „Und das ist gut so", dachte Stella.

„Was soll ich jetzt mit meinem verdammten Koffer voll Geld anfangen? Das ist hier die Frage! Soll ich einen Brillanten oder sonst was Teures kaufen? Ich fahre einfach hin und suche mir vor Ort das Richtige."

Die Nacht im Zug verbrachte sie angespannt, zum Teil im Vorraum mit Zigarette und Whiskey. Gegen Morgen schlief Stella ein und weckte damit alle im Abteil auf. Sie schnarchte schlimmer als jeder Bahnhofpenner. Als sie wach wurde, redete niemand mit ihr. Den Spott der anderen ignorierte sie. Sie bestellte einen Kaffee bei einer bösartigen Schaffnerin, trank einen Schluck ihrer Alko-Cola und fühlte sich erleichtert, aber nicht beruhigt.

Am Bahnhof regierte der Horror. Soldaten mit Hunden und Sturmgewehren standen direkt an den Bahnsteigen und filzten jeden Fahrgast. Stella schlug sich in die Stadt durch und fand einen einzigen Juwelierladen, der offen hatte.

„Guten Tag!"

„Guten Tag, wie kann ich Ihnen behilflich sein?"

„Können Sie mir bitte sagen, was hier überhaupt los ist?"

„In der Stadt rechnet man mit einem Krieg. Man munkelt, dass eine Offensive zur Befreiung der Krim vorbereitet wird."

„Von wem will man sie denn befreien?"

„Der Feind hat ukrainisches Territorium besetzt."

Stella wollte nicht mit ihr streiten. Alle sagten hier dasselbe: Die Leute auf der Krim hätten nichts zu essen und würden schikaniert. Sie warteten nur auf die Hilfe der ukrainischen Armee.

„Haben Sie einen großen Brillanten?"

„Ja."

„Wirklich groß?"

„Ja, er kostet 2.000 Dollar."

„Ich hätte gern einen im Wert von fünfunddreißig- bis vierzigtausend. Haben Sie so einen?"

„Für 40.000 Dollar?"

„Ja."

„Jetzt wollen Sie mich aber auf den Arm nehmen, oder?"

„Gut, auf Wiedersehen. Entschuldigung, ist das der einzige Laden in der Stadt, der offen hat?"

„Im Moment ja. Gestern hat der Laden gegenüber geschlossen. Es kauft sowieso keiner was. Die Leute haben kaum genug Geld für Brot. Der Fischtransport auf die Krim ist gestoppt worden."

„Aha. Warum ausgerechnet Fisch?"

„Das ist nur ein Beispiel. Davon ist meine Familie betroffen. Es dürfen einfach gar keine Waren auf die Krim geliefert werden. Cherson hat immer mit der Krim gehandelt. Fisch und Obst aus unserer Gegend waren bei den Touristen dort sehr gefragt."

„Verstehe." Es tut mir sehr leid."

„Und wo kommen Sie her?"

„Aus Lugansk."

„Ach, Sie Ärmste. Sind Sie ein Flüchtling?"

„Ja, kann man so sagen."

„Warum fragen Sie nach einem so teuren Brillanten?"

„Ich bin nur neugierig. Habe noch nie einen Edelstein gesehen, der 40.000 Dollar kostet. Ich habe im Fernsehen gesehen, wie eine bekannte Balletttänzerin mit ihrem Ring geprahlt hat. Darum wollte ich mal bei Ihnen vorbeischauen und gucken, ob Sie so was haben."

„Ach, darum geht es. Jetzt habe ich verstanden. Sie haben mich überrascht. Ich habe mich gefragt, wie Sie so viel Geld haben können."

„Nein, nein! So viel Geld habe ich nie gesehen."

„Ich schon. In unserer Kasse. Aber jetzt ist sie leer."

„Sie hatten Glück. Auf Wiedersehen."

„So eine aufdringliche Person, nicht umsonst arbeitet sie als Verkäuferin. Jetzt ist mir alles klar mit dieser Stadt. Ich muss mir eine andere Möglichkeit für den Geldtransport suchen", dachte Stella. Sie ging durch die Hauptstraße und sah ein anständiges Hotel. Sie ging hinein und mietete das schönste Zimmer, ohne nach dem Preis zu fragen. „Wenn sie mir die Kohle doch wegnehmen, dann gönne ich mir lieber wenigstens eine Woche Luxusleben!"

Sie stieg in den oberen Stock und stellte fest, dass das Zimmer ihr gefiel. Es war sauber und schön. Sie holte alle Dokumente aus ihrer Tasche und bemerkte, dass ihr Führerschein in der Stadt Cherson ausgestellt worden war. Sie lächelte und dachte:

„Na endlich bin ich in der Stadt, wo ich angeblich meinen Führerschein gemacht habe!"

„Hallo, Wowa? Ich bin angekommen. Ich wohne in einem Hotel namens Kompass, wenn ich mich nicht irre."

„Ich weiß, wo es ist. Ich hole dich in der Mittagspause ab und erkläre dir, wie ich alles geplant habe."

„Ich warte draußen auf dich, auf der Terrasse des Restaurants."

Während Stella wartete, bestellte sie das teuerste Gericht und einen renommierten Wein. Sie genoss das Mittagessen, als Wowa eintraf. Er sah dicklich aus, hatte gütige Augen und anscheinend galt dasselbe auch für sein Herz.

„Also, Stella. Du gehst ganz normal in die Bank und stellst dich in die Warteschlange, genau wie die ganzen Omas. Ich nehme an, dass du jetzt, nach der Mittagspause, recht weit vorne in der Schlange landest."

„Okay, ich habe verstanden."

Stella folgte diesem Plan und bekam die ersten paar Kilo ukrainischer Hrywen.

„Wohin damit?"

Die junge Frau ging in einen Lebensmittelladen und kaufte mehrere Packungen Schwarz- und Chilipfeffer, einige Dosen billigsten Flüssighonig, Küchenfolie, Handschuhe, Metallfolie und einen Pinsel. Sie legte die Geldscheine in Stapeln auf den Tisch und zog die Handschuhe an. Dann wickelte sie das Geld in die Plastikfolie, strich es mit Honig ein, streute Pfeffer darauf und packte das Ganze schließlich in die Metallfolie. Die Handschuhe brauchte sie, damit sich das Geld nicht auf ihre Hände abfärbte. In einem Artikel über Kriminalität hatte Stella einmal gelesen, dass ein Dieb deshalb erwischt wurde, weil er das erbeutete Geld mit der Hand zählte und an seinen Handflächen Reste der Farbe hängenblieben, auf die dann die Polizeihunde reagierten. Später besuchte Stella einen Laden für Schwangere, wo sie einen Bauchgurt kaufte. Auf dem Stadtmarkt erwarb sie ein schönes blaues Kleid mit roten Rosen und ein Kopftuch, selbstverständlich in einem passenden Farbton. Das Kleid hatte die richtige Größe für einen Elefanten.

„Für wen kaufen Sie denn das?"

„Als Geburtstagsgeschenk für meine Großmutter."

„Oh ja, kaufen Sie es nur, das ist ein sehr schönes Kleid."

„Ja, ich nehme es. Unglaublich schön, das würde ihr sehr gefallen."

Sie besorgte noch ein Einkaufsnetz und kaufte ein paar Kilo Kartoffeln.

„Am letzten Tag stecke ich noch Lauch, Petersilie und Sauerampfer ins Einkaufsnetz", sagte sie zu sich selbst, beschwipst wie immer und fest davon überzeugt, eine große Geschäftemacherin zu sein.

Stella probierte das neue Kleid an. Jetzt musste sie noch ihr Haar verlängern lassen, damit sie einen Zopf flechten und ihre Tarnung perfekt machen konnte. Sie ging in den teuersten Friseursalon der Stadt, wo sie wie eine Königin empfangen wurde.

Sie ließ sich eine Frisur und eine farblose Maniküre machen. Eine Bäuerin konnte unmöglich verlängerte Fingernägel mit einwandfrei entfernter Nagelhaut haben. Sie besuchte eine Kosmetikerin, die sie nach den dunklen Ringen unter ihren Augen fragte, ob sie wohl durch Schlafmangel oder eher durch Alkoholkonsum entstanden waren.

„Ja, ich schlafe schlecht", erwiderte Stella und hauchte dem zierlichen, zerbrechlichen Mädchen eine seit Wochen kultivierte Alkoholfahne ins Gesicht.

Am letzten Tag, als das Geld fertig übergeben war, lud Wowa sie in ein Restaurant ein. Dort sollte er, wie vereinbart, noch einmal tausend Dollar erhalten: tausend am Beginn des Deals, tausend am Ende. Stella hätte ihn locker abzocken können, beschloss aber, das nicht zu tun. Der gute Junge war ehrlich mit ihr und hatte das nicht verdient.

„Dafür würde mich Gott strafen. Außerdem muss ich über die Grenze. Ich verabschiede mich im Guten von ihm. Sonst würde er mich die ganze Zeit verfluchen."

„Stella, ich danke dir vielmals!"

„Ich dir auch, Wowa! Danke!"

„Trink nicht so viel."

„Du auch nicht."

Sie lachten freundlich und aßen eine Kleinigkeit. Er bestand darauf, die Rechnung zu bezahlen. Stella gefiel das, sie war mit dem Abend zufrieden.

„Würdest du mich vielleicht mit dem Auto über die Grenze bringen?"

„Da wird jetzt bis auf die Unterhosen gefilzt, ich habe schon darüber nachgedacht. Fahr lieber mit dem Zug. Hoffentlich kommst du heil durch.

Gute Fahrt!"

„Lebe wohl."

Am nächsten Morgen stand Stella reisefertig da: trotz der Uhrzeit schon stockbetrunken, in dem neuen Kleid mit den Rosen, ein Tuch auf dem Kopf, den Bauch umgeschnallt, dazu Kartoffeln, Petersilie und Sauerampfer. Mit der anderen Hand zog sie einen Rollkoffer, in dem alles steckte, was sie in den letzten Tagen gekauft hatte. Da gab es einen Lammfellmantel mit Silberfuchskragen für 1.000 Dollar, mehrere Kleider aus reiner Seide und allerlei Kleinigkeiten. Die kleineren Geldscheine bis 200 Hrywen passten nicht mehr in das Versteck an ihrem Bauch, darum musste sie die für irgendeinen Mist ausgeben. Sie gab dem ganzen Hotelpersonal ein dickes Trinkgeld, und die Leute schauten ihr noch lange erstaunt nach, wie sie sturzbesoffen mit riesigem Bauch mühsam in ein Taxi stieg und das Einkaufsnetz mit den Kartoffeln auf den Vordersitz schob. Man konnte nur raten, welche Drogen sie nahm, aber vermutlich etwas Härteres als das Discodope.

Am Bahnhof zitterte Stella, als sie an Grenzpolizeihunde vorbeiging. Sie erinnerte sich, dass sie im Koffer eine Flasche Whiskey hatte. Sie ging in die Toilette, trank die schnell auf ex, weil sie kaum noch atmen konnte, und wurde zusehends nüchterner.

„Puh! Die stinken einfach saumäßig, diese Bahnhofsscheißhäuser!"

Jack Daniels steigerte ihr Selbstvertrauen um 100 Prozent. Mit breiten Schultern, Brust und Bauch nach vorn gereckt, marschierte Stella an allen Hunden vorbei, auf die sie kaum noch achtete, zu ihrem Wagen. Sie stieg ein, brachte ihr Gepäck unter und ging wieder nach draußen. Als sei nichts gewesen, zündete sie aus Gewohnheit eine Zigarette an. Die Hälfte des Publikums auf dem Bahnsteig starrte sie an.

„Was ist los? Gefällt Ihnen etwa mein Kleid nicht?", fragte Stella mit schwerer Zunge eine der Frauen, die mit aufgerissenen Augen neben ihr stand.

Da ging es auch schon los! Oh Scheiße! Gezeter wie in einem Hühnerstall!

„Rabenmutter! Miststück! Das arme Baby in deinem Bauch erstickt im Rauch! Solchen wie dir muss man die Kinder gleich wegnehmen! Da muss man ja das Jugendamt holen. Die müssen sie im Auge behalten!"

Stella wollte etwas sagen, musste aber hicksen, und zwar so laut, dass die Nächste zu schreien begann:

„Betrunken ist sie auch noch!"

Stella warf rasch die Zigarette weg.

„Entschuldigen Sie bitte, mir geht dieser Krieg an die Nerven, der in Lugansk ausgebrochen ist", sagte Stella und schlug ihren Pass auf. „Ich bin von dort geflüchtet."

„Aber das Kind kann nichts dafür, dass deine Nerven so schwach sind! Wir leben hier auch in Angst und rechnen jeden Tag mit Krieg. Die Menschen werfen sich auf den Boden, wenn ein gewöhnlicher Knallfrosch explodiert!"

„Ich verstehe, tut mir leid!"

Als sie ins Abteil kam, zitterte sie noch stärker. Innerhalb von zwanzig Minuten hatte sie den ganzen Bahnsteig auf sich aufmerksam gemacht.

„Du bist echt eine Meisterin der Tarnung! Jetzt kannst du nicht mal mehr eine rauchen! Was geht das diese blöden Hühner an! Aber gegen die Menge richtet man nichts aus. Schon gar nicht in meiner Situation."

Eine ältere Frau bot ihr den Platz in der unteren Koje an, den sie gar nicht wollte. Oben zu liegen war ihr weniger unheimlich. An der Grenze beschnüffelten die Hunde besonders die unteren Plätze. Aber die Alte gab nicht nach.

„Du bist im neunten Monat! Wenn du da runterfällst!"

„Danke, Madame."

„Keine Ursache." Ich war selber dreimal schwanger und nie hat mir jemand seinen Platz angeboten. Das hat mich so gekränkt."

„Das kann ich gut verstehen."

„Güte ist schlimmer als Diebstahl, bei Gott", dachte Stella. „Ohne Zigaretten und Whiskey krepiere ich hier, bis wir die Grenze erreicht haben."

Das Fenster in der Toilette ließ sich öffnen. Sie rauchte in aller Ruhe, wusch sich die Hände, putzte die Zähne und kaute danach jedes Mal Kaugummi, wie sie es in ihrer Schulzeit gemacht hatte, bevor sie nach Hause ging.

Dann kam die Grenzkontrolle.

„Bitte die Pässe vorzeigen."

Die Hunde liefen in das Abteil und beschnüffelten alle außer Stella. Der Pfeffer schreckte die Tiere anscheinend ab.

Der Zollbeamte schlug ihren Pass auf und sagte streng: „Stehen Sie bitte auf!"

Stella hielt sich den Bauch und erhob sich. Der Mann betrachtete sie misstrauisch.

„Was ist mit Ihrem Familiennamen? Der ist doch nicht russisch, oder?"

„Meine Vorfahren waren Deutsche. Ich habe deren Familiennahmen angenommen, weil ich als Übersetzerin für die deutsche Sprache arbeite. Ich habe an der sprachwissenschaftlichen Fakultät der staatlichen Universität Kiew studiert."

„Alles in Ordnung, gute Nacht."

„Auf Wiedersehen."

Stellas Herz schlug wie das eines Kaninchens.

Auf der russischen Seite der Grenze war es einfacher. Niemand stellte Fragen, nur ihr Gepäck wurde in Augenschein genommen.

Sie hatte das Gefühl, dass sie während dieser Reise ihre ganze Gesundheit versoffen und ein paar Jahre ihres späteren Lebens als Rentnerin eingebüßt hätte. Ein Teil des Geldes wurde aber gerettet und Stella machte sich sofort an die Renovierung ihrer geliebten Wohnung. Sie ließ zwei Toiletten einbauen und einige Wände entfernen. Als Ergebnis bekam sie ein schickes Studio im europäischen Stil mit Fenstern bis zum Boden. Die Wohnung sah umwerfend aus! Die Renovierung dauerte fünf Monate. Während dieser ganzen Zeit war sie in der Schweiz und leitete die Arbeiten von dort aus.

Als sie nach Hause kam, begab sie sich sofort zu ihrem Liebsten, der damals schon allein wohnte. Wieder verflog die unvergessliche Nacht wie eine Sekunde. Die beiden schafften es nicht einmal, miteinander zu reden, sondern fielen sofort übereinander her, als Stella hereinkam. In der Nacht klingelte es an der Tür. Es war seine Frau. Er ging in Pantoffeln zu ihr hinaus, sie stiegen nach unten. Stella trat auf den Balkon im zweiten Stock und belauschte das Gespräch. Die Frau weinte, fragte, warum er ihre Anrufe nicht beantwortete, obwohl er mit ihr gestern eine Liebesnacht verbracht hätte. Anscheinend war sie betrunken, schrie und schlug mit den Fäusten auf ihn ein. Er hielt ihre Hände fest und bat sie, nach Hause zu gehen. Er würde sie morgen anrufen. Stella hatte sofort einen Eifersuchtsanfall. Sie zog sich an und wartete im Flur auf seine Rückkehr. Dabei füllte sie sich natürlich mit Wein ab.

„Wie kommst du darauf, dass du mich heiraten willst, wenn du immer noch deine Frau vögelst?"

„Ist dir klar, was es mich kosten würde, sie zu verlassen? Wir haben zehn Jahre zusammengelebt. Meine Mutter kann meine Entscheidungen nicht verkraften. Alle haben sich an meine Frau gewöhnt. Sie leidet, darum ist sie zu mir gekommen, so ist es nun mal. Verzeih mir. Ich weiß jetzt, dass ich keine Gefühle ihr gegenüber habe."

„Du schlägst mir also vor, mit dir zusammen zu leben, mit meinem Kind bei dir einzuziehen, und dabei zweifelst du selbst noch an dem, was du tust? Willst du mein Leben kaputtmachen? Und das meines Sohnes?"

Ohne seine Antwort abzuwarten, stieg sie ins Auto und fuhr nach Hause. Die Tränen wirkten wie Regen auf der Windschutzscheibe und hinderten sie daran, sich auf die Straße zu konzentrieren. Es war ein Wunder, dass sie an diesem Abend keinen Unfall hatte.

Eine Woche verging wie im Taumel. Stella konnte weder schlafen noch essen. Die Erlebnisse waren stärker als sie. Sie hasste diesen Irrsinn! Sie betete zu Gott, dass es alles vergehen und dann vergangen bleiben möge. Eine Woche später schrieb sie Danil, dass sie ihn liebte und ihm vergab. Er liebte sie natürlich auch und lud sie gleich zu einer Reise nach Italien ein. Sie besuchten Rom und Florenz, fuhren durch kleine Dörfer, aßen in den besten Restaurants. Er sparte an nichts und erfüllte Stella jeden Wunsch. Er fing an, zweimal die Woche Nachtschicht zu arbeiten, damit er es sich leisten konnte, sie mit allerlei Geschenken zu verwöhnen. Sie liebte ihn übermäßig, wahnsinnig. Es war eine Liebe, wie sie in der Tragödie von Romeo und Julia beschrieben wurde, bis in den Tod.

Die Eifersucht nach jedem Blick, den er auf ein vorbeigehendes Mädchen warf, konnte sie nur mit Tränen in den Augen unterdrücken. Er war genauso rasend eifersüchtig. Er ließ sie nicht einmal die Reifen wechseln gehen, weil in der Autowerkstatt Männer arbeiteten. Die beiden teilten ein krankes Gefühl, das unerklärlich und beinahe unheimlich war. Nüchtern ließ sich das nicht beurteilen. Es war wie eine schwere Krankheit, für deren Heilung gemeinsame Bettruhe erforderlich war. Sie gingen nur selten aus. Stattdessen blieben sie tagelang im Bett. Einmal kam es in einer Disco zu einer Szene, noch bevor sie den ersten Cocktail getrunken hatten.

„Du guckst nach den Männern!"

„Und du starrst alle Weiber an!"

Sie gingen nach Hause, ohne ein weiteres Wort zu wechseln.

Stella litt unter dieser Überwachung. Dabei wollte sie ihrerseits auch ihn an der Kandare halten. Sie begriff, dass ein dauerhaftes Zusammenleben mit solchen Gefühlen füreinander unmöglich war. Sie hatten keine Zukunft. Wenn Stella daran dachte, wollte sie nicht mehr leben.

Ein Jahr verging, die Streitereien hörten nicht auf. Stella verbrachte kein einziges Wochenende mehr zu Hause. Wenn sie zu Hause war, betrank sie sich unausweichlich und rief alle Welt an, um eine Antwort auf die Frage zu finden, ob sie ihren Mann verlassen sollte. Ihre Mutter war entschieden dagegen und sie hatte eindeutig recht. Dan war ein Tyrann und Despot. Niemals tat er den ersten Schritt zur Versöhnung, nicht einmal wenn er im Unrecht war. Er wollte Stellas Willen brechen. Ihr Charakter ließ es nicht zu, sich ihm immer zu beugen. Sie litt sehr unter ihrer Schwäche.

Er wollte mit ihr nach Paris fahren, aber sobald sie sich mit einem Wort revanchierte, das ihm nicht genehm war, machte er auf der Stelle kehrt und fuhr wieder nach Hause. Mit Vollgas, ohne Stopp, die ganzen 500 oder 600 Kilometer. Dabei war alles schon bezahlt. Geld und reservierte Hotels waren ihm egal. Er brachte Stella nach Hause und sagte: „Geh zu deinem Ehemann und sei glücklich." Auch danach kehrte sie zu ihm zurück und versöhnte sich mit ihm, als sie sich nicht mehr in der Lage sah, den Suff und die Tränen wochenlang zu ertragen. Er empfing sie wie eine Prinzessin, küsste sie von Kopf bis Fuß, drückte sie an sich und flüsterte:

„Wie habe ich auf dich gewartet!"

Und wieder begannen die Nächte voll Leidenschaft und Liebe, für eine Weile. Stella war rachsüchtig. Sie konnte anderen Menschen nicht vergeben und äußerte sich manchmal abfällig darüber, dass er nur ein einfacher Bauarbeiter, ein Lump sei. In Wirklichkeit meinte sie das nicht so, sie wollte ihn bloß für all die Qualen kränken, die er ihr zugefügt hatte. Bezahlen musste sie dafür mit wochenlangem Suff in Einsamkeit, mit Skype und Wahrsagekarten auf dem Tisch, die immer wieder sagten, dass er fremdgegangen war und gleich mehrere Frauen poppte. So wurden auch die Karten zu ihren schlimmsten Feinden, bis sich eine Sache ereignete, die sie an Körper und Seele erstarren ließ.

Eine Bekannte von ihr, die Mutter eines Kindes, das mit ihrem Sonn auf die russische Schule ging, lud sie zu einem Festessen ein. Stella erzählte ihr von ihrer Situation.

Als diese Dans Foto sah, sagte sie:

„Was für ein schöner Mann! Aber irgendwo habe ich ihn schon mal gesehen. Auf einer Dating-Webseite, wenn ich mich nicht irre."

„Das kann nicht sein, er hat seinen Account dort längst gelöscht!"

„Lass uns mal schauen. Ich war nämlich heute Morgen erst dort. Da habe ich einen Typen gesehen, der ihm sehr ähnlich ist."

Auf dem Computer öffneten sie sein Profil. Stella verschlug es die Sprache.

Sie konnte sich nicht zurückhalten und schrieb ihm ausführlich, was sie von einem Hurenbock wie ihm hielt. Er fuhr zu der Adresse der Bekannten, wo Stella ihn erwartete, um mit ihm zu reden.

„Warum machst du das, Dan? Sag's mir!" Stella stürzte sich auf ihn, sobald er vor der Tür stand.

„Du lässt dich wochenlang nicht sehen! Was soll ich machen?"

„Ich lasse mich nicht sehen? Du beleidigst mich und entschuldigst dich nie als Erster."

„Ich finde nicht, dass ich im Unrecht bin."

„Ich habe von den verdammten Löwen gelesen, dass sie glauben, sie hätten mit allem recht. Aber das gibt dir nicht das Recht, alle Weiber zu ficken."

„Ich habe gar keine gefickt!"

„Gib mir dein Telefon!"

Er gab Stella sein Telefon. Sie öffnete die Dating-Webseite.

„Gib dein Passwort ein!"

„Hör auf, Stella!"

„Ich habe gesagt, gib dein Passwort ein!"

Er tat es.

Stella öffnete die zwei ersten Mails, in denen er Frauen zum Mittagessen einlud, genauso wie sie damals.

„Kleine, mein gelobtes Land, komm, ich gebe dir zu essen."

„Was für ein Land? Gelobt? Du Depp!"

„Das habe ich in einem Lied im Radio gehört."

„Du bist doch krank! Verschwinde aus meinem Leben!"

„Siehst du, wann ich das geschrieben habe? Als wir uns gestritten haben. Warum bist du auch jedes Mal so lang beleidigt?"

„Und warum lädst du nicht mich zum Essen ein, wenn wir uns gestritten haben?

Das wäre doch viel schlauer! Du könntest dich deiner kleinen Ratte erbarmen! Du bist schließlich Löwe, verdammt noch mal!

Fahr zu deinen Huren und fass mich nicht mehr an!"

Als sie ins Haus ihrer Bekannten zurückkehrte, spürte sie ihren Körper nicht mehr.

„Wie konnte er das tun?"

„Hast du etwa etwas anderes erwartet? Dass er allein schlafen würde, wenn du bei deinem Ehemann bist? So ein attraktiver Typ wie er?"

„Ja, das habe ich erwartet.

Warum hätte er mir denn sonst einen Heiratsantrag machen sollen? Er ruiniert mein ganzes Leben. Ich kann ihm diesen Betrug nicht verzeihen. Ich steche den Schweinehund im Suff ab."

„Hahaha, mach nicht solche Witze! Mach lieber den Champagner auf, die Flasche liegt im Kühlschrank."

Nach diesem Vorfall wusste Stella, dass sie mit diesem Mann nicht leben konnte. Aber die Krankheit wollte sie nicht loslassen! Die Spannung wuchs.

Unter dem Vorwand, sie müsste die Arbeiten in ihrer Sewastopoler Wohnung kontrollieren, flog Stella auf die Krim. In Wirklichkeit vereinbarte sie ein Treffen mit Roman, um Dan zu vergessen.

Dieser empfing sie am Flughafen und brachte sie zur Ranch eines Freundes, wo sie reiten konnten. Der Tag war wunderbar, besser als die Nacht. Sie schlief mit ihm. Eine halbe Stunde lang versuchte der ungeschickte Roman, den geilen Macho und Ficker zu spielen. Anscheinend sagten die Frauen ihm nie die Wahrheit, in Anbetracht seines Postens und seiner Zahlungsfähigkeit. Aber Stella war in diesem Moment schnurzegal, wer was denken würde. Sie drehte sich um, ließ ihren Lover sitzen und winkte den erstbesten Wagen auf der Straße heran.

„Zur Siegesstraße, bitte!"

Verstört kam sie nach Hause und wusch sich unter der Dusche die Berührungen des fremden Mannes ab. Niemand war vergleichbar mit Dan. Er war einzigartig! Er ließ sich nicht so einfach durch einen anderen ersetzen, wie sie geglaubt hatte. Sie machte die Sache für sich selbst noch schlimmer und soff sich ins Koma.

Als sie sich von ihrem Leiden etwas erholt hatte, schrieb sie ihm wieder, dass sie ihn liebe und er alles für sie sei. Darauf antwortete er ebenso:

„Ich vermisse deinen kleinen Körper, Liebste!"

Er traf sie am Flughafen und fragte direkt:

„Hast du mit dieser Schwuchtel geschlafen? Dem von der Staatsanwaltschaft?"

Stella fehlten die Worte.

„Neinnnn!!!"

„Ich spüre, dass du dort etwas gehabt hast."

„Was für einen Scheiß hast du dir da aus Eifersucht ausgedacht?"

„Ich liebe dich! Und werde verrückt dabei!"

„Mir geht es genauso! Und ich kann nichts dagegen tun."

„Brummi? Lass uns zu Silvester nach Jalta fahren. Das ist super dort! Im Hotel Jalta Intourist gibt es ein schickes Neujahrsprogramm."

„Schauen wir zu Hause im Internet. Wenn es uns gefällt, reservieren wir gleich einen Tisch in der ersten Reihe, Kleine."

„Juhu! Klasse! Ich bin verrückt nach dir!

Und ein Kleid?"

„Wir kaufen das schönste Kleid."

„Von Cavalli? Ein Original?"

„Auf Fakes können wir verzichten."

„Ich liebe dich so sehr!"

„Und ich noch mehr."

„Bububu!"

Ein Jahr verging. Stella vermisste Natalja. Und Jan ging es ebenso. Vor seinem Geburtstag sagte er:

„Mutti, ruf bitte die Patentante an und lade sie zu meinem Geburtstag ein."

„Hallo!"

„Natalja? Guten Tag."

„Guten Tag."

Schweigen.

„Kannst du dich dazu durchringen, zum Geburtstag deines Patenkindes zu kommen?"

„Hmm, ich weiß nicht, aber ich denke darüber nach."

„Gut, wir würden uns freuen, dich zu sehen. Gruß von dem Kleinen."

„Grüß ihn auch schön von mir."

„Natalja?"

„Ja?"

„Ich vermisse dich auch …"

Biep … biep … biep …

„Hat einfach aufgelegt."

Zu Jans Geburtstag erschien Natalja nicht. Sie schickte per Post ein Geschenk mit trockenen Gluckwünschen, die schief auf eine Postkarte gekritzelt waren.

„Ihre Handschrift ist genauso wie ihr Charakter!“ Stella ärgerte sich ernsthaft. „Das Kind braucht keine Geschenke. Es braucht seine geliebte Patentante!“ Er war sehr traurig und fragte:

„Mutti, hast du Natalja geärgert? Warum ist sie nicht gekommen?“

„Das weiß ich nicht. Sie konnte nicht, hatte wahrscheinlich zu tun.“

„Sie hat kein Herz! Ziege!“

Nach der Geburtstagsfeier ging Stella zu Natalja, um mit ihr darüber zu sprechen. Natalja öffnete die Tür nicht gleich, lud dann aber Stella ein, auf die Terrasse zu gehen.

„Warum besuchst du deinen Patensohn nicht?“

„Wie stellst du dir das vor, nach so einem Skandal?“

„Das Kind hat damit nichts zu tun.“

„Du hast damals jede Menge Paten geholt, warum muss ich für alle herhalten? Warum kommt Maria nicht zu ihm?“

„Sie kommt, aber auch nicht so oft. Er kennt sie fast nicht. Aber mit dir ist er groß geworden! Er fragt oft nach dir.“

„Gut, ich komme ihn besuchen.“

„Wie geht es dir? Bist du fertig mit dem Studium?“

„Nein. Sie haben mich aus der Fachhochschule exmatrikuliert. Jetzt mache ich eine Ausbildung als Versicherungsmaklerin.“

„Das tut mir sehr leid.“

„Es ist voll scheiße, was da läuft! Hast du gesehen, was bei uns in der Ukraine los ist?“

„Ja, ich habe mir gleich einen russischen Pass geholt“, sagte Stella so stolz, als ob man sie mit dem Lenin-Orden für Verdienste um das Vaterland ausgezeichnet hätte.

Und da ging es los!

„Du hast dir einen russischen Pass geholt? Du Miststück!“

„Was? Bist du übergeschnappt?“

„Diese russischen Schweine haben mich ruiniert! Ich habe in Kiew alles verloren! Die Banken haben aufgehört, Geld auszuzahlen, die Farm und das Grundstück kosten jetzt so viel, wie ich an einem Tag in der Schweiz verdiene! Das Grundstück wurde von den neuen Machthabern beschlagnahmt!“

„Selber schuld, du Idiotin. Du hast die Dokumente gefälscht. Hast aus dem Gartengrundstück ein Baugrundstück machen lassen. Wer auch immer die Macht hat, kann nichts dafür, dass du Hühnerkacke im Kopf hast! Ich habe dir damals gleich gesagt, dass du dein Geld auf der Krim anlegen solltest. Ich kann nicht sagen, dass bei uns die Wohnungspreise gestiegen sind, aber ganz bestimmt sind sie nicht gesunken."

„Verfluchte Russen! Ich hasse euch!"

„Was habe ich damit zu tun?"

„Wie hast du für diese Arschlöcher stimmen können? Für diesen Putin-Scheiß? Schlampe!"

„Ich habe an der Volksabstimmung nicht teilgenommen, aber wenn ich dort gewesen wäre und eine Wahl zwischen den Präsidenten und den Ländern hätte treffen müssen, hätte ich deinen Poroschenko ganz bestimmt nicht gewählt, glaub mir!"

Da stimmte Natalja die alte Leier von Holodomor an. Ihre Geschichtskenntnisse waren umfassend, insbesondere wenn es um die bösen Russen ging.

„Was haben die Russen mit Holodomor zu tun? Stalin war Georgier! Ich glaube, wir haben über dieses Thema schon gesprochen und es macht keinen Sinn, das fortzusetzen!"

„Sieht es jetzt so aus, dass du reich geworden bist und ich all die Jahre umsonst gearbeitet habe?"

„Dafür hast du einen super Ehemann!"

„Weißt du was? Lass deine Missgeburt umtaufen! Ich kann unmöglich ein russisches Patenkind haben!"

Diese Worte trafen Stellas Herz wie ein Blitz und entzündeten einen Hass auf diese Frau, der nie mehr verlöschen sollte.

In dieser Zeit war Stella zwischen der Familie und ihrem untreuen Löwen hin- und hergerissen. Sie fand keine Antworten auf ihre Fragen. Eines Abends kam sie zu ihrem Liebsten und machte ihm wieder eine Eifersuchtsszene. Alle möglichen Sünden warf sie ihm vor. Dan verkraftete die Beleidigungen nicht und ging nach draußen. Er nahm nur eine Schachtel Zigaretten und Streichhölzer mit. Stella schloss die Tür von innen ab, trank auf ex eine Flasche Wein, kotzte in der Toilette auf den Boden und legte sich schlafen. Er klopfte an die Tür, aber sie war derart aufgebracht und betrunken, dass sie ihm erst gegen Morgen öffnete.

„Bist du wahnsinnig? In einer Stunde muss ich zur Arbeit!" Aber sie hörte ihn nicht und schlief gleich wieder ein.

Als Stella schließlich doch wach wurde, entdeckte sie Fotos aus ihrem Telefon, ausgedruckt und an die Eingangstür geklebt, auf denen zu sehen war, wie sie auf dem Schoß des Typen von der Staatsanwaltschaft saß und ihn umarmte. Auf dem Handy war eine SMS angekommen:

„Verschwinde aus meinem Leben!"

Mit Vollgas raste sie zu seiner Arbeitsstelle. Wie verrückt hupte sie neben der Baustelle.

„Blamier mich nicht, geh nach Hause. Du bist betrunken!"

„Ich habe mich einfach mit ihm fotografieren lassen! Zwischen mir und ihm war nichts!"

„Du hast gesagt, dass du dich auf der Krim nicht mit ihm getroffen hast."

„Er hat mir mit Unterlagen geholfen."

„Und du hast dafür in Naturalien gezahlt."

„Nein."

„Ich schwöre dir, dass zwischen uns nichts war! Wir sind nur Freunde!"

Er drehte sich um und ging.

Stella fand keine Ruhe. Er beantwortete ihre Nachrichten nicht und rief zwei Wochen lang nicht an. Sie trank, konnte ihr Kind nicht zur Schule fahren, hatte keine Kraft, aus dem Bett zu steigen. Nach dem Unterricht saß ihr Sohn stundenlang neben der geschlossenen Schule und wartete auf sie.

Sie schämte sich, konnte aber nichts gegen den herzzerreißenden Schmerz tun, der ihr Leben ruiniert hatte.

Bald erbarmte er sich über sie, die beiden versöhnten sich unter der Bedingung, dass sie einander keine Vorwürfe mehr machen würden.

„Als du damals auf die Baustelle gekommen bist, bin ich fast gestorben, seitdem habe ich keine Stunde geschlafen!"

„Verzeih mir, so was wird nie mehr vorkommen."

„Bald ist Silvester. Wir haben einen Tisch im Intourist bestellt, es wird Zeit, die Flugtickets zu kaufen."

„Ich will nach Weißrussland zu meinen Eltern fliegen und dann zu dir nach Sewastopol."

Er lud Stella nicht ein, mitzufliegen. Das machte sie wütend, aber sie ließ es nicht merken.

„Dann fliege ich nach Sewastopol zu meiner Mutter und warte dort auf dich."

„Ich will nicht, dass du alleine fliegst!"

„Ich verspreche dir, nur mit meinen Eltern auszugehen."

„Das hast du mir schon einmal versprochen. Es hat keinen Sinn, dir zu glauben."

„Nein, dieses Mal ganz sicher."

„Versprich mir, dass du dich nicht mit deinem sogenannten Freund auf dem Foto triffst."

„Versprochen …"

Es wäre besser gewesen, wenn dieses neue Jahr nicht gekommen wäre

Es kam der Abreisetag. Dan begleitete Stella zum Flughafen, weil sie zwei Tage früher flog als er. Sie riefen: „Ich liebe dich!", und verabschiedeten sich. Stella benahm sich anständig, solange Dan mit ihr in Kontakt blieb. Nachdem er für drei Tage von Skype verschwand, unter dem Vorwand, er wäre mit seinem Bruder im Wald auf der Jagd und es gäbe dort keine Verbindung, wurde Stella eifersüchtig und äußerte ihre Unzufriedenheit. Das führte dazu, dass er auf ihre Anrufe nicht mehr reagierte. Sie rief Roman an, der immer für alles bereit war, und fing an, nach Herzenslust zu prassen und sich zu vergnügen. Sie fuhr mit ihm in eine Garnison, wo einhundert Matrosen vor ihm strammstanden. Diese fingen dann Fische für sie und brieten sie gleich auf dem Feuer. In Jalta gingen sie in Konzerte und ins Theater und wurden sogar zum Geburtstag des Bürgermeisters von Koktebel eingeladen. Es gefiel ihr, gemeinsam mit Roman unterwegs zu sein. Er war ein gebildeter Mann mit Manieren und galt gleichzeitig als witziger Spaßvogel. Trotzdem wartete sie auf Danil, sie wollte die Feiertage mit ihrem Liebsten verbringen. Einige Tage vor Silvester hörte Stella auf, Alkohol zu trinken, und ging in ein örtliches Fitnessstudio trainieren. Beim Anblick der heruntergekommenen Laufbänder und der alten, rostigen Hanteln verging ihr die Lust zum Workout.

„Los, beweg deinen Hintern! Du arrogante Schweizerin!", brummte Stella vor sich hin auf der Suche nach Motivation. Am Nachmittag besuchte sie die Kosmetikerin Marina, die von Terminen der rücksichtslosen Stella schockiert war. Trotzdem duldete sie ihre Gesellschaft, schließlich wollte sie Geld verdienen. Stella schickte eine Nachricht an Danil mit der Frage:

„Kommst du oder willst Silvester mit deiner Neuen feiern?"

Die Antwort lautete:

„Du kannst feiern, was du willst, mit deiner Schwuchtel!"

Sie schickte ihm ein Herzchen mit der Aufschrift: „Ich warte auf dich", und beruhigte sich. Sie hoffte, dass er es sich überlegen und kommen würde. Er hatte ja ein Ticket für den Flug Minsk – Simferopol am 31. Dezember morgens gebucht.

Sie bekam keine Antwort und ging am 30. Dezember in Jalta ins Intourist, weil sie hoffte, er würde direkt ins Hotel kommen, wo ein Zimmer für sieben Nächte reserviert war, und sie zweifellos mit einem Neujahrsgeschenk überraschen. Sie wünschte ihrer Familie im Voraus alles Gute und begab sich frohgelaunt in das schöne Märchen „Neujahrsfest zusammen mit dem Liebsten".

Am 31. Dezember versuchte Stella den ganzen Tag, ihn telefonisch zu erreichen. Sie saß auf dem Balkon, nippte an einem Glas Wein und rauchte nervös eine Zigarette. Das Zimmer war mit Blick aufs Meer, das zu dieser Jahreszeit kalt und blau wirkte. Der sonnige Tag machte ihr keine Freude, weil auf ihrer Seele Hagel und Schnee lagen. Bis zum letzten Moment wollte sie die Hoffnung nicht aufgeben, dass er an der Zimmertür klopfen würde. Sie zuckte bei jedem Geräusch zusammen, hörte, wie sich die Türen des Fahrstuhls öffneten, und drehte langsam durch.

„Will er wirklich mich am Silvesterabend alleine sitzen lassen? Warum bin ich nicht bei meiner Familie geblieben? Ich habe doch schon das katholische Weihnachtsfest mit ihnen gefeiert! Am Altjahrsabend schnarcht die ganze Schweiz friedlich im Bett. Dort braucht mich niemand!", rechtfertigte sich Stella.

„Er schikaniert mich einfach! Bestimmt erscheint er zum Beginn der Aufführung am Tisch. Dieser Terrorist! Schweinehund!" Stella fegte Kosmetik, Zigaretten und alles, was auf dem Couchtisch lag, auf den Boden. Verzweiflung überfiel sie und sie vergrub ihr Gesicht in den Händen. Innerhalb einer Stunde schickte Stella hundertfünfzig SMS, löschte sie wieder und auch seine Telefonnummer. Dann suchte sie hastig in der Korrespondenz, mit der ihre Bekanntschaft begann. Damals hatte er geschrieben: „Du kannst mich jederzeit anrufen, Kleine. Dan." Sie rief wieder an und warf das Handy gegen die Wand. Dann beruhigte sie sich, und schminkte sich aufs Neue, in der Hoffnung, dass er kommen würde.

Es war der reine Albtraum! Sie hatte einen Nervenzusammenbruch, stand an der Schwelle zum Suizid! Durch ihren Kopf wirbelte der Gedanke, nach Minsk zu fliegen und ihm die Fresse zu polieren! Stella verlor die Selbstkontrolle. Sie wurde von Dan zertreten und erniedrigt! Sie fühlte sich derart psychisch am Ende, so gebeutelt, dass sie nicht mehr leben wollte. Die Ärzte hätten wahrscheinlich bei ihr eine Psychose oder Geistesverwirrung diagnostiziert. Ihr ganzes Leben lang hatte sie von der wahren Liebe geträumt, von einem Mann an ihrer Seite, der sie retten und vor jedem Unheil beschützen würde. Da sie keinen solchen Mann traf, heiratete sie den, für den ihre Vernunft sich entschieden hatte. Sie hatte damals keine Ahnung gehabt, was echte Leidenschaft, was eine wahnsinnige Agonie der Gefühle bedeutete.

Sie zog das Abendkleid an, das er gekauft hatte, und ging taumelnd auf den Hof. Sie konnte kaum atmen, als ob ein Stein auf ihre Seele drückte. Sie starrte in die Menschenmenge und hoffte dabei doch nur, ihn zu sehen. Im Restaurant ging Stella zu dem teuren Tisch, der in der ersten Reihe neben der Bühne stand, und bestellte einen Whiskey. Der Kellner warf einen Blick auf seine Uhr. Es war erst acht Uhr, aber die Dame war schon beschwipst.

„Verpiss dich!" Stella konnte sich nicht zurückhalten. „Kümmer dich um deinen eigenen Kram! Was geht es dich an, was ich trinke!"

„Madame, ich wollte Sie nicht beleidigen. Entschuldigen Sie mich."

„Du bist so kultiviert, dass ich nur noch kotzen will! Bring mir den Whiskey und laber nicht rum."

Schon nach wenigen Minuten stellte der Kellner ein Glas Whiskey vor ihr ab und löste sich zwischen den weiß gedeckten Tischen auf.

„Der Tisch ist für zwei Personen. Vielleicht sollte ich jemanden anrufen?"

Stella blätterte im Telefonbuch und rief alle Bekannten aus der Vergangenheit nacheinander an. Sie bekam lauter negative Antworten auf ihren Supervorschlag, umsonst einen Abend im Restaurant des Intourist-Hotels zu verbringen, da ihr Ehemann mit einer Lebensmittelvergiftung auf dem Zimmer liege und ihr keine Gesellschaft leisten könne. Sie verlor nun jegliche Hoffnung, ihre Feier noch zu retten, für die sie eigens aus Zürich angereist war, nur, um an diesem prächtigen Tisch zu sitzen und mit dem schönen Danil langsam und eng umschlungen zu tanzen. Diesen Gedanken trieben ihr die Tränen in die Augen. Sie versuchte, sie mit vorgeschobener Unterlippe nach oben zu den Augenlidern zu pusten, um nicht zu viel Aufmerksamkeit auf sich zu ziehen.

„Beruhige dich, Stella! Weine nicht! Sonst müsstest du dich zum fünften Mal schminken. Bloß das nicht!"

„Hallo?"

„Hallo?", hörte sie aus dem Telefon. Sie hatte ganz vergessen, dass sie irgendeine neue Nummer gewählt hatte.

Sie warf einen Blick auf das Display ihres Handys, um zu erfahren, wen sie angerufen hatte.

„Vika, ich grüße dich! Wie gehts dir? Guten Rutsch!"

„Stella, bist du das? Ich habe dich an deiner heiseren Stimme erkannt. Du hast einen Raucherbass wie Pugatschowa."

„Du bist nett wie immer, meine Liebe.

Was machst du gerade? Komm ins Intourist. Der Tisch steht voll mit leckerem Essen, alles inklusive, ich zahle."

„Wer ist denn noch dabei?"

„Mein Freund. Er hat sich irgendwas eingefangen. Liegt im Zimmer, der Arzt war schon da. Und so allein ist es langweilig."

„Ich habe gehört, dass du geheiratet hast? Hast du dich etwa auch schon wieder scheiden lassen?"

„Nein, nein, das ist mein Mann, der da was Falsches gegessen hat."

„Verstehe."

„Jetzt kann ich nicht, ich muss noch eine Weile bei meinen Eltern herumsitzen. So gegen Mitternacht nehme ich ein Taxi und komme zu dir.

Wollen wir sniffen? Soll ich Amphetamin mitbringen?"

„Ja, und zwar viel. Ich bin schon groggy, ganz betrunken. Wie ist es mit Ecstasy?"

„Ich frage den Dealer danach."

„Okay, ich warte."

„Hör mal, ich komme unter einer Bedingung: Danach gehen wir in die Disco. Lässt dein Mann dich gehen?"

„Natürlich. Er schläft bestimmt schon!"

„Hahahaha! Wie in den alten guten Zeiten. Weißt du noch, wie wir meinem Oleg abgehauen sind?"

„Ja, durchs Fenster, als er geschlafen hat. Bring ihn doch mit."

„Oleg ist tot. Weißt du etwa nicht?"

„Oh Gott, nein. Wofür das denn? Er war doch ein hohes Tier. Hat er nicht die Kurverwaltung in der Autonomen Republik Krim geleitet, direkt beim Präsidenten?"

„Ja. Wir haben da eines Abends in unserer neuen Villa gesessen, die wir zusammengebaut haben. Plötzlich ging das Licht aus. Er ging nach draußen, um zu gucken, was mit der Sicherung los war. Dann habe ich einen Kampf gehört und mich in einem Schrank versteckt. Als ich nach draußen gekommen bin, hat er schon tot auf der Freitreppe gelegen."

„Oh Gott, das tut mir aber leid für dich! Wo wohnst du jetzt?"

„In der Wohnung, die ich von meiner Mutter geerbt habe. Mein Mann hat es gerade noch geschafft, die Wohnung vor seinem Tod renovieren zu lassen."

„Und das Auto?"

„Alles weg. Hat wohl seine Familie eingesackt. Die Bullen haben mich verhört und versucht, mich einzuschüchtern. Ich habe alles unterschrieben. Aber ich erzähle dir alles, wenn ich bei dir bin. Apropos, kriege ich gleich Geld von dir für die Drogen?"

„Ja, natürlich."

„Dann bitte ich den Dealer, dass er mich zu dir bringt, damit du ihn direkt bezahlen kannst. Ich hab nicht genug Bargeld."

„Arbeitest du nicht?"

„Ich fahre in die Türkei, habe dort Tanzverträge."

„Ich erinnere mich noch an deine schöne Figur."

„Na gut, beeil dich. Ich warte."

„Okay."

Stella ging es besser, aber nicht für lange Zeit. Während der Show bemerkte der Moderator, der als Weihnachtsmann verkleidet war, die schöne, einsame junge Frau, und sprach sie mehrmals über das Mikrofon an. Der Whiskey hat seine Schuldigkeit getan, in dieser Stimmung war ihr alles scheißegal. Sie lächelte, nahm an Wettbewerben teil und wurde etwas lebendiger. Stella glaubte bereits selbst, dass Dan mit vollgeschissenen Hosen im Zimmer lag, und erzählte allen davon. Die Leute unterhielten sich gerne mit ihr und luden sie ein, zu ihnen an den Tisch zu kommen und mitzutrinken, vielleicht aus Mitleid. In dem Moment, als die Glocke zwölf schlug, versagten ihre Nerven. Sie brach in bitteren Tränen aus. Sie stellte sich vor, wie er in den Armen einer anderen Frau Neujahr feierte.

„Er hat mich verlassen! Mama!", rief Stella mit von Tränen erstickter Stimme ins Telefon, während sie die Treppe hinaufrannte. Sie wollte vermeiden, im Aufzug vielleicht andere Menschen zu treffen.

„Stella, du landest noch im Irrenhaus, wenn du dich nicht zusammenreißt."

„Ohne ihn kann ich nicht leben! Ich kann mit keinem anderen schlafen! Alle ekeln mich an!"

„Töchterchen, das geht vorüber! Ich habe das doch auch erlebt! Du weißt, zu welch einer Tragödie es in unserer Familie geführt hat."

„Ich habe keinem außer ihm geglaubt! Ihn blind geliebt und die Wahrheit nicht gesehen."

„Dein Dan ist ein Hurenbock! Er macht sich keine Sorgen wie du und feiert unbekümmert. Wenn nicht mit dir, dann mit einer anderen."

„Das ist nicht wahr. Es ist ihm nicht gleichgültig! Das weiß ich. Er hätte für mich nicht so viel getan, wenn er mich nicht geliebt hätte!"

„Er liebt dich, aber du beugst dich ihm nicht. Deshalb ist das alles so verfahren!"

„Ich kann mich nicht einem Mann unterordnen! Ich bin achtundzwanzig! Ich habe von klein auf um mein Leben gekämpft und es selbst gestaltet. Niemand hat mir je gesagt, was ich zu tun habe!"

„Darum seid ihr kein Paar! Kapier das doch endlich! Entweder machst du alles, was er will, und himmelst ihn an, oder er bricht dich! Und du landest im Krankenhaus! Schau dir euere Beziehung an: Wenn du ihn liebst und hätschelst, läuft alles gut zwischen euch. Wenn du aber auch nur einen Schritt weg von ihm machst und nach deinen eigenen Gewohnheiten lebst, verlässt er dich. Und es kostet dich jedes Mal sehr viel Mühe, ihn zurückzuholen. Wenn du aber versuchst, durchzuhalten, und ihn zwei Wochen lang nicht anrufst, vernichtest du dich in dieser Zeit mit Alkohol. Und inzwischen vögelt er einfach andere, die er sich auf den entsprechenden Webseiten angelt. Dabei ist es ihm sogar völlig egal, wie sie alle heißen. Sie lassen sich alle gleich beim ersten Date in den ersten zehn Minuten von ihm ficken! Weißt du noch, wie er dich herumgekriegt hat? Sofort, ohne jede Mühe! Eine Frau, die ihrem Mann noch nie untreu gewesen war! Stell dir vor, wie Weiber über ihn herfallen, die das Gleiche suchen wie er. Und in Weißrussland ist er jetzt ein König! Ledig, lebt in der Schweiz, verdient mit Nachtzuschlägen bis zu 10.000 Franken. Jedes 18-jähriges Model würde ihn auf der Stelle heiraten! Warum soll er da zu dir nach Jalta kommen? Um mit dir zu streiten etwa? Aber du hast inzwischen keine Ruhe mehr! Eine Ratte halt! Er hat beschlossen, dass er an Silvester keinen Konflikt braucht."

„Ich würde gar nicht zanken."

„Aber das glaubt er nicht. Und du auch nicht. Du explodierst sofort! Und beruhigst dich dann nicht wieder! Bringst alle um dich herum auf die Palme, machst die Stimmung kaputt und wirst selbst müde!"

„Vielen Dank, Mutter, für deine Unterstützung!"

„Wer außer mir würde dir die Wahrheit sagen?"

„Ich gehe nach unten. Vika und der Dealer sind angekommen."

„Ist das diese Schlampe aus Jalta?"

„Ja."

„Und welcher Dealer?"

„So nennen sie einen von den Jungs hier."

„Verstehe. Stella, pass auf dich auf!"

„Ist gut, Mama. Frohes Neues Jahr!"

„Ach Unsinn, wie froh kann ein neues Jahr werden, in das man in so einer Stimmung hineinfeiert?"

„Fang du nicht auch noch so an!

Küsschen …"

Nach der Ankunft der ehemaligen Freundin drehte sich alles um 180 Grad. Die Stimmung verbesserte sich, die beiden hatten Spaß. Vika redete ununterbrochen, wie ein Wasserfall. Sie erzählte interessante und vor allem witzige Geschichten. Sie brachten alle Gäste in Schwung, unterhielten sich mit allen und gingen dann in den Klub Apelsin, der direkt am Strand lag. Angesagte Musik, Jungs und witzige Trinksprüche lenkten Stella von ihren Sorgen ab und zogen sie wieder in die Welt der Drogen und Partys, mit denen sich die Menschen zugrunde richteten. Für Stella zählte nur noch der Augenblick. Zu ihrem Motto wurde der Ausdruck: „Manchmal ist ein Tag mehr wert als ein Jahr, manchmal ist ein Jahr nicht einmal einen Tag wert." Die beiden Freundinnen erlebten eine wirre und lasterhafte Woche in dem schicken Hotel. Stella offenbarte Vika, dass Dan sie versetzt hatte, und die beiden wohnten eine Woche lang zusammen.

„Ich wusste doch, dass da etwas nicht stimmt! Etwas Unrechtes gegessen, hahaha! Aber du hast es sehr glaubwürdig serviert! Und wo ist er jetzt?"

„In Minsk, mit einer anderen Frau! Lügner und Betrüger!"

„Weißt du, Stella. Es ist nicht möglich, eine Beziehung auf Lügen aufzubauen! Eine Beziehung muss man auf einem festen Fundament aus Drogen und Sex errichten."

Die Mädchen lachten.

„Ich habe dich vermisst! Dich und deine blöden Witze."

„Wir hatten noch nie Zoff miteinander, oder? Warum hat uns das Schicksal getrennt?"

„Ich musste meinen Nagelpflegesalon schließen und abreisen."

„Du hast ihn irgendwie sehr schnell geschlossen. Einmal bin ich wegen einer Nagelkorrektur gekommen, aber es war niemand mehr da."

„Ich habe ein Angebot für einen Arbeitsvertrag bekommen", log Stella.

„Wir waren einander fremde Menschen, die zufällig einen Abschnitt des Lebenswegs gemeinsam gegangen waren, und wussten noch nicht, ob wir jetzt Freundinnen waren oder nicht."

„Du hast recht. Ich bin lieber ganz abwesend als nur zum Teil anwesend. Apropos, Vika. Warum hast du nach dem Tod deines Mannes keinen passablen neuen Partner gefunden? Ich glaubte, er hatte dich schon längst aus dem Haus geworfen. Du hast gesnifft und gesoffen, bist ohne Ende fremdgegangen. Alle haben davon gewusst. Jalta ist eine kleine Stadt."

„Er war eben der einzige passable Mann in Jalta. Die anderen sind gut genug für ein, höchstens zwei Mal.

Ich weiß noch, wie er mich einmal buchstäblich auf frischer Tat ertappt hat. In Kaziveli hat er mich mit seinen Wachmännern am Strand aufgespürt. Es gab einen gewissen Max, mit dem ich dort geilen Sex hatte. Damals war er der beste Stecher in ganz Jalta. Stell dir vor, ich habe ihm sogar Geschenke gemacht. Weißt du, sein Glied war krumm wie eine Banane und so halbrund nach oben gebogen. Wenn du dich auf ihn setzt, kannst du in fünf Minuten einen Orgasmus bekommen. Er konnte das wirklich gut, das schafft bei Weitem nicht jeder. Im Endeffekt war ich nicht wachsam genug. Ich war ja auch stockbesoffen und bekifft, habe weder nach links noch rechts geschaut. Dabei hat er die ganze Zeit nur einen Meter von mir entfernt gestanden. Und gerade in dem Moment, als ich schon fast kommen wollte, hat er mich so leicht mir auf die Schulter getippt.

„Hallöchen, Liebste, störe ich?" Dieser Depp hat mich gepoppt, den Mann danebenstehen sehen und trotzdem weitergemacht. Blödes Arschloch.

Ich bin aufgesprungen wie ein Hase, habe strammgestanden und ihm ganz unschuldig direkt in die Augen geschaut. Aber meinen Blick musste er erst einmal mit seinem einfangen. Meine Augen sind so schnell hin- und hergewandert, anscheinend war mein Hirn verwirrt und die Augenbewegungen sollten ihm helfen, eine Antwort zu finden. Und da schreie ich los:

„Ich bin vergewaltigt worden! Bringt ihn um! Gut, dass du hier bist, Liebster!"

„Ach du Scheiße! Hahaha! Du bist mir vielleicht eine! Und wie ging es weiter?"

„Also, er hat an Ort und Stelle das Auto und alles andere konfisziert. Bis ich dann zu Fuß und ohne Geld wieder nach Hause gekommen bin, hatte er schon alle meine Sachen zu meiner Mutter gebracht."

„Hahaha! Da fällt mir gerade ein, wie ich ihn damals in der Stadt getroffen habe. Er hat mich zu einem Kaffee eingeladen. Ich bin darauf eingegangen, was ich dann sehr bereut habe. Da fragt er mich, direkt ins Gesicht, genau wie bei dir: Hast du gewusst, dass Vika mich betrügt? Ich habe mich beinahe verschluckt. Zuerst wollte ich ihm sagen, dass es leichter wäre, die Leute aufzuzählen, die nichts davon wussten! Aber dann habe ich doch gesagt: Nein, keine Ahnung, was da zwischen euch läuft. Ich habe meine eigenen Sorgen."

„Du bist doch ein Luder, Stella! Wolltest du mich echt verraten?"

„Wollte vielleicht, aber ich habe es ja dann sein lassen."

„Warum hast du mich so behandelt? Aus Neid?"

„Wahrscheinlich. Du kriegst Autos geschenkt, und ich habe damals tagein, tagaus Fingernägel geschliffen, verdammt noch mal."

„Du hast gut reden! Du hast immer mehr Geld gehabt als ich!"

„Erzähl keine Märchen!"

„Na ja, Autos hast du nicht geschenkt bekommen, das stimmt schon."

„Du bist eine hochgewachsene hübsche Blondine und in Jalta zu Hause. Die Brüste hast du dir schon damals machen lassen. Und ich? Musste von einer Wohnung in die andere umziehen und habe nicht auf deine Kosten gefeiert! Ich hatte es eindeutig schwerer als du. Du hast in einem Palast auf dem Sofa herumgelegen und ich musste ab morgens um sechs arbeiten."

„Dagegen kann ich nicht viel sagen. Du hast wirklich nie auf meine Kosten gesoffen."

„Sowas würde ich auch nie tun."

Vika wurde bei diesem Thema ein bisschen verlegen, denn jetzt bezahlte ja Stella die Zeche. Sie sagte aber nichts.

„Erzähle mir von der Türkei. Wie läuft es dort in den Klubs? Wie viel kann man so verdienen?"

„Ich habe in der Türkei nicht nur gearbeitet. Ich habe einen Türken geheiratet und mich wieder von ihm scheiden lassen!"

„Pfui, ich mag die Türken irgendwie nicht. Überhaupt Muslime mag ich nicht. Die Albaner sind vielleicht noch einigermaßen sympathisch als Nation. Aber wild sind sie. Sie verprügeln Männer und Frauen gleichmäßig. Es gibt jede Menge Probleme mit ihnen in der Schweiz."

„Weißt du, wie schön türkische Männer sein können? Meiner war zwar kahlköpfig, aber sonst ganz okay, gar nicht hässlich."

„Warum seid ihr nicht miteinander ausgekommen?"

„Er wollte, dass ich zum Islam konvertiere."

„Spinnt der?"

„Genau das habe ich ihm darauf geantwortet. Ich habe in einem Klub gearbeitet, Striptease getanzt, im Monat 2.000 Dollar und mehr verdient."

„Nur?"

„Wie viel kann man denn in der Schweiz mit so einem Vertrag verdienen?"

„In acht Monaten 100.000 ganz sicher, wenn man Glück hat. Das hängt auch von dir ab."

„Hrywnja?"

„Dollar, natürlich!"

„Erzähl doch nichts! Ich habe immer Angst davor gehabt, in die Schweiz zu gehen."

„Hahaha, aber zu den Schwarzen in die Türkei bist du gegangen. Sehr gut! Davor hast du keine Angst gehabt, oder was?"

„Du bist komisch. Warst mit so einem coolen Mann zusammen und nichts daraus gemacht! Du hättest doch irgendein Geschäft gründen können. Er hatte überall Verbindungen."

„Du warst halt schlau, Stella! Hast vielleicht nicht besonders beeindruckend ausgesehen, aber deine Sache hast du verstanden! Was zu tun war und wie. Hast gearbeitet."

„Ihr seid hier auf der Krim total faul geworden! Hier gibt es genug Möglichkeiten, Geld zu verdienen. Man muss sich nur ein bisschen bewegen. Ihr hofft, dass Leute aus Moskau oder Sankt Petersburg kommen und euch Kohle geben oder euch mitnehmen. Das sind Märchen, und die werden selten wahr, das weißt du selbst!"

„In meinem Fall ist es doch wahr geworden!"

„Aber das Ende war ein bisschen traurig."

„Pass auf, dass dein Märchen schön und glücklich ausgeht! Eine Woche lang tust du nichts, als Drogen zu nehmen und Alkohol zu trinken. Wo sind denn deine Familie und dein Kind inzwischen?"

„Im Gegensatz zu dir bezahle ich meine Zeche selbst!"

„Leck mich am Arsch, du arrogante Kuh!"

„Okay, es tut mir leid, dass ich dich beleidigt habe. Es ist mir einfach so schwer zumute. Ich weiß nicht, wie ich das loswerden kann."

„Pass auf, Stella. So werden Menschen zu Alkoholikern. Gestern hast du im eiskalten Meer gebadet. Du bist dir selbst piepegal. Das macht mir Angst."

„Warum soll dir das Angst machen? Sei doch froh, wenn du eine Rivalin weniger hast."

„Witzig.

„Kommst du mit nach Sewastopol? Ich habe dort eine geile Wohnung. Du bleibst ein paar Tage bei mir und ich zahle dir das Taxi zurück nach Jalta."

„Gerne, ich will mir wenigstens deine Gemächer anschauen …"

Stella kehrte in die Schweiz zurück. Während ihrer Reise hatte sie zehn Kilo abgenommen. Im Spiegel erkannte sie ihr graues Rauchergesicht mit eingefallenen Wangen kaum wieder.

„Was ist passiert, Schatz?", fragte Adrian.

„Mir geht es bestens! Schau mal, was ich jetzt für ein Topmodel bin!"

„Hast du deine Stimme gehört?"

„Nein, ich höre mir schon lange nicht mehr zu. Ich rede doch nur Unsinn", antwortete Stella lächelnd.

„Da kannst du zwar recht haben, aber deine Stimme klingt, als ob du fünf Schachteln Zigaretten an Tag geraucht hättest! Ich erkenne dich nicht wieder! Wo ist meine Frau, die Marathon über die ganzen 42 Kilometer und 195 Meter gelaufen ist? Wo?"

„Ich werde mich bessern. Aber ich brauche Zeit!"

„Ich sehe, wie du dich besserst! Der Kühlschrank ist voll bis obenhin mit Bier!"

„Darf ich jetzt schon kein Bier mehr trinken?"

„Doch nicht kistenweise!"

„Lass mich in Ruhe! Weißt du nicht mehr, wie du dich benommen hast? Du bist morgens nach der Party stockbesoffen in den nächsten Laden gegangen, hast dir neue Klamotten gekauft, dich gleich umgezogen und bist so zur Arbeit gegangen!"

„Eben! Ich bin wenigstens arbeiten gegangen! Du vergisst, unseren Sohn von der Schule abzuholen! Das ist Alkoholismus!"

„Lass dich scheiden, ich bin einverstanden! Ich ziehe nach Sewastopol!"

„Ist dir dein Sohn egal? Sein Leben, seine Hobbys? Er ist kein Russe! Er wurde hier geboren! Ich lasse ihn nicht mit dir gehen! Ich gehe vor Gericht!"

„Und erzählst natürlich dem Richter, dass ich eine russische Prostituierte und sowieso Alkoholikerin bin, oder was? Und du ein Unschuldslamm?"

„Sie werden Haarproben von dir nehmen, dich auf Alkohol und Drogen testen. Da brauche ich gar nichts weiter über dich zu sagen!"

„Du bist ein hinterlistiges Arschloch! Hast mich mit 20 Jahren in dieses verdammte Land gelockt, wo ich es so schwer habe und nicht einmal in meiner Muttersprache reden kann! Willst du mir jetzt auch noch das Kind wegnehmen?"

„Geh, schlaf deinen Rausch aus und denk über dein Leben nach, Stella."

Sie hatte keine Lust zu schlafen, stieg ins Auto und ging auf die Piste. Sie saß oft betrunken am Steuer, war aber seltsamerweise noch nicht erwischt worden. In Russland wäre ihr der Führerschein schon längst entzogen worden, aber auch hier war es in den nächsten Monaten so weit.

Ein Monat später beschloss Stella, sich um die Ausstattung ihrer Wohnung in Sewastopol zu kümmern. Sie kaufte Möbel, belud damit ihren Nissan Qashqai bis an die Decke und begab sich auf die Reise.

Eine Bekannte namens Galja, von der sie nichts als Unannehmlichkeiten hatte, legte Stella ein weiteres Kuckucksei ins Nest: Sie verkaufte ihr ein gefälschtes ukrainisches Autokennzeichen für fünfzehnhundert Dollar, damit sie das Auto nicht zu verzollen brauchte. Stella glaubte dieser zwielichtigen Gestalt und beschloss, diese Möglichkeit zu nutzen. Sie meldete ihren Offroader auf das angeblich echte ukrainische Kennzeichen um und fuhr damit auf die Krim. Galja versicherte Stella, das Kennzeichen wäre echt, sie hätte es von einem Bekannten mit guten Verbindungen zur Verkehrspolizei. Darum entschied sich Stella, allein mit einem voll beladenen Auto durch die Ukraine auf die Krim fahren. Bis zur polnischen Grenze verlief alles bestens. Auf der gut beleuchteten deutschen Autobahn mit Rastplätzen, wo man einen duftenden Kaffee trinken konnte, reiste es sich angenehm. In Lemberg wurde ihr Auto nicht allzu streng kontrolliert, sie durfte nur nicht sagen, dass sie auf die Krim fuhr. Stella sagte, sie sei unterwegs nach Cherson und bringe aus der Schweiz Hilfsgüter für Flüchtlingskinder. Kaum hatte sie die Grenze überquert, verfluchte Stella alle Welt. Die Schlaglöcher auf den Straßen waren tief wie Schluchten! Nach einigen Sprüngen über die halbmetertiefen Furchen fielen Innenraumleuchten aus ihren Fassungen und baumelten hilflos an einem Drähtchen. Die Straßen waren nicht beleuchtet, man wurde ständig von bewaffneten Soldaten kontrolliert. Die Straßensperre sah schrecklich aus! Autoreifen waren in Form der ägyptischen Pyramiden aufeinandergestapelt, dahinter standen Leute mit Sturmgewehren. Grauen erfasste Stella. Wo es möglich war, bemühte sie sich, 80 Kilometer pro Stunde zu fahren. Ein Verkehrspolizist stoppte sie und fragte, ob ihr bewusst wäre, dass sie die zulässige Geschwindigkeit um das Doppelte überschritten hatte?

„Ja, das war mir bewusst. Und jetzt?"

„Ihren Führerschein, bitte!"

„Bitte sehr."

„Was ist das?"

„Das ist ein internationaler Schweizer Führerschein, der auf der ganzen Welt gültig ist."

„Bei uns in der Ukraine gilt so was nicht."

„Will die Ukraine nicht der Europäischen Union beitreten? Dann werden die hiesigen Führerscheine dort auch für ungültig erklärt!"

„Steigen Sie bitte aus. Ich muss eine Anzeige aufnehmen."

„Nehmen Sie auf, was Sie wollen! Ich werde nichts unterschreiben!"

„In diesem Fall bekommen Sie Ihren Führerschein nicht zurück!"

„Um Gottes Willen! Den können Sie sich zu Hause an die Wand hängen, als Erinnerungsstück! Ich bestelle mir gleich einen neuen, weil ich diesen verloren habe."

„Sehr schlau! Und ich habe kein Geld, um meine Kinder zu ernähren!"

„Sag das doch gleich! Statt mir mit einer Anzeige zu kommen! Schau dir deinen Wanst an! Der sprengt ja fast das Hemd! Man könnte meinen, dass du nicht gesetzestreue Bürger frisst."

Stella zog 20 Euro aus ihrem Geldbeutel.

„Ich hoffe doch, das reicht! Mehr habe ich nicht."

„Gute Fahrt!"

Stella gab schnell Gas und fuhr dem fetten Gauner davon.

An der nächsten Tankstelle in einem Dorf, das auf keiner Karte eingezeichnet war und den lustigen Namen Paris trug, beschloss sie, zu tanken und eine Dose Red Bull zu kaufen. Stella war schon seit 24 Stunden wach, hielt es aber doch für besser, nicht zu schlafen, bis sie die Grenze zur Krim erreicht hat. Lebensmüde war sie nicht. Die Situation in der Ukraine lud offensichtlich nicht dazu ein, dass eine Frau allein in einem voll beladenen Wagen mit Schweizer Kennzeichen mitten im Nirgendwo übernachtete. „So einen Schlitten würde ich selbst gerne ausrauben", schoss es Stella durch den Kopf. Der Gedanke amüsierte sie. Sie tankte Benzin, wenn man diese Flüssigkeit unklarer Herkunft denn so nennen durfte, und fuhr mit höchstens 30 Kilometern pro Stunde weiter, obwohl sie das Gaspedal bis zum Boden durchtrat. Sie nahm die nächste Ausfahrt zu einem Dorf, denn sie traute sich nicht mehr, weiterzufahren. Es war zu wahrscheinlich, dass der Motor versagen oder noch mehr an ihrem Auto kaputtgehen würde, nur wegen des sonderbaren Zeugs in ihrem Tank. Die Panik in ihrer Seele wollte nicht nachlassen. Sie winkte ein paar einheimische Männer heran und fragte:

„Jungs, könnt ihr mir ordentliches Super besorgen und das Wasser absaugen, das man mir in den Tank gefüllt hat? Ich zahle euch gutes Geld dafür."

„Und wer sind Sie, wenn ich fragen darf?"

„Sei nicht so frech, ich bin von hier. Aus Lugansk."

„Ach so! Wir kennen ein paar Offizielle aus Lugansk. Was für ein Kennzeichen haben Sie da?"

„Das ist ein falsches Kennzeichen. Ich glaube, ein schweizerisches. Bekannte haben mich gebeten, das Auto ohne große Scherereien auf die Krim zu bringen. Aber jetzt hab ich Probleme mit dem Benzin-Bekommen."

„Du kriegst dein Benzin. Wart hier nur ab.
Und was hast du da alles für Kram im Auto?"

„Das Zeug soll ich in ein Kinderheim in Cherson bringen."

„Kinder sind heilig!"

Eine halbe Stunde später kamen die Männer mit einem Schlauch wieder, ließen die Flüssigkeit, die wie Benzin aussah, ab, füllten dafür einen geheimnisvollen Stoff namens Mustang in den Tank und sagten: „Das macht 100 Dollar, gute Frau!"

„Seid ihr hier Straßenräuber, oder was?"

„Wir haben einen Knast in der Nähe. Und leben dementsprechend."

„Alles klar. Hier habt ihr 100 Euro. Grüßt euren Boss von mir!"

Im Auto dachte Stella, dass sie ihr Auto mitsamt der Ladung wohl losgeworden wäre, wenn sie nicht in einem assigen Umfeld praktisch auf der Straße aufgewachsen wäre. Und dann hätte sie noch von Glück sagen können, wenn sie am Leben geblieben wäre.

Ihre Augenlider senkten sich langsam, als die Straße etwas gerader wurde. Das wirkte einschläfernd. Auf der rechten Straßenseite sah Stella ein riesiges Hotel mit einem McDonald's-ähnlichen Restaurant im Erdgeschoss, das für eine große Anzahl an Gäste gebaut worden war.

Sie hielt an und schaute sich um. Keine Menschenseele! Nirgends! Wie in einem Horrorfilm, wenn der Held in eine Geisterstadt kommt und man nur darauf wartet, dass die Zombies oder anderen Kreaturen auftauchen, die nach Menschenfleisch lechzen.

Auf Zehenspitzen schlich sie die Straße entlang zu dem riesigen Gebäude mit dem kreativen Namen „Hotel" und hinein bis zur Rezeption, die aber auch nicht besetzt war. Leise flüsterte sie:

„Entschuldigen Sie bitte!", als ob sie prüfen wollte, ob jetzt Dämonen erscheinen würden. Aus weiter Ferne ertönte eine Stimme, die wohl einer Person im Rentneralter oder einem Kettenraucher gehörte.

„Ich komme!"

Fünf Minuten vergingen, aber es kam niemand. Stella traute sich nicht, noch einmal zu rufen.

„Das liegt nur am Schlafmangel! Beruhige dich, Stella!"

Wie ein Gespenst kam eine alte Frau um die Ecke, als hätte es die ganze Zeit dort gestanden und die Junge beobachtet.

„Oh Gott!" Stella sprang von ihr weg wie von einem Monster.

„Wovor haben Sie denn so Angst, Fräulein?"

„Es gruselt mich. Sie haben ein riesiges Hotel mit Restaurants und Bars, und kein Mensch ist darin! Auf der Straße ist auch niemand! Kommt hier überhaupt jemals ein Auto vorbei?"

„Schon, aber es hält nie jemand. Die Leute haben kein Geld zum Essen gehen. Die Grenzen sind gesperrt, die Transportfirmen haben keine Arbeit. Also fährt auch nichts. Ich bin allein hier."

„Haben Sie ein freies Zimmer? Dumme Frage, nicht wahr?"

„Ja, 100 Hrywnja pro Nacht, ist das okay?"

„Ja, da haben Sie 200. Passen Sie bitte auf mein Auto auf. Es ist bis an die Decke mit Sachen für Kinder beladen."

„Okay."

Stella ging ins Zimmer und zog sich aus. Ihre Haut war mit blauen Flecken übersät, anscheinend, weil ihr ein paar Stunden Schlaf fehlten. Sie fröstelte, als ob sie Fieber hätte. Sie ließ die Dusche laufen und wartete, bis das kalte Wasser durchgelaufen wäre und warmes käme. Vergebens. Stella duschte also kalt, was sie munter machte. Sie legte sich auf das Bett, deckte sich mit zwei Decken zu und dachte an Dan.

„Was würde er jetzt sagen? Er würde mich auf der Stelle dafür umbringen, dass ich in dieser schrecklichen Zeit allein durch die halbe Welt reise!" Bei diesem traurigen Gedanken kamen ihr die Tränen.

„Wie ich ihn vermisse! Ich liebe ihn so sehr!

Warum mache ich all das? Um ihn zu vergessen? Damit ich öfter nach Sewastopol komme und mein Mann meine wochenlangen Sauftouren nicht mitbekommt? Weil ich zu Hause einfach nicht bleiben kann? Weil ich wegen meiner verdammten Liebe durchdrehe? Ja, so ist es. Ich kann nichts dagegen tun. Ich kann nur abwarten."

Bei diesen Selbstgesprächen verging Stella jeglicher Schlaf. Sie konnte sich nicht aufwärmen. Ihre Beine wurden bläulich vor Kälte, was sie erst recht nicht schlafen ließ. Stella stand auf und verließ das Zimmer. Unten sah sie die Alte am Ausgang auf einem Stuhl sitzen. So konnte diese bequem Stellas Auto im Auge behalten.

„Ach du meine Güte! Warum sitzen Sie hier?"

„Ich passe auf deinen Wagen auf. Sonst ist der schneller ausgeräumt, als du dich versiehst! Hast du etwa schon ausgeschlafen?"

„Nein, ich kann nicht schlafen. Es gibt kein warmes Wasser, ich friere. Und um das Auto mache ich mir auch Sorgen."

„Wo soll denn hier warmes Wasser herkommen? Das gibt es nicht einmal in Kiew. Du hast dein Auto aber auch wirklich zum Bersten vollbeladen. Da ist genug Zeug drin, um das du dir Sorgen machen kannst. Aber das Geld gebe ich dir nicht zurück. Ich hab es schon meinem Enkel gegeben. Er war gerade hier. Hat sich gewundert, woher seine Oma so viel Geld hat.»

„Verstehe."

„Ich muss schnell weg hier", dachte Stella. „Sonst räumen mir die Einheimischen das Auto aus."

Die Angst machte sie um einiges munterer und sie fuhr los.

An der Grenze zur Krim wurde sie von den Russen enttäuscht. Man filzte gründlich und ließ kein Auto einfach durchfahren. Sie musste eine Menge Papiere ausfüllen und stundenlang Schlange stehen!

„Der Teufel soll euch holen!"

Seit zwei Tagen hatte Stella nicht eine Stunde geschlafen! Sie zitterte vor Müdigkeit und Kälte. Wie viel einfacher war doch die ukrainische Zollkontrolle zu durchlaufen gewesen! Lächeln, eine Tafel Schweizer Schokolade schenken, und alles war in Butter! Aber die Russen machten sie so wütend, dass sie anfing, alle anzuschreien: „Warum zum Teufel haben wir für euch gestimmt? Wir hatten früher so ein ruhiges Leben!"

Der Leiter des Zollpostens, ein junger Mann, lächelte ihr zu.

„Fahren Sie durch, junge Frau! Sie sind müde!"

„Ich bin sehr müde. Ich habe nicht geschlafen, weil ich Angst hatte, in der Ukraine Rast zu machen. Das war furchtbar."

„Das kann ich gut verstehen."

„Vielen Dank, Herr Offizier."

„Wir Russen sind gar nicht so böse! Wir müssen alles durchsuchen. Die Zeiten sind alles andere als friedlich, und die Leute versuchen, allerhand Verbotenes zu schmuggeln."

„Das waren nur die Nerven. Verzeihen Sie bitte!"

„Gute Fahrt!"

Auf der Krim fühlte sich Stella schon wie zu Hause. Sie aß entspannt einen Kebab in einer Kneipe an der Ecke, trank selbstverständlich ein Gläschen Wein und fuhr dann ruhig nach Hause.

Zwei Tage später kaufte sie billig eine Garage, damit sie einen Platz hatte, wo sie das Auto abstellen konnte, bis das falsche Kennzeichen und der Fahrzeugschein geliefert wurden.

Aber diese verfluchte Galja hatte Stella betrogen. Anscheinend steckte sie unter einer Decke mit ihrem Bekannten bei der Verkehrspolizei.

Stella brachte das ukrainische Autokennzeichen an und bewegte sich damit problemlos auf den Straßen der Krims. Eine ganze Weile hielt niemand sie an. Eines Abends allerdings erwartete sie ein Verkehrspolizist direkt vor ihrem Haus.

„Steigen Sie bitte aus. Sie riechen nach Alkohol."

„Ich muss meinen Bekannten bei der Staatsanwaltschaft anrufen."

„Bitte sehr."

Stella wählte die Nummer dreimal, ohne daran zu denken, dass es schon ein Uhr nachts war. Ihr Führerschein wurde für eineinhalb Jahre eingezogen.

Bald beschloss Stella, ihr Auto an einen Taxifahrer zu vermieten. Das war besser, als es in der Garage vergammeln lassen. Sie fand einen guten Fahrer. Der Mann war erst vor Kurzem aus der Ukraine gekommen, um Geld zu verdienen. Er unterschrieb den Vertrag mit Stella und fing an zu arbeiten. Stella flog nach Zürich. Ihr Mann schenkte ihr einen neuen BMW.

Alles lief gut, bis Stella erfuhr, dass der Taxifahrer das Geld rechtzeitig nicht ablieferte. Sie rief ihn an und fragte:

„Was ist los bei dir?"

„Mit mir ist gar nichts los, aber dein Auto ist nicht ordentlich angemeldet und steht nicht in der Datenbank. Jeden Tag kriege ich wieder einen Knollen. Ich gebe ihnen alles, was ich verdiene, damit sie mich gehen lassen. Sie haben mir gesagt, dass sie das Auto beschlagnahmen und abschleppen lassen."

„Wieso denn? Das Auto sollte in der Datenbank stehen! Mir wurden die Dokumente seines Doppelgängers verkauft. Genau so ein Auto wurde bei einem Unfall zerstört, nur die Papiere sind erhalten geblieben."

„Du bist betrogen worden. In der Datenbank gibt es das Kennzeichen nicht."

„Man kann sich einfach auf niemanden mehr verlassen! Sie war doch meine Freundin! Ich habe ihr immer geholfen, wenn sie mich gebraucht hat."

„Ich kenne deine Freundinnen nicht, aber die hier ist mit Sicherheit ein Miststück!"

„Jede Freundin von mir wird irgendwann zum Miststück. Es hat gar keinen Sinn, mit jemandem Freundschaft zu pflegen.

Ich mache mich dann auf den Weg zu dir und versuche, das Auto wenigstens für Ersatzteile zu verscherbeln, wenn ich es als Ganzes nicht verkaufen kann.“

„Ja, komm besser rüber.“

Stella wollte unbedingt irgendwohin fliegen, und jetzt hatte sie endlich wieder einen Grund, auf Sauftour zu gehen.

Das Auto wurde ausgeschlachtet und so für fünfzehnhundert Dollar verkauft. Das Geld versoff Stella umgehend.

Ihr blieb das Herz stehen, wenn sie an Danil dachte. Wie sollte sie damit fertig werden? Was jetzt? Er rief nicht an und schrieb nicht. Anscheinend interessierte er sich nicht mehr für sie. Seit Neujahr waren ja schon zwei Monate vergangen. Stella hatte nächtliche Albträume. Die Partys machten ihr keine Freude mehr. Auf der endlosen Suche nach ihrem eigenen Platz, einem paradiesischen Ort, der ihr wenigstens für eine kurze Weile Ruhe schenken könnte, war sie zu allem bereit. Sie hielt sich an ihre Mutter, nutzte jede Möglichkeit, um mit ihr zusammen zu sein. Die mütterliche Wärme wirkte beruhigend auf sie.

Nach ihrer Rückkehr nach Zürich konnte Stella den Seelenschmerz nicht mehr ertragen und schrieb an Dan. Sie bat ihn um ein Treffen. Dabei war sie betrunken. Die Party fand bei Nadja statt, einer der wenigen Freundinnen, die Stella noch unterstützten. Niemand wollte sich mehr mit Stella unterhalten. Sie hatte allen mit Geschichten von ihrem Liebsten die Ohren abgekaut. Es war immer dasselbe, ohne Ende, darum gingen die Leute nicht mehr ans Telefon.

Dan stimmte dem Treffen gerne zu. Sie saßen zu dritt in der Küche der Freundin. Diese stellte ihm aufdringliche Fragen:

„Sag mal, was habt ihr für eine Beziehung? Ihr leidet doch alle beide!“

„Ja, ich leide. Ich will eine normale Familie und Kinder haben.“

„Was ist also das Problem?“

„Stella kann sich nicht entscheiden, ihren Mann zu verlassen.“

„Sie würde das tun, wenn du ihr in dieser Sache die Sicherheit geben würdest. Ich meine, dass du ihr mit deinen Herumtreibereien keine sichere Zukunft gewähren kannst."

„Nadja, ich bin bereit, sie sofort zu heiraten! Wieso müssen wir immer wieder dasselbe durchkauen?"

„Warum hast du sie dann an Silvester sitzen lassen?"

„Weil ich ihre Sauftouren satthatte. Dürfen wir das vielleicht selbst klären, Nadja? Ich verstehe, dass du dir Sorgen um Stella machst, aber ich bin trotzdem der Meinung, du solltest dich raushalten."

„Tja, meine Lieben, dann könnt ihr im Keller schlafen."

„Wohin?"

„Ich habe ein Musikstudio im Keller. Dort schläft Stella. Ich höre sie nachts auf dem Yamaha spielen."

„Geht sie nicht nach Hause?"

„Selten."

„Alles klar."

Sie betraten das sogenannte Studio, ein Zimmer, das wie eine Kneipe verraucht war, er setzte sich auf das Bett.

„Wohnst du hier, oder was?"

„Nein, aber ich bin öfters hier. Ich kann nicht zu Hause schlafen."

„Was sagt dein Mann dazu?"

„Nichts mehr. Er hat für mich keine Worte mehr."

„Komm, Kleine, leg dich hin und schlaf. Du bist so mager geworden."

Stella umarmte ihn und schlief ein. Am Morgen war er nicht mehr da. Sie ging zu Nadja hinauf und fragte, ob er überhaupt hier gewesen wäre.

„Ja, er war hier", sagte Nadja schmunzelnd. „Ein guter Mann. Und ein sehr schöner …"

„Ja, er ist der allerbeste Mann der Welt!"

„Das habe ich gemerkt."

„Was hast du gemerkt?"

„Er liebt dich sehr."

„Meinst du?"

„Da bin ich ganz sicher."

In diesem Augenblick verwandelte sich für Stella das trübe regnerische Wetter in Sonne und Regenbogen!

„Ich gehe."

„Wohin?"

„Ins Fitnessstudio. Dort gehe ich in die Sauna, und am Abend fahre ich zu ihm."

„Dann los.

Da, die Schlüssel hat er für dich hiergelassen, hat gesagt, dass es deine sind."

Stella nahm den Schlüsselbund für seine Wohnung, an dem ein kleiner Elefant ohne Kopf hing. Der Kopf war abgefallen, als sie ihm die Schlüssel einmal in wahnsinniger Wut nachgeworfen hatte. Sie war der Meinung, dass alle Psychos körperlich starke Menschen waren. So war sie auch gewesen. Außerdem hielt sie sich für genial! Sie hörte bei Einstein, dass es drei Merkmale für ein Genie gibt: Schizophrenie, Kurzsichtigkeit und Alkoholismus …

Stella holte die CD von Ljubow Uspenskaja aus dem Player in ihrem Auto und legte stattdessen Rock ein, dann fuhr sie zum Kiosk und kaufte Saft statt Bier. Diese plötzliche Veränderung überraschte den Verkäufer und er fragte:

„Und wie viel Bier?"

„Von heute an kein Bier mehr, nie wieder!"

Der zog fragend eine Augenbraue hoch.

„Ich heirate", platzte die junge Frau heraus, weil ihr sonst nichts einfiel, was sie sagen sollte.

„Ich gratuliere. Ist Ihr Auserkorener Muslim und trinkt nicht?"

„Hahaha, ich wünsche Ihnen einen guten Tag und eine Laune wie meine!"

„Tschüss, schöne Frau!"

Den ganzen Tag rannte Stella herum wie eine Ratte, legte Gesichtsmasken auf, pflegte ihre Füße, ließ sich die Fingernägel lackieren und zupfte ihre Augenbrauen. Endlich war es Zeit, zu ihm zu fahren und das Abendessen zuzubereiten, bevor er von der Arbeit kam. Zuerst kam sie auf die Idee, japanisches Sushi selbst zu machen, aber dafür blieb nicht mehr genug Zeit. Schnell fuhr Stella zu einem Lebensmittelgeschäft, kaufte ein paar Sushi-Sets und eine Flasche Sauvignon blanc. Sie erinnerte sich an den Film Sex and the City und beschloss, ein echtes Fischritual zu machen. Sie zog eine schwarze japanische Unterwäsche-Garnitur mit Strümpfen an. Ein Yukata, den Stella aus Japan mitgebracht hatte, kam ihr jetzt gerade recht. Sie breitete ihn auf dem mit Decken ausgelegten Fußboden aus, schaltete japanische Musik ein und verteilte Sushis über ihren ganzen Körper. Einige davon fielen auf den Boden, was sie wütend machte.

„Verdammte Sushis! Muss man die denn ankleben?"

Endlich war Stella fertig, blieb ganz still liegen und wartete auf die lang ersehnte Nacht mit dem Mann, den sie über alles in der Welt begehrte!

„Hoffentlich verspätet er sich nicht! Lange halte ich das nicht aus!"

Zwanzig Minuten später kamen bei ihr Zweifel auf, ob er nicht mit seinen Kollegen etwas trinken gegangen wäre, es war schließlich Freitag.

„Ach nein, er kann doch unmöglich direkt von der Baustelle schmutzig und stinkend in eine Kneipe gehen. Ich warte noch."

In diesem Augenblick öffnete sich die Tür. Stella machte die Musik lauter, stellte das Radio neben ihren Arm, von dem eine Garnele fast herunterfiel.

„Hallo, Liebste! Was für ein schickes Abendessen! Dein Körper! Wie habe ich ihn vermisst!"

Er näherte sich ihr, kniete sich hin und begann Sushi zu essen, das auf ihren Beinen lag, und ihre Fersen zu lecken. Sie stöhnte und schloss die Augen.

„Darauf habe ich so lange gewartet!"

Seine Berührungen schossen durch Stellas Körper wie elektrische Ladungen. Er war ihre dominierende Leidenschaft, unerklärlich, aber erwünscht. Diese Leidenschaft lockte sie in die süße Sünde. Affektive Erregung – damit ließ sich diese einzigartige Wonne vielleicht erklären. Er aß Sushi und biss dabei leicht in ihre Haut. Sie stöhnte und wand sich unter seinen Berührungen.

Er wanderte mit seiner Zunge an der Bikinilinie entlang und nach oben zu ihrem Rücken. Stella schrie wild. Ihre Augen öffneten sich nicht mehr. Die Gefühle wurden mächtiger. Sie war im Paradies, das sie so eifrig gesucht hatte.

„Dan, ich liebe dich! Mehr als das Leben."

„Und ich noch mehr."

Die beiden bewegten sich sanft zur Musik, wechselten Positionen, gingen auf Stühle und Tische über. Wasser strömte an ihr hinab und überflutete den Fußboden. Nass, mit zerzausten Haaren, spürte sie seine starken Hände auf ihrer Haut und schrie. Heiße Küsse, leichte Bisse, starke und gleichzeitig zärtliche Hände machten sie verrückt! Ihr wurde schwarz vor Augen, aber sie hielt sich fest an ihn, umarmte seinen kräftigen Nacken, um nicht umzufallen und vor Wollust zu sterben.

Nach dieser Nacht war alles entschieden. Er erklärte sich bereit, nach Zürich umzuziehen und eine Wohnung für sie drei zu mieten. Um aus einer Wohnung auszuziehen, musste man in der Schweiz dem Vermieter drei Monate vor dem Auszug schriftlich kündigen. Diese drei Monate dauerte normalerweise die Suche nach einer neuen Behausung.

Sie fanden eine teure Wohnung mit viereinhalb Zimmern, einer Terrasse mit Tür zu dem riesigen Wohnzimmer, in einem neuen Haus im selben Viertel, wo Stella mit Adrian gewohnt hatte. Sie war glücklich. Die Wohnungen in diesem Neubau waren in vier Monaten bezugsfertig, gleich nach der Beendigung der Bauarbeiten. Nach der Besichtigung unterzeichneten sie den Mietvertrag im Büro der Vermietungsfirma und gingen anschließend ins Restaurant feiern.

Stella besuchte wieder eine Business-Schule, um sich für einen Bürojob zu qualifizieren, trieb Sport und beschäftigte sich mit ihrem Sohn. Es lief alles mehr oder weniger gut. Sie teilte ihrem Noch-Ehemann mit, dass sie sich bald trennen müssten. Diesen schien das gar nicht zu wundern, er machte sich auf die Suche nach einer neuen Liebschaft. Er übernachtete nicht mehr zu Hause. Ihre Kontakte beschränkten sich auf SMS-Nachrichten zu der Frage, wer heute auf Jan aufpassen würde. Stella hatte nichts dagegen, aber die Eifersucht auf Adrian ließ ihr keine Ruhe. Ein seltsames Gefühl überkam die junge Frau.

„Du bist einfach egoistisch, Kind", sagte ihre Mutter, auf die sie nicht hörte und der sie ihre Zukunftspläne zum Teil verheimlichte.

Endlich zog Dan um! Dieses Ereignis bereitete Stella große Freude! Natürlich arbeitete er ohne Rast und Ruhe, damit alles Notwendige für die Hauseinrichtung gekauft werden konnte. Allein die Miete kostete ja 2.500 Franken monatlich.

Eines Tages rief er Stella an und bat sie, mit Jan zu ihm zu kommen, er hätte eine Überraschung für sie. Es war nicht einfach, den Jungen zu überreden. Er stimmte nur unter einer Bedingung zu: Wenn er seine Mutter schon zu Dan begleitete, dann wollte er auch zu McDonald's, denn das wurde ihm nur selten erlaubt.

„Kuckuck, wir sind da!"

„Kommt ins Kinderzimmer."

Stella öffnete die Tür und erstarrte.

„Mein Gott! Wie ist das schön! Dan!", schrie sie vor Begeisterung und küsste ihn stürmisch.

Er hatte das Zimmer mit Zeichentrickhelden bemalt, die bei den Kindern gerade in waren. McQueen, der von der Klippe ins Wasser stürzte, die Tiere aus Madagaskar und viele andere schmückten die Wände des hellen Zimmers mit Blick auf den Wald. Dazu kamen ein Ferrari-Bett, ein Kindertisch, eine Spielecke und noch viel mehr.

Plötzlich sagte Jan, den die beiden Verliebten in diesem Moment gar nicht beachteten, unter Tränen:

„Mutti, lass uns gehen. Ich will zu Vati!"

Diese Worte trafen Stella wie ein Blitz. Sie bemerkte, wie Dan sie in dieser Sekunde mit leeren, enttäuschten Augen ansah. Dann drehte er sich um und ging mit einer Zigarette auf die Terrasse. Stella bat Jan, ein bisschen zu warten, und lief Dan nach.

„Dan, er braucht Zeit! Mach dir nichts draus!"

„Ich glaube, ich finde mit euch keine Ruhe, Stella! Dein Mann wird hierherkommen, das Kind abholen und dir immer wieder seine Meinung aufdrängen. Wird für den Kleinen Geld ausgeben, ihm teure Geschenke machen und zeigen, dass er Direktor ist und ich ein Nichts bin!"

„Ich glaube, du übertreibst. Warum? Willst du bei der ersten Unannehmlichkeit aufgeben? Soll es so weitergehen? In der Zukunft können ja noch viel schwierigere Situationen entstehen."

„Geht zum Vati!"

Stella warf einen gekränkten Blick auf ihren Liebsten und ging mit ihrem Sohn nach Hause. Im Auto fragte Jan ruhig wie ein Erwachsener:

„Mutti, willst du mit Danil zusammenleben?"

„Ja."

„Ich will bei meinem Vater bleiben. Bitte lass mich dort."

Sie konnte das Lenkrad nicht mehr halten. Sie hielt an, um keinen Unfall zu bauen, legte ihren Kopf auf die Schulter des Kindes und brach in Tränen aus.

An diesem Abend war Adrian zu Hause. Sie spielten Monopoly und es kam ihr für einen Augenblick so vor, als ob sie ihrem Mann und ihrem Sohn gehörte und es zu spät wäre, ihr Leben noch zu ändern. Sie stand vor einer fürchterlichen Wahl – Jan oder Dan.

Wie sollte sie morgens aufwachen, wenn sie ihn nicht rufen hörte: „Mutti, bring mir die Milch!" Jan trank jeden Morgen vor dem Frühstück ein Glas Milch. Der Schmerz kam zurück, trotzdem hoffte sie, dass durch ein Wunder alles wieder in Ordnung käme und alle glücklich würden.

Dan ließ einen Monat verstreichen, dann fing er an, Stella zu drängen, dass sie die verhängnisvolle Entscheidung endlich treffen müsste. Aber es passierte etwas, mit dem niemand gerechnet hatte.

Eines Abends, als sie und Danil aus dem Fitnessstudio nach Hause fuhren, klingelte sein Telefon. Der Anruf kam aus Weißrussland.

„Wer ist es?"

„Wahrscheinlich mein Bruder. Wir haben uns an Neujahr ein bisschen gestritten."

„Aus welchem Grund?"

„Er hat versucht, mich wie ein Kind zu belehren, dabei bin ich doch schon 32."

„Verstehe."

Da kam ein Anruf über Skype. Aus dem Augenwinkel bemerkte Stella den Vornamen Vika, das zweite Wort konnte sie nicht erkennen. Anscheinend war das der Nachname. Sie wollte keine Fragen stellen, sie war ja selbst nicht so unschuldig. Jetzt, da alles In Ordnung kam, blieben manche Dinge besser in der Vergangenheit. Wie man so sagt: „Liebe schmerzt nicht so sehr, wenn man selbst etwas auf dem Kerbholz hat."

Sie fragte nicht, aber in ihrem Herzen nistete sich ein Zweifel ein. „Wer ist diese Vika? Warum ruft sie so eifrig an?"

Eines schönen Tages, als sie ihre Sachen packte, um zu Dan zu ziehen, fiel ihr der Name wieder ein, den sie auf dem Handydisplay gesehen hatte. Sie schickte per Skype an alle Frauen in Minsk, die den Namen Vika Werbitzkaja trugen, folgende Nachricht:

„Uns verbindet ein Mann, ruf mich zurück."

Sie beschloss, an diesem Tag nicht umzuziehen, unter dem Vorwand, sie hätte zu viel für die Schule zu tun. Am nächsten Morgen, als Stella im Unterricht saß, bekam sie eine Skype-Nachricht:

„Meinen Sie Danil?"

Ohne sich bei der Lehrerin abzumelden, rannte Stella aus der Klasse, schloss sich in der Toilette ein und rief zurück. Vika nahm nicht ab, sondern schrieb eine SMS, sie sei nicht geschminkt, daher wäre es besser zu schreiben.

„Nimm ab! Ich bin auch nicht geschminkt!"

Die andere schaltete die Kamera ein. Auf Stellas Bildschirm erschien eine wunderschöne junge Frau Alter von neunzehn oder zwanzig Jahren. In der Hand hielt sie eine Karotte.

„Hallo, ich bin Stella."

„Hallo, Stella, wo ist Dan? Was wird aus ihm? Lebt er noch?"

„Er lebt und ist wohlauf! Wir planen gerade unsere Hochzeit, und ich wollte dich fragen, ob es sich überhaupt lohnt, ihn zu heiraten?"

„Wieso Hochzeit? Wir wollten doch heiraten", sagte Vika und hielt einen billigen Ring in die Kamera. „Aber er ist verschwunden! Ist Ski laufen gegangen und war weg. Seitdem war ich dauernd in der Kirche, habe stundenlang gebetet und Kerzen für ihn angezündet! Und jetzt das!"

„Wo findet er bloß immer diese dummen Weiber? Gebetet hast du!"

„Ich war außerdem schwanger von ihm und habe wegen der ganzen Aufregung das Kind verloren. Das war so schlimm für mich!"

„Hast du denn gar keinen Verstand? Du hättest mit dem Kind allein sitzen bleiben können!"

„Na und! Ich liebe ihn! Und ich werde um ihn kämpfen!"

„Komm rüber, ich bezahle dir den Flug. Er hat gerade eine Wohnung gemietet, will eine Familie haben, hat sogar schon für seinen Sohn das Zimmer blau gestrichen."

„Und wenn es ein Mädchen wird?"

„Dann malt er zu Lightning McQueen eine rosa Braut."

„Das hätte ich nie von ihm erwartet! Er hat bei meinen Eltern offiziell um meine Hand angehalten!"

„Bei meinen auch, das hat nichts zu sagen!"

„Warum hat mir seine Familie nichts davon gesagt? Ich habe mich mit seiner Schwägerin so gut verstanden."

„Ja, solche Schweine sind sie! Dans Familie heißt nicht umsonst Bock!"

Das Mädchen tat Stella leid. So etwas würde sie selbst ihrem ärgsten Feind nicht wünschen! Schwanger, mit einem Verlobungsring an der Hand. Und er malt inzwischen das Zimmer für ein Kind aus, das nicht einmal seins ist.

Stella zitterte, als ob sie jemand mit einem Hammer geschlagen hätte.

„Habt ihr Silvester zusammen gefeiert?"

„Ja! Wir haben schick gegessen und er hat mir ein tolles Geschenk gemacht!"

„Was denn?"

„Ein Tablett aus einem einzigen Stück Holz. Darauf habe ich ihm jeden Morgen das Frühstück serviert."

„Jeden Morgen? Soll das heißen, dass er das Tablett eigentlich für sich gekauft hat?"

„Wir haben uns drei Wochen lang nicht getrennt, wir waren wie eins. Meine Familie hat ihn ins Herz geschlossen."

„Das glaube ich gern! Ein Bräutigam aus der Schweiz, mit Geld, einem Auto und im Bett einfach göttlich! Besser wird es nicht mehr! Das ist der Hauptgewinn! Du arbeitest wahrscheinlich als Verkäuferin?"

„Nein, ich bin Friseurin in einem Herrensalon."

„Ja, eben. Da verblasst auch ein Prinz auf weißem Ross im Vergleich zu Dan!"

„Mir geht es nicht um sein Geld!"

„Das ist schon klar! Schließlich ist das ganze Paket attraktiv! Der Jackpot!"

„Du hast recht, im Bett ist er ein Gott!"

„Du bist noch so jung, aber schon ein richtiges Luder! Das sagst du nur, weil du weißt, wie weh mir das tut!"

„Ich liebe ihn und werde ihm alles verzeihen, wenn er nur zu mir zurückkommt!"

„Nur Geduld, es geht nicht alles so schnell, Kleine."

„Wie alt bist du, Stella?"

„Dan ist drei Jahre älter als ich."

„Und elf Jahre älter als ich", erwiderte die miese, aber hübsche Göre heraus und biss in die Karotte. „Und ich bin schön."

„Weißt du, alle Frauen finden sich schön. Sie schauen in den Spiegel, sehen ein paar Augen, eine Nase und einen Mund und denken: Was für ein nettes Gesichtchen! Na gut, vielen Dank dafür, dass du meine Ehe gerettet hast. Ich habe mich sowieso nicht getraut, zu ihm zu ziehen."

„Warum das?"

„Er ist bettelarm für meine Verhältnisse. Meine Ansprüche sind etwas höher als die einer Friseuse, das ist dir bestimmt klar! Mein Mann verdient über 20.000 Franken im Monat."

„Ich kenne mich mit Franken nicht aus. Wieviel ist das?"

„Ungefähr genauso viel in Dollar."

„Nicht zu fassen! Das gibt es doch gar nicht!"

„In deiner Vorstellung vielleicht nicht!"

„Dan ist sehr reich! Er hat eine Wohnung im Zentrum von Minsk und ein Landhaus."

„Warst du dort schon?"

„Natürlich, wir sind durch ganz Weißrussland gereist. Ich habe seine Verwandten kennengelernt, er hat mich als seine zukünftige Ehefrau vorgestellt. Es gab sogar ein gemeinsames Abendessen mit den Eltern von beiden Seiten, und dabei hat er mir einen Ring geschenkt. Wir sind verlobt."

„Der Ring ist natürlich sehr bescheiden! Er hat mir zum Valentinstag diesen da mit sechsundvierzig Brillanten geschenkt." Sie hielt den Ring in die Kamera, für den Dan ein halbes Jahr Geld zusammengespart hatte.

„Ich brauche keine Brillanten. Ich brauche ihn und werde ihn nicht aufgeben."

„Er liebt dich nicht!"

„Woher weißt du das? Vielleicht liebt er eher dich nicht?"

„Aber dich hat er sitzen lassen, wegen mir, nicht umgekehrt!"

Das Gesicht des Mädchens wurde blass, aber sie wollte nicht aufgeben. Sie versuchte weiter, die Rivalin zu provozieren, aber die hörte es nicht mehr.

Stella ließ ihre Bücher im Klassenraum liegen und verließ die Schule. Sie bummelte durch die Langstraße, Zürichs Rotlichtviertel, ging in Bars und stieß mit Menschen zusammen. Sie stellte sich vor, wie Dan den jungen, schönen Körper ihrer Rivalin liebkoste, ihr seine Liebe beteuerte, so wie ihr einst, und einen Heiratsantrag machte. Diese Gedanken ließen sie frösteln. Vika war bildhübsch wie eine Puppe. Brünett, mit natürlichen, nicht tätowierten Augenbrauen, breiten Wangenknochen und einer etwas längeren Nase, was ihr einen besonderen Charme verlieh. Jetzt verstand Stella die Bedeutung vieler Dinge, die Dan gesagt hatte: „Nach was jage ich? Werde ich glücklich in dem Paradies, das ich geraubt habe?" Und das war nicht die einzige Frage.

Er hatte Zweifel. Und das war der Grund für Stellas dauerndes Gefühl der Unsicherheit und der Unruhe. Was für eine Last wollte er sich aufhalsen? Eine fast dreißigjährige alte Schachtel mit einem Kind, die nicht einmal arbeiten wollte. Mit einer Frau wie Vika könnte er ohne Probleme und Sorgen eine Familie gründen.

Sie hatte einen Kloß im Hals. Vor Eifersucht wollte sie sich übergeben. Sie erinnerte sich an Vikas Worte: „Im Bett ist er ein Gott!" Stella legte Wert auf ihr Eigentum, sie konnte es mit niemandem teilen. Und schon gar nicht ein Wesen wie ihn, das sie so liebte.

Stella betrank sich gründlich und begab sich zu ihrem Liebsten. Schon unterwegs schickte sie ihm SMS mit Drohungen, ihn zu zerstückeln. Sie fuhr schnell zu ihrer Wohnung, versteckte die Koffer, die sie schon gepackt hatte, im Keller, damit Adrian sie nicht sah, und dann weiter. An jeder Bar auf ihrem Weg hielt sie an und trieb ihren Alkoholpegel noch weiter in die Höhe. Da schickte das kleine Luder Vika ein Video ihrer Verlobung an Stellas Handy, um der Rivalin eine totale Niederlage zuzufügen.

„Kleine Schlange! Erstick an deiner Karotte!"

Stella rannte wie eine Furie in das Haus. Dan starrte sie verwirrt an: Was war los? Warum lief sie stockbesoffen und mit unter den Augen verwischter Mascara am helllichten Tag durch die Straßen? Stella legte ihr Telefon auf den Tisch und ließ das verdammte Video laufen, in dem diese schlanke junge Schlampe ihm einen zartsüßen Zungenkuss gab! Das konnte einem den Atem benehmen!

„Ich bring dich um! Du Drecksack!"

Er betrachtete ruhig den Bildschirm von Stellas Handy.

„Weißt du es jetzt auch? Hast du es herausgefunden? Warum? Kannst du mir das sagen?"

„Weil du fast ein Kind mit einer anderen Frau bekommen hättest, von dem du gar nichts weißt! Du Hurensohn! Wie konntest du das tun? Mich allein im Intourist sitzen lassen und einer anderen deinen Heiratsantrag machen?"

„Ich wollte mein Leben verändern, aber ich habe es nicht geschafft. Ich liebe dich. Ich kann mir kein Leben an der Seite der Frau vorstellen, die ich nicht liebe."

„Sie ist ein Kind, keine Frau! Aber schon ein gerissenes Luder!"

„Ich schäme mich vor euch beiden. Ich kann mich nicht rechtfertigen. Es hat auch keinen Zweck. Wenn du bereit bist, bei mir einzuziehen und alles zu vergeben, verspreche ich dir, dass du in Zukunft immer erfährst, wo und bei wem ich bin. Diese Vika brauche ich nicht, ich bin es satt, ständig Probleme mit dir zu haben! Mich in deine Familienangelegenheiten einzumischen! Dein Sohn will nicht bei uns leben. Ich weiß, wie hart dich das trifft. Dein Gesicht ist betrübt, du bist depressiv."

„Als du zu Nadja gekommen bist, hättest du mir sagen können, dass du eine andere Frau hast."

„Ich habe dich gesehen und sie total vergessen. Ich habe sie nicht angerufen, und sie mich auch nicht. Ich dachte, es wäre vorbei, da kam plötzlich dieser Anruf!"

„Ich weiß nicht, Dan, ob ich das alles vergeben und vergessen kann. Es geht hier um Vertrauen in unserer Beziehung, und das habe ich dir gegenüber nicht! Es ist eine Sache, wenn du einmal fremdgehst und das gleich vergisst, aber eine ganz andere, wenn du eine dauerhafte Affäre hast. Das ist nicht das Gleiche. Ich kann nicht damit leben, dass ich immer grübeln muss, wo du wohl bist und bei wem, auch wenn du bloß ein paar Überstunden machst. Das wäre ein sicherer Weg, um in fünf Jahren im Irrenhaus zu landen!"

„Dann machen wir es so: ja oder nein. Mehr Möglichkeiten gibt es nicht! Entscheid du. Wähle, was dir lieber ist. Du hast eine Woche, nachdem wir aus Italien zurück sind."

„Du willst doch hinfahren?"

„Ich denke schon. Und du?"

„Ja, natürlich will ich. Wir haben es doch geplant. Ich dachte schon, du würdest die Reise abblasen."

„Ich glaube, es wäre gut, wenn wir eine Weile zusammen verbringen."

„Aber ohne Sex! Ich kann nicht mit dir schlafen, nach all dem, was ich erfahren habe."

„Okay. Wie du willst."

Stella ging nach draußen, flippte aus, stieg ins Auto und brauste nach Florenz. „Wenn er will, kann er mit dem Zug kommen, und zurück mit mir im Auto fahren." In Viareggio hatten sie ein Hotel reserviert. Stella fuhr früher los, da sie sich mit ihrer

Kindheitsfreundin treffen wollte, der sie einst ein Handy gestohlen hatte.

Diese empfing sie mit offenen Armen. Rimma war eine warmherzige junge Frau, aber ihre psychische Gesundheit war schwer geschädigt. Die Vergangenheit hatte tiefe Spuren an ihrem seelischen und körperlichen Zustand hinterlassen. In jungen Jahren war sie mit einer anderen Freundin von Stella nach Italien gegangen, um Geld zu verdienen. Sie sollten angeblich Wohnungen und Villen reicher Leute in Ordnung halten, endeten aber als Prostituierte und Drogensüchtige auf der Straße. Die Mädchen wurden verkauft und gezwungen, unter Drogen auf der Straße zu arbeiten. Sie hatten weder Papiere noch eine feste Bleibe, wurden von Polizei gejagt und in den Knast gebracht. Zwei oder drei Monate später ließ man sie frei, ohne auch nur ihre Nationalität festgestellt zu haben. Sie wurden von ihrem Zuhälter abgeholt und wieder auf den Strich geschickt. Das ging so lange, bis ein Freier sich in Rimma verliebte, ihr eine Wohnung und Papiere organisierte und sie dann heiratete. Auch die zweite Freundin heiratete einen ihrer Straßenkunden. Sie lebte in dem Dorf Massa, ungefähr eine Autostunde von Florenz entfernt. Stella war sehr froh, dass sie diese beiden alten Freundinnen wiedergefunden hatte. Sie hatte nun einen Ort, an den sie gehen konnte, um ihr Herz auszuschütten und Kokain zu sniffen. Davor hatte sie in ihrem Umfeld niemanden, mit dem sie es richtig krachen lassen konnte, ohne Einschränkungen und ohne Tratsch. Gleich nachdem sie angekommen war, nahmen ihre Freundinnen sie mit zu ihrer Clique. Den Gesichtern der Jungs nach zu urteilen, hatten sie schon seit mehreren Tagen nicht mehr geschlafen. Sie hingen in einer riesengroßen Wohnung ab, die einem offenbar reichen Schwarzen gehörte. Die anderen Jungs waren Albaner. Unter ihnen war auch ein Kokaindealer. Er schüttete das weiße Pulver in einem Berg auf den Tisch. Daneben stand eine Waage, mit der er das weiße Gift sorgfältig grammweise abwog und zum Verkauf einpackte. Stella hasste Drogendealer. Sie hielt den Handel mit diesem Zeug für das Allerletzte. Aber sie hätte nichts dagegen, für lau ein bisschen zu sniffen. Die Party war geil, es fehlte an nichts, von allem gab es mehr als genug. Die junge Frau grübelte über ihr Leben und ihr Verhalten nach. Es gehörte schon etwas dazu, mit überspannten Nerven ohne Rast 600 Kilometer von Zürich nach Florenz zu fahren, nur um mit anderen Suchtis Koks zu sniffen. In ihrem Kopf staute sich alles, was sie per Skype aus Minsk erfahren hatte. Die Gedanken an Dan brachten sie in einen Zustand, in dem ihr Leben schon zu Ende schien. Der Mix aus Alkohol und Drogen tat das Seine. Aber sie konnte nicht anders. Stella wollte einen Zustand erreichen, in dem sie nicht mehr an Dan dachte. Adrian rief sie pausenlos an.

„Wo bist du?"

„In Florenz. Der Mann einer Freundin von mir ist gestorben. Sie braucht meine Unterstützung."

„Hast du den Verstand verloren? Ich werde bald wegen dir gefeuert! Ich kann unmöglich das Kind überall mitschleppen und dabei arbeiten."

„Ich komme in einer Woche zurück. Ruf die Babysitterin an."

„Was? Komm sofort nach Hause!"

Stella legte auf.

Die ganze Nacht tanzten die jungen Frauen in einer Disco und flirteten mit den Männern. Am Morgen konnte Stella ihren Parkschein nicht finden und versuchte, die Jungs zu überreden, die Schranke abzubrechen, damit sie hinausfahren könnte.

Rimma rief:

„Bist du wahnsinnig? Kannst du mir das sagen? Die Bullen buchten uns alle ein."

Schließlich fand sich der Parkschein im Auto unter einem Sitz. Sie bekam einen Anruf. Es war Danil.

„Hallo, Dan."

„Guten Morgen, Stella. Was machst du gerade?"

„Ich bin nach Florenz zu einer Freundin von mir gefahren. Kommst du mit dem Zug nach? Dann fahren wir zusammen nach Viareggio."

„Warum bist du allein gefahren?"

„Ich konnte in Zürich nicht mehr bleiben. Ich musste eine Weile allein sein."

„Zu welchem Entschluss bist du gekommen?"

„Lass uns darüber reden, wenn du da bist, okay?"

„Wer ist denn noch bei dir?"

„Rimma und ihr Mann. Er ist krank, er liegt im Sterben. Er braucht Pflege."

Diesmal log sie nicht. Der Mann ihrer Freundin wartete wirklich auf eine Lebertransplantation und war ans Bett gefesselt.

„Ich komme übermorgen. Sobald ich das Zugticket habe, rufe ich dich an."

„Abgemacht."

„Juhu! Lasst uns feiern, Mädels! Mein Schatz kommt erst übermorgen!"

Am nächsten Tag soffen und snifften die Mädchen weiter ungezügelt und ohne Pause. Stella wollte gar nicht mehr, dass Dan nach Italien käme. Er hatte sie noch nie in diesem Zustand gesehen, und auch ihr Hass gegen ihn wurde immer größer. Sie war wütend wegen ihrer eigenen wahnsinnigen Verliebtheit. Dinge, die stärker als sie und schwer zu bewältigen waren, regten sie auf. Sie merkte nicht, wie sie sich in eine Alkoholikerin und Drogenabhängigen mit grober, verrauchter Stimme verwandelte. Wie alle Alkoholiker glaubte sie das nicht.

Übermorgen kam sehr schnell. Gegen Morgen kamen sie mit einer Flasche Champagner aus einem Klub namens Afterparty.

„Rimma, ich will ihn nicht sehen! Er hat mich verraten!"

„Stella, du gibst allen anderen die Schuld, nur nicht dir selbst. Du hast doch diese Situation geschaffen! Durch deine Eifersucht auf seine Frau! Er hat sich scheiden lassen, ist frei, aber du, wie des Gärtners Hund, weißt nicht, was du damit anfangen sollst. Du hättest ihn lieber weiter mit seiner Frau leben lassen sollen. Dann könntet ihr euch einmal in der Woche treffen und es wäre alles gut. Er wäre dann immer bei dir und du bräuchtest dich nicht zwischen deinem Sohn und ihm zu entscheiden. Ihm fällt das genauso schwer, und darum wollt ihr beide von der Liebe weglaufen. Du säufst und sniffst, um deinen Seelenfrieden zu finden, aber das hilft nicht. Er macht einer anderen einen Heiratsantrag. Ihr seid ein tolles Pärchen!"

„Wie klug du bist, Rimma. Das weiß ich doch alles! Vermuten, dass er fremdgeht, ist eine Sache, es genau zu wissen, eine andere! Ich werde ihm dieses Neujahrsfest nicht verzeihen!"

„Pass auf, unternimm keine unbedachten Schritte."

„Ich kann nur unbedachte Schritte unternehmen. Erst schicke ich alle zum Teufel, dann sitze ich allein da und bin traurig."

„Eben."

„Aber diesmal will ich ihn wirklich nicht sehen! Und schon gar nicht in diesem Zustand! Wann habe ich das letzte Mal geschlafen?"

„Vor drei Tagen."

Super!

Das Treffen am Bahnhof war beeindruckend! „Lebhafte Szene"

Stella wartete am Bahnsteig auf ihren Liebsten, ihre Seele war schmerzfrei, aber sie wünschte sich dringend, ein Bier zu trinken und schlafen zu gehen. Trotzdem versuchte sie, sich in der Senkrechten zu halten. Sie hatte drei Flaschen Bier in der Tasche, die sie sich für unterwegs gekauft hatte. Sie wippte auf den Absätzen, trug ein weißes Kleid und reichlich Concealer im Gesicht, der ihrem vom Saufen fahlen Teint auffrischen sollte.

Dan stand nur einen Schritt von ihr entfernt und rauchte eine Zigarette. Stella aber sah ihn nicht, denn sie musste sich auf den Versuch konzentrieren, das Gleichgewicht zu halten.

„Stella?"

Seine Stimme wirkte auf sie wie ein Stromschlag.

„Oh Gott, du hast mich erschreckt."

„Was ist los mit dir? Du siehst aus, als ob dich jemand erschreckt hätte."

„Alles ist gut. Ich habe einfach diese Nacht nicht geschlafen. Rimma und ich haben eine fürchterliche Nacht im Krankenhaus verbracht."

Sie dachte daran, wie lustig es gewesen war, und wünschte sich unwillkürlich, schnell wieder zu der Freundin zu kommen. Das wäre jedenfalls besser, als sich eine Standpauke anzuhören wie früher in der Schule.

„Du hast eine kilometerlange Alkoholfahne."

„Na ja, wir haben uns ein bisschen die Kehle angefeuchtet. Es gab dort nichts anderes zu tun."

„In so einem Zustand habe ich dich noch nicht gesehen."

„Wenn du noch ein paar Mal nach Weißrussland fährst, bekommst du noch Schlimmeres zu sehen."

„Wir waren uns einig, einen ruhigen Urlaub ohne Zoff zu verbringen."

„Ach ja, genau, das habe ich vergessen.

Aber ich will keine Ruhe haben! Ich will feiern und saufen." Sie holte eine Flasche aus der Tasche und öffnete sie geschickt mit dem Feuerzeug.

Dan schaute sich um. Anscheinend schämte er sich für seine sturzbesoffene Bekannte.

„Hast du am Ende auch noch Drogen genommen? Deine Pupillen sind ja riesengroß."

„Nein."

„Gehen wir? Wo ist das Auto? Wie bist du in diesem Zustand gefahren?"

„Ich bin in Ordnung. Was hast du für ein Problem?"

In welcher Etage der Tiefgarage ihr Auto stand, wusste allein Gott. Dan ging lange hinter Stella her, die selbstsicher immer wieder in eine neue Richtung zeige und sagte:

„So! Dort steht das Auto, ganz sicher!"

Plötzlich bezweifelte Stella, ob sie überhaupt mit dem Auto zum Bahnhof gefahren war. Hatte sie vielleicht eine Gedächtnislücke?

Sie rief Rimma an und diese sagte, sie habe Stella mit einem Taxi zum Bahnhof gebracht. Stellas Auto stehe vor ihrem Hauseingang. Dans Gesicht war sehenswert, als er das hörte.

„Bist du jetzt völlig verrückt geworden?"

„Noch nicht völlig. Ich habe vergessen, dass ich das Auto umgeparkt habe. Vor drei Tagen hat es bestimmt da gestanden. Ich erinnere mich noch an diese Schranke."

Sie nahmen ein Taxi und fuhren zu Rimma. Stella konnte sich an deren Adresse nicht erinnern. Rimma ging nicht ans Telefon. Sie kreisten in der Stadtmitte auf der Suche nach einer Brücke, wo sie angeblich nach links abbiegen mussten, um zu ihrem Auto zu kommen.

„Mir reicht's! Stella! Was soll das?"

„Sei nicht so grob, wir sind doch gleich dort."

Endlich klingelte das Telefon.

„Lieber Himmel! Rimma! Hilf mir! Wir haben schon 80 Euro auf dem Taxameter. Sag mir deine Adresse."

„Via Bronzino, 106."

„Danke, wir sind gleich da. Komm raus, wir gehen eine Kleinigkeit essen. Mein Schatz ist böse und hat Hunger."

„Ich komme runter und warte auf euch."

„Ich muss noch etwas für den Strand kaufen, gibt es hier einen Markt in der Nähe?"

„Ja, gar nicht weit."

Auf dem Markt kaufte Danil ein Strandtuch und ein Federballspiel. Wenn Stella an Sport dachte, spürte sie gleich ein Stechen in der Brust. Nach einem dreitägigen Sauf- und Sniffmarathon würden sie ein paar Sprünge mit dem Schläger unweigerlich ins Krankenhaus bringen.

Die beiden amüsierten sich über ein russischsprachiges Paar, das bei chinesischen Händlern Schuhe für 10 Euro anprobierte. Wenn man zwei Paar dieser miesen Latschen kaufte, sollte man noch ein drittes geschenkt bekommen.

„Schatz?", gurrte die kleine, schlanke Blonde.

„Ja, Mieze? Was?"

„Kuck mal, sehen diese Sandalen nicht billig aus?"

Als der Schatz den Preis sah, sagte er voll Freude:

„Mieze, die sehen umwerfend und auch sehr teuer aus!"

„Dann kaufen wir sie!", freute sich die Mieze, was wiederum alle freute, die in der Nähe standen. Die Spannung zwischen Stella und Danil war wie weggeblasen.

Beim Mittagessen, das nahtlos ins Abendessen überging, tranken die jungen Frauen zwei Flaschen Rotwein und erzählten, wie sie drei Tage lang wegen Rimmas Mannes nicht geschlafen hätten. Dan beruhigte sich etwas, wurde heiterer und fuhr mit Stella nach Viareggio.

Unterwegs betrachtete Stella ihren Liebsten und suchte in ihrem Inneren nach warmen Gefühlen für den Menschen, der ihrer Meinung ihre Gefühle verriet und ihre Vorstellung von reiner und treuer Liebe zerstörte und sie dadurch auf die schiefe Bahn brachte.

„Wie bin ich denn so in die Scheiße geraten? Warum kann ich nicht schlicht und einfach weggehen und das vergessen, wie in einen schlechten Traum?" Sex! Leidenschaft! Ohne sie war das Leben nicht interessant.

Aber etwas sagte ihr, dass das einzig Interessante in ihrem Leben bald nur noch ihre ruinierte Gesundheit sein könnte, wenn alles so weiter liefe wie bisher. Dort angekommen, parkten sie gleich am Strand und gingen baden. Stella zog ihren Badeanzug an und warf sich ein Badetuch über die Schultern. Danil zog seine Badehose an, nahm sein Handy und ein Bündel Geldscheine mit; den Geldbeutel ließ er im Auto. Als Stella aus dem Wasser kam, hörte sie Musik in der Ferne.

„Lass uns am Strand entlanggehen. Da gibt es Musik. Und wir könnten was trinken."

„Du hast unterwegs eine Kiste Bier getrunken, den Wein mit der Freundin nicht mitgerechnet. Reicht das nicht?"

„Warum bist du so gemein? Ich verstehe das nicht. Sind wir jetzt im Urlaub oder nicht? Ein Gläschen mir zuliebe würde dir nicht schaden!"

„Ich trinke keinen Alkohol! Wenn ich trinken würde wie du, wäre ich längst tot."

„Hahahaha!" Du bist ein Langweiler!", platzte Stella heraus.

„Dafür bist du extra lustig! Immer lustig! Du wirst gar nicht mehr nüchtern!"

„Du hast mich dazu gebracht!"

„Alkis geben immer anderen Leuten die Schuld an ihren Problemen! Sie sind die armen Opfer, müssen Alkohol trinken, statt etwas an sich selbst zu verändern, zu verbessern! Sie saufen sich voll und meinen, sie brauchen weder Tod noch Teufel zu fürchten. Alles scheißegal! Klasse! Die beste Lösung für alle Probleme! Bravo!"

„Wenn du nicht willst, gehe ich allein!"

„Dann geh schon!"

„Ich habe kein Geld dabei!"

Er zog ein Bündel 50-Euro-Scheine aus der Tasche und warf sie vor Stellas Füßen in den Sand.

„Ich bin nicht stolz. Wenn mir jemand was gibt, nehme ich es." Sie las die Geldscheine auf, von denen einer in Richtung der Bar geflogen war, wo die Musik spielte. Stella lief dem Geld hinterher, ohne sich umzusehen, damit Dan sie nicht zurückholte. Was Dan tat, bekam sie nicht mit.

Stella trank Bier und entspannte sich. Sie beobachtete die Jungs, die barfuß im Sand tanzten und einander zulächelten.

„Wann habe ich zum letzten Mal mit Danil getanzt? Nie, nicht ein einziges Mal! Ich habe das satt!" Sie sah gespannt in die Richtung, aus der sie gekommen war, und hoffte auf ein Wunder.

„Und wo ist er? Kommt er wirklich nicht?" Sie überlegte sich, dass sie, während er schmollte, gerade Zeit hätte, in Ruhe ein Glas Bier zu picheln. Aber nein, anscheinend wollte er wirklich nicht kommen.

Sie bezahlte, stand widerwillig von der bequemen Couch auf und machte sich auf die Suche nach Dan. Er war allerdings nirgends zu sehen. Ein Wutanfall packte Stella. Sie wählte seine Nummer, aber er war nicht erreichbar.

„So ein Mistkerl! Wie kann er sich nur so aufführen? Ich setzte mich jetzt einfach ins Auto, und wenn er nicht erscheint, fahre ich nach Hause. Das passt gerade gut, denn nachts gibt es keine Staus." Stella hockte im Auto und spürte, wie in ihr die Wut wuchs. Sie startete den Motor und fuhr nach Hause.

Unterwegs kaufte sie an den Tankstellen allen Wein und alle Chips auf, von dem Geld, das so reichlich in seinem Portemonnaie steckte. Sie kaufte auch Olivenöl, das sich gut als Geschenk eignete, und vieles andere.

So eine gute Laune hatte Stella lange nicht mehr gehabt! Sie sang, rauchte, und trank Bier am Steuer, um nicht einzuschlafen. Falls sie kontrolliert wurde, wäre ihr Führerschein sowieso weg. Es spielte also in ihren Augen keine Rolle, ob sie nun trank oder nicht. Sie jubelte!

„Endlich habe ich ihm eins aufs Maul gegeben! Das wird ihm eine Lehre dafür sein, dass er mich in der Silvesternacht allein hat sitzenlassen! Schlampe!"

Sie konnte nicht glauben, dass sie ohne ihn weggefahren war! Dass sie sich dazu entschlossen hatte!

Gegen Mitternacht, als sie die Grenze zwischen Italien und der Schweiz bei Como überquert hatte, bekam sie einen Anruf.

„Wo bist du?"

„Ich bin weggefahren."

„Komm zurück!"

„Ich denke ja gar nicht dran!"

„Wie soll ich von hier wegkommen? Ich stehe hier in Badehosen am Bahnhof an einem Nachtschalter. Da durfte ich immerhin mein Handy aufladen. Ich verstehe kein Wort Italienisch! Ich habe kein Geld! Mein Geldbeutel liegt noch im Auto!"

„Ich habe auch kein Geld mehr, alles ausgegeben! Das sind deine Probleme! Ich fahre nicht noch einmal 400 Kilometer zurück. Mach, was du willst!"

„Ich habe gesagt, komm zurück! Ich warte am Bahnhof auf dich."

Stella legte auf. Ihre aufgekratzte Stimmung ließ nach. Sie gab im Navi den Namen Viareggio ein. Die Entfernung betrug 428 Kilometer.

„Scheiß drauf! Das schaffe ich nicht!" Sie hatte seit drei Tagen nicht geschlafen und spürte jetzt, dass die Wirkung der Drogen unter dem Einfluss von Alkohol nachließ und sie schläfrig wurde.

Eine halbe Stunde später kam noch ein Anruf.

„Bist du schon unterwegs? Mein Akku ist fast leer, ich sitze am Bahnhof auf einer Bank."

„Nein. Ich habe dir doch gesagt, ich denke nicht dran, zurückzufahren."

Zum ersten Mal hörte sie Dan weinen. Er sagte unter Tränen:

„Ich kann nicht glauben, dass du mir das antust. Ich warte auf dich! Ich friere!"

„Geh an den Strand und schlaf dort. Auf dem Sand ist es viel weicher."

„Ich warte auf dich am Bahnhof! Hast du mich verstanden?"

„Ciao, mio amore! Buona notte! Gute Nacht!"

„Was? Stella! Komm zurück!"

Biep ... biep ... biep ...

Als sie nach Hause kam, fühlte sie sich tapfer und stolz, wie Leute, die sich für die besten Tänzer im Saal halten. Stella legte sich neben ihren Sohn ins Bett. In Gedanken bat sie ihn um Verzeihung und wischte ihre Tränen ab.

Anscheinend waren ihre Nerven schon ziemlich zerrüttet.

Als sie am Morgen aufwachte, war ihr das Lachen schon vergangen.

„Wie wird es ihm dort wohl gehen? Was wird aus ihm? Er spricht weder Italienisch noch Englisch, nur Deutsch."

Sie wählte seine Nummer, aber er war nicht erreichbar.

„Vielleicht wurde er von Bahnhofspennern ausgeraubt? Aber er hatte nichts, was sie interessieren könnte, außer einer Armbanduhr.

Sie schaute auf den Fahrplan der Züge aus Viareggio und stellte fest, dass Dan am Abend kommen würde, falls jemand ihm die 200 Euro für ein Ticket gegeben hätte.

„Scheiße! Das Ticket von dort kostet 200 Euro! Ich glaube kaum, dass jemand in Italien ihm so viel Geld geben würde. Die Italiener sind bekannte Geizhälse! Wo ist das edle Blut der alten Römer? Beim Anblick der feigen Italiener, die wie Weiber zanken und sich schreiend die Haare raufen, könnte man glauben, dass die Geschichte komplett gefälscht ist. Oder dass sie von irgendwas verstrahlt sind.

Also! Was jetzt? Mir bleibt nichts übrig, als weiter zu warten. Ich fahre zu ihm nach Hause und warte dort. Wo soll er sonst hingehen? Ich nehme Jan mit, damit er mir nicht die Fresse poliert! Vor dem Kind würde er mich ja wohl nicht schlagen."

In Erwartung eines großen Knalls wollte Stella nicht kleinmütig werden. Sie öffnete die teuerste Flasche aus Dans Weinsammlung und prahlte über Skype vor allerlei Bekannten, wie sie es Danil, diesem untreuen Lügner, endlich heimgezahlt hatte!

„Prost, meine Liebe! Auf deine Gesundheit! Der Wein ist super! Als Abstinenzler hat man es leicht, sich eine Weinsammlung zuzulegen. Und ich habe nicht einmal Wodka zu Hause."

Rimma wollte nicht glauben, dass ihre Freundin so weit gegangen war!

„Stella, meine Güte! Er ist eine Bestie! Wenn er kommt, setzt es was! Denk an einen Zahnschutz!"

„Hahaha! Verdammt, er kommt! Tschüss!"

Sie ging zu Jan, der draußen Ball spielte, und rief ihm zu, dass er auch ins Haus kommen sollte. Die Angst machte sie völlig nüchtern. Danil hatte die Uniform eines italienischen Eisenbahners an. Wahrscheinlich hatten sich die Mitarbeiter am Bahnhof über den Lumpen erbarmt und ihn nach italienischer Mode herausgeputzt. Mit den Latschen hatte er weniger Glück. Sie waren drei oder vier Nummern zu klein, das verrieten seine schwarzen Fersen, die anscheinend den ganzen Tag über den Asphalt geschlurft waren. Stella trat von der Tür zurück und warf einen Blick über die Schulter nach hinten, um zu prüfen, wo sie im Falle eines Faustschlags hinfallen würde.

„Gib die Schlüssel her!"

„Da sind sie!"

„Und den zweiten Schlüsselbund!"

Stella wollte ihre Schlüssel nicht hergeben, denn sie wusste, dass sie Dan danach nie wiedersehen würde.

„Ich habe sie zu Hause liegen lassen. Ich bringe sie später vorbei."

„Meinetwegen, wirf sie in den Briefkasten."

„Abgemacht."

„Und jetzt raus!"

„Ich nehme noch den Wein von der Terrasse mit, du trinkst ja sowieso nicht!"

Er schaute auf die Flasche Brunello Jahrgang 1989 aus seiner Sammlung und sagte:

„Doch, so einen Wein trinke ich."

„Wollen wir dann deine Ankunft zusammen feiern?"

„Raus, habe ich gesagt!"

„Okay, okay! Jan, wir gehen."

Während der nächsten Tage bemühte sich Stella, die Situation mehr oder weniger nüchtern einzuschätzen. Sie spulte die Kassette zurück. Es war schwer, sich an alle Einzelheiten des Geschehenen zu erinnern, aber das, was sich eingeprägt hatte, gab schon ausreichend Stoff zum ernsthaften Nachdenken. Die Liebe kehrte zurück und drückte ihr wie früher auf die Brust.

„Was habe ich bloß getan! Wie soll ich denn ohne ihn leben? Okay, mit dem Leben würde ich schon klarkommen, aber mit wem soll ich denn schlafen? Ich will ihn so sehr umarmen und küssen, meinen Brummi!

Warum bin ich nicht in Italien geblieben? Dann könnte ich jetzt ruhig am Strand liegen und meinem Löwen das Fell kraulen.

Die Trauer wollte sie nicht loslassen.

„Was jetzt? Ich koche ihm einen richtigen ukrainischen Borschtsch und den Hering im Pelzmantel. Dann muss er mir einfach verzeihen."

Am Abend brachte sie das Essen zu ihm, steckte mit zitternden Händen den Schlüssel ins Schlüsselloch. Die Wohnung war nicht aufgeräumt, leere Rotweinflaschen lagen auf dem Boden.

„Oh! Er ist besoffen! Hat er nicht gesagt, dass wäre das Los der Schwachen? Mit so einer Liebe wird es nicht lange dauern, bis er selber süchtig wird!

Gott bewahre! Was für eine dumme Angewohnheit, Selbstgespräche zu führen! Das kann leicht böse enden, mit Schizophrenie zum Beispiel."

Stella räumte ein bisschen auf, stellte das Essen warm und beschloss abzuhauen, bevor ihr Liebster nach Hause kam. Am nächsten Tag bereitete sie wieder Essen zu, kochte sich regelrecht in Rage. Diese Hausarbeit gefiel ihr sogar, obwohl sie das nie getan hatte und Alltagsroutine wie die Pest vermied. Ungefähr eine Woche später bekam sie eine SMS von Dan:

„Warum gehst du immer weg? Bleib nur mal da und probiere deine versalzene Brokkolisuppe."

„Scheiße, habe ich die wirklich versalzen? Ich komme."

In der Wohnung kam er auf sie zu und zog ihr zärtlich die Schuhe aus.

„Verzeih mir", flüsterte Stella.

„Immer."

Er nahm seine Liebste in die Arme und trug sie ins Schlafzimmer. Dort war ihr einziger heiliger Ort, wo sie hundert Prozent ehrlich zueinander sein konnten. Die Leidenschaft des Löwen versengte die eiskalte Jungfrau und entfachte das Feuer ihrer Liebe. Er war ein stürmischer und zärtlicher Liebhaber, scheute keine Mühe, um das Vorspiel lange auszudehnen, küsste sie von Kopf bis Fuß, biss sie dabei leicht, liebkoste sie mit beiden Händen. Allein mit Streicheln brachte er sie zum Orgasmus. Er bevorzugte genau diese Art Koitus, die man nicht leicht vergaß, und hielt das für eine Kunst, die zu lernen sich lohnte. Er gab einer Frau viel, und bekam von ihr dreimal mehr zurück. Er war keiner von denen, die die Vagina der Frau vor dem Sex mit Speichel anfeuchten. Er brauchte ein heißes, feuchtes Opfer, das mit dem Kopf gegen das Bettgestell schlug und ihn anflehte, sie endlich zu penetrieren. Und dann ein langer Akt. Zärtlicher, langsamer, schneller, harter Sex, dabei an den Haaren ziehen, bis zu dem Punkt, an dem es nicht schmerzhaft, sondern angenehm war. Er packte ihren Hintern, machte plötzliche Bewegungen, als ob er sie in den Hals beißen wollte, öffnete seinen Rachen und verschlang zärtlich die Hälfte ihres Kopfes mitsamt einem Ohr, ließ allmählich locker, drang in ihren feuchten Schoß ein und griff wieder wie ein Löwe ihren Hals und ihre Schultern an. Es sah aus, als wollte er sie fressen. Sie bekam Gänsehaut bis zu den Fersen, ihre Knie wurden weich. Wahrscheinlich hing das von der Empfindlichkeit ab. Stella zum Beispiel bekam Gänsehaut von Kopf bis Fuß, wurde fast ohnmächtig und klammerte sich um den Nacken des Tiers.

Gegen Morgen lagen sie wie immer in einer Lache aus Schweiß und dem, was literweise aus Stellas Körper floss.

„Zieh bei mir ein. Ich habe genug von diesem Theater. Ich will nicht mehr allein leben."

„Lass uns das Jahresende abwarten. Dann bin ich mit der Ausbildung fertig und ziehe um. Es sind nur noch drei Monate."

„Warum nicht jetzt?"

„Du siehst, was für eine Beziehung wir haben. Ich habe Angst. Wenn etwas schiefgeht, wird mein Mann mich nicht zurücknehmen. Ich brauche einen Job."

„Ich weiß nicht, ob ich das Leben wie jetzt noch länger ertrage. Ich habe es satt, ich bin müde."

„Fang an, Bauingenieurwesen zu studieren! Dann kannst du wenigstens Bauleiter werden, die verdienen 10.000."

„Vorigen Monat habe ich 11.800 verdient, nur zu deiner Info."

„Oho! Dann hast du aber wahrscheinlich an allen Wochenenden gearbeitet?"

„Ja. Du warst ja weg, und da habe ich beschlossen, jeden Tag zu arbeiten."

„Das ist gut, aber wenn wir zusammenleben, kannst du nicht mehr am Wochenende arbeiten, und was dann?"

„Okay, dann schreibe ich mich ein, ehe es zu spät ist."

„Weißt du, warum ich das Geld zusammenspare?"

„Warum denn?"

„Weil mein Schatzi bald Geburtstag hat! Sie wird dreißig!"

„Ich? Schon dreißig? Oh nein!"

„Das spielt doch keine Rolle, ich liebe dich so sehr."

„Tja, aber mein Hirn funktioniert wie bei einer Fünfzehnjährigen!"

„Du bist sehr klug und dabei eine verwegene Straßengöre. Die Straße hat dir deinen unnachgiebigen Charakter verliehen, aber du wirst auch bald ruhiger. Ich werde dich schon ruhigstellen."

„Erschreck mich nicht."

Stellas Geburtstag kam näher. In einem der nobelsten Fünf-Sterne-Hotels in Zürich, dem Dolder Grand Hotel, bestellte sie einen Tisch für zehn Personen und lud ihre nächsten Freunde ein. Danil bekam natürlich keine Einladung. Er rief Stella den ganzen Tag an, aber sie nahm nicht ab. Die junge Frau konnte sich nicht zerreißen, und sie hatte nun einmal den Vorschlag von Adrian angenommen, ihren Geburtstag zusammen mit ihren gemeinsamen Freunden zu feiern. Nach dem Abendessen gingen sie alle in eine Disco, wo sie bis zum Morgen tanzten, Champagner tranken und sich vergnügten. Viele Gäste übernachteten bei Stella, denn sie wollten sich am Morgen beim Konterbier an die Highlights des Abends erinnern und sich ausführlich darüber unterhalten. Am Mittag gingen die Frauen auf die Außentreppe rauchen. Gott sei Dank war Stella in diesem Augenblick zu Hause. Mit Vollgas fuhr ein schwarzer Audi vor und hielt vor der Tür. Ein muskulöser junger Mann mit Staralllüren stieg aus, öffnete den Kofferraum und holte einhundertundeine erlesene Rosen heraus, an den Stielen Etiketten des besten und teuersten Blumengeschäfts in der Stadtmitte. In demselben Geschäft hatten Stella und Natalja für Beat die letzten Blumen gekauft. Der Mann warf den riesigen Blumenstrauß vor die Füße der Frauen und sagte:

„Gratuliert ihr von mir zum Geburtstag!"

Die Frauen schleppten zu dritt den Blumenstrauß ins Haus.

„Stella, Stella", rief Galja leise, damit Adrian es nicht hörte.

„Was?"

„Komm her, schau mal, was du da hast!"

Stella betrachtete den riesengroßen, nein, gigantischen Blumenstrauß.

„Oh Gott! Das sind doch die teuersten Blumen in der ganzen Schweiz! Mich laust der Affe!" Stella wurde das Herz schwer. „Ich habe mich Dan gegenüber wie ein Schwein verhalten!"

„Stimmt."

„Kommt, wir fahren zu ihm und vertreiben dort den Kater. Unterwegs kaufen wir Fleisch und sonst was Leckeres, oder? Er hat doch bestimmt einen Grill auf der Terrasse. Eine Grillparty mit Blick auf Wald wäre doch super!"

„Dann los!"

„Adrian, wir fahren für eine Weile in den Wald hier in der Nähe, okay?"

„Wer fährt?"

„Galja."

„Okay. Setz dich bitte nicht betrunken ans Steuer!"

„Okay."

Sie kamen zu Dan, aber er öffnete nicht. Vielleicht war er gar nicht zu Hause. Auf dem Küchentisch lag eine braune Schachtel, auf der stand: Louis Vuitton.

„Oh Gott!" Schaut euch das an! Da liegt eine Schachtel auf dem Tisch! Was ist da drin?"

„Eine Tasche oder ein Portemonnaie, vielleicht."

„Nein, ein Portemonnaie von dieser Marke hat er mir schon mal geschenkt. Ich tippe auf eine Tasche!"

„Auf der Terrasse gibt es einen Grill, einen Tisch und Stühle auch. Dann grillen wir halt ohne ihn! Er kommt sowieso irgendwann nach Hause und läuft uns nicht weg."

„Er kommt und versohlt uns den Arsch dafür, dass wir es uns hier gemütlich gemacht haben, ohne zu fragen."

„Nein, er sieht nur so gefährlich aus! Im Grunde seines Herzens ist er sehr nett! Diese Geschichte in Italien hat er mir doch verziehen!"

„An seiner Stelle hätte ich dich umgebracht."

„Nur sag ihm das bitte nicht. Alle Männer sind Masochisten! Je schlechter du sie behandelst, desto mehr lieben und schätzen sie dich! Glaubt mir! Ich habe es ausprobiert!"

„Stella, du bist entweder eine Feministin oder eine Männerhasserin."

„Nicht so ganz. Ich bin eine Sadistin."

„Hahahaha!"

Der Herbsttag war herrlich. Das Wetter war warm, darum konnten die Freundinnen die Zeit singend und scherzend draußen verbringen. Als der Löwe zurückkam, wurden unter seinem Blick alle bleich, hörten auf zu lächeln und wurden nüchtern. Vor diesem Blick hatte sogar Stella Angst. Er ging auf die Terrasse, umarmte seine Liebste und sagte in gleichmütigem Ton:

„Herzlichen Glückwunsch zum Geburtstag! Bleibe nicht so, wie du bist, strebe nach Besserem und Schönerem", sagte er und zeigte auf die Schachtel, die auf dem Tisch lag.

Stella ging auf Zehenspitzen in die Küche, nahm die Schachtel in die Hand, riss schnell die Schleifen und Verpackungspapier auf und hüpfte und jauchzte vor Freude. Darin steckte eine schwarze Lackleder-Clutch von Louis Vuitton! Eine echte! Eine Topmodischse!

Stellas Freundinnen kamen zu ihr, berührten das schicke Geschenk und posierten damit. Stella schlich zu ihrem vom ganzen Herzen geliebten Löwen und flüsterte:

„Tausend Dank! So etwas habe ich noch nie geschenkt bekommen! Bitte verzeih mir das alles!"

„Ich habe mich schon daran gewöhnt. Aber langsam geht mir doch die Geduld aus. Es tut mir leid."

Stella wurde traurig, denn sie wusste, dass er es ernst meinte. Danil umarmte sie und setzte sich neben sie an den Tisch.

„Was gibt es Leckeres zu essen an deinem Geburtstag? Darf ich probieren?"

„Natürlich, Liebster!"

„Prost! Prost!"

An diesem Abend fühlte sich Stella ganz besonders, als ob gestern nur eine Probe und heute ihr richtiger Geburtstag gewesen wäre.

Eine Woche verging, alles war mehr oder weniger in Ordnung, aber Stella verbrachte mehr Zeit zu Hause, beschäftigte sich mit ihrem Kind und vernachlässigter Hausarbeit. Auf ihrem Herzen lag ein Stein. Es war ihr klar, dass alles auf ein Ende zulief. Sie würde ihren Sohn nicht mitnehmen können. Diese Wahl hatte ihr Verstand schon getroffen, ihre Seele aber noch nicht. Sie wollte sich nicht von ihm trennen, obwohl sie wusste, dass es früher oder später geschehen müsste.

Dan schlug vor, das Wochenende im Thermalbad zu verbringen. Mit Vergnügen stimmte Stella zu. Nach Sauna und Massage gingen sie mit rosigen Wangen in die frische Bergluft und suchten ein Restaurant mit leckerer örtlicher Küche.

Stella bestellte eine Flasche Wein. Ohne Alkohol konnte sie nicht mehr existieren. Außerdem würde er bestens zu dem saftigen Rindfleisch aus der Bergregion passen. Aber das tückische Getränk machte sie zu einer unerträglichen Skandalnudel. Nachdem die Flasche geleert war, kam ihr Lieblingsthema an die Reihe – Untreue. Im Gespräch erwähnte Stella zufällig, dass sie bis heute manchmal mit ihrem Mann schlief. Das hatte unerwünschte Folgen. Dan stand vom Tisch auf und sagte, dass er ihr die Untreue nicht verzeihen und sie nicht einmal mit einem Finger berühren würde.

Stella blieb allein im Restaurant zurück. „Hat er wirklich nicht gewusst, dass ich mit meinem Mann schlafe? Was für ein Blödsinn! Wer würde umsonst für den Lebensunterhalt einer Frau sorgen? Die Männer sind echt komisch!" Natürlich hatte sie zu dieser Zeit schon aufgehört, ihre ehelichen Pflichten im engeren Sinn zu erfüllen. Aber ihr war bald klar geworden, dass ihr dadurch die Scheidung drohen könnte, und sie rettete die Situation mit einer Methode, die ganz sicher funktionierte.

Zwei Stunden später erschien sie betrunken im Hotel. Niemand sprach sie an, im Zimmer war es totenstill und muffig. Sie ging in die Bar im Erdgeschoss des Hotels und trank allein weiter.

Dann fragte sie die Kellnerin, ob es in dem Ort eine Disco gebe. Diese antwortete, sie sei zehn Minuten zu Fuß entfernt, immer geradeaus auf einem Wirtschaftsweg. Stella machte sich auf den Weg dorthin, immer auf der Suche nach Abenteuern. Als sie die sogenannte Discothek betrat, die wie eine Bierstube in Sewastopol aussah und voll war mit fetten Dorfschlampen, die zu Musik von Modern Talking Bier soffen, verging ihr die Laune wieder. Sie saß eine Weile an der Theke und hörte einem sturzbesoffenen, angeblich sehr frommen katholischen Priester zu. Dann wurde ihr klar, dass sie besser nach Hause gehen sollte, denn wenn sie betrunken war, rutschten ihr leicht ein paar bissige Worte heraus. In dieser Gesellschaft könnte das Ärger geben. Sie kehrte ins Hotelzimmer zurück, das sehr verqualmt war. Dan tat, als würde er schlafen.

„Lass uns reden."

„Langweilst du dich, Stella?"

„Nur ein bisschen."

„Du bist nicht normal! Ich will nicht mit dir reden!"

„Gute Nacht!"

Stella ging auf den Balkon, schaute auf die in der Dunkelheit schimmernden, schneebedeckten Berggipfel, trank ein paar kleine Fläschchen aus der Minibar leer, um besser zu schlafen, und schlief ein.

Als Stella aufwachte und ihren Dan umarmte, wich er von ihr zurück wie von einer Aussätzigen. Ihr platzte der Kopf. Er packte schnell seine Sachen und befahl ihr grob:

„Wir fahren nach Hause!"

„Meinst du, jetzt gleich? Komm, lass uns nochmal ins Thermalbad gehen, bevor wir fahren. Wir haben doch für zwei Tage bezahlt!"

„Das Geld ist mir scheißegal, ich fahre nach Hause! Kommst du mit?"

„Ja", antwortete Stella widerwillig.

Im Auto fand sie eine Dose Bier, nippte daran, bekam etwas Mut und beschloss, das Gespräch in Gang zu bringen.

„Ist das das Ende, Dan?"

„Ohne Wenn und Aber."

„Was ist so schlimm daran, dass ich mit meinem rechtmäßigen Ehemann geschlafen habe? Du hast auch mit deiner Frau geschlafen und ich habe das nicht als Untreue betrachtet."

„Ich will nicht mehr mit dir reden! Hast du mich verstanden? Mach mich nicht wütend!"

„Gut, ich bin still."

Stella war jämmerlich zumute. Jetzt erst wurde ihr bewusst, wie ernst die Sache war.

Als sie vor seinem Haus anhielten, freute sich Stella, dass er sie nicht direkt zu ihr nach Hause gebracht hatte.

„Komm herein, ich koche Kaffee und du packst deine Sachen ein!"

„Ich will nicht!"

„Pack deine Sachen, habe ich gesagt. Und vergiss deine Cremes und Shampoos im Bad nicht."

„Dan, hör auf."

„Ich habe aufgehört. Mehr gab es dazu nicht zu sagen."

Mit zitternden Händen stopfte sie ihre Klamotten in eine Plastiktüte. Tränen strömten über ihre Wangen und tropften auf den Boden.

„Dein Kaffee steht auf dem Tisch", sagte er und ging auf die Terrasse rauchen. Die Tür schloss er hinter sich. Stella lief ihm hinterher.

„Dan! Ich gehe nicht."

„Du gehst oder ich schmeiße dich raus!"

„Warum bist du so zu mir?"

„Ich habe gedacht, du wärst eine anständige Frau, aber du bist eine gewöhnliche Schlampe! Du machst nur, was dir Profit bringt! Was war ich dumm! Warum habe ich das nicht früher gesehen? Du wolltest gar nicht mit mir zusammenleben!"

„Doch, das wollte ich, aber dann habe ich es mir anders überlegt. Wegen des Jungen."

„Wann hast du es dir anders überlegt, wenn ich fragen darf?"

„Nach der Geschichte mit Vika aus Minsk."

„Und warum stehst du jetzt hier und weinst Krokodilstränen? Ich bin auch ein Mensch! Ich habe das Recht, eine Familie zu haben und glücklich zu sein! Ich will Kinder! Stella! Eine Tochter!"

Ihm liefen Tränen aus den Augen.

„Seit zwei Jahren schlafe ich allein und warte darauf, dass du kommst! Und wenn du dann erscheinst, bist du immer betrunken und stellst Ansprüche."

„Gar nicht wahr! Das ist nur in der letzten Zeit."

„Ja, im ersten Jahr hast du dich anständig benommen, das gebe ich zu. Du hast Sport getrieben, bist Marathon gelaufen! Ich war sehr stolz auf dich! Du hast mein ganzes Leben kaputtgemacht! Verstehst du?" Jetzt geh bitte, für immer! Verschwinde! Ich sage dir eins: Der Mietvertrag für diese Wohnung, den wir zusammen für ein Jahr abgeschlossen haben, bleibt gültig. Ein Jahr werde ich allein hier wohnen. Ich stehe die Trennung durch und dann gehe ich für immer weg von hier."

„Und wirst Schlampen hierherbringen? In unserem Bett mit ihnen schlafen?"

„Nein, ich verspreche dir, dass diese Wohnung keine Frau mehr betreten wird. Ich habe nur eine Bitte: Lass mich in Ruhe! Das ist das Ende! Ich kann nicht mehr mit dir schlafen. Verzeih!"

Stella konnte die Tränen nicht mehr zurückhalten. Sie drehte sich um und ging.

Unterwegs erlebte sie die Hölle! Sie schrie, bis die blauen Venen an ihrem Hals anschwollen. Stella hatte begriffen, dass es kein Zurück mehr für sie gab! Die einzige Möglichkeit wäre vielleicht, sich mit einem Koffer vor seine Tür zu setzen, einen ganzen Tag zu weinen und die ganze Nacht mit den Fingernägeln an der Tür zu kratzen, wie es die Prostituierten in Thailand machten, in der Hoffnung, eingelassen zu werden. Alles andere war offensichtlich sinnlos. Alles in ihr tat schrecklich weh! Der Teufel sollte diese verdammte Liebe holen! Welch ein hoher Preis für jeden Augenblick des Glücks! Warum wünschen und ersehnen sich die Menschen diese Gefühle, die nur unerträglichen Schmerz und Ruin bringen, die einen zu willenlosen Wesen oder Säufern machen? Ohne jede Ahnung, was sie nun tun sollte, eilte sie nach Hause. Mit Tränen in den Augen log sie ihrem Ehemann eine traurige Geschichte vor, dass ihr in der Heimat angeblich wegen der gefälschten Papiere ihre Garage weggenommen würde. Sie müsste dringend auf die Krim fliegen und vor Gericht ziehen, um die Garage zu retten. Das war im Prinzip nicht weit von der Wahrheit entfernt, konnte aber zweifellos ein paar Wochen warten. Adrian verstand nicht, was sie wollte, schaute sie unzufrieden an und sah ihr angeschwollenes Gesicht mit echten Tränen in den Augen. Daraufhin ließ er seine Frau für eine Woche auf die Krim reisen.

Diese warf schnell ihre Sachen in einen kleinen Koffer, ohne sie akkurat zusammenzulegen.

„Ich kann heute noch fliegen."

„Gute Reise", antwortete der arme Kerl ruhig.

Als Stella am Züricher Flughafen ankam, überlegte sie, wohin sie tatsächlich fliegen wollte. An welchem Ort der Erde sie in diesem Moment glücklich sein oder wenigstens die Hysterie loswerden könnte. Sie ging zum Schalter und fragte resolut: „Kann ich ein Ticket nach Thailand für heute bekommen?"

„Einen Augenblick bitte. Ja, es gibt ein Ticket nach Thailand mit Umsteigen in Singapur, Aufenthalt drei Stunden."

„Wie lange dauert der Flug ab Singapur?"

„Circa eine Stunde."

„Das nehme ich."

„880 Franken, bitte."

„Wow! Haben Sie vielleicht ein günstigeres Ticket, mit zweimal Umsteigen etwa?"

„Für heute leider nicht."

„Na gut, dann dieses."

Sie stellte sich vor, wie sie an einem Sandstrand lag, umgeben von Schlitzaugen, und ihre Hysterie zog sich etwas zurück. Mit jeder neuen Dose Bier kam sie allerdings wieder.

In Thailand besuchte sie alle Nachtklubs von Patong, völlig allein. Die junge Frau betrachtete die Gesichter von Männern, als ob sie sie mit Dan vergleichen wollte, aber er blieb natürlich von allen unerreicht. Am vierten Abend der Traurigkeit saß sie nachts am Strand, selbstverständlich mit einer Flasche in der Hand, und hörte Musik von Leningrad. Da kam ein sympathisch aussehender, hochgewachsener junger Mann auf sie zu, der ebenfalls betrunken war. Ihn hatte das Lied ‚Du bist saugeil' angelockt, dessen unflätiger Text aus ihrem Player über den ganzen Strand dröhnte. Er setzte sich zu Stella und reichte ihr ohne ein Wort eine Flasche Jack Daniels. Der Whiskey hatte auf die junge Frau eine wunderbare Wirkung, an deren Folgen sie lieber nicht dachte. Sie trank einen Schluck aus der Flasche und gab sie zurück.

„Kannst du ‚Blutfinken' von Ivanushki International spielen? Ein alter Song, aber ich mag ihn sehr!"

Schweigend schaltete Stella Schnur aus, obwohl der ihr Held war, ein Liedermacher, Bühnenautor und einfach ein cooler Mann, zu dessen Musik man so wunderbar leiden konnte, und gab in die Suchmaschine „Blutfinken" ein. So saßen sie lange Zeit, ohne auch nur nach dem Namen des anderen zu fragen.

„Was ist los mit dir?", fragte der Unbekannte.

„Mein Freund hat mich verlassen."

„So ein Idiot."

„Er ist kein Idiot, ich bin eine Hure."

„Meinst du das ernst?"

„Was glaubst du wohl?"

Er schaute Stella in die Augen.

„Tja, die Krankheit ist weit fortgeschritten!"

„Komm zu mir, lass uns ficken."

„Was? So was habe ich noch nie von einer Frau gehört!"

„Wer weiß, wann du es das nächste Mal hörst."

„Lass uns noch eine Weile da sitzen und auf das Meer schauen. Dann gehen wir", erwiderte der Mann ruhig.

„Und was ist mit dir los?"

„Ich will nach Hause! Hier gibt es nur Prostituierte. Ich kann das nicht mehr. Außer dir natürlich."

„Mir ist scheißegal, was du von mir hältst. Nach so viel Alkohol kann ich mich morgen früh sowieso nicht mehr erinnern", lachte Stella auf.

„Weißt du, ich kann keine Thailänderinnen vögeln. Die sind für mich absolut unattraktiv, verstehst du?"

„Bist du etwa Rassist?"

„So was in der Art."

„Ich kann auch nicht mit jedem schlafen, und darunter leide ich jetzt. Du wirst ein Pionier sein! Bist du bereit?"

Er warf einen Blick auf Stella.

„Ich werde dich nicht enttäuschen! Glaub mir!"

„Das sagen alle, die nur fünf Minuten durchhalten! Hahaha!"

Sie behielt recht: Eine halbe Stunde später, die auch noch zum Teil für Trinken und Rauchen draufgegangen war, sagte sie zu ihm:

„Ich weiß nicht, wie du heißt, aber du gehst jetzt besser, Blutfink!"

„Du bist böse! Ich hole dich gegen Mittag mit dem Mofa ab, wir könnten ans Meer fahren."

„Los, hau ab."

Stella schloss die Tür hinter ihm ab.

„Gott bewahre mich davor, dich noch am Meer ertragen zu müssen! Nie im Leben!"

Am nächsten Tag beschloss Stella, selbst ein Mofa zu mieten. Der Eigentümer wollte es ihr allerdings zuerst nicht geben, als sie am hellen Vormittag einer Dose Bier in der Hand und einem grellgrünen Helm auf dem Kopf bei ihm ankam. Stella wusste nicht einmal, wie man ein Mofa in Gang bringt. Aber sie fand sich mit den drei Tasten schnell zurecht und entkam den grapschenden Thailändern, indem sie aufs Geratewohl auf der falschen Spur davonflitzte. Im Thailand gilt Linksverkehr. Alle Fahrer hupten, um sie darauf aufmerksam zu machen, dass sie auf Gegenfahrbahn fuhr. Sie hielt an, schaute sich um, merkte, worum es ging, drehte um und bemühte sich, richtig weiterzufahren, wie alle anderen Thailänder auf Mofas.

Mehrmals wäre sie fast in verschiedene Dinge am Straßenrand, aber sie schaffte es, nicht umzukippen. Am vierten Tag sauste sie problemlos über die ganze Insel, aber erst nachdem sie wenigstens ein paar Dosen Bier getrunken hatte. In nüchternem

Zustand scheute sie sich vor ihrem Stahlross. Auf der Suche nach Abenteuern und Partys, im Rucksack den aufgeladenen Player, aus dem die Songs ihres Lieblingssängers Schnur dröhnten, fand Stella Scherzkekse und Partylöwen wie sie selbst und ließ sich nichts entgehen. Die Leute verstanden ihren seelischen Zustand nicht, aber die Meinung der anderen war ihr piepegal. Einmal fiel sie doch vom Mofa, als sie neben einem Verkaufsstand am Straßenrand falsch bremste. Es gab dort Benzinflaschen zu kaufen und sie musste tanken. Eine richtige Tankstelle konnte sie nirgends in der Umgebung entdecken. Das war seltsam.

Sie bremste also neben den Thailändern, die ihr essigähnliches Benzin verkauften, und fuhr an den Straßenrand, wo es kein Asphalt gab, sondern nur Splitt. Sie flog vom Mofa und knallte auf das Hinterteil eines heruntergekommenen Mercedes. Der Typ, der am Steuer saß und laut Musik hörte, schaute in den Rückspiegel und sah auf der Heckscheibe seines Autos zwei Silikontitten kleben. Im Flug öffnete sich Stellas Dekollete, das ihre Brüste sowieso kaum verdeckte, und diese prallten direkt auf das Fensterglas.

Der Fahrer stieg aus, zog seine Augenbrauen zusammen, spuckte sich auf einen Finger, rieb ein paar Kratzer ein und fragte:

„Ist das Silikon noch ganz?"

„Ja, das ist die Schweizer Wertarbeit, die geht nicht so einfach kaputt."

Sie fingen an zu lachen. Der Mann war Russe, sah aber unglaublich hässlich aus. Stella erschauderte geradezu.

„Was machst du heute Abend?"

„Trinken und Feiern."

„Allein?"

„Meine Gesellschaft kann keiner ertragen, darum bin ich immer allein", lachte Stella auf.

„Dann komm doch zu uns. Wir machen geile Partys. Ich gebe dir die Adresse des Klubs."

„Moment, ich gebe die Koordinaten in das Navi an meinem Mofa ein."

„Hahaha, du hast vielleicht Humor.

Da hast du die Adresse. Ich erkläre dir, wie du fahren musst. Es ist nicht kompliziert."

Am Abend schminkte sich Stella, zog ein schickes Kleid an, ging weg, aß einen Teller Austern und trank Wein, damit die Fahrt lustiger wurde. Sie hatte ihren Führerschein aus Cherson dabei, damit sie etwas vorzeigen konnte, falls es Unannehmlichkeiten mit der thailändischen Polizei geben sollte. Dabei hielt Stella gar nicht an, wenn sie jemand stoppen wollte. Sie tat, als ob sie die Verkehrspolizisten nicht bemerken würde. Die Polizei verfolgte anscheinend keine Verkehrssünder, was ohnehin ein zweckloses Vorhaben gewesen wäre. Hunderte von Mofas schwärmten durch die Straßen wie Insekten. Immer gab es eine Möglichkeit, in jede beliebige Gasse abzubiegen und für immer zu verschwinden.

Die Party war ein voller Erfolg. Die Jungs waren lustig, Stella war glücklich und zufrieden, dass sie sich wenigstens ein bisschen ablenken konnte.

Es wurde Zeit, nach Hause zurückzukehren. Zehn Tage waren vergangen. Sie hatte Angst, zu Hause anzurufen: Adrian würde sie umbringen. Sie rief ihre Freundin Christina in Sewastopol an und bat sie, Adrian anzurufen und ihm zu sagen, dass Stella im Gefängnis säße. Sie wäre bei dem Versuch verhaftet worden, eine beamtete Person zu bestechen. Einzelheiten wären nicht bekannt, aber man hätte gesagt, Stella würde in ein paar Tagen wieder freigelassen. Christina war eine Freundin fürs Leben! Sie tat alles, wie ihre Freundin es sagte, ohne unnötige Fragen zu stellen und eigene Schlüsse zu ziehen. Stella schätzte und achtete sie sehr dafür. Das Problem mit Adrian wäre also gelöst, es blieb nur, die Koffer zu packen und das amüsante Thailand zu verlassen. An der Hotelrezeption weigerte man sich, Stella ihren Reisepass zurückzugeben, bis sie die Reparatur des Mofas bezahlt hätte, das sie zu Schrott gefahren hatte. Die Karte, die Stella dem Hotel gegeben hatte, um die Reparatur zu bezahlen, funktionierte nicht, denn das Konto war schon längst überzogen. Stella hatte das ganze Geld verjuxt. Die Thailänder nahmen ihre JBL-Box in Zahlung, die 200 Franken gekostet hatte. Dabei würden für die Reparatur des Mofas 80 Dollar reichen.

„Zur Hölle mit euch! Erstickt daran! Ihr Geier! Ich komme nie wieder in euer Hotel!"

In ihren Augen las Stella, dass diese Nachricht sie keinesfalls traurig machte.

Auf dem Rückflug hatte Stella einen langen Aufenthalt in Singapur, der etwa acht Stunden dauern sollte. Das Flugzeug landete auf der heißen Erde. Stella verließ den Flughafen und nahm ein Taxi, um wenigstens einen Blick auf das schöne, schwüle Singapur zu werden. Das Taxi brachte sie ins Zentrum. Das Taxameter zeigte 20 Singapur-Dollar an. Stella holte ihre Bankkarte aus dem Portemonnaie, um zu bezahlen, aber sie war gesperrt.

„Was zum Teufel? Nein, das kann nicht sein!"

„Madame, haben Sie noch eine Karte?"

„Ja, da ist eine Kreditkarte, versuchen Sie es bitte damit."

„Sie haben kein Geld darauf."

„Was jetzt? Ich kann Sie nicht bezahlen."

„Hau ab!", schrie der Taxifahrer wütend und warf sie aus dem Wagen wie eine Bettlerin.

Stella stieg aus und suchte einen Bankautomaten, damit sie wenigstens 20 Dollar abheben konnte, um an den Flughafen zurückzukehren.

„Was, wenn das Flugzeug ohne mich fliegt? Scheiße! Scheiße! Scheiße!"

Wie eine Bettlerin torkelte Stella durch die Stadt, mit ihrer letzten Zigarette im Mund, auf der Suche nach einem Ausweg aus dieser äußerst unangenehmen Situation.

„Wie komme ich jetzt wieder zum Flughafen?"

Die Menschen saßen auf der Straße, tranken Wein und lächelten einander zu. Stella ging in ein Restaurant-WC und trank Wasser aus der Leitung, denn sie konnte sich nicht einmal eine Flasche Mineralwasser leisten.

„So was kann nur mir passieren! Verdammt noch mal! Ich bin im Zentrum von Singapur und habe keine Kopeke dabei! Das Flugzeug wird ohne mich fliegen! Denk nach! Stella!

„Hallo? Adrian?"

„Ja, Stella, was ist los?"

„Hast du meine Karte sperren lassen?"

„Ja."

„Die Karte ist ins Minus gegangen. Wie kannst du so viel Geld ausgeben? Das ist schließlich für den ganzen Monat gedacht!"

„Schon gut, aber ich bin am Flughafen und brauche nur 20 Dollar! Überweist du mir die bitte auf mein Konto? Ich muss das Taxi bezahlen, das mich gefahren hat."

„Von wo gefahren?"

„Vom Gefängnis bis zum Flughafen von Simferopol. Ich habe jetzt ein Ticket nach Moskau und von dort fliege ich nach Zürich."

„Alles klar. Ich weiß nicht, wie da bei euch die Flugpläne aussehen. Hier ist jedenfalls Nacht und die Überweisung kann ich erst morgen machen."

„Oh nein! Wieso morgen? Ich brauche das Geld jetzt!"

„Warum zum Teufel bist du nachts zum Flughafen gefahren?"

„Gute Frage! Ich habe gedacht, dass ich den letzten Flug erwische, aber jetzt muss ich wohl den Nächsten nehmen."

„Mach, was du willst! Erstens habe ich kein Geld für deine Sauftouren, zweitens kann ich dir mitten in der Nacht nicht helfen!"

Biep … biep … biep …

„Scheiße! Was für ein Unglück!" Stella entschied sich zu einem verzweifelten Schritt. Sie stieg in aller Ruhe in ein Taxi und setzte sich kerzengerade wie eine echte Lady.

„Zum Flughafen, bitte!"

Der Fahrer schaltete das Taxameter ein. Stella behielt es unverwandt im Auge.

„Bitte schön, Madame! Flughafen."

„Kann ich bei Ihnen mit einer Kreditkarte zahlen?"

„Ja. Es gibt anscheinend ein Problem mit Ihrer Karte. Sie funktioniert nicht."

„Nein, das kann nicht sein! Warten Sie bitte einen Augenblick. Sehen Sie da, in der Menschenmenge stehen meine Freunde. Ich hole bei ihnen schnell 20 Dollar und komme gleich zurück." Stella hinterließ dem Fahrer die Karte angeblich als Pfand und verschwand im Gewühl.

Stella fühlte sich wie eine Pennerin, während sie auf ihren Flug wartete. Sie schaute sehnsüchtig in Richtung Bar, wo schäumendes Bier ausgeschenkt wurde, und ab und zu ging sie auf die Toilette, um Wasser zu trinken.

In Zürich holte niemand sie ab, weil niemand wusste, wann sie kommen würde. Stella rief Adrian an und sagte, dass sie am Flughafen auf ihn wartete. Sie nannte ihm als Treffpunkt ein Restaurant und bestellte ein Bier. Die Rechnung konnte er bezahlen, wenn er kam.

Als Adrian seine Frau sah, die im Spätherbst Sandalen und kurze Hosen trug und braun wie eine Mulattin war, fragte er erstaunt:

„Gab es ein Solarium im Gefängnis?"

„Äh." Stella schaute sich an und ihr wurde klar, dass sie der dunkelste Mensch im ganzen Flughafen war.

„Ich war im Solarium, bevor sie mich verhaftet haben. Genau."

„Ja? Interessant. Und in Moskau bist du in Latschen und Shorts bei fünf Grad rumgelaufen."

„Ich habe mich eben umgezogen. Findest du nicht, dass es im Flughafen sehr warm ist? Puh." Stella pustete sich auf die Stirn.

„Und mit welchem Flug bist du gekommen? Ich sehe keine Flüge aus Moskau auf der Schautafel!"

„Ich bin mit Umsteigen geflogen, ähhh …

Sie schaute schnell nach oben zur Schautafel. Darauf standen sehr viele deutsche Flüge.

„Über Deutschland! Ich hatte doch kein Geld für einen Direktflug."

„Ja, ja, ich weiß Bescheid! Von deiner Ukraine will ich nichts mehr hören! Willst du, dass ich gefeuert werde?"

„Oh nein, nein! Ich bleibe brav zu Hause sitzen, versprochen!"

„Lass uns nach Hause gehen, unser Sohn hat dich vermisst."
Ihr kamen die Tränen.

„Bin ich eine schlechte Mutter?"

„Ja."

„Danke!

„Sorry, aber es ist so! Dein Sohn spielt besser Eishockey als alle anderen Kinder in seinem Alter in der Schweiz, aber du hast kein einziges Turnier der letzten Saison gesehen!"

„Das stimmt nicht, ein Turnier habe ich gesehen!"

„Durch das Bierglas? Du hast das Glas geschwenkt, mit anderen Eltern geschwatzt, irgendeinen Unsinn geredet!"

„Schämst du dich für mich, oder?"

„Mir ist egal, was andere denken, aber es ist mir unangenehm, dass du deine Familie so behandelst. Ich bin enttäuscht von dir als Ehefrau und Mutter!"

Ihre Tränen strömten bei diesen direkten, gnadenlosen Worten. Sie respektierte ihren Ehemann gerade dafür, dass er sich so offen äußerte, und jetzt traf es sie selbst.

Zwei Wochen Nüchternheit. Sie ging durch die Straßen wie eine Leiche, wie ein lebloses Wesen mit einer blutenden inneren Wunde. Sie wollte ohne Dan nicht leben, sie erledigte ihre häuslichen Arbeiten automatisch, wie ein Roboter.

Beim Gang durch den Supermarkt fiel ihr Blick auf Weinflaschen, die sehr verlockend aussahen. Stella kaufte bloß eine und nahm sich vor, nur die Hälfte zu trinken. Vergebens, zwei Stunden später war die Flasche leer und sie wollte mehr. Sie lud zwei große, leere Koffer ins Auto und fuhr in den Wald. Dort sammelte sie Steine und Kleinholz, legte all das in die Koffer hinein und verschloss sie mit Zahlenschlössern.

Damit zog sie vor die Tür von Dans Wohnung. Sie stellte die Koffer ab, atmete aus, schlug ein Kreuz und drückte auf die Klingel.

„Gott, steh mir bei! Komme, was wolle!"

Er öffnete die Tür und warf seinen Löwenblick auf Stella! Ihr Herz fing an so wild zu rasen, dass sie fürchtete, das Klopfen wäre für andere hörbar.

„Was willst du denn?

„Ich habe meine Familie verlassen, ich liebe dich! Verzeih mir ein letztes Mal!"

„Warum bist du so braungebrannt?"

„Ich war im Solarium."

Dan musterte die „Mulattin". Sein Blick wanderte zu einem weißen Streifen Haut, der unter dem Kleid hervorschaute.

„Im Hemd?"

„Ja, ich war betrunken."

Er lächelte.

„Weißt du, ich kann nicht mal sagen, ob du gelogen hast oder nicht."

„Bin ich denn wirklich so schlecht? Und verdiene keine Vergebung?"

„Komm rein, Kleine, steh nicht in der Tür."

„Oh Gott! Ich bin wieder in meinem Paradies! Hurra!"

„Ich habe schon geglaubt, du würdest gar nicht mehr kommen."

„Es ist mir sehr schwergefallen, diese Entscheidung zu treffen, aber ich kann nicht ohne dich leben. Es wird alles gut, du wirst sehen. Jan wird sich daran gewöhnen und uns besuchen."

Bei dem Gedanken, dass sie von ihrem Kind getrennt leben würde, verging ihr die Lust auf Sex.

„Lass uns darüber später reden, ja?", sagte Stella augenzwinkernd.

„Sollen wir deine Koffer auspacken?"

„Auch später, ja?"

„Dann bringe ich sie ins Schlafzimmer, damit sie den Flur nicht versperren. Okay?"

„Okay."

Dan hob einen der Koffer hoch und sagte:

„Hast du Ziegelsteine da drin?"

„So was in der Art", antwortete Stella mit einem Lächeln.

Die Nacht war unvergesslich! Etwas ganz Besonderes! Weil Stella wusste, dass es ihre letzte Nacht war. Sie liebten einander wie noch nie. Aber jeder folgte den eigenen Gedanken. Er hatte sie endlich erobert! Würde nun mit seiner Liebsten leben! Von der er unbedingt Kinder haben wollte. Er ejakulierte und hob ihre Beine hoch wie bei einem Hasen. Er ahnte nicht, dass sie eine Spirale trug. In den Pausen zwischen dem Sex fragte er, wie ihr Sohn oder ihre Tochter heißen würde, wo sie ihren gemeinsamen Urlaub verbringen wollten. Er sagte, dass sie sich keine Sorgen machen sollte, sie könnte sein Handy samt SIM-Karte behalten und ihm ein anderes kaufen, damit sie keinen Grund zum Streiten hätten, weil er fremdginge oder wegen sonstigen Unsinns.

„Was hast du denn da für Ideen? Ich will dich nicht kontrollieren!"

„Ich habe genug gelitten. Ich will, dass du mir trauen kannst. Ich brauche ein ruhiges Familienleben! Ich werde alles tun, damit unser Leben paradiesisch wird! Ich brauche nur dich! Dich allein auf der Welt! Du bist mein Universum!"

Bei diesen Worten wurde ihr irgendwie unbehaglich. Sie lag im Bett mit einem Menschen, den sie so gewaltig betrog, dem sie Hoffnung auf eine gemeinsame Zukunft machte, obwohl sie in Wirklichkeit nichts zu bieten hatte als zwei Koffer voll Müll. Bevor Stella zu ihm gekommen war, hatte sie ihren Einfall sogar amüsant gefunden, aber nach seinen Worten sah sie das Geschehene aus einer anderen Perspektive.

„Ich habe dich betrogen, Dan!"

„Wie?"

„In meinen Koffern steckt Kleinholz, nicht meine Sachen!"

Er stand auf und ging zu ihren Koffern.

„Sag mir den Code. Den COOOODE!"

„1234."

Er öffnete die Koffer und brüllte unter Tränen wie ein Tier. Anscheinend tat ihm das innerlich sehr weh.

Stella schluchzte, packte blitzschnell ihre Tasche und den Autoschlüssel vom Tisch und lief in ein Handtuch gewickelt nach draußen. Danach wurde es für sie noch schlimmer.

„Jetzt lässt er mich auch mit Koffern nicht mehr rein. Was jetzt? Ich kann meinen Sohn nicht verlassen! Die Wahl ist getroffen! Aber was soll ich tun, wenn ich diesen seelischen Schmerz nicht ertragen kann?", jammerte sie. Sie wand sich, biss im Schüttelfrost in ihr Kissen, hatte dunkle Ringe unter den Augen, weil sie nicht schlafen konnte. Es schien, als ob sie eine Drogenabhängige im kalten Entzug wäre. Der Alkohol wirkte auf ihren Organismus nicht mehr entspannend, sondern nur noch zerstörerisch und trieb sie immer weiter in den Ruin. In diesem Zustand kann ein Mensch literweise Alkohol trinken und ist trotzdem noch in der Lage, zu gehen und zu reden.

Während des nächsten Jahres trank Stella regelmäßig einmal in der Woche Wein auf Dans Terrasse, die er selbst nicht mehr betrat. Sie konnte nirgendwo anders hingehen. Sie brachte Lebensmittel mit, grillte Schaschlik und ließ die Spieße auf einem Teller vor der Tür liegen. Er nahm sie allerdings nie. Selbst im Winter saß sie dort, machte Feuer, lud ihre Freundinnen ein. Beim Anblick seiner Geliebten auf der Terrasse schaltete der arme Dan drinnen das Licht aus und ging in ein Zimmer, aus dem er sie nicht sehen konnte. Er verjagte sie nicht, weil sie beide offiziell die Wohnung für ihr gemeinsames Leben gemietet hatten. Natürlich wollte Stella, dass er zu ihr hinauskommen und wenigstens ein paar Worte sagen würde, aber Dans Entschluss stand fest und er ließ sich nicht davon abbringen.

Eines Abends kam sie, um ihn zu beobachten, und schlich sich heimlich auf die Terrasse, ohne wie gewöhnlich Lärm zu machen. Dan stand mit dem Rücken zu ihr in der Küche, vor ihm sein aufgeklappter Laptop. Durch das Fenster sah Stella auf dem Bildschirm brünettes, sehr schlankes Mädchen, offenbar in Skype. Sie trug eine rosa Bluse mit tiefem Ausschnitt. Weil Dan mit dem Rücken zu ihr stand, geriet auch Stella vor die Linse. Das Mädchen in Rosa konnte das Fensterglas über Skype vermutlich nicht erkennen und sah nur Danil und Stella nebeneinander stehen. Sie zeigte mit dem Finger vom Bildschirm aus hinter ihn, aber er verstand nicht gleich, was sie meinte. Als er sich doch umschaute, sah er die stockbetrunkene Stella. Diesmal war es ihr wirklich peinlich. Sie blieb nicht auf der Terrasse, um zu trinken, sondern fuhr nach Hause und schrieb ihm wie gewöhnlich die hundertste Nachricht am Tag, dass seine neue Flamme hässlich sei. Er beantwortete ihre Botschaften sowieso nie.

Erst nach einem Jahr, als der Mietvertrag ausgelaufen war, konnte der arme Dan die Schnalle loswerden, der er so überdrüssig war. Er verbot seinen Freunden und Arbeitskollegen strengstens, jegliche Auskunft über seinen neuen Wohnsitz zu geben.

Stella konnte nicht glauben, dass sie nun keinen Pilgerort mehr hatte.

„Was werde ich ohne ihn machen? Mir ist langweilig!"

Als sie zu ihrem gemeinsamen Haus fuhr, wie sie meinte, fand sie eine fast leere Wohnung vor. Es waren nur noch ein paar Kartons abzuholen und der Müll wegzubringen. In seinem Schlafzimmer brannte Licht. Es war seine letzte Nacht in der prächtigen Wohnung! Und ihre letzte vor der Wohnung. Die ganze Nacht verbrachte Stella unter seinen Fenstern im Auto, soff Whiskey, ließ laut ihre Lieblingslieder laufen und sang mit heiserer Stimme mit. Seltsamerweise rief keiner der Nachbarn die Polizei. Wahrscheinlich hatten sie zum Teil Mitleid mit ihr. Es war ein trauriges Bild, als sie wie Hachiko bei Frost und Schnee draußen saß, Feuer machte und Schaschlik grillte.

Aber Stella gab nicht auf, schickte ihrem Liebsten hin und wieder SMS mit Fotos und allerlei Anekdoten aus ihrem Leben. Davon hatte sie jede Menge, denn sie konnte keine zwei Stunden stillsitzen. Auf der Suche nach innerer Ruhe war sie ständig auf Achse und fand dabei hunderte neue Freunde und Bekannte.

Als Antwort bekam Stella während des ganzen Jahres eine einzige SMS: „Tut mir leid, aber ich habe den Scheiß satt." Anscheinend konnte er den hirnverbrannten Müll nicht einmal mehr lesen, den Stella jeden Tag produzierte.

Sie antwortete ihm, dass er das Beruhigungsmittel Scheißegalin nehmen und seine unglückliche Liebste nicht beschimpfen sollte. Danach schrieb sie ihm nichts mehr. Endlich hatte auch sie begriffen, dass alles vorbei war.

In Wirklichkeit tat es ihr leid, für sich selbst ebenso wie für Danil. Es war ja eine fürchterliche Wahl, vor die das Schicksal sie gestellt hatte. Stella fand Ihre Liebe, als sie schon nicht mehr damit rechnete, als es für sie zu spät war. Ihre heimliche, verbotene, von Menschen besudelte Liebe.

So trennten sich die jungen Leute für immer …

Einige Zeit später erfuhr sie von Adrian, dass Natalja dem sechzigjährigen Rudolf eine Tochter geschenkt hatte. Sie hatte tatsächlich erreicht, wonach sie gestrebt hatte: einen Millionär als Ehemann, ein Kind, ein Haus mit Pool. Das Märchen war wahr geworden, und der Weg dahin und seine Kosten spielten keine Rolle mehr. Natalja hatte wirklich dicke Bretter gebohrt, um in diesem Paradies zu leben wie eine Königin, nicht wie eine Dienerin, und, das musste man ihr lassen, das hatte viel Anstrengung gekostet. Nachdruck, Selbstbewusstsein, Wille, Härte, Unbeugsamkeit – diese Qualitäten waren notwendig, um das Ziel zu erreichen. Wie viele Nichtskönner, die sich für talentiert hielten, standen nur deshalb auf einem Sockel, weil sie selbst davon überzeugt waren, sie wären Götter! Dabei waren echte Talente, Schöpfer der Schönheit, oft schüchtern und versuchten nicht einmal, ihre Kunstfertigkeit zu demonstrieren – sei es, weil es ihnen an Selbstbewusstsein fehlte, oder weil sie fürchteten, nicht anerkannt zu werden. In Bezug auf Natalja dachte Stella, dass es möglicherweise viel ehrbarer wäre, den eigenen Körper zu verkaufen, vor allem wenn man, wie Natalja, Spaß daran hatte und von Natur aus sexgierig war, als zu betrügen und zu stehlen. Stella war froh, dass ihre Freundin alles erreicht hatte, was man sich wünschen konnte, und sogar mehr. Eine Sache konnte Stella ihr aber nicht verzeihen, und insgeheim wünschte sie Natalja, dass ihre Tochter eine genauso schlimme Patentante haben sollte wie Stellas Sohn Jan.

Alles fügte sich gerade so, wie es gewollt war. Die Erzählung könnte wohl mit einem Happy End schließen, aber für Stella hielt das Leben noch weitere Schicksalsschläge bereit. Die folgenden schockierenden Ereignisse, die viele Menschen berührten und erschütterten, wirkten sich auch auf sie aus.

Stellas Leben entwickelte sich sorglos. Ohne große Begeisterung nahm sie alles locker hin. Ihr ungehemmter Lebensstil hatte sie gröber und aggressiver gemacht. Sie hatte genug Geld. Ihr Mann war froh, dass sie nicht mehr länger als für drei Tage aus dem Haus verschwand. Wenn man sie genauer nach ihrer Abwesenheit befragte, antwortete sie, dass eine russische Sauftour nicht nur einen Tag dauert. Es hätte keinen Zweck, in betrunkenem Zustand weit zu fahren. Sie selbst freilich fuhr allerdings in jedem Zustand. Adrian war zweifellos der beste Vater der Welt. Er widmete sich ihrem Sohn, die beiden beschäftigten sich mit verschiedensten Dingen, besonders mit Sport. Er half Jan, eine professionelle Neigung zum Eishockey zu entwickeln.

Mit den Schulaufgaben des Kindes mussten sich die Eltern nicht auseinandersetzen, denn Jan besuchte eine Privatschule, in der nur sechs Schüler in eine Klasse gingen. Die Hausaufgaben erledigten die Kinder in der Schule gleich mit dem Lehrer. Das dreistöckige Schulgebäude stand an einem ruhigen Ort in einer intakten Umwelt. Jeder Schüler hatte ein Stückchen Boden zur Verfügung, auf dem er im Lauf des Jahres Gemüse oder Blumen anbauen und pflegen sollte. Jan pflanzte nur Blumen. Er hielt sie für das Schönste und schenkte sie seiner Mutter, die sich darüber sehr freute. In den Gängen der Schule standen Billard und Tischfußball, damit sich die Kinder in den Pausen von den schwierigen Aufgaben ablenken konnten. Die Schule kostete 1.500 Franken monatlich, was für eine Privatschule als nicht gerade teuer galt. Die Schulleiterin war eine gewöhnlich aussehende, grauhaarige Frau, die mit dem Fahrrad zur Arbeit fuhr. Sie brachte den Kindern Einfachheit und Liebe zur Schönheit bei. Stella war überrascht von dem kolossalen Unterschied zwischen russischen und schweizerischen Kindern. Die russischen wurden herausgeputzt, schick angezogen und getadelt, wenn sie ihre Kleidung beschädigen. In der Schule hänselten die Kinder jene, die schlechter angezogen waren. Warum sollte das so wichtig sein? Sie hatte von ihrem Sohn nie etwas gehört, was mit seiner Kleidung zu tun hatte. Ihm war es egal, wie er oder seine Klassenkameraden angezogen waren. Wenn die Klamotten bequem waren und man sie auch zerreißen durfte, war das cool. Mehr gab es dazu nicht zu sagen. Das Schulsystem war viel effizienter und der Lernstand höher, obwohl die Kinder erst in der zweiten Klasse zu lesen begannen. Es galt, dass man einem Kind nicht die Kindheit wegnehmen durfte, indem man es schon in einem frühen Alter mit Büchern überlastete. Die Vorstellung, ein Kind im Alter von fünf Jahren aus einem Klassiker zitieren zu lassen, wäre in der Schweiz als Nonsens abgestempelt worden. Die Schweizer waren der Meinung, dass ein Kind so lange wie möglich ein glücklicher Steppke bleiben sollte, um vor Beginn eines anstrengenden und nicht enden wollenden Lernprozesses Kraft zu tanken. Und was kam dabei heraus? Die besten Fachleute wuchsen in diesem

Land auf! Sie lernten erst mit acht Jahren Lesen und Schreiben, und bis dahin spielten sie praktisch noch im Sandkasten und genossen ein sorgloses Leben.

Da konnte etwas nicht stimmen … Es sah aus, als ob in der Schweiz immer genau das Gegenteil von dem getan wurde, was im russischen Schulsystem üblich war.

Stella selbst hatte ein wunderbares Leben und jede Menge Freizeit. Sie konnte an sich selbst denken, ihre Seele heilen und dabei ihre Leber zerstören.

Sie lernte einen Mann namens Platon kennen, der gerade in Scheidung lebte. Die beiden Leidenden freundeten sich an. Stella erzählte ihm in kurzen Zügen bei einer Flasche Wein von ihren Erlebnissen, natürlich ohne die peinlichen Details im Stil von Hachiko. Platon wurde von seiner Frau betrogen. Er konnte ihr den Verrat nicht verzeihen und behandelte seine Seelenwunde auf dieselbe leberschädigende Weise wie Stella. Die beiden waren bereits im ersten oder zweiten Stadium des Alkoholismus, wollten das aber vor sich selbst nicht zugeben und hielten alle, die sie darauf hinwiesen, für Idioten. Stella gefiel Platons Heiterkeit und sein gütiger Charakter, aber nur dann, wenn er betrunken war. Nüchtern war Platon geizig wie ein Schotte. Mit ihm konnte man von ganzem Herzen lachen, saufen, grillen, Musik hören. Für Sport interessierte er sich im Gegensatz zu Stella gar nicht. Er konnte nicht Ski laufen, mit Ach und Krach stand er auf Rollschuhen. In dieser Hinsicht war er ein echter Langweiler. Stella, die alles Neue und Bunte liebte, konnte nicht die ganze Zeit bei der Flasche verbringen und schleppte den Dicken mit auf allerlei Partys und Reisen. Sie fuhren zusammen nach Kroatien, Italien, Prag und kreuz und quer durch ganz Deutschland. Stella gefiel, dass Platon ein glühender Gegner von Drogen war. Er hatte Angst vor Abhängigkeit, denn er sah, was in der Welt vor sich ging, wie durch dieses Gift junge Menschen starben. Er schimpfte mit Stella jedes Mal, wenn er Unrat witterte. Sie konnte sich sogar im Discogewimmel Drogen beschaffen. Sie fragte die Mädchen danach, die auf der Toilette vor dem Spiegel mit Sonnenbrille zur Musik tanzten. Platon bemerkte, dass ihr merkwürdige Dinge passieren, wurde wütend, überredete sie manchmal, aus den Klubs nach Hause zu kommen oder das Frühstück der Alkoholiker zu verzehren: das Einzige, was es rund um die Uhr zu kaufen gab, Döner Kebab.

Sie hatte keine Lust, nach Hause zu gehen, sie konnte weder ihrem Sohn noch ihrem Mann in die Augen sehen. Womit hatte sie so eine Familie verdient? Warum konnte sie sich selbst neben einem so wundervollen Mann wie Adrian nicht finden? Sie beneidete seine Art, zu leben. Er ging jeden Morgen arbeiten, unterhielt sich mit Menschen in seiner Muttersprache und trank morgens am Bahnhof Kaffee mit Croissants, während er auf seinen Zug wartete. Gerade die einfachen Dinge waren die wichtigsten im Leben eines Menschen, und man gewöhnte sich so an sie, dass man nicht mehr merkte, wie schön sie waren.

Stellas Tagesplan sah ganz anders aus. Um ihr Leben würden sie 90 Prozent der Frauen beneiden. Am Morgen brachte sie ihren Sohn in die Privatschule ohne Ranzen, da dieser immer in der Schule lag. Er brauchte ihn nicht mit nach Hause zu nehmen. Auf die Frage, ob sie mit ihrem Sohn Hausaufgaben machte, antwortete Stella, dass es dafür kompetentere Menschen mit einem stärkeren Nervensystem gebe. Sie glaubte, dass es der kürzeste Weg in eine Irrenanstalt wäre, mit dem Kind Hausaufgaben zu machen.

Wenn Jan in der Schule war, ging sie ins Fitnessstudio und frühstückte Bircher-Müsli nach dem Originalrezept, das genialste Frühstück der Welt. Sie trank einen frisch gepressten Saft und ging 30 Minuten trainieren. Auf der Sportanlage gab es sieben Saunas mit verschiedenen Temperaturen und unterschiedlichem Design, ein riesiges Schwimmbecken mit Salzwasser, allerlei Jacuzzis, Wassermassage und ein Teezimmer zur Erholung. Nach dem Training kehrte sie in ihr Domizil zurück, wo es alle Annehmlichkeiten gab: eine Squashanlage, eine Sporthalle und zwei Saunas, die sie nur selten bei schlechtem Wetter besuchte. Nach dem Mittagessen holte sie den Sohn von der Schule ab und brachte ihn zum Eishockeytraining. Danach hatte sie völlig frei. Vom Sport holte ihn der Vater ab. Vor 10 Uhr abends kamen sie nicht nach Hause. Gerade in der Zeit, in der sie allein war, bekam sie Lust, verbotene und ungewöhnliche Dinge zu tun. Spaß ohne Alkohol war für sie kein Spaß. Sie trank ein Bierchen, dann noch eines, und dann begann das Abenteuer. Sie fuhr zu ihrem leidenden Freund Platon, angeblich auf ein Bier, aber es gab oft eine Fortsetzung. Sorglos und fröhlich bummelten sie durch die Stadt. Platon war ein kleiner, bärtiger Mann mit kurzen Beinen und dickem Hintern. Aber sein Selbstwertgefühl war wie bei allen Alkis etwas übertrieben. Er hielt sich für einen tollen Macho und machte alle kleinen, perfekt aussehenden Blondinen auf seinem Weg an. Das Überraschende dabei war, dass er manchmal ein paar Rufnummern schöner Frauen ergatterte und diese dann in Restaurants und Discotheken einlud. Stella fragte sich, wie Frauen überhaupt so einem Typen ihre Aufmerksamkeit schenken konnten. Sie verglich ihn mit ihren ehemaligen Freunden. Platon meinte dagegen, dass Stella eine viel zu hohe Meinung von sich habe und ihr Selbstbewusstsein unbegründet überhöhte. Platon mied diese Art von Frauen und scheute sie. Aber es gefiel ihm, Zeit mit ihr wie mit einem Kumpel zu verbringen. Er sah in ihr eine furchtlose Göre, die sich im Saufen mit Männern messen konnte. Natürlich hätte er nicht Nein gesagt, wenn Stella ihm eine klare Andeutung gegeben hätte. Aber sie brauchte keine Beziehung. Trinken, feiern, Spaß haben, alles um sich herum vergessen – mehr wollte sie nicht. Sex war in ihrem Leben bei Weitem nicht das Wichtigste gewesen. Stellas Interesse galt der Qualität. Von außen wirkte sie wie eine eiskalte Klippe, in deren Innerem aber glühende Lava floss. Es fiel Männern schwer, ihre Weiblichkeit zu erkennen, deshalb hatte sie keine zufälligen Beziehungen. Außerdem wollte sie keinen Sex, wenn sie betrunken war. Ein grobes, heiseres Weib! Wie konnte man hinter dieser Maske überhaupt etwas erkennen? Sie wollte einen Mann wie Dan, der auf Tratsch und weibliche Marotten nichts gab. Eigentlich wollte sie keinen Mann wie Dan, sondern genau ihn. Meistens baggerten sie charakterlose Waschlappen an, die eine Mutter und eine Chefin mit dem Aussehen eines jungen Mädchens suchten. Es gab solche Opfer, meistens

Jungen, die wenig mütterliche Wärme erlebt hatten oder aus Familien stammten, wo für die Erziehung der Kinder nur ein Elternteil verantwortlich war oder beide Eltern Alkoholiker waren. In solchen Familien wuchsen gute Jungen auf, aber sie heirateten leider meistens Frauen, die älter waren als sie. Nach der Beziehung mit Danil hielt Stella die Männer für das schwache Geschlecht, für Weicheier und freundete sich mit ihnen an, weil der Umgang mit Männern ihr viel leichter fiel. Während der Pausen zwischen den Partys trieb Stella Sport. Ihre Lebensweise war erstaunlich gesund und in kurzer Zeit schaffte sie es, ihren Körper in Ordnung zu bringen. Im Fitnessstudio konnte sie beim Gewichtheben mit den Männern mithalten, unter denen es auch Berufssportler gab. Mit ihrer sportlichen Veranlagung und Bärengesundheit hätte sie Olympiasiegerin werden können. Ihr Talent erstaunte viele. Nur Stella gelang es, nachdem sie geraucht und wie ein Loch gesoffen hatte, von einem Augenblick auf den nächsten damit aufzuhören, die Anrufe von Hunderten Personen, an deren Namen sie sich nicht einmal erinnern konnte, nicht zu beantworten, auf ihre Ernährung zu achten, stundenlang zu trainieren und 20 Kilometer am Tag zu laufen. Sie fand die Zeit, um an verschiedenen Läufen und Wettbewerben teilzunehmen und bei Bergwanderungen Gipfel zu erklimmen, die nicht einmal Vögel erreichen konnten. Keiner verstand, woher diese Frau so viel Energie hatte. Und genau das war ihr Verderben. Stella konnte sich in der Schweiz nicht verwirklichen, sie fand ihren Weg nicht. Wo sollte sie ihre Energie einsetzen? Sie stellte sich diese Frage und fand keine Antwort, vergeudete ihre Kräfte und ihre Zeit für völlig leere, uninteressante Menschen, die sie nicht brauchte. Sie schämte sich für ihre Handlungen, aber fand aber nicht die Kraft in sich, um anzuhalten, nachdem sie die Grenze des Erlaubten überschritten hatte. Ihr Nervensystem ließ sich nicht mehr so sicher kontrollieren. Sie geriet betrunken in Schlägereien und hatte aggressive Ausbrüche. Sie bekam blaue Flecken an Beinen und Armen, Schnitte von Flaschenscherben. Der Alkohol machte sie verrückt. Binnen eines halben Jahres verlor sie drei völlig neue iPhones 6. Eines davon briet sie in einer Pfanne mit Olivenöl. Auf diese merkwürdige und unerklärliche Weise wollte sie ihre Freunde und Bekannten loswerden. Ihre Entschlossenheit, ohne Telefonkontakt zu leben, reichte für zwei Wochen, dann begann alles von vorn. Sie lernte neue Freunde kennen, meistens trinkende, natürlich, denn nüchterne hielt sie für langweilig. Fünfmal meldete Stella sich stockbetrunken zum Entzug beim Arzt an, erschien aber kein einziges Mal, mit der Ausrede, sie sei gar keine Alki, sie müsste nur eine Beschäftigung, ein passendes Hobby finden, das sie vom ach so leckeren deutschen Bier ablenken würde. Sie meldete sich bei der Schweizer Sportakademie an und bekam zum Einstieg ein Buch mit dem Titel „Anatomie und Physiologie". Es war eine Katastrophe!

Um Trainer zu werden, musste man sich nicht nur mit Muskelmasse und Skelettaufbau auskennen, sondern von jedem Organ im menschlichen Körper samt seinen Funktionen, von Stoffwechsel und gesunder Ernährung Ahnung haben.

Mit einem so zerrütteten Nervensystem, wie Stella es hatte, wäre es einfacher, einen Menschen umzubringen, um zu schauen, wie es da drinnen aussieht, als die Theorie zu lernen. Das Studium fiel ihr schwer. Sie besoff sich vor der Prüfung und erschien einfach nicht in der Akademie. Die 5.800 Franken für das Studium hatte sie damit wegen ihrer Alkoholsucht schlicht und einfach zum Fenster hinausgeschmissen.

„Ich bin schwer von dir enttäuscht, Stella", sagte Adrian.

Nach diesen Worten fühlte sie sich noch schlechter. In ihrem Kopf drehte sich nur eine Idee – Entzug! Diesmal musste sie es um jeden Preis schaffen.

Aber trocken wurde die junge Frau schließlich im Gefängnis …

Einige Tage vor ihrer Verhaftung knallte Stella so richtig durch. Ihre Kindheitsfreundin Ruslana kam zu Besuch, die, der Stella einst den Pass gestohlen hatte. Ruslana soff gern, rauchte Gras und fickte herum. Stella verabredete sich mit ihr am Züricher Bahnhof, wo Ruslana mit dem Zug aus Italien ankommen sollte. In diesem Moment rief Egor bei Stella an, der Typ, mit dem sie zusammen auf der Sprachschule gewesen war und der die Rolle des falschen Ehemanns bei Nataljas Hochzeit gespielt hatte. Egor hatte gerade sein Examen an der Hochschule bestanden, wo er nach dem Willen seiner Eltern studierte, und meldete sich bei Stella, um dieses wichtige Ereignis in seinem Leben zu feiern.

„Hallo!"

„Endlich hört man sich wieder, Egor!"

„Hallöööchen!", rief der glückliche ehemalige Student in den Hörer. „Wie geht es dir? Was machst du gerade?"

„Ich will abhängen. Ich warte am Bahnhof auf eine Freundin von mir. Sie kommt aus Italien, dann gehen wir zu Platon."

„Wer ist dieser Platon? Dein Freund?"

„Um Gottes Willen, nein! Er ist heute Abend für Ruslana vorgesehen."

„Darf ich mit? Ich will auch abhängen."

„Natürlich darfst du! Komm zum Bahnhof."

„Ich bin schon da, ich bin hingelaufen, während wir telefoniert haben. Ich war gerade in der Stadtmitte. Wo bist du?"

„Neben dem Polizeiposten am Infozentrum."

„Ich komme!"

„Welch ein Treffen! Egor! Oh Gott, du bist ja richtig schön geworden!"

„Du auch, Stella!"

Egor war reifer geworden, er war ja schon ganze 27 Jahre alt! Stella war fast 5 Jahre älter. Der wunderschöne junge Mann mit seinem Engelsgesicht, war im Sternzeichen Wassermann und im Jahr der Schlange geboren. Mit der für seine Konstellation typischen Ruhe hypnotisierte die Ratte. Sie mochte ihn sehr! Er war der erste Mann seit zwei Jahren, der ihr gefiel.

„Hallo, Ruslana!"

„Hallöchen!"

Die Frauen umarmten sich und drehten sich gemeinsam im Kreis, aber es war Stella sehr peinlich, mit einer Freundin gesehen werden, die Schuhe mit zwanzig Zentimeter hohen Absätzen trug. Ihr Körper war hässlich. Sie wog etwa vierzig Kilo, der Nagellack auf ihren Nägeln war halb abgeblättert, das Haar mit billigster Farbe grellblond gefärbt. Ihr Gesicht erschien ungepflegt, mit Pigmentflecken übersät, vielleicht, weil sie zu wenig Sonnencreme verwendete. Ihre Beine waren so dünn, dass es Stella vorkam, als könnten sie jeden Moment brechen. Ruslana erzählte außerdem, sie hätte sich schon mehrmals die Beine gebrochen. Das sah nach Dystrophie aus. Stella sah die Fragen in den Augen des verblüfften Egors:

„Was ist das für eine Erscheinung? Und wo findet man so etwas heutzutage?“

Stella breitete die Arme aus. Sie fühlte sich sehr beschämt, darum wollte sie so schnell wie möglich aus Zürich verschwinden, damit sie von niemandem erkannt wurde. Als sie zu Platon kam, war dieser schockiert.

„Warum zum Teufel hast du diese Vogelscheuche mitgebracht?“

„Du hast doch selber mit ihr zwei Wochen lang auf Facebook korrespondiert und gesagt, dass sie hübsch und zierlich ist, gerade so, wie du es gern hast. Ich habe nicht erwartet, dass sie dir nicht gefallen könnte!“

„Sie sieht aus wie eine Schlampe! Auf dem Foto war sie ganz anders.“

„Du hast mich selber gebeten, sie einzuladen! Jetzt musst du sie ertragen. Wo soll ich sie denn hintun? Wenn ich sie zu mir nach Hause bringe, wird mein Mann verrückt!“

„Für dich hast du einen bildhübschen Jungen besorgt, und ich muss mich mit dieser Sumpfziege lächerlich machen?“

„Ach, hör auf zu meckern! So schlimm ist es jetzt auch wieder nicht!“

Egor konnte es kaum erwarten, etwas zu trinken und das Kokain zu sniffen, das er in Zürich im Rotlichtviertel gekauft hatte. Er erkannte Platon als seinen Landsmann, weil sie beide aus Sankt Petersburg stammten, und versicherte ihm, dass die Tussi gar nicht so schlecht wäre. Darauf reichte er ihm ein Glas Whiskey, als ob er andeuten wollte, dass Platon bloß einen Drink brauchte, damit es alles gut lief. Egor hatte eine einzigartige, fast magnetische Wirkung auf Menschen, die ihn zugleich irgendwie imponierend und beruhigend fanden. Ab diesem Moment lief alles cool!

Die vier feierten, tanzten und zogen amüsante Leute an, die sich gerne ihrer Gesellschaft anschlossen. Aber die Party bekam eine unerwartete Wendung, als Stella bemerkte, dass an ihrem Finger ein Platinring mit Brilliant im Wert von 15.000 Franken fehlte. Sie war schon ordentlich beschwipst, und als Ersten verdächtigte sie Platon des Diebstahls, denn er hatte jede Menge Schulden. Nach der Scheidung von einer Ukrainerin, die auch in einem Etablissement gearbeitet, ihm einen Sohn geboren und natürlich einen Antrag auf Unterhaltszahlungen gestellt hatte, fing er an regelmäßig zu trinken, wurde gefeuert und bekam die staatliche Arbeitslosenunterstützung. Diese betrug 70 Prozent vom letzten Lohn, was circa 4.500 im Monat ausmachte. Er brauchte nur zwei- oder dreimal im Monat so zu tun, als ob Arbeit suchen würde, also zu Vorstellungsgesprächen zu gehen und später darüber zu berichten. Wenn potenzielle Arbeitgeber Platons Trinkergesicht sahen, lehnten sie ihn sofort ab, was Platon wiederum sehr freute. Er wollte nicht arbeiten, solange er sein Arbeitslosengeld erhielt. Seine Mutter war eine drogenabhängige Prostituierte, die Chefin des Etablissements, wo er seine Frau kennengelernt hatte. Drogensüchtige verloren früh oder spät alles. Platons Einstellung gegenüber Drogen war klar: Er brauchte nur seine Mutter zu sehen, da nervte ihn allein das Wort Kokain. In diesen unglückseligen Tagen machte Stella sich Vorwürfe, weil sie in der Gesellschaft von Alkis, Dieben und Junkies gelandet war, dabei war sie selbst natürlich nicht besser als diese. Aber man bemerkt den Balken im eigenen Auge nicht. Die Freundschaft mit Platon war deshalb so bequem, weil man bei ihm an jedem beliebigen Tag auftauchen konnte, zu trinken und zu essen bekam, frei von der Leber weg reden, Freunde mitbringen und sich amüsieren konnte. Platon konnte Stella nichts abschlagen. Freundschaften dieser Art konnten einer Frau gefährlich werden, wenn sie dabei auf einen Waschlappen trifft, der bereit ist, auf alle Wünsche und Marotten einzugehen, die sie sich ausdenkt. An diesem unglücklichen Tag, der ihr Schicksal veränderte, entstand also bei Stella der Verdacht, dass Platon ihren Ring gestohlen hätte. Im Laufe des Tages schaute sie ihm direkt in die Augen, als ob sie darin die Antwort lesen könnte. Platon wandte sich verlegen von ihr ab. Sie dachte nicht daran, dass er einfach ein gewöhnlicher Feigling sein könnte, der einen direkten Blick nicht ertrug. Zu diesem Zeitpunkt sah Stella jede seiner unsicheren Bewegungen als Beweis dafür, dass er einen teuren Gegenstand gestohlen hatte. Stella berücksichtigte außerdem nicht, dass ihr Argwohn durch den Alkohol- und Drogenkonsum verstärkt wurde.

Nachdem sie alle Für und Wider abgewogen hatte, beschloss sie, festzustellen, wo ihr Ring sich befand, bevor Platon Gelegenheit fand, ihn zu verkaufen. Bis dahin waren sie zusammen gewesen. Das bedeutete, dass der Ring irgendwo versteckt sein musste. Sie sprach mit Egor, der wie ein Chorknabe dastand und zu allem ja sagte, was sie erzählte. Er war einfach froh, bei ihr zu sein. Es schien ihr, dass zwischen ihnen ein warmes Gefühl entstand, jenes rettende Gefühl, auf das sie so lange gewartet hatte. In seiner Nähe war sie ruhig. Zum ersten Mal fühlte sie sich bezaubert, vor der Außenwelt geschützt.

Sie schlug vor, zu ihr nach Hause zu gehen, wo man sich in der großen Sauna gemütlich ausstrecken, ein paar Bierchen trinken und schließlich nach einer dreitägigen Sauftour schlafen konnte. Damit waren alle gern einverstanden. Im Auto schmiedete sie einen Plan, ihren Kumpel zu erpressen. Als sie ankamen, gab sie die Karte für die Saunatüre, die wie in einem Hotel zu den Türen aller Gemeinschaftsräume passte, ihren Gefährten, und schickte diese allein voraus, unter dem Vorwand, sie hätte etwas Dringendes in ihrer Wohnung zu erledigen. Zu Hause durchsuchte Stella alle Schatullen und Schubladen nach ihrem Lieblingsring. Leider ergebnislos.

Sie rief einen Albaner an, den sie in einer Zürcher Disco kennengelernt hatte, erklärte ihm die Situation und bat unter Tränen um Hilfe, natürlich nicht umsonst. Dieser stimmte gerne zu und kam mit ein paar Leuten, die wie Bodybuilder aussahen.

„Hallo, Stella!"

„Oh Gott, danke fürs Kommen! Folgt mir!"

Sie rannte in die Sauna und rief:

„Da ist er! Dieses Arschloch!" Sie zeigte auf Platon. Die Kerle waren bewaffnet, was Stella gar nicht erwartet hatte. Sie griffen Platon an und verprügelten ihn. Einer hielt ihm eine Pistole an den Kopf. Platon schrie und schwor, dass er den Ring nicht genommen, nannte Stella eine Drogensüchtige, eine unzurechnungsfähige Alkoholikerin, die keine Ahnung hatte, wo ihre Sachen waren. Die Angreifer schlugen dem armen Platon vor, russisches Roulette zu spielen. Er sollte eine Zahl von eins bis fünf nennen. Im Revolver steckte nur eine Patrone. Platon nannte die Zahl drei und die Pistole schoss ihm direkt in den Kopf …

„Oh Gott! Seid ihr irre? Ich habe nicht gesagt, dass ihr ihn umbringen sollt." Sie lief zu dem scheinbar noch lebenden Platon, als ob sie sich zum letzten Mal von ihm verabschieden wollte.

„Ruft den Rettungswagen! Schnell!"

„Es hat keinen Sinn, einen Rettungswagen zu holen", erklang Egors Stimme, so gleichmütig, als ob nichts passiert wäre. „Er ist tot."

Auf dem Boden sammelte sich eine Blutlache, in der Luft hing Grabesstille. Panik überkam Stella. Sie sah die Augen ihres Sohnes vor sich. Sie hatte einen Menschen umgebracht! Im Licht dieses Geschehnisses verlor der Ring seinen ganzen Wert.

„Was habt ihr getan? Wie konntet ihr einen Menschen wegen so eines Kleinkrams ums Leben bringen? Einen jungen Mann?"

„Das war keine Absicht!", erklang eine leise kleine Stimme wie von einem schluchzenden Schuljungen, aber in Wirklichkeit gehörte sie einem mit Anabolika vollgepumpten Riesen, der Stella trotzdem halbwüchsig vorkam. Der Mörder war tatsächlich jung, seinem Aussehen nach ungefähr 24.

„Was heißt keine Absicht?"

„Ich dachte, ich hätte alle Patronen rausgeholt, bevor ich geschossen habe. Aber eine Patrone war noch drin, die dritte."

„Weißt du überhaupt, was du getan hast? Bist du betrunken? Habt ihr sonst was genommen?"

„Ja, Kokain und Alkohol. Wir haben seit dem Wochenende nicht mehr geschlafen."

„Und darum hast du die Patrone übersehen, du Depp! Haut schnell ab, wischt eure Fingerabdrücke ab und verschwindet!"

Die beiden fingen an, die Türgriffe abzuwischen und die Blutspuren mit Handtüchern zu beseitigen.

Stella rannte in ihre Wohnung. Das Einzige, was ihr in den Sinn kam, war, die Leiche in einen Teppich einzuwickeln, so wie es in vielen Krimis gemacht wurde. Ihre Hände zitterten, ihr Herz raste!

„Schatz, bist du zu Hause?", rief Adrian, der nach dem Training mit Jan auf dem Bett kuschelte.

„Mutti, wo warst du?"

„Ich? Ich bin unten in der Sauna mit einer Freundin. Ich komme bald nach Hause."

„Ist dir deine Freundin mehr wert als die Familie? Du warst seit drei Tagen nicht zu Hause."

„Ich komme bald."

Stella setzte sich auf den Bettrand und fotografierte in Gedanken ihren Liebsten zur Erinnerung. Sie umarmte die beiden, diese aber riefen: „Pfui, pfui, geh weg! Du stinkst nach Rauch."

„Ist etwas passiert?", fragte Adrian, als er bemerkte, wie blass das Gesicht seiner Frau war.

„Nein, alles in Ordnung, mach dir keine Sorgen."

„Mutti, kommst du bald?"

„Ja, Söhnchen, ich komme bald!"

Sie sah ihren Sohn nie mehr wieder ...

Sie rollte eilig einen Teppich aus dem Wohnzimmer zusammen, holte Lappen und Spiritusreiniger, nahm auch eine Flasche Wodka mit und kehrte zurück in die Sauna. Unterwegs überfielen sie Angst und Verzweiflung, aber seltsamerweise weinte sie nicht, nur Übelkeit stieg in ihr auf.

Als sie nach unten kam, sah sie Ruslana und Egor rauchen, in einem anderen Raum als dem, wo Platons Leiche lag.

„Ruslana, bist du wach?", fragte Stella ihre Freundin.

„Ich habe nicht geschlafen. Ich hatte Angst, die Augen aufzumachen. Deshalb habe ich so getan, als ob ich schlafe. Bist du in Ordnung? Stella! Du hast mich in einen Mord verwickelt!"

„Fahr nach Hause. Ich gebe dir Geld für das Ticket."

„Und was macht ihr?"

„Ihr könnt beide gehen, helft mir nur, die Leiche in den Kofferraum zu laden", erwiderte Stella und warf Egor, der etwas abseits stand, die Gummihandschuhe zu.

„Ich soll helfen?"

„Wer denn sonst? Du bist ein Mann und stärker als ich."

„Das kommt drauf an, aber gut, ich helfe dir."

„Ich fahre nirgendwohin", sagte Ruslana. „Ich helfe dir beim Aufräumen. Dann setzt ihr mich in einen Zug, wo es passt. Ich kenne den Weg von hier zum Bahnhof nicht, du wohnst ja fast im Wald."

„Danke, Freundin."

Stella ging in die Sauna, breitete den Teppich aus und wickelte Platons schrecklich schwer gewordenen Kopf in Lappen, damit das Blut nicht durchsickerte.

Als die Leiche fertig verpackt war, fuhr Stella mit ihrem Auto in die Tiefgarage, vergewisserte sich, dass sonst niemand da war, öffnete den Kofferraum vor dem Saunaeingang und lud das schwere Paket hinein. In der Sauna wurde alles abgewaschen, die Wasserhähne, die Liegen, der Fußboden und sogar die Wände. Nach dem Aufräumen verwischten sie alle Spuren und verließen den Raum.

„Wohin mit den blutverschmierten Lappen?"

„Wir müssen alles im Wald verbrennen."

„Es ist keine gute Idee, Feuer zu machen, solange wir eine Leiche im Kofferraum haben."

„Dann werfen wir alles zusammen mit der Leiche in den Fluss. Leg die Lappen ins Auto."

„Gib mir die Schlüssel, ich fahre", sagte Egor.

Stella reichte ihm den Schlüsselbund, an dem ein Anhänger mit einem Plüsch-Smiley befestigt war, den sie am Tag zuvor von Jan bekommen hatte.

Im Auto herrschte Grabesstille. Stella beobachtete Egor. Sein ruhiges Gesicht überraschte sie. Für immer behielt sie seine halb geschlossenen, nichtssagenden, beruhigend wirkenden Augen in Erinnerung. Ruslana rief ihren Mann in Italien an und sagte, dass sie schon morgen nach Hause kommen würde. Dieser war erstaunt über diesen kurzen Aufenthalt bei der Freundin und überschüttete sie mit Fragen, ob es alles in Ordnung wäre.

„Das erzähle ich dir alles, wenn ich zu Hause bin. Bis morgen, Liebster."

„Wo fahren wir hin, Egor?"

„Nach Deutschland."

„So weit? Und die Grenze?"

„Wir fahren auf einer Nebenstraße, wo nicht kontrolliert wird, und werfen den Teppich in den Rhein. Er hat eine starke Strömung und fließt durch ganz Europa. Bis die Leiche gefunden und ihre Identität festgestellt ist, wird viel Zeit vergehen."

„Meinst du die Straße, auf der ich Fleisch schmuggle?"

„Ja."

Fleisch war in Deutschland viel billiger als in der Schweiz, aber man durfte nicht mehr als zwei Kilo über die Grenze mitnehmen. Darum schmuggelte Stella Fleisch auf Umwegen am Zoll vorbei, wenn sie Gäste zum Grillen eingeladen hatte. Aber dieses Mal transportierte sie anderes Fleisch, die Leiche ihres

Kumpels. Von diesen Gedanken wurde ihr übel und sie übergab sich unwillkürlich auf die Fußmatte.

„Pfui, Stella! Hör auf! Sonst kotze ich auch gleich", winselte Ruslana.

Stella hatte eine Panikattacke.

„Ich werde meinen Sohn nicht mehr wiedersehen! Ich spüre es!", rief sie und kratzte sich im Gesicht, als ob sie sich für das Geschehene bestrafen wollte.

Egor verpasste ihr aus der Drehung eine Ohrfeige, hielt dabei aber das Lenkrad möglichst gerade und flüsterte ihr ruhig zu:

„Bitte beruhige dich. Sonst werden wir angehalten und landen alle im Knast."

„Steigt aus, verdammt noch mal! Ich fahre allein mit der Leiche zur Polizei und stelle mich! Ich habe einen Menschen umgebracht, wegen eines beschissenen Rings!"

„Du verrückter Junkie! Kapierst du nicht, wie ernst die Sache ist? Jede Menge Leute haben uns in den letzten drei Tagen zusammen gesehen! Platon hat seine Fotos immer gerne ins Internet gestellt."

„Ganz sicher hat er einer seiner Tussis geschrieben, dass er bei mir in der Sauna ist!"

„Natürlich wird man nach ihm suchen. Aber du wirst sagen, dass er bei dir weggefahren ist. Mehr weißt du nicht! Hast du kapiert?"

„Wie kannst du so ruhig sein? Mit einer Leiche im Kofferraum? Nachdem du einen Menschen getötet hast!"

„Ich habe niemanden getötet! Ich helfe dir bloß, damit du auch denkst, dass nichts davon in deinem Leben passiert ist! Außerdem hast du wirklich niemanden getötet."

„Ich bin eine Mörderin! Ich habe das alles ausgelöst! Ich habe Bekanntschaften mit diesen Lumpen geknüpft! Anstatt mich um mein Kind zu kümmern!"

„Das hättest du dir früher überlegen müssen, Liebes! Und jetzt halt die Klappe und sitz still!"

„Dafür, dass du noch so jung bist, bist du ganz schön vernünftig! Warum hilfst du mir überhaupt?"

„Weil ich dich in diesen Tagen lieben gelernt habe, Stella", sagte Egor voller Ernst und mit Tränen in den Augen.

„Sehr romantisch, verdammte Scheiße! Ich fang gleich an zu heulen!", unterbrach Ruslana die romantische Note. „Unser Liebespärchen fährt mit einer Leiche im Kofferraum durch die Gegend! Und macht einander Liebeserklärungen! Über euch müsste man ein Buch schreiben! Bonnie und Clyde ist nichts gegen eure kriminelle Liebesgeschichte. Hoffentlich kommt ihr wenigstens noch zum Ficken, bevor ihr im Knast landet. Und bringt mich erst zum Bahnhof, ich habe keine Lust, mit euch die Leiche zu entsorgen."

Stella zitterte so sehr, dass sie sich nicht einmal eine Zigarette in den Mund stecken konnte, wie ein Alki, der morgens im Spirituosengeschäft die Flasche mit beiden Händen halten muss und sie kaum an die Lippen bringt, um seinen Kater zu heilen.

„Wie du willst, Ruslana, aber um die Leichenbeseitigung wirst du nicht herumkommen, weil der Fluss nämlich sozusagen die schweizerisch-deutsche Grenze darstellt. Wir werfen die Leiche ins Wasser und über Nacht wird sie in Richtung Deutschland weggespült."

„Dann bleibe ich aber im Auto. Ich habe Angst."

„Meinetwegen."

Als sie den Fluss erreichten, der wirklich eine starke Strömung hatte, schaltete Egor die Scheinwerfer aus und parkte in einem Wäldchen.

„Komm, wir gehen ein Stückchen spazieren, Stella."

„Was denn für eine Erklärung? Ich habe keine Lust, im Dunkeln spazieren zu gehen!"

„Lass uns schauen, ob jemand in der Nähe ist. Wir brauchen keine Augenzeugen."

„Okay, komm."

Als Stella aus dem Wagen stieg, fühlten sich ihre Beine unglaublich schwer an, als ob man Gewichte daran gehängt hätte. Egor nahm ihre Hände und drückte sie fest an sich.

„Alles wird gut! Ich glaube, dass du in dir die Stärke findest, das zu überstehen und ein neues Leben zu beginnen."

„Ich nicht."

„Ich helfe dir. Es ist niemand da, wir können ihn herausholen. Nimm dich zusammen!"

„Ich habe keine Kraft mehr! Fahr weg, Egor! Ich gehe zur Polizei!"

„Nein."

Sie wusste nicht, woher sie so viel Kraft nahm. Ohne Schwierigkeiten zog Stella den Teppich an beiden Enden aus dem Kofferraum. Sie bewegte ihn akkurat, mit Handschuhen, als ob sie es mit etwas Zerbrechlichem zu tun hätte.

Egor war nicht sehr sportlich, eher durchschnittlich gebaut, wie ein schlanker Jugendlicher, darum schleifte sein Teppichende fast auf dem Boden. Stella hatte das Gefühl, dass sie mit ihrem Paket eine halbe Ewigkeit brauchten, um ans Wasser zu gelangen. In dieser Zeit sah sie ihr ganzes Leben vor ihren Augen vorbeiziehen. In einem Augenblick erinnerte sie sich an die Geburt ihres Kindes, an Hochzeiten und Scheidungen, an das Versprechen in der Kirche zu Foros auf der Krim, in der sie und Adrian getraut wurden, dass sie in guten und in schlechten Zeiten bereit sei, ihrem Ehemann zur Seite zu stehen. Was hatte sie aus ihrem Leben gemacht? Was brachte ihr die Untreue gegenüber ihrem Ehemann? Wie war sie dazu gekommen, den schönen Lebensweg mit ihrer Familie zu verlassen? Adrian sah doch sehr gut aus, der Altersunterschied zwischen ihnen war kaum bemerkbar. Er hatte sein Leben lang Sport getrieben. Das hatte viele positive Auswirkungen. Und besonders das Leben in so einem wunderbaren Land mit sauberer Umwelt hielt ihn jung.

„Stella, wach auf!"

Jemand schlug sie auf die Wangen.

„Was ist los?"

„Du bist in Ohnmacht gefallen! Ich bitte dich, steh auf! Wir müssen den da ins Wasser schaffen! Der Teufel soll ihn holen!"

„Ich bin nicht in Ohnmacht gefallen!"

Ihr kam es vor, als ob sie bei Bewusstsein wäre und sich bloß kurz hätte ablenken lassen. Für einen Augenblick fühlte sie sich leblos, innerlich hohl. Am liebsten hätte sie Platons Leiche persönlich zur Polizei gebracht. Sich freiwillig zu stellen wegen fahrlässiger Tötung wäre doch besser, als die Leiche im Teppich in den Fluss zu werfen und die Spuren zu verwischen. Wären Egor und ihre hirnlose Freundin nicht da, hätte sie es zweifelsohne getan. Sie verstand die Lage nicht, in der sie sich befand. Es war, als ob sie an einem Abgrund stünde, in den sie springen musste, weil hinter ihr auch ein Abgrund gähnte. Stella begriff, dass sie einem Menschen das Leben geraubt, einem kleinen Kind den Vater für immer weggenommen hatte. Nein, er war kein tadelloser Vater gewesen, aber niemand hatte das Recht, einen Menschen ums Leben zu bringen. In ihr entstand der Wunsch, dem Teppich hinterher ins Wasser zu springen, sich mit der Strömung treiben lassen, dem Fluss keinerlei Widerstand zu leisten und auf das Ende zu warten. Stella verstand, dass sie mit dieser Last nicht leben können würde, und stellte sich vor, wie sie von dieser schönen Welt Abschied nahm. Die Tür zum Paradies war für sie geschlossen.

„Vielleicht könnte ich mich vor der Menschheit ein wenig rechtfertigen, wenn ich als Dschihadistin getarnt in eine Gruppe von Islamisten einschleichen und sie und mich mit ihrer eigenen Bombe in die Luft jagen würde?"

„Was laberst du da für einen Unsinn, Stella?"

„Oder ich könnte zumindest meinem Körper der Forschung vermachen. Oder zuerst wahrscheinlich eine Niere spenden? Würden die Teufel in der Hölle sich dann ein bisschen über mich erbarmen?"

„Hör auf, bitte! Ich kann das nicht mehr hören!"

„Okay. Aber ich will nicht in der Hölle schmoren!"

„Jetzt lässt sich doch nichts mehr ändern!"

Stella fehlte die Luft. Sie atmete mit Unterbrechungen, schnappte mit offenem Mund nach Luft.

„Lass uns hier verschwinden. Wir müssen deine Freundin zum Bahnhof bringen und überlegen, wie wir weiter vorgehen."

Auf der Bahnstation kaufte Stella ein Zugticket, eine Packung Bier und mehrere Schachteln Zigaretten für Ruslana.

„Also bis bald, meine Liebe, danke für deine Unterstützung."

„Leb wohl, Stella! Auf Nimmerwiedersehen."

„Du bist echt ein Miststück! Lässt dir erst alles für unterwegs kaufen und wirst dann unverschämt!"

„Geizkragen! Steig ins Auto, beruhige deinen Freier!"

„Du bist doch nur neidisch, Ruslana."

„War ich vielleicht mal, jetzt definitiv nicht mehr", antwortete Ruslana sarkastisch.

„Hau ab, du Irre!"

„Ich wünsche dir viele lange Jahre im Knast! Hahaha."

–

„Na endlich ist diese Spitzmaus weg. Was glaubst du, Egor, wird die Leiche schnell gefunden?"

„Glaube ich nicht. Die Strömung ist sehr stark, und wenn wir Glück haben, treibt die Leiche bis in die Niederlande, bevor sie jemand entdeckt."

„Hoffentlich."

Stella warf sich ihm an den Hals und schluchzte krampfhaft.

„Du musst dich überreden, dass nichts passiert ist und weiterleben! Verstehst du?"

Er rüttelte sie heftig an den Schultern, sie kam ihm wie eine Gummipuppe vor. Ihr Kopf und ihre Arme baumelten leblos.

„Komm, lass uns das Auto zum Waschen bringen. Dann mieten wir ein Hotelzimmer, wir müssen uns ausschlafen und wieder zu uns kommen. Morgen kaufen wir neue Kleidung und verbrennen die alte irgendwo im Wald. Dann kehren wir nach Hause zurück wie Ausflügler, als ob nichts passiert wäre."

„Ich kann nicht schlafen! Werde nie mehr schlafen können! Nie mehr im Leben!"

„Okay, dann gehen wir nicht schlafen, sondern sauren deutschen Wein trinken."

„Kalten Weißwein?"

„Ja!"

„Dann lass uns gehen."

Er nahm die junge Frau auf die Arme, trug sie zum Auto und setzte sie auf den bekotzten Vordersitz.

„Pfui, was für ein Gestank!"

454

Stella lächelte und errötete ein wenig.

„Oh! Das gefällt mir! Du lächelst endlich."

Egor spürte Brechreiz. Es schien ihm, als hinge Leichengeruch gemischt mit Kotzgestank im Auto. Das Gemenge drang ihm durch die Nase in den Magen und löste den Würgreflex aus.

„Das sind nur die Nerven", dachte der Schönling und fuhr alle vier Fensterscheiben herunter. Sie suchten im Internet nach der Adresse einer Autopflegefirma und fuhren geradewegs dorthin. Alles war geschlossen, weil es gerade erst langsam hell wurde, und sie beschlossen, ein Zimmer in einem der nahe liegenden Hotels zu mieten. Das Auto wollten sie um acht Uhr morgens zur Reinigung fahren, denn dann wurde die Anlage laut dem Plan an der Tür der riesigen Garage geöffnet. Sie fuhren mehrere Hotels ab, aber nirgends saß jemand an der Rezeption, weil alle noch schliefen um diese Zeit. Sie fanden ein Hotel, wo die Gäste sich ohne Hilfe eines Hotelmitarbeiters mittels Computer anmelden konnten und aus einem Automaten die Karte mit der Zimmernummer herausfiel, und freuten sich.

Stella trug alles, auch die mit Blut verschmierten Lappen ins Hotel und räumte verdächtige Gegenstände aus dem Auto, bevor es zur Reinigung kam. Dabei bückte sie sich in den Innenraum und sah ihren Ring, der in einem Spalt zwischen dem Fahrersitz und der Ellenbogenstütze lag.

„Egor! Schau doch hin! Das kann nicht wahr sein!" Mit Panik und Tränen in den Augen hielt sie den verdammten Ring hoch und konnte es nicht glauben.

„Du bist eine solche Idiotin, Stella!"

Die junge Frau fiel auf die Knie. Laut schreiend schlug sie ihren Kopf gegen das Auto.

„Gehen wir ins Zimmer! Und sei still!"

„Oh Gott! Was habe ich getan! Das ist Gottes Strafe für mich! Wie konnte ich das tun? Daran sind Drogen schuld, sie machen Monster aus Menschen! Ich habe einen unschuldigen Menschen getötet!"

Er brachte sie ins Zimmer und ging hinaus.

„Wo gehst du hin?" Sie fürchtete sich panisch davor, mit ihren Ängsten allein zu bleiben, und lief ihm hinterher auf den Gang.

„Ich komme gleich wieder, ich hole uns nur etwas zu essen und zu trinken."

„Ich gehe mit."

„Bleib hier! Hast du dich im Spiegel gesehen?"

In den 10 Minuten, die er abwesend war, überkam Stella eine Depression, die einem Koma ähnlich war. Sie ging ins Badezimmer und schlug sich auf die Wangen, in der Hoffnung, bei sich zu Hause von dem Ruf: „Mutti, bring mir Milch!", zu erwachen, aber es war vergeblich.

Sie brüllte vor Verzweiflung wie ein Tier, warf sich auf den Fliesenboden und schlug mit dem Kopf dagegen, bis sie in ihrem Blut lag.

Als Egor hereinrannte, waren ihre Stirn und eine Augenbraue schon aufgeplatzt. Das Blut spritzte wie aus einem Duschkopf.

„Nächstes Mal binde ich dich ans Bett! Verstanden?"

„Ich will nicht mehr leben!"

„Doch, willst du! Denk an dein Kind!"

Egor schenkte den Wein in die Gläser und reichte Stella eins davon. Sie trank es auf ex und gab es ihm zurück.

„Trinkst du nicht?"

„Doch, aber wenig. Du weißt selbst, dass der Fahrer mehr oder weniger nüchtern sein muss, damit er von der Verkehrspolizei nicht angehalten wird. Wir müssen dringend alle Beweise vernichten."

„Lassen wir den Wagen da stehen. Wir können ihn morgen zur Reinigung bringen. Hier wird ihn schon niemand beschlagnahmen."

Er schenkte sich ein Glas ein und leerte es auch in einem Zug.

„Lass mich wenigstens mal sehen, worum der ganze Trubel ging." Er streckte die hohle Hand nach dem Ring aus, als ob er eine Portion Sonnenblumenkerne haben wollte. Stella legte den Brillantschmuck vorsichtig auf seine Handfläche.

„Sieht schön aus. Sehr schön."

„Weißt du, es kommt mir vor, als ob es gar nicht meiner wäre."

„Wieso nicht deiner?"

„Der Stein glitzert nicht so wie meiner und der Schliff ist anders."

„Hier gibt es eine Inschrift: Meiner geliebten Frau. Adrian."

„Stimmt."

„Bist du damit gemeint?"

„Ja, schon, aber der Ring ist, als ob er nicht meiner wäre."

„Du bist schizophren, Stella! Pack den Ring weg, steck ihn vorerst nicht an. Damit er dich nicht traurig macht."

„Nach der Reinigung lege ich ihn ins Handschuhfach."

„Das ist die richtige Entscheidung."

Das Hotel war schrecklich. Stella dachte, dass jeden Moment Dämonen erscheinen könnten. Als Egor auf die Toilette ging, schien es ihr eine Ewigkeit zu dauern, bis er wiederkam. Und als es so weit war, betrachtete sie aufmerksam seinen Hals, um sich zu vergewissern, dass es da keinen Vampirbiss gab. Der schreckliche Ort, dessen Stille sie zittern ließ, kam ihr wie eine heimliches Teufelsversteck vor.

„Hast du nicht auch das Gefühl, dass wir in diesem Hotel einzige Gäste sind?"

„Mir ist schon aufgefallen, dass es hier still wie ein Grab ist. Aber ich wollte dir davon nichts sagen, denn bei dem aktuellen Wirrwarr in deinem Kopf wäre es nicht gut, die Situation anzuheizen. Die ist schon außer Kontrolle geraten."

Stella schwieg. Sie spulte den Film in ihrem Kopf zurück und überlegte, wieso sie den Ring nicht bemerkt hatte, obwohl sie den Wagen doch mehrmals durchsucht hatte. War sie denn wirklich so berauscht gewesen, dass sie den Ring an dieser unauffälligen Stelle doch übersehen hatte? Wahrscheinlich war es so. Sie brauchte sich nur an die Anzahl der Flaschen zu erinnern, die sie am nächsten Morgen in die Mülltonne geschmissen hatten. Egor unterbrach die Stille.

„Stella?"

„Ja?"

„Wie gut, glaubst du, passen wir zusammen?"

„Warum stellst du diese Frage jetzt?"

„Ich will wissen, was du für mich empfindest."

„Was kann eine Mörderin empfinden, die sich in einen Jungen verliebt hat? Meinst du das?"

Er lächelte.

„Du hast dich also verliebt?"

„Ja."

Er umarmte sie wie seine Frau, legte sie aufs Bett und fing an, sie auszuziehen. Er bedeckte den bläulich gewordenen Körper der Verbrecherin mit Küssen. Sie wehrte sich nicht. Es machte ihr Freude, ihn zu berühren. Stella dachte, ohne ihn wäre sie schon tot. Sie wollte den zärtlichen, fürsorglichen Jungen nicht für eine Minute von ihrer Seite lassen. Sie machten Liebe, den ganzen Tag und die ganze Nacht. Manchmal vergaßen sie, was geschehen war, tranken Weißwein und aßen Baguette.

„Warum hast du sechs Flaschen Wein und zwei Brote geholt?"

„Ich wusste nicht, was ich kaufen sollte. Ich habe das Essen im Laden stehen sehen, und es hat mich geekelt. Nur beim Baguette hatte ich weder Appetit noch Abscheu."

„Originell."

„Fühlst du dich gut mit mir?"

„Ja, sehr gut! Du gibst mir Ruhe, die ich seit vielen Jahren nicht finden konnte!"

„Lass uns zusammenleben. Schenkst du mir ein Kind?"

„Das habe ich schon mal irgendwo gehört!"

„Du hast deine Liebe aufgegeben für deinen Sohn, wie du mir erzählt hast. Aber schau, was es dir gebracht hat. Du wirst mit deinem Mann nie glücklich! Du musst in dir die Kraft finden, die Scheidung zu überstehen und ein neues Leben zu beginnen. Mit einem geliebten Partner!" Lächelnd zeigte er auf sich selbst.

„Als ich Adrian geheiratet habe, habe ich ihn geliebt! Ich war mir hundertprozentig sicher! Aber einige Zeit später wurde mir langweilig. Wir sind nicht mehr ausgegangen, unsere Wege haben sich getrennt und ich bin schuld! Ich hätte meinen Spaß nicht anderswo suchen dürfen, hätte in meiner Familie klarkommen und meinen Mann zu allerlei Aktivitäten motivieren sollen. Ich habe mich verhalten wie eine Schlampe! Wie ein billiges Ding! Und jetzt zahle ich dafür! Frauen, die mit ihren Männern leben und sie nicht betrügen, sind selbst glücklich und geben das Glück an ihre Nachkommen weiter."

„Stella, versteh doch! Das kann man alles wiedergutmachen!"

„Ich bin schon zu weit gegangen, jetzt lässt sich nichts mehr wiedergutmachen! Ich kann mich nicht mehr über die Sonne freuen, wie damals, als ich fremdgegangen bin, angeblich, weil mein Leben ach so unerträglich war. Dabei können davon viele nur träumen!"

„Ich bitte dich trotzdem, meine Frau zu werden! Ich hoffe auf deine positive Antwort und werde auf jede Art und Weise darum kämpfen."

„Du bist sehr jung, und verstehst nicht, dass du ein glückliches Leben mit einer Zwanzigjährigen führen kannst, die rosige pralle Brüste hat. Mit einer Silicon Valley, die schon über dreißig ist, wird das nichts!"

Er brach in Gelächter aus.

„Was, das ist Silikon?"

„Bring mich nicht zum Lachen! Siehst du das wirklich nicht?"

„Ich sehe, dass deine Haare verlängert sind. Die Streifen kommen manchmal durch, vor allem, wenn du dich bückst, und beim Betasten spürt das man auch. Aber deine Brüste sind wie echt! Es gibt keine einzige Narbe!"

„Für die Operation hat mein Mann 19.000 Dollar bezahlt. Sie wurde vom besten schweizerischen Chirurgen gemacht, Cedric Gartmann in der Klinik Seeblick, direkt am Zürichsee."

„Wahnsinn! Und warum gibt es keine Narben?"

„Doch, es gibt sie, aber sie sind praktisch unsichtbar. Guck mal, da läuft eine sehr kleine Narbe außen an der Brustwarze entlang, zwei Zentimeter."

„Ja, jetzt sehe ich sie! Das ist ein Wunder! Ich habe eine gesehen, die Narben kreuzweise hat."

Er merkte, dass es Stella nicht angenehm war, von einer anderen Frau zu hören, und fügte hinzu:

„In einer Zeitschrift."

Die beiden lachten auf.

„Was bist du doch für ein Lügner."

„Gar nicht."

„Wassermänner sind verlogene und listige Schmeichler!"

„Ich bin ein anderer Wassermann.

Hahaha!"

Am nächsten Tag brachten sie das Auto in die Reinigung, und danach bummelte das Liebespärchen Arm in Arm durch die Stadt. Sie lachten nicht, aber weinten auch nicht mehr.

Egor kaufte in einer Apotheke Pflaster, Salbe und Spiritus und behandelte zärtlich und fürsorglich Stellas Wunden. Stella gefiel es nicht, dass ihn alle zwanzigjährigen Mädchen anstarrten und ihm dann auch noch nachschauten. Er sah zweifellos sehr gut aus. Viel jünger, als er wirklich war, mit seinem Engelsgesicht, ruhigem Blick und rot angehauchten Wangen. Stella, mit ihrer verrauchten, versoffenen Stimme und blutunterlaufenen Beulen auf der Stirn, könnte eher seine Mutter sein als seine Freundin.

„Lass uns für ein paar Tage nach Amsterdam durchbrennen. Und unterwegs schauen wir uns verschiedene Städte an, ich war noch nie in diesem Teil Deutschlands. Weiter als Stuttgart bin ich nicht gekommen."

„Dann los!"

„Haben wir genug Geld?", fragte er und deutete damit an, dass er nicht alles bezahlen würde. „Amsterdam ist eine teure Stadt, Stella."

„Ich habe Geld, mach dir keine Sorgen! Das heißt, ich hoffe natürlich, dass ich es habe."

Sie ging an einen Geldautomaten, gab den Code ein und hob 1000 Euro ab.

„Das sollte fürs Erste reichen."

„Ich habe auch gerade 1000 Euro übrig."

„Finde ich toll! Das sollte für alles reichen!"

Das Auto war sauber gewaschen. Die Verliebten gaben Amsterdam ins Navi ein und machten sich auf die Reise. Unterwegs bemühten sie sich, über harmlose Themen zu plaudern, um sich von den schrecklichen Ereignissen abzulenken. Es stellte sich heraus, dass Egor rappen konnte, was die Fahrt sehr amüsant machte. Er kam Stella vor wie ein Kind, und was er vortrug, passte genau in die Karaoke-Rubrik „Rap für Kinder, zum Selberlesen." Sie betrachtete ihn und erinnerte sich daran, wie erwachsen sie mit

27 im Vergleich zu ihm gewesen war. Sie hatte ein Kind, eine eigene Wohnung, ein Grundstück. Dagegen war Egor ein Grünschnabel. Ein süßer Junge, der nie ausgegangen war, sondern, wie er selbst sagte, über den Büchern gesessen und gepaukt hatte.

„Ich frage mich, ob mein Sohn genauso wird. Ein guter, lieber Junge?"

Sie stellte sich vor, wie er eines Tages eine mehrere Jahre ältere mutmaßliche Mörderin, die zudem noch ein Kind hatte, verheiratet war und dabei fremdging, mit nach Hause bringen und sagen würde: „Mama, ich liebe sie." Stella schauderte es – das wäre ihr Ende.

„Ich würde die Schlampe vergiften!" Stella lachte los.

„Lachst du über meinen Rap?"

„Nein, ehrlich gesagt, nicht. Ich habe nur nachgedacht."

„Es gefällt mir nicht, wenn du in Gedanken versinkst. Ich habe dann das Gefühl, dass du gleich wieder deinen Kopf gegen das Armaturenbrett schlägst!"

„Das mache ich garantiert nicht mehr. Ehrlich."

„Aus deinem Mund klingt das Wort ‚ehrlich' irgendwie nicht überzeugend. Ich kenne dich inzwischen."

„Ich bin aufrichtig mit dir."

Als sie an Koblenz vorbeifuhren, bat Stella ihn, abzufahren, um sich die Stadt anzuschauen.

„Wenn ich mich nicht irre, ist das die düsterste Stadt Deutschlands."

„Woher weißt du das?"

„Ich habe davon gelesen."

„Ich würde mir die Stadt gern anschauen, wenn wir sowieso vorbeifahren."

In diesem Augenblick bekam Stella einen Anruf von ihrem Mann. Sie nahm nicht ab. Sie überlegte, was sie sagen sollte. Ihr Herz raste erneut bei der Erinnerung an den Albtraum, den sie vor kurzem erleben musste.

Egor hielt vor einem Restaurant an.

„Komm, lass uns was trinken."

„Wodka."

„Trink Wodka, wenn du willst."

Stella bestellte ein Glas Wodka und einen Tomatensaft, Egor nahm ein Bier.

Stellas Handy wollte platzen. Dann kam eine Nachricht, dass ihre Wohnung durchsucht worden wäre, und darauf folgte die Frage nach dem Teppich, der aus der Wohnung verschwunden war.

Sie rief ihren Mann gleich zurück. Er erzählte, dass eine Gruppe von Experten den ganzen Tag im Haus gearbeitet hatte. Die Polizisten hatten einen Durchsuchungsbefehl dabei, sie waren nicht aus Zürich, sondern kamen aus Schaffhausen.

„Dort hat Platon gewohnt", dachte Stella.

„Ich weiß nicht, was du angestellt hast, aber sie hatten einen Haftbefehl für dich. Platons geschiedene Frau war auch hier. Sie hat mich gefragt, ob ich ihren Ex gesehen hätte. Ich habe nein gesagt. Sie hat erklärt, dass Platon ihr gestern eine merkwürdige Nachricht geschrieben hat, dass er mit dir in eine Sauna fahren würde, aber beunruhigt wäre, weil du dich unangemessen und kalt verhieltest. Vielleicht sei es wegen zu viel Alkohol, aber er fühle sich unwohl. Gestern ist er nicht zur letzten Gerichtsverhandlung in der Scheidungssache erschienen. Die Sauna ist versiegelt, überall stehen Polizisten. Die Leute wissen nicht, was sie denken sollen! Stella, was ist passiert?"

„Ich kann jetzt nicht telefonieren, ich rufe dich später an."

„Leg nicht auf! Wo bist du? Sie haben dich international zur Fahndung ausgeschrieben!"

„Ich rufe dich zurück."

Eine fürchterliche Panik überkam Stella.

„Egor! Er hat seiner Frau eine Nachricht geschrieben, bevor wir in die Sauna gefahren sind! Er hat gespürt, dass etwas nicht stimmt. Die Sauna ist versiegelt!"

Panik und echte Angst überfielen Stella, sie bekam Gänsehaut und kalte Füße.

„Ich komme in den Knast!"

„Wir haben alles gewaschen! Es ist unmöglich, dass sie etwas finden."

„Die Polizei ist heutzutage technisch hochgerüstet, besonders in der Schweiz! Ein kleines Haar oder ein Blutfleck, so groß wie ein Streichholzkopf, können zum Anfangspunkt einer Indizienkette werden, der man dann ganz leicht folgen kann. Setz dich ab, Egor! Heute! Fahren wir zum Flughafen!"

„Sie werden mich nicht finden, wenn du ihnen meinen Namen nicht sagst!"

„Ich sage nichts, aber ich will dich keinem Risiko aussetzen! Was, wenn uns jemand gesehen hat? Oder wenn du unterwegs zu schnell gefahren und geblitzt worden bist? Was dann? Bring dich in Sicherheit, bitte!"

„Lass mich allein ein paar Schritte gehen und nachdenken. Gib mir etwas Kleingeld, ich kaufe mir Zigaretten am Automaten vor der Toilette."

Stella holte ihr Portemonnaie heraus und fing an, Münzen abzuzählen. Er streckte seine Hand aus.

„Gib nur her, ich suche es mir selbst zusammen."

Stella reichte ihm die Brieftasche, die Danil ihr geschenkt hatte, und dachte traurig, dass das alles nicht hätte sein müssen, wenn sie sich damals entschlossen hätte, ihren Mann zu verlassen. Und noch besser wäre es, wenn sie Danil gar nicht getroffen und diese endlosen, zärtlichen Nächte nicht erlebt hätte. In Egor zum Beispiel hätte sie sich niemals so verknallt wie in Dan. Stella verfolgte mit dem Blick ihren Freund, der ins Restaurant ging. Der Unterschied zwischen ihnen war wirklich riesig. Egor war ein stiller Junge, er sprach kaum hörbar, sein Gang könnte man ebenso geräuschlos nennen, und im Bett war er auch nicht lauter. Als Stella sich so richtig aufgeilte und anfing, auf ihm zu reiten wie auf einem Rodeostier, rief er:

„Hör auf! Du machst mir noch alles kaputt!" Er zog die Beine an, umarmte beide Knie und starrte sie mit großen Augen an, scheu wie ein Lämmchen.

„Was ist los, Egor?"

„Ich hatte noch nie so intensiven Sex!"

„Das war eigentlich nur das Vorspiel!"

So saß Stella bei ihrem Wodka, wusste, dass ihre Stunden in der Freiheit gezählt waren, wollte es aber nicht wahrhaben, erinnerte sich an allen möglichen Stuss und versuchte, nicht das zu denken, was ihr eigentlich diesen unerträglichen Schmerz zufügte.

Egor kam wieder, offensichtlich zufrieden, mit einer Schachtel Zigaretten in der Hand.

„Du warst vierzig Minuten auf dem Klo!"

„Ich habe gekackt."

„Danke für die Info."

Sie bekam einen Anruf. Stella nahm ab, es war die Polizei aus Zürich.

„Wo sind Sie?"

„In Deutschland. Was ist los?"

„Wir haben einen EU-weiten Haftbefehl für Sie. Sie können nicht entkommen. Ich rate Ihnen, sich der Polizei zu stellen. Das ist besser für Sie."

„Ich komme in ein paar Tagen nach Hause und gehe dann gleich zu Ihnen aufs Revier."

„Sie werden von der Polizei gesucht! Sie müssen sich sofort beim nächsten Polizeirevier melden."

„Darf ich fragen, worum es geht?"

„Kennen Sie Platon Müller?"

„Ja, natürlich. Wir sind befreundet."

„Er ist vor ein paar Tagen verschwunden. Seine Frau hat ihn als vermisst gemeldet. Wir wissen, dass Sie ihn zuletzt gesehen haben."

„Ich kann Ihnen auch am Telefon sagen, wann er mein Haus verlassen hat, wenn es Sie interessiert."

„Mich interessiert nicht, wann er Ihr Haus verlassen hat. Mich interessiert, wo er ist."

„Er wollte seine Eltern in Deutschland besuchen. Sie können sie anrufen."

„Wir haben seine Eltern angerufen. Niemand hat ihn mehr gesehen, nachdem er Ihre Sauna betreten hat! Gehen Sie sofort ins nächste Polizeirevier. Ich gebe Ihnen zwei Stunden. Wenn ich bis dahin nichts höre, lasse ich zu Ihrem internationalen

Haftbefehl die Bemerkung hinzufügen: Bei Fluchtversuch scharf schießen. "

„Glauben Sie, dass ich auf der Flucht bin?"

„Was machen Sie in der Mitte der Arbeitswoche in Deutschland? Sie haben einen Sohn, der zur Schule geht!"

„Gut, in zwei Stunden bin ich im nächsten Polizeirevier. Wenn ich dort erscheine, können Sie mir versprechen, dass ich nicht verhaftet werde?"

„Das kann ich Ihnen nicht versprechen, darüber entscheidet der Staatsanwalt."

Stella zitterte richtig. Sie war so nervös, dass ihr alles aus den Händen rutschte.

„Fahr weg, Egor! Sonst erwischen sie uns noch unterwegs. Flieg nach Sankt Petersburg."

„Ich fahre zu meinen Eltern nach Lenzburg. Ich will nicht nach Sankt Petersburg. Ich sage nichts über dich. Ich hoffe nur, dass es keine Fotos von dir auf Platons Handy gibt. Siehst du, wie scharfsinnig er war. Er hat gemerkt, dass etwas nicht stimmte."

„An seiner Stelle hätte jeder gemerkt, dass etwas nicht stimmt. Du hast ihn den ganzen Tag mit einem Gesichtsausdruck angeschaut, als ob er deine Katze getötet hätte."

„Ich habe keine Katze."

„Darf ich dich um etwas bitten?"

„Ja."

„Gib meinem Adrian meine Rolex, ja? Er soll sie meiner zukünftigen Schwiegertochter als Geschenk von mir übergeben, wenn ich im Knast lande."

„Natürlich, mach ich. Aber mach dich nicht verrückt, die Polizei hat weder die Leiche noch Beweisstücke, gar nichts. Sie geben bloß an, weil sie diese Nachricht von Platon haben. Sag ihnen, dass du von nichts weißt, und basta."

„Ich versuche es auf jeden Fall. Fahr schon, ich will allein bleiben. Ich rufe meinen Mann an und sage ihm, wo das Auto steht, damit er es abholt. Ich will den Bullen nicht noch selbst Indizien bringen. Was, wenn der Wagen nicht ordentlich gereinigt worden ist?"

„Tschüss, meine Liebe. Sie lassen dich gleich wieder gehen, du wirst schon sehen!"

„Hoffentlich. Pass auf dich auf, Egor. Gott schütze dich, du bist wahrhaftig ein Heiliger! Ich habe nie einen so treuen Menschen an meiner Seite gehabt!"

Stella weinte, er umarmte sie.

„Ich liebe dich! Für immer, nur dich."

„Dann geh schon! Ich halte es nicht mehr aus. Leb wohl …"

„Hallo? Adrian?"

„Weinst du?"

„Ja."

„Was hast du angestellt? Sag es mir!"

„Ich kann das nicht sagen. Sie hören uns doch bestimmt ab."

„Stimmt. Sie sind überall, schnüffeln Tag und Nacht ums Haus herum. Ist es was Ernstes?"

„Ja, sehr ernst."

„Ich weiß nicht, was ich dir sagen soll! Jan ist ganz verstört. Wir können aus dem Haus gejagt werden! Hast du vergessen, dass unser Kind ein ausgezeichneter Eishockeyspieler ist und wie es für ihn wichtig ist, ein Klubmitglied zu sein?"

„Das habe ich nicht vergessen", sagte Stella schluchzend. „Ich habe euch beiden das Leben kaputtgemacht, das weiß ich."

„Gut, dass du wenigstens das zugibst!"

„Verzeih mir, Adrian!"

„Ich habe dir längst verziehen, sonst hätte ich nicht so lange mit dir gelebt. Aber was du unserem Sohn angetan hast, werde ich dir nicht verzeihen! Er kann nichts dafür! Er hat es nicht verdient, dass du ihn so behandelst! Du hast kein Recht, durch deine Taten ihm seine Mutter wegzunehmen!"

Stella konnte vor Tränen nicht atmen. Sie ließ ihre Arme sinken, das Telefon fiel auf den Boden. Ein Kellner kam zu ihr:

„Was ist mit Ihnen?"

„Bringen Sie noch einen Wodka!"

„Verlassen Sie bitte unser Lokal! Sie jagen unseren Gästen Angst ein."

„Leck mich am Arsch, du Bastard!" Stella fletschte die Zähne, während sie sich vom Stuhl erhob.

Der Kellner wich zurück und schrie:

„Solche wie Sie gehören hinter Gitter!"

Stella vergewisserte sich, dass der Wagen abgeschlossen war. Im Handschuhfach lag ihr Brillantring.

„Ich sollte ihn lieber Egor geben, samt der Uhr. Egal, ich schreibe Adrian, dass er ihn aus dem Handschuhfach holen soll."

Stella fotografierte den Ring, den Parkplatz, die Häuser ringsum, notierte die genaue Adresse, wo das Auto zu finden sein sollte, und ging, um sich Koblenz anzuschauen. Das war schließlich ihr letzter Tag auf freiem Fuß. Als sie vom Auto ausreichend entfernt war, schickte sie Adrian die Fotos per Viber und erinnerte sich an den Skandal mit diesem Anbieter, in den die Kriminalpolizei verwickelt war und von dem sie unterwegs im Radio gehört hatte. Es ging darum, dass Viber keine Informationen von registrierten Kunden an die Polizei weitergab. Stella wusste nicht, ob die Polizei durchgesetzt hatte, dass Viber bei der Offenlegung von vertraulichen Informationen kooperieren musste, entschied sich aber trotzdem, die Bilder über dieses Netz zu schicken. Adrian erhielt die Fotos und rief sie an.

„Wo bist du?"

„Ich bin hundert Kilometer von Koblenz entfernt", log Stella.

„Was hast du vor? Gehst du zur Polizei?"

„Ja, aber nicht gleich."

„Warum das?"

„Ich will zuerst was Leckeres essen und ein bisschen saufen!"

„Hast du den Verstand verloren? Geh sofort zur Polizei, damit sie dich für eine normale Frau und Mutter halten."

„Das ist mir scheißegal. Die schnappen mich sowieso. Warum soll ich überhaupt zu ihnen gehen? Sie holen mich doch irgendwann mit dem Dienstwagen ab!"

„Du bist unverbesserlich!"

„So bin ich halt. Ich fange an zu heulen, wenn ich mit dir rede. Ich rufe dich später an, okay?"

„Okay. Willst du mit Jan sprechen?"

„Nein."

„Dann guten Abend noch."

Stella soff wie ein Loch. Diesmal war sie so voll, wie noch nie! Sie zog von einer Bar in die andere und erzählte allen, dass sie einen Menschen umgebracht hätte. Die Leute lachten über sie und rieten ihr, nach Hause zu gehen und zu schlafen.

Dann bummelte sie in aller Ruhe durch die Straßen, vorbei an Streifenpolizisten, die sie sogar um Feuer bat, um eine Zigarette anzuzünden. Es passierte nichts.

„Verdammte Bullen! Haben sie denn gar keinen Riecher mehr? Was sind das nur für Cops heutzutage? Wahrscheinlich hat Adrian ihnen ein Foto von mir gegeben, auf dem ich schön bin, aber jetzt sehe ich wie eine verbundene Vogelscheuche aus! Vielleicht können sie sich nicht einmal vorstellen, dass es ein und dasselbe Gesicht ist!

Ich hätte Egor nicht gehen lassen sollen, es ist so langweilig, allein durch eine graue, düstere Stadt zu gehen." Der Alkohol gab ihr weder Befriedigung noch Ruhe, er ließ sie nicht einmal richtig trauern. Es schien, als wäre in ihrem Inneren alles gestorben.

„Hallo, Adrian!"

„Ja, Stella."

„Ich gehe mich stellen. Es wird langsam kalt draußen."

„Hast du etwas gegessen?"

„Ja. Aber ich weiß nicht mehr, was."

„Dann geh, ich wünsche dir Glück."

„Danke. Sag Jan, dass ich ihn liebe."

„Sag es ihm selbst."

„Okay."

„Mutti? Wo bist du? Hast du mich wieder angelogen? Du hast gesagt, dass du kommst, und bist nicht gekommen."

„Söhnchen, ich bin krank geworden. Ich muss lange im Krankenhaus bleiben."

„Was ist los mit dir? Lügst du mich wieder an?"

„Dieses Mal nicht."

„Papa und ich kommen dich besuchen."

„Ich warte auf euch."

In diesem Augenblick kippte Stella um, aber es war keine Ohnmacht. Ihre Knie wurden weich, ihr Herz stach in der Brust und die Tränen nahmen ihr den Atem.

Das Telefon glitt ihr aus der Hand und fiel weit von der Stelle auf den Boden, wo sie lag. Sie saß auf dem Kopfsteinpflaster und hörte, wie Jan mit herzzerreißender Stimme in den Hörer schrie:

„Mutti, Mutti, Mutti!!!"

Ein Mann mit Dreadlocks kam vorbei und drehte sich zu der weinenden, betrunkenen Frau am Boden um.

„Wenn du willst, tausche ich mein iPhone gegen eine Tüte."

„Ich habe kein Marihuana dabei."

„Dann nimm es einfach so. Der Sperrcode ist sechs Sechsen."

„Bist du krank?"

„Siehst du das nicht?"

Er hob das Telefon vom Boden auf, gab den Code ein und lief weg.

„Du hättest wenigstens danke sagen können, du Arschloch!", rief Stella ihm hinterher. Sie ging aufs Polizeirevier und zeigte ihre Schweizer Aufenthaltsbewilligung vor. Die Polizisten nahmen ihr die Handtasche ab und legten ihr sogleich Handschellen an.

„Haben Sie Drogen? Haben Sie Waffen?"

„Ich wollte Gras kaufen, damit ich bei Ihnen besser schlafen könnte, aber er hatte keines dabei."

„Wer?"

„Der Typ mit den Dreadlocks, der gerade vorbeigegangen ist."

Ein Polizist leuchtete ihr mit der Taschenlampe in die Augen.

„Nehmen Sie die Lampe weg! Das blendet."

„Sie sind wegen Mordverdachts festgenommen. Sie werden in einem Untersuchungsgefängnis in Deutschland untergebracht, wo Sie auf Ihre Auslieferung in die Schweiz warten. Sie haben das Recht zu schweigen, aber wir müssen Ihnen einige Fragen stellen."

Das Verhör dauerte nicht lange, denn Stella sagte nur, dass sie mit Platon in der Sauna gewesen war und nicht wusste, wo er an diesem Abend dann weiter hingegangen war. Der junge Mann sei außerdem betrunken gewesen.

„Darf man hier rauchen?“

„Nein.“

„Bringen Sie mich irgendwohin, wo man rauchen darf!“

„In der Zelle dürfen Sie rauchen, gedulden Sie sich noch ein bisschen.“

Stella wurde in einen Wagen gesetzt. Man legte ihr keine Handschellen an, da man anscheinend nicht glaubte, dass sie jemanden töten könnte.

Sie wurde ins Koblenzer Gefängnis gebracht und durchsucht. Alles, was sie dabei hatte, wurde auf einer Liste notiert. Sie bekam eine dunkelkirschrote Gefängniskluft, eine graue Kapuzenjacke für Hofspaziergänge, und schwarze Schuhe, die wie Jungenschuhe aussahen. Stella fand sogar interessant, ein Gefängnis von innen zu sehen. Sie hatte keine Angst. Es war, als hätte sich alles verflüchtigt. Ihre Seele war vollständig leer. Stella dachte darüber nach, wie das Schicksal sie dazu gebracht hatte, Gucci und Dolce&Gabbana abzulegen und die Gefängniskluft anzuziehen.

Sie wurde zu einem Arzt gebracht, der sie nach ihren Erkrankungen und ihrem Drogenkonsum fragte.

Stella antwortete, dass sie nicht an der Spritze hinge. Ihr wurde klar, dass die Polizei sich nicht für leichte Partydrogen interessierte.

„Benötigen Sie Schlaftabletten?“

„Nein, ich würde gerne ohne schlafen. Ich fühle mich nicht nur körperlich müde, sondern auch seelisch.“

An der Tür der Zelle Nummer 2 sah sie ein Namensschild mit Aufschrift „Jana Denole, Auslieferung“.

„Ist diese Jana Russin?“, fragte Stella die Aufseherin.

„Sie ist auch aus der Schweiz. Was bringt euch her? Es passiert selten, dass gleich zwei kommen.“

Stella betrat die Zelle, in der sie endlich rauchen konnte, und sah mich. Die Frau, die für sie dieses Buch schreibt.

Sie stolzierte wie eine Königin vorbei, öffnete das Fenster und zündete eine Zigarette an. Sie roch nach Alkohol, und zum ersten Mal war mir dieser Geruch angenehm, denn nach vier

Tagen mit nichts als Knastsuppe zum Essen hätte ich mich auch nur zu gerne besoffen.

„Bist du Russin?"

„Ja, fast."

„Wo kommst du her?"

„Aus Donezk."

„Wirklich?"

Sie lächelte und zeigte schöne weiße Zähne.

„Ich komme aus Lugansk und heiße Stella"

„Dann sind wir ja Landsleute. Ich bin Jana, schön, dich kennenzulernen."

„Du bist so höflich. Dann sitzt du bestimmt noch nicht lange?"

„Seit vier Tagen. Zum ersten Mal."

„Ich auch zum ersten Mal. Und vermutlich zum letzten Mal. Was ist dir passiert, Jana? Du heißt wie mein Sohn."

„Dein Sohn heißt Jana?"

„Nein, Jan."

„Ein schöner Name. Ich habe illegale Autorennen für Russen organisiert, wurde festgenommen und jetzt warte ich auf Auslieferung nach Zürich. Aber dort soll ich im Prinzip gleich freigelassen werden."

„Was hast du in diesem Kaff hier gemacht?"

„Die Jungs, mit denen ich Autorennen organisiert habe, haben mich angeschmiert. Diese Kanalratten wollten mir meinen Teil nicht auszahlen."

„Gute Freunde!"

„Es gibt keine Freunde, aber egal. Wegen Kleinigkeiten ärgere ich mich schon lange nicht mehr."

„Diese Schule der ewigen Freundschaft habe ich schon auch absolviert. Als Kinder haben wir uns die Handrücken aufgeritzt und die Schnitte aneinandergepresst, um das Blut zu mischen, haben ewige Treue geschworen. Wo sind sie jetzt, diese Schwüre? Es sind nur dumme Narben geblieben, und es wäre wohl besser, darüber ein Tattoo zu tragen, sonst denkt noch jemand, ich hätte versucht, mich umzubringen."

„Das ist traurig. Und wofür bist du hier? Und für wie lange?"

„Für einen Mord.“

„Wie? Du siehst gar nicht so aus, als ob du einen Menschen töten könntest!“

„Ich habe das auch nicht geglaubt. Und glaube es immer noch nicht. Da hat mich wohl jemand falsch beschuldigt.“

„Mach dir keinen Kopf. Das wird sich klären und dann lassen sie dich frei! Die Kriminalpolizei hier macht ihre Sache gut. Sie finden alles, machen genaue Gutachten, nicht wie bei uns.

„Danke, das beruhigt mich.“ Stella kletterte auf die obere Pritsche und legte sich endlich hin.

Ihr ganzer Körper tat weh, sie fröstelte. Sie wurde von einer inneren Leere gequält, die nichts Gutes verhieß.

„Gute Nacht!“

Ein Schnarchen wie von einem Mann ertönte in der Zelle, buchstäblich eine Minute nachdem sie sich hingelegt hatte. Ich hätte nicht glauben können, dass Frauen so schnarchen können. Obwohl Stella ein Jahr älter war als ich, sah sie jünger und schöner aus. Ihre Maniküre, das Haar bis an die Taille und ihre Art, zu reden, verrieten, dass sie keine einfache Frau war. Sie war irgendwie anders und dem Anschein nach reich.

Unruhe überkam mich, ich konnte nicht schlafen, dachte darüber nach, was mir blühen würde, wenn meine Beteiligung an den Autorennen bewiesen würde. Das Schnarchen, von dem die Wände zitterten, machte mich verrückt. Anscheinend konnten die Insassen in der Nebenzelle auch nicht schlafen und schlugen immer wieder gegen die Wand.

„Scheiße, warum haben sie sie ausgerechnet in meiner Zelle untergebracht? Wahrscheinlich, weil sie auch aus der Schweiz ist und an den Ort ausgeliefert wird, wo sie gemeldet ist.“

Ein lauter Kommandoruf weckte mich am Morgen:

„Aufstehen!“

Ich stand auf. Entsprechend den Regeln zog ich den Pyjama aus und die Kluft an und wusch mich. Dann wartete ich darauf, dass die Türen aufgeschlossen und wir zum Frühstück geholt wurden.

„Stella, steh auf! Frühstück!“

„Ich will nicht! Hol mir bloß einen Kaffee."

„Was für einen Kaffee? Wir haben hier keinen Wasserkocher."

„Ich habe gestern auf deinem Tisch einen Kaffee gesehen, sei nicht so knauserig."

„Nein, ich kann dir den Kaffee mit Leitungswasser verdünnen, wenn du willst."

„So einen Kaffee kannst du selbst trinken!"

Die Tür öffnete sich und eine Aufseherin kam herein. Sie schrie gleich Stella an und erklärte, dass alle zum Frühstück bereit an der Tür stehen und ihr Bett gemacht haben sollten. Stella schaute auf sie mit verschlafenen Augen und sagte:

„Geh mir weg mit deinem Frühstück. Scheißnazis! Ich werde euch nicht gehorchen! Ich warte auf die Auslieferung in die Schweiz."

„Du stehst sofort auf oder du gehst in die Strafzelle!"

Stella begann, langsam von ihrem Bett im ersten Stock zu kriechen, aber dann sprang sie einfach vom Bett.

„Geh raus! Hol dein Frühstück! Schnell!"

Sie ging nach draußen. Alle Zellen waren geöffnet, es standen jede Menge Leute im Korridor.

„Hi, People!" Stella lächelte übers ganze Gesicht den Häftlingen zu, die finster dreinschauten und gar nicht froh waren, sie zu sehen.

„Lächelt ihr doch, mir ist ohnehin mies zumute! Und mein Kopf platzt."

„Nimm dein Frühstück!"

„Welches Frühstück? Da liegt nur Brot!"

„Was hast du denn erwartet? Frische Croissants, extra für dich geliefert?"

„Warum zum Teufel hast du mich geweckt? Ich esse kein Brot!"

Die Wärterin packte Stella am Kragen, schob sie zurück in die Zelle und schloss die Tür ab.

„Wegen dir kriege ich jetzt auch kein Brot."

„Hast du deinen Arsch gesehen? Du darfst so was gar nicht essen! Wo ist mein Kaffee, verdammt noch mal?"

„Schrei bitte nicht so! Sonst verprügeln sie dich!"

„Ich scheiße auf sie!"

Stella klingelte. Die Klingel war nur für Notfälle vorgesehen, für Schlägereien, medizinische Probleme oder Selbstmord.

„Was? Was?", erklang die Stimme der Wärterin. „Was ist los?"

„Wo gibt es kochendes Wasser? Für den Kaffee."

„Wenn Sie keinen Wasserkocher haben, müssen Sie das Wasser aus der Leitung trinken."

„Dann gib mir einen Wasserkocher."

„Den müssen Sie kaufen."

„Bring mir einen, ich kaufe ihn."

„Die Liste der Gegenstände, die Sie kaufen dürfen, kommt in einer Woche."

„Hast du den Verstand verloren? Gib mir heißes Wasser!"

Die Aufseherin rannte in die Zelle, schrie wie eine Verrückte, schwang ihren Gummiknüppel und drohte mit der Strafzelle.

Stella stand gelassen da und hauchte ihre Alkoholfahne ins Gesicht der Aufseherin.

„Was schreist du? Gib mir einfach heißes Wasser, sei so gut! Sonst rufe ich die Sozialarbeiter und beschwere mich über dich! Verstanden?"

Als das Wort Sozialarbeiter fiel, drehte sich die Aufseherin um und ging aus der Zelle.

„Schlampe!" Stella trat mit dem Fuß gegen die Tür.

Zwanzig Minuten später öffnete die Aufseherin die Tür und ließ eine junge Insassin eintreten, die einen Wasserkocher mit kochendem Wasser trug. Sie stellte ihn auf den Tisch und ging schweigend aus der Zelle.

„Danke schön!"

„Bitte", erwiderte die gekränkte Aufseherin.

„Du bist ein Teufelsmädel, Stella! Ich mache mir den Kaffee hier seit drei Tagen mit kaltem Wasser."

„Was hätte sie denn sonst tun sollen? Die neuen Häftlinge müssen wahrscheinlich heißes Wasser bekommen. Sie hat uns welches bringen lassen, damit wir uns nicht beschweren. Wenn diese Schäferhündin hier gefeuert, findet sie sonst nirgends Arbeit. Sie ist doch schlimmer als die Häftlinge! Der Knast ist ihr Zuhause!"

„Woher weißt du das alles?"

„Das haben mir Augenzeugen erzählt.
Hast du Creme?"

„Nein, aber hier habe ich ein bisschen Schmand. Ist von dem vorigen Mädchen übrig geblieben, ich benutze ihn als Creme."

„Lieber Himmel! In vier Tagen hast du dir nicht einmal Creme besorgen können?"

„Und wo soll ich die auftreiben?"

„Verstehe. Wie hast du denn bei deinem Charakter diese Autorennen organisiert?"

„Ich bin gar nicht so eine Niete, wie du meinst. Ich habe einfach Angst vor dem Knast."

„Vor dem Knast haben alle Angst!"

„In einer Stunde haben wir Hofgang. Wenn du nicht rechtzeitig fertig bist, knallt dir die Aufseherin die Tür vor der Nase zu und du sitzt in der Zelle bis zum Abend."

„Und was passiert am Abend?"

„Man kann Karten spielen. Dazu treffen sich alle Häftlinge im Gemeinschaftsraum."

„Großartig."

Während des Hofgangs organisierte Stella die Beschaffung von Creme und Tabak. Am Abend brachten andere Insassinnen alles in ihre Zelle, was sie an Überflüssigem hatten. Es war sogar ein Wasserkocher dabei.

„Danke, Mädels. Sobald ich Geld auf das Gefängniskonto überwiesen bekomme, gebe ich alles euch zurück."

„Schau mal, Jana, jetzt haben wir alles."

„Das ist klasse, Stella! Du bist super."

Stella gefiel mir sehr. Sie war furchtlos, mutig und hartnäckig. Ich wollte mit ihr reden, aber sie mied das Thema ihrer Verhaftung und ihres Privatlebens, bis ihr Rechtsanwalt erschien. Er kam mit einer Mappe voller Papiere in die Zelle, auf deren Deckel der entsprechende Paragraf des Strafgesetzbuches stand – vorsätzliche Tötung. Sie hatte es also ernst gemeint, was sie mir bei ihrer Ankunft gesagt hatte.

„Darf ich das lesen?"

„Bitte, lies, was du willst, mir ist alles egal."

Stella kletterte auf ihre Pritsche, kringelte sich zusammen, weinte aber seltsamerweise nicht. Ich saß auf meinem Bett und las, was geschehen war, und die Aussagen der Zeugen, die die Leiche gefunden hatten. Das Erstaunlichste für mich war, dass Stellas Mann den Teppich identifizierte, in den, so die Zeugenaussagen, die Leiche ihres besten Freundes Platon gewickelt war. Sie habe ihn nach einem langen Kampf getötet. Das sei an den Spuren von Schlägen an der Leiche zu erkennen, die in der Sauna ihres Domizils zu Tode gekommen war. Erstaunlicherweise hatten nicht alle Hausbewohner den Schuss gehört. Nach Angaben der Ermittlungsbehörde gab es keine anderen Verdächtigen. Die Indizien, die während der Untersuchung gefunden wurden, und die Gutachten deuteten darauf hin, dass die mutmaßliche Täterin wahrscheinlich nicht allein, sondern als Teil einer gefährlichen kriminellen Bande gehandelt hatte. Ein Tatmotiv wurde nicht ermittelt. In den Taschen der Jacke des Opfers wurden sein Portemonnaie, sein Telefon und sein Wohnungsschlüssel gefunden, was den Schluss zuließ, dass es sich nicht um einen Raubmord handelte.

„Mein Gott! Stella! Was hast du angerichtet?"

„Willst du das wirklich wissen? Warum?

„Ich will über dich ein Buch schreiben", platzte ich unwillkürlich heraus. Dabei hatte ich daran noch gar nicht gedacht! Ich fand es ermüdend, stundenlang auf einem Stuhl zu sitzen und sich mit einer unsinnigen Sache zu beschäftigen, die dem Autor selten einen Namen und Anerkennung der Gesellschaft verschafft.

„Bist du etwa Schriftstellerin?"

„Nein, aber ich will es versuchen. Ich finde das wirklich sehr interessant! Aber ich kenne diese Seite des Lebens nicht. Ich habe nie etwas mit Kriminalität zu tun gehabt oder mich mit Mördern unterhalten."

„Woher weißt du, dass du dich nicht mit ihnen unterhalten hast?"

„Ich habe ein anderes Umfeld, ich bin verheiratet und habe einen Sohn. Ich bin eine Hauskatze."

„Hauskatzen organisieren keine illegalen Autorennen für Geld! Das brauchst du mir nicht zu erzählen! Und ich habe auch einen Sohn!"

„Ich sage nicht, dass ich ein Unschuldslamm bin. Wenn ich an einer Sache was verdienen kann, beteilige ich mich gerne, und das können Aktionen aller Art sein. Genauer gesagt, ich habe mich beteiligt. Ich werde nie mehr jemandem bei solchen Dingen helfen! Die Jungs haben mich überredet. Mein Mann ist Deutscher, er hat seriöse Beziehungen. Darum vertrauen mir die Leute und bitten mich, für sie allerlei Touren, Streifzüge durch das Rotlichtviertel, Striptease für russische Geschäftsleute oder Partnertreffen zu organisieren. Und diesmal war es das Autorennen. Ich wusste nicht, dass das so schlimm ist, dass man dafür ins Gefängnis kommen kann."

„Wenn du mir versprichst, ein Buch über mich zu schreiben, erzähle ich dir alles. Aber unter einer Bedingung, und zwar, dass du jetzt anfängst und ich mir zuerst deinen Schreibstil ansehe, ob du einem Gedanken richtig Ausdruck geben, ihn an den Leser bringen kannst."

„Ich lebe schon lange im Ausland, Russisch ist nicht mehr meine Hauptsprache, ich denke jetzt sogar auf Deutsch!"

„Was kann man in der Sprache der Faschisten denken? Kannst du mir das sagen?"

„Eine Menge. Mein Mann ist ein ‚Faschist' und ich liebe ihn."

„Meine Erzählung wird nicht übergescheit sein. Dafür braucht man kein Philologiestudium. Ich will, dass du dieses Buch genau mit meinen Worten schreibst. Das Buch muss mein Leben darstellen, so wie es war!"

„Ich versuche es auf jeden Fall."

„Fang mit unserem Kennenlernen und mit den Papieren an, die du über meinen Fall gelesen hast. Fürs Erste soll das ausreichen. Ich lese dann, was du geschrieben hast, und entscheide, ob ich dieses Buch brauche oder nicht."

Ich setzte mich an den Tisch und tauchte in ihre Welt ein, die Welt der Millionäre, der Golfclub-Mitglieder und eines unverständlichen Mordes. Ich brachte das alles zu Papier, Stella las es aufmerksam und nickte beifällig.

„Passt schon." Eine Redaktion könnte das interessant finden. Meine Geschichte lassen sie sich sicher nicht entgehen!"

„Das hoffe ich doch."

Wir setzten uns einander gegenüber. Stella rauchte nervös und blies mir den Rauch direkt ins Gesicht. Sie war von Emotionen so überwältigt, dass sie es nicht einmal merkte.

Ehrlich gesagt hatte ich so etwas noch nie gehört! Ich löste mich in dieser Person auf, wurde von ihr hingerissen, als hätte sie mich bezaubert und mein Unterbewusstsein magisch beeinflusst. Als sie zu Bett ging, schrieb ich und schrieb. Ich hatte Angst, etwas von dem wegzulassen, was sie gesagt hatte. Ihre Emotionen, ihr Schmerz und Leiden, ihr Glück und ihre Freude übertrugen sich auf mich derart, dass ich mich davon auch nicht für eine Minute losreißen konnte. Sie gebar in mir ein neues Leben, das Buchkind, das Sie jetzt in Ihren Händen halten. Ich schrieb und weinte, als ob das alles mir passiert wäre. Ich sah ihre Tränen und Erlebnisse, ihre Reue und Verzweiflung. Es erschütterte mich zutiefst! Ich sage Ihnen ehrlich, dass sie mich so faszinierte, dass ich bereit war, ihre Flucht aus dem Gefängnis zu organisieren. Das sage ich Ihnen in vollem Ernst. Aber diese Geschichte soll später erzählt werden …

Ich schrieb alles nach Themen gegliedert auf, wie sie es wollte. Ich hörte mir die vollständige Version bis zum Ende an, weil jeden Moment eine von uns beiden aus der Zelle gebracht und nach Zürich überstellt werden könnte. Dort würden wir in verschiedenen Gefängnissen landen und uns kaum mehr treffen.

„Stella, was sagt dein Anwalt?"

„Mir drohen 15 Jahre, wenn ich meine Komplizen nicht verrate."

„Wirst du sie verraten?"

„Nein, ich bin keine Verräterin, außerdem bin ich der Meinung, dass an dem Geschehenen niemand außer mir schuld ist."

„Du bist ein starker Mensch."

„Starke Menschen leben in Familien, gehen arbeiten und lesen ihren Kindern Gutenachtgeschichten vor. Ich mit meinem Charakter hätte keine Familie gründen dürfen. Ich konnte für niemand nützlich sein. Die Menschen haben von mir nichts als Schmerz und Leid bekommen! Was ist daran stark?"

„Was willst du weiter unternehmen?"

„Ich werde versuchen, zu fliehen, und wenn es nicht funktioniert, bringe ich mich um."

„Bist du verrückt geworden?"

„Ich halte das für eine völlig angemessene Entscheidung. Adrian könnte ein neues Leben beginnen. Jan würde mich vergessen. Er ist ja noch ein Kind. Viel schlimmer wäre es, wenn seine Mutter ihre fünfzehn Jahre absitzt und dann mit verfaulten Zähnen zurückkommt und ruft:‚Söhnchen, verzeih mir!' Ich glaube, dass es in meiner Situation ehrenhafter wäre, zu sterben. Bald werden Teslas durch die Straßen flitzen, die nicht einmal einen Fahrer brauchen, wo man bloß‚nach Hause' einprogrammieren müsste und schon würde einen das Auto von allein fahren. Egal, ob man nüchtern oder betrunken ist. Und da bekommt man plötzlich eine Überraschung aus dem Knast! Mutti ist wieder da! Das Einzige, womit ich meiner Familie ein bisschen helfen könnte, wäre mein Tod."

„Du redest so locker darüber!"

„Ich basiere meine Überlegungen auf dem, was ich habe. Ich berücksichtige alle Pro- und Kontraargumente und überlege, wie ich das Leben meiner Familie erleichtern könnte. Mein eigenes Leben habe ich schon kaputtgemacht."

„Und was ist mit Egor?"

„Darüber wollte ich gerade mit dir reden, wenn du so eine Samariterin bist. Finde ihn in Sankt Petersburg. Er soll einen abhörsicheren Kommunikationskanal finden. Ich gebe ihm ein paar Telefonnummern von Bekannten meines Vaters in Moskau. Sie haben einen Hubschrauber, sie könnten mich während eines Hofgangs hier rausziehen."

„Ich mache das, nur bleib am Leben! Ich bitte dich!"

„Ich schreibe dir einen Aktionsplan auf, aber erst, wenn ich von hier in einen Schweizer Knast verlegt bin. Ich habe hier mit einer rückfälligen Verbrecherin gesprochen. Sie hat gesagt, dass ich wahrscheinlich im Zentralgefängnis in Bern landen würde.

Von dort sind schon viele getürmt. Triff dich mit Egor, sag ihm, er soll den Plan des Gefängnisses auftreiben. Ich werde jeden Tag joggen gehen und auf ihn warten. Mein Schreiben schiebst du dir in die Möse, damit es die Bullen nicht wegnehmen. Bewahre es drin, bis du freigelassen wirst."

„Die ganze Zeit?"

„Natürlich nicht, nur wenn du von einem Ort zum anderen gebracht oder freigelassen wirst."

„Sie sollen dich sofort freilassen! Was sagt der Anwalt?"

„Eigentlich sollten sie das, ja. Alles hängt von den Zeugenaussagen ab."

Die Aufseherin kam mit einer Liste in der Hand herein.

„Morgen bekommen Sie Besuch."

„Von wem?"

„Von Ihrem Mann."

„Oh Gott! Ich will nicht!"

Stella schlief die ganze Nacht nicht und ich auch nicht. Wir plauderten, lachten, tanzten. Anscheinend wollte sie auf diese Weise ihre Sorgen loswerden und die Tränen mit Lachen und Freude verdrängen. Um neun Uhr morgens wurde sie zu dem Treffen mit ihrem Ehemann gebracht, und danach sprach sie einen Tag lang nicht mit mir, bis sie in die Strafzelle kam.

In den Knast, wo wir auf den Abtransport in die Schweiz warteten, wurden verschiedene Häftlinge gebracht. Mörder und Gewalttäter, Triebverbrecher, Drogenhändler, kleine Ganoven, zur Gerichtsverhandlung oder Berufung. In weiter entfernten Gefängnissen außerhalb der Stadt gab es keine geeigneten Verwaltungsgebäude, darum wurden die Häftlinge zur Verhandlung ihrer Fälle für ein paar Tage hierhergebracht und dann zurückgeschickt.

„Stella, was ist los mit dir? Was hat dein Mann gesagt? Rede mit mir!"

„Lass mich in Ruhe! Du hast eine Aufgabe, sei still und schreib!"

„Ich schreibe ja schon."

Zum Mittagessen gingen alle in die Kantine. Es gab eine neue Insassin, angeblich aus Rohrbach, einem Frauengefängnis für

lange Haftstrafen. Sie fragte: „Wo ist die russische Mörderin?"
Die Frauen zeigten auf Stella. Mir war klar, dass sich etwas zusammenbraute, und ich wollte schreiben gehen.

In der Kantine ging die Neue zu Stella und wollte neben ihr sitzen. Vor Stella hatten alle Angst. Sie war in mancher Hinsicht der Boss, hatte innerhalb weniger Tage ihre Führungsqualitäten bewiesen, indem sie Gruppen organisierte, um mit ihnen allerlei sportliche Übungen zu trainieren, etwa Kick Power, Pilates oder Super Fit. Sie war eine ausgezeichnete Trainerin. Der ganze Knast ging bei jedem Wetter mit ihr nach draußen, bis auf ein paar Neiderinnen. Das waren vor allem Leute, die an der Spritze hingen. In der Kantine ging also diese Madame mit ihrem Tablett zu Stella, um neben ihr, der respektierten Anführerin, Platz zu nehmen und sich auf diesem Weg gewissermaßen ihre Solidität zu leihen. Ich hatte nicht erwartet, dass Stella derart aggressiv auf sie reagieren würde.

„Verschwinde, oder ich poliere dir die Fresse! Und lass dich in der Kantine nicht mehr sehen, friss in deiner Zelle, solange ich hier bin. Verstanden?"

Die andere holte plötzlich eine Rasierklinge heraus und schnitt Stellas Hand in der Gegend des Ringfingers.

Stella stand auf, schlug ihr die Klinge aus der Hand und haute ihr das volle Essenstablett auf den Kopf. Die siedend heiße Suppe verbrühte das Gesicht der Frau. Um Stella in die Strafzelle zu stecken, wurden vier Wärterinnen benötigt. Sie war stark! Sie wehrte sich, bis ein Taser zum Einsatz kam.

Es stellte sich heraus, dass Stella am Morgen während des Hofgangs erfahren hatte, dass eine Frau ins Gefängnis gebracht wurde, die für den Verkauf ihrer Kinder zur Prostitution verurteilt worden war. Es handelte sich sowohl um Jungen als auch um Mädchen. Sie hatte fünf Kinder. Als eines der Kinder alt genug war, zeigte es die Mutter an.

Ich sah Stella einen Tag später. Sie war ausgelaugt, geschlagen, ihre Hand verbunden.

„Hast du was gegessen?"

„Ich esse kein Brot, ich achte auf meine Figur", scherzte Stella mit einem Lächeln.

Ich verstand nicht, wie sie bei allem, was ihr passierte, noch imstande war, zu lachen und zu lächeln.

„Zieh dich an, lass uns zum Training gehen!"

„Was für ein Training? Sieh dich doch mal an!"

„Schau lieber dich an! Fette Wurst! Du sitzt den ganzen Tag da und futterst auch noch Brot!"

Ich zog mich an.

Als ob nichts wäre, sang sie aus vollem Hals Kalinka, hüpfte dazu, leitete die Übungen an und hielt die Häftlinge bei guter Laune.

Ich erholte mich mit ihr und genoss meinen Aufenthalt im Zuchthaus. Mit so einem Menschen lässt sich das Leben hinter Gittern ertragen. Sie war wie ein Hauch von Freiheit.

„Stella, erzähl mir, was passiert ist? Was hat dein Mann gesagt? Bist du deswegen ausgeflippt? Nur deshalb hast du die Schlägerei in der Kantine angezettelt, oder?"

„Ja. Ich schäme mich, darüber zu reden. Jana, ich habe den Verdacht, dass an allem Egor schuld ist."

„Wie?"

„Er hat die Uhr nicht zu meinem Mann gebracht."

„Na und? Nach deiner Aussage liebt er dich sehr. Er bringt die Uhr später, bis jetzt hat er noch keine Zeit gehabt."

„An dem Tag, als wir uns verabschiedet haben, sind mit meiner Bankkarte 4.000 Franken abgehoben worden. Das war ich nicht. Dieses kleine Arschloch hat die PIN der Karte abgeguckt! Das Tageslimit der Karte beträgt fünftausend. Eintausend Franken habe ich am Tag davor abgehoben."

„Bist du sicher?

„Adrian hat mich gefragt, was ich mit dem ganzen Geld gemacht habe."

„Oh Gott!

„Das ist noch nicht alles. Es hat sich herausgestellt, dass der Brillant in meinem Ring falsch ist. Jemand hat ihn ausgetauscht."

„Ausgetauscht?"

„So ist es! Adrian wollte den Ring verkaufen, um meinem Anwalt 10.000 Franken zu bezahlen, und da stellte sich heraus, dass der Stein verschwunden ist!"

„Wann hat er das gemacht?"

„Am Morgen, nachdem wir bei Platon übernachtet hatten, hat er meinen Wagen genommen, um angeblich was zu essen und trinken zu holen. Er war den halben Tag unterwegs! Er hat gesagt, dass der Wagen eine dringende Untersuchung angefordert hätte. Auf dem Bordcomputer hätte ein Signal aufgeleuchtet, dass die Fortsetzung der Fahrt gefährlich wäre. Er wäre dann in eine Garage gefahren und hätte gewartet, bis der Motor geprüft wurde. Das Problem wurde beseitigt. Mir hat er gesagt, es hätte daran gelegen, dass ich das Öl nicht gewechselt hätte. Er hätte 500 Franken für die Reparatur bezahlt. Ich habe ihm aufs Wort geglaubt und das Geld gegeben. In Wirklichkeit hat er nicht das Auto reparieren, sondern den Brillanten gegen einen Zirkonia austauschen lassen."

„Nein, das kann nicht sein! Das glaube ich nicht! Du hast mir solche Gefühle von ihm beschrieben!"

„Ich kann das selbst nicht glauben! Er hätte alles verhindern können! Schlampe! Arschloch!"

Zum ersten Mal fing Stella an zu weinen, und zwar so bitterlich, dass ich auch in Tränen ausbrach.

„Ich erinnere mich an eines unserer Gespräche in diesen Tagen. Er hat gesagt, ich sollte den Ring lieber im Auto suchen. Ich habe unter den Sitzen gesucht, auf dem Boden, aber nicht zwischen den Sitzen. Jede Minute hat er gefragt, ob ich den Ring gefunden hätte. Ich war sehr niedergeschlagen, hatte Tränen in den Augen. Und er hat alles dabei belassen! Wie konnte er nur? Ich glaube, er hat nicht erwartet, dass es so ablaufen würde, und hat Angst bekommen. Er ist ein Dieb! Alle Diebe sind feige! Zwielichtiges Geschmeiß! Arschlöcher! Bei diesem ganzen Gezerre hätte er doch irgendwann sagen können, dass er den Ring zwischen den Sitzen gesehen hätte, um Platons Leben zu retten! Er hatte Schiss, dass ich den Austausch merken könnte und der Verdacht auf ihn fallen würde. Die Albaner hätten ihn umgebracht! Darum hat er einen andern umbringen lassen. Hat einen unschuldigen Menschen aus Eigennutz zusammenschlagen lassen und mich weiter bestohlen. Ausgeraubt und ins Gefängnis gebracht!"

„Ich finde diesen Bastard! Ich werde ihn dazu zwingen, dich aus dem Knast zu holen!"

„Bring mich nicht zum Lachen! Diesem Menschen ist nichts heilig! Ich habe eine Schlange am Busen genährt, da bin ich selbst schuld. Er hat sich auf meine Kosten bereichert. Meine Uhr mit Brillanten rund um das Zifferblatt kostet 16.000 Franken. Als er angeblich auf dem Klo war, hat er mit meiner Karte Geld abgehoben, und den Edelstein hat er mitgehen lassen. Eine kurze, schöne Liebesgeschichte!"

„Ich weiß nicht, was ich sagen soll. Ich finde keine passenden Worte!"

„Ich hole dich selbst hier raus. Warte nur! Ich bin nicht arm. Ich habe Beziehungen!"

„Du landest nur wegen mir wieder im Knast! Das lohnt sich nicht! Du hast ein Kind! Mach dein Leben nicht kaputt!"

Ich weinte.

Zwei Tage später wurde ich in die Schweiz ausgeliefert. Vor der Abreise schenkte ich Stella mein Lederhalsband von Diesel zur Erinnerung und bat sie, keine Dummheiten zu machen, bis mir etwas eingefallen wäre.

„Schreib das Buch und denk nicht an mich!"

Wir umarmten uns und trennten uns für immer.

Im Koblenzer Gefängnis habe ich 24 Tage in Erwartung meiner Auslieferung verbracht, auf dem Weg in die Schweiz übernachtete ich in zwei Knästen, einer davon war Stammheim. Das ist ein fürchterliches, schmutziges Frauengefängnis, wo es für Häftlinge keinen Hofgang gibt. Durch die Fenster dringt kein Licht, weil die engmaschigen Gitter durch Tabakqualm verrußt sind. Die rettende Sonne zeigt sich den Häftlingen nur in Form von winzigen Punkten auf dem Gitter. Die Frauen waren kahlgeschoren. Sechs Personen teilten sich eine Zelle und alle rauchten. Ich erstickte beinahe. Die Toilette hatte keine Tür, es war einfach ein Loch in einer Zimmerecke. Von einer vernünftigen Hygiene konnte keine Rede sein. Ich dachte nur an Stella und stellte mir vor, wie sie in einem ähnlichen Bus Tag und Nacht fuhr, wo schon ein drei Zentimeter breiter Spalt als ein Fenster galt. Und die Häftlinge schauten gierig durch diesen Spalt, betrachteten jedes Bäumchen, die Autos, die Menschen. Der Bus fuhr langsam, hielt an jedem Knast, der auf dem Weg lag, und nahm Häftlinge mit. Für die Notdurft gab es Tüten, da unterwegs niemand den Bus verlassen durfte. Das war eine sehr unangenehme Prozedur, besonders, wenn man gegenüber einer anderen Frau saß, sodass sich die Knie berührten. Da es absolut keinen Freiraum gab, pissten die Frauen einfach daneben, in ihre Unterwäsche, an den Tüten vorbei. Die Aufseherinnen erlaubten nicht einmal Händewaschen.

Als ich in der Schweiz ankam, war ich überrascht. Die hiesigen Bedingungen waren noch härter als in Deutschland. Nach draußen durften die Häftlinge nur einmal am Tag, um 7 Uhr morgens. Das Essen wurde in die Zelle gebracht. Ich hatte nicht viel Gelegenheit, mich mit jemandem zu unterhalten, bis ich eine Nachbarin bekam. Sie hieß Roxi und stammte aus Rumänien. Von ihrem Leben berichte ich in meinem nächsten Buch mit dem Titel „Elefanten-Freddy". Diese unglaubliche Geschichte wird Sie noch stärker erschüttern. Die Grundlage für das Buch bilden reale Ereignisse, und wahrscheinlich werden die Bekenntnisse einer Prostituierten einen internationalen Skandal provozieren. Die betroffene junge Frau ist bereit, die Echtheit meiner Worte zu bestätigen. Ich besuche sie jede Woche. Seit acht Monaten befindet sie sich in Haft im Untersuchungsgefängnis in Dielsdorf in der Schweiz. Ihr wird Menschenhandel vorgeworfen. Mit ihr habe ich zwei Monate in einer Zelle verbracht. Sie hat mich nicht weniger überrascht als Stella. Übrigens sind beide im Sternzeichen Jungfrau geboren.

Silvester 2017 verbrachte ich im Gefängnis. Nur hier erkannte ich den ganzen Sinn des nicht sehr kultivierten Ausdrucks: „Hallo Arsch, das neue Jahr ist da." Ich bin ganz sicher, dass er in einem Knast entstand, als um Mitternacht am 31. Dezember draußen festliches Geböller ertönte und die heimtückische Stille einer Isolierzelle im Frauenknast zerriss. Aber eines gibt es, das sich auch an diesem schrecklichen Ort verändert – die Wolken im Himmel.

Als ich am 27. Februar 2017 aus der dreimonatigen Haft entlassen wurde, nahm man mir meine beiden Manuskripte weg, angeblich, um sie auf eventuell vorhandene Indizien zu prüfen. Eines davon, „Die Gaunerinnen", war bereits ganz fertig, das andere, „Elefanten-Freddy", war noch ein Stoß beidseitig beschriebener A-4 Blätter. Außerdem wurden mir die Notizen zum dritten Buch weggenommen, das noch keinen passenden Titel hat und dessen Handlung sich um einen jungen Mann dreht, der naive Damen ausnimmt. Es stellte sich heraus, dass 50 Prozent der Frauen in den Gefängnissen durch das Verschulden von Männern einsaßen. Die Idee dieses Buches entstand aus der schockierenden Geschichte von Stella und ihrer letzten Liebe zu einem Wassermann. Dazu kam allmählich eine ganze Reihe von interessanten Storys, die auf wahren Ereignissen basieren.

Ich wurde aus dem Knast geworfen. Bei der Gelegenheit bekam ich 100 Franken, die ich verdient hätte, indem ich beim Putzen der Duschkabinen geholfen hatte. Mein Handy bekam ich nicht zurück, weil das angeblich ein Beweisstück war. Es liegt übrigens bis heute bei der Polizei.

Eine Wärterin rief für mich ein Taxi. Der Taxifahrer fragte, was für eine Frau er da aus dem Knast abholen müsste. Anscheinend fürchtete er um sein Leben. Die Wärterin antwortete, ich sei sehr höflich und diskret. Im Vergleich zu den Psychos und Nutten war ich vielleicht auch ganz okay.

Als ich nach Hause kam, betrachtete ich die Sachen meines Sohnes. Von der Familie war niemand zu Hause. Wie immer waren sie irgendwo unterwegs oder beim Training. Es war nichts zu essen im Haus! Dafür lagen überall Dreck und ein Haufen schmutziger Wäsche. Mit Enthusiasmus machte ich mich an die Hausarbeit und entdeckte zufällig auf dem Tisch einen Brief aus dem größten Gefängnis in Bern.

„Der ist von Stella! Hurra!"

Mein Herz raste vor Aufregung. Ich riss den Umschlag auf und sah ihr Schreiben. In schöner Handschrift schrieb sie mir ihren Abschiedsbrief:

„Liebe Jana. Ich habe es dir nicht gesagt, aber während der kurzen Zeit, die wir zusammen verbracht haben, habe ich dich vom ganzen Herzen lieben gelernt. Ich schicke dir meine Aufzeichnungen darüber, wie meine Reise in die Schweiz verlief. Obwohl ich gar kein künstlerisches Talent besitze, schenke ich dir eine Zeichnung von mir, da ich in dem verdammten Knast keine Möglichkeit hatte, ein Erinnerungsfoto machen zu lassen.

Egal wie tragisch es klingen mag, gehe ich jetzt zu dem Aktionsplan über, von dem ich dir erzählt habe. Hoffentlich werden mir alle verzeihen und werden glücklich. Verzeih mir und leb wohl …“

„Neinnnn!!! Nur das nicht!!!“ Ich weinte den ganzen Tag! Statt die Wohnung aufzuräumen, saß ich mit einer Zigarette und einer Flasche Wein da und beweinte meine Heldin, in die ich mich bedingungslos verliebt hatte.

Ich setzte mich mit dem Berner Gefängnis in Verbindung. Man teilte mir mit, dass Stella nicht mehr da war und nannte mir die Nummer ihres Anwalts. Ich rief ihn an und erfuhr, dass Stella sich an einem Ärmel ihrer Gefängniskluft erhängt hatte. Unter dem Vorwand, Bauchschmerzen zu haben, blieb sie allein in der Zelle, während ihre Zellengenossinnen zur Arbeit gebracht wurden.

Stellas Abschiedsaufzeichnungen

Jana, ich schreibe alles auf, was mit mir passiert ist, und unterhalte mich mit dir auf dem Papier. Ich wurde in einem Bus gefahren, und wir machten an zwei Knästen Station. Der in Stammheim war schrecklich! Man erzählte mir, dass es im Krieg ein Männergefängnis gewesen war, wo Leute gefoltert und hingerichtet wurden. In die Decke über meinem Bett hatte jemand mit einem Feuerzeug in russischer Schrift eingebrannt: „Sanja ist eine Lusche, einfach eine Lusche." Wahrscheinlich schlief ich auf der Pritsche dieser Lusche. Die Toilette hatte keine Tür und war einen Meter vom Tisch mit den Lebensmitteln entfernt. Diesmal trank ich nicht einmal einen Kaffee. Ein hässliches, kahlköpfiges Weib sagte zu mir, sie hätte die Sonne zum letzten Mal vor zwei Monaten gesehen. Sagte aber nicht, wo. Anscheinend hat sie schon einen Dachschaden! Pyjamas gab es dort keine. Ich veranstaltete einen ordentlichen Skandal. Danach brachten sie mir gleich einen Schlafanzug. Da war auch ein junges Mädel, circa achtzehn Jahre alt. Sie schlief zwei Monate lang mit einer Jogginghose, deren Bundgummi sie durchgeschnitten hatte, am Oberkörper. Ich forderte mein Feuerzeug zurück, das sie mir im Bus gestohlen hatten, klopfte an die Tür und drohte, einer Zeitung zu schreiben. Dort herrschte reine Willkür!

Da gaben sie mir das Feuerzeug zurück. Ein Mädchen ohne Zähne saß mit mir im Bus. Sie hatte Schiss, dass man sie mit mir zusammen in die Strafzelle stecken würde, und verkroch sich in eine Ecke. Hahaha!

Ich sagte ihr, dass die Strafzelle gar nicht so schlimm wäre. Man könnte dort aber nur sitzen, es gäbe keine Möglichkeit, sich in voller Größe auszustrecken oder hinzulegen. Ein Tag dauert dort wie zehn. An den Gestank aus dem Klo könnte man sich mit der Zeit auch gewöhnen. Man sagt ja, dass die eigene Scheiße nicht stinkt. Aber an den fremden Gestank könnte man sich auch gewöhnen. Insgesamt wäre es schon okay!

Du hättest das Gesicht dieses Mädchens sehen müssen. Sie sagte zu mir, dass sie noch nie so eine kranke Psychopathin getroffen hätte. Und dass mit den Bullen niemand so redete. Hahaha!"

Im Endeffekt trage ich jetzt einen neuen Pyjama, frisch ausgepackt, wohlgemerkt. Ich bekam auch ein neues Feuerzeug, Tabak und sogar einen Schokoriegel.

Die Schweinehunde haben Angst, dass ich die Wahrheit über sie schreiben könnte. Sie haben kein Recht, Menschen zu terrorisieren! Ich sagte zu ihnen, dass es ihre Arbeit ist, die Häftlinge zu bedienen, weil diese gefangen sind und selbst nichts machen können. Die Mädels lachten sich kaputt und sagten:

„Stella, sie werden dir gleich Verlängerung geben!"

Dass ich nicht lache!

Ich sagte ihnen:

„Es ist besser, länger zu sitzen, dafür aber mit mehr Komfort. Ihr seid dumme Kühe mit Armen in den Hosenbeinen und bekommt nichts als Kaffee! Aber das ist ihre Pflicht uns gegenüber!" Die Aufseherinnen reagierten nicht mehr auf meine Klingel. Aber sie wünschten mir eine gute Nacht!

Ich amüsierte mich, tanzte und sang. Und davor wollte man mich in eine Zelle mit zwei alten Weibern stecken! Ich kam rein, die eine war kahlköpfig, die zweite sah aus wie ein Meeresungeheuer! Der Gestank war fürchterlich! Alles vollgeschissen! Ich sagte ihnen:

„Hier schlafe ich nicht! Ich bin mit einem Mädchen im Bus gefahren, das drei Monate bekommen hat, wo ist sie? Lasst mich mit ihr in einer Zelle wohnen, das ist besser, als mit zwei gräulichen alten Weibern zu schlafen!

Erstaunlicherweise stimmten sie zu. Ich kam dort rein. Diese Heulsuse rauchte eine Zigarette nach der anderen, machte zwei andere Mädchen, die schon länger dort waren, weich, sodass sie dann auch in Tränen schwammen. Ein Kasperletheater, mit einem Wort. Ich gehe jetzt schlafen, sie machen das Licht aus. Küsschen, Liebes.

Endlich habe ich wieder Schreibpapier. Ich kann fortfahren.

Das andere Gefängnis war in Ravensburg, das beste in ganz Deutschland! Du wirst es nicht glauben! Die Zellen sind riesengroß,

hell, die Türen fast den ganzen Tag geöffnet! Es gibt eine Sporthalle. Duschen kann man, wann man will, nicht nur zweimal in
der Woche, wie sonst überall! Eine Bibliothek mit einem Sofa!
Ein Raucherzimmer! Die Gitter an den Fenstern sind aus einfachen Eisenstäben, wie in vielen Privathäusern. Von dort aus hätte ich sicher türmen können! Es gab eine riesengroße Küche und
jederzeit Kaffee und Tee. Die Mädchen backen Brötchen und anderes Gebäck, und dazu gibt es Himbeerkonfitüre. In Freiheit
habe ich nie gedacht, dass das so lecker sein kann!

Und weiter – Stille! Ich will dich mit traurigen Geschichten
nicht verstimmen! Verhöre, Gericht, Urteil. Es war wie im Ne-
bel. Ich kann mich an fast nichts erinnern. Lebe wohl …"

Schön wie Gott, meines Wassermanns Atem

Wer die Liebe kennt, wird auch den Schmerz erfahren.
In eine hinterhältige Falle war ich geraten,
In zehn zärtlichen Nächten
hatte ich Zeit, ein Spiel mit dem Schicksal zu wagen,
Und erinnerte mich erst gestern daran,
Ich suche den Tunnel des Lichts,
Aus dem es doch keinen Ausweg gibt!
Wie eine Geisel meiner Gefühle gehe ich
Und wo ich ankomme, falle ich hin
Schmerzhaft gestochen, wie der Biss einer Schlange,
Hättest du's doch gelassen, du elende Schlampe!

Mit ihm gibt es keine Grenzen, mit ihm gibt es eine Etüde
Seit dem ersten Treffen auf eine leidenschaftliche Reise …

Ich betrachte den Hintergrund wie ein iPhone.
Doch dass es nicht meins ist, weiß ich doch schon.
Das Fleisch verbrennt sich selbst, denn den Preis
Der Leidenschaft zahlst du mit deinem Schicksal allein!
Und die Flamme des Stolzes steht mir beiseite,
Im Kampf um Vulgarität und Liebe.

Ich schließe die Augen und lauf' vor mir fort,
Mich zu verstecken vor dem menschlichen Gott.
Oh weh, nicht das Gute hat uns die Liebe geschenkt,
und die Leidenschaft kommt von Teufel und Untugend!
Aber was soll denn werden, was soll man denn tun?
Einfach ausgestoßen, verschlungen bleiben von der Frist,
Oder anerkennen, dass menschliche Lust eine Gnade ist,
wenn man ein graues, mürrisches, langweiliges Nashorn
geworden ist …

EIN HERZ FÜR AUTOREN A HEART FOR AUTHORS À L'ÉCOUTE DES AUTEURS MIA KAPΔIA ΓIA ΣYΓΓPAΦ
HJÄRTA FÖR FÖRFATTARE UN CORAZÓN POR LOS AUTORES YAZARLARIMIZA GÖNÜL VERELIM SZÍVÜ
CUORE PER AUTORI ET HJERTE FOR FORFATTERE EEN HART VOOR SCHRIJVERS TEMOS OS AUTORE
ZERZÖINKÉRT SERCE DLA AUTORÓW EIN HERZ FÜR AUTOREN A HEART FOR AUTHORS À L'ÉCOUTE
CORAÇÃO BCEЙ ДУШОЙ K ABTOPAM ETT HJÄRTA FÖR FÖRFATTARE Á LA ESCUCHA DE LOS AUTORE
AUTEURS MIA KAPΔIA ΓIA ΣYΓΓPAΦEIΣ UN CUORE PER AUTORI ET HJERTE FOR FORFATTERE EEN HA
YAZARLARIMIZ GÖNÜL VERELIM SZÍVÜNKBÖL ZÖINKÉRT SERCE DLA AUTORÓW EIN HERZ FÜR A
FÖR SCHRIJVERS TEMOS OS AUTO CORAÇÃO BCEЙ ДУШОЙ K ABTOPAM ETT HJÄRTA FÖR F

Die Autorin

Jana Denole ist eine in der Schweiz lebende
ukrainisch-russische Schriftstellerin. Sie wuchs in
der Stadt Lugansk – in der heutigen Ukraine – als
Kind der wilden 90er-Jahre auf. In der Grundschule
war sie eine eher schlechte Schülerin, die sich von
Klasse zu Klasse hangelte. Doch in der Pubertät
beschloss sie, ihren Schulabschluss zu machen.
Nach ihrem Abschluss an der Kiewer Nationalen
Sprachuniversität heiratete sie, bekam einen Sohn
und zog mit ihrem Mann in die Schweiz. Ihr erster
Job bestand darin, die Organisation und Betreuung
von Behandlungen russischsprachiger Patienten in
ausländischen Kliniken zu organisieren.
Ende 2016 landete sie unschuldig in einem deutschen Untersuchungsgefängnis, von wo sie in die
Schweiz verlegt wurde. Und nach einem Gespräch
mit der Staatsanwaltschaft – noch voller Angst um
ihre Zukunft – schrieb sie in einer Gefängnisbara-
cke mitten in Zürich, innerhalb einer Woche ihren
ersten Roman: Gaunerinnen.

Der Verlag

Wer aufhört besser zu werden, hat aufgehört gut zu sein!

Basierend auf diesem Motto ist es dem novum Verlag ein Anliegen neue Manuskripte aufzuspüren, zu veröffentlichen und deren Autoren langfristig zu fördern. Mittlerweile gilt der 1997 gegründete und mehrfach prämierte Verlag als Spezialist für Neuautoren in Deutschland, Österreich und der Schweiz.

Für jedes neue Manuskript wird innerhalb weniger Wochen eine kostenfreie, unverbindliche Lektorats-Prüfung erstellt.

Weitere Informationen zum Verlag und seinen Büchern finden Sie im Internet unter:

www.novumverlag.com